神隐

上

星零 / 著

长江出版社
CHANGJIANG PRESS

世人都说，人在一些时候，总会想起这一生最不舍的一瞬。

如今想来，他这一生，可以回忆的，太多了。

# 目录

## 序·奈何

脚下一条路，青石铺地，横堑生死，谓黄泉。

抬眼一条河，墨绿河水，照映今生，是忘川。

河上一座桥，以命为阶，前尘尽忘，名奈何。

尽头一块石，往生回首，尘缘皆断，即三生。

黄泉路、忘川河、奈何桥、三生石。

天命倒转，轮回漫漫，止步，止步。

瞧瞧，这几句多大气、通透、厚重！可惜，配上了江南吴侬软语的小调，取了个《奈何》的名。

波光粼粼的忘川上一年无歇地飘着这几句话。阿音初听时着实震撼了几日。只是待她瞧见忘川里浮着的吊死鬼吐着长舌哼着这江南软调，雷劈似的直戳心窝后，再也不对鬼界引以为豪的界歌抱一丁点儿幻想了。

阿音死后，她打从心底里觉得最可惜的事儿便是这一桩。

这词听说是鬼界之主敖歌为了留住前仆后继在奈何桥上往生的三界众生冥思苦想百年而做。大成之日，敖歌大赦鬼界，邀请三界仙妖同贺。词儿一面世，在三界很是流传了些时候，人人都道鬼王豪气悲悯，不少女仙妖君满心赞叹，忙不迭奔赴地府，想瞅瞅这个三界中最神秘悲悯的界主。只可惜，宴会行了几日，满殿的吊死鬼便在宴堂小厅里穿着花红柳绿的戏服唱了江南小调几日。曲终人散时，赴宴的神仙妖君不论道行深浅，

序

奈何

·001

都被鬼差横着抬出了鬼界。

自从上古真神白玦以身祭混沌之劫、上古界重新关闭后，风平浪静了几百年的九州八荒，要数这件事最荒唐。

当然，鬼王敖歌绝顶的容颜也传得天上地下无人不知，因此地府里水灵灵的漂亮仙妖一下子多了起来。

自从阿音不知从哪个碎嘴的小鬼口中得知众仙妖的遭遇后，被硌硬透了的心终于舒坦起来了。

这话眼见着绕得有点远了，咱们还是回到忘川上的奈何桥吧。

其实没人间传得那么玄乎恐怖，黄泉路尽头的奈何桥不过是一座普通的石板桥，唯一稀罕的是这桥连着生死。

桥正中间摆着一方碧绿的石桌，上面搁着一个碧绿的碗。桥上懒洋洋坐着一鬼君，一身碧绿的袍子。一转头，哟嗬，这皮相可不是盖的，过奈何桥的魂魄，每日因这人容貌掉进忘川的不计其数。

这鬼君头上似模似样地戴着锦冠，袖口镶着纯金丝线，腰带上挂着南田暖玉。只一身袍子，就需云溪山仙蚕吐丝百年才可织成，黑靴上的皮更是彪悍地取自妖界吞云凶兽之身。一句话，这人，不对，这鬼俏且贵。

"哟，阿音，你回来啦，快来陪我说会儿话！"

许是这几日上天有好生之德，死的人不多，奈何桥上空落落的，这鬼君百无聊赖，一回头望见桥那边走来的熟人，嘴一扬，笑得睁不开眼。

阿音慢腾腾瞥了他一眼，慢腾腾走上石阶，慢腾腾停在晃悠着两条腿的鬼君旁，慢腾腾伸出手，眼皮只抬了一星半点："给我吧，记得热乎点儿。"

在奈何桥上能喝什么，三岁小儿都知道。哪知鬼君一摇头，千百个不乐意，眼巴巴看着她邀功："阿音啊，不慌不慌，咱俩唠唠嗑，上回我可是把你托生在顶富贵的皇家，你这辈子总归是过得舒畅，权势也有，俏郎君也有吧。"

见阿音没反应，他摸着下巴，掐指算了算："不对啊，上回送走你才十七八载，你是一国公主，怎么死得这样早？难道连皇家的真龙之气也抵不了你的衰运？还是那驸马有胆子薄情？你又为情哀痛而死？"

他说着就要拨动忘川上的粼粼波光去看阿音这一世的境遇。阿音阴恻恻抬头，剜了他一眼："修言鬼君，不用看了，这一世的驸马是个好人，只是一和我成亲就染了重病，一年不到就去了。我是公主不假，但受不住克夫的名头，染了风寒，也病死了。"

她语气四平八稳，像是在说别人的生平一般。

这名唤修言的鬼君也不意外，轻轻笑道："那你就别投胎了呗，阿音，你这是命中注定的鬼命啊，我看你就待在地府里和我守黄泉路好啦！"

阿音嗤了一声，见修言一个人孤零零的，想了想一跃坐到桥头上，忍不住埋汰："我上一世转生的时候你怎么说的，这回必会活得长长久久安安乐乐，你看还不是个糟心命！"

修言颇为无辜："这可怨不得我，在人间你的命途已经是顶富贵了！"

阿音哼了哼，叹了口气，托着下巴很是惆怅。

是啊，怨不得修言，这都托生到皇家了！难道真如修言所说是她命中带煞，注定是个扫把星命？

阿音是一只鬼，还是一只年岁颇长的鬼。虽然相貌普通，却好运气地抱上了地府里有着"鬼见愁"名号的修言鬼君的大腿。

古话道"阎王好见，小鬼难缠"。仙妖人魔都躲不过轮回转世，守着黄泉路的鬼君在三界的地位自古微妙。修言是从何时起守在奈何桥已无据可考，只听闻修言鬼君除了生得一副"天怒人怨"的好模样，道行亦深不可测。如此神秘又强大的俏鬼君，甘愿成百上千年守在奈何桥头，也是一桩稀罕事。

他和阿音的缘分，说来有些水滴石穿、铁杵成针般的机缘。

阿音是一只不记得前尘往事的鬼，这话细琢磨下来有些不对，阿音只是不记得她在鬼界正经飘荡前的往事。

鬼魂无形，凭道行幻化形体。阿音自有记忆便知自己魂魄碎裂，连投胎的资格都没有，她在地府底层将养了百来年，才堪堪能幻化成个大姑娘。世间任意一处皆是弱肉强食，她能将魂魄凝聚成形，着实吃了些不为外人知的苦。

她自认豁达，魂魄散尽前尘尽忘、莫名其妙出现在地府这些糟心事，在她打定主意踏上奈何桥一身清白地轮回后，便再也懒得想了。

修言一开始倒也没注意她，地府鬼魂千千万，他哪会记得一个不起眼的女鬼，但耐不住阿音诡异悲催的命运，在阿音第十五次站在奈何桥上忍着怒火问他能不能给个好运道时，修言才对她有了那么一丁点儿印象。也是两人的缘份，一向眼高于顶对谁都冷冷淡淡的修言鬼君竟给了阿音一个好脸色，甚至花力气看了她的轮回之路。这一看，修言

就来了兴致。

阿音自头一次转世投胎起已过五百年，奈何桥过了二十几遭，每一世必活不过二十，且都是为情而死。修言发现她是一只奇怪的鬼，别人喝过孟婆汤，走过奈何桥，上一世前尘尽忘，她倒好，投胎为人时倒不记得，一旦翘辫子成了鬼，以往的每一世便会在脑海里过一遍。

头几次阿音走奈何桥时还能忍，安安静静喝了孟婆汤就上路了。直到轮回十五世后，终于忍不住撂了担子。

活着的时候衰就衰吧，死了还把每一世的命道都在记忆里过一遍，即便阿音是只翻来覆去死透了的鬼，她也觉得老天有些忒不厚道了。

修言鬼君在奈何桥上守了上千年，从没瞅过如此人神共弃的鬼，一时王八对绿豆，对她颇为看顾。再言他每日对着的皆是死气沉沉只等投胎的鬼魂，没一个能像阿音一样记得来地府的每一遭，所以一来二去两人便有了些莫名的情谊。

都道"上头有人好办事"，阿音也不是个含蓄的，从前几世开始就央着修言为她寻好人家托生。修言到底是有些小权握在手里的，不信阿音如此倒霉，在这事上很是上心，为她一世比一世寻得好，如此又过了十来世，这不，这次都把她倒腾进皇家去了。

可惜，整整五百年，这倒霉的鬼姑娘还是这么个衰运道。

这才十八载不到，又翘辫子了。

"阿音。"修言伸出两根手指戳了戳阿音的肩膀，又朝上指了指，"我看你天生和地府有缘，不适合做人，干脆做鬼算了。若是机缘巧合，好好修炼，日后说不定也能功德圆满，飞升神界。"

阿音白了他一眼，哼了一声："修言，你当我还是当年那只少不更事的小鬼呀，这几百年三界里连上君都很少出，别说是上神了！"

修言所说的神界就是上古界，与三界完全是两个空间，听说要进神界至少得有半神的法力，她一低等鬼魂，焉能有此造化？

修言惯会胡言，这回扯得有点远了。

修言摸摸鼻子，有些讪讪，却不甘心："哎呀，丫头，就算不飞升神界，留在地府也不错啊，这些年鬼王把地府打理得跟世外桃源一样，不信你看。"

他说着邀功似的朝忘川上一挥袖，波光粼粼的水散开，地府一角的盛景呈现在两人面前。

地府永远只有黑夜，此时，鬼殿前的安华街上热闹喧哗，成百上千的大灯笼飘在地府上空，街上鬼来鬼往，喜气洋洋。街道上摆满了叫卖花灯的小摊，不远处的鬼王殿红灯彩绸高挂。阿音这才想起，这一世她死的这一日正是正月十五上元节。

可惜啊，世间团圆日，却是她独自上路时。

死都死了，这些鬼还真喜欢瞎折腾，阿音为修得一世好运折腾五百年，哪有闲情看别人舒坦，心中寻思着该何时喝了汤上路，晃悠悠打着哈欠转头瞧见修言一只独鬼孤孤单单的，着实可怜，便想着陪他一会儿再投胎。

"阿音，你瞧瞧我这地府，跟人间一样繁华，留下来做一只鬼呗！"修言没瞅见阿音的哈欠，锲而不舍欲将阿音入鬼籍定成一桩铁案。

阿音懒得理他，敷衍地摆手，一不留神瞥到水镜一角，微微一怔。

桥上一时静下来，修言循着她的目光望去。

街道尽头的拐角处，一个青年静静伫立。

他一身白衣，立在街角的桃树下，清冷俊逸的身影在幽冷的地府分外打眼。无数鬼君从桃树边走过，却不敢靠近他半分。这人仙气缭绕，一观便知是位罕见的上仙。

街道两旁亭台楼阁里小心翼翼踮脚红着脸瞅他的女鬼君不计其数，甚至还藏着不少女仙君。照阿音看，地府今晚的热闹有一半是因他而起。

这仙君通身的凛然气势生生将桃树一丈之内化成了属于他的地盘，仿佛谁多瞅这地儿一眼，都是冒犯一般。

看来不是个简单的主儿，阿音摸摸下巴，眼睛滴溜溜朝上瞅。

只一眼，阿音半个身子都差点栽进了忘川。

哟，这模样也太俊俏了，兼那沁进骨子里的尊贵俊雅……阿音敢以她二十几世阅夫无数的眼光捧着良心担保，这上仙，是个高等货色呀！

"哎哎，丫头，看傻啦？"修言瞅了瞅忘川中自个儿的脸，顿时不爽，他在鬼界可是毫无争议的第一美男，阿音看他就从来没看到连眼珠子都差点掉出来过，遂小心眼地补了一句："比我差远了，有什么好瞧的。"

阿音收回视线，懒得理睁眼说瞎话的修言，搓着手两眼放光地问道："这仙君是谁呀？"阿音整个身子扑得几乎与水镜平行，悬在忘川上，也亏得她如今只是一只轻飘飘的鬼，否则还整不出这样的动作。

"仙君？"修言意味深长地咀嚼着这个称呼。

"这仙气缭绕的，难道不是个仙君？"阿音愣愣地问道。

修言哼了哼："倒也没错，他也算是个仙君吧。"

阿音在人间轮回来轮回去，怕是不知道这些年仙界出了位上神，正是水镜中这位。

修言见阿音那副眼馋的模样，咂巴着嘴道："他啊，你就甭想了，他是大泽山东华上神的徒弟，也是清池宫的主人。"

东华上神？清池宫？这些只在传说中出现的上神和地方让阿音吐了吐舌头，自个儿和这仙君的地位之别犹如天上的月亮对比地府的蛤蟆啊。她满心遗憾地收回视线，但仍忍不住八卦："他这样的身份怎么来地府了？"

修言懒懒一靠，竟罕见地叹了口气："这事我倒知道些。六百年前有个女仙君爱上了妖皇，助他毁仙界灵山，屠戮仙人，闹得三界大乱。后来两族在罗刹地大战，妖皇重伤败走，那个女仙君死了，两族才算消停下来。哎，当初白玦真神为了护住三界以身殉世花了多大心血，那个女仙君谈场恋爱就能毁了两族和睦，也算是本事了！"

"这和他来地府有什么关系？"阿音化成鬼魂时，这场惊天大战早已过去百年，这些年她轮回历世，也曾隐约听说过。

修言挠了挠下巴，继续扯："听说那个爱上妖皇的女仙君是他的心上人。纵使是仙人死了，也是要轮回转生的，他来地府是为了寻那女仙君的魂魄。"

阿音颇为惊奇："那个女仙君都背叛他了，他还肯来寻她的魂魄，当真长情呀。"她望了一眼水镜中的白衣仙君，觉得他有些可怜，放轻声音问道："都这么多年了，他还没有找到？"

修言摇头："那女仙君死在元神剑下，连半神受了此剑也是元神俱散的下场，哪里还会有魂魄留于世间。他不过是不相信，加上两人之间有些旧情，年年来此寻个心安罢了。"

这话说得分外蹊跷，阿音一怔，转头："心安？什么意思？"

"我忘了告诉你……"修言笑笑，神情颇为莫测，"元神剑是他的兵器，三界之内，只有他能用。"

顾名思义，世上能用元神剑杀了那女仙君的，亦只有桃树下的白衣仙君。

到底有多恨，才能亲手让挚爱之人魂飞魄散，将她灭于世间？抑或是为了三界大道，甘愿舍弃背叛仙族的爱人？

一听如此凄凉的故事竟是这般凉薄的结局，阿音心底发堵，颇不是滋味，一时胸口隐痛起来。五百多年前她为了聚魂成形，强行服用至阴至寒的转魂丹，丹毒侵入魂体，以致每一世都带上了心悸这个老毛病。

惜福吧，她这样在地府底层求生的散魂也能轮回转世，本来就是天大的福分，至少比那个丧生在元神剑下魂飞魄散的女仙君要好得多。

有人记着有什么用，每年来地府寻又有什么用？死都死了，不过是应个景做给世人看罢了。

阿音自嘲一笑，心底却可惜那段数百年前的往事，仍忍不住朝水镜中望了一眼。这一看，眼神便微微凝住。

桃树下立着的仙君正好转头朝水镜外的方向望来。

白衣玉冠，锦绣容颜，都不及他淡漠得寂灭的瞳色让人震撼。

极深又好像极浅，盛满世情又仿佛毫不留念，矛盾得让人难以直视。

明明知道他只是随意一望，阿音却像被抓了个现行，心虚地转过了头。

阿音想：真的喜欢吗？如果真的喜欢，怎么会亲手让她魂飞魄散化为劫灰？

满是疑问的声音在奈何桥上响起。修言诧异地看向她："阿音？"

阿音后知后觉，这才发现她竟然把心底话给问了出来。她颇为意外，说起来她也算一只通晓世情看遍炎凉的老鬼了，想不到还会有伤春悲秋的时候。许是她羡慕那女仙君死则死矣，但到底还有两个人念着她吧。

心底有些疲懒，阿音从桥上跳下，抬手朝修言伸去："快点把孟婆汤给我，我还赶着上路，你可别耽误我享富贵荣华的好日子！"

修言早就被她折腾得没了脾气，手一挥，桌上的碧碗里便出现了半碗香气四溢的汤水，他没好气道："走吧走吧，走了清净。"

阿音笑眯眯端起碗将汤一饮而尽。修言摇摇头，这个阿音啊，人人转世投胎都感念今生舍不得故人，她倒好，半点不含糊。

阿音喝完了就准备朝忘川里跳，突然想起一事，止住脚步，踟蹰半晌才朝修言看去。

"修言，你在奈何桥几千年，有没有见过比我更衰的人？"

修言正儿八经摇头："没有，半个都没有。"

"那我这命道到底是何故？可有解？"阿音眼巴巴望着他。

修言伸出两个手指头，晃晃："有两个可能。一个是你得罪了了不得的大人物，或者做了天怒人怨的坏事，老天爷在惩罚你……"

阿音懒得理他，她这几百年见着的最了不得的人物就是修言，哪里能得罪什么人？她哼了哼："第二个呢？"

修言朝她眨眨眼，拖长了腔调："第二个嘛……你自己就是那个了不得的大人物。人间不是有句老话，天将降大任于是人也，必先苦其心志……"

他还没嘟囔完，扑通一声响，阿音已经跳进了奈何桥下的往生洞，不见了踪影。

阿音消失后，修言脸上的笑意一敛，又恢复了往常模样，望向黄泉路尽头微微出神。

他本想趁着今日清净好好定神休息一下，却还是未能如愿。一阵清风拂过，奈何桥上浓郁的仙力涌动。

修言回转头，瞅见刚才还立在桃树下的仙君毫无预兆地出现在桥上，那人惯来冷漠的眼底竟有微微波动。

即便知道来人身份尊贵，修言仍是那副懒懒的神色，不咸不淡朝青年拱拱手："神君，别来无恙。"

白衣神君未理会修言的问候，只抬眼环顾忘川四周，半晌后才朝修言望来，神情漠然，"修言鬼君，刚才窥探之人可是你？"

修言连一丝迟疑都没有，笑眯眯地回道："神君，今日上元之夜，我守在奈何桥上一个人孤寂得很，耐不住寂寞，便四处瞅了瞅，扰了上神，实在罪过。"

白衣神君仍盯着他，目光灼灼："鬼君一直是独自一人？"

修言颔首，朝冷清的桥头摊了摊手："当然，神君一观便知。"

来人望了修言半晌，末了，看了桥下安静的忘川一眼，一言不发转身朝鬼界而去。

他以为她还活着，到头来，仍是一场空。

他亲手将她送进无间地狱，毁她魂魄。哪怕她还活着，日后千千世万万年，她也不会再出现在他面前。

他的劫难，自六百年前开始就永无终结的一日。

白色的身影缓缓消失在黄泉路尽头。修言望着忘川，开始怀念起任性刻薄又稀罕美男子的阿音来。

又是一世轮回，也不知这一遭这傻姑娘能走多少年？

说来也怪，从这一世开始，阿音短命早夭的运道终于有了转机。

第二十八次转世，她成了一家小商户的女儿，继承了家里的作坊，历尽千辛万苦成了江南首富，足足活到六十高寿。

第二十九世，出生边疆军武世家，随军从戎，震慑蛮夷，成了盖世女将军。

第三十世，长于京城书香门第，琴棋书画享誉八方。

第三十一世，再次投生皇家，皇子幼小，她以皇长女的身份监国长达十五载，享尽世间权柄富贵。

……

但她亡故后，依然记得之前每一世的过往。修言在奈何桥头见到的阿音，一世比一世更沉稳、更凛然威严，也更会隐藏自个儿睚眦必报腹黑小心眼儿的毛病。

修言没想到，数百年前弱小内向自卑的女鬼阿音，也能磨炼出如今这般的风华。

但任谁像她一般历经数十世不忘前尘，恐都会如此。

这般轮回，实在说不上是福是祸。

又是五百年，阿音重走黄泉路，等着她的依然是鬼君修言。

"丫头，真快啊，你轮回转世都有千年了！"奈何桥上，修言打趣她，"你是个有福的。啧啧，让我瞧瞧，这魂魄更稳固了，那些仙君在仙界修炼的魂魄也不及你浑厚。"

修仙修神修妖修魔，修的就是灵魂的强大，阿音这般奇妙的经历，当真比在上界修仙修妖更靠谱。

阿音转头，藏起眸中的狡黠，一派大气的模样，手负于身后抬起下巴挑衅修言："修言，我想通了，不求什么富贵权柄了，我只想平平凡凡做一世人。你不是成日里说自己是鬼界最厉害的鬼君，可有办法替我封住千年轮回的记忆，让我再做鬼时不再记起？"

如今她一说话，便不自觉带了股沉稳慑人的感觉。

修言摸着下巴，颇为怀疑："你真想这么做？你可别忘了，你每一世转世为人时虽不记得过往，但千年的历练烙印进灵魂，才会在无形中让你的每一世都平安富贵，成为人上之人！一旦清洗所有记忆，你可就沦落成一只普通的鬼了。你以后的转世人生都会平凡无奇。当年你不是成日里念着要俏郎君，要权势，要地位吗？"

"不要了不要了，都是些俗物。"阿音连连摆手，却在暗自翻白眼。什么东西瞧多了都会腻得慌，譬如人间的俏郎君帝王位金银山，再譬如……修言这张初见惊为天人、百来次后沦为路人的脸。

当然，她也只敢在心里想想，修言毕竟是她千百年无尽轮回的生命里唯一能抱的"大腿"，她必须得稀罕点，不是？

"好吧，看在咱们千年的交情上，我帮你一回。"修言哪里知道阿音所想，考虑半

晌后便伸出手在空中胡乱画了几笔。

阿音起初还能悠闲地打着哈欠看着，之后就没办法淡定了。

随着修言的手势，碧绿的咒文缓缓出现在半空，伴着愈加清晰的纹路，忘川下沉睡的河水被惊醒，掀起惊天巨浪，整个奈何桥突然毫无预兆地震动起来，甚至这股子骇人的气势和震动急速朝外出散开，不过半息就扩散到整座地府，奇异神秘的火红神力自忘川上突兀而起，冲破地府直入天际。

阿音目瞪口呆地看着脚下晃动的石桥，又瞅瞅忘川上的巨浪，咽了咽口水道："修言，我只是投个胎，动静是不是太大了？"

投个胎把鬼界的奈何桥都给毁了，她会不会被鬼王抓回去剥皮抽筋，在油锅里囫囵着煎炸呀？她平凡安乐的人世都还没有开启啊！

修言掏掏耳朵，看着面上冷静沉稳实则心里咆哮怒吼的阿音，朝河里抬了抬下巴："跳下去吧，保你心想事成。"

阿音虽然一心想快点轮回了事，却还是顾念着自己的小命，一脸狐疑："不用喝孟婆汤？"

"不用。"修言摆手，一向疲懒的眼中隐有卓然之色，"下一世，阿音，定会如你所愿，你轮回记世之苦，自此不复。"

阿音心底暗喜，一脚踩上桥头正准备往下跳，迎接平凡庸俗的下一世，哪知悬在半空中又被修言唤住。

"阿音！"

阿音扭头。

"你轮回千年，有没有什么特别遗憾的事？"修言仍是一副懒懒的模样，俏皮又没心眼地问她。

特别遗憾的事？这倒是个需要慎重思考的人生问题，她得好好琢磨琢磨。毕竟一千年岁月，总得有这么一两桩事才能对得起她坎坷的轮回之路。

阿音眨眨眼，回想过往，不知怎的突然想起五百年前上元节那日她在水镜中瞧见的那个俏仙君。

白衣俊颜，一双眼敛尽三界风华。

身后的忘川巨浪翻飞，脚下石桥震动不休，整个鬼界一片混乱。

阿音却好像突然听不到声音一般，折转身子，为了五百年前惊鸿一瞥的人相问："修言，我当年忘了问，五百年前的那位仙君，他爱上的女君叫什么名字？"

修言一怔，看了她半晌才道："阿音……"

阿音又凑近几分，"叫什么啊？"

"啊！"

哪知就在修言开口之际，她一个没注意，悲惨地一脚踩空朝身后忘川的漩涡落去。

桥上坐着的青年越来越远，有些无奈，到最后也没能回答她这个问题。

阿音想，下一世她再轮回，想必已不会再记得世上有个鬼君唤作修言，陪她四十余世，看遍世间芳华。

千年过往，终化尘埃。

万籁俱寂，刚才还带点烟火气的奈何桥又安静下来。

只剩那条路、那座桥、那个人，千百年不变。

神隐
上

壹·往昔

　　九州八荒，有天、妖、鬼三界，人界居于其下。三界之上，只有上古神界为尊。

　　六万多年前，混沌之劫降世，上古四大真神上古、白玦、天启、炙阳倾力迎劫，神力散尽，后陷入沉睡，上古界尘封。

　　两百年前四大真神相继觉醒，上古界开启，三界九州仙妖神魔重启后元上古历。一百年前真神白玦在渊岭沼泽湮灭混沌之劫以身殉世。真神上古悲恸之际立下非上神不得入上古神界的规矩，自此上古界永封三界之上，轻易不启。

　　经此一劫，仙妖宿怨暂搁，兵戈休止。凤凰凤染为天帝，执掌天界。妖虎一族王者森鸿为妖皇，执掌妖界。鬼界之主是上古真神数万年前所选，名敖歌，鬼王一直是三界中最神秘的存在。

　　自此三界安宁，已有一百来年。

　　当年罗刹地一战凤染和森鸿都已入半神，但要真正成神入上古神界，还需契机和造化，除了他二人，百年内三界最有希望位极上神者，便是那仙界大泽山的掌教，东华老上君。

　　大泽山地位之超然，由此可见一斑。

　　当然，数百年前那两场曾迎来上古真神现世的东华老上君寿宴，也已在三界成为传奇。

　　此时，大泽山后崖。

"铿……铿……"沉钝的劈柴声自后山崖下传来，半座山头隐隐可闻。应是习惯了，山中百兽仍顾自玩乐，恍如未闻般将这嘈杂声给屏蔽了。

通往后崖的羊肠小道上，一个白白嫩嫩的小道童跌跌撞撞走来。他身量尚小，唇红齿白，一身靛蓝道袍，抱着有他半个身子高的木桶，艰难地在小道上挪动。足足一个时辰，小道童才停在后山崖边，他放下木桶，朝崖下瞅了瞅。

大泽山后崖是一处山谷，深不见底，终年云雾缭绕，依稀可见青松绿草，溪水潺潺，百花盛放，整个大泽山的仙气似都聚在了此处。

可惜，这地儿再好，成百上千年来来的人却极少。原因无他，自东华老上君自立山门起，便成日里吆喝自个儿宅心仁厚，体恤徒弟，遂将山门禁闭之地选在了这个洞天福地。

谷底云雾之上封印暗藏，一旦被这老头子丢进山谷，只要时辰未到，大泽山的弟子一步都跨不出来。山再青，水再绿，景再美，花再香，等你坐困此处百年千年，保管只会发慌。

小道童睁大眼睛瞅着谷中劈柴的身影，急忙整理好起皱的道袍，清了清嗓子，双手放在嘴边成喇叭状呼喊："小师叔……小师叔……小小小小师叔……"

清脆的声音在山中回荡，然后飘飘晃晃传进谷底。谷底的身影不慌不忙劈完最后一块柴才悠闲地驾云朝崖边飞来。

云朵还未靠近崖边，金色的莲花封印在云层之上悄然浮现，千百朵莲花若隐若现。云朵再近几分，半空中一只硕大的火红翅膀突兀出现，夹着炽烈之火迎面就朝云朵上的人扇去。任云朵上的人如何躲，都避不过火翅膀锲而不舍地追击，那人只得无奈放弃，在半空中认命一站，整个人被火翅膀扇着转了数个圈，眨眼便被烧成了一块"黑炭"。

见那人受了罪，火翅膀上化出两只圆溜溜的大眼和一张凤嘴，大嘴一张，朝着黑炭身影嚣张地嘎嘎笑了两声，然后消散在半空中。

空中的金色莲花见云朵上的人受了罪，极富灵性地安静飘到了一旁。

崖边安静下来，小道童低着头，偷偷瞄了几眼火翅膀消失的地儿，又朝崖边温柔的金色莲花看了几眼，心中使劲感慨：不愧是天帝的手笔，比起师祖留下的莲花封印，威武霸气可真不是一个等级呀！

刚才那只威风赫赫的火红凤翅，是天帝凤染当年亲自布下的封印。至于惩戒的对象，自然就是云朵上被烧得狼狈不堪的"黑炭"了。

哎，小师叔对醉玉露也太执着了些，明明知道每次都会被这只火翅膀欺负，却一次

次上赶着来取露。

此时，"黑炭"使劲抖了几下身子，念了个仙诀引出一朵乌云，痛痛快快将全身冲洗了一遍，直到能瞧出点人样了才重新朝崖边的小道童飞来。

"青衣，拿来吧。""黑炭"盘腿浮在半空，手刚好放在云层边上的莲花封印下，朝小道童懒洋洋地开口。

这声音听着清脆，又有几分活泼张扬，估摸着应是个半大少年。

"哎，古晋小师叔，您接着！"小道童飞快应了一声，吃力地抱起半人高的木桶摇晃着朝"黑炭"走来。木桶里酒香四溢，冷不丁蹦出一两滴落在地上，沾上的花草立时便生机焕然，朝气蓬勃。

云朵上的人立马坐得笔直，烧得枯黑的眉毛拧成一团，煞是心疼："青衣，仔细着点，你师父稀罕着他的醉玉露，我等了半年才得这么点，你可别给师叔浪费了！"

话入耳里，青衣瞅着自个儿怀里半人高的酒桶欲哭无泪。山下仙池里的醉玉露半年才得一池，每次至少有大半池藏品都被师父吩咐送到了后谷，整个大泽山上上下下加起来都没这位小师叔所得丰厚。山门里谁不知道师祖和师父把古晋小师叔当眼珠子稀罕，他竟也好意思说出"就得了这么点"的话来。

青衣是东华老上君的首徒闲善仙君的弟子。老上君闭关后，大泽山便交由闲善仙君执掌。青衣自然要为师父辩驳几句，当即把酒桶放在古晋手上，脸皱成一团委屈道："小师叔，师父最疼您了，他说谷里冷清，悄悄吩咐我给您加了一壶。"青衣说着从怀里掏出个白净的仙壶，递给古晋。

古晋瞅见小仙童黏在瓷壶上的眼，略一沉吟，颇为悲壮地一挥手，道："青衣，这壶醉玉露送给你了，你月月都来后谷看我，算是师叔我的谢礼。"

青衣顿时咧开嘴笑，眼眯成了一条缝，以迅雷不及掩耳之势将手缩回，嘴里却道："小师叔，青衣怎么敢……"

"拿着呗，喝完再回去，那些小家伙个个鬼灵精，你肯定藏不住。"古晋说着就要驾云回谷，却被青衣唤住。

"小师叔！"

古晋回转身。

青衣戳着手指头，扭捏地问道："小师叔，你什么时候才能出谷啊？"

青衣入大泽山修仙才一年，但古晋被关入后谷已有五个年头。他送了一年醉玉露，从没听说过古晋被关入禁地的原因，只知道这位山门里珍而重之的小师叔是大泽山六万年里唯一一个被师祖和天帝布下两道封印禁在此处的弟子。

古晋摸摸下巴，问："师父出关了？"

青衣摇头。古晋咂咂嘴，又腰朝半空叫唤起来："喂，肥翅，我把天帝的御旨给忘了，你出来再给我说一遍！"说完，他抱着木桶乘云朝谷底而去。

青衣眼巴巴看着古晋驾云下了谷，还没回过头。消散的炽烈神力重新凝聚成火红的翅膀浮现在半空，被古晋称为肥翅的翅膀化出眼睛和凤嘴，变幻成一只小小火凤的模样。

"哼，说了多少遍了，吾名火翅！你才是肥翅，你全家都是肥翅！"

它扭扭腰，神气十足地俯视下方。直到金色莲花聚满它周围，青衣睁大一双渴求的眼望着它。它才满意地哼了哼，清清嗓子对着谷底渐渐消失的背影昂首鸣叫。

霸气的凤鸣在后崖撒着欢响起来，林中不少仙兽悠闲地走到林子边缘，打着哈欠，对这一幕显然极为熟悉。

"传吾谕令，仙君古晋顽劣误事，闯下大祸，即日起禁足大泽山后谷，东华上君出关之日，为你出谷之日；东华上君成神之时，乃你下大泽山之时。"

火翅连着将这句话神气十足地念了三遍后才满意地收声，它朝目瞪口呆的青衣抬抬下巴，复又消失在空中。

这是一个封印吗？对，这是一个封印，只不过是一个成精的封印。

果然，天帝那个层次的神仙的世界，他不懂。

半晌，青衣用手托回自己的小下巴，默默安慰自己受惊的小心灵，朝谷底眨眨眼，回过神后飞快转身朝山顶而去。

天啦，他得回去问问清楚，古晋小师叔到底犯了什么过错，居然被天帝给折腾成这样！听说师祖好多年没出关了，至于成神，三界一百多年里连个半神也没出过，更别说是上神了！古晋小师叔若是时运不好，师祖闭关个几千年，怕是他这个帅气的小师叔，出谷的时候都成走一步抖三抖的老头子啦！

青衣怀揣着古晋刚刚馈赠的仙露撒腿跑得式欢，全然没有发现，自己扫着山门，却操着拯救三界的心。

谷底终年如春，百花齐放。繁茂的青松围绕在山谷四周，一座木桥横架在小溪上，一头连着花圃，另一边尽头是一座竹坊。竹坊外用泥土竖了篱笆，里面罕见地生长着两株梧桐树。金黄的梧桐叶落在竹坊外，脚踩在上面，舒服得不得了。

一句话，这个山谷简直把大泽山的灵气聚了十之八九。只可惜，山谷顶端的两道封印生生把这个仙界福地折腾成了远近闻名的活地狱。

仙云从崖上慢腾腾落下，云上的人小心翼翼抱着醉玉露进了竹坊，转身出来脱了被烧得焦黑的衣物在小湖里打了个转，待洗得干干净净白白嫩嫩，他才从湖里爬出来。

随手捏个仙诀变出一身青衣，少年套在身上，朝水中打量了一眼自己的容貌这才满意地抬头。

直到这时，这个被青衣称为古晋的仙君，大泽山六万年来最稀罕也是最苦命的弟子，才算囫囵露出了原本的模样。

剑眉斜飞，轮廓深邃，着实是副好相貌，走在三界也能引得不少小姑娘心神荡漾。只可惜，染在眼底的顽劣之气生生让出尘的气质跌落，只觉面前之人还是个未长大的少年。

急着寻夫嫁人的女仙君瞧了他，只会感慨一句：虽远远瞧着好，奈何还只是个含苞待放的花骨朵儿。

当年梧桐岛凤染办的生辰宴上，他若不是听见华姝身边的红雀女君说了这么一句惹出之后的祸事，怕是怎么着也不会落得如今这么个身陷"囹圄"的下场。古晋叹了口气，随手把腰间锦带系好，光着脚绕着满谷的青松开始散步。

一千八百多天，除了每年送醉玉露的仙童，他连个人渣子都没瞧见过，师父再不出关，他估计真要在谷底发霉了。古晋朝崖顶望了一眼，心里嘀咕，若不是天启强行封了他的神力，别说那只成天到晚只知道嘚瑟的肥翅膀，就算是大泽山的守山神器遮天伞也拦不住他！

龙游浅水遭虾戏，虎落平阳被犬欺。这么个弹丸之地，足足困了他五年。

母亲从瞭望山回去后便封了上古界，也不知道上古神界到底如何了？

一百多年前元启被天启封了神力扔到大泽山，化名古晋，拜在东华老上君门下。随后上古回归，立下非上神不得入上古界的规矩，算起来他已有百来年未回过上古神界了。

这些年只有碧波曾经偷偷摸摸来看过他几次，告诉他母亲重启元神池，父亲或许能归来，这算是古晋枯燥乏味的修炼生涯里唯一值得期待的事了。只可惜碧波在大泽山才藏了十日，就被天启捉回妖界净渊山修炼去了。

他更倒霉，五年前犯了错，被从小疼他的凤染一翅膀从梧桐岛扇回了大泽山，直接关在了禁地。

果然有了亲生的，他这个半路抱来养的就要靠边站了。

古晋暗哼两声，嘴里直念叨："要不是看你一把屎一把尿把我拉扯大……"

他话到一半，摇头晃脑的身子一顿，停在一棵松树下，狐疑地低下头四处查看。

怎么会有活物？这座山谷有进无出，纵使灵气满溢，却连最低等的仙兽都不愿意走进来，哪个傻子闯进这里了？

有了一同受罪的人，古晋心底直乐呵，光着脚绕着松树周围开始寻人。不属于后谷的灵气若隐若现，他一路沿着小溪寻找，最后停在后谷角落的一处山洞前。

洞前布满青苔，洞口被青藤遮盖，不仔细看根本不知道此处别有洞天。古晋在山谷住了五年，还是第一次发现这个山洞。他掀开青藤，径直走了进去。出乎他意料，洞内温暖干燥，是个遮风避雨的好地方。时起时伏的呼噜声在角落响起，淡淡的灵气伴着呼噜声一同飘出。

古晋猫着身子放轻脚步，连走几步绕过石床，看着角落里的东西，脸上的好奇瞬间便化成了惊讶。

角落里沉睡着一只碧绿色的小仙兽，它短小的四肢蜷缩在肥嘟嘟的肚子上，晾着肚皮睡得正酣，两只晶莹剔透的小翅膀藏在身后。

古晋摸着下巴，一眼便瞧出这个和碧波本体一模一样的小家伙是一只水凝兽。

水凝兽是上古水凝神兽的远亲，虽模样相同，却只继承了水凝神兽的治愈之力，两者仙力更是天差地别。六万年前的混沌之劫后，水凝神兽便只剩下碧波一只，就算是普通的水凝兽也很少出现在三界中。

古晋若有所思地朝小家伙身旁化成了碎片的蛋壳看了一眼，想来这只水凝兽破壳之时失了母亲的灵力供养才会陷入沉睡，好在大泽山灵力充沛，孕养它至今，总算恢复了生机，才让他发现。

呼噜声伴着小气泡从水凝兽嘴里吐出，它粉嫩的小爪子不时动一动，着实勾人。清池宫众人只知道小神君最喜欢的事儿是欺负碧波，却不知道他是个稀罕谁就折腾谁的古怪性子。

他自小最宝贝的不是上古神界的满界神物，也不是下界大泽山的醉玉露，而是一只叫碧波的胖嘟嘟的肥鸟。奈何这喜好着实上不得台面，除了凤染发现了他这点小心思，至今无人得知。

此时，他睁大眼一眨不眨地盯着面前的水凝兽，一眼都舍不得挪开。半响，他叹叹

壹 〇 注昔

·017

气，把这只睡得昏天黑地的小家伙从草窝里抱了起来。

"算了，你也是个苦命的，爹不疼娘不爱，我勉为其难养你好了。"古晋迈着步子朝外走，嘴里吐着心不甘情不愿的话，眼底眉梢却俱是笑意。

他这个别扭的性子，怕是跟他老爹一样，千百年都改不了了。

山谷里多了个活物，于古晋而言是个大喜事，可才三天他的精神头就被摧残得一点不剩。这只活灵活现、充满生机、肥得流油的水凝兽居然就没醒过，古晋试过各种方法，将仙力注入它体内，在它鼻子前摆满香喷喷的灵果，甚至连醉玉露都献了出来，但这只小兽除了直着睡、歪着睡、翻来覆去睡外，完全没有清醒的迹象。

古晋愈挫愈勇，干脆和它耗上了，走哪儿都抱着它，成日和它说话，每日为它采摘最新鲜的仙果，大有耗到底的架势。

山中无岁月，古晋和怀里肉嘟嘟的肥球相依为命的日子一晃便是半年，转眼又到了青衣这娃娃送温暖送情谊的好日子。

那一大桶醉玉露早被不知节制的古晋喝了个底朝天，这都馋了半个月了。

青衣轻糯的声音在崖顶一响起，古晋便整了整衣袍，人模狗样地抱着肉球欲乘云而去。云飘了一半，他突然想起那只不把他烧成黑炭不罢休的肥翅，手抖了抖。古晋稀罕地看了一眼怀里睡得流口水的小兽，摸着下巴重新退了回去。

崖顶的青衣看见飞了一半的小师叔折回山谷，把手里一团瞧不清模样的东西放在梧桐树上才折返飞来。

当然，古晋的决定是明智的，半年前惨烈的一幕重新在崖边上演。古晋仍旧成了一块黑炭，连着天的火烧云伴着火翅膀嘎嘎的怪叫声消散在半空，那成百上千朵莲花仍旧老样子。至于青衣，倒是比上一次镇定了不少，稚嫩的娃娃脸也有了少年初长成的模样，看得古晋欣慰不已。

"小师叔，这是师父给你准备的醉玉露。"

古晋照旧给他匀了一瓶出来，他心里挂念着家里那只从来没离开过他视线的水凝兽，接过木桶就欲回谷，却被青衣唤住。

古晋回过头。青衣捏着衣角，努力掩住眼底的好奇，问："小师叔，凤族的那只小火凤真的醒不了吗？要是她醒不了，天帝不息怒，师祖一直不出关，您就要被一直关在这里啊？"

他的脸皱成一团，忧心忡忡："我打听过了，师祖闭关最短的一次也有八百年，长的时候三千年也有呢，您都还没成亲，要是被关到一把年纪了再出来，还有哪个女仙君愿意嫁给您呀？"

"还有……"青衣涨红了脸，扭扭捏捏道，"您就别记挂着孔雀族的华姝公主了，青叶师兄说她是咱们仙界第一美人，求娶她的人能从天门排到咱们大泽山，您的想法，不现实啊。这半年我和青叶师兄悄悄瞧了几处仙府，师兄说水林仙君家的大女儿脸庞圆润，屁股大，好生养，打算等您出来了，就给您禀了师父替您上门求亲呢……"

古晋默默回转身，看着面前满心欢喜的小师侄，面上颜色赤橙黄绿青蓝紫一个不落地变幻了一番。

他突然想起很多年前清池宫里天启摸着他的头问他的一句话。

"哎，阿启，你知道世上比神一般的对手还要可怕的是什么吗？"

他当年懵懂，只记得自己一脸纯真地摇头。

然后，他听到天启妖孽般的笑声，在他耳边吐出几个字："猪一样的队友。"

当年天启遇上的是他老爹，如今，他遇上的是两个充满了二愣子闲心的师侄。

他沉默许久，终是没辜负凤染和天启的百年教导，在暴走前想起了自己的长辈身份，极有涵养地颔首，吐出了这辈子最憋屈的五个字："有劳费心了。"

青衣张张口，刚想说其实山下槐树仙的小女儿也不错，却看见自家的小师叔已经化成一只利箭，头也不回地冲回了谷底。

此时，梧桐树上。

在古晋"狂轰滥炸"下半年都未睁眼的水凝兽，终于掀开了眼皮子，看向世间。

黑暗被打破，光亮骤现，生机勃勃的山谷一点点映入眼中。

蓝天白云，青山绿水，百花盛放，溪水潺流。此景为降世的第一眼所见，再完美不过。

金黄的梧桐叶温暖香甜，梧桐树杈上的小兽舒服地翻了个身，半睁着眼打量新奇的世界。它懒懒打着哈欠，显然对苏醒之地很是满意。

一朵白云从天际飘忽落下，上面一团黑影直直跳进不远处的小溪内，水花四溅。片刻后，里面蹦出个光溜溜的少年。

小兽猛地用爪子捂住眼，却不甚自觉地开了一条缝，许是瞧见了什么了不得的场面，小兽偷偷地咧开了嘴。见少年套上道袍抱着木桶走来，小兽一蹬腿，翻开肚皮，舒展开爪子开始装睡。

它别的不会，但作为一只睡了百年的物种，装睡倒是浑然天成无师自通，颇有气象。

　　古晋把醉玉露藏进竹坊后就飞到梧桐树上寻他的宝贝疙瘩，见水凝兽睡得香甜，也不惊动它，笑了笑把这个小家伙小心翼翼地抱了下来。

　　小兽睁眼，瞥见少年眼底温柔的笑意，一怔，悄悄收起了肉垫子下的利爪。

　　今日青衣虽说童言无忌，却勾起了古晋心底一段藏得紧实的过往，让他愁肠百结。他一步三叹，连每日例行的散步都给取消了，倒了一壶醉玉露抱着水凝兽坐在院子里发呆。

　　"青衣入山门才多久啊，他是没见过华姝，要不怎么也不会中意水林仙君家的大闺女。"古晋嘬着醉玉露，小声念叨，还不忘拍拍怀里的小兽，"小家伙，喜欢是一辈子的事，要是轻易放弃了，就不算真的喜欢，你说是不是？"

　　小兽似是无意识地扑腾了一下，勾过古晋身上的道袍，在他怀里蹭了蹭。

　　"哎，你都不知道当年发生的事，我问你有什么用。"古晋朝后一仰，直直望向天上的月亮，长叹一声，"我遇上华姝的那日，月亮也是这么大啊。"

　　他眼底少年的稚气渐退，浮过一抹不属于他这个年岁的惆怅伤感，甚至染上了隐隐的自责与后悔。

　　古晋显然还未成长到可以将一些年少时的错事憋在心里一辈子的程度，青衣的话如利斧一般凿开了他心底的缺口。他头一次敛了脸上的嬉笑之色，抱着懵懵懂懂的水凝兽开始回忆五年前梧桐岛上改变了他一生的那一日。

　　真神白玦陨落后的九十多年里，三界八荒最稀罕的一件事儿当属梧桐岛凤族第二只火凤的降世。凤凰一族的皇者出自火凤一脉人尽皆知，但自上古之时起，每一脉火凤皆只传承一只，稀罕得狠。遂第二只火凤凰的降世成了凤族的头等大事，天帝凤染甚至为其办了一场三界尽知的宴会。

　　梧桐凤岛，新降火凤，同邀诸神，与吾共庆。

　　当年这封由天帝亲自写下的霸气贺贴，至今仍被众仙津津乐道。

　　更有传言，隐迹已久的上古真神也曾在这只小火凤降世之日踏足梧桐岛。还未降生便惹得三界侧目，怕是当年清池宫元启小神君的突现世间也及不上这只小凤凰。

　　天帝数年前曾延请司职占卜的灵涓上神为小火凤测命途吉凶，灵涓上神未多言，留了"一世糊涂"四个稀奇古怪的字就拍拍屁股走了。经此一事，凤族长老慌了神，每日将灵力注入蛋内护住小凤凰的灵魄，就连天帝也有半数时间留在梧桐岛照料它。

　　这只三界瞩目的蛋终于顺顺当当挨到了破壳之日。天帝大喜，再邀众仙齐聚梧桐岛，庆祝凤族有史以来第二只火凤的涅槃降世。

那场宴席轰动至极，天帝谕令族中凤凰前往五湖四海迎接宾客。小火凤涅槃前一日，梧桐岛内三界宾客齐至，全岛同欢。

那时古晋被天启封了神力丢到大泽山修炼已快百年。山中日子枯燥乏味，初闻此事，他乐悠悠禀了东华老上君要去梧桐岛插一杠子贺喜。

东华临老快封神了才得这么个宝贝又尊贵的徒弟，哪有不答应的，忙不迭遣了一溜徒孙跟在古晋身边。古晋在大泽山年龄小辈分高，十来个头发花白的仙君跟在他身后毕恭毕敬唤师叔，也是件壮观的事儿。

古晋在清池宫长大，以天启和凤染护犊的性子，他打小所用之物比天宫皇族的更稀罕难寻。入了大泽山，老上君宝贝他，一惯就是近百年。山门里众仙淳厚，古晋性子讨喜，又是老上君的掌中宝，不多久他就混成了整座山门的小霸王。

俗话说得好，心宽便体胖。古晋的降世是个异数，他虽只有百来岁年纪，却历经了母不认、父已亡、婶为帝、叔妖孽的奇异生长过程。在大泽山舒舒服服养了近百年后，他顺理成章地成了个胖仙君。

东华老上君活了六万多岁，自上古之时而生，德高望重，功劳无数。上任天帝暮光在东华三万岁寿辰时送了四匹西海极地的雪马和一驾碧绿仙石铸成的车。当年这辆雪辕仙车轰动一时，羡煞众仙，引为百年佳话。但东华上君性子淡泊，极少出门，这几匹雪马自来了大泽山就被老上君置于后山放养，是以三界仙妖对这份金贵的礼物向来只闻其名，却从未一睹真容。

这次远行千里迢迢，纵神仙日行千里也需三日。白胡子师侄们人老成精，一怕累着娇贵的小师叔，二想讨师祖欢心，出门这日便把那几匹在后山养了几万年膘的雪马寻了出来，再将宝阁里积满灰尘的仙车擦得锃亮，然后拉着他们的小师叔乐颠颠地上路了。

如此一路招摇，不出一日，三界仙妖皆知大泽山的东华老上君新收了个宝贝徒弟，为了他连雪辕仙车都用上了。只可惜，听说这小徒弟出身虽好，却是个仙力三流的二世祖，拿不上台面。

东华老上君向来人缘好，这流言蜚语一出，有些明事理的仙君不乐意了，怎么着也不该怀疑老上君的眼光啊？快成神的老上君怎么会收一个只知道混日子摆谱的徒弟，还当成了眼珠子疼？这不可能嘛！

可这事千真万确啊！一路飞来瞧见了大泽山幼徒出行场面的仙君们个个拍着胸脯保

证此话非虚。

有什么证据？瞧瞧，那十几个跟在他屁股后头打转的白胡子师侄就是明证啊！实力强横，哪里还会需要小辈保护？人品纯良，又怎么会指使老人家卖苦力？

三界以实力讲话，惯来瞧不上初生牛犊的耍威风做派。是以古晋还未入岛，得了消息的仙妖都开始暗地里感慨，东华老上君一辈子淡泊质朴的名声怕就要毁在这个不知道从哪里冒出来的弟子手里了。

暗地里说的闲话，自然不会传到心宽体胖的古小胖耳里。他一路酣睡，躺在雪辕仙车里招招摇摇被人指点点地入了梧桐岛。

天地良心，这倒真不是古小胖的错。他是从上古界滚下来的，上古界里头最低等的行辕也是成了神的神兽。他若是知道一辆雪辕仙车就毁了他半辈子名声，连累了华姝对他的看法，怕是爬也会自个儿爬去梧桐岛。

三界内知道古晋下界的仅有天启、凤染、东华等人。在他们看来，古晋别说是驾着雪辕仙车出行，就是踩着青龙玄龟也属正常，便没把这件事放在心上。不过凤染倒是赞成天启放养孩子、挫折教育的想法，想杀杀这小子的威风，遂将他休憩之处定在了九华阁。

九华阁位于梧桐后岛，僻静偏远，平时鲜有人来。听闻奉师命前来贺喜的古晋被天帝扔在了九华阁，众仙瞧不上古小胖狐假虎威的做派，大快人心之余也暗暗咂舌这位性子刚烈的凤皇对东华上君的幼徒是不是也嫌弃得忒明显了。一时间，为着小火凤而来的仙君们倒有一半将目光聚焦在了九华阁。

到底是骡子是马，总得拉出来遛遛，让他们瞧个真章才是。

世上之事说来也玄妙，看不清因缘，道不明纠葛。

很多年后，也有人说，若当年天帝没有将大泽山的古晋仙君一脚踹到九华阁，怕是之后数千年的三界，绝不会生出那么多波澜壮阔的光景来。

但有些事命中注定躲不开逃不掉，圆满与否，顺遂与否，都不过一世而已。

俗话说得好，江山代有才人出，一代新人换旧人，英雄如是，美人更如此。有人的地方就有江湖，仙人也不例外，天界女仙君如过江之鲫，总得有个拔头筹的不是？当年三界最矜贵美丽的天族公主景昭早已隐迹，数百年后，这仙界第一美人的名声便落在了北海百鸟岛孔雀一族的公主华姝身上。

华姝不过一千多岁，是孔雀王华默的幼女，她的降世颇有些传奇色彩。她出生前一日五彩祥云笼罩北海，千年难寻的鲛人上岸唱歌，甚至有海兽在北海尽头对月群欢。一夜后，华姝降世，祥云散，鲛人归，海兽尽。这一奇景被许多仙人目睹，惊叹之际众人亦言这位小公主邀天之幸，日后怕是个命贵的。

飞鸟一族以孔雀为王，但尊凤凰为皇，位分高低一观便知。凤族低调，几万年来只为两件事儿兴师动众过，一为凤染涅槃，二为小火凤降世。但单这两件事，手笔就大得三界瞩目八荒同庆。

孔雀一族的声势自凤皇重生后黯淡了不少，华默自知难比凤皇坐拥天帝之位的尊贵，难得有个祥云托生、引人称奇的闺女，自然当成珍宝一般疼宠。华姝在孔雀一族的地位比她两个哥哥更尊贵几分。

这个女儿倒也替孔雀王争气，她出生时体内的仙力就远胜一般仙族，八百岁便晋位下君。九百岁参加天宫蟠桃会，容貌之美引得一众仙君侧目，更有人言她日后风华定不输前天帝之女景昭。

景昭隐迹后的一百多年，华姝的盛名早已独得一份。随着她年龄渐长，到了许婚的年纪，上百鸟岛求婚的仙君更是数不胜数。孔雀王老怀大慰，一心想替幼女寻个好郎君，奈何所挑之人华姝皆不允。这么叨叨扰扰百来年，孔雀王累得慌，只得遂了华姝的意，让她自己去挑个顺心的。是龙是蛇，只要是她首肯，都罢了。

孔雀王千挑百选的夫婿都难入华姝的眼，也不知她究竟要选个何等风姿的仙君。感慨之余，仙界后起之秀怕跌了份儿，俱不敢轻易再上百鸟岛求亲，只敢将她放在心里仰慕。

华姝平日里醉心修炼，极少现于人前，名声虽大，见过她容貌的却不多。这次她随父贺喜，不少仙君便是为了在梧桐岛"偶遇"这位传说中容貌冠绝三界的孔雀公主，才早早候在了岛上。

岂料华姝一入岛便请求凤族长老将她休憩之地定在了流云阁。流云阁深入岛内，僻静难入，且离孕养小火凤的梧桐祖树不远。未免破坏小火凤涅槃，入岛的宾客极少靠近此处，遂还没有一个仙君能在宴席前见到华姝，这般难近佳人的状况惹得不少男仙君失落不已。

人间戏本里故事都喜欢讲究个高低起伏，不会如此平淡地拉下帷幕谢场，总会有一个拉仇恨的炮灰出现供众人打发时间宣泄牢骚。

这个关键时候，古小胖横空出世了。他躺在东华老上君的雪辇仙车上浩浩荡荡于众目睽睽之下入了岛，住进了九华阁。

除了古小胖，谁都知道流云阁周围百丈之内，只有一个九华阁。且两阁藏于茂盛的梧桐树之间，外间轻易难瞧见，自成一景。

满岛宾客只有一个古晋是凤染安排，她一早吩咐了此事，凤族长老虽奇怪凤皇会亲自过问一个大泽山弟子的下榻之处，但仍依凤染之意将九华阁空置，只是没人料到华姝会将休憩之处正好择在了一旁的流云阁。

凤染自是不知随便一踢就把古晋踢到了一处人人眼红的好去处。傻人有傻福，说得便是古小胖这个一道雷劈下就能活出一条命的坚强娃娃。

古小胖在九华阁睡得昏天黑地的时候，浑然不知整个梧桐岛的宾客一日之内生出了三种同等重要的心思：一是看看古往今来火凤一脉第二只小火凤的涅槃降生，二是瞅瞅孔雀一族伴祥云而生美艳不可方物的华姝公主，三是打量打量那个不知道从哪儿冒出来的东华老上君幼徒到底是个什么德行。

古晋入梧桐岛已有半日，既未主动去梧桐殿向众凤族长老见礼，也不见和大泽山相熟的山门走动，关注古晋的众仙都叹这小徒弟着实不太知道体统。哪里有人知道这位东华小弟子是一路睡着入岛的。

跟来的十几个白胡子师侄里，以闲善仙君首徒青云为首，他年岁不小，人脉自然也不窄，梧桐岛内的传言自然传进了他耳里。犹疑片刻，为了大泽山几万年的名声，他长吸一口气视死如归地推开了古晋房间的门。

看他进去，其他白胡子仙君们脸上满是敬意，谁不知道这位小师叔的起床气不是一般的足。一炷香后当他们看见道袍被撕成布条的青云从窗户里跳出来的场景时，也只是淡定地眨眨眼就各自散去了。

直到月上柳梢头古晋才醒了过来，见已到梧桐岛，大喜，吃了师侄们备好的零嘴，一个人大摇大摆晃出去寻乐子了。他扭着肥胖的身躯，动作却一气呵成，快得青云来不及委婉地告诉他岛上众仙的议论。

"哎，古晋师叔不会受什么打击了吧。"

被古晋扔在九华阁的师侄们守在门口眼巴巴望着古晋远去的身影开始议论。

"早知道这几年该给师叔多备些素菜，当年师叔瘦下来的时候模样还是很俊俏的。如今这些年轻的仙君啊，看人不看品性，只在意皮相，真是世风日下人心不古。不成，我还是去跟着古晋师叔，他修炼时间尚短，免得受了旁人欺辱。"

大泽山的仙人们继承了东华老上君实诚的秉性，百来年都难得出一回山，皆是些喜欢蹲在山窝窝里头的老古板。他们瞧古晋那是瞧哪哪都好，看哪哪都俊，自是不喜别的仙人对可爱又纯良的小师叔评头论足，指指点点。

青海一边念叨着就要跟上前，却被青云拉住。

"不用担心。"青云摸着胡子，笑呵呵地眯眼道，"咱们这位师叔的秉性你还不知道？决计是吃不了亏的。"

青海想起自家山底每年一到时日就不知不觉消失得干净的醉玉露，心有戚戚然地点点头，缩回了脚。

九华阁和流云阁位于梧桐内岛深处，其他宾客居于外岛，中间正好被一处天然形成的湖泊隔开。湖上生石桥，石桥正中有一石亭。也不知是不是约好了，这两日石亭内每到傍晚都会有不少仙人聚于此赏月品酒，还都是些年轻的仙君们。

英俊气盛的男仙君想近水楼台先得月，在流云阁出内岛的必经之路上等一次偶遇华姝的机会。至于女仙君们，心底不肯服输，暗存比较之心，自然也就同来了此处。小小石亭，方寸之地，仙界贵府的掌珠尽在此间。

石亭内，男仙君们居于一侧闲聊，女仙君们则在另一边谈笑，但话题说来说去，总是离不开那盛名百年不衰的华姝。

"缙云，听说伯父前些日子和惊雷上君交换了庚帖，你这丫头，婚事都定了，也不见你跟咱们说说。"木华上君的长女木蓉早些年嫁给了东海二太子，她所问之人乃她夫家堂妹南海三公主缙云。

"缙云，你父王真疼你，替你挑的夫婿可真不错。"此言一出，引得石亭内的女仙君们一阵惊呼。

仙界内的上君不过几十位，惊雷上君司职雷雨，在天宫地位颇高，甚得天帝器重。传闻惊雷之子雷寒一表人才，性格温厚，是佳婿人选。惊雷上君长子配南海三公主，这桩婚事算得上门当户对天作之合。

"二堂嫂，父王的意思是等定下来再说，不是我瞒着。"缙云三公主性子温婉娇羞，乍听此话，脸顿时烧了起来，但瞅见女仙君们面上的艳羡，也掩不住眼底的笑意，眉角弯了起来。

众仙有了别的话题，自然就打趣起缙云三公主来。木蓉见众仙转移了焦点，嘴角一勾笑了笑。缙云瞥见她脸上的神情，心底一叹。当年入百鸟岛向华姝提亲的仙君里，就有二堂兄敖天，这些年她这个嫂嫂虽看着豁达，却最不喜别人在她面前提起这位孔雀一族的公主。

石亭内笑声阵阵，一派悠然。石亭上方的云朵内，一只精巧可爱的火红小凤凰正在眯着眼瞧瞧热闹。

听了半晌，它打着哈欠，嘴一张，无聊地嘟囔了一句："真是出息啊，嫁个夫婿有什么好比的……"

"凤隐，那你说说她们该比什么？"

云朵旁突然出现一个人影。来人一身大红古袍，火红的长发未配帝冠，散于肩上。她打了个响指，半空中化出一把梧桐雕成的木椅，她懒懒朝上面一坐，跷起一条腿。

"说吧，若是说得我满意，你今天私自跑出来的惩罚我就免了，不满意的话……"

她朝小火凤挑了挑眉，指尖燃起一道火焰，含笑道："我一定会让你知道花儿为什么这么红，月亮为什么这么圆……"

天界六万多年来历经两任天帝，一为神龙暮光，一乃凤皇凤染。

暮光乃真神上古耗费万年时间磨砺乃成，仁慈宽容，得万仙敬重。

凤染却是天生地养，脾性截然不同，她年少时乖张桀骜，成年后煞气凛然。谁都未料到暮光化身石龙镇守仙妖结界前，会将天帝之位交付凤染。凤染若为妖族之皇，怕是更合仙妖品味。

百年前仙妖大战，两族血仇结下，死伤无数。那种境况下得天帝之位实不算幸事，即便凤染已是凤皇，可众仙对她唾手取下帝位保持缄默未必没有看笑话的意思。

一晃百年，结果却大出三界预料，肆意张狂的凤皇在天帝之位上稳如泰山，如鱼得水。原因无他，登位之初仙族萧条，凤染将梧桐岛把持了数万年的南海九大灵泉的禁制尽数解除供众仙修炼。凤族传自上古之时，当年上古界尘封才会下界居住，如今六万年过去，凤族习惯了下界的生活，便将栖息地定在了梧桐岛，他们若是举族迁回上古界，上古也只有欢迎的理儿。

六万年来，仙界的洞天福地被他们理直气壮地占了一半。当年凤皇沉睡时暮光亦不敢强求凤族吐出一星半点宝地。这次凤族长老如此大方，皆是看在凤皇的情面上。吃人嘴软拿人手短是个万古不变的道理，凤染以一种流氓又开外挂的方式在短短百年内变态一般地壮大了仙界，让一众看热闹的仙妖哑口无言。

她仍是那个性子嚣张脾气臭的凤染，但百年后，她亦成了仙族毫无争议的帝君。并非所有人都能将手里的宝贝倾囊而出孕养一界，凤染霸道嚣张护短不假，但却天生有一颗皇者之心。

帝之含义，兼容天下，譬如凤染和暮光。说起来仙界囫囵挑出的两任天帝，良心都还过得去。

凤染执掌仙界的百年里，除了壮大仙族，只记挂着两人，一为凝聚魂魄的景涧，二便是凤族逆天而生的小火凤。

景涧重生岁月悠久，如今也只勉强聚齐散在九州八荒的三魂七魄，要成形至少还得几百年时间。倒是凤隐在上古的火凰玉和梧桐祖树的孕养下灵魂强得不可思议，还未涅槃出壳，魂魄就能化形而出。但她的灵魂形态亦最为脆弱，若还未涅槃魂魄就受损，只怕会魂飞魄散，难以降世。

她以灵魂之力幻化形体在梧桐岛上溜达不是第一次了，平日里梧桐岛有凤族长老坐镇，各种禁制封印护岛，倒是安全得很。这几日三界宾客满至，未免出意外，凤染早就下令让她留在梧桐古树内，不可离开半步，哪知她还是偷偷跑了出来。

凤隐能用灵魂之力幻化形体已有几十年，她是凤染亲自教导的，性子自然十之八九随了凤染。不过相较之下少了些威严，多了些顽皮纯真。

湖心石亭上空，小火凤在凤染的注视下幻化成了个十五六岁的小姑娘，眉眼利落，颇具气象，她发髻上插着火凰玉化成的簪子，着火红古裙，赤脚盘腿坐在云上，一点不惧地和凤染对望，只这一观之姿，凤族继承者的尊贵大气便浑然天成。

她笑了笑，像极了凤染神情的脸颊上显出浅浅的酒窝："师君，我听说人间有句古话。"

凤染抬手撑住额头，慢条斯理地朝凤隐抬抬下巴："什么话？"

凤隐打了个响指，清脆的声音顿时响起："这话叫一人得道，鸡犬升天。我琢磨着嫁人就是这么回事。"她朝石亭下指了指，"这些攀比夫君的女子，谁嫁得洞府门第高些，谁在仙界的腰杆子就直，说话的底气就硬。我不喜欢做追随夫君的显摆之流，要做就做那个得道升天的人。我能庇佑三界，三界难庇于我。"

凤隐出自凤族皇者一脉，别说是下三界，即便在上古界也是极尊贵的出身，她此言虽狂妄，却也不是没有资格。

小凤凰初生犊犊气冲天，凤染并未出声，她轻叩指尖于梧桐木椅上，眯眼悠悠盯着她。

凤隐神气完了，双手环于胸前，滴溜溜对着凤染转了转漆黑的眼珠子："师君，我这回答，您还满意吗？"

凤染俯身在得意扬扬凤隐额头上弹了一下，斥道："长老们个个性子温文尔雅，偏

你这性子张狂，也不知跟谁学的！"

"跟师君你呀，凤隐难及师君当年万分之一呢。"凤隐顺势攀着凤染的手立起，化成小火凤的形态停在她手腕上，小脑袋点得欢快，"师君别生气了，好歹也是咱家的山头，哪里有人敢不开眼惹我。"

"小家伙，装什么可怜。"凤染伸出两根手指头捻住小火凤的后颈，朝天上一扔，"回梧桐祖树里待着，等明日破了壳，你把四海的水倒腾个来回我都懒得管你。"

凤隐利落地在半空画了个圈，扑腾着翅膀连连点头，不舍地朝热闹的石亭瞅了一眼，扇着小翅膀朝内岛的梧桐祖树飞去了。

凤染仍旧吊儿郎当地坐在悬空的木椅上，望着小火凤飞走的方向微微出神。这百年时间她耗尽心力，也不过集齐了景涧散落的三魂七魄，景涧重生之路漫长无期，她现在能做的，唯有等待。

岁月无边，凤染却每一日都能清晰记起罗刹地上空阖眼逝去的那人最后的光景。一辈子能遇上一个对的人，却要经受漫长的岁月期许，不幸也幸，譬如她和上古。

她还有些盼头，至少景涧还有回来的一日。上古界元神池里重生的那个是不是白玦，又有谁会知道呢？

"凤隐啊，姻缘不是你想的这般简单，你这性子，他日遇上了，也不知是幸还是不幸……"

低低的叹息声渐不可闻，历尽世情的凤皇连着那把梧桐椅一齐消失不见。

石亭上空星月交辉，一片清明，就如从来没有人出现过一般。

古晋一路晃荡，连唯一一条正路都走岔，不仅没行到内外岛交界的湖泊，反而逆行进了梧桐古林里。

明月高悬，鹅卵石铺成的小路宁静清幽。小胖子哼着小调横成螃蟹模样走着，不远处假山围成的休憩之地传来不高不低的话语声。

"灵凤，你说过等我五百岁后就来南山洞府求亲，三年前我就满了五百岁，你为什么不履行诺言？"

略带气愤的女音幽幽响起，古晋耳朵一动，猫着身子悄悄朝假山处走去。女仙君逼婚，这可是件稀罕事，他得好好瞧瞧。

"碧云，这件事急不得，我父君前些日子一直在西海龙宫和龙王下棋，一盘棋就下了五年，这不是还没回菩提山嘛。我若独身去南山提亲，你父亲定以为我不诚心诚意，想坏了你的名声。"

男子的声音温柔，却有几分不实诚。古晋凑过脑袋一瞅，挑了挑眉。

着碧绿襦裙的女君脸带薄怒，娇羞着瞪着一身白衣的男仙君，眉目含情。古晋攀在假山后瞅了许久，堪堪得出个结论，这男仙君的模样实在不咋样，天启当年信誓旦旦地说过，三界内能和他元启比拼相貌的还没出生，由此可见他生得何等俊美不凡。

这样的都有女仙君逼婚，待他明日在生辰宴上现身，求娶的女仙君还不得挤爆大泽山？

其实阿启实在想得有些多了，他小时候顶着和白抉差不多的一张脸，仙妖人魔里头有人敢抬眼打量他就不错了。至于如今，一肥遮百美，赞美的词儿搁他身上顶多只能用上一个憨胖。

现在站在梧桐林里和南山洞府的小姐打情骂俏的菩提山主之子，倒也是个上等的美男子，只可惜眼底有几分浮夸之气，难撑得住场面。

听了这几句讨喜的宽慰话，碧云仙君神情明显缓和，她转身看向灵风仙君，"你可不要再骗我了，明年我生辰你再不来，我爹就要把我许配给昆仑洞府的濂溪了。"

灵风连忙保证不会，碧云却不再任他糊弄，幽怨道："我阿姐说你们菩提山洞府里的几兄弟只有你还未娶妻，菩提山主如今是在等着梧桐岛的小凤君涅槃降世，若是个女娃娃，待隔个几百年会替你上梧桐岛求亲，我阿姐说得对不对？"

灵风眼底拂过一抹被戳破心思的尴尬，他脸一板，佯装怒道："碧云，小凤君都还未涅槃，成年都需要个几百上千年，你这是哪里听来的流言！"

碧云哼了一声："你以为我不知道，入梧桐岛的仙君这次多半都有家中长辈领着，说是祝贺，还不是想让洞府里的子弟在天帝陛下面前过过眼，若是得了陛下高看，别说几百年，怕是几千年都有人甘心甘愿等着。连华姝这么高傲的性子都来了梧桐岛，可见她也怕降世的小凤君是个女娃娃，那仙界日后最美女仙君的地位名声，便和她没什么关系了。小凤君即便是个平凡貌丑的，怕也不是她华姝可比的。灵风，我们可是在月老树下立了誓言的，你不会真为了那小凤君才巴巴地来梧桐岛的吧？"

火凤一脉乃天生的皇者，娶了她就等于坐拥整个凤族，还能得天帝青睐，仙界之内有谁不愿？

古晋踮着脚听墙脚，倒是没想到梧桐岛的小火凤如此抢手，心中也痒了起来，盼着明日好好瞧瞧涅槃降世的火凤究竟是个什么模样。按照惯例，这个凤族小凤君该是他的

神兽才对。

属于他的稀罕宝贝，他得好好守着，别让旁人夺了去，古晋摸着下巴甚是苦恼，要不等明儿它一涅槃就悄悄瞒了凤染抢回去，若真是个女娃娃，就当作媳妇儿先养着？

这边，灵风听见碧云的埋怨，忙抓住她的手小声安慰："你想到哪儿去了，我心里只记挂着你，等父君回了菩提山，我便求他去南山提亲。"

南山碧剑上君和四方帝君交好，轻易得罪不得。他认识碧云在前，如今看来只得舍弃梧桐岛这一头了。哎，若是知道小凤君涅槃得如此之早，他当初也不会和碧云先私定了终身。

碧云见灵风嘴里说得好听，神情中却有几分不甘愿，随口便道："灵风，小凤君身份尊贵，除了清池宫的小神君，三界内哪还有仙君能配得上她？你别妄想了，念着自己的身份些！我嫁与你，难道只能求你一个将就不成？"

碧云是个心高气傲的主，生得又美，平日里也是众君皆求，小性子一使，说出的话便有几分倨傲难听。

男人最受不得的便是心上人将之与其他男子对比，更何况还是个几百年才出现过一次的奶娃娃。灵风当即脸色一沉，也有些口不择言："你说那个清池宫的元启？他顶着那么大的名头，也不见得过得有多舒心！"

这话一出，假山里外顿时安静下来。古晋见战火一不留神烧到自己身上，着实有几分意外。他皱着眉，头一次正儿八经打量起不远处气势汹汹的灵风来。

"灵风！"碧云神色微有慌乱，朝四周望了一眼低声道，"你怎可妄议那位神君！"

见碧云敛了脾气，灵风更是得意："两界相隔，他在上古界享受少君尊崇，还能知道我说过什么话不成？碧云，你也太小心了，他不过是投了个好胎，生下来就高咱们一等，若他也是个寻常仙君，何能及得上我？再说他即便投了个好胎又如何，还不是父君早亡，母君相弃……"

"住口！"

少年冷沉的声音在小径外突兀响起，打断了两人自以为隐秘的对话。

灵风和碧云同时一惊，连忙转头，待瞧见月色下立着的古晋，皆是一愣。

这仙君也长得太浑圆了些。仙人大多俊美，哪里有这般不顾及相貌的？八成是哪个山门的低等弟子。灵风心里一松，想着就算这胖仙君将他的话说出去，旁人也未必会信。

"你是何人？为何在此偷听？"灵风先发制人，将不知所措的碧云拉至一旁，朝古晋喝道。

“你说话若是坦荡荡，还会怕人听去？这里是梧桐岛，非你菩提山，你有什么资格教训本君？”古晋从小径内走出，脸上满是怒意，“白玦真神百年前为三界殉世，岂是你能置喙的！”

二世祖都有嚣张狂妄的本钱，灵风怎会被一个来历不明的胖仙君吓住，脸一板哼道：“你休得胡言，我何时置喙过白玦真神，不过是瞧不惯清池宫那位装模作样的小神君罢了。”

“哦，为何？他得罪过你？”古晋行到两人面前，冷冷地盯着他。

古晋活得超然，自然不知道有些人不必做啥事，杵在那儿就是招人嫌的。譬如他，还有即将出壳的凤隐。若论这点，他俩还真是天造地设的一对，其实这两人应该一降世就结伴躲在自个儿洞府里玩过家家，出来拉仇恨多不地道，可惜他和凤隐没有半点自觉。

灵风被盯得有些发怵，强自稳了稳心神，哼了一声：“我不过是实话实说，听说百多年前东华老上君寿宴上那位小神君亦有出席，明明不过百岁，却让众仙俯首，狂妄得很。他年寿轻轻，不过是借两位神君之势作威作福，若非生在清池宫，岂有这等荣耀？”

古晋少不更事时曾随上古拜访大泽山，虽不谦逊，也不至于做出让一众老仙君俯首的混账事来。灵风所言只是以讹传讹，但欲加之罪，何患无辞？他却无法反驳。当年能参加大泽山寿宴的皆是仙族元老，他若要论个是非曲直，少不得会被怀疑身份。他下界时答应过天启，绝不会在重返上古界之前显露身份。

见古晋沉默，灵风更加狂妄，嘲笑道：“你是哪个洞府的？清池宫的小神君是尊贵非凡，可他在上古界，几万年也难得出现一回，你使劲献媚，也不怕自己寿命没这么长久！再说了……”灵风走到古晋面前，轻蔑地瞥了他一眼，摇摇手中的折扇，“一个为天地父母所弃的人，有什么好巴结的！”

此话一出，假山里外死一般安静。

碧云早被两人之间的剑拔弩张惊得脸色发白，此时更是惊惶，她拉着灵风的袖子斥道：“灵风，你说什么胡话！”

三界内哪有什么真正的秘密，碧云听说过百多年前的一些往事。清池宫的小神君出世时遭逢大乱，苍穹之境上一场举世皆知的婚礼让古君上神死于白玦真神之手，自此未觉醒的上古真神和白玦真神势不两立，连累得小神君的名讳亦由“弃”之一字化来。但知道归知道，三界仙妖若不是活腻了，有谁敢提及此事，更何况是在白玦真神一力担起

混沌之劫以身殉世的真相大白于天下后。

碧云虽有些小性子，却不是是非不分之人，灵风脱口而出的荒唐话让她都有些瞧不上。她小心翼翼地瞅着对面神色不太寻常的胖仙君，心底小鼓直敲，若这仙君把灵风的话传了出去，即便她什么也没说，亦会连累南山洞府受三界唾弃。

古晋活了一百多年，经了些事，磕磕绊绊长大，算是个豁达不羁的性子。但他心底始终埋着两个解不开的死结，世间除了天启，怕是连凤染都不敢轻易提及。

这两件事是，他降世时上古为他取下的名讳和父神白玦的死。

即便是百年后元启知道了所有过往和真相，能理解曾经发生的一切又如何？能原谅不代表没有伤害和悔恨，他终究是为父母所弃过，甚至于余生或许都没有机会唤那人一声"父神"。

古晋藏在心底百年的伤口毫无预兆地被人揭开，鲜血淋漓。他唇角微抿，垂下的手握紧颤抖，一时竟忘了辩驳。

"白玦真神虽然殉世，但上古真神犹在。灵风上君，你既然如此关心清池宫小神君的名讳由来，何不去走一趟问天路，亲自向上古神君求个明白？问问她的儿子究竟是不是为天地父母所弃，不配受众仙尊崇？"

淡淡的女声突然响起，却掷地有声，未给灵风留丝毫情面。

三人一齐回头，只瞧见一人倚靠在假山后，月色里，只能瞧清露出的一角火红裙袍。

问天路是百年前上古真神关闭上古界门时留在仙妖结界处的一条石路，这条路直入云霄，通向九天之上的上古界门。

听说敲响天路尽头的石鼓，世间冤屈不平之事便可直达上古界，更可请出上古界真神主持公道。但此路现世百来年，从未有一仙一妖走过，原因无他，行过此路，必受九天之雷袭身，世间能受者少有，即便能保住性命，一身神力亦会散尽，若非惊世之冤，谁会闲得慌去走这条阎王路？

给灵风一百个肥胆他也不敢大逆不道地质问上古真神，有谁不知天帝护短的性子同上古神君如出一辙？

被当头一喝，又闹不清假山后藏着的是何人，灵风终于清醒了些，后背冷汗袭来，嘴张了张不知该如何接话。

"怎么？不敢？刚才还大言不惭埋汰那位清池宫的小神君，现在让你闯问天路亲自问上古神君倒不敢了！什么时候菩提山教出你这样阳奉阴违的子弟来！"声音冷冷传出，虽听着年轻，却有几分戾气和威严。

此处离梧桐古树不过几步之遥，凤隐从湖心飞回，正好听见灵风的恶言，见那小胖君半天蹦不出个屁来，只好化形出口相帮。

清池宫的元启是她师君一手带大，算她半个世兄，她自然不能任旁人背地里埋汰他。凤隐虽未出过梧桐岛，却在凤染身边长大，将她的语气学得十成十，训起人来一板一眼，一句话就把灵风给唬住了。

灵风恼羞成怒，却不敢再放肆，只得将自家老爹的名号搬出来："你到底是何人？竟敢辱我菩提山门！"

"有何不敢？你只管将刚才的话在山主面前说一遍，若他不治你个大逆不道，本君定在明日宴会后当着梧桐岛众仙给你磕头奉茶，喊你一声祖宗！只看你敢不敢和本君赌一赌？"

这话嚣张的，笃定灵风明日就是个炮灰命，可偏偏却是大实话！

古晋眨眨眼，瞅着灵风气得发抖的模样，突然一下子解了气。他真是越活越回去了，竟被灵风几句话就乱了心神。人活于世，哪里有人能得万全之福，即便是他父神和母神，也难做到。

竟然让一个女娃娃解了围，古晋对假山后的女仙君好奇起来。如此吃不得亏的脾性，也不知是哪家洞府养出来的闺女？

"你！"灵风被逼得退无可退，脸色青紫，一甩袖袍就欲上前把假山后的人揪出来，却被碧云急急拉住。

碧云安抚住灵风，朝隐着的火红身影行了个礼，小心翼翼地试探："小仙南山碧云，敢问阁下可是百鸟岛华姝殿下？"

灵风听见碧云的问话，脸色一变，顿时涨得通红。他怎么就没想到梧桐岛里的女仙君敢如此质问他的，也只有一个华姝公主。华姝之名响彻仙界，他仰慕已久，却不想头一遭见面便是这般针锋相对的景况。灵风心底暗悔，眼底的怒意退去，只剩尴尬。

真的是华姝？即便古小胖从不出大泽山，也知道近百年闻名仙界的百鸟岛公主华姝。他抬头朝假山后一望，没瞅见女仙君的模样，心底隐隐有些可惜。

隐在假山后的凤隐眉一挑，她向来行不改名坐不改姓，还不屑冒人名讳给别人惹麻烦，她哼了一声正欲开口。

话还未出口，梧桐林远处上空一阵凤鸣，两只五彩巨凤朝林中最大的梧桐祖树飞来。

看来师君派长老来看她有没有乖乖回巢了，还是等明日涅槃后再在菩提山主面前和这个灵风论论是非……凤隐暗自思忖，见长老迫近，没时间再管假山后等着回答的三人，直接化成一道红光朝梧桐祖树飞去。

昏暗的月色下无人发现凤隐消失，三人足足等了半刻，假山后仍只一阵安静。碧云狐疑地望了两眼后朝灵风使了个眼色，灵风会意行上前一窥才知假山后空无一人，刚才气势汹汹的女仙君早已不见踪迹。

两人对视一眼面面相觑，这人来去之间连一丝神力波动都没有，岛上年轻的女仙君除了仙力直逼上君的华姝公主还能有谁？

他们自是猜不到凤隐只是顶着一缕神魂在梧桐岛内飘荡，化形无声来去无踪。

灵风心底发忧，直叹今日倒霉，也不再管立在一旁的古晋，拉着碧云匆匆离开了古林。

刚才还热闹的梧桐林安静下来。古晋迈着步子在假山后瞅了半晌，心里突然有些慌。那人并没有承认她是华姝，或许是其他人，她为什么会突然消失，难道是出了事？古晋一声不吭飞到假山上，杵着下巴静静地开始等待。

他执意待在凤隐靠着的石头上，总觉得再等一会儿她就会出现。

如果他清醒点，立刻起身去问凤染，或许就会知道刚才狂妄的女仙君就是那只他心心念念的属于他的神兽。

只可惜人在少年时总有一种可怕的执拗，古晋觉得这是缘分，像个二愣子似的在梧桐古林里抱着肥胖的身子成了一块望妻石。

"殿下，灵风仙君真是口无遮拦，居然敢在背地里埋汰两位真神，您说刚才那位藏着的女仙君是哪处洞府的？"

假山不远处的凉亭里，着浅黄长裙的仙娥为坐着的女仙君倒了一杯仙酿："不过那人虽然口气不小，却只敢借着殿下的名声唬人，着实有些小家子气！"

"是真的借旗唬人还是不屑应答，现在还说不准。我听着倒不像个滥竽充数的，这般脾气想必不多见，应是哪家洞府的新贵，明日晚宴自然能瞧得出。"

一只素手伸出，将石桌上的白玉杯握起抿了一口。徐徐盘旋的热气中，能观得那手纤纤一握，肤若凝脂。

再往上瞧，嘿，面若桃李，端庄华贵，一身淡雅白裙袭身，闻名三界的百鸟岛公主华姝果真不负盛名，是个百里挑一的大美人儿。只有那淡淡的眉眼里不经意一抹矜持之色划过时，才能发觉这位殿下或许并不是能与人亲近之人。

"殿下，灵风仙君明日见了您，少不得被吓破胆子呢，奴婢明日作弄作弄他？"华姝的侍女红雀惯有些闹腾人的点子。

"胡闹。"华姝放下白玉杯，轻斥，"父王和鹰王宴丘素来不睦，我们两族相争已久，菩提山位近北海，谁能交好菩提山主，便能势大于北海。灵风纵使妄言，也是菩提山主爱子，惹怒菩提洞府只会让百鸟岛陷入困境。"

"是。"红雀怏怏回了一声，抬头望见不远处石头上巴巴瞅着月亮的古晋，咦道，"这胖仙君敢喝问灵风仙君，倒有几分果敢。殿下您看他还在那坐着呢，我估摸着他以为那女仙君是您，知道殿下您难得现于人前，不敢去流云阁拜谢，想留在这碰碰运气。"

华姝抬眼循着红雀的手望去，只瞧见月色下一团浑圆的黑影，她眉头微皱，漫不经心地收回眼，连再看一眼的兴致都没有。

"不必多事，明日那人出现，他们自然会知道猜错了人。"

红雀见华姝兴致缺缺，想起一事小声道："殿下，听说澜沣上君傍晚时分入岛了，是凤族二长老亲自出岛相迎。"

华姝眉心一动，眼底透出几分烟火之气来："澜沣上君身份尊贵，凤崎长老去迎也是情理之中。"她顿了顿，又问，"上君身边可有人相随？"

仙界年轻一辈里，华姝能关心一个仙君身边有无人相伴，着实稀罕。但若知道这位澜沣上君的来历，只怕众人也会笑着叹一声情理之中。

凤皇是个利落洒脱的彪悍性子，她入主天宫实乃碍于上任天帝暮光的情面。五十年前仙族渡过危机后凤皇便有意将天帝之位传于金曜上君，奈何金曜上君一心追求神道，归隐后行踪难寻，凤皇只得另寻继承者。

这几十年，仙界皆传靖宇宫的澜沣上君便是天帝择遍仙界的最后人选。

澜沣上君仙根纯厚，五百岁就已晋位上君，灵性之高犹胜当年的凤皇。且他天命司职帝王星宿，公正仁厚，脾性和暮光如出一辙，虽只有两千来岁，却得凤皇倚仗，众仙敬服。

如此出身，兼有一副好容貌好脾性，又尚未娶亲，自然成了仙族巨擘们满意的佳婿人选。华姝把心思放到他身上，实属明智。论位分之尊，仙力之高，品性之正，年轻一派的仙君里，澜沣已属顶峰。

红雀瞅了华姝一眼，拖长了腔调："殿下……澜沣上君身边除了跟随的仙童，一个女仙君也没有，您大可放心。"

"贫嘴！"华姝横了红雀一眼，却没藏住眉眼间的笑意，停在白玉杯上的手不自觉地摩挲。

红雀笑眯眯进言："殿下，咱们入梧桐岛好几日了，还未好好瞧瞧岛上的景色，今日时辰尚早，不如去外岛走走？"

自家殿下虽心属澜沣上君，却只有过一面之缘，这次大好机会，若能遇上结交，亦是好事。

"岛内众仙皆在，我久不出百鸟岛，去走走也好。"华姝放下白玉杯，起身走出凉亭朝林外行去，从始至终，都未用正眼瞅一下石块上发呆的古晋。

梧桐祖树里，凤隐应付完长老，百无聊赖地靠在树杈上打哈欠，她垂首望见不远处石化一般等着的古小胖，眯了眯眼，划过一抹笑意。

傻成这样，难怪被灵风噎得一句话都说不出来，不过他腰上别着的东珠比东海龙王王冠上的色泽更通透明亮，应该不是旮旯地里随便蹦出来的。待明日涅槃了问问师君这个不知世情的胖小子到底是哪家长辈调教出来的？

湖心的石亭里，相聚的仙君们谈得正欢，也不知谁提了一句，话题就从定亲的南海三公主缙云跳到了即将涅槃降世的小凤君身上。

未来的凤皇，又传自天帝一脉，这荣耀三界谁能相及？平日里谈起华姝她们还能悄悄说几句酸话，但这位梧桐岛的小凤君，她们除了艳羡，实在难寻其他话语。

"缙云，若明日降世的小凤君是个女娃娃，那咱们仙界就热闹了。"慧伊女君向来心直口快，一句话便引得一旁交谈的男仙君也朝这边望来。

"哦？慧伊姐姐为什么这么说？"缙云问。

慧伊意味深长地朝流云阁的方向望了望，手中握着的羽扇轻轻摆着，不肯再言。

许久未开口的木蓉大笑，朗朗之声响彻石亭："三妹你怕是不知道，百年前上古真神为小凤君入过梧桐岛，还留了一块火凰玉给小凤君护佑魂魄。火凰玉传自上古，乃擎天祖神之物，小凤君得天独厚，生来必定不凡。"她顿了顿，眼底的笑意格外真心，"咱们这位小凤君的命格真可算得上邀天之幸，若她是个女娃娃，三界之内，哪有女君可比，又有哪位仙君将来敢求……"

当年华姝降世时，因天有异象，被众仙捧其命格得天独厚，日后定贵不可言，如今和即将涅槃的小凤君一比便有些底气不足了。

众女岂能不明木蓉话里的深意，循着流云阁的方向望了望皆有些幸灾乐祸。景昭隐迹后的百年，仙族的闺女们被华姝的盛名压得喘不过气来，好不容易得了一次机会，自是要出一口气。

亭外石桥上，听到"邀天之幸"四个字的红雀看着顿住脚步的华姝，神情气愤又忐忑。这些女君平日里笑脸相迎，不想背地里竟是这般可恶。

华姝面色未改，漆黑的眼中瞧不清情绪，但藏在袖摆中的手却轻轻握紧。

石亭内，肆无忌惮的谈笑声传进主仆二人耳中。

"木蓉姐姐说错了，咱们仙界虽无女君可比，但等上几百年，还是有一位上君有资格求娶小凤君的？"

"哦？慧伊妹妹是说……"

"澜沣上君啊！如果是他，陛下可未必不允。"

红雀脸色大变，劝慰的话还未出口，华姝已经转身朝内岛流云阁而去。

"殿下！"红雀小声急唤，忙不迭跟上。

华姝却突然停住身，望着石桥尽头愕然无语。

红雀不知所以抬首望去——月色中，石桥尽头，澜沣上君一身青衣，正朝两人走来。他显是听见了刚才亭中谈话，眉间拂过一缕郁色。

红雀大喜，就要开口，却被华姝阻住。她领着红雀默默行了一礼让开路。澜沣侧身而过的瞬间，她眼底的落寞伤感一闪即逝，恰到好处。

果然，青色的衣摆停在余光里，温润的声音响起。

"方才凤崎长老说今年流云阁的梨花盛景十分难得，不知公主可允本君前去一观？"

华姝抬首，看着面前清雅俊逸的脸庞，笑容绽放："上君相邀，是华姝之幸。"

……

第二日清早，九华阁里的大泽山弟子美美睡了一觉后终于发现自家的小胖师叔没有回窝这一惊悚事实，几位吓破胆的白胡子师侄们痛哭流涕地闯进了凤皇殿，求凤皇遍寻梧桐岛，寻找大泽山失踪的宝贝师叔。

梧桐岛上的宾客还未来得及沐浴在初晨大好的阳光下，东华上君幼徒失踪，大泽山众仙恳求凤皇遍寻全岛，最后在梧桐林里寻着了翻着肚皮睡得正酣的古晋仙君……这一连串消息就跟长着翅膀似的迅速传遍了全岛，一大清早的古晋就成了众仙茶余饭后争相嘲笑的对象。

作为一个仙人，不得不说，大泽山这位辈分奇高的长辈的初次登场实在有些丢人。

倒是在凤凰殿与凤染品茶的南海老龙王见听闻消息的天帝对这个引得梧桐岛骚乱的后生晚辈没有半句惩罚，只轻飘飘斥了句"不用管他，他惯来喜欢胡闹"后心里泛起了嘀咕。

东华老上君和天帝交好，难道连带着这位小徒弟也得了天帝青睐？

老龙王是个头脑灵光的，一出凤凰殿便吩咐跟来的徒子徒孙们管好嘴，断不可随意搬弄古晋的是非。人都有个三亲六故，不过晌午，天帝话里话外对古晋那一丁点儿的维护之意就被岛上的仙君们吃得透透的。

闻弦音知雅意，古晋莺了一上午不经意知道华姝就住在一墙之隔的流云阁后喜笑颜开一路小跑着串门子去了。浑然不知他昨晚的荒唐行径转瞬间在众仙口里就成了年少张扬赤子之心不拘小节的典范。

流云阁连着几日都安安静静，今日里却格外不同。齐聚梧桐岛的女君们竟都择在最后一日的晚宴前来拜访华姝，众女在外堂相遇，尴尬一笑后便将昨晚的谈话心有灵犀地遗忘了。

红雀一副笑颜，请众女入座奉上清茶后去后堂请华姝。

推开后堂房门，瞧见屏风后更衣的华姝，红雀脸上的笑意多了几分张扬，"殿下，岛上的女仙君都来拜见您了，现在正在外堂候着呢。昨日夜里她们一个劲地攀附梧桐岛的小凤君，现在还不是要借着殿下的名声，想和殿下一起入席。"

以往仙界宴席，大凡跟在华姝身边的女君，总是能得其他仙君高看几眼。

"那是因为她们不确定今日涅槃的小凤君是男是女，若是个女凤君，待她长大，怕是我以往的光景皆不会在。"

华姝从屏风后走出，眉眼里拂过一缕微不可见的深意："就和当年景昭位居天宫时一般。"

红雀噤声，脸色微微一变，想起当年的一桩往事。

华姝殿下出生时曾引得北海祥云笼罩，海兽尽欢，鲛人鸣唱，可谓仙界奇事。王上待公主如珠如宝，公主在百鸟岛集万千宠爱于一身，性子自然高傲。两百年前天宫蟠桃盛宴，公主初成年，即随王上入天宫参宴。那时仙界已有人言公主长大后定不输天帝之女景昭公主，为了那场宴会，公主让族女早早备了千年蚕丝羽翼衫，带上了孔雀一族的至宝孔雀翎羽冠。哪知宴会之上，景昭公主只一身金龙明黄王袍便吸引了所有仙君的目光。众仙喜欢公主的容貌不假，可比起景昭公主，却少了实心实意的尊敬。

宴会之上，有仙君提起百鸟岛的华姝时，坐于天后身侧的景昭公主不过投下一眼，对着公主道了句：果然不负传闻，天姿国色，牡丹之容。

一句轻飘飘的夸耀，似是随她高兴才赏给殿下的一般，而傲气自负的殿下在景昭公主眼里不过成了个以容取胜的貌美仙君，和常人无异。

殿下几百年的努力，仿佛顷刻尽毁，不值一提。

天帝之女，生来便能位于九天之上，端坐帝位之旁，与己天渊之别。

公主就是在那场宴会上，见到了名声初起的澜沣上君。一见倾心，百年难忘。

轮回倒转，总是难以预测未来命途。殿下在此宴后心性大改，一心修炼仙力，隐居百鸟岛。却不想之后百年三界诸事皆变，天帝化身石龙，天后被上古真神惩罚，当年那个不可一世的景昭公主更是自此消失。

说句不该说的话，若景昭公主犹在，殿下确实难有如今的风光。只可惜堪堪过了百年，梧桐岛又出了一个小凤君。

红雀压下心底的感慨，装作满不在乎地宽慰华姝："殿下，今晚涅槃的未必就是个女娃娃，况且就算是，她成年还需几百年呢。昨晚澜沣上君和殿下您品茶看花，畅谈半宿，也是一桩好机缘。说来还真是巧呢，正好您在湖心遇上了澜沣上君，听说上君虽对女君和气，却甚少主动结交，昨夜也不知为何对公主上了心……"

华姝行到门口，听见此话顿住脚步，她回头，轻笑出声："碰巧？红雀，你可知上任天帝暮光在数万年前被上古神君择为天界之主的原因？"

"殿下，奴婢不知。"

"因为上任天帝暮光司职帝王星宿，所以他才会被上古神君选中。"

"殿下是说……"

"澜沣出自仙界蓬莱岛，生来便拥有司职帝皇之星的命途，他降世两千年，此前一千九百多年，你可曾听过仙界有人敢拿他和上任天帝相比，赞他出身尊贵？"

红雀摇头，澜沣上君虽是万里挑一的俊才，但真正博得众仙赞许敬重却是这百年来的事。

"就算从未有人直言，你也该知道当年仙界内定的下任天帝人选是谁。"

红雀踟蹰，回道："奴婢知道，是天宫的二皇子，景涧殿下。"

论仙力，未赴罗刹地前的景涧殿下和澜沣上君怕是伯仲之间；可论威望，澜沣上君却远不及景涧殿下。父母皆为掌控天界的上神，景涧殿下又出自凤凰一脉。一番对比，

哪里有人记得蓬莱岛的澜沣上君,尽管他才是携帝王星宿之命降世的继承者。

"澜沣最不喜欢的就是仙族这些踩低就高的玩笑,结交于我,不过感同身受四字而已。"

华姝说完,抬眼望向门外的金色初阳,微微一笑朝外行去。

两百年前的蟠桃宴上她就明白无论她付出多少努力,在位高权重者面前都只能战战兢兢,如履薄冰,有些人生来就高人一等。当年的她是如此,澜沣又何尝不是?

月白的长裙在阳光下轻扬,华姝脸上温婉良善的笑容仿佛鬼界彼端的红鸢花一般瑰丽妩媚。

华姝的背影消失在回廊里,红雀神情怔怔,叹了一声。

如今澜沣上君贵为天帝继承者,殿下恋慕他百年,也算是选对了人。

她收回心神,嘴角重新现出不知世事的憨笑,跟上了前。

已是最后一日,华姝的流云阁自然不乏男仙君拜访,待她出现时,前堂已坐满宾客。她修长的身影刚在门口出现,就夺了满堂目光。

月白古裙,碧簪束发,腰上一根金色锦带,配上美丽清冷的脸庞,华姝瞧上去古雅华贵,一身灵气秀雅远在堂中女君之上。

孔雀王集一族之力教出来的公主华姝,美貌与仙力,都名不虚传。

堂中女仙艳羡者有之,嫉妒者有之,但脸上全都堆满了笑意和华姝寒暄请安。不一会儿堂里已是笑音四起,热闹喧哗,这种氛围里古晋的求见突兀而出人意料,华姝一愣后淡笑着让仙娥去请大泽山的这位古晋仙君进来。

脚步声临近,听上去有点儿沉,众君抬眼朝门口望去,皆是一怔。

大红的袍服裹在来人圆滚滚的身上,将近及地,他头上的发髻微散,眼睛被脸上的肉堆得深陷其中,只露出一条缝。胖仙君迈小步走着,配着这身红袍,似个喜气洋洋的人间新郎官。

众君讷讷不能语,盯着堂中特自在的古晋,十分不易地将眼中的惊讶和心底的荒谬感埋了起来。风传了好几日,折腾得满岛不得安宁,那位受尽东华上君疼爱的幼徒竟是这般……咳咳……了不得的模样,难道老上君年老眼花,换了收徒的口味?

要知道东华老上君已有几千年未收过徒弟了,拜入大泽山山门更是难于登天。众君打量古晋片刻,心底都默默升起了再入大泽山拜师门的想法。

此起彼伏的咳嗽暗笑声下,没人发现南山洞府的碧云女君陡然苍白的脸。她微微后退,似是要把身子藏起来一般。

今日灵风怕面对华姝，不敢来拜见。她唯有亲自来见华姝求情，哪承想昨夜被灵风欺辱的胖仙君就是那个连天帝都相护的大泽山幼徒。若是古晋将他们昨夜之言告知天帝，菩提洞府和南山必遭仙族所弃。念及此处，碧云悔不当初，嘴唇骇得轻抖，唯有端起桌上茶杯掩饰。

正堂之上，华姝瞧了碧云一眼，眼底亦有一抹异色划过。她亲自起身朝入门而进的古晋迎去，东华上君比他父王还要老一辈儿，古晋虽是这么个囧囧样，辈分却是实打实的高。

"昨日听红雀说古晋仙君歇在了九华阁，华姝还未来得及前去拜见，仙君已临流云阁，是华姝的不是。"华姝虽亲自相迎，但面上神情仍是清冷，并未有太多热络之态，对待古晋和众君无异。

声音入耳，和昨夜的利落女声有几分相似，却又不尽似。古晋挠挠头，不能确定，抬眼朝走来的华姝看去，小眼顿时一眯，心底乱号：好漂亮的一个大美人儿，难怪有一颗菩萨心。

他羞羞涩涩咳嗽一声，随着华姝的指引落座，有些紧张又有些含蓄地眨了眨眼，一本正经地开口："不碍事不碍事，公主年长，我年岁轻，该是我先来拜访公主。"

此言一出，满堂皆静。

世上凡是女子，都喜欢炫耀一样东西：嫁的夫君；也喜欢隐藏一桩秘密：自己的年龄。

仙人寿命悠长，青春永驻，成年后几百几千的年龄差距几乎可以忽略不计。没一个女君喜欢被人恭维一声"年岁长"，尤其是以美貌闻名仙界的大美人。古晋天生二货加生了一张得罪人的嘴，华姝没白他一眼顺便将他客气地请出大堂，已经算是好脾性了。

倒是一众男君，被古晋这句话整得哭笑不得。

这个横空出世长成这副德行的胖仙君是哪个旮旯里跑出来的二愣子啊！会不会说话啊？你让比华姝公主年岁轻的他们怎么办？大堂里坐着的这一溜排是来求媳妇儿，不是来拜前辈的呀！

安静的大堂内，众人屏住呼吸，眼珠子在古晋和华姝身上来回转，动作十分一致。古晋仍旧没心没肺地笑看着华姝，活像刚才这句话里放了他十斤重的诚意一般。

华姝活了几千岁，头一次听到这句新鲜话，微一愣，在觉察到大堂内沉默气氛的瞬间，已经爽快而不失风度地抿唇一笑，端起手边的茶杯一敬："古晋仙君说得是，我年

岁长几分，的确无须客套。华姝以茶相敬，古晋仙君，请。"

华姝向来清冷，对仙君少有辞色，她未降怒古晋，更与之示好，实在罕见。

是东华上君的名头好用，或是她确实大度，无论为哪般，华姝都缓和了堂中气氛，更显她不拘小节。

此般利落洒脱，全然不在意他的口无遮拦，跟昨晚的女君有几分相似。古晋心底仍不能确定，小眼轻轻一眯，接过红雀奉上的清茶，拎着杯转了转，玩笑一般问："我对殿下一见如故，不知殿下可也是如此？"

这话直接、够劲儿，众君听得颇不是滋味。门槛高家世雄厚背后有人就是不一样啊，旁人哪敢对华姝如此放肆？

华姝没抬眼瞧他，只板着脸答："不是。"

古小胖神情一顿。堂中仙君见他吃瘪，心底暗爽。

哪知华姝放下茶杯，将散开的一缕发拨到耳后，看向古晋，轻轻一笑，略有深意地回道："一见如故不妥，再见如故或许更贴切些。"

再见如故？只有一墙之隔，这胖小子果然近水楼台先得月了！一众男君的神情顿时微妙起来。

古小胖没空管其他人，眯成缝的小眼睛里墨黑的瞳孔顿时放大，吊儿郎当的声音不自觉地提高，带着一抹欣喜："殿下昨夜……"

他话音未落，茶杯落地的声音伴着一位女君的惊呼突然在大堂响起。

"啊！好烫！"

众君转头，正好瞧见南山的碧云仙子正手足无措地对着裙摆上染满茶渍的南海三公主缙云。碧云女君手忙脚乱地替缙云拨弄裙摆上的茶叶，尴尬不已，满脸通红。

缙云回过神，暗怪自己刚才惊呼声太大，伤了碧云的颜面。她急忙拉住碧云的手道："无事无事，碧云姐姐，我只是吓了一跳。"

碧云抬头正欲说句感激的话，却不巧迎上古晋眼底一闪而过的冷峻，脸色顿时苍白如纸，讷讷不能言。

见她这般模样，古晋神色依旧如常，但眼底的冷意却散了几分。

华姝自是知道是何原因，她轻笑一声，打破沉默："红雀，带缙云公主去内堂换身衣服，给碧云女君重新上杯茶。"

"是。"红雀应声将缙云公主领去了后堂。

碧云重新坐下，惴惴不安地望着不远处脸上依旧带着笑意的胖仙君，心底莫名发抖，刚才古晋眼底一闪而过的凛冽气息难道只是她的错觉？

"古晋仙君，刚才你想问什么？"此事一解决，堂中的雷澈仙君一摇手中的骨扇，笑意吟吟地朝古晋开口询问。

众人见他开口，立时便来了兴趣，暗道胖仙君好运到头了。雷澈仙君系出名门，乃惊雷上君之子，为人自负骄傲，尖酸刻薄，他恋慕华姝，对华姝身边的男君从无好脸色，且极近苛责。因他父君位高权重，掌管天宫雷刑之罚，所以众仙平日里视他如洪水猛兽，能躲则躲。

这两人交锋，倒是盼古晋占上风的多些。

华姝眼底亦划过一抹厌恶之色，但她不动声色，只将目光投到古晋身上。她想瞧瞧古晋会如何开口，毕竟只要说出昨夜之事，他这个维护真神的仙君立马便会成为众仙溜须拍马、歌功颂德的对象。凡事只要和上古界真神扯上了干系，哪怕只是芝麻绿豆大小，也足够让下三界震上好几年。

古晋没打量雷澈，反而抬首朝华姝看去，道："我进岛时听仙童说梧桐岛这几日景色为全年之盛，我只想问问……"他一顿，在碧云心惊胆战的祈求目光里稳稳接了一句，"殿下昨夜可是兴之所至，观了梧桐后岛？"

随着他话音落地，碧云绷得死紧的身子一松，靠在木椅上，脸色也恢复了些许红润。

未等华姝回答，浓浓的不屑口气迎面而来："我道何事，原来是想打听公主殿下每日喜好游何处……"他将骨扇一收，拍在掌心，在古晋胖墩墩的身上扫了一整圈，道，"古晋仙君，即便你知道公主所游之处又如何？你这体态，焉有体力作陪？难不成游一趟梧桐岛也要劳烦你的十几位师侄为你牵出雪辕仙车，鞍前马后地伺候？再者，听说你不过两百多岁，怎么不知体恤老者，如此不知礼数？"

雷澈惯来有些二世祖的盛气，又喜欢挑拣些大道理打压敌方，几句话便把古晋损得够呛，若是旁人，怕早已愤而离席。

偏偏，他遇上的是天启和凤染这两个奇葩教养而成的小太子，三界八荒里最名正言顺的二世祖。论刁钻、毒舌、气量窄，除了他娘上古，九州八荒里古晋神佛不及。

满堂怜悯的目光未及投在古晋身上，他已拖着胖成个球的肚子，一点一点朝雷澈的方向挪过来。众君翘首企盼他的反击，奈何他动作有点儿慢，直到众人脖子都僵了他才堪堪将目光和雷澈对上。

古晋的声音里满是诚恳："雷澈仙君，小仙愚钝，有件事学了几十年总倒腾不清，听闻仙君慧根在仙界是一等一的，能否赐教一二？"

雷澈损了人还被戴了一顶高帽，清高地一哼："你且说来。"

众仙叹了口气，东华老上君的这个小徒弟看来是个和稀泥的，还未交锋就缩回城池了。

"仙君可知上古神界里与日月同生的真神有几位？"

问题一出，众人傻眼，雷澈更是嗤之以鼻，鄙夷的声音响彻大堂："上古、炙阳、白玦、天启四位神君乃上古神界的四位真神。古晋仙君，你大泽山里莫非连一本上古之书都寻不出来？"

"这我倒是知道，小仙只是不知，四位神君谁为长？"

雷澈已经不对古晋的智商抱希望，只觉大泽山已日落西山，教出这等子弟实在笑话，遂回道："炙阳神君降世于混沌之初，至今二十三万余岁，最长。"

倒是有些仙君品出了古晋话里的深意，渐渐回过味来。华姝便是其中之一，她神情一怔，瞧向古晋的眼底多了一抹探究之色。

"哦……原来如此。"古晋慢腾腾地点头，模样似是受教，再道，"那不知又是哪位神君为尊？"

"自然是上古神……"雷澈扬扬得意的声音猛地卡在喉咙里，最后一个"君"字死活再也吐不出来。他迎上斜对面那双眯成一条缝的小眼，冷汗一点点自额上沁出，脸色青紫交加。

三界皆知，四位真神中上古神君继承了祖神擎天的混沌之力，年岁最轻，神格却最尊。他嘲笑古晋不尊老者，无异于嘲笑天地造化里开此先例的上古神君。

"南海里头藏着几只二十万岁高寿的老龟，按仙君刚才质问小仙之言，上古神君见了这几位"老者"，怕是要行礼问安，才成体统？"古晋拖长腔调，"小仙今年两百岁，听闻仙君您已有四千来岁，刚才未及行礼拜见，亦是罪过……"

他适时地停住声，只管将眼弯成纯真的弧度。

满堂俱静，众君细细瞅了半晌笑得一派和气的古晋，默默为雷澈仙君默了一声哀，然后不自觉地俱朝古晋相反的方向挪了挪屁股。

这个胖仙君，原是个吃人不吐骨头的主，刚才实在是看飘了眼。

雷澈悠悠飘然的姿态不再，握着骨扇的手现出青筋。良久，他嘴唇抿紧，起身朝古晋的方向行了两步，低头，弯腰行礼："古晋仙君这话折煞雷澈了，仙君乃东华老上君之徒，长雷澈一辈，刚才我一时蒙了心智，口出狂言，还望古晋仙君大人大量，不与我这个小辈计较。"

雷澈虽尖酸刻薄、骄傲自负，可活了四千年，又是惊雷之子，倒也不是个傻瓜，当即便折了腰为自己寻活路。只是那折下的腰到底有那么几分不自然和受惊过度的僵硬。

大堂里咔嚓声突然响起，众仙眼一抬，看着那位胖胖的少年仙君像是没看见弯腰行礼的雷澈一般，一双眼垂下只盯着自个儿肉手掌里抓着的瓜子，心底都颤了颤，想，雷澈仙君，倒是真的命苦。

华姝好整以暇地朝木椅上一靠，对古晋高看几分。不愧是东华的徒弟，有几分手段，不过可惜，也只是学会了讨口头上的便宜。

众仙等着古晋慢悠悠饮了一杯茶，嗑了半碟子瓜子，才听到他轻快又惊讶的声音响起："哎呀哎呀，雷澈仙君您行礼做什么，小仙我只是见识浅，有一二问题不懂，才讨教讨教。什么计较不计较，我胡乱说的几句混话，您千万别介意。小仙对仙君的景仰之情如天河之水绵绵不绝，日后少不得还要多叨扰呢……您坐啊，来，喝杯茶，咱们再来探讨探讨我体重这个问题，听说您的父君惊雷上君也似我这般威武雄壮，不知他当年是如何得了在您母君身边作陪的资格……咦？您的脸色我瞧着有点白啊，是不是没吃饱？我看您啊还是太瘦了，竹竿似的，一阵风就吹得跑，赶明儿我回大泽山给您寻两粒大补丸，保管您吃了壮如金刚……"

话音还未落，众君只看见雷澈上君又弯了弯腰，面色发灰地告罪后逃出了大堂。

古晋含笑目送他的背影，朝目瞪口呆的众仙露出一个温和又纯良的笑容，含蓄地收了声，又弥勒佛一样窝回了椅子里，仿佛从来没挪动过分毫。

一场不见硝烟的战争，大泽山的这位胖仙君，把雷澈杀了个血流成河。

不过战局结果虽在意料之外，却正合众意。

众仙终于知道东华老上君为何临老成神了还收了这么个小徒弟，古晋丑则丑矣，胖则胖矣，但这爱憎分明天不怕地不怕的性子还真的讨喜。

因着他打败人憎人恶的雷澈上君，大半数的仙君们对古晋的目光都多了善意。甚至有女君都觉着古晋这副胖乎乎模样也还能入眼，至少憨态十足。

雷澈走后，大堂内复又三三两两开始欢声笑谈。古晋一直眼巴巴瞅着首位上坐着的华姝，每每想说两句话，不远处碧云女君恳求的目光便飘了过来，他只好把疑问藏在心

底，好耐性地等众人散场。

可他这神情落了众人之眼，便成了他十分倾慕华姝的模样。女君皆叹仙界的男仙君又有一位拜倒在了华姝公主的孔雀裙下。倒是华姝一直神色淡淡，和众人交谈之际也不时和古晋寒暄两句，既未热络，也未冷落。

离天帝举办的晚宴只剩两个时辰，仙君们纷纷告辞，只有几位女君想在华姝身旁得个头等席位拉下脸面留了下来。眼见着华姝和几位仙君笑着朝内堂而行，碧云女君也没了身影，古晋咬咬牙，拔腿揣着一身肥肉朝女君们追去。

若不问个清清楚楚，他心底实在闹腾得慌。

过了回廊，眼见着几步就能追到，前面女君的轻笑声传入耳里，让古晋生生顿住了脚步。

"殿下，古晋仙君年龄不大，手段倒不浅，今儿把雷澈仙君好好逗弄了一番，雷澈仙君丢了脸面，怕是有好些年不敢出雷宇宫了。"一位女君道。

古晋由天启教养长大，行事说话不免像了几分，就似今日对雷澈，完全是天启一贯的手段，只是下三界的仙人见识得少。说来他也是少年心性，被人一夸，顿时眉飞色舞，藏在回廊后踮着脚偷听，想瞧瞧华姝的反应。

"以他的年岁能将雷澈激怒，胆识确实不错。"华姝微一颔首，回道。

那女君掩面而笑："殿下，瞧古晋仙君刚才那模样，心心念念只求您一个眼神呢！"见华姝面上不起半点波澜，似模似样一叹："只可惜，古晋仙君虽瞧着好，但年岁太轻，难解风情，怕只是个含苞待放的花骨朵儿，不是良婿啊。"

古晋才两百来岁，只是个半大的小子，和她们这些几千岁的女君比起来，确实是只花骨朵儿。

此话一出，众女一阵哄笑，连华姝嘴角也微微一勾。

藏在木栏后的古小胖脸色古怪，翻来覆去咀嚼这句话，十足的沮丧。待华姝和几位女君暂时分开去换衣，他才回过神匆匆追去。

华姝一只脚才入内堂，红雀还来不及关门，便看到回廊上一团火红飞来。她不禁感慨，如此速度，真是难为了那肥硕的身躯了。

"古晋仙君！"红雀再惊叹意外，也没忘了自己的本分，把古晋拦在了门前。

"华姝殿下。"古晋猛地一收脚，扶着大门直喘气。

华姝藏起眼底的不耐，回转身："古晋仙君，何事？"

见华姝转身，古晋慌忙立得笔直，甚至小心地将褶皱的衣袍抚顺。

他抬头，看着华姝极是认真，问："华姝殿下，昨日在梧桐林里帮我的，可是殿下你？"

古小胖上一次用这样严肃郑重的口气说话，还是在百年前的苍穹之境上质问白玦，可见他对昨夜遇着的女仙君是真的稀罕，犹在他心心念念的小火凤之上。

大红的宽袍裹在身上俗不可耐，胖得似仙田里浑圆的冬瓜，这位大泽山仙君没有半点仙人的飘逸，十足一个人间富贵家里养出来的纨绔少爷模样。可不知何时起退到一旁的红雀却有些不忍自家殿下即将出口的否认。

古晋仙君的神情太认真了，就好像殿下只要一承认，他就会拼尽全力来报恩一般。这些年恋慕殿下的仙君里，或贪慕孔雀王族的荣耀，或痴情于殿下美好的容颜，但她从来没见过如此郑重又实心实意的眼神。

华姝亦是一怔，憨胖的少年墨黑的眼定定落在她身上，竟让她恍惚间有种格外被重视的感觉，她不由自主开口："昨夜梧桐林里，不过举手之劳，古晋仙君不必挂怀。"

一旁的红雀捂嘴惊呼一声，狂喜的古晋却没发现，满心满眼里只剩下华姝的"举手之劳"在耳边回响，他上前一步凑到华姝面前，眼睛成了月牙："原来真是殿下，和我猜的半点不差。殿下，我是来报恩的。"

古晋胖脸上的笑容陡然放大，华姝这才反应过来自己刚才所言，眉头微不可见地一皱，怎么阴错阳差认了此事。她何等心智，当即便道："小事一桩，古晋仙君不必如此。"

古晋甚是诚恳："殿下错矣，恩便是恩。"他顿了顿，又道："何况对我而言是大恩，殿下想要什么宝贝，我这就去寻，他日定亲上百鸟岛为殿下奉上。"

古晋自小爱搜刮宝贝，自然也以为别人是一样的喜好。

"不用了。"华姝摇头，不欲在这件事上纠缠。

"用，用。"华姝是孔雀岛的公主，想来也见惯了一般宝物，古晋这么一想，又加了一句："只要是殿下想要的，我一定能为殿下寻来。"

年岁不大，口气倒不小，华姝被仙族年轻一辈仙君奉为女君中的翘楚已有百年，什么稀罕东西没送到她面前来过，但从无一人敢说天上地下只要她想要的东西，便能替她寻来。这人着实太狂妄了，眼见着晚宴时间临近，华姝心念一转，随口便道："古晋仙君说笑了，哪里什么东西都能随便得来。听说凤族小凤君有一块上古神君所赐的火凤玉，乃上古界至宝，我若想见识见识，仙君难道也能替华姝借来？仙君年岁尚轻，怕是经的事少，有些话实在不当说。昨夜区区小事，古晋仙君不必挂心。"

华姝言毕，朝古晋颔首，转身入了内堂。红雀知道这胖仙君口无遮拦的话惹了自家殿下嫌，也不再管他，"砰"的一声利落地关了门，把古晋拦在了门外。

年岁尚轻，经的事少……

只可惜，古晋仙君虽瞧着好，但年岁太轻，难解风情，怕只是个含苞待放的花骨朵儿，不是良婿啊……

古晋对昨夜救他的女君生了点小小的隐秘心思，心意还来不及诉说，这两句实诚话已把他的暖心窝戳成了大筛子。

他沮丧地埋下头，孤零零缩在墙角。

房内的红雀透过窗户缝隙瞧见他可怜的模样，有些不忍，打算投个鼓励的眼神，哪知墙角的胖仙君沮丧不过片息，突然一跃而起撅着屁股朝回廊外跑去。

哎，八成也知道自己说了大话，不好意思再留在这惹人嫌了。

红雀这么一想，转身见华姝换了衣从帘后走出，唤："殿下……"

华姝抬眼看她，红雀吞吞吐吐，嘴里的话实在说不出口。殿下这么聪明的人，怎么会应了这事，若是那女君出现，岂不就露了馅？

华姝自是知道她想问什么，皱着眉在窗前立了一会儿，说道："无事，我未将话点明，他日也可说我应下的并非此事。"她顿了顿，又道："就算他知道了又如何，于我并无大碍。"

以她的身份，难道还真的指望古晋因为这件事来报恩不成？即便知道了，得罪一个大泽山弟子，于她而言又有何损失？

"殿下，听说古晋仙君在天帝陛下面前有几分薄面，若是他求到陛下面前，陛下知了原委，还以为您妒羡小凤君，以陛下护短的脾性……"

当今天帝陛下的这个优点，可谓四海之内人尽皆知。

华姝面色微微一变，有些后悔刚才的意气之言，但她性子要强，压下心底隐隐的不安，一摆手道："他那个不经事的样子，对上雷澈还能逞几分口舌之利，哪有胆子到陛下面前胡言乱语，此事莫要再提，日后他上百鸟岛，你只管替我拒之不见，等过些年，此事也就过去了。"

华姝话语笃定，红雀不敢再言，退到了一旁。

话音刚落，外岛数声凤鸣响彻半空。晚宴已至入席之时，两人离开流云阁，朝凤皇殿而去。

此时，古晋早把替师父赴宴恭贺之事忘得一干二净，正匆匆朝梧桐林里的梧桐祖树而去。

他在上古界时听天启说过，梧桐岛的小凤凰逆天而生，一直养孕在梧桐祖树里。火凰玉怕是这只小凤凰的命根子，她定不会轻易借出。他若早早守在古树下，待她一涅槃降世，便上前恳求，那小火凤见他如此实心实意，心肠一软，借他观赏两日总归能成。

古晋知道该靦着脸去求小火凤，而不是在凤染面前撒泼打滚，百来年时间，总归还是成长了些。

贰·沉眠

　　临近傍晚，梧桐岛上空晚霞蔽天。因参宴的宾客实在太多，天帝便将晚宴摆在了凤凰大殿外。接踵而来的宾客一至殿外，入眼便是不见尽头的珍馐美味、大殿上空群戏欢鸣的五彩凤凰、遮天蔽日的祥云漂浮，就连待客的器皿小几也是梧桐林里的古木雕刻而成。仙君三三两两相携入席，落座在软蒲团上，对这场宴会的规格排场满心赞叹。

　　少顷，大殿外仙君几乎尽到，除了天帝和凤族的几位长老，华姝一行已算得上是最后入席。她今日着一件碧绿长裙，裙摆上摇曳着仙蚕银丝勾勒的金羽孔雀，行走间雀翎欲腾飞九天，一片芳华。如此一身配上她绝丽的容颜，顿时夺了满场目光，几位跟在她身后的女君倒显得有些寒酸起来。

　　华姝虽负盛名，但以往赴宴皆穿着素雅现于人前，甚少有此般华贵之貌，想来这次梧桐岛之宴，她不是一般的看重。

　　华姝随仙童指引落座于孔雀王之下，见对面上席仍空一席，有些奇怪。仙界权重者皆以入席，还有哪位能与父王位列同级？华姝微一思忖有了猜测，但却不敢肯定，听说天帝和妖狐一族的首领常沁妖君交情莫逆，难道是为她备下的？

　　天帝与常沁妖君的交情她早有所闻，这种事放在一般仙族身上早被扣上了私通妖族的大罪，可天帝行事向来乖张霸道，她与常沁交好于位极天界之前，数百年来世事变迁，两人情谊全然不改，这也成了两界的一桩奇事。但私下交好是一回事，常沁毕竟在妖族手执重权，被妖皇倚为股肱，今日这种仙族齐聚的盛会，她难道真会不顾妖皇权威，出现在梧桐岛?

华姝想想也觉得不可能,暗自打消了这个猜测。

咚咚咚……仙童敲响石阶上的古钟,天帝凤染和凤族长老伴着钟声自内岛踏云而来,联袂落于广场高位之上。天帝这些年积威甚重,众仙忙起身见礼,天帝落座后才重新坐下。

钟声停,余音缭绕,众仙静待天帝启声开席,却见天帝抬首望向东方。

恰在此时,万马奔腾之声自空中遥遥而来。众仙一惊,抬眼望去,天际蔓延的火烧云翻腾成海,兀地,热浪破开,四匹身裹烈火的玄灵妖马脚踏火云出现在众仙眼前。

一女子手握缰绳,迎风而立,驾着马车破开云海直奔凤皇殿而来。

银狐深紫战袍,玄灵妖马战车,席卷天际的浓煞妖气……众仙倒吸一口凉气,不敢相信妖界稳坐第二把交椅的妖狐族首领常沁居然真会出现在梧桐岛,还出场得如此拉风和到位。

众仙还未来得及为妖界的妖皇陛下叹一声,瞅见自家陛下容光焕发神采飞扬的脸,默默把这声叹息噎了回去,他们和那位森鸿陛下受的待遇其实也没啥区别。

三界里有两件板上钉钉的事儿,一是仙妖两族过去现在将来的水火之势,二是天帝陛下和这位常沁妖君风吹不动雷劈不散的友谊。

算了,今日是个喜庆日子,两界又和平了百来年,仙族泱泱气度,何必小气。在仙君们的自我宽慰下,常沁已近到凤皇殿广场上空,她将玄灵妖马战车挥至一旁,领着几个侍从乘云而来。

"陛下,凤隐这娃娃出来没,我来得不算迟吧!"利落的女声在广场上响起,常沁径直朝凤染为她早早备下的席位走去,行走间还偷空和几位资格老的仙君打了个招呼。

凤染孩童之时常沁就已名闻三界,她资格顶老,如今又是妖界第二人,身份贵重,虽仙妖芥蒂颇深,被她见礼的仙君们也一一还了礼。

"倒也不算太迟,不过你的信使早你三日入岛,这几日你做什么去了?"常沁一身煞气,浑不似个喜洋洋贺寿的,反倒像历经一场大战归来。

"在东海遇见几头九头蛇兴风作浪,一时手痒就给砍了。"

众仙倒吸一口凉气,九头蛇这种群居的上古凶兽,几百年前被化身清穆的白玦真神砍了几只,如今敢惹它们的人可不多,难怪常沁迟了三日。

常沁笑吟吟朝东海龙王瞅了一眼:"在敖临王上的海界动了手,陛下可不要见怪。"

常沁虽说和凤染交好,但和仙界征战几万年,结下的怨仇也不少,自是不肯放过任何机会打压仙族。

东海龙王额头一抽，硬邦邦回道："哪里，常沁妖君救了海民，本王要谢你才是。"他说完起身朝凤染告罪，"陛下，小王御海不力，请陛下责罚。"

"今日梧桐岛大喜，此事日后再言，龙王且坐。"凤染随口将此事揭过，也未怪罪常沁，神情一如刚才，一挥袖袍，亲自为常沁引位，笑道："常沁，再过半个时辰这丫头就出来了，她在壳里憋了几十年，性子顽劣，过几年你带她回静幽山，替我好好管教管教！"

天帝此言一出，广场上除了几位凤族长老和常沁，登时热闹起来。

丫头？丫头？未涅槃的小凤君原来是个闺女啊！洞府里有未婚配子弟的老仙君们抓着白胡子对着天帝笑得格外慈祥，男仙君们眼底忽闪忽闪的光芒掩都掩不住，纷纷议论起来。

华姝脸上笑意一凝，她担心的事终成了事实。凤皇一脉的继承者即将涅槃，怕是百年之后，再无人记得她华姝，除非……华姝朝对面的澜沣一望，见他神色未改，只低眉饮酒，轻轻舒了口气。

"待你养个几年，她定把你的性子传个十成十，到时候我的静幽山可经不起她折腾，不如今天就让我带回去算了。"常沁眉一挑，"再说陛下，你可别忘了，当年咱们在静幽山饮酒划拳，你输我一局，答应任我在凤族里为侄儿挑个媳妇儿……"

常沁笑得没正形，从怀里掏出颗银色小珠把玩："看，我今日可是连定亲礼都带来了。"

她这话一出，没等一群老仙君们置喙，凤族几位长老已经开始吹胡子瞪眼满脸不乐意地怒视起她来。一向稳如泰山的大长老凤云咳嗽一声，破天荒朝凤染语重心长地嘱咐："陛下，此言有失妥当。"

小火凤是凤族几十万年开天辟地里独独生出的一脉，和凤染这个凤皇一样稀罕。当年凤染一出世就被天后芜浣逐出凤族，辗转流落三界，受尽颠沛之苦，也养成了她乖戾不与人亲近的性子，此乃几位长老平生之恨。好不容易得个小火凤，他们自是要从小将她养于梧桐岛，和凤族好生培养感情。

凤染也冤枉，她当初在静幽山喝醉酒说大话时凤隐还未出现，哪里想到隔了百年常沁还会记得这事儿。

凤染不紧不慢瞥了常沁掌中跳动的银珠一眼，嗤道："常沁，我家的凤隐拿整个妖狐一族为聘我都嫌轻了，你居然敢拿个九头蛇的内丹来下聘，也不怕我掀了你的妖灵山。"

常沁见玩笑被戳破，也不恼，让侍从把银珠送到凤云面前，道："长老勿恼，我和陛下开个玩笑。"她言毕朝凤染挑衅一笑，朝四周神态又安然下来的老仙君们看了一眼，"就你眼珠子利，你说得对，这不是聘礼，银珠有镇魂之效，是我送给凤隐的涅槃之礼。不过……咱们当初可是有约的，待凤隐成年时，我自会拿着聘礼上梧桐岛提亲，在这之前凤隐可不能许给别人。你是堂堂凤皇，不是当年撒泼耍赖的清池宫凤君，到时候可别不认账。"

常沁比凤染犹长万来岁，可从来没吃过亏。

凤染被将了一军，哼哼两声，既没否认也没答应。以凤隐古灵精怪的性子，若是看不上眼，还用得着她这个做师君的来拒绝，早自个儿掀了常沁的狐狸窝了。

天帝陛下和常沁妖君插科打诨叙友情，一众仙君既羡慕又无奈，只得欣赏凤皇殿四周的景色打发无聊时间。

这个柱子不错呀，香味沉郁，不是凡品啊！石阶下种的金线花，延年益寿，不是凡品啊！殿外廊下挂着的是啥珠子哟……比几位老龙王的镇殿宝还要大的夜明珠，不是凡品啊……梧桐岛难入，凤皇大殿更是千来年也难升一次，仙君们垂涎欲滴地盯着凤凰一族苦心经营了数万年的古岛，只觉样样扎眼，恨不得使个仙法全搬回自个儿的洞府去。

"不是凡品啊！"也不知道哪个仙君竟突然将心声给喊了出来，众君收了眼底的艳羡，欲谴责谴责这个没见过世面的仙君，却见那仙君一只手指向半空，眼瞪得老圆。

众仙抬首一望，反应一般无二。

晚霞蔽天的半空中，成片的火烧云悄然退散，古老的梵音自四海涌来。突然，银光划破天际，一座石门毫无预兆地出现在空中。

上古梵文雕饰，混沌神力缠绕，凤皇殿上空骤然而降的居然是上古界门！

众仙哗然，除了主位上仍不动如山的天帝凤染，无论仙妖，齐皆起身叩首行礼。待梵音减弱，众仙才神情肃穆地重回席位。

此时，界门破开一道缝隙，浩瀚的银光笼罩梧桐古林。观此情景的仙君们心底通透，不免骇然——上古界门显然是为了今日涅槃的小凤君而开。

古有鲜闻，上古界门降世，必伴上神入界。

自真神上古关闭上古界后，除却因职责在身未入上古界的天帝妖皇二人，三界已有百年未出过一个上神。难道今日涅槃出壳的小火凤生来便有入神的资格？这也太不可思议了!

凤染眯着狭长的眼品着仙酿，颇有些哭笑不得。前些时日上古派人下界，说会给凤隐送份大礼，想来便是这上古界门。凤染一直以为上古疼宠小辈到元启那份上就够好了，却不想她待凤隐更甚。只不过也太胡闹了些，凤隐本就是无法无天的性子，如今还伴着上古界门的出现涅槃，待她出了壳，三界里头除了她，还有谁能压住凤隐那丫头的威风?

不管凤染如何想，广场外的议论一直未停，甚有愈演愈烈的趋势。

也不知哪位八卦的仙君起的头，众仙居然开始历数六万多年九州八荒里伴着祥瑞而生的仙族有哪些。除却那些小有名气的祥瑞，就数当年的华姝和如今的凤隐最为震撼，想当初百鸟岛的漫天祥云、鲛人鸣唱也曾传诵百年，成就了华姝如今备受尊崇的地位。但和今日上古界门的出现一比，就显得有些寒酸了。众仙怕是也觉得如此，说着说着还不时打量华姝几眼，议论的声音也渐渐小了。

华姝眼不瞎耳不聋，自然听得到众仙的议论。她唇角轻抿，面上瞧不清情绪。澜沣看着她的难堪和愈加挺直的背，眼底一抹疼惜拂过。

这般景况，像极了百年前景涧犹在天界，他被逼困守蓬莱岛时的窘状。他并非眷恋权势，只不过因为生而掌控帝王星宿的命运而被天后忌讳，千年难以出世，一口气闷于心中始终不得释怀，所以百年前凤皇邀其入九重天执掌星宿，他才未拒绝。

凤凰大殿外的广场一派喜气，凤皇携仙族臣子举杯而饮，静待她的小徒弟涅槃降世。

此时，上古界。

白玦离世后的百年，上古最喜待的便是朝圣殿里这一方摘星阁。

炙阳从密林里采了些好茶，在摘星阁里寻到了她。正巧看见上古大手一挥把上古界门送下了界，问清缘由后笑道："原来是凤染为那只小火凤摆宴，我倒忘了这事，等日后她入了上古界，我再补一份算了。不过让上古界门伴她降世……这份礼对那个小家伙有些重啊!"

上古抿了一口炙阳泡好的茶，淡淡道："这份生辰礼，凤隐，受得起。"

自白玦殉世后，上古于万事皆淡，就连元启被送下界她也不曾过问，这次居然会为一只小火凤如此上心? 炙阳心中奇怪，低头一算，讶然抬首朝上古望去："怎么回事，这小家伙的运道居然被一团神力笼罩，命格被打破，今日不是她涅槃之时……"

能让他看不清的神力世间只有混沌本源，上古好端端地坐在这儿，白玦灰渣子都化了百年，打破凤隐命格的只能是元启那小子了。

他说着抬手朝空中一划，一面水镜现于二人面前。梧桐岛凤皇殿外与天同庆的热闹盛况隐隐而现，水镜微一波动，梧桐古林里古晋朝着祖树奔跑的画面清晰可见。

"这小子，怎么长成这副德行了？"才一百年，当年俊俏的小娃娃已经成了个浑圆的球，炙阳这个家长一时接受不了现实，顿时正色朝上古看去，语气比刚才算出凤隐命途时起伏更大。

上古亦有些尴尬，瞅了下界那个胖球一眼，咳嗽一声："呃，二十年前我在水镜里瞧他……"她伸手比画了一下，"他还只有这么一点胖。"继而埋怨道："也不知道东华日日里喂他吃什么了？"

你才是当娘的，东华只是个师父！炙阳默默咽下了这句话，只是用眼神谴责了上古半晌便收了水镜，不再提梧桐岛小火凤涅槃之事。

两人皆是上古界最古老的神祇，下界劫难对他们而言不过日升月落一般自然。若非和元启有关，他们怕是连看一眼的闲心都没有。

儿孙自有儿孙福，以元启和凤隐的出身，不历劫难，命格又岂能圆满？

只不过，元启生而有混沌之力护身，两人皆看不清其命途所归，若是料到百年千年后他们竟有那般结局……这一日，纵使云淡风轻，二人也必不会这般轻松自在。

下界。

梧桐古林里，古小胖一路乱奔，终于找到了那棵孕养小火凤魂魄的梧桐祖树。祖树已有十几万年岁龄，早可成神，但因眷顾凤族，遂万年前自我入定，存真身长留梧桐岛，在主干顶端化聚魂台庇佑凤族小辈，百来年凤族唯有凤隐一人留于聚魂台。

此时离凤染涅槃只剩一刻时间，灼热的红色神力自聚魂台上散出，将古树一丈之内笼罩，寸步难行，祖树顶端一团白色的焰火若隐若现，似有吞噬之力。

还未出世就有这般灵力，看来真是个宝贝疙瘩，古小胖仰头感慨，很是稀罕。他未出世时就被天启封了混沌之力，从来没享受过这等王霸之气，心底很是有点儿羡慕。

时辰快到了，古晋看天色已晚，使劲破开这股灵力，喘着大气一步步挪到树底下，然后眨眨眼，活动活动筋骨便开始爬树。其实候在树底下也不是不成，只是他活了这么久，还从来没见过凤凰涅槃的模样，一时心痒痒，想去瞧个现场。

只是古小胖不知道，火凤涅槃时的白色炙火能焚烧万物，下界内除了天帝凤染，只有体内有混沌本源的他能靠近这棵梧桐祖树，否则凤族焉会放任凤隐独自涅槃。

半刻钟后，古晋费了大力终于靠近了聚魂台，这地儿其实就是老祖树树干里生成的

一个树洞。他扒在树干上，抬高了脑袋朝树洞里望——一枚印着凤族古文的赤红凤蛋正悬在白色的炙火里静静旋转。

古晋手脚并用爬到洞口边坐等小火凤涅槃。这时，一束银色光芒自天际落下，与炙红的灵力交错，笼罩在梧桐祖树上。古晋朝半空望了一眼，对着那光芒万丈的上古界门瞠目结舌——母神手笔也太大了，天帝册封怕是都赶不上这排场！

正在这时，树洞里的凤蛋突然有了动静，低沉的凤鸣从壳中传来，古晋倏地回头，屏住呼吸盯着蛋眼都不眨。真到了小火凤涅槃的时候，借火凰玉的念头倒淡了下来，他嘴里一个劲嘀咕待会出来的会是个啥……一只小凤凰？还是个白白嫩嫩的小娃娃？是公……咳咳，是男娃娃，还是个女娃娃？

太阳落于海平面之下，皓月初升，日月交替之时，火红的光芒自梧桐古林中拔地而起，直冲天际。

凤皇殿广场前的众仙因这陡然出现的浩大灵力安静下来，这只小火凤竟有如此神力！凤族在百年前已退出三界之争，唯有凤皇在上任天帝暮光的嘱托下接任帝位，如今仙妖两界各有一神，若是小凤君出世便有上神之能，且能向着仙界，那三界格局立时便会被打破！

恐怕整个仙界从未如此时一般期待着一个仙人的降世。

聚魂台上，蛋里的凤鸣越来越高亢响亮，白色的火舌盘旋上升，威势凛然。

白色炙火席卷树洞，发出耀眼的光芒，古晋下意识闭上眼。白光内突然响起蛋壳碎裂落地的声音，他心中一喜，睁眼瞧去，怔在原地。

炙火火舌之上，一个少女静静闭眼而立，微勾的唇角带着降世的喜悦。

她头上悬着的焰红玉石发出淡淡的柔光，将她整个人笼罩在温和的神力中。

红衣墨发，淡眉盛颜，倾尽天下。

有谁能知，初降世间的凤君凤隐，已有此般芳华。

她额间凤冠烙印惊鸿而现，一瞬间，古晋似被摄了心神，不由自主行到凤隐面前，伸手朝那焰红凤冠摸去……

凤眸倏地睁开，似是没想到有人能破开炙火近到她身边，掌心一动，白色的炙火自她掌心而出朝古晋拂去。

灼热炙火逼近，热浪袭来，古晋兀地回神，狼狈一躲，伸出的手没碰到凤隐额头，反而抓住了随凤隐一起落下的火凰玉。

"是你。"

古晋被炙火扫了几步远，凤隐未多言，只抬眼朝他掌心看去。凤隐百年修炼的灵力和魂魄全在火凰玉内，只有将灵力全部吸收，她才算真正涅槃。古晋的出现打乱了火凰玉的灵力供养，她被迫提早醒来。

是你？什么意思？她见过我？古晋满心疑问，见凤隐盯着他掌中的火凰玉，面色一讪，朝凤隐走去想把玉还给她。哪知他走得太心急，被一截树枝绊倒。

重物落地的声音响起，整个祖树都被震动。凤隐盯着地上的古晋，唇角极快一勾，眨眼又迅速恢复淡漠之色。

古晋尴尬地爬起身，一阵剧痛袭来，他哼哼两声，倒吸一口凉气，低头一看，他手心被划了一道深口，鲜血涌出，滴落在地。

两人都没发现，那鲜血同时也滴了古晋一直死死握着的火凰玉上。

一旁看笑话的凤隐见他眉毛鼻子皱成一团，有些不忍，神情一软准备安慰两句，还未开口，面色突然一变。

古晋掌心染血的火凰玉毫无预兆地飞到古晋头上，炙红的光芒将他和凤隐都笼罩在内。古晋体内被天启封印的混沌本源在火凰玉的牵引下浮现在额间，凤隐灵海中和火凰玉里凝聚的属于她的百年灵力飞快消散，疯狂地朝古晋额间的混沌本源涌去。

火凰玉是百年前上古用混沌本源炼制而成。古晋的血引发了他体内混沌本源和火凰玉的共鸣，天启的封印出现了松动，体内的混沌本源被压制百年，甫一被唤醒，以为火凰玉是为它准备，自然毫不犹疑地吸收。

在混沌神力的牵制下，两人动弹不得，只能眼睁睁看着混沌本源将聚魂台上的灵力尽数吸入。

苍白的脸色，漆黑的凤眸，凤隐眉心轻皱，似乎对眼前的情况感到有些不可思议。

纵使全身灵力即将被吞噬一空，古晋也没从凤隐眼中看到半点慌乱。

他心底懊悔，愧疚万分，急道："别担心，等它停下来我就把灵力还给你。"

尽管不知道他是谁，为何闯进梧桐祖树，但凤隐知道面前这个胖仙君并不觊觎她的灵力，毕竟单是他额上悬浮的奇怪本源所蕴含的神力就完全不逊于她。

一场意外，竟然因为一场意外，毁了她准备了百年的涅槃。

凤隐沉默半晌，摇头，嘴角竟有一抹苦笑。

"师君历世万载方成正果得以涅槃，我还以为我逆天而生，会是这一脉的异数，看

来还是躲不过天意。"

"什么意思?"古晋心底一慌。

"火凰玉里不仅有我百年修炼的灵力,还有我一魂一魄,今日不是我涅槃之期。"

火凰玉灵力被吞噬,她的魂魄也势必受损,如何能涅槃降世?

古晋终于听懂她话里的深意,神色大变。

她朝天际望了一眼,回望,问:"你是谁?"

能阻她凤隐降世,焉能是平凡之辈,她总要个明白。

只是,还等不及古晋回答,洞中的白色炙火疯狂地朝古晋的混沌本源袭去——火凰玉内凤隐的一魂一魄感受到吞噬的危险,竟准备和古晋同归于尽!

火凰玉被两股神力牵制,难以承受,通透的玉石上裂开一丝缝隙,猛地,火凰玉哀鸣一声,裂成碎片在树洞内炸开。

混乱的神力席卷梧桐祖树,发出耀眼的光芒!

与此同时,惊天动地的轰鸣声从梧桐林传至凤凰大殿外,众仙大惊抬首,只见一道奇怪的银色神力自梧桐林中冲天而起,竟在顷刻间将那股象征着小凤君涅槃的火红炙光迅速吞噬!

片息后,轰鸣声止,银光散去,火凰的气息再也难寻片缕。

众仙怔怔望着天际消失的上古界门,面面相觑,鸦雀无声。

梧桐岛期盼百年的凤皇血脉,一场降世撼动三界的小火凤竟然在涅槃之日就毫无预兆地陨落了。

这究竟是怎么回事?

没有人敢去瞧一眼至尊之位上的仙界之主、凤族之皇。

只是任谁都知道,仙界的天,要变色了。

几乎是银光散去的同时,凤凰大殿高台上的凤染和凤族长老们脸色大变,骤然起身朝梧桐古林飞去。

殿外一众仙君面面相觑,皆有几分忐忑,还是常沁起了个头,袖摆一甩,皱着眉带着一众心里惴惴的仙君飞向了梧桐古林。

梧桐古林里,祖树周围的梧桐树被白色炙火焚烧得干干净净,平日繁盛葱翠的古林像是经受了一场大难,中心处只留下一株光秃秃的梧桐祖树在顽强地支撑着门面。

树下孤零零地站着一个的身影,古晋头发散乱,衣袍被烧破,眉毛也被燃掉了一半,只能看清一双藏在肉里的小眼睛。他这模样,着实太过可怜凄惨了些。

任是凤染和一众长老携着冲天怒气而来,在看到古小胖转过身可怜兮兮的尊容后,都不免脚步一顿,怒意减了几分。

他们身后,常沁率领的仙君也落在了梧桐祖林里,被烧得干干净净的古林和那一立一睡的身影让所有人止住了脚步。

显然那胖仙君便是阻挠小凤君涅槃降世的元凶,众仙从古晋那胖胖的身躯和一身花哨又珍稀的佩饰上猜出了他的身份,这胖仙君腰间系着的东珠比几位龙王皇冠上的都要大,仙界里除了清池宫和梧桐岛,也只有大泽山有这个底气了。

大泽山的一众白胡子仙君们知道自家师叔闯了祸,在一旁担心地看着古晋,眉毛鼻子只差挤到一块儿了。

人群中的红雀见是古晋阻挠了小凤君涅槃,一下慌了神,手足无措地朝华姝看去。

华姝立在孔雀王身后,神情冷静镇定,但袖中的手却忍不住轻颤,凤皇霸道刚烈,又极为护短,若是知道古晋来梧桐古林是为自己要火凰玉,那百鸟岛必受迁怒……这古晋竟能引出如此轩然大波,成事不足败事有余。她朝古晋看了一眼,努力压住眼底的怒意和惊惶。

待打量完古小胖,众人的目光才落在古晋身旁悬于半空沉睡着的红衣少女身上,只这么一眼,便齐齐顿住了目光。

黑发红袍,盛颜傲骨,只一眼,少女眉宇间已能窥见日后冠绝三界的芳华之姿。

这样的小凤君还未降世就已陨落,当真可惜了!

毁了梧桐岛小凤君的涅槃,即便是东华老上君的幼徒,在盛怒的天帝和凤凰一族面前,恐怕也会被碾压得连渣滓都不剩吧……

众仙叹了一声,有些不忍看接下来的场面。

古晋抓着破碎的火凰玉,远远瞧见凤染冷沉的脸,朝身旁浮于半空的凤隐看了一眼,眼底满是后悔和自责。

若不是他为求华姝一个笑颜,莽撞地闯进凤隐涅槃的祖树里,断不会害得她如此。

刚才这场神力冲撞,凤隐的灵力被古晋的混沌本源吸干,三魂七魄也随着破碎的火凰玉消散得一干二净。本已平安降世的凤隐被他硬生生害得陷入沉睡之中,若魂魄寻不回来,怕是再难苏醒。

这和杀了梧桐岛的小凤凰有什么区别?纵使古晋被家里一众长辈宠成了天不怕地不

怕的性子，却也不是不知好歹之人。知道这次自己闯了大祸，他一脸视死如归，抱着凤隐走向了凤染，只是还未等他靠近，心急如焚的凤族大长老凤云已经一把抢过凤隐，伸手朝她额头探去。

红光隐入凤隐额头中，却半点回应都没有。这一探，凤云的脸直接变成了黑色，他强压着怒意道朝凤染艰难地禀告："陛下，阿隐体内的灵力全部没有了，三魂七魄也散得半点不剩。"

凤云越说越气愤，猛地抬眼朝古晋望去，怒道："你是何人？竟敢阻挠我凤族继承者涅槃，说，你是哪座洞府的弟子，竟如此大胆！"

魂魄尽散，简直回天乏术。凤染紧皱着眉朝古晋看去，眼底带着从未有过的严厉和怒意。

她知道阿启惯来无法无天，却没想到他竟顽劣至此，惹出这等祸事。凤隐涅槃的炎火可焚烧万物，她便未让长老守护在一旁，却忘了阿启体内的混沌之力。

凤云手一扬，燃着烈火的灵绳朝古晋绑来。凤族大长老一身灵力堪比半神，这一击夹着澎湃的怒意，若触到古晋，少不得伤筋动骨，血肉模糊。

大泽山一众老仙君们急得跳脚。

古晋自知做错，不躲不避地立在原地，一副英勇就义的模样。众仙不忍去看，已有不少惊呼起来。

却不想片刻过后，想象中血肉烧焦的景象却未出现。古林里仍是安静异常，悄无声息。

众仙抬眼望去，纷纷愣住。

一双修长的手握住了凤云手中咆哮的炎火灵绳，灵绳只堪堪逼近古晋的衣角，便再难寸进。

众仙惊愕至极，只因那握住炎火灵绳的人，竟然是天帝凤染。

若说三界里护犊子护到毫无章法的，凤染认第二，绝没人敢认第一。她这样张扬刚烈的性子，竟然会护下让小凤君魂魄尽散的人，简直匪夷所思。

凤云讶然，凤染做事一向有自己的章法，绝不会随意姑息冒犯梧桐岛的人。他见凤染出手，尽管不情愿，还是收回了炎火灵绳。

凤染看向一脸视死如归的古晋，沉声道："怎么回事？你代你师尊来道贺，怎么会出现在凤隐的涅槃之地？又怎么会让凤隐魂魄尽散？"

这一声喝问没有惊到众人，只让华姝主仆脸色一变，很是紧张。只是凤染这话也让众仙琢磨出了点门道，天帝和东华上君情谊匪浅，怕是连带着对他这个幼徒也存了手下留情之意。

古晋是凤染一手带大，凤染疼他跟疼眼珠子似的。他何时听过凤染如此严厉的声音，心里不免有些难过，垂下眼，低声道："陛下，我……"古晋朝华姝的方向看了一眼，见她神情紧张，他轻轻叹了口气，回道："陛下，我听说小凤君的火凰玉是上古异宝，想朝她讨来玩赏。我一时莽撞，闯进了小凤君涅槃的梧桐祖树里，打破了她聚魂的火凰玉，才害得她魂飞魄散，不能涅槃。"

古晋朝凤染和一众愤怒的凤族长老弯下腰，诚恳道："古晋大错铸成，希望各位长老能让我弥补错误，允许我把凤隐的三魂七魄找回来，待我找齐魂魄后，一定亲上梧桐岛向陛下和诸位长老请罪，任凭诸位惩罚。只是扰乱小凤君涅槃之错是我一人所为，和大泽山同门及家师无关，还请陛下和诸位长老不要迁怒我大泽山。"

古晋虽然因为一个莫名其妙的理由犯下了大错，但面对暴怒的凤族长老还能不卑不亢地说出这番有担当的话，已然让众仙刮目相看。

"混账，魂魄消散千年难聚，就连上古真神当年也寻不回白玦真神的魂魄，更何况是你！我们难道还能放任你逍遥千年不成！"脾气火暴的凤族长老凤止正在气头上，想也没想就严词拒绝了古晋的请求。

古晋听见这话，脸色猛地苍白起来，他垂下眼，眼底罕见地划过一抹伤感和倔强。

倒是大长老凤云听出点门道来，他拦住就要上前暴打古晋的凤止，眯着眼朝古晋看去。凤隐涅槃时的白色炙火可焚烧三界万物，除了凤凰根本无人能靠近，可这仙君却能破开炙火，近到凤隐身边，莫非……凤云仔细打量了古晋几眼，倒吸一口凉气，猜出了刚才凤染手下留情的原因。

古晋虽然胖得不成样子，但仔细瞧着，还是有当年白玦真神的几分影子的。

凤凰哪里是给大泽山的东华上君面子，她分明是舍不得伤了自己养大的小神君！

果不其然，凤染眉头一皱，朝凤止扫了一眼，凤眼里满是威仪。

凤止被瞪得一愣，自知刚才自己失言，讪讪地退到凤云身后不敢再言。

满场上下，恐怕只有凤染知道凤止刚才这句话对古晋的伤害，见古晋垂着眼一言不发，她眉头一皱，忍不住有些心疼。

凤隐难以涅槃，虽说是古晋之错，但或许也是她命中注定的劫数。

到底是自己养大的娃娃，看不得他半点难过。可阿启的性子，若不吃点苦头，将来

保不齐还会惹出什么大乱子来。更何况凤隐是凤族的宝贝疙瘩，他害得凤隐魂魄尽散，惩罚轻了，也难对凤族上下交代。

九天雷刑、冰锥鞭打这些仙界一贯用的刑法在凤染心里麻溜地过了一遍，又毫不留情地被毙得干干净净。

恰在凤染为难之际，一道浑厚的神力从天际划过，遮天蔽日的五彩莲花伴云而来，顷刻间便覆满了梧桐林上空。

众仙朝天空望去，层层叠叠的五彩莲花散开，胡子花白裹着道袍的东华上君抱着拂尘立在云端。

瞧着仙风道骨的东华上君，众仙惊讶不已，老上君百年前入半神后曾传话给各府仙友，称他将闭关修炼直至入神界之日。到了老上君这个境界，闭死关何等重要，他居然为了个入门不过百年的弟子出关，简直……

众仙心底囫囵过了遍儿，也没寻出啥合情合理的话来，这不，瞧着古小胖的眼神都带了点微妙的嫉妒。

"师君。"东华的出现显然也让古晋惊讶，他心底忐忑，面上带着羞愧。

空中，东华上君朝惴惴不安的古晋看了一眼，朝他颔首。东华脚踏祥云划过天际，落在了小徒弟和一干凤族长老的中间。半空中的五彩莲花没有随着东华的落下而散去，反而层层叠叠覆于梧桐林上空，浑厚的神力比刚才更甚，四处逸散。

这电掣一般的速度和拉风的出场方式，实不像那个数万年来遇事都温温暾暾的东华老上君。东华半神的威压将整个梧桐林裹住，护犊子的含义不言而喻。

护着阿启这娃娃的人还真不少。

未等众仙回过神，凤染朝漫天的五彩莲花看了一眼，负手于身后，淡淡开口："大泽山一别已有几百年，老上君风采依旧，实让凤染羡慕。如今老上君已是半神之身，不日便可入神，成我仙界股肱。"

当年东华在大泽山做寿，她和后池拿着古君上神的请帖赴宴，宴会上她们斗紫垣，压景昭，遇景涧……若非东华那一场广邀三界的寿宴，哪里来的这之后几百年的浮浮沉沉。

凤染说这话的时候，带了些物是人非的感慨和怀念，顺便还有将东华留在下界为仙界撑门面的意思。仙妖两族对峙数百年，如今虽暂止干戈，但两族仇怨太深，仙界多一位上神，也可震慑妖界，令妖界不敢乱兴兵戈。凤染虽不喜权位，但她既然接了暮光的传位圣旨，便会为了仙界生灵尽力。

"陛下谬赞了，老道这一身神力不过得了活得久的益处。"东华朝凤染拱手，笑道，"实不敢欺瞒陛下，老道入神后会飞升神界，不会久留仙界。"

东华自上古时降生，活了六万多岁，和上任天帝暮光是一个时代的人物，资格比凤族大长老还要老，加之他这些年闭关修神，极少卷入世事，此般回答也不让众仙意外。

只是东华出现在梧桐岛明显是为了闯祸的徒弟而来，还能如此拒绝凤皇的招揽，倒也有些底气。

"老上君醉心修炼，凤染亦不会勉强。"凤染颔首，算是承了东华之言。

话到此刻，也算是两大巨头寒暄完毕，一旁等着的凤族长老们刀子似的目光落在东华身上，等着他的话。

古晋瞧出他们目光不善，不欲让东华替他承担，上前一步就要自行请罪。东华手中的拂尘一摆，将他定在了原地。他的目光在凤染身上转了一圈，又朝古晋看了一眼。

古晋何等聪慧，一眼便知东华的深意。凤染不会忍心让他受皮肉之苦，可若没有师君这等老资格的上仙作保，又如何能化去凤族失去小凤君的怒火。

东华朝凤染弯腰拱手："陛下，诸位长老，小徒顽劣，致使小凤君魂魄尽失。他闯下大祸，是东华不教之过，还请陛下和诸位长老看在老道的薄面上，给小徒一个将功补过的机会。"

"怎么补救？魂魄丧于三界无异于大海捞针，我家凤隐的魂魄如何寻回？"凤止刚才被凤云压下了脾气，现在仍忍不住发怒。这大泽山的牛鼻子老道也不怕说大话闪了舌头，连凤族倾一族之力都难于登天的事，他东华能有什么办法。

大长老凤云亦带着质疑之色朝东华看去。

东华朝凤族长老怀里毫无生气的凤隐看了一眼，轻声一叹，似是下了某种决定，拂尘一摆，一座灵气满溢的碧绿小塔出现在众仙面前。

半空云端之上，一道魅惑的声音带着漫不经心的讶异响起。

"哟，东华倒是仗义，居然把这东西都拿出来了。"

云端中，一身紫色长袍的天启懒懒靠在紫月化成的椅子上俯瞰下方，一副看好戏的模样。

"神君，这是镇魂塔？"天启身边站着个眉清目秀的少年，着白衣，一副端端正正的好模样。

上古神界里曾有个为众神乐道的趣事，白玦和天启两位真神的性子一静一动，一淡漠一妖孽，可偏生两人神兽的性子却像极了对方。白玦的麒麟红日像个精力过剩的好事佬，天启的神龙紫涵却永远一副正襟危坐、不苟言笑的俊俏小少年模样。

不用多说，因着这性子和皮相，紫涵成了神界女神君的心头好，至于红日的地位，"呵呵"两字足以言明了……

紫涵说起来也有个十几万岁，却永远只化形为十几岁的稚嫩少年，对于自家神兽这样的恶趣味，天启头疼丢脸了几万年后便也随他了。

年纪一大把了还孤孤单单一个人，有点特殊小癖好也是能谅解的。

天启心底嘀咕着这句的时候，似是没想到自个儿其实也是完全受用的。

天启打了个响指："不错，是我送给东华的镇魂塔。"

一百多年前天启封印了阿启的神力，带他下界拜师，拜师礼便是这座由上古亲手炼制的镇魂塔。自祖神擎天和白玦消散后，世间还能炼制镇魂塔的便只有上古，如今三界里头只有九幽地府里镇压鬼神的那座和东华手上的这一座。

镇魂塔乃上古神器，能蕴养魂魄和神力，有它庇佑，渡神劫便可减少一半危险。天启素来大方，把自家娃娃放在大泽山历练，对东华出手也是极大方的。只是他未料到，东华竟能为阿启舍了护身保命的神器，看来东华对阿启倒有份真心实意的师徒情谊。

"这东华老道倒也实诚，他做小阿启的师父倒是够格。"紫涵不紧不慢地开口，看着林中的镇魂塔，朝东华颇为满意地点头。

"我择中的人，何时有差过？"天启挑了挑凤眼，一派张狂。

镇魂塔是传说中的神器，当年还是后池的上古夺了一座便闹得三界大乱，被驱逐至无名之世百年。传说用镇魂塔修神，神力可一日千里，直飞神界。

梧桐林中的众仙未料到东华手中竟有一座，皆都睁大眼朝镇魂塔看去，连凤染眼底都拂过淡淡的惊讶。

古晋望着空中的镇魂塔，明白了东华的用心，眼底微微泛红。

"老上君的意思是？"凤染朝东华看去。

"陛下，老道明白魂魄散于三界实在难寻，即便穷我大泽山之力也办不到。只是如今小凤君虽魂魄丧，但肉身仍在，老道愿将此塔赠予小凤君用以蕴养肉身，待将来小凤君魂魄归位之际，她便可免掉千万年苦修，还请陛下和诸位长老收下此塔，给小徒一个赎罪的机会。"东华手中拂尘一摆，镇魂塔落在他手上，他执塔半揖上前，将塔送到凤染面前。

"陛下。"久未出声的大长老凤云突然开口，他朝古晋看了一眼才朝凤染道，"古晋顽劣，却无害人之心，他铸成大错已成事实，我们强惩于他也无大用。老上君赠凤隐镇魂塔修炼肉身，也算诚心诚意赔过，对凤隐而言也算一场造化。我族六万年前下界时曾得过老上君照拂，不如今日以德报恩，收下这镇魂塔，免掉我梧桐岛和大泽山的无谓争端。"

凤云在凤族德高望重，他此言一出，便再无其他长老敢置喙。凤染本就不欲重惩阿启，有了东华和凤云这两个台阶下，倒也松了口气。

"既是如此，本帝便收下老上君的心意。"凤染拂袖，扶起东华，接过他手中的镇魂塔交给凤云。

"老上君的一片爱徒之心凤染敬服，只是做了错事就得受罚，即便老上君今日讲情，古晋铸成大错，本帝也轻饶不得他。"

凤染神色一正，绕过东华朝古晋看去。

东华知凤族已退了一步，不再多说，退至一旁。

"古晋，你可知罪？"

古晋低头，朝凤染回道："陛下，古晋铸成大错，知罪。"

"好。"凤染朝半空挥手，一道金黄的圣旨破开空间出现在众仙之上，"古晋，你跪下听旨。"

古晋颔首，半跪于地。

"古晋，你顽劣成性，妄入梧桐林毁凤隐涅槃，害她三魂七魄尽丧。本帝今日罚你在大泽山禁谷潜心修行。东华上君出关之日，为你出谷之日；东华上君成神之时，乃你下大泽山之时。否则，你永世不得下山踏入三界！"

凤染清朗之声响彻梧桐林，她看向古晋，神情威仪："你，可服朕谕？"

随着凤染开口，悬于半空的天诏上亦一字一句现出凤染的谕旨来。

梧桐林内鸦雀无声，众仙愕然，这惩罚轻重难辨，实不好说。

若东华上君晋升的时间短还好，若他老人家还要修炼个成千上万年才能飞升，那这古晋岂不是要被困死在大泽山禁谷内，永无出谷之期？毕竟晋升一事，谁都算不准。

满场仙君，唯有东华明白凤染的苦心。

元启出生命格太贵，自小被上神宠着长大，下三界内几乎无人可约束于他。待他长大，若仍是这副张扬跳脱的性子，何以担得起神界之责？当年天启送他下界，也是抱的这番心思。

修仙修道最终不过修心一途，古晋天资聪颖，缺的便是沉稳历练之心，但愿经此一事，将他困于大泽山后能让他潜心修行。

"服，古晋犯下大错，甘愿领罚。"虽讶异于凤染的惩罚，但古晋心性直率，知道自己犯了错，二话不说承了刑罚。

"好，刑期自今日起便执行，你去吧！"

随着凤染话音落定，她伸手在空中虚画几笔，古老的咒文化成一只火凤。火凤飞到古晋上空，"嘎嘎"怪笑几声后衔起他的领子朝大泽山飞去。

合着天帝的谕旨倒实诚，招呼都没打刑期便开始了。众仙还没回过神，闯下大祸的古小胖就受罚去了。

古小胖离开梧桐林时，也不知怎的，最后一眼望的不是他心心念念的孔雀公主华妹，而是凤族长老手中抱着的凤隐。

一眼数年，红衣少女苍白精致的脸庞，成了他困于禁谷前脑海中最深刻的记忆。

梧桐林中，凤染挥手，半空中的谕旨落在东华手上。

"老上君，本帝如此安排，可还妥当？"

"陛下仁德，东华无话可说。请陛下和诸位长老放心，此次回山后老道会在禁谷布下禁制，定让小徒潜心修行赎罪，绝不姑息。"东华顿了顿，又朝凤染道，"他日相见怕又是数百年之后，三界诸事难料，将来我大泽山还有赖于陛下照拂。自此别过，陛下保重。"

东华又朝凤染和凤族长老行下一礼，然后干脆地领着一干大泽山弟子随着火凤消失的方向离去了。

东华善卜，今日这话……凤染眉毛一挑，将话记在了心里。

凤染转身朝身后的仙界宾客看去。

"诸位仙友，看来今日非我族凤隐涅槃之日，将来凤隐涅槃，朕再广邀仙友齐聚梧桐岛，今日便到此为止。凤云，送客。"凤染朝众仙微一颔首，接过长老手中的凤隐后朝梧桐大殿飞去。

众仙虽为小凤君的陨落而可惜，但也算看了一场好戏，都带着满意又遗憾的小心思各自回了洞府。

华妹一直跟在孔雀王身后，自始至终没露出半点不妥，直至那只火凤将古晋带走受罚，她才算真的舒了口气。只是她没想到，自己随心的一句话竟会毁了凤隐的涅槃，让她降世遥遥无期。华妹离开古林时远远朝梧桐祖树看了一眼，神情说不出的复杂。

她有自个儿的日子要过，只愿古晋和凤隐的这件事能长埋地底，再也无人提及。

转眼间，梧桐林里的宾客走了个干净。

一圈神力散开，天启和紫涵现于半空中。

紫涵板着脸道："神君，我都说了凭凤染的手段，会好好处理这件事儿，您何必这么上赶着从紫月山巴巴地跑过来，比他亲娘老子还上心。"

天启扫了紫涵一眼："我乐意，怎么着？"

紫涵摊手，耸了耸肩懒得理他。

"走吧。"天启起身挥手，被撕裂的空间出现在两人面前。

"您这是要去哪儿？"紫涵挠头，惊讶道，"不会吧，您在这三界内寻不到，还打算到时空乱流中去找？"

天启有个心结，寻一故人寻了百年，始终没有半点消息，却也固执至今。

天启未答，径直踏进了时空乱流中。紫涵叹了口气，认命地跟在他身后一齐消失。

凤皇大殿内，凤隐点燃镇魂塔之火，将凤隐的身躯放进镇魂塔中蕴养。

凤云送走了宾客走进大殿，立在了凤染身后。

"陛下，常沁妖君让您有时间去她的静幽山饮酒，她备了好酒等您。"

"知道了。"凤染笑了笑，颔首，她回过身看向凤族大长老，"你猜出古晋的身份了？"

凤云老实地点头："能靠近炙火的也只有那位小神君了。"他朝镇魂塔内的凤隐看了一眼，"哎，也不知何年何月阿隐的魂魄才能回归。"

凤隐的魂魄散于三界，就算倾凤族之力，要完全寻回也得花上上百年时间。

"火凤一脉涅槃自古劫难重重，这一劫是阿隐命中注定，避不开的。"凤染轻叹了口气，行到镇魂塔旁，看着徒弟尚显稚嫩的脸庞，颇为不忍。

"我只希望她的劫难别和我一样……凤云，凤族大小之事交由你打理，天界我已交给澜沣暂管。自今日起我将闭关于海外凤岛专心为景涧蕴养魂魄，除非我自己出关，否则不要叩响断龙石。"

海外凤岛存于天之尽头的风暴眼中，非半神之力不得入，唯一能传递讯息的只有岛

外的一方断龙石。

"是，陛下。陛下只管安心离去，我定当倾全族之力，早日寻回阿隐的魂魄。"凤云知凤染百年来执着于景涧之死，始终难以释怀，便不多言，接下了凤族之事。

"有些事不用强求，尽力便是，时辰到了，她自会有回来的一日。"

凤染颔首，又摇摇头，留下这么一句，消失在凤凰大殿内。

自此之后，凤凰大殿内镇魂塔中的炙火，一烧便是数年。

直至多年后，古晋被困在大泽山禁谷，抱着养了半年还未睁眼的水凝兽，喝着醉玉露，想起这桩往事。

他一直不曾忘记在梧桐祖树里额现凤冠睁眼望向世间的凤隐，就像他始终记得那张苍白的再也不能降世的容颜。

凤隐，他的神兽，还未降世，就成了他一世的罪过。

# 叁·初相见

"哎，小东西，当初要是我再懂事些，能耐下性子等凤隐涅槃了再去讨要火凰玉，她就不会被我害得灵力被噬，魂魄散于三界了。"

大泽山禁谷里，捧着醉玉露回忆梧桐古林里那一幕的古晋一边揉着水凝兽柔软的肚皮一边怅然若失地叹了口气。他腰上别着一块火红的石头，那正是散了凤隐魂魄和灵力后化成普通石头的火凰玉。

水凝兽下午便苏醒过来，佯装半日昏睡，听了小半夜伤春悲秋、悔不当初的陈年往事，被醉玉露的香气馋得不行。它不知道什么时候翻过身子，用颤颤的小爪子在古晋的指腹上轻轻挠了挠。

这一挠，我们的小神君就愣住了。古晋忙不迭低头看，撞进了一双澄澈乌黑又水润的眸子里。水凝兽就这么蹲在他怀里，小爪子拉着他的指头满含孺慕之情地望着他。

古晋一颗心顿时融化，他举起小兽和他平齐，惊讶之色从眼底涌出："小家伙，你终于醒了？"

水凝兽睁着乌黑的大眼，轻轻地点了点头，然后目光慢腾腾从古晋的脸挪到了他身旁盛着醉玉露的玉壶上。

古晋恍然大悟，笑了起来："是不是饿了？"

他忙把水凝兽放在腿上，倒了一小口醉玉露在手心递到小家伙面前。水凝兽动了动鼻子，趔趄了两步，凑近他的手心舔了起来。

　　柔软的小舌头在掌心舔着，望着水凝兽脸上的餍足之色，古晋喜不自胜。虽说他自小是个无法无天又护食的性子，但在这个除了他没有任何活物的禁谷里，这只和碧波本体相似的水凝兽就是他的活宝贝。他花了半年时间来唤醒它都不得章法，今日好不容易醒了，别说是两瓶醉玉露，就是让他用灵力日日来供养，也没有舍不得的理。

　　他笑得欣喜畅快，却没看到水凝兽眼底狡黠的得意，全然不似个刚降生又懵懂的纯真小兽。

　　转眼水凝兽就苏醒了半月有余，它灵力微弱，又懒散，平日里最喜欢于的就是赖在古晋的怀里打盹儿，一双小短腿甚少落地，除了古晋沐浴的时候，它几乎都是被抱着走的。它虽口不能言，只能发出呜呜的兽音，但极其聪慧，听得懂古晋的话。又过了一个月，操着老妈子心的古晋后知后觉地明白过来孩子是不能养得太娇气的。这日，古晋给水凝兽喂饱了醉玉露便把它放在石桌上，对它进行语重心长的教育。

　　"哎，小家伙，来，咱们商量个事。"见小兽张大眼，古晋弯着腰谆谆教诲，"你可是水凝兽，好歹祖上也是上古神兽一脉，以后不能整日里被我抱着，你得学会走路，还有飞。"古晋扑腾了两下手，朝天空的方向努了努嘴，"你有翅膀，要学会飞才行。"

　　水凝兽朝他看了一眼，伸了一下腿颠颠着走了两步，证明自个儿会走，又哼了哼，伸了伸自己的小爪子，收起翅膀，把自己缩成一个球然后摇头，转过身不看古晋，一副摆明不想学飞的模样。

　　古晋一愣，顿时有些啼笑皆非，突然感念起那些年在清池宫里手把手教他的凤染和天启来。这带孩子啊，果然是个技术活。

　　他念了个仙诀，盛着醉玉露的玉瓶凭空出现在桌上："哎，你要是每日都飞上那么一会儿，我就多给你一小瓶醉玉露喝，怎么样？"

　　醉玉露半年青衣才送一次，古晋为了这只水凝兽的茁壮成长，可谓是下了老本儿。

　　小兽的耳朵动了动，显然是听懂的。倒真不是这只水凝兽嘴馋，古晋不知道这醉玉露对他只是零嘴，对仙力微弱的小兽却是稳固仙灵的上品仙露。它日日哼哼唧唧地要喝，也是想让自己快些化形，不必总是这么一副兽形的虚弱模样。

　　"哎！"古晋走了半个圈，点了点小兽的脑袋，"等师父出关我的禁闭期就满了，你要是不会飞，怎么出谷啊！连飞都不会的宠物，本仙君可不会带在身边咯！"古晋到底少年心性，眨着眼忽悠着看起来懵懵懂懂的水凝兽。

　　水凝兽瞥了他一眼，默默翻了个白眼。虽说它破壳而出还只有大半年，可它模模糊糊总觉着自己已经沉睡许久，要真算上年纪，未必比这个少年小。可它如今虽有着少年人的智商，但仙力实在低微，只能装成死乞白赖连路都不会走的幼兽，个中辛酸也是不足为外人道。算了，这个少年仙君心性淳朴，对它也是实打实的爱惜，还是先待在他身边，化形成人了再说。

水凝兽心底转了十万个小九九，才不情不愿点点脑袋，把翅膀伸出来伸展了两下，算是答应了。

古晋笑着眯了眼，抱起水凝兽柔软的身子哼着小调晒太阳去了。

少年的怀抱带着甘草和鲜花的清香温暖，水凝兽抬头望向苍蓝的天空。

外面的世界会是什么样的呢？它歪头看向少年清俊的脸，眼睛眨了眨，藏起了里面浅浅的笑意和向往。

小兽懒则懒矣，却是个守承诺的，每日吃饱喝足后都会在禁谷里飞上半个时辰，它似乎对飞翔天赋异禀，好几次扇着软软的翅膀到了禁谷顶端的封印处，惹得天帝和东华老上君的封印聚拢了神力差点降下仙罚，要不是古晋一双眼时刻放在它身上，它早不知道被禁谷上头的两道封印烤了多少次了。学会了飞翔又顽劣得似孩童的水凝兽让古晋伤透了脑筋，后来没办法，每日战战兢兢的少年连睡觉的时候都要抱着小兽，免得一个不留神就让它溜出去闯出祸来。

有水凝兽陪伴，在禁谷的日子过得飞快。转眼又是半年，青衣在醉玉露被小兽糟蹋光前终于送来了补给。古晋是个懒散的，在大泽山修行了百年仙力也没什么进展，当年在梧桐古林里强行吸收的凤隐神力全被天启的封印埋在神格里。倒是这半年他无数次从封印下心惊肉跳地救下水凝兽，仙力大有提升，如今已经能抱着小兽灵活地穿梭于两道封印间而不被劈成黑炭了。

当他抱着水凝兽俊逸地隔着两道封印出现在青衣面前的时候，小道童显然惊呆了。他可是听说过这位小师叔虽有着人人艳羡的灵根，却只会抱着醉玉露在道场里晒太阳，从来懒得修炼，是大泽山古往今来名副其实的第一懒。半年不见，古晋已经能游刃有余地应对天帝和师祖的封印，仙力增长之快犹如吃了大力丸，简直是太阳从西边出来了。

"小师叔，您抱着的是什么啊？"

古晋举起水凝兽得意扬扬道："这可是你师叔我的仙兽，怎么样，漂亮吧？"

谁是你家仙兽？水凝兽眼一眯，伸出爪子在古晋胳膊上挠了挠，算是抗议。古晋揉了揉它的肚子安抚，一点儿没把小兽的抗议当回事儿。

青衣虽小，可也是大泽山正儿八经的嫡传弟子，根骨自是上佳的，一眼就瞅出这只水凝兽仙力低微，连化形都不能。顿时瞧着自家师叔就有些可怜，叹了叹道："哎，可不是吗，师叔，您的这只仙兽老漂亮呢，那是万里挑一的好看，咱们大泽山的仙兽都比不上。"小娃儿说出的话格外真诚，甚至用上了修道前老家的方言来证明，听得古晋和水凝兽都舒坦地眯起了眼。

"只是这禁谷里还有活物吗？我可是听师兄说啦，自从您被关进去后，谷下可是连最低级的地鼠精都不愿意去，哎呀，小师叔您说您当年没事儿去惹梧桐岛的小凤君做啥子呢？这么年轻就把自个儿折腾到禁谷里不见天日去了……你看我这小身板儿筋骨又嫩，每半年这么一趟地抱着大桶上山下山地跑，万一被压坏了长不高了咋整啊？"

古晋并水凝兽四只眼睛冒着绿光一动不动地盯着青衣怀里灵气满溢的大桶，奈何小道童一根筋的实诚，只顾着和小师叔叙旧唠嗑。古晋性子不耐，终是打断了啰唆的小师侄："好了好了，这回的醉玉露分你两瓶，等师父出我回山门了，就把我的那套玲珑棋盘送给你。"

青衣小小年纪却极度痴迷棋道，入道时连选择炼化的仙器都是棋子，这在大泽山人尽皆知。小道童顿时心满意足地笑眯了眼："哎哟，小师叔您的玲珑棋盘可是用南海珊瑚王做的，这么贵重送给我怎么成？可师父常教我'长者赐不可辞'，我不能忤逆您不是？哎呀，那等您出来我再去灵隐峰找您啊！小师叔您对青衣这么好，这两瓶醉玉露我就不要啦，您多喝点儿！"

青衣说着念了个仙诀稳稳托着半人高的大桶穿过封印朝古晋飞去，待古晋接了醉玉露，躬身行礼后飞快地转身准备溜走，生怕走慢了几步古晋便会后悔。

"青衣！"古晋的声音稳稳地在身后传来，青衣小脸一垮，慢腾腾转过了身。

古晋眼底透着一抹笑意，却举起手里的水凝兽郑重朝小师侄开口："玲珑棋盘待我出来了就给你，告诉几位师兄，我在禁谷里得了一只仙兽，请他们记录在山门的卷谱里，给它列个名儿。"

古晋怀里从刚才起就一直哼哼唧唧炸毛的水凝兽一愣，掰开小爪子朝少年看去。

青衣一怔，朝古晋怀里的水凝兽看了一眼，这才显出一份郑重来。大泽山是仙界巨擘，数千年前便已是除凤族外仙界最高的修仙山门，每年想拜入山门的仙人两族和化形为人的仙兽灵兽不知凡几，可大泽山挑徒极其严格，近五百年也不过择了十个根骨奇佳品行淳厚的幼徒入山，其他落选者若不愿离去，也可自行在山脚潜心修炼，以待百年一次的择徒之机。五百年来只有这十人被写进了大泽山卷谱，是有名有姓的大泽山嫡传弟子。古晋一开口便让师兄将水凝兽写进卷谱，已是给了这只水凝兽极大的荣光了。

"小师叔，可这只水凝兽都没有化形呢。"青衣磕巴道。连人形都没有化的幼兽，只是小师叔的随身仙兽，况且入卷谱的同门要师祖亲自查看过根骨品性才行，师祖能同意把这只水凝兽写进卷谱吗？

瞧出了青衣眼底的担心，古晋笑了笑，露出一抹狡黠："你去告诉师兄，就说……水凝兽罕有，天生有治愈安神的功效，我日日带在身边，仙力突飞猛进，实在离不得它。待师父出关了，我再去给师父告个罪，他老人家定不会怪罪师兄的！"

古晋说完，抱着水凝兽和醉玉露悠然朝山谷下飞去，留下了苦哈哈身负重任的小师侄。

"啊啊啊啊啊！小师叔，您还没有告诉我这只水凝兽的名字呢！我怎么禀告师父把它写进卷谱啊！"青衣后知后觉想起这事儿扯着嗓子朝古晋的背影喊。

那背影顿了顿，半晌摆摆手，懒懒的声音传来："它还没化形，取什么名字，折腾得麻烦。你告诉师兄，用它本体的称呼就行了！反正水凝兽罕有，咱们大泽山就这么一只。"

高傲的小兽终于被这一句彻底惹怒，扑腾着翅膀歪歪斜斜飞走了。

古晋一愣，不再理会青衣，哭笑不得地径直下谷底哄小兽去了。

从青衣离开禁谷算起，日头降下，圆月升起。水凝兽飞到梧桐树的树杈上窝成一团已经两个时辰没理过古晋了。

"哎，小家伙，你一天没吃东西了，饿了吧？"古晋抱着满满一壶醉玉露，站在树下讨好地赔着笑。

上古界里满天的神兽，怕是都不敢在小神君面前甩脸子，但这只水凝兽却连头都没抬。

"哎呀，我不是不在意你的名字，你这都没化形呢。我的乾坤袋里有紫毛大叔给我留的一本上古异兽录，上面有很多上古神兽的霸气威名，我都想好了，这几日给你好好琢磨着取个好名字出来，将来咱们兄弟俩在三界行走，没个霸气威武的名字怎么成？"古晋念了个仙诀飞到半空，从乾坤袋里掏出一本绣着金线的古书，"你看……"

见水凝兽不理会他，古晋顿了顿，有些沮丧，不知道突然想起什么，声音沉了沉："我没有忽视你的名字，你这辈子都要顶着名字在这三界六道里活着，这事儿重要着呢，

我放在心底好好记着，没有忘。"

水凝兽从来没听过古晋这么低落深沉的声音，它抬起脑袋朝古晋看去，恰好瞧见了少年眼底的感伤，它愣了愣，乌黑的眼睛眨了眨，小翅膀笨拙地在古晋肩上拍了拍。

古晋摸了摸它的翅膀，顿时笑了："你不生气了？"

水凝兽的翅膀一僵，尴尬地从古晋手里抽回翅膀。

"好啦好啦，我知道你不生气了。"古晋知道自家这只水凝兽性子出奇的高傲，看了看天色，摇了摇手里的醉玉露，"我不烦你了，我进屋冥想，给你把醉玉露放树下了，你饿了就下来喝。"他说着在小兽头上抚了抚，飞下了梧桐树。

古晋走进竹屋的脚步声远去，水凝兽眼珠咕噜噜转了转，瞥见少年的身影消失在竹屋里，扑腾着翅膀从梧桐树上飞了下来，稳稳地落在桌上的醉玉露旁。

它翅膀一挥，壶里的醉玉露腾空而起成一道银线落在了它嘴里。不过一瞬，一整壶醉玉露就被小兽喝得精光，它咂咂嘴，显然还没喝够。奈何大泽山醉玉露半年也就得一池子，每次都给古晋送来了一半，不省着点喝完全挨不到下次青衣来。水凝兽沮丧地叹了口气，摇了摇胖胖的小身子，随意朝桌旁扫了扫顿时瞪大眼目光凝住。

石桌旁，青衣送来的一大桶醉玉露就这么大大方方地摆在了梧桐树下。显然是刚才古晋急着哄小兽，忘了收进乾坤袋里。水凝兽鼻子动了动，循着醉玉露的香气朝大桶走了几步又皱着眉头停下，它就这么停停走走折腾了小半个时辰，最后小兽望了一眼竹屋里凝神修炼的古晋，视死如归地朝大桶蹦去。

不管了，少喝一点儿，那个呆子不会怪它的！它这么想着，一爪落在大桶的桶边上，翅膀一挥，醉玉露如水柱般朝它嘴里涌去。

许是今夜夜色太美，小兽一时迷了眼，醉玉露浓烈的灵力一入体内便如罂粟一般让人无法抗拒。水凝兽仰着脖子，在满月柔光的照耀下，不知不觉把半人高桶里的醉玉露喝得干干净净。纯净的灵力伴着淡淡的月光从它身体里拂过，甚至可以听见骨骼被锻造的细小声音。

恰在此时，一旁的梧桐树树心处浮现一抹金色的流光飞速飘进竹屋，隐入古晋腰上别着的火凰玉里，瞬间消失不见。

安静的梧桐树下，仰头望了半天月亮的小兽突然朝地上砸去，醉玉露虽是仙露，却带着酒劲，喝多了的水凝兽显然已经醉得找不着北。隔了半晌它才艰难地从地上爬起来，摇头晃脑地朝着竹屋里那一抹光亮跌跌撞撞飞去。

竹屋里，扑通一声，小兽精准无比地落在那个无比熟悉的怀里，然后沉沉地睡了过去。

月落日升，晨曦乍现，白日重新降临在禁谷。

从冥想中醒来的古晋伸了个懒腰，不经意触到了怀里柔柔嫩嫩的胳膊，他猛地一怔，睁开眼，撞进了一双熟悉的乌黑纯粹的眸子里。

那眸子澄澈而通透，一闪而过的火焰之色化为古印转瞬即逝，最终定格在瞳孔深处，化为一抹内敛而神秘的幽红。

古印入眼的那一瞬，古晋恍惚听见了三界八荒里最悠远的梵音。

一音入耳，似缭绕万年。

古晋活了上百个年头，头一次瞧见这样一双眼睛，一时愣了神。待反应过来佛音早已消逝不见，他压下心底的荒谬，低头一看，才瞧清怀里抱着的不是圆滚滚肉嘟嘟的水凝幼兽，而是一个五六岁的女娃娃。女娃娃着一件大红小衫，一双手嫩如莲藕，圆润的小脸上带着不知世事的质朴纯真，正睁大眼望着他。

古晋全身僵硬，一万头神兽从他心底咆哮而过——怎么会是女娃娃！本神君的兄弟呢？养了这么久？兄弟哪儿去了？

两个人就这么大眼瞪小眼地望着，小娃娃估计是瞧出了古晋眼底的崩溃。她心底无声地叹了叹，伸出手，如平时的水凝兽一般朝古晋发出了简短而软糯的声音："喏，阿晋，抱。"

就这么一声称呼，一个动作，水凝兽化形成女娃娃带来的尴尬顿时消失无形。

古晋几乎是在小娃娃伸出手的一瞬间便抱住了她，他眉毛挑了挑，突然有了点大人的样子，"你是我的那只水凝仙兽？"

水凝兽嘴角一僵，恨不得用全身来抗拒古晋口中"我的"这个让她忒没尊严的词，但她还不傻，想起竹屋外被自己一口喝光的醉玉露。她憨憨地点点头，柔软的小身子在古晋怀里蹭来蹭去，开始卖萌。

古晋眼底露出毫不掩饰的诧异，这是那只少喂了一口醉玉露就能一整天给他甩脸子的水凝兽？要不是禁谷里飞鸟绝迹走兽不闻没有半点儿人气儿，他都要怀疑这个娃娃是从其他地方蹦出来的。

"好了，你如今也化形了，该给你起个名字了。"古晋揉着小娃娃乌黑的软发，脑海里不由得闪过刚才那段荒谬至极的梵音，他垂下眼，带着一抹沉思。

佛音天成，难道这只水凝兽天生和佛有缘？

古晋沉默半晌，突然对水凝兽开口："小娃娃，以后你就叫阿音吧。"

"阿音？"水凝兽一愣，不知怎么对这个称呼有些亲切，意外的没在心里对古晋翻白眼。她颔首，算是答应了。

见她点头，古晋心底生出一抹愉悦和满足来。他把阿音朝怀里带了带，嘴角勾成半月的弧度。

许是水凝兽天生自带治愈功能，阿音软糯的身躯里带着香甜的味道。古晋揉了她的小胳膊一阵，突然拧起小娃娃后颈的衣领，让她和自己平齐。他脸色一正，带了一抹严肃："从今天开始你便化形成人了，再也不只是一只仙兽。随着你灵力的增长，模样也会变大，以后别再瞧见一个人就蹭上去抱。"水凝兽自破壳起就是古晋一手照拂，如今知道她是个女娃娃，自然便不能放养了。

见小女娃一脸懵懂，古晋在她后颈上捏了捏："阿音，记住没有，从今天开始你要学会做一个人。"

阿音面上呆呆的，眼底却露出一抹狡黠，她手脚灵活地从古晋手中跳落在床上，站开离他三步远，忒实诚地回道："嗯，阿晋，我记住了。"

怀里空落落的感觉让古晋心底拂过一抹极其细微的不舒坦之感，他尴尬地收回半空的手，看了一眼天色，下床朝竹屋外走去。

"时辰不早了，今天的早修还是要继续，既然能够化形，想必你的灵力增长了。化成本体让我瞧瞧，你的灵力到底增加了多少？"

古晋边说着边朝阿音招手，床上的小娃娃却咕噜噜转了转眼睛，悄悄朝窗边的方向挪去。

果然，脚步声陡然停住，少年怔怔地望着梧桐树下空空如也的木桶，面色变化赤橙黄绿青蓝紫，最终定格成愤怒的红色："你最好跟我解释清楚这到底是怎么一回事？一整桶醉玉露，大泽山整个山门的弟子半年都糟蹋不完！"

古晋几乎是一个字一个字从嘴里蹦出这句话，他转过身，朝竹屋里吼去："阿音……"

恰在此时，窗边的娃娃化成一团碧绿的圆球猛地冲出窗户，以从未有过的轻盈姿态飞向天空，不过半瞬就消失在古晋的视线里。她把自己藏得严严实实，半点声息都不露了。

这是这只水凝兽在这九天十地上化形成人的第一天，从此以后，世上多了一个阿音。

很多很多年后，女鬼阿音站在奈何桥上一世又一世回忆自己千百年的轮回和历世时，从来没有记起过，曾经有一世，她是这样开始的。

......

自东华闭关后，大泽山便交由其首徒闲善和二弟子闲竹掌管。

泽佑堂内，闲善听了小徒弟的禀告，向来不动如山的神情露出了异色。

"一只尚未化形的水凝兽？阿晋真的这么说？"

两位掌山师父，闲善严肃古板，闲竹可亲逗趣儿。闲善一眼望去仙风道骨，四十开外。闲竹却容貌俊秀，瞧上去是个只有二十几岁的翩翩公子的模样。两人三万年前拜在东华门下，是仙界资格最老的上君。

青衣被闲竹一望，小腿儿直打战，奈何实在眼馋他家小师叔的玲珑棋盘，遂视死如归地点点头："是，师父，小师叔说水凝兽天生拥有治愈的奇效，他带在身边能宁神静心，修行仙道灵体，特请师父网开一面，在山门卷谱上为这只水凝兽留个名儿。"

一旁的闲竹听见"凝神静心，修习灵体"这几个字儿，眉毛动了动，朝一旁的闲善丢了个眼色。

闲善恍若未见，却朝堂中弓着腰的青衣拂了拂手："去典阁里取山门卷谱来。"

青衣大喜，急忙行礼转身颠颠儿取卷谱去了。

"师弟，大泽山万年来收徒一直严格谨慎，最是注重弟子的根骨心性，这只水凝兽来历不明，就这么定下它内门弟子的身份，是不是过于草率了？"闲善掌一山安危，自是比闲竹更谨慎些。

闲竹摆摆手："师兄，水凝神兽是上古有名的温和神兽，这只水凝兽虽不是传自上古，只是分支一脉，但想必品行亦是纯良温厚。刚才青衣也说了它才刚刚破壳而出，尚未化成人形，它长在阿晋身边，品性无须担忧。阿晋性子懒散，这些年在仙力修炼上一直没什么突破，他入门一百年，仙力增长还不如才进门五年的青衣。这次或许是个好机会，你别忘了，师尊他老人家闭关前便说过，只要不是威胁山门存亡的大事，大泽山往后百年，最重要的事便是将阿晋培养出来。"

东华是三界最古老的仙君，上古历时便已存世，见证了三界八荒六万多年的变迁，如今更是拥有半神之力，位比天帝妖皇，早已是三界巨擘。他六万年来只有闲善和闲竹两名弟子，五千年前在上任天帝暮光的寿宴上还曾婉拒过景阳大皇子的拜师之请，并言一心修炼神道不再收入室弟子。未想百年前东华打破承诺，带古晋回山，不仅开山收徒，更慎重嘱咐两位徒弟将古晋的品性仙力修炼列为大泽山首要之事。数年前古晋在梧桐岛惹下祸事，东华在入神之际不惜为其出关向天帝求情斡旋，足见古晋在他心中的地位。

叁
○
初
相
见

闲善和闲竹跟在东华身边数万年，对东华尊崇有加，凡他所言必会遵守。更何况古晋心性纯良、活泼有趣，亦深得两人喜爱。

见闲竹提起东华入关前的吩咐，闲善也只好点头："既然是阿晋选择的，那便破格将这只水凝兽记入卷谱吧。"他顿了顿，迟疑道，"只是卷谱上的内门弟子皆有辈分，这只水凝兽要记在谁的名下？"

这一问闲竹也愣住了，他摸了摸下巴，眼珠子一转朝闲善笑道："师兄，我们只管记入卷谱就是，阿晋那小子看上去温和憨厚，实则护短又小气，你要是把这只水凝兽记在旁人名下做徒弟，他从谷里出来还不找你闹腾？这只水凝兽在咱们大泽山的辈分就留给阿晋自己决定吧！"

闲竹说完，展开手中的乌金龙骨扇，悠闲地走出泽佑堂遛山去了。

禁谷内，不知道闲善闲竹两兄弟纠结的古晋仍旧和阿音过着禁闭的小日子。阿音化形后，并未如古晋期待的那般修行仙力一日千里，毕竟水凝兽自古便以其治愈之力出名，仙力一直都平庸，当年一打架就屃得调头跑的碧波让古晋记忆犹新。阿音虽然是只高傲的水凝兽，却是个懒散的娃娃，自从她化形为人后便不再折腾着修炼仙力，每日躺在梧桐树下晒太阳。

奈何古小晋心宽体胖了百来年，一朝身为家长，碰上这只油盐不进的仙兽，却得苦哈哈操着心。如今三界并非一派祥和，仙妖之战虽止，到底血仇万年，摩擦从未间断，靠这只懒兽来保护自己怕是比摘星还难，古晋对着躺在梧桐树下不愿意挪窝的女娃娃干瞪眼半个月后，终于认命地开始修炼起仙力来。

好歹也是他的仙兽，他总不能让阿音跟着受委屈不是。日后在三界行走，带着这么个战斗力一级渣又性比火烈的幼兽，还是要有些瓷实的技艺傍身才行。

当年上古在罗刹地为了护下自己的神兽凤染，当着仙妖两族对两界之主半分情面都没留，古晋别的优点尚待商榷，这护短的性子倒是得了他娘亲的真传。

这世上总有些人存在就能惹人不怂，譬如古晋。他是上古和白袂的心头血化成，生来便拥有神位，体内蕴含着最古老纯粹的混沌之力，但他心性未定，天启怕他体内的神力惹出事端，自他降生起便封印了他体内的混沌之力，只能释放出仙力。

天启当年把古晋送到大泽山扔给东华时一句宽慰的话都没留，掉头就走，冷心冷情得不得了。还是古小胖瞧着自己马上就要举目无亲可怜巴拉了才扯着他的衣角倔强地问了一句。

"紫毛大叔，我体内的混沌之力什么时候才能解开封印啊？"

古晋问这句的时候，纯粹孩童心性，毕竟他娘那种神压九州威临八荒的霸道肆意模样，他不是不羡慕的。

可他没想到，一向玩世不恭的天启却意外沉默下来。那时候，他心中无所不能的紫毛大叔立在大泽山顶峰的断石崖上，历遍世事的眼底盛着世间最沉寂的苍凉。

很久以后，天启才转过身，罕见地弯下腰，目光与他平齐，对尚是孩童的他说了一句话。

"世间众生皆存于天地，无论神佛仙妖，得到多少，便要还给世间多少。阿启，等你遇到你生命里不可承受之重的时候，混沌之力自然便会归于你身。"

"我只是希望，那一天，迟一点到来。"

从那句话开始，往后百年，古晋独留大泽山，而天启再也没有出现过。

很多年过去，已经长大的古晋仍然没能理解天启当年这句话的含义，但当懒得人神共愤的阿音出现时，他悲剧地想他生命里不可承受之重终于出现了，于是，他的灵力修炼在荒废百年后终于开始。

古晋一旦认真修炼起灵力来，整个仙界没有人比他更得天独厚。就连当年凤隐在梧桐岛上集整个凤族精华修炼百年的灵力亦不过在他的混沌之力面前打了个不起眼的水花儿。

天启之所以让古晋留在大泽山历练，除了东华仁德睿智贤名远扬外，更因为大泽山下的剑冢是当年上古殉世时的古帝剑所化，那里遗留着除上古界外下三界唯一的混沌之力。古晋在大泽山修炼，不仅能锻炼心智，更能事半功倍。他不知道，从他正儿八经修炼灵力开始，大泽山下剑冢里沉寂了上万年的混沌之力便悄无声息地涌向禁谷，沉入了他的体内。

而大泽山内唯一察觉这一切变化的，只有后山道观内闭关修神的东华。

如此岁月，一晃又是三年，草木枯荣间，古晋的仙力正式突破下君之位，而阿音也因体内仙力的增长，化形成了一个十二三岁的少女。

阿音破壳而出的第五个年头，古晋抱着一大桶醉玉露给自家仙兽过生辰的那一日，大泽山后山一道神力破开山门，直通天际，恢宏的神力足足燃烧了半日，大泽山方圆百里之内神力震动，如神迹降临。

半日之后，虽未遣使闻达，但三界皆知大泽山的东华老上君，终于在闭关百年之后，

即将化神。

　　抱着醉玉露过生辰的古晋和阿音，就这么一眨不眨地看着禁谷顶端的封印一寸一寸化为虚无。

　　说不清心底是个什么滋味，凤隐神魂消散的第十个年头，古晋和他的仙兽终于获得了自由。

肆·梧桐

　　大泽山百余年没这么热闹过了，东华的出关让沉寂许久的山门透出了盛大的喜庆劲儿。先不说足下生风的各山弟子，就连后山的飞禽走兽们都撒着欢儿庆贺。

　　天帝和妖皇受一界之主的限制一直留在下古界里，后古历启后，东华是第一个即将飞升神界的仙君，六万年来头一份盛事当属于此。是以大泽山的请帖虽未发出，但但凡数得上数的仙府掌座都不约而同地朝大泽山赶来。

　　东华出关头一个见的自然是两个掌管山门的弟子，自梧桐岛的祸事后，大泽山诸事沉寂，唯一数得上的事便是古晋让一只水凝兽入了山门卷谱。闲善和闲竹犹疑许久，终归还是颇带袒护地把这事禀告了东华。什么水凝兽素来温和，大泽山仙兽虽多却也没纳过水凝兽，古小晋有小仙兽了仙力增长飞快之类的可心话儿没少说。

　　以东华对古晋的喜爱，原本两人以为这事儿不过走走过场，却未想已经入神超脱凡俗的东华听见此事后，竟要瞅瞅这只水凝兽。

　　他说这话的时候，没捎带上古晋。可惜迟钝的两个弟子没听出来，传召的时候把古晋一起唤来了。从禁谷里出来才洗了个澡的古晋知道东华要见水凝兽，把阿音收拾得齐齐整整牵着她的小手去了东华的上水殿。

　　有只水凝兽入了山门卷谱早已传遍大泽山上下，古晋牵着阿音一路走来，沿途看稀罕的同门弟子藏了整个山巅，待古晋走了半个山头众人才后知后觉地瞅出那个俊俏的精气神十足的少年竟是当年那个顶着肥肉满山窜的掌座幼徒，一时不能接受，被少年郎一身浑厚的仙力晃瞎了眼的大泽山子弟们顿呼老天不公。

　　跨了上千年辈分得天独厚地成了师祖的入室弟子也就罢了，如今仙力眼瞧着已经有了下君的实力，还藏着一副上好的皮相，这让他们这些师侄师孙们还怎么在仙界混？

　　哎，一干丧气的弟子们垂了垂头，便瞧见了古晋手里牵着的女娃娃，登时个个儿眼底放光不出声了。想来这便是那只水凝兽啊，没化形是大胡话啊，没瞅着是个女娃娃吗？大泽山女弟子不多，难得有这么个讨喜的女娃，瞬间便成了一众师兄弟们想抱抱捏捏的宝贝。古晋在大泽山生活了上百年，哪里不知道这些师侄师孙们的想法，他牵着阿音的手一紧，脸不由得板了几分，一阵风似的入了上水殿。

　　"见过师父和两位师兄。"

　　东华正在上水殿里和两个徒弟闲谈，猛不丁冒出个得体守礼的俊俏少年唤师父，老头儿不由得一愣。

　　他记忆里，自个儿的小徒弟自来了大泽山就一路胖了百来年，小眼睛藏在肉脸里那是寻也寻不到，平时更是娇娇贵贵的喜欢撒娇卖萌，现在这个精气神儿十足、清瘦挺拔、唤他师父的少年郎是哪个？

　　青衣是个一根筋的性子，他送了十来年的醉玉露，眼瞅着自家的小师叔从个大胖子瘦成了俊俏的少年，竟从没想起在两位师父面前提过。闲善和闲竹不知道，东华自是也不知道。是以当古晋这么大大咧咧地牵着阿音走进上水殿的时候，殿中的三个人着实愣了好一会儿神。

　　还是东华从古晋脸上瞧出了当年白玦真神的三分影子，才试探着开了口，"徒弟？"

　　古晋在禁谷里吃了十年苦，总算因为师父入神给放了出来，鼻子一酸"哎"了一声。

　　东华一个趔趄，都已经入神的定力了还差点从蒲团上跌了下来，差点老泪纵横。他收了上古界里最尊贵的小神君做徒弟，一不留神养成了那般模样，愧疚不安了百来年，这回闭了几年关，一出来小徒弟终于有了当年几位真神的影子，怎么能不激动？

　　"来来来，徒弟，让师父瞅瞅。"东华唤过小徒弟，里里外外瞅了半晌才老怀大慰地摸着胡子放了心。

　　不过十年时间古晋便从仙渣子的战斗力修炼成了仙界下君，以这种修炼速度过不了百年他便能跃居上君之位，达到别人千年万年的成就，想来也只有古晋才有这份仙缘。东华心底门儿清，身为两位真神之子，如果古晋是个泛泛之辈才是荒唐事。以前这孩子在修炼一途上太不上心，这才百年都尺寸未进。东华瞅完了宝贝疙瘩般的徒弟，突然目光一转落在了殿里孤孤单单站着的阿音身上。

东华白胡子一翘，心底暗暗颔首。这个娃娃不错，他的仙殿里遍布神威，可她进殿至今神态自若，并无半点瑟缩闪躲，单这份定力，便异于寻常仙兽。

"徒弟，这就是你收的那只水凝兽？"

"是，师父。"古晋点头，牵起阿音的手把她带到东华面前，"师父，阿音是我在禁谷的一处山洞里寻到的。她还小，不懂大泽山的规矩，弟子会好好教她。"

古晋把阿音朝东华面前推了推："来，阿音，给师父行礼。"

阿音自化形成人开始便待在禁谷，对她而言古晋和她是一体的。她不懂仙界山门规矩，得古晋提醒后，便如古晋一般乖巧朝东华叩首行礼："阿音见过师父。"

她这一唤，殿中的四个人都愣住了。她懵懵懂懂，随古晋称呼东华，叩首礼已然拜下。

就连古晋也有些忐忑，师父万年前便已不收徒弟，当年他拜入门下也是天启亲自入大泽山恳请才得以破例。阿音这一唤，怕是让师父为难了，古晋心念一转，便要开口给阿音打圆场，却见东华慈和地看着跪在殿上的阿音，目光格外悠长。

"想不到老头临飞升了，还有这么一份际遇。可惜老道当初收古晋时便已决定他是本座最后一个关门弟子。不过你既然拜了老道，唤过老道一声师父，也是我们两人的缘分。"

东华的声音悠悠传来，他一摆手中拂尘，朝阿音看去："阿音，从今日起你便是我大泽山的内门弟子，和阿晋一个辈分。老道不收你为徒，但可担你一个启智之师的名头。"

东华说完，淡淡的神光自他拂尘中散出朝阿音而去。阿音从地上腾空而起升至半空，浑厚的金色神力将阿音小小的身躯裹住，神力从她身体的每一寸游弋而过，仙骨寸寸生长的声音传来，神光中依稀可见阿音模糊的脸庞上露出痛苦的表情，可她却心性极坚，始终未有一声轻哼。

古晋到底年纪轻，见不得阿音受苦，一慌就要朝神光笼罩中的阿音而去，却被一旁的闲竹拉住。

"师弟，别糊涂，师父在用神力为阿音洗脉筑基，重塑仙身。这可是旁人求都求不来的大造化。"闲竹眼底亦是惊讶，感慨着朝古晋摇头。

古晋朝东华看去，见东华闭上眼，全副元神都汇聚在随拂尘而出的神力上。

闲善沉声开口："阿晋，听青衣说这只水凝兽在谷中待了数年才破壳而出？"

古晋颔首，"是，师兄。我在禁谷里寻到她的时候，看情形她已经待了许多年了。"

"阿音只是水凝神兽的旁支，迟迟未破壳应是天生仙体孱弱，若是她自己修炼，就算再过百年也只能是幼童大小，无法幻化成成人，有师父帮她，她日后的修仙之路应会顺遂许多。"闲善向古晋解释。

古晋想起在禁谷内阿音也是因为狂饮了一大桶醉玉露，灵气入体才成功化形，心底踏实了不少。只是瞧着神光中阿音痛苦的小脸，还是忍不住心疼。

到底是自己一手带大的女娃娃，师父从来没收过女弟子，一个不慎神力用重了可怎么好？古晋端着一张俊俏的脸皱着眉操尽了心。

模糊的光晕内，稚嫩的阿音在三人诧异的目光中慢慢变大，直到半个时辰后东华的神力渐渐消散，才现出了里面的光景。

身着火红古袍的少女从金光中走出，垂首的小髻化成了齐肩黑发，稚嫩的小脸现出少女的容颜，虽还青涩，眉目间却藏着一抹难以忽视的凛冽和傲气。她脚下烈火图腾惊鸿一现，没有被人察觉。

胖乎乎软糯糯的女娃娃就这么长成了十五六岁的少女。她睁开眼，瞳孔分外的漆黑纯粹，如同上好的琉璃，把少年轮廓清晰地映入了眼底。

就像冥冥中注定一般，阿音破壳、化形、长大，睁眼看世间的第一眼，恰好都是古晋。

立在东华身旁的少年有瞬间的怔然，他不自觉地动了动脚，朝半空中的少女伸出了手，却又在回过神的瞬间悄然收回。阿音正好瞧见了这一幕，她眼中涌出大大的笑意，一点不含蓄地朝古晋眨了眨眼。

古晋面上露出一抹罕见的尴尬，他移开眼，唇角却忍不住微微上扬。

拂尘上最后残存的神力托着阿音稳稳落在地上，她虽破壳才几年，心智却半点不差，已上前朝东华拜来。

"多谢师父炼化仙骨之恩。"阿音垂首，行礼诚恳而郑重，"虽师父不愿收阿音为徒，但师父恩情深重，当受阿音弟子之礼。"阿音规规矩矩朝东华三拜，起手行礼间，竟是上古时仙门的师礼。

阿音懵懵懂懂，并不知道自己印在灵魂深处的习惯和教养与旁人不同。古晋自小受天启和凤染教养，自是未察觉出来。倒是一旁立着的闲善和闲竹眼底划过异样神色，两人对视一眼，见东华神情淡然，便压下了心底的疑惑和惊讶。

只是一只借天地造化侥幸破壳化形的水凝兽，怎么会上古仙门的拜师之礼？

"好了，起来吧。老道不日飞升，既是有这个因缘，老道便受你这一礼，也算是咱们大泽山和你的缘分。"东华慈和地笑着，见阿音起身，他朝一旁的古晋看去，"阿晋，日后阿音便和你一个辈分了，你是师兄，要有师兄的样子，日后更应该勤加修行仙力，早日修成正果。"

古晋自小便不大勤勉，这几年才好了些。东华向来不拘束他，显然是马上要飞升了放心不下，这才劝诫几句。

古晋脸一红，垂首应"是"。

"师父放心，徒儿日后自当专心修行，争取早日和师父在神界相见。"

他说这话的时候，实在太理所当然。一旁的闲善和闲竹不知他的身份，都笑着暗想小师弟果然少年心性，不知修仙修神的艰辛，下三界六万多年也只有他们师父一人修成正果封神，入神界哪里是这么容易的。

东华却没斥责，只欣慰地点点头，朝小徒弟眨眨眼，算是两个人的默契了。

这种好时候，古晋却叹了一声，看向东华欲言又止。

东华暗想自家徒弟的心比四海还宽，能愁眉不展的也就那一件事儿了。

"阿晋，你可是在为梧桐岛小凤凰魂魄尽散一事忧心？"

一旁的阿音耳朵动了动，认真听起来。古晋被关在禁谷的时候，最常提起的就是这位梧桐岛的小凤君，可见他对当年憾事执念颇深。

古晋颔首，向来跳脱的神情沉稳下来。"师父，当年我不懂事，闯进凤隐涅槃的梧桐古树里害得她魂飞魄散，三界凶险无比，这几年我潜心修行仙术，也是希望出谷后能有本事寻回凤隐的魂魄，给梧桐岛和天帝一个交代。只是徒儿对寻找魂魄一事知之甚少，不知该从何处下手。"

东华摸了摸胡子，道："当年从梧桐岛回来，你被禁后山，我便将寻找小凤凰魂魄的事交给了你两位师兄。闲善，你来说说这些年的进展。"

闲善早知东华出关后会过问此事，遂将这些年的境况缓缓道来："师父，自小凤君沉睡后，我便让门下青字辈的成年弟子带着燃魂灯在三界内寻找小凤君的魂魄。他们每半年回山禀告一次，十年来寒来暑往，三界内的山川河海被他们寻了个遍，却始终一无所获。这些年凤族也没有断过寻找，每年冬日我都会亲上梧桐岛向凤族大长老询问消息……"闲善说着叹了口气，"可惜他们也是如此，整整十年来，三界里尚未有小凤凰魂魄的半点消息。天帝多年前闭关于海外凤岛，凤族一筹莫展。师父，您见多识广，可知道如何去寻那小凤君的魂魄？"

古晋这些年被困禁谷，全然不知十年来大泽山上下为了弥补他当年犯下的错事一直努力至今，难怪当年那些个稀罕他稀罕得不得了的白胡子师侄们很少到禁谷瞧他，这次出关瞧见山门上下的也大多是年轻子弟，原来他们都分散在三界寻找凤隐的魂魄。他当年一念之差，铸下大错，却让师门承担，古晋此时方知当年梧桐岛一事后的曲折，脸顿时烧了起来。

"师兄，我……"他讷讷开口，眼底带着愧疚，对着两个长他几万岁的师兄，羞愧得差点找个地缝钻进去。

"阿晋，咱们大泽山上下一条心，既然是咱们犯了错，就要尽全力弥补凤族，你别放在心上。"闲竹扬了扬骨扇，在古晋胸口拍了拍，宽慰他。

"本来今日之前，为师也没有办法。"端坐的东华看小徒弟满脸愁容，悠悠开口，正在发愁的几人顿时转头朝他看去。

"师父？您有办法寻到凤隐的魂魄？"古晋声音里透出一丝激动。

东华点头，拿着拂尘朝他腰上系着的红石头指去："这可是你当年从小凤凰身上得到的火凰玉？"

梧桐岛的小凤凰得了上古真神一块火凰玉三界皆知，凤隐涅槃失败时火凰玉被炸成几块，却在凤隐魂魄消散后又重新凝成了完整的一块，可重聚的火凰玉没了灵力。当年凤染一巴掌把古晋从梧桐岛扇回大泽山，这块火凰玉就阴错阳差地被他带了回来。因为心底记挂着小凤凰，古晋从此将火凰玉系在腰上再未离身。

"是，师父，这是凤隐的火凰玉。难道这块玉能助我寻到凤隐的魂魄？可徒儿怎么瞧不出异样来？"古晋连忙从腰上解下火凰玉拿在手中端详。

"火凰玉乃上古真神用混沌之力锻造，你们的仙力自然是看不出里头的名堂。"东华挥动拂尘，金色的神力落在火红的石头上。

咔嚓一声响，火凰玉表面似是蒙了尘一般的外壳脱落，露出了里头流光溢彩的原体，虽不若当年在凤隐额上时灵力充沛，但好歹恢复了一点生机。若是仔细看，还能瞧出火凰玉上印着两条细小的凤尾。

"师父，这是……"古晋年纪虽小，见识却不浅薄，他感受到火凰玉里头的生机，眼底露出了讶异。

"这里头有小凤凰的一魂一魄。"

东华此话一出，满堂皆惊。大泽山和凤族在三界寻了十年都没有凤隐魂魄的半点踪迹，如今这火凰玉里怎会有她的一魂一魄？难道当年在梧桐岛凤隐魂破时便藏在了里头？

东华知众人的猜想，摇头道："这一魂一魄不是当年留在里头的，若是这一魂一魄在，当年梧桐岛上早已被我和天帝察觉。"

"可我当时直接被天帝罚回了山门后山受禁，这十年从未出来过。"古晋神情疑惑。

"阿晋，当年梧桐岛上，你是在何处寻到涅槃的凤隐的？"东华问。

"梧桐古林里。"古晋回答，突然明白东华话里的含义，声音一高："师父，您是说后山禁谷里头的……"

东华颔首："凤栖梧桐本就是古往今来的道理，这一魂一魄应该是由禁谷里头的梧桐树心所守护。凤族皇者一脉的魂魄并不是普通的燃魂灯可以引出。火凰玉是凤隐涅槃时承载神力和魂魄的容器，两者相互吸引，机缘巧合下这一魂一魄从梧桐树心而出才回了火凰玉里头。另外两魂六魄如果我猜得不错，应该也是在三界内除梧桐岛外藏着的梧桐树里，所以这十年我们才一直没有半点凤隐魂魄的消息。"

"师父，也就是说只要找到梧桐树，就能找到凤隐的魂魄？"古晋眼神一亮，握着火凰玉的手紧了几分。

"梧桐树得天地灵气而生，在梧桐岛外极难长成，后山的这株还是我四万年前从凤族大长老手里得的一颗种子，把它种在大泽山的山脉灵眼里才存活下来。三界内有此灵脉的地方……"东华叹了一声，话音半顿。

殿里的都是通透人，东华话里的意思不言而喻。梧桐树乃至宝，要么长在灵脉浑厚的无主之地，可这种地方必定凶险万分，非常人能至；要么被三界九州的洞府秘密藏着，如大泽山一般。无论哪种情况，要寻到梧桐树找回凤隐的魂魄，都非易事。

"师父，您可知道梧桐岛外还有哪里长着梧桐树？"东华是三界内资格最老的仙君，他要是不知道便没人能知道了。

"梧桐树是天地间生长的灵物，这些年我曾听人说过在四个地方瞧见过此树。"

"什么地方？"古晋来了精神。

"一处是地府鬼王敖歌的钟灵宫，一处是前天帝暮光曾经修炼的洞府归墟山，一处是妖狐一族的圣地静幽湖。最后一处，只在传说中，从来没有人真正见过。"

"是哪里？"

见东华说得郑重，古晋连忙问。闲善和闲竹也是一脸好奇，连师父也只是听过传说

肆 ○ 梧桐

没有踏足的地方，到底是何处？

东华抬首朝古晋看去，眼底并没有太多担心："这最后一处，听说就在天启真神的九幽炼狱里。古往今来被困于此中的妖魔无数，但从来没有人能活着从九幽炼狱里出来。所以这只是传说，没有人能确定真假。"

"九幽炼狱？"闲竹惊呼出声。九幽炼狱是真神天启于上古时炼化，听说埋于三界地狱最深处，比地府还要神秘诡谲，是天启真神用来禁锢穷凶极恶为祸三界的妖魔之处。最后一次九幽炼狱现于世间，还是百多年前罗刹地上景涧战亡凤染涅槃、妖狐一族的清漓被上古真神所惩戒时现世。若无真神之力，九幽炼狱根本不会现于世间，又如何能进去一探究竟？

闲善和闲竹一脸忧愁，唯有古晋和东华神情淡然。对他们两人来说这世间最难寻难进的九幽炼狱，却是这几处中最简单的。只要古晋去一趟妖界紫月山，向天启说明缘由，以天启和凤染的交情，必会让古晋入九幽炼狱带回凤隐的魂魄。

"阿晋，以为师六万多年的见识，也只知道天地之间有此四处孕育着梧桐树。师父飞升在即，不能再留在下界，这几处地方就要靠你自己去一探究竟了。"

"师父，当年的大错是徒儿一手铸成，徒儿对凤族和凤隐一直愧疚于心，徒儿本就该竭尽全力寻回凤隐的魂魄。"

东华摸了摸胡子，神情满足慈和，"你能有此心便好，当年的事也许也是你二人的缘法。为师会给鬼王敖歌和妖狐一族的族长常沁各写一封信，你入两界拜见时随身带着，他两人虽和我大泽山素无交往，但看在凤族的分儿上，也必不会为难于你。前天帝暮光化身为石龙镇守仙妖结界前亲手封印了归墟山，为师也不知如今归墟山内是何光景，你去此处时要小心守礼。至于九幽炼狱，就看你的缘法和造化了。"

古晋的身份只两人知晓，东华的提醒也只能点到为止。

古晋领首，仔细把东华的吩咐记在心里，恭声道："师父，徒儿都记住了。您放心飞升神界，徒儿一定会把凤隐的魂魄找回来，给凤族一个交代。"

东华点点头，拂尘一挥，一把小伞出现在半空向古晋飞来落在他面前。伞面熠熠生辉，神力浑厚，伞面上映着的山川河流栩栩如生，意境悠远，一观便知不是凡物。

"阿晋，这是为师自修仙开始便带在身边的法器，名唤遮天伞，此伞半神之下无人可损其半分，即便是半神，不耗尽半生修为也难以毁其根本。遮天伞作为大泽山的护山仙器一直镇于此殿中，你寻找凤隐魂魄要去的地方实在太过凶险，为师今日将遮天伞送给你，以护你周全。”

古晋一愣，连忙拒绝，摇头道：“师父，遮天伞是山门的护山仙器，徒儿不能要。”

东华声音一重：“长者赐，不可辞。阿晋，为师能修行成神，也因曾受过一些恩果，所谓有因必有果，受之必还之，这是为师在下界最后的心愿。”

东华一番话说得玄妙至极，其他三人听得摸不着头脑。古晋却想起一百多年前母亲带他入大泽山祝寿，曾赠神丹于东华以助他修行，想来师父此举是在为母亲当初的恩惠还因果。

念起此事，古晋只得接过遮天伞，朝东华躬身行了一礼：“徒儿多谢师父。”

“好了，为师该说的都说了，你带着阿音休息去吧。日后所有事都要靠你自己了，你好生珍重。”

古晋心底酸涩，郑重颔首，见阿音向东华行了告辞礼，走到她身边欲向往常一样牵着她走，突然想起如今阿音已经是个半大的姑娘，略一尴尬后挠了挠头朝她摆摆手便朝殿外退去。

阿音挑了挑眉，嘴角一勾蹦跳着跟在他身后出了上水殿。

“师父，徒儿有一事不明。”两人刚一出殿，闲善便看向东华面带疑惑地开口。

“何事？”

“师父，这些年想拜入您名下的仙界后起俊秀着实不少，当年天帝暮光和几位龙王为了家中子弟也曾向您开过口，您都给拒绝了。若是让仙界其他山门知道您收了一只水凝兽为挂名弟子，怕是他们会说咱们大泽山自视甚高，过往几万年的规矩都是做样子给外人看的。我怕咱们大泽山的名声……”

东华笑着打断他：“你呀，就是把山门的名声看得太重了。师徒缘分本就是天意，强求不来，大泽山超然于仙界，从不卷入各门争端，你何必太在意旁人的眼光和说辞。这些年你的修为始终停滞不前，就是因为太操心山门里的俗事了。”

闲善面上带愧，有些窘迫。

东华向来看重首徒，敲打一番后便耐下心解释：“阿音来之前我给她算了一卦，不过为师看不透她的卦象……”

闲善和闲竹俱是一愣，失声道：“师父您竟然算不出她的卦象？”

东华精通卦象术数，如今又已成神，按理说一只水凝兽的一生能轻易推算出来。

“为师也觉得有些意外，为师虽然推算不出她一生的命途，但她的卦象里却显示她和我大泽山因缘不浅。既是她注定和山门有缘，那为师此举就当是顺应天命了。"

闲善和闲竹怎么都没想到东华收阿音为挂名弟子竟是有这份渊源，一听倒也坦然了。

东华望向两人远走的方向，沉默片刻朝闲善招手："闲善，你过来，为师有一句话留给阿晋，但现在不是告诉他的恰当时机。待有一日他的仙力修炼至上君时，你再将此话告诉他。"

闲善神情疑惑，来到东华跟前，耳中传来东华的一阵低语，他听了神情凝重，到最后面色已是大变。

"师父，这事阿晋到时候要是知道了怕是接受不了……"

东华神情悠远："无妨，这是他命中的因果，该来的躲不掉，你记住我的话便可。"他说完挥挥手，"好了，你们都下去吧。"

闲善欲言又止，见东华不再多言，只得和闲竹退出了上水殿。

殿外，闲竹拉住一脸沉色的闲善，忍不住问："师兄，师父到底跟你说什么了？难道是阿晋将来有什么劫难？你早点告诉他，让他躲躲劫不就是了。"

闲善摇头，眼中忧色不减："不是你想的那样，师父说如今不是最好的时机，他知道了也没用，将来等他有了上君的实力，我再告诉他吧。"

闲善叹了口气，留下一脸茫然又挠心挠肺的闲竹，慢慢走远了。

东华将飞升神界的日子选在出关的第三日，他飞升的时候只有闲善和闲竹陪在身边。古晋少年心性，不喜分离，默默地在后山看着上古界门降临在大泽山顶端。

"阿晋，你舍不得师父？"阿音坐在一旁的石头上，仰着头问古晋。

古晋望向上古界门的方向，默默颔首："我生性顽劣，这一百多年多亏师父细心教养，当初也是他在梧桐岛上为我请罪，凤族才会轻惩于我。"

"我们要很多很多年后才能看到师父吗？"

古晋在阿音脑袋上拍了拍，眼底露出淡淡的怅然："是啊，要很多很多年后了。"

很多年后，他恐怕才能回上古神界吧。

"阿音，等师父飞升后我就启程去妖界寻梧桐树，你留在山门里好好修炼仙力，等我回来。"

"我不。"少女清澈利落的声音在一旁响起，拒绝得干干脆脆，"我要和你一块儿去。"

古晋皱眉："寻找梧桐树之路充满困难险阻，你在我身边会有危险。"

"你也知道有困难险阻，我又怎么放心你一个人去这些地方？"阿音朝他摆摆手，一口拒绝，"我是水凝兽，仙力天生有治愈之效，能帮到你。"她说着幻化成水凝兽的模样，飞到古晋肩上停住，口吐人言，"阿晋，一遇到危险我就幻化成仙兽，我这么小一团，仙力又低，妖兽都不爱吃，安全得很啦！"

古晋对幻化成仙兽又撒着娇的阿音完全没有抵抗力，软乎乎的小爪不停在他肩上踩啊踩，古晋心底一软，已然点了头。

阿音欢呼一声，围着古晋开始转圈圈，小尾巴荡出绚烂的仙力星星点点。

恰在此时，神光自上古界门照下，笼罩大泽山，东华乘风而去，自此入上古神界。

仙界各洞府的掌座尚未赶到，东华已然飞升神界。他素来低调，这次飞升除了弟子送行，并未邀友观飞升之景。

东华飞升后，闲善身为首徒，接过了山印正式掌管大泽山，闲竹和古晋也升为长老，三人代东华迎来送往了前来道贺的仙友。当年梧桐岛凤隐涅槃失败后，古晋的名声在仙界传了十来年，只是翻来覆去都是那几句他顽劣不堪、仙力低微、身形略不雅之类的糟心话。这次他陪同闲善闲竹以大泽山长老的身份一同接待各派仙友，一副成熟稳重的模样，再加上他相貌俊朗，年纪轻轻仙力大有长进，如今又是大泽山掌座师弟、仙门巨擘的长老，不少仙府掌座见了古晋暗暗留心于他，一番观察下来都叹东华果然眼光独到，最后挑的这个小徒弟前些年蒙了尘没瞧清，如今长开懂事了再瞧，竟也是一颗实打实的明珠，怕是千百年后又是三界的风云人物。

古晋本打算陪着两位师兄送走前来道贺的各府仙友后，便和阿音启程去妖界静幽湖寻梧桐树，奈何定好的日子却被他自己生生推迟了半个月。

阿音向来不喜欢朝令夕改，堵着古晋问了两日都没问出个名堂。还是青衣这些时日和她处久了交情深，才悄悄告诉她百鸟岛前两日送来了拜帖，说是孔雀王身体欠佳，百鸟岛的祝贺由其女华姝代行。

阿音呵呵两声，想着难怪如此，连寻找凤族小凤凰魂魄的事都被排到了后头，原来是古晋魂牵梦萦了十来年的女仙君华姝要来了。

阿音性子懒散、不拘小节，破壳后倒是头一次对人生出了好奇之意来，心底琢磨着也不知到底是什么样的女君，竟让古晋一记挂就是这么些年。这回抓住机会，她可要好好瞧瞧才是。

华姝入大泽山的这一日是个艳阳天，阿音在上水殿的殿角上和青衣正在晒太阳，孔

雀鸣叫声远远响起，清脆悠扬，响彻天际。她抬眼望去，十来只五彩孔雀正一字排开朝大泽山飞来，硕大的孔雀羽翼遮蔽了半座山头，甚是张扬霸道。为首的五彩孔雀上立着一个绿衣女子，轻纱蒙面，瞧不清容颜，只觉她眉目间有些素冷高傲。

阿音眯了眯眼，跷着腿杵着下巴踢了踢一旁的青衣："哎，青衣，那就是孔雀族的公主吧？"

青衣伸长脖子望去，一副仰慕的模样："是啊是啊，阿音，那位女君脚下踩着的是孔雀族的一品神禽，肯定是华姝公主啦。听说这位公主的本体羽毛碧绿通透，比天宫里头上等的翡翠还要漂亮，真想见一见呀！"

青衣年纪虽小，却喜好读书，来大泽山的这些年除了钻研棋谱，就是藏在书阁看各种古籍野史，可谓三界百事通。

"百鸟岛华姝代父王贺东华上君飞升之喜，还请贵门撤去守山大阵，允华姝入山拜见。"

那十来只孔雀停在大泽山外，为首的华姝朝山门的方向盈盈一拜，清澈婉转的声音响彻大泽山上下。远远望去，孔雀族的公主妍态卓然，确有遗世独立之姿。

青衣一望便看呆了眼，小眼睛眨巴眨巴，一副稀罕美人的模样。

"瞧你没出息的样子，再稀罕也就是一只孔雀，难不成还能变成一朵花啊？咱们大泽山什么宝贝没有，你淡定点，等会别让人小瞧了去。"阿音戳着青衣的脑袋，语重心长地埋汰。

"阿音，你有这个时间教训我，还不如去拉拉咱们的小师叔。"青衣撇了撇嘴，朝山门的方向指去。

"哇！咱们家小师叔今日俊呆了！"青衣一望，昂着头忍不住兴奋叫道。

"大泽山古晋，受掌门之令，特来迎华姝公主。"润朗清冽的声音在不远处响起，怎么听着那份儿精神和平时格外不同。

阿音循着青衣的手看去。泽佑堂上空，古晋身御仙剑正腾空而起，头上玉冠将他的黑发束起，一身玄白仙袍衬得他目如朗星，容颜如曜日。

阿音习惯了他在禁谷里邋里邋遢整日不修边幅的模样，猛地瞧见这样卓然清俊的少年，忍不住一怔，眼中露出毫不掩饰的惊讶。

"阿音，你说是不是，咱们小师叔今日俊呆了！我看比天宫里头的澜沨上君还要倜傥风流！"青衣两眼放光，继续嚷嚷。

"哎哟！"吃了个闷叩的青衣痛呼一声，委屈地看向阿音，"阿音，打我干啥？"

阿音拂了拂袖摆，收回跷着的二郎腿，站起身眯着眼朝山门方向越来越靠近的两人望去，嘴角勾起："青衣，他是你的小师叔，不是我的。要我提醒你几遍你才长记性！虽然我破壳待晚，入门迟，可咱俩不是一个辈分。"

她说着揉了揉青衣被敲红的额角，牵起他的手，朝泽佑堂的方向抬了抬下巴："走吧，咱们去好好瞅瞅这位孔雀族的公主，你们家师叔心心念念了十来年的心上人。"

"可我瞧见你的时候，你就是一个小肉球嘛！明明比我小，怎么还比我长一辈儿，没有道理嘛！"青衣愤愤不平地嚷道。他见过阿音五六岁时包子大的模样，稀罕得不得了，想活捡个宝贝小师妹。可惜他咋也没想到阿音见了一面师祖爷后噌噌噌就长成了十五六岁的少女，还变成了他的师叔。

这隔着辈分，有些事儿就不好施展啊！哎！青衣垂头丧气、满心不甘愿地被阿音牵着飞向了泽佑堂。

大泽山山门处，五彩孔雀上立着的华姝看着面前仙袍锦带的少年，眼底的惊艳被恰到好处地掩住，并未被人察觉。

百鸟岛在北海海外，这几年和鹰族相争又多战事，华姝操心族内之事，所以近段时间仙界内对于古晋的传颂之词她并未听说。更何况当年凤隐魂飞魄散后，华姝有回避心古晋，这些年就更不会打听在意他的近况。未想今日她代孔雀王来大泽山祝贺，竟会是古晋来迎接。难道古晋在大泽山内的地位竟已如此受人尊崇？

华姝压下心底的念头，眉微微一挑，声音一高已行了半礼："来的可是古晋仙君？"

古晋点头，抬手回礼，一派大家之风，眼底的欢喜却怎么都掩不住："华姝公主，多年不见，公主可还安好？"

当年肥硕笨重的浑圆冬瓜十年后变成了清秀俊美的少年让华姝颇为感慨，她轻轻一笑："得古晋仙君挂念，华姝一切安好。"

风拂过，将华姝脸上的面纱吹起，露出她娇媚盛丽的容颜。

华姝仍如十年前一般美冠仙界，只是眉目间似有一抹难掩的愁虑和疲惫。古晋想着百鸟岛远在千里，一路奔波难免疲惫，忙道："公主，师兄在泽佑堂等你，请随我入山。"

他说着后退一步挥手，守山大阵的天幕上散开一角，强盛的仙力在天幕周围缠绕，浑厚的神识威压迎面而来。

华姝眼底露出一抹难以察觉的惊叹，不由得赞了一句："不愧是东华老上君亲手布下的守山结界，这等神力，怕是仙界内也只有天宫可比。"

　　古晋听得一怔，他每次见到的华姝皆清冷自矜，即便十年后他模样仙力脱胎换骨也未让她有丝毫动容，想不到她却对大泽山的一个护山大阵如此称赞向往。他想起刚才华姝眉目间的疲倦，心底泛起疑惑。难道是百鸟岛出事了？

　　古晋早已不是当年莽撞的小子，虽然心底好奇，但仍客客气气地把华姝一行领进了大泽山。

　　泽佑堂里，华姝取下面纱，将孔雀王的贺礼奉上后便和闲善闲竹寒暄。古晋如今是大泽山长老，堂上掌门身侧也给他放了一把青藤椅。东华飞升后他随闲善闲竹接待过不少仙府掌座，每次都有礼有节游刃有余，唯有这次，他盯着华姝眼一眨不眨笑得温和亲切，连闲善这个古板老道士都瞧出了端倪。

　　华姝百年前就已位列上君，仙力强横，姿容之美冠绝仙界，又是孔雀一族的公主，几百年来入百鸟岛求娶华姝的仙君不计其数，连东海龙王和天界几位重权在握的司职天君都曾为爱子求娶过华姝，孔雀王早已应允爱女自行择婿，可惜仙族堆成了山的才俊贵胄，华姝一个都没瞧上。

　　即便甚少出山，闲善亦知这位孔雀族的公主挑郎君是出了名的眼光高。以华姝的心气，怕是没有上君之位，连入她眼都难。闲善心里叹了一句，想着古晋这次怕是要跌个跟头了。

　　只是到底是自小看着长大的小师弟，华姝也确实是不错的议亲人选，闲善因着古晋的喜欢，言谈间便待华姝更随和了些。

　　堂外阿音牵着青衣的手走近大门，正好瞧见古晋望向华姝的殷殷眼神，她哼了哼，默默在心底翻了个白眼。

　　对自己整日一副高冷家长的模样，对着这个孔雀族公主却恨不得供起来，也不想想当年要不是华姝想看那块火凰玉，他哪里来的这些年禁谷的拘禁之苦？真是记吃不记打！

　　古晋在凤隐涅槃之时出现在梧桐古林的真正原因他从未对人说过，当年在禁谷里他以为阿音尚未苏醒，絮絮叨叨地回忆过往事，却未想被装睡的阿音听了十成。

　　华姝自是感觉到大泽山的新掌门对她的变化，她瞧出了古晋的作用，不由得有几分庆幸。她这次来大泽山本就有所图，只是百鸟岛和大泽山并无太深交情，贸然开口过于唐突，如今因着古晋的关系，倒是好开口了些。

"早就听父王说过几位长辈当年大战妖族的赫赫战功，华姝一直对大泽山心生向往，奈何今日才有机会拜见。今日见了几位叔伯，才知父王所言不虚。大泽山人才济济，实令华姝心生敬仰。"华姝见闲善眉目愈加温和，便朝堂上一旁的古晋望去，"就连古晋仙君如今也是人才非凡，几年不见仙力更是突飞猛进，东华神君和两位叔伯育才有道，咱们百鸟岛真该好好学学。"

华姝似是觉得自己言语不妥，神情诚恳道："闲善世伯，古晋仙君按理说长我一辈，但他与我在梧桐岛上早已相识，华姝冒犯一二，想与古晋仙君同辈相交，不知世伯可会怪罪？"

一旁的古晋刚想开口，闲竹已然帮了他："无妨，公主不必拘于俗礼，既然和阿晋早已相识，那便各交各的辈分吧。"

闲竹摇着骨扇，朝小师弟抛了个"我懂我懂你甭急"的小眼神。

"哦？你与阿晋早已相识？"闲善摸着胡子，想着难怪急着出山寻凤隐魂魄的古晋会突然延了行程，看来是特意留在山门等着见华姝。

"是，数年前梧桐岛上曾和古晋仙君有过几面之缘。彼时古晋仙君才思敏捷，智退雷澈仙君，让华姝印象颇深。"

华姝几句带过当年相识的缘由，绝口不提凤隐涅槃魂飞魄散的祸事，旁人看来只觉她懂分寸明事理，不损古晋和大泽山的面子。

"公主竟还记得？"古晋终是忍不住，身体微微前倾开了口，眼弯了起来，"我还以为过了这么些年，公主已经不记得我了。"

"怎么会，仙君并非能让人轻易忘记之人。"华姝看向古晋，露出淡淡的笑容，清冷的面容如花般盛开。

华姝这话实在忒到位了，古晋心底听着欢喜，还来不及叙旧一二，华姝淡淡的叹息已然响起。

"当年梧桐岛后华姝便打算来大泽山拜见仙君，只可惜我孔雀一族和鹰族素来交恶，这些年两族纷争不断，我只得留在父王身边帮衬，便误了来见古晋仙君的机会。"

"无事无事，如今见了也一样。"古晋摆手，想起华姝眉目间的疲惫，关切道："我见公主愁眉不展，可是为了两族纷争之事忧神？"

华姝颔首，"确实如此。"她朝闲善和闲竹看去，欲言又止，半晌突然起身朝两人拱手："两位世伯，实不相瞒，华姝今日来大泽山，实有一事相求，还望两位世伯能够应允。"

闲善和闲竹都是活了几万年的人精，华姝一开口，两人便将她的意图猜出了八成来。孔雀族和鹰族为了北海的洞天福地争了几万年，当年有天帝暮光镇着，两族尚能维持几分面上的平和，如今的天帝凤染性子乖张，不喜管这些争地盘的腌臜事，便从未过问两族之争，以至于这几十年来两族纷争愈来愈大，这几年已势同水火。孔雀一族本比鹰族势大，一直力压鹰族占了北海大半福地，可惜本代孔雀王华默的几个儿子都不争气，除了女儿华姝，其他子女根本当不得大用，反观鹰族这几千年人才济济，势力大增后自然不会放过卧榻之侧的旧敌，这几年的争端多以鹰族取胜告终。

鹰族善空袭，远击之术素来厉害，华姝此次来大泽山，怕是想寻得大泽山的帮助。

"公主言重了，孔雀一族祖上与我大泽山也算有些交情，公主此来是为了……"

华姝朝后挥了挥手，她身后的红雀端着木盘走了上来。

"两位世伯，华姝知道大泽山从不卷入仙族各派争斗，华姝实在无意为难两位世伯，只是我父王年事已高，几位兄长仙力低微，华姝独木难支，不愿孔雀一族自此没落，想向两位世伯借东华老神君的遮天伞一用。只要能护我族人渡过这次危机，待我百鸟岛恢复元气，华姝一年后一定将遮天伞亲手送回。闲善世伯，这是我孔雀族圣物翎羽雀冠，华姝愿赠予大泽山，以换遮天伞一年之用。"

华姝打开木盘上的宝盒，露出了里面流光溢彩、仙力浓郁的翎羽雀冠。

相传翎羽雀冠是孔雀一族祖上最强的一位王者临死前用心血之翎化成，是为上品仙器，乃历代孔雀王的王冠。此冠虽比不上半神之器遮天伞，但也足见华姝的诚意。

一旁的古晋一怔，实在没想到华姝竟然想借遮天伞来抵御鹰族。

以一件上品仙器换遮天伞一年之用，大泽山并不吃亏，华姝原以为闲善会一口答应，哪知他却摇了摇头："公主，你这个请求，我无法应允。"

华姝眉头微不可见地一皱，露出一抹失望，声音微扬："世伯，你可是觉得华姝诚意不足？百鸟岛绝无觊觎遮天伞之心，只想……"

"公主误会了。"闲善挥手打断华姝的话，道，"师尊飞升前已将遮天伞赠予了古晋师弟，如今此物已是师弟的随身神器，我无权做主，还请公主谅解。"

"原来如此。"华姝一愣，顿了顿，眼底飞快划过一抹喜色，看向一旁的古晋，"古晋仙君，不知可否将遮天伞借于我族，一年后华姝一定归还。"

华姝神情殷切，眼睛一眨不眨地看着古晋。古晋面上却露出迟疑之色，倒不是他舍不得神器，只是遮天伞是东华飞升前唯一留给他的东西，把遮天伞交给华姝，他怎么对得起东华飞升前的殷殷叮嘱和一片爱徒之心。

古晋正在犹疑间，一道懒洋洋的声音打破了堂内的安静。

"华姝公主，这遮天伞我们大泽山借不得。"

古晋神情一顿，自然听出了这是谁的声音，眼底露出无奈之色。

众人循声望去，阿音牵着青衣缓缓从堂外走进，她容颜尚显青涩，却能稳稳走到闲善和闲竹身侧，平和地迎上华姝锐利的目光。

能站在大泽山掌座身旁的人身份绝不普通，可从来也没听说过大泽山有这么一号人物，华姝神情疑惑，开口问道："闲善世伯，恕华姝眼拙，不知这位仙友是……"

"公主，这是阿音，师尊飞升前收的挂名弟子，她是阿晋的师妹。"闲善摸着胡子解释，倒是很满意阿音搅局。

古晋即将远行寻找凤隐的魂魄，所去之处皆是三界危险诡谲之地，他自然希望遮天伞能留在古晋身上护他万全。但他辈分高年纪又长，不适合在这种场面上拒绝华姝、劝诫古晋。

华姝一愣，着实没想到几万年不肯收徒的东华飞升前竟然闷不作声又收了个女徒弟，虽说是挂名弟子，可一旦有了这个名分，仙界众族便不能不给大泽山面子，对这个阿音女君照拂有加。

华姝一时有些尴尬，她和古晋旧识在前才能平辈相交，可她和这个阿音没有半点交情，难道以她的身份还要唤这个黄毛丫头一声"前辈"不成？

"公主殿下，你和我师兄平辈相交，唤我一声阿音便是。"瞥见古晋就要张口给华姝解围，阿音目光一转，笑意盈盈地开口，不让他卖半点人情。

华姝颔首，笑道："我瞧着阿音也是比我年幼得多，正想着这么小的女君可不能被我给唤老了。阿音，不知这遮天伞和你……"

华姝问得缓慢，却意有所指。阿音挑了挑眉："遮天伞是师尊赠予师兄的，和我没有关系。"

华姝得了答案，眼底多了一抹肃意，在她看来阿音年纪尚小、仙力低微，虽是东华挂名弟子，但无尊无功，居然出口阻挠她借遮天伞，实在太过无理荒唐。

"阿音，我自知唐突，但我族并无觊觎神器之意。"以华姝的性子，这般对一个仙力低微的女仙君再次解释，已是从未有过的事。她说着朝古晋看去，"古晋仙君，百鸟岛如今处于旦夕祸福之间，我的族人伤亡惨重，凭我一人之力无力回天，才会来大泽山借神器庇佑族人，还请古晋仙君看在当年的相识之情上，给华姝一份薄面，此次若能借遮天伞护我族渡过难关，他日我孔雀一族定对仙君涌泉相报。"

华姝朝古晋的方向微微福身，神情真挚，面上带了一抹恳求之意。

华姝毕竟是古晋心心念念了十来年的女子，当年亦对他有恩，如今又是为了孔雀一族的安危才请求于他，古晋不忍拒绝，就要开口应下。

"公主。"阿音和古晋朝夕相处，自是了解他的性子，再次开口截断他，神情不变，"阿音知道公主必是情势急迫才会来大泽山借遮天伞，但遮天伞是师尊留给我师兄护命用的，他老人家一片拳拳相护之心，若师兄借给了公主您，将来上古界面见师尊时，师兄如何向师尊他老人家交代？"

见华姝面上已有怒意，阿音的眼微微挑起，突然开口："非是我有意阻挠，不知公主可还记得当年梧桐岛上发生的事？"

华姝神情一变，掩在袖中的手突然握紧，她朝古晋看了一眼才朝阿音瞧去，眼底划过微不可见的惊惧和冷意："当年梧桐岛上发生的事太多，不知阿音女君你说的是哪一件？"

因为太过惊讶，她对阿音的称呼也骤然冷了下来。

华姝心底清楚，整个鹰族的威胁也没有凤凰一族和天帝凤染的震怒来得可怕，若是凤族知道当年是她撺掇古晋去取火凰玉，恐怕对百鸟岛才是真正的灾难。

古晋神情亦是一变，摸不准阿音当年在禁谷昏睡时有没有听见他的碎碎念，一时有些情急。如两位师兄知道当年凤隐魂魄消散的真相，对华姝恐再无情分可言。

"阿音！"古晋低低唤了一声，难得有些肃穆。

"自然是凤族小凤君魂魄尽散的事。"阿音瞧见了华姝眼底的惊慌，也没有错过古晋脸上的严肃神色，她亦端正了颜色回道："公主，当年我师兄误闯梧桐古林，害得小凤君魂魄散于三界，犯下大错被天帝和师尊禁于谷中。师尊入神他才得以出世恢复自由身，这件事三界尽知。我师兄既然已经出世，自然要去寻回小凤君的魂魄对凤族和天帝有所交代。寻找散落在三界四海的灵魂碎片路途艰辛危险重重，遮天伞可护他一路万全，还请公主体谅我师尊飞升前对师兄的一片爱护之意，不要让我师兄为难。"

阿音朝华姝抱拳执礼，眉宇间亦是郑重。她此言一出，华姝和古晋同时沉默，无法再言。

华姝是因着阿音提起当年凤隐之事心底惶惶，怕真相败露。古晋是念于东华爱徒之心，不忍让两位师兄再担心失望。

"好了，阿音，华姝公主只是忧心族人，不免心急切切了些，哪里有让大泽山和你师兄为难？还不退下。"

一旁，闲善随意斥责了阿音一句，慈和地朝华姝看去，"公主，阿音年岁尚轻，口无遮拦，并无冒犯公主和百鸟岛之意，还请公主不要介怀。"

闲善活了几万年，什么场面没见过，两句揉面团的话就把堂上剑拔弩张的情形揭过。

"世伯哪里的话，本就是华姝求于大泽山，阿音女君并无过错。"华姝向闲善和闲竹行了一礼，不无遗憾道，"既然是东华老上君飞升前赠予古晋仙君护身所用，华姝再勉强便是强人所难了。"

"公主言重了。虽然大泽山不能借出遮天伞相助公主，但公主要避过孔雀一族的危机，却不是没有办法。"

"哦？世伯请明言？"华姝来了精神，问道。

"百鸟岛和鹰族上万年的争斗也是为了北海洞天福地的争夺，若是华默王上愿意让出一隅之地，想必鹰族得了善意，亦会愿意和孔雀一族放下积怨，和平共处。"闲善摸着白胡子，善意相劝。

孔雀一族和鹰族都生存在北海，过去孔雀一族势大，历任孔雀王又刚硬霸道，几次逼得鹰族差点灭了族，这一任鹰族王者实力强硬，不断挑战百鸟岛也只是为了多夺得洞天福地延续子孙罢了。平日里孔雀一族霸道惯了，如今遇到危难众仙才会袖手旁观，无人相援。

华姝听见闲善所言，面露尴尬。若是孔雀王愿意相让洞天福地，又何来这成千上万年的死斗？更何况若软弱相让，孔雀一族日后如何在仙族中立威，人人都只会当她百鸟岛可欺。

说起来，华姝倒是完美继承了她父亲的秉性，骨子里热衷权势。

"世伯，族中大事一向由父王做主，华姝会将世伯的劝告告诉父王。"华姝面上不露分毫，向闲善道谢。

闲善岂会不知百鸟岛惯来的做法，不过是看在古晋的分儿上对华姝格外宽宥罢了。

"公主千里远行，必是劳累了，阿晋，你带公主去休息，替师兄招待好公主。"

古晋沉声应是，引了华姝便要出堂。

"阿音，你留下。"

身后闲善淡淡的声音传来。古晋叹了口气，引了华姝出堂休息。

第二日华姝辞别闲善闲竹，领着她那十几只孔雀回了百鸟岛，华姝借遮天伞的事按下不提。

阿音得罪了古晋的心上人，让她无功而返，瞧着古晋这几日沉默异常，心底倒是有些负疚忐忑，但想着自己实不算错，便怎么都拉不下脸面来讲和，很快就到了两人出发去寻凤隐魂魄的日子。

到底是少年心性，怕被丢下，这一日阿音早早起了床，揣着青衣摸黑送来的点心守在了山门口。

古晋走来的时候，远远看见她托着下巴望向石阶下的云海，纤弱的身影倒映在初阳下，有些单薄而可怜的味道。

当初弱小的水凝兽不过几年已经长成了少女。古晋护崽子的豪情顿生，心底想着既然带着幼兽踏上了寻找凤隐魂魄的旅途，便要好好护她周全。

早就听到了身后的脚步声，阿音转了转眼珠，一回头，正好望见身后立着的古晋，她嘴唇张了张，吞吞吐吐半晌硬是憋不出一句话，只把怀里揣着的布包打开，递向他，有些讨好又别扭的模样："喏，吃不吃？青衣一早给我送的绿豆糕，还是热的。"

阿音见他没动，脸上露出沮丧的神色，肩膀一塌，眼朝青石地板看去。

古晋嘴角露出一抹笑意，眼底现出柔软的温情。他在阿音头上摸了摸，脚一跨坐在了石阶上，伸手挑了一块绿豆糕吃下，笑声温淳："青衣倒是心疼你这个师姑，怎么没瞧着他给我送绿豆糕？"

阿音连忙捧着布包递到古晋面前，急急道："哎呀，阿晋，他送给我也一样，都是你的，都是你的。"

古晋又挑了一块，朝阿音的方向推了推："吃吧，趁热吃了咱们好下山。"

阿音眼一亮："阿晋，你愿意带我下山了？"

古晋挑了挑眉："我什么时候说过不带你去了？"

"这几日你都没怎么理我。"阿音的声音低了低，"我以为你不想带我去了。"

古晋捏了捏她的脸："就你这个丫头想得多，前路未知，还不知道这一路上会遇到什么呢。这几天我都在跟着两位师兄学习仙阵剑法用来防身。刚刚去你的院子没瞧见人，我就想着你肯定守在这儿了。"

阿音扭过头小声开口："阿晋，那天我不是故意为难华姝公主的，遮天伞是师尊给你留的护身法宝，我怕你要是送给了她，将来遇到危险了怎么办？"

古晋大力在阿音头上揉了揉："知道知道，我都知道，我没有怪你。咱们家阿音最懂事体贴了。"

阿音这才笑了起来，她从地上蹦起朝石阶下走去："好啦，天都亮了，咱们出发吧。"她走了两步转头问道，"阿晋，遮天伞你没忘记带上吧？这可是咱们保命的家伙。"

古晋顿了顿才朝她颔首："放心吧，我带上了。不过咱们走之前要先去个地方。"

"去哪儿？"阿音仰头。

"山脚下的泉眼池，这几日正好是醉玉露酿好的时间，我给你盛一壶，一路上好解渴。"古晋边走边回她。这几年古晋年岁渐长，已经不像小时候一般贪杯，但因着阿音喜欢醉玉露，他仍有收集此酿的习惯。

"对哦，醉玉露要酿好啦。"阿音在石阶上蹦蹦跳跳，嚷嚷着，"可是阿晋，一壶怎么够？"

"我带的是乾坤壶，足够装半池子了。"古晋瞧着石阶太多，一时半会儿下不去，牵过阿音的手朝山脚飞去。

转眼便到山脚，阿音拿着乾坤壶蹲在泉眼旁装醉玉露。古晋盘腿坐在一旁，半晌，他朝山涧的方向望了望，突然开口问："阿音，你有没有听到什么声音？"

阿音摇头，一片茫然："没有啊，什么声音？"

"没什么。"古晋若有所思，像是突然想起了什么一般。待阿音盛好醉玉露，他朝那方向走去，"我总感觉有什么东西在叫我一样，咱们去瞧瞧。"

阿音一听这话，浑身打了个激灵，"阿晋，我怎么没听见，咱们大泽山不会是闹鬼了吧！"她说着躲在古晋身后，拉着他的衣角亦步亦趋，一副"我好怕怕"的模样。

古晋由得她插科打诨，领着她朝山内走去。

半炷香后，两人停在一座约有丈宽的空冢前。阿音望着空冢，满脸疑惑。

"阿晋，这里什么都没有啊。"

很多年前上古带着古晋来过这里，当时碧波什么都瞧不见，如今阿音也一样。古晋却能看到当年古帝剑的混沌之力在剑冢里幻化而成的无数把断剑。剑冢里的混沌之力经过这些年的蕴养，比当年更加浑厚，每一把断剑都露出锋利的剑芒。

"阿音，这里是一座剑冢，只是你瞧不见。我小时候母亲曾经带我来过这里。"古

肆 〇 梧桐

晋的声音里现出一抹追忆，"当年还有一小团灵气快要化形了，过了这么些年也不知道它怎么样了，也许早就化形成人离开这里了吧……"

古晋边说边感慨，一旁的阿音望着空荡荡的只有幽风吹过的巨大空冢完全一副见鬼了你有毛病该治了的表情。

"阿晋，你说啥呢？这就是一座空冢啊，哪里是剑冢，你眼睛出毛病了吧，不信我跳给你看。"阿音说着眨了眨眼就朝面前的空冢跳去。

"阿音！"阿音说跳就跳，剑冢里插着的断剑泛出森寒的剑芒，古晋拉之不及，骇得心跳都停了下来，利喝一声跟着朝剑冢里跳去。

古晋骤变的脸色和大喝声吓到了阿音，她模糊地感觉到空冢里有一股强大的神力将她吸进去，但以她的灵力根本无法御仙力飞行。后背冰冷的触感袭来，她惊恐地闭上眼，一股凉意升起，千钧一发之际她被拢进一个温暖的怀抱朝空冢外飞去。

脚重新落在地上，阿音睁开眼，古晋正满脸怒容地看着她，脸色微白，眼中满是担心。

"阿，阿晋。"她哆嗦着开口，正准备认错，低头瞧见古晋右手上一道极浅的剑痕，几滴鲜血溅落在地，显然是刚刚为了救她被划伤的。

"阿晋，你受伤了！"阿音惊呼一声，就要看他的伤口，却被古晋满不在乎地躲开。

"没事，一点小伤。"他正准备教训阿音几句，一旁的空冢里却发生了奇妙的变化，两人抬眼看去。

萦绕在空冢上空的雾气散开，从古晋溅落鲜血的地方开始，一点点现出了剑冢中数万年来从不曾被人见过的成千上万把断剑。

"阿晋，这里真的是一座剑冢！"

阿音睁大眼，看着雾气化成一圈圈涟漪朝剑冢四周散去，恰在此时，一股浑厚的神力从山脉各处逸出，呼啸而来聚拢在剑冢上空，那团神力默默地注视着两人。

古晋轻咦一声，朝那团神力望去："是你，这么多年了，你居然还在大泽山修行。"

当年上古的古帝剑落在大泽山，无意中创造了这座剑冢，剑冢经过上万年沉淀，自主衍生了拥有混沌之力的剑灵。数年前上古带古晋来大泽山为东华祝寿，也曾见过这股神力，当时上古念在它修行不易，便没有将它收回古帝剑里锻造。

那剑灵显然是认出了古晋，它朝古晋郑重见礼。

"阿晋，你认得它？"一旁的阿音从来没有瞧见过剑灵，满是稀罕。

"以前我和母亲见过它。"他朝剑灵额首，"阿音年幼，无意闯入剑冢，并非有意打扰阁下修行，请阁下见谅。"

剑冢六万年前出现，这剑灵衍生的岁月想必亦有上万年，比两人可是年长得多了。

剑灵朝古晋点点头，朝古晋的方向靠了靠，既亲近又疑虑。他混沌一片，不能言语，让人摸不清它到底想如何。

古晋神情疑惑，拱手道："我和阿音还有事要办，就不叨扰阁下了，就此别过。"

他说着就要领阿音离开。见他要走，剑冢上空的剑灵一下急了起来，它瞬间凝聚成人形，银色的火焰出现在他掌中化成古老的阵法，强大的神力毫无预兆地笼罩在剑冢上空。

古晋和阿音惊愕地回头，看见剑冢中成千上万把断剑疯狂地朝剑灵掌中的阵法涌去，所有断剑在银色的火焰中被炼化成虚无，全部消失殆尽，而那火焰越来越盛。突然，炙火完全从阵法中涌出，将剑灵整个拢住，庞大的神力直冲天际，笼罩在大泽山上空。

整座山脉顿时风云变色，电闪雷鸣，百兽齐鸣。

一把墨黑的古剑在激荡的神力中缓缓成形，出现在两人面前。

大泽山顶的泽佑堂内，正在闲聊的闲善和闲竹被这股异象撼动，同时瞬移到堂外朝天空望去。

"师兄，发生了什么事？这是什么灵力？怎么会如此强大？"闲竹望向空中面带惊讶。

"这是神器现世之兆，但这股力量非仙非妖，我从来没有见过。"万年前东华炼制遮天伞的时候闲善曾目睹过上品仙器出世的奇景，这股银色灵力更甚当年，显然要现世的兵器已有半神之器的雏形。

"神器现世？咱们大泽山怎么会有神器现世？"闲竹惊呼，"师兄，这灵力来自山脚，走，去看看是怎么回事。"

闲善点头，两人念了个仙诀朝山下飞去。

山下剑冢旁，一切归于平静。

那把从剑灵和无数断剑的炙火中重生的墨黑古剑浮在剑冢上空。它如有灵性一般朝古晋飞来，安静地落在他面前。

此时它敛了全身光芒，黑黝黝的并没有什么特别。

任谁在见到刚才这阵势后都知道这把剑绝对不是凡品，也知道这把剑想认古晋为主，可古晋沉默地看着古剑，眉头微皱，目光有些沉。

古剑不安地动了动，小心翼翼地朝古晋的方向靠了靠。

阿音瞧着它有些可怜，推了推古晋："阿晋，它这是要认你做主人呢。你正好没有兵器，这剑我看着挺厉害的，你收下它吧。"

摇了摇剑柄，古剑一副"阿音说得对"的讨好模样。

它是剑冢中而生的剑灵，本源为混沌之力，在大泽山修行了几万年，但它空有神力，没有遇到合适的主人始终难以真正化形。当年上古降临大泽山，它虽欢喜，却感觉到上古已有神剑只得放弃。这次古晋下山，它感应到古晋体内的混沌之力，将他呼唤而来，因缘际会得了古晋的血才化形成功。如今他的剑身是用古晋的血脉铸成，除了古晋已经没有人可以再做它的主人。

只可惜如今古晋的神力被封印，并不能将古剑的混沌之力发挥出来，剑灵如今和古晋血脉相容，只有古晋封印解开的那一日，它才能成为真正的神器。

古晋是天启和上古养大，自然知道神器炼血后已经认主。他只是看出此剑诞生于混沌之力中，不太想留在身边罢了。

混沌之力，上古时代最强大的真神之力，听着荣耀辉煌，但他的父母却曾先后殒于这种神力，对古晋而言混沌之力是灾难，不是荣光。天启将他体内的混沌之力封印，未尝不是一件好事。

"阿晋？"阿音见古晋不作声，小声唤了唤。

可终究他的身份他的责任都不是他想避便能避的。就像生而拥有混沌之力，就像这把由混沌之力铸造的古剑毫无预兆地出现在他面前。

古晋低下头，看着面前和古帝剑相似的古剑，叹了叹。

"当年一面，如今再见也是缘分，我没有随身兵器，你就留在我身边吧。"他握上古剑的剑柄，微一沉默，道："元启之志，神力而化，以后你就叫元神剑吧。"

阿音没听懂那句"元启之志，神力而化"的含义，元神剑已经飞快地绕着古晋转了一圈，"咻"一下飞进了他肩后的剑袋里。

阿音揉了揉鼻子，羡慕地看了一眼元神剑，"阿晋，你运气真好，一出门就能捡到称手的兵器，什么时候我也能有自己的兵器啊。"

古晋在她头上拍了拍："你一只水凝兽，治病救人就行了，要什么兵器。时间不早了，走吧。"

"咱们先去哪儿？"阿音蹦蹦跳跳跟在古晋身后问。

"先去妖界吧，妖狐一族的常沁妖君和我姑姑是过命的交情，我们先去妖界九重天的妖狐族。"

古晋的声音缓缓传来，两人长长的身影在初阳下远去。

就像很多很多年前，清穆在瞭望山遇见后池，相携踏上妖界的征途。

数百年过去，一代又一代，仿若轮回，仿若宿命。

片刻之后，飞来的闲善和闲竹只看到一座空冢。

两人对视片刻，在山脚巡视了一圈，没发现异常，疑惑地回了山门。

## 伍·共生死

古晋和阿音一路朝仙妖结界飞去，两日后两人抵达了当年暮光化身石龙的地方。

延绵百丈的石龙昂首望向天际，守护在仙妖结界之上。不愧是立于三界众生顶端数万年的皇者，即使已化身石龙，那庞大的身躯依然威严而庄重。

古晋和阿音从云上落下，停在巨龙身前。

古晋脸上神情隐隐有些感慨之色，阿音瞧见，疑惑道："阿晋，听说上任天帝很久以前就化身石龙了，你见过他？"

古晋是东华上君的徒弟，有面见天帝的机会并不稀奇。

古晋摇头："我小时候他还没有化身石龙。曾经听家里的长辈谈起过天帝暮光，可惜了，没有机会见上一面。"

古晋望向石龙的眼底带着尊敬，显然很是敬服这位皇者当年最后的抉择和勇气。

阿音不谙世事，倒是突然想起一事仰头问："阿晋，一直听你说家里的长辈，你来自人间吗？你的家在哪儿啊？"

阿音破壳而出，无父无母，但她从没听古晋说起过自己的身世。听大泽山的师兄弟们说古晋是被东华亲手带回来的，就连号称三界百事通的青衣也不知道古晋的来历。

向来无话不说的古晋顿了顿，他笑着拍了拍阿音的头："阿音，我家在很远的地方。我小时候太顽劣，我娘把我赶出来了，说是没练出本事不让我回家。等以后你长大了，我带你回去瞅瞅，我家那地儿可稀罕着呢，一般人想去都去不了。"

阿音听着古晋胡吹，翻了个白眼转身朝擎天柱的方向走去。

"阿晋，你说咱们还要修炼多少年才能出现在擎天柱上？"

擎天柱是祖神擎天历劫后幻化而成，乃三界柱石，凡是经历了九天雷劫的仙界上君和三重天妖君的名字都会自动在上面显现。此柱分三部分，中间刻着九州八荒的地图，上面列着仙妖两界上君、妖君的姓名。下面是三界有名的洞天华府，天界天宫、祁连山清池宫、妖界玄晶宫赫然其上，自从东华飞升后，则多了一座大泽山。

"你那点仙力，老老实实做一只治病救人的仙兽就行了，三界上下几万年，还没听说过哪只水凝兽能修炼成上君的。"古晋埋汰阿音，揉了揉阿音就要炸毛的耳朵，眨眨眼道，"再说有我保护你，你耗力气修炼干什么。"

阿音一抬头迎上少年清爽又温和的笑容，一下什么脾气都没了。她耳朵烧得通红，眼睛乱瞄，瞧见了擎天柱顶端刻着四位真神名字的地方。

"早些年听说四位真神的名字都在上面，混沌之劫再次降临白珙真神殉世后他的名字就被黑雾笼罩了，这些年也没有散开。"阿音有些感慨，"青衣说现在三界和平多亏了白珙真神当年的牺牲。"

阿音在一旁絮絮叨叨，没有发现古晋陡然沉默的面容。他背上的元神剑发出不安的轻鸣，被古晋拍了拍。

"走吧，阿音。天色不早了，咱们还要去妖界。"

古晋朝阿音招招手，阿音一愣，跟着他朝仙妖结界走去。

巨大的仙妖结界光幕下，庞大的灵力朝两人涌来，古晋神情一沉，抱着阿音朝光幕另一端飞去。

两人在妖界一重天飞行了一整日，抵达了二重天最深处妖狐一族的休憩地静幽山。

静幽山三面成弧形而生，远远望去，整座山脉藏在高耸入云的树林后，看上去柔和而安宁，但古晋一点也不敢轻视怠慢。百年前常沁崛起后，妖狐一族在她的励精图治下，早已成为妖界第一大族。妖虎一族虽坐拥皇位，但除了身为上神的森鸿和远走罗刹地戍守的森羽妖力深厚外，青年一辈再无翘楚。

果不其然，两人才靠近静幽山山门处，便已被狐族中人察觉。须发皆白的白衣老头笑呵呵立在山门前，身后立着一排妖力浑厚的狐族侍卫。瞧见古晋和阿音，那狐族长者一愣，但仍笑着开口。

"在下常火，不知是何处仙门的小友今日到访我静幽山？"

仙妖大战虽已结束百年，但两族积怨已深，一直都对彼此分外戒备。要不然也不至于才察觉到古晋的仙力，便让一个长老出来探虚实了。

"大泽山古晋，有事前来拜访贵族。"古晋来之前特意向青衣打听了狐族几位长老的名讳，朝常火见礼道。

"原来是东华上神的高徒，难怪年纪轻轻仙力便如此精纯。"常火忍不住诧异道，眼底的戒备之意散了许多。

东华性情温厚，连带着徒子徒孙亦是如此，大泽山几万年来在三界的口碑极好，即便是妖族中人对大泽山门徒亦多有善意。

"晚辈仙力浅薄，长老谬赞了。"古晋谦逊地回道。见常火看向阿音，他连忙道："这是家师的挂名弟子，我的小师妹阿音。"

常火一脸惊讶："哦？东华上神又收了一位小徒弟，这我倒是头一次听说。"他朝阿音颔了颔首，转过头朝古晋道："不知古晋小友来我狐族所为何事？"

妖狐一族和大泽山素无交集，古晋不远万里而来，想必不是为了游玩。

"晚辈有一事请贵族相助，特来拜见常沁族长，还请常长老为晚辈通传一声。"

"族长几日前从三重天而归，正好在族内休养，小友既是东华上神的高徒，便跟我进来吧。"大泽山是仙界巨擘，有什么事会需要狐族相助？常火压下心底的疑惑，领着古晋和阿音朝山内而去。

静幽山内的风景比山外更胜许多，一座座精巧别致的石屋矗立在连绵起伏的绿草山涧中，平添异域风情。

狐族天性善媚，个个都是美人，无论男女。两人跟在常火身后被山内观望的狐族人一路盯着前行，古晋还好，阿音早就瞧花了眼，眼底的倾慕都快飞出来了。古晋没法，只好捏着她的衣领拖着她走，免得一个不慎就把自家的好色水凝兽给弄丢了。

"小友，我方才已经让徒儿回了族内禀告，族长和其他长老们在议事厅等你。"

环山最里处一座八环塔形的石殿是族内的议事厅。古晋跟着常火走进大殿，见着里面的光景不由得一愣。

议事厅里摆着六把雕刻精美的石椅，五个倾城绝色又娇滴滴的女子正媚眼如丝地望向大门口，见到古晋眼底更是柔成了水。这里面坐着的人论美貌绝不是殿外的人可比，阿音顿时炸毛，紧张地朝古晋看去，生怕他的魂被勾走了。好在古晋神情镇定，并不为殿中绝色所动。

见古晋和阿音眼神清明，那几个狐族长老带笑的眼底露出毫不掩饰的讶异。

"好了，大泽山教出来的都是纯厚正直之辈，岂会轻易被你们所惑。你们还不收了功法。"

利落的声音在殿内响起，古晋抬头看去，常沁一身纯白常服，懒洋洋坐在最高的石椅上打量着他。

见族长发话，几位狐族长老收了戏耍之心，收了功力正襟危坐，心底却暗暗称奇。古晋是东华的徒弟，仙力精纯不受他们所惑倒说得过去，但跟着来的这个小姑娘能在八尾狐的魅惑下不为所动倒是稀奇了，也不知东华新收的小徒弟是什么来历。

"大泽山古晋，见过常沁族长和几位长老。"古晋和阿音朝常沁等人见礼。

"哦？你如今模样倒是大变了，当年在梧桐岛我见过你一面。看来这些年你在禁地吃了些苦头，你师父飞升神界，你才能从禁地出来吧？"

凤染那道诏书是以天帝之令而下，就算东华爱徒，也不会违凤染御令。

"是，晚辈数日前才从禁谷出来。"

"不用拘礼，东华和我也算有些故交，你随意些便是。"常沁摆手，豪爽又干脆，"你不去寻凤隐那娃娃的魂魄，来我静幽山干什么？"不等古晋开口，常沁眼一眯，已经先发制人。

她可是很稀罕凤族的这只小凤凰的，当年还准备给侄儿说亲，哪知小凤凰还没降世就被古晋毁了魂魄，要不是看在东华的分儿上，常沁说不定会让这个顽劣的小胖子吃些苦头才能入山。

"晚辈正是为了凤隐的魂魄而来。"古晋从袖中掏出一封信，"这是家师飞升前给族长的信，还请族长过目，给晚辈行个方便。"

一旁立着的常火连忙接过信为常沁递上，那几个标致的大美人在石椅上倒坐得稳如泰山。阿音对常火印象好，想着这几个狐族女长老一点儿都不懂得尊老爱幼，脸上便摆了一丝不忿。

"小姑娘，咱们族里和其他族类不同，可不是模样看起来就是年岁大，咱们五个，最小的可都比常火长上五百来岁！怎么，你师父没教过你不可以以貌取人吗？"最左首的长老常韵拨弄着长发，朝阿音抛了个媚眼。她口里的话虽然说得柔媚，眼底却袭上了一抹冷厉。

阿音被捉了个正着，兼又被个八尾狐族长老施压盯着，脸上顿时烧得通红。古晋微

伍

○

共生死

一倾身挡在阿音身前，拦住了常韵调笑的目光，抬手回道："韵长老，我家师妹降世没多久，不知贵族情况，无意冒犯几位长老，还请几位长老看在她少不更事的分儿上，不要放在心上。"

古晋的相貌摆在狐族里头也是拔尖的，兼他出自仙门正统，又是在清池宫长大，一身好皮相又加了几分贵气。如今他瞧着模样虽显青涩，但也绝对能入眼了。

常韵被他这么诚恳地一求情，面上冷意顿时消散，捂着嘴就要调戏古晋几句，奈何一旁常沁的声音已经传来。

"不愧是东华，连我族内藏着一棵梧桐树都知道得一清二楚。怎么，按他信里的意思，那只小凤凰的其中一缕魂魄藏在我静幽湖中的梧桐树里？"

听见常沁的话，殿内气氛一低，几位狐族长老马上正襟危坐朝古晋和阿音望来。

古晋闻音知意，瞧见几位狐族长老的表情，便知这株梧桐树怕是对狐族很重要，否则也不会摆出这副神情来。

"是，常沁族长，师父飞升前猜测凤隐因本体为凤凰之因，破碎的灵魂极有可能散落在三界尚存的梧桐树里。大泽山禁谷里有一棵，我们在里面寻到了凤隐的一缕魂魄，请常沁族长行个方便，允我入静幽湖探个究竟。"古晋将火凰玉拿出，将里面微弱的灵魂之力展现在常沁面前。

"荒唐！古晋，静幽湖是我族孕育幼狐的圣湖，岂能让你一个仙族靠近？别说是你，今日就算是东华亲来，我族亦不会答应。"听见古晋要入后山静幽湖寻凤隐的魂魄，脾气火暴的常媚长老眼一瞪，断然开口拒绝。

古晋没想到狐族的长老全然不顾大泽山的颜面，拒绝得如此利落，看来这棵静幽湖内的梧桐树对狐族而言比他想象的更为重要。不过拒绝的毕竟是常媚，而不是族长常沁。

古晋看向常沁，言辞恳切："常沁族长，晚辈无意冒犯，今日前来确实只为凤隐的魂魄，当年因我顽劣，害得凤隐魂飞魄散，更让大泽山和梧桐岛耗数年之功寻凤隐的魂魄。还请族长看在天帝和梧桐岛的分儿上，为晚辈行个方便，晚辈保证只取回凤隐的魂魄，绝不妄动贵族的梧桐树。"

常沁和天帝凤染交情莫逆是三界都知道的事，古晋这话一出，常媚几人顿时紧张地朝常沁看去。

外人不知道，他们心底可明白得紧。梧桐树有蕴养灵魂的奇效，这些年狐族未成形的幼狐全都赖于梧桐树的蕴养，接连诞生的五尾、六尾狐更是让狐族成了妖界第一大族。

就算大泽山极少卷入仙妖之争，可古晋毕竟出自仙门，他若是对梧桐树不怀好意，或是寻回凤隐魂魄的过程中损坏了梧桐树的灵力，对狐族都是不可估量的打击。

"你要入静幽湖，也不是不可以。"安静的大殿内常沁的声音响起，她朝王座上仰了仰，声音一重，"不过你也听到了，静幽湖是我族圣湖，你非我族类，又是仙族，就算是看在凤染的面子上，我也不能随便开这个先例。"

不顾狐族长老连连皱眉，常沁施施然说完这席话，好整以暇地朝古晋瞧去。

"族长想要古晋做什么只管开口，只要古晋能做到，一定义不容辞。"古晋抬手回道。

"我的侄儿鸿奕，三年前走丢了，只要你能帮我找回他，我便允你入静幽湖拿回凤隐的魂魄。"

古晋没想到常沁居然提出这么个条件，三界之大要找一个人谈何容易？

"常沁族长，三界如此大，寻一个人的下落非一日之功……"

"放心，我不会太为难你。这几年我族倒也不是没有查到他的踪迹，只是他失踪的地方我族不便进入，才请你帮忙一探。"

古晋一愣，问："族长说的是何处？"

常沁眼微眯，望向古晋缓缓开口："妖界三重天内，紫月神君的修炼之处，紫月山。"

妖君紫月，是后古历来下三界对那位神君的称谓，但自苍穹之境一战后三界便知那位隐迹在紫月山的妖君其实是上古时便已主宰世间的四大真神之一——天启。

那个传闻中个性最喜怒难测、灭世救世全凭一时喜好、开辟了九幽炼狱此等鬼蜮空间的神君。

当年他召回紫月，让妖界一夕间实力大退，大败于仙族，他又居于清池宫百年，对妖界存亡不管不顾，这两百年间，虽听闻他仍偶尔降临紫月山修炼，却再也没有妖族中人敢入紫月山拜见他。

议事厅内有一瞬间的沉默，除了懵懂不知的阿音，其他人的脸上神情各异。

常沁面色如常，不放过古晋脸上一丝情绪的变幻，其他几位长老满脸惊讶，却没了刚才的不满和愤慨。唯有古晋，尚显青涩的脸上掠过一抹意外，但没有惊慌。

即便凤染和常沁交情莫逆，他也知道凤染不会把他的身份告诉常沁。

常沁瞧见他神情镇定，心中满意，再次开口："如何？只要你替我族去一趟紫月山，我便让你入静幽湖拿回凤隐的魂魄。"

古晋微微沉眼问道："常沁族长，既然您不能入紫月山，又如何知晓令侄在紫月山内？"

古晋迟早要去紫月山一趟，寻回鸿奕也是顺手之事，但至少他要弄明白狐族走丢的王侄为何会在紫月山中。

"我那侄子年幼失怙，是我一手养大，他自小顽劣，性情孤僻，三年前外出历练后便一去不回。我狐族未成年的幼狐灵玉都是放在族内保管，我拿着他的灵玉一路去寻，发现他的气息消失在紫月山外，天启神君的结界非我能破，三年前发现他的踪迹时我便在紫月山外求见神君，不过被拦回了。"常沁朝阿音看去，意有所指，"听说当年天启神君身边也有一只水凝神兽，你出自大泽山，想必和清池宫有些渊源，希望你能替我入紫月山一趟，向神君打听打听我那侄儿的消息。"

常沁妖力深厚，活了几万载，自然一眼便瞧出阿音的本体是一只水凝兽。

古晋听见常沁的话，哑然失笑，原来她是看出了阿音的本体，以为大泽山和天启身边的水凝神兽有渊源，才让他入紫月山求见。

"好，我答应族长去紫月山一趟，如果晚辈带回了令侄，还请族长允诺，让我入静幽湖。"

古晋颔首，答应了常沁的要求，领着阿音出了妖狐一族。

议事厅内，常媚瞧着两个小年轻远去的身影撇撇嘴："族长，要是他带回了阿奕，你真让他们去静幽湖？咱们狐族这几千年可多亏了那棵梧桐树蕴养幼狐……"

"狐族靠着这棵梧桐树是出了几百只五尾六尾狐，可狐族两万年来除了我，就只有阿奕这一只九尾狐。"常沁神情严肃，"我久历战场，顽疾久治不愈，这些年于妖力修炼上并无寸进。狐族越强大，就越需要灵力更强的领导者。阿奕修炼妖力的资质远甚于我，如果他能回族接掌族长之位，修炼我族秘法，或许他能成为我族传说中的十尾神狐，突破三界栓梏，飞升为神，这才能让我族真正无后患之忧，靠托庇于他族神物提升实力，不是长久之法。"

听常沁此言，众长老点头称是，唯有常韵道："可是族长，就凭那两个小娃娃，能进紫月山？"

天启神君的修炼之处连妖皇都不敢轻易靠近，一个大泽山弟子不知天高地厚接下这桩差事，是不是也太托大了？

常沁嘴角勾了勾，望向远走的两人，目光落在古晋身上有些悠长。

上古凤凰一族，十三万年才出的第二只火凤凰，比他们狐族的九尾狐要稀罕百倍不

112

止。当年那小子误闯梧桐古林毁了凤隐涅槃，让整个梧桐岛痛失幼主，如此滔天大事凤染也只将他囚于禁谷自省，说是看在东华的情分上打死常沁也不信。

以凤染的性子，除了清池宫的人她会给谁面子？听说东华上神的这个幼徒不知来历，她猜着十有八九和清池宫有渊源。

"少年人心高气傲，是要多经些事才行。兴许天启上神喜爱这娃娃，让他入了紫月山呢？"常沁笑笑，满不在意地摆摆手，笑着出了议事厅。

古晋带着阿音出了静幽山一路朝第三重天而去。

阿音到底年岁小、灵力低，赶了几天路身体疲惫干脆在云上打起盹儿来。她是仙兽，不耐妖界冷寒的妖力，睡得不踏实冻得哆哆嗦嗦地朝古晋身上凑，一会儿就自觉地滚进了古晋怀里，寻了个暖和地舒服地睡起来。古晋拿她没办法，从乾坤袋里拿出披风裹在黏得自己贼紧的小水凝兽身上。

妖界紫月消失后，第三重天很久前便废除了妖力前百位的妖君才能入内的律令，生死门也随之消失。古晋和阿音隐藏行迹，小半日后抵达了三重天西境的紫月山外。

阿音睡了个舒坦觉，又听古晋说了紫月山主的来历，远远瞧见紫月山，忍不住哑巴着嘴惊叹："阿晋，不愧是天启真神的修炼地，瞧瞧这气派，咱们十个大泽山也比不上啊！"

古晋抬头一望，脸上神情变幻莫测，那叫一个精彩。

紫月山呈半月形，连绵千里，山巅那座紫月大殿几乎与三重天的天幕平齐。当年被天启收回的紫月正照在紫月山巅，化成瑰丽的淡紫结界将整个紫月山笼罩其中，紫月结界上若隐若现的妖力比大泽山的护山大阵浑厚了数倍不止。

难怪三年前常沁拜山被拒后便闷不作声地回了静幽山，这等神力间的天渊之别早已超脱三界，仙妖神魔谁敢冒犯？

紫月可是紫毛大叔一半的真神本源，他不留在体内，放在紫月山干什么？难道是摆在这座宫殿顶上充门面威慑三界？

即便古晋自小便知他家紫毛大叔霸道张狂，也被紫月山大手笔的护山结界震得半天才缓过神来。

"这座护山结界连半神都闯不进去，咱们大泽山确实比不上。"古晋老实承认，突然觉得自家娘亲当年修炼的清池宫怎么瞧着怎么寒酸，忍不住生生叹了口气。

眼见着离紫月山越来越近，古晋却没有停住的打算。

阿音急忙开口唤住他："阿晋，咱们不停下去山脚递帖求见吗？这里可是天启神君的神祇，咱们这么闯进去，你不怕一个天雷劈下来把咱们给烧煳了？"

"哪里来的仙族，胆敢闯我紫月山！"阿音话音还没落下，一道浑厚的声音自山中响起，火红的一团从殿中飞出朝两人而来。

火浪逼人，所到之处发出扑哧的焚烧之声，阿音瞧见一只传说中的三首火龙朝两人咆哮着飞来，她被火龙身上浑厚霸道的妖力骇得心肝脾肺肾都凑在一块儿疼。

阿音猛地抱住古晋闭上眼开始叫唤："啊啊啊，阿晋我们要被烧死啦！呜呜呜，我还没喝够醉玉露呢！怎么办，怎么办？答应青衣给他带九尾狐的尾毛回山做笔尖也做不到了，呜呜呜……"

紫月山外回响着阿音鬼哭狼嚎般的声音，翻滚的热浪却没有如想象中袭来，阿音睁开眼，正巧撞见古晋颇为无奈的眼神。

"你和青衣是长了几个脑袋，敢打这种鬼主意？"古晋恨铁不成钢的声音响起。

"嘿嘿，我们只是想想，想想。"

阿音回过神才想起自己刚刚嚷嚷过什么，小脸涨得通红，她手忙脚乱地从古晋身上跳下来，抬眼朝前面望去，不由得一怔。

一只通体碧绿的水凝兽闪着两只大眼睛横在他们和三首火龙之间。它只一只翅膀轻轻朝火龙点了下，那火龙便停在两人数丈之远的地方，再也不敢寸进。

那水凝兽朝火龙挑了挑下巴，声音清清脆脆的："三火，回去回去，白长了六只眼睛，你要是喷着了我家……"

古晋的咳嗽声适时地响起，水凝兽到嘴边的话顺溜地拐了个弯就变成了："七姨她家远方侄子的邻居的表弟本神兽可饶不了你！"

三火还没从这拐了八道弯的亲戚中扒拉出水凝兽和来人的关系，水凝兽已经翅膀一收，抹着眼泪把身体团成球，利箭一般朝古晋冲去。

"嘤嘤嘤，大侄子哟，你总算来看我啦，这一百年可把你老叔我给想死啦，啊啊啊！"

整整一百年，元启重新听到了碧波的声音。

但这其中欢喜究竟有几分，就只有我们伟大的少君自己心中清楚了。

水凝兽清脆的号叫在紫月山外回响，梨花带雨的可怜模样谁瞅谁心酸。三火愣愣看着那只平日里狂拽炫酷的上古神兽，好半天没回过神来。

三首火龙活了几万年，要说真羡慕过谁，也就是这只水凝神兽了。这只胖憨懒兽一日都没有正经修炼过，每日嚼着上古真神赏下来的化神丹，才一百年已经直接化兽为神，它晋升的时候连天雷都没劈下过一道。早些年三火还能仗着半神的功力给碧波甩脸子，最近几十年不仅被碧波欺负得连个喷嚏都不敢打，还要觍着老脸谄媚讨好，毕竟这只小胖兽手上藏着不少化神丹，时不时打发一粒出来能让三火在渡劫的时候多不少保命的家底。

哎，出身不同命不同，三火这些年瞅着碧波天天就念叨这句话了。只是以碧波上古神兽的身份，怎么会和一个仙族小辈如此熟稔？三火心思转得贼快，想起碧波和仙界清池宫有渊源，当即浑圆的龙眼一眯，看古晋的目光带上了几分火热。

这娃娃该不会和几位神君有渊源吧，碧波那小子小气得紧，这娃娃身上也不知道有没有宝贝可以打打秋风？三火倒是没把古晋和当年的元启小神君想到一块儿，元启是真神上古和白玦之子，上古神界的少君，他吃饱了撑着才会去大泽山做一个小弟子。更何况古晋的仙力瞧着虽正统浑厚，却不是混沌之力，显然和两位神君没有血缘瓜葛。

碧波埋在古晋怀里哭了半晌，也没听见半句安慰人的话，忍不住抹着眼泪抬起脑袋朝古晋望："阿晋，你咋不哄我了？以前我哭你都会抱我和我玩飞飞飞的？"

水凝兽哭红了鼻头，问得单纯又无辜，身后阿音的憋笑声传来。古晋脸上的颜色青了又紫紫了又红，老底儿被揭开的丢脸感扑面而来，他忍住把碧波揉成球的冲动，咬牙切齿地低声道："碧波，这两百年你个儿没长，智商也没长吗？两百年前我才几岁，现在我都多大了！"

古晋虽然嘴里这么说，却没把碧波从怀里放下来。他捏了捏碧波脑袋后的软肉，水凝兽便舒服地眯眼哼了哼。碧波趴在古晋身上，脑袋朝后仰正巧瞅见捂着嘴笑的阿音，它顿时立起身，肥硕的翅膀朝阿音指去："啊啊啊，阿晋，这里还有一只水凝兽。"

碧波一脸兴奋，从古晋怀中飞出，"咻"一下落到阿音面前瞪大眼满是激动："小丫头，你叫什么名字？从哪里来的？还有其他水凝兽吗？"

水凝兽历经数万年变迁早已绝迹，碧波自降生后还没有遇见过同族，现在瞅见阿音格外兴奋。

阿音眨了眨眼还没回答，古晋已经转过身道："碧波，她叫阿音，是我师妹，她是我养大的，没有其他水凝兽了。"

听见古晋的话，碧波扬着的大耳朵一下就耷拉下来，瞧着好不可怜。

古晋在他头上拍了拍："碧波，天启神君可在紫月山？"

碧波摇头："神君早些年外出游历，已经有十年没回来过了。对了阿晋，你不是在大泽山跟着东华学仙术，怎么来紫月山了？"

"碧波，东华上个月晋为上神，已经飞升神界了。"三火见这几人总算唠叨完了，便化成人形走了过来。他朝古晋瞅了瞅，"原来是东华的徒弟，你找天启神君有何事？"

知道天启不在紫月山，古晋眉头一皱，师尊飞升前曾说过九幽炼狱里或许有一棵梧桐树，如今紫毛大叔不在，那这缕魂魄的下落也要落空了。

九幽炼狱是天启所创的空间，传说藏在三界不知名之处，只有真神和守门人可以打开。古晋本以为在紫月山寻到天启后可以入九幽炼狱拿回凤染的其中一缕魂魄，如今希望落空，不免沮丧。

古晋向三火和碧波说明来意，三火听见九幽炼狱时眨了眨眼，若有所思。

古晋知道碧波是个不顶事的，直接问三火："龙君，天启神君外出前可说过他去了哪里，何时归来？"

三火摇头："神君只说外出寻访故人，没说去了哪里，也没说什么时候回来。"

紫毛大叔寻访故人？古晋实在想不出有什么人是天启也找不到的，只要魂魄不灭，三界六道都逃不过他掐指一算才是。

鸿奕是三年前走丢的，天启已经十年未归，那鸿奕消失在紫月山也和天启无关。古晋朝三火看去："龙君，狐族常沁族长的王侄鸿奕三年前在紫月山附近失去了踪影，你可见过他入山？"

三火还没开口，一旁的碧波已经挥着翅膀摇头："不可能啦，阿晋，这一百年我都在这儿，没有瞧见一只狐狸进过山。三年前倒是来过一只九尾狐，说是求见神君找侄子，被我给打发走了。好啦，阿晋，你奔波这么久肯定累啦，咱们先进山休息休息。"

果然，对碧波来说，天塌下来也没有吃饱肚子来得重要。

碧波挥了挥翅膀，紫月结界破开一条通道。

古晋朝结界看了一眼，暗自沉思。紫月结界只有碧波和三火才能打开，鸿奕是只未成年的幼狐，不可能避开两人的耳目闯进紫月山。但常沁不是信口开河之人，她三年前叩山，这次又托他前来，就说明她很肯定鸿奕就在紫月山内。

古晋皱眉，理不出头绪，只好先跟着碧波和三火进山再想办法。

碧波倒是不闲着，它飞到阿音身旁托着下巴老气横秋地开口："小丫头，小丫头，我是你祖宗，以后你跟着我混，保管没人敢欺负你！"

阿音早就听说三界内还有一只水凝神兽，但怎么都没想到这只上古神兽居然一副小孩脾性，她笑弯了眼，点头道："碧波祖宗，我仙力低，以后你可要好好保护我。"

碧波忙不迭点头："嗯嗯，以后你和阿晋就留在紫月山，有天启神君的结界护着，这里头安全得很，谁都闯不进来。不过你别随便出山，山外妖兽多，你这点仙力，他们一口就把你给吃掉了，我可打不赢他们。"

阿音这才听懂碧波说的跟它混就真是正儿八经地留在紫月山跟它混，一时哭笑不得："碧波祖宗，你不是神兽吗？怎么会打不赢那些妖怪？"

碧波一副理所应当的模样，小翅膀在肚子上拍了拍："神兽怎么了？小丫头，我可是水凝神兽，咱们水凝兽天生就是救人的，学打架干什么，那多累啊。"碧波说着朝一旁的三火指了指，"喏，打架有这条蛮龙就行了。"

三火懒得理碧波，背着手在前面领路，一双眼眯着不知道在打些什么鬼主意。

紫月山内除了碧波和三火，其他人全是山内精怪所化，他们受天启点化之恩，对天启选择的守山人碧波同样尊重，即便碧波带了仙族进来，他们也依旧礼待。

吃了晚膳碧波神神秘秘地带走阿音说要教她水凝兽一族的终极秘法，古晋则独自留在紫月殿后院内修炼仙力。

月上枝头，阿音还没回来。古晋冥想完没有去寻阿音，反而朝后院房顶看去。

"龙君既然来了，何不现身？"

低沉的笑声在房梁上响起，三火现出人身，摸着下巴道："你这小子仙力不错啊，居然能发现老龙我来了。"

"以龙君的神力，若是不想让晚辈知道，晚辈又怎么会发现？"看着落在院内的三火，古晋起身见礼，"龙君，你深夜前来，所为何事？"

三首火龙在妖界地位尊崇，仅位于妖皇森鸿之下。他留在紫月山虽是为了紫月的修炼之力，也是为了躲清静。古晋一个小小的大泽山弟子，显然当不得他半夜亲自来见，他必然是另有所图。

三火扬了扬有些邪气的脸，朝古晋点了点下巴："小子，你真的愿意为了那只小凤凰的魂魄进天启神君的九幽炼狱？"

九幽炼狱里关押着数万年来三界内最穷凶极恶的妖魔，还从来没有人自愿进去。

古晋一愣，脸上带了一抹喜色，"龙君可是知道九幽炼狱在何处？"

九幽炼狱不仅是异度空间，也是一座囚笼。既然是囚笼，那自然就有看守人。古晋

伍
〇
共生死

一直知道九幽炼狱有人看守，但没想到这一代被天启挑中的看守人会是这只三首火龙。

"碧波性子顽劣，不堪大用，一百年前神君便把我从妖皇殿招来看守九幽炼狱和紫月山。"三火清了清嗓子道。

听三火说得堂堂正正，古晋心底却是门儿清。碧波人小胆肥爱闯祸，除了救人其他本事一样没有。天启把三火招入紫月山显然是为了保护这只肥鸟，九幽炼狱非真神和看守人不能打开，看守九幽炼狱这份差事不过是天启看着三火皮糙肉厚，压榨劳力罢了。

"原来龙君就是九幽炼狱的看守人。"古晋故作惊讶，一脸敬仰，朝三火拱手道，"还请龙君行个方便，让晚辈入九幽炼狱拿回凤隐的魂魄。"

"小子，那可是让三界闻风丧胆的炼狱之地，里面有弑神花守门，连我都不敢闯进去，你区区一个仙君，不要命了？"三火眯着眼喝问。

古晋出自仙门正宗大泽山，又和清池宫有渊源，既然敢入九幽炼狱，自然是有法宝依仗。三火这么一问，不过是想确定罢了，他猜不透这少年身上的深浅和来历，虽然想达到自己的目的，却不想给自己惹麻烦。

"龙君放心，晚辈有一件天梭衣，可以隐藏行迹，保晚辈万全。"

天梭衣是上古织女之神制的一件半神器，没有任何攻击力，但穿上它可以隐藏天地万物的气息。天梭衣虽然是件奇物，却有一个弱点，它发挥的效用和宿主的神力有关，如果为上神所用，穿上它隐身十天半个月都没问题，但是以古晋如今的仙力，能坚持一个时辰就不错了。

"你居然有这种宝贝，老龙倒是小瞧你了。行啊，小子，你家学渊源不浅啊！"三火面露讶异之色，看着古晋的眼神就像打量一个移动的宝库。

古晋当年跟着上古回上古界，一众苏醒的上神瞅着小神君怎么看怎么欢喜，个个儿送了珍藏的法宝入朝圣殿庆贺少君降世。古晋下界之时积攒的一身宝贝被天启扒得干干净净，不知怎的竟然给他留下了乾坤袋里这件兜底的天梭衣。

"龙君过奖了，这件天梭衣是晚辈祖上传下来的。"古小胖一口谎撒得信手拈来、毫不迟疑。

三火朝他摆手："我不管你的天梭衣是怎么来的，天梭衣的弱点想必你也知道，以你的仙力穿上它最多能保一个时辰的安全。你可是想好了？要是天梭衣失了法力，你就只能永远留在九幽炼狱了。"

天梭衣既然是古晋所有，想必早已滴血认主，其他人无法使用，也不能代替他入九幽炼狱。

古晋颔首："晚辈想好了，还请龙君为晚辈打开九幽大门。"见三火凝神不语，他叹了叹，朝三首火龙邪肆的脸看去，突然开口："龙君，你需要晚辈为你做什么？请直言吧。"

少年人沉稳的声音响起，不骄不躁，更不见半点愤慨。三火嘴角一扬，心底对古晋颇为满意，负手于身后道："好，你这个仙族小子够爽快，老龙也不绕弯子了。让你入九幽炼狱可以，不过你为小凤凰取回魂魄的时候要替我拿回炼狱里那棵梧桐树的树心。"

古晋一愣，没料到三首火龙原来是打上了那棵梧桐树的主意。

三火早已修炼至半神巅峰，即将迎来入神的天劫。但妖兽不比仙族和仙兽，杀戮太重，古来渡劫入神多是灰飞烟灭的下场，即便有碧波给他的化神丹，也不过是多了一点活命的机会而已。

梧桐树是传自上古的神木，遇雷劫亦不损半分。若是将梧桐树心和元丹相融，即便肉身灭于雷劫，也可保元丹不灭。三火不若东华资历老，并不知晓世间除梧桐岛外还藏有其他梧桐树，古晋这次来紫月山寻凤隐的魂魄，倒让他觉得捡了个大便宜。

带回梧桐树心只是顺手之事，算不上麻烦，况且古晋幼时入苍穹之境曾得过三火照拂，妖兽入神九死一生，他也不想见三火亡于劫难中，遂点头道："好，晚辈答应龙君，会为龙君带回梧桐树心。"

三火瞧见古晋眼中的坚定，不知怎的对这仙族少年竟恍惚有些熟悉的感觉。他压下心底的异样，松了口气："好，老龙相信你不是言而无信之人。"

"龙君，天启神君究竟将九幽炼狱放在了何处？"

三火眼一抬朝头顶望去，伸出一只手指了指："神君心思缜密，九幽炼狱乃世间至恶之处，他自然不会随意安置。"

古晋循着三火的手望去，大殿上空和天幕平齐的紫月妖冶而神秘，正散发着浑厚之力。

"神君竟然将九幽炼狱藏在了紫月里？"古晋眼中满是惊讶，终于明白天启将一半真神本源紫月留在紫月山的原因。

九幽炼狱太过邪恶，唯有紫月才可以将炼狱的气息完全隐藏。

"龙君，请你打开炼狱，让晚辈进去。"古晋一边从乾坤袋里拿出天梭衣穿上一边说道。

"怎么，你不等你的小师妹回来？准备一个人进去？"

"晚辈一个人进炼狱就⋯⋯"

"不行，阿晋，你不能一个人进去。"古晋话音还未落下，阿音的声音已经在院门口响起。她一阵风似的跑进来，气喘吁吁地停在古晋面前，一脸着急："龙君都说了九幽炼狱是三界至恶之处，你怎么能一个人进去？"

还好她拒绝了碧波再吃一盒点心的邀请，要不等她吃完回来，古晋早就一个人进炼狱了。

古晋安抚地拍了拍阿音的头，耐心解释："阿音，我有天梭衣，可以在炼狱里来去自如，那些妖魔不会伤我。天梭衣只能护住我一个人，你留在外面等我，我一个时辰后就回来。"

阿音朝古晋身上的天梭衣看了一眼，还没等古晋和三火反应过来，阿音已经化成巴掌大的水凝兽飞到古晋面前："不行，都说好了陪你一块儿找凤隐的魂魄的，你去哪儿我就去哪儿，我现在变小了，你可以带我进去了，我不会让你一个人进九幽炼狱的。如果你出不来，我就和你一起留在里面；如果你被妖兽吃了，那我也被吃掉好了。"

阿音说出的话稚嫩又坚定，让院子里的两人一怔。

古晋被阿音乌黑的大眼睛紧紧盯着，神情渐渐变得柔软。他伸手抱过阿音，揉了揉她的小脑袋，无奈地叹了口气："我没说要丢下你，好了，我带你进去。但是你一定要待在天梭衣里，不能跑出来。"

阿音忙不迭点头，钻到古晋胸前，两只小翅膀扒拉在天梭衣的领口处，一副严阵以待的模样。

古晋念了个仙诀，一道绿光在天梭衣上拂过，古晋的身影慢慢开始消失。他朝三火看去："龙君，打开炼狱吧。"

三火颔首，从怀中拿出一块紫色玉佩抛向半空，他抬手在紫玉之上画出纷繁的阵符，阵符如有灵性一般牵引着紫玉朝紫月而去，紫玉触到紫月的那一瞬，恢宏的紫光迎面而来。

待三人重新睁开眼，一道紫色光柱从月中投下落在院中，仿佛来自洪荒的暴戾气息随着光柱一起逸出，妖兽从地狱而来的咆哮声若隐若现——九幽炼狱被打开了。

这是三火第一次打开炼狱，即便是他现在有半神巅峰的实力都被九幽炼狱的气息骇得心悸。他皱眉朝古晋看去，见穿着天梭衣的古晋和阿音没半点反应才宽了宽心。

古晋一丝犹豫都没有径直朝紫色光柱走去，刚踏近一步三火的声音便从身后传来。

"小子，我现在的神力只能把炼狱打开一个半时辰，过了时辰炼狱里的妖魔和弑神花就有突破封印结界的可能。所以一个半时辰后，无论你出不出来，我都会关闭炼狱。你小心着点，拿了小凤凰的魂魄和梧桐树心就早些出来，不要节外生枝，免得丢了性命。"

炼狱大门被打开，三火没有天启的神力，只能撑住结界一个半时辰不被里面的妖兽冲破。原本他想着反正天梭衣在古晋手上也只有一个时辰效用，懒得把炼狱一个半时辰后必须关闭的事告诉他，却不知怎的在古晋即将入炼狱的时候，还是唤住他提了一句。

或许是难得见到这么执着的年轻人吧，即便是仙族，他也不愿古晋在里头白白丧命。

古晋微微一愣，听明白三火话里的意思后朝他点点头，又朝光柱中踏近了一步。他消失在光柱中前突然转头看向三火的方向，古晋脸上露出一抹温和的笑意，"放心吧，三火大叔，我会保住性命好好从炼狱里回来的。"

少年的声音消散在院中，三火望着消失的古晋一时没有回过神。

三火大叔？这个仙族少年为什么会这么唤他？不对，好像还有人这么唤过他……

作为妖界最暴虐高冷的妖兽，三火几万年过得威武又霸气，人人都尊称他一声龙君，如此有人情味的称呼还只有当年在苍穹之境时……

三火猛地摇摇头，自我安慰道："不可能不可能，小神君在上古界里，再说这个仙族一身仙力纯正无比，怎么会是……"

"阿晋，阿音，我给你们带后山桃树精蒸的桃花糕来啦！"碧波清脆又欢快的声音在院外响起，碧绿的一团从院外飞进来。它爪子上挂着一个硕大的食盒，两只肥翅膀奋力扑腾着，小眼睛在院子里扫来扫去，显然在找古晋。

"臭龙，你怎么在这儿，阿晋和阿音呢？"碧波看见院中紫色的光柱，"咦，这是什么？"恰好此时炼狱中妖兽的怒吼声传来，骇得碧波一抖，它探了探头一副吓坏了的模样，嚷嚷着："这里头是什么东西，鬼哭狼嚎的，吓死宝宝我了。"

三火抬眼朝碧波望去，直到碧波被他盯得汗毛都竖起来了才开口："这是天启神君让我看管的九幽炼狱，古晋和他的小师妹进炼狱拿凤隐的魂魄去了。"

碧波圆溜溜的眼一瞪，爪子上的食盒应声落地，"啊啊啊"尖叫着朝光柱冲去，却在光柱前被三火牢牢抓住了翅膀。

"臭龙，你放开我，我要去救阿晋！"

"你慌什么，碧波，古晋到底是谁？"

　　碧波被三火喝得一惊，眼睛转了转连忙昂着头嚷嚷："什么他是谁，都说了他是我七姨家远方侄子的邻居的表弟！"

　　三火眼一眯，冷哼一声："我认识你上百年了，你的胆子比后山的兔子精还小，一个七姨家远方侄子的邻居的表弟能让你连命都不要了往弑神花的老窝里冲？你还不说实话，古晋究竟是谁？"

　　"呜呜呜呜，你这只臭龙！"碧波扑腾着两只小短腿，眼泪瞬间就从大眼睛里不要钱似的连串子掉下来，"你居然敢让阿启进九幽炼狱，他要是被妖兽和弑神花吃了，天启神君不抽了你的龙筋才怪！"

　　一声"阿启"灭了三火最后一丝侥幸，他瞪着龙眼望着泪流成河嗷嗷叫唤的碧波，心底跟吃了百来斤黄连一样苦。

　　半晌，紫月大殿的后院里传来三首火龙委屈得能把天哭塌的声音。

　　"呜呜呜呜，老龙是倒了八辈子的霉啊，打谁的坏主意不好，打到了小神君身上。我的小神君啊，你不留在上古界里享清福，你跑到我老龙面前装仙族干啥子哟！"

　　崩溃的水凝神兽和抓狂的三首火龙抱成球在九幽炼狱外抹眼泪，炼狱里头的光景倒是比外面平静得多。

　　古晋抱着阿音立在炼狱入口处。炼狱内血红一片，只能看清周围十丈的光景。除了妖兽咆哮的声音从远处传来外，一片宁静，但这种宁静不是祥和的，而是充满了一种诡异的窒息感，就像有致命威胁藏在身后伺机而动，仿佛只要行差踏错一步，便会被这股森冷的恶意所吞噬。

　　上百株弑神花盘根错节地生长在炼狱大门处，每一株都小巧而精致，花茎呈粉红色，粉嫩的花朵妖冶而神秘，透着魅惑的气息。

　　"阿晋，那就是龙君说的弑神花？好漂亮呀，它们一点都不可怕！"阿音挥着小翅膀朝弑神花的方向指了指，小声道。

　　她话音还没落，被她指着的那几株弑神花犹如听到一般猛地朝两人的方向一转，瞬间化为丈高，通体变成黑色，硕大无比的花蕊中幽暗的花心吞吐，一张一合似猛兽的獠牙森寒可怕。

　　阿音瞠目结舌地看着立马变身的弑神花，缩回脖子不敢出声了。

　　弑神花扬着花蕊在两人周身探了探，没闻到半点气息才疑惑地收回了触角。

　　"别怕，它看不见我们。"古晋安抚地在阿音头上摸了摸。

"阿晋，炼狱里血雾弥漫，咱们能找到梧桐树吗？"见识了弑神花的恐怖，阿音心有余悸，满是担心。

"放心。"古晋从怀中拿出火凰玉，"火凰玉里有凤隐的一魂一魄，它会带着我们找到梧桐树。"

火凰玉里凤隐微弱的魂息散发着淡淡的红光，魂息牵引着火凰玉浮至半空朝东边慢悠悠飞去。

"咱们走。"古晋和阿音跟着火凰玉朝炼狱深处走去。

小半个时辰后，金色的梧桐树在血雾中隐约可见，越靠近梧桐树，火凰玉颤动得越厉害，玉里魂魄的光芒愈甚。

"凤隐的魂魄在这儿。"古晋望向不远处的梧桐树，忍不住欣喜。

阿音弯了弯眼，为古晋高兴得合不拢嘴。自两人从大泽山出来后，这还是他们第一次看见凤隐的残魂。

梧桐树周围飘荡的金色神力温润，将阴森冷沉的血雾挡在树外十步处。两人走进金光，被梧桐神力拂过，都长出一口气，舒坦了不少。

古晋飞到半空，念着仙诀驱动火凰玉寻找凤隐魂魄。在火凰玉的映照下，梧桐树中心处发出淡淡的红色荧光和火凰玉遥相呼应。半刻钟后火凰玉光芒大盛，树中淡红的光芒化成模糊的人形向火凰玉飞来，最后和火凰玉融为一体，火凰玉恢复沉寂落在古晋手上。

古晋和阿音抬眼一看，玉中多了一道灵魂印记。

"这棵梧桐树里果然有凤隐的一魄。"古晋长舒了一口气，"师父他老人家猜得没错，凤隐的魂魄确实散落在三界各处的梧桐树里。阿音，你在一旁等着，我替三首火龙取了梧桐树心咱们就走。"

梧桐树周围有神力笼罩，血雾和妖兽都不敢靠近，阿音暂时离开天梭衣不会危险。古晋取树心必会催动体内仙力，他怕逸出的灵力太盛会伤到胸前的水凝兽。

阿音乖乖从古晋胸口飞出待在一旁，叮嘱道："阿晋，梧桐树有灵性，你小心一点儿。"

这棵梧桐树能生长在炼狱让妖兽不敢靠近，自然灵力不浅。古晋要取出它的树心，必要费一番功夫。好在这棵树还没有衍生出灵魂，否则以古晋的心性怕是不忍取出它的树心。

古晋点点头跃至半空，他手指一抬，元神剑腾空出鞘飞到他面前。古晋握住剑，朝梧桐树的方向抱了抱拳。

"受人之托，情非得已，得罪了。"

他话音落定，元神剑卷起强大的剑气径直朝刚才凤隐魂魄飞出的地方而去。梧桐树受到攻击，树心处金色神力大震，化成一道光幕护在树心前。

金光照耀在梧桐树上空，将周围的血雾又驱散了几分。阿音原本一眨不眨地盯着古晋，却突然被梧桐树后一抹焰红吸引了目光，她凝神看去，惊得倒吸一口凉气。

那是一只抱成一团的焰红小狐狸，它双眼紧闭，周身上下全是爪印，深可见骨，几乎没有一块完好的狐皮，暗红的鲜血从伤口流出，几乎染湿了地面。

炼狱里怎么会有幼狐？难道是狐族那只走丢的王侄？小狐所在之处尚在梧桐树光的保护圈内，阿音想起静幽山里常沁对古晋的托付，化成人形朝小狐狸飞去。

她落在小狐身旁，在它鼻尖探了探，暗道不好。这小狐受伤过重气息微弱，随时都可能会死。

阿音朝古晋看去，见他正凝神和梧桐树对抗，根本无暇分心。她回转头看了血泊里的小狐一眼，咬咬牙就要将手放在小狐的眉心处。只是她的手堪堪触到小狐眉心，那已濒临死亡的小狐却突然睁开眼朝她望来。

阿音一怔。这是一双极漂亮的眸子，焰红剔透，暗魅神秘，如上好的琉璃摄人心魂。但这双眼眸也同样幽冷狠厉，冰凉彻骨，透着对世间万物的戒备。

不知怎的，小狐身上深可见骨的伤痕和这双眸子融在一起让阿音鼻头有些发酸。她像是没看见小狐冰冷警告的目光一般，手仍旧落在了小狐的眉心处。

"不要怕，我不会伤害你，我会救你。"

阿音的眼神诚恳而真挚，掌心带着温暖，浅绿的灵力从她手心流淌着进入小狐的眉心。

灵力入体，小火狐四肢的疼痛轻了几分，它望向阿音的眸子少了一抹冷厉，却依然警惕。

水凝兽天生有治愈之能，但阿音仙力低微，以她现在的灵力治疗皮外伤还行，要为重伤的幼狐疗伤显然还差得远。才不过一会儿她便显得灵力不济，体力枯竭。

小狐瞧得分明，忍不住面露失望。哪里来的水凝兽，灵力低微，居然还敢夸下海口说要救他。算了，他这条命注定是要丧在九幽炼狱里了。小狐心底隐隐一叹，未想阿音正好瞧见了他如死灰一般的眼神。

"好好凝神养气，不要想些乱七八糟的。"阿音肃穆道，抽回手在指尖一咬，直接将鲜血滴落在小狐的眉心处。

温热的血液涌入眉心，小狐身上的伤口以肉眼可见的速度缓缓愈合，阿音的脸色却瞬间变得苍白。

水凝兽一身是宝，血更是疗伤圣药。但正因如此，水凝兽的血极为珍贵，耗损血脉就等于折损阳寿。碧波打小胆子小，遇事就当缩头小乌龟，惜命如金便是这个原因。

阿音对这从未谋面的小火狐用上了以命换命之法，火狐显然了解水凝兽的血是何等宝贵，它怔怔看着阿音，因受伤而蜷缩的小爪子悄悄碰了碰阿音的衣角。

反观另一头，古晋在大泽山禁谷内十年潜心修炼，又有东华飞升前的悉心教导，早已不是当年灵力低微的小胖君。他如今一身仙力虽不是仙族顶尖，却是少有的浑厚正宗，半刻钟不到他便将梧桐树心拿到了手。

"阿音！"古晋将树心装进乾坤袋里，转过头寻阿音，正好瞧见她为火狐以血续命，顿时脸色一变朝这一人一狐飞来。

碧波是他打小养着的，他当然知道水凝兽的血等同于元丹。

阿音正凝神为火狐疗伤，听不见古晋的呼唤声。古晋见她脸色苍白，面上神情愈加冷沉。

随着梧桐树心被取，原本笼罩在梧桐树周围的金色神光缓缓消失，血雾朝几人弥漫而来，不远处焦躁的妖兽声此起彼伏，幽暗冰冷的碧绿眸子在血雾中若隐若现。

阿音和火狐没有藏在天梭衣内，纯正的仙妖之力引来了炼狱内妖兽的觊觎。马上一个时辰就要到了，等天梭衣的神力用完，他们就算离开了血雾也不能躲过守在炼狱大门处的弑神花。

古晋沉默地看着阿音救火狐，没有再出声打断。以血救命是水凝兽的疗伤秘宝，强行被打断只会伤到水凝兽的元神。昨日碧波才教会她，她今日便用了出来。他是怎么小心翼翼娇宠着把她养大的！她居然如此不惜命！

古晋心底燃起怒火，握着元神剑的手因用力现出青筋来。

但很快他便无暇他顾，金光彻底消失，觊觎在暗处的妖兽在血雾的掩护下向阿音和火狐冲来。

古晋穿着天梭衣妖兽瞧不见，它们自然一心想将弱小的水凝兽和濒临死亡的小火狐

吞入口中。

奈何妖群还没靠近阿音，元神剑已经出鞘，华丽的剑光卷起强大的剑气将逼近的妖兽击退。古晋手一挥，元神剑化成十来把剑影，化成剑阵牢牢守在一人一狐面前。

古晋使出元神剑，仙力外溢，即便穿着天梭衣，也成了一个移动的活靶子。

被击退的妖兽们踟蹰片刻后仍旧不知死活地朝剑阵冲来。

古晋举剑迎上前，一时剑光交错，映出耀眼的白光。

不过一会儿，第一波妖兽都被斩于元神剑下，古晋还来不及松口气，第二波妖兽已经近在眼前。

他眸色一凝，神情凝重，执剑上前，心底却泛起疑惑。

从刚才第一波妖兽有条不紊地袭击起他便怀疑炼狱内的妖兽是被人指挥的，现在第二波妖兽的来临让他确认了想法。

炼狱里的妖兽是四大真神数万年来一个个扔进来的，本无渊源，在炼狱里自然奉行强者为尊，按理说他们几人入了炼狱被发现，最早出现在这里吞噬他灵力的应该是炼狱里的顶级凶兽才是，但如今这些妖兽妖力低微，明显是为了消耗他的仙力而来。

究竟是什么凶兽，竟能让炼狱里的这些妖兽乖乖臣服？古晋心底一寒，正在此时几只妖力明显胜于刚才妖群的妖兽突然出现在剑阵周围，怒吼着将巨掌拍打在剑阵上，眼看着就要把护着阿音和火狐的光圈撕碎。

古晋来不及多想，手上剑光更盛，将体内仙力催到极致，但凭他一人之力显然抵挡不住潮水一般涌来的妖兽，元神剑上的仙力渐有枯竭之势。

恰在此时阿音睁开眼，古晋一人手持长剑挡在妖兽前的情景落在她眼中，她本就苍白的脸色一时骇得半点血色都没有了，毫不犹豫地抱起火狐在光圈即将震碎的那一刻飞到古晋身旁。

"阿晋！"

光圈终于抵抗不住被妖兽拍碎，几只凶兽的血盆大口在三人头顶张开，令人作呕的血腥味呼啸而来。

千钧一发之际，古晋将元神剑从掌心划过，鲜血被吸入剑身，剑内沉睡的混沌之力被强行唤醒。

刹那间璀璨的神光遮天蔽日，元神剑中爆发的神力笼罩了暗沉的九幽炼狱。

元神剑诞生于混沌之力，本是神器，但古晋体内的混沌之力被封印，连带着元神剑

126

也沦为仙器之流。他以血祭剑，剑灵被召出，围攻的妖兽被这剑芒扫过，非死即伤，半神之器的神威降临在九幽炼狱里，尸海后的妖兽终于停止了疯狂的攻击，恐惧又不安地望着空中那把威力无比的神剑。

"走！"这种方法只能维持元神剑片息的神力，古晋一手将阿音拢进怀里，一手提着火狐，踏着元神剑劈开的血路朝炼狱入口飞去。

九幽炼狱外，眼巴巴望着炼狱大门的碧波察觉到混沌之力一闪而逝，挥着翅膀直抹眼泪。

"呜呜呜，臭龙，阿启被天启神君封印的混沌之力都逼出来了，他一定是出事了，呜呜呜……"

三首火龙苦着脸背着手在光柱前直转悠，抓住了一心想闯进去的碧波，怒道："都什么时候了，别给老子添乱，要是你也被弑神花吃了，老子连龙筋都保不住了。"

即使古晋将体内仅剩的仙力提极限往炼狱入口飞，天梭衣的神力仍然在缓缓消失。化成水凝兽缩在古晋怀里的阿音扑腾着爪子朝外望，看见身后潮水一般的妖兽正紧紧追来。

古晋以血祭剑后体内仙力所剩无几，元神剑的光芒愈加黯淡。在靠近炼狱入口时天梭衣的神力终于枯竭，三人的踪影现于妖前。

炼狱入口本来安静蛰伏的数十朵弑神花在天梭衣神力消失的那一瞬发现了三人的踪迹，它们猛地长高数丈，吞吐着花蕊朝三人而来。弑神花的恐怖气息甚至让三人身后紧追不舍的妖兽停住了脚步。

转瞬间庞大的花柱密密麻麻地挡住了三人的去路，古晋把火狐和阿音扔到身后，手持元神剑迎上花蕊狰狞的长舌。但显然历经了一场大战的古晋已经元气大伤，元神剑释放出的剑芒被弑神花毫不费力地绞碎。

"阿晋，遮天伞！快用师父的遮天伞！"阿音急得化成人形，大声提醒。

遮天伞是半神器，即使无法战胜弑神花，但也能拖延时间让三人有机会离开炼狱。

和弑神花相斗的古晋听见阿音的声音，举着长剑的手一顿，却没有如阿音期望的一般拿出遮天伞，他奋力朝弑神花的方向一劈，铁墙一般的包围圈被元神剑破开一道缝隙。

古晋朝阿音一挥剑："阿音，带火狐走！"

他说完用剑将掌心伤口划大，蕴含着浑厚而正统的仙力之血散在空中，发出浓郁的香气，顿时便将弑神花的注意力吸引了过去。

伍〇共生死

古晋以身做饵，终于为阿音和火狐谋得了一丝逃出生天的机会。阿音一愣，在明白古晋的意图后，将火狐朝破开的缝隙中扔去，转身毫不犹疑地朝古晋的方向飞去。

这一系列动作下来一气呵成，她甚至来不及思考，或许生死关头留在古晋身边只是她的本能。

弑神花花蕊转瞬逼到了古晋头顶之上，他已是强弩之末，仙力早已枯竭。他半跪在半空，紧皱的眉头还来不及松开，一团碧绿的人影已经朝他扑来，熟悉的声音在不远处响起。

"阿晋！"

阿音也不知道哪里来的冲劲，平时驾个云都歪歪斜斜，这时候却精准无比地从数十朵弑神花的花茎中冲到了瞠目结舌的古晋面前。

"我不走！"阿音眼底似有一团火焰，她转身双手张开挡在古晋身前，坚定地吼道："我才不会让你一个人被吃掉！弑神花，有本事冲我来！"

弑神花空有神力，没有神智。它们显然被一腔热血冲进来的阿音惊住，竟 齐愣了愣，收回了巨口。

少女的身影在丈高的弑神花下显得单薄而渺小，若是仔细看还有些微微发抖，但她昂首立在古晋身前半步都不退。

被唬住的弑神花一眨眼便辨别出眼前的小东西只是虚张声势，都是些活了上万年的魔物，被愚弄的愤怒油然而生，它们张开大口，争先抢后地就要把阿音吞掉。

头顶被弑神花巨大的花体笼罩，顿时一片黑暗，知道自己就要丧命，阿音藏起眼底的惊恐，握紧拳头闭上眼，却没想到温暖的胸膛比狰狞的巨口早到一步。

她整个人落进一个温暖宽厚的怀里，阿音一怔，青年的叹息声已经在耳边响起。

"你这么蠢，我总不能让你一个人上路。"

弑神花咆哮的声音在周围响起，她却只听到古晋这低低一叹。阿音抬首，眼中落入青年温和无奈的笑容。

不知怎的，这三界至凶地的生死一刻，阿音心底那根弦，被悄无声息地拨动了。

吞吐声在两人头顶响起，花蕊上腥恶的长舌已经触到他们的衣袍，眼看着弑神花就要把两人活吞进口中。

千钧一发之际，一道锐利的长啸突然响起，铺天盖地的焰火如耀星般降临。一只半丈高的火狐突然出现在弑神花身后，染满火焰的利爪撕开弑神花的包围，火狐长尾一甩将两人卷在背上，转头没命地朝炼狱入口跑去。

火狐周身燃烧着瑰丽而深红的火焰，却不伤两人半分。古晋把阿音拢在怀里，紧紧伏在火狐背上躲避弑神花的攻击。

阿音显然被这只突然冒出来的火狐惊到，她仔细瞅了瞅，大声问："阿晋，这是我刚刚救的小狐狸吗？哇，它帅呆啦！"

瞧见阿音手舞足蹈的模样，古晋难得哼了一声："是，这是你救的那只幼狐。"他朝火狐巨大的身影和霸道的火焰看了看，眼底拂过沉思。

弑神花被攻了个措手不及，火狐的火虽伤其茎叶，但显然难伤其本，待回过神它们立刻恼羞成怒地朝火狐追去。弑神花根茎皆有数丈长，全力追赶下一瞬便近到了火狐身后，眼见着火狐就要跨出炼狱大门，其中一株花蕊猛地发力，一跃而起，一口朝火狐吞去。

恰在这时一道妖异的神光在入口划过，重重劈在花蕊之上。一只龙爪突然从炼狱门口的光束中伸出，一把将逃命的火狐拽了出去。

火狐消失在界门处的一瞬，炼狱结界被封闭，天启遗留的封印神力将愤怒的弑神花挡在了炼狱内。

一切风平浪静，万事休止。

炼狱外的紫月殿后院里，碧波还没来得及扑到古晋身上撒娇。三火已经放开火狐，画出空间结界把古晋和碧波罩了进去。他一把扑到古晋面前，上上下下来来回回把古晋摸了个遍。

"小神君，您没事吧，让老龙好好看看您的身子骨。"三火一边摸着一边碎碎念，满脸的后怕之色，"还好还好，这手脚胳膊都还在，老龙还能给几位真神一个交代。"

三火把古晋折腾了个遍，然后贴心地给他整了整袖子才抬头道："虽然小神君您有天梭衣护着，可老龙我这心啊还是放不下，我一直在炼狱门口守着呢，就怕小神君您出什么事儿。九幽炼狱那是什么地方，老龙我那是一时糊涂，怎么能让您这么金贵的身子进去呢？还好小神君您英明神武，神力深厚，大败弑神花有惊无险地回来了，要不老龙我也活不下去了！"

不愧是活了几万年的老怪物，三火半神巅峰，平日里也是横行三界的主儿，这时候不要脸地说出这些话，饶是和他相依为命了百来年的碧波都听得目瞪口呆。

最后，他诚恳地拉了拉古晋的衣袖，忒无辜地眨了眨眼："小神君，您可得给老龙我保密，千万别让天启神君知道我让您进了九幽炼狱，要不等神君回来，老龙的这条龙

伍

○

共
生
死

筋怕是保不住了。"

几万年岁数的老妖龙这眼眨得实在有点小纯真终于让古晋回过了神。他的目光默默在三火拉着他衣袖的手上掠过，默默点点头，开口道："龙君，您放心，这次闯九幽炼狱是我妄为了，我不会让紫毛大叔知道这件事的。"

三火得了古晋的承诺，欣慰地眯眯眼，舒坦地出了口气，眼一弯，笑得忒实在："小神君，老龙我可担不上您叫一声龙君，我跟着天启神君沾点光，您叫我三火就成！"

古晋摇头："龙君长我数万岁，本就是前辈。只是如今我以东华神君幼徒的身份在三界历练，还请龙君待我如常，替我保守身份秘密。"

三火连连点头："那老龙就捡个便宜，得小神君一声尊称了。小神君放心，老龙知道分寸，一定替您保守秘密。"

古晋点头。见两人谈完，碧波攒了一晚上的眼泪终于如黄河泛滥，呜呜呜扭着身子就要冲到古晋怀里。

哪知古晋正好抬头朝它看，"碧波。"他的声音温和依旧，却少有的带上了正色，"你把水凝兽一族以灵力血脉救人的方法教给阿音了？"

碧波一愣，两只小翅膀在胸前戳了戳，眼神四处游离，不敢看古晋。"阿启，我，我……"它磕磕巴巴地回道，眼泪也不流了，一脸心虚的模样，"阿音本来就是咱们水凝兽一族嘛，我教她看家的本领有啥不行的？"

碧波话说得毫无底气，在古晋微沉的目光下小翅膀抖得越发厉害了。

"你是水凝神兽，以血救人不过损点灵力，但她是水凝兽，你们族类里最弱的那种，这种救人的方法对她来说等于折损寿命。我知道你们族群里有些秘术，其他的就不用教给她了。"古晋顿了顿，眼微微眯起，"你没教她更多的东西吧？"

碧波头摇得跟拨浪鼓似的，连忙道："没有没有，阿启，我就教了她这么一个秘术，以后也不会再教她了。"

见碧波保证，古晋心中一缓，冷沉的面色和缓下来。他知道碧波的想法，阿音若是多了一项救人的本事，对他自然百利而无一害。碧波上赶着把秘术传给阿音，也只是想着他行走三界能多一份保障。

见碧波抖着翅膀委委屈屈停在半空的可怜模样，古晋叹了口气，朝碧波招招手，小胖鸟立马大眼一转"啾"一下飞进古晋怀里使劲儿蹭。

"好了，外面没你想的那么危险，我会保护好自己的。"他把小胖鸟从怀里捏起来，朝三火点点头，"龙君，打开空间结界吧。"

三火颔首，手一挥，笼罩在三人周围的结界被打开。

空间结界有停止时间之力，他们虽然进来了半炷香时间，但对结界外的人来说仍是从九幽炼狱里逃出来的那一瞬。

火狐躺在地上，周身的火焰已经消失，阿音正蜷缩在他背上，脸上透着灵力消耗过度的苍白。火狐的狐尾轻轻从她身上拂过，仿佛在安抚她一般。

一人一狐相互依靠着，仿佛有种取暖般的依赖感。古晋神情一凝，把碧波往空中一丢快走几步行到火狐面前蹲下，他探了探阿音的灵力，见她并无大碍顺势一手握住她的手腕将她拉了起来。

"阿音，我这里有师父留下的丹药，你先吃点恢复灵力。"

古晋话还没说完，阿音已经拂开他的手转过身，古晋神情一顿，手半悬在空中瞧着有些可怜的味道。

一旁躲着的三火和碧波同时挠了挠下巴，对望一眼啧啧了两声，心底默默给阿音竖起了大拇指。

敢对元启小神君甩脸子，阿音还真是给水凝兽一族长脸了！

阿音蹲下身，手在火狐厚暖的毛上揉了揉："你是那只小狐狸？"

火狐点点头，在九幽炼狱里还冰冷防备的眸子变得温顺柔和。

"你能说人话吗？你叫什么名字？"

"玖。"清冷的少年之音从火狐口中吐出，"我在家排行第九，所以父亲唤我为玖。"

阿音眼底涌出笑意，她拿起火狐的爪子握了握："那我以后就叫你阿玖了。阿玖，我叫阿音，是一只水凝兽，谢谢你把我们从炼狱里救出来。"

或许是背后的目光太过灼热，阿音絮絮叨叨地和火狐阿玖又聊了几句后才慢悠悠起身，她的脸色依旧苍白，眸子却透着一股清冷睿智。

"阿晋。"她开口，迎上古晋疑惑的目光，声音不快不慢，问，"师尊飞升前送你的遮天伞去哪了？"

阿音话音落定，古晋面露惊讶，这话问得其他人莫名其妙，唯有他沉默下来。

他眼底隐有歉意，似是难以启齿，却不隐瞒："阿音，华姝离开大泽山的前夜，我把遮天伞借给她了。"

阿音眼一眯，平日活泼爽朗大大咧咧的少女，这时眼底却露出毫不遮掩的怒意，"你倒是大方，我在那孔雀公主面前唱个大黑脸给你保住遮天伞，你转头就送人了。看来华姝公主美艳之名绝非虚言，三两句话就引得你乖乖拿出了师尊的神器。"

"阿音，华姝对我……"

"我知道，她当年在梧桐岛上对你有恩。"阿音打断古晋的话，眉目含肃，"那你对凤隐和凤凰一族的愧呢？你的恩和愧，到底哪一样更重？当初华姝不过护了你几句，你欠凤族的却是一条人命。师尊飞升前说过凤隐的魂魄全都藏在三界至凶至诡之地，没有一个地方是简单容易的，所以他才把随身的半神之器送给你护身。九幽炼狱的凶险你也看到了，要不是阿玖和龙君，我们两个就死在里面了。是你还孔雀公主的恩义重要，还是你的命重要？"

阿音是古晋养大的，一直对古晋顺服有加，平日里像个贴心小棉袄，这样的质问指责之言简直不敢想象是从她口里说出来的。

少女眉目含威，纤弱的身躯带了一抹难以察觉的威势，这实不是素来胆小含怯的水凝兽一族该有的性子，一旁的三火和碧波都瞧着一愣，唯有古晋因为心怀愧疚，没有看出来。

"阿音，我……"完全没想到阿音发这么大火的古晋显然有些无措，一想到炼狱里阿音的义无反顾，他一点怒意都没有了。

古晋开口唤了一声，阿音正等着他继续给自己寻说辞，哪知古晋突然喷出一口血，身体一侧眼一闭就朝地上倒去。

阿音骇得心底一抖，立马上前扶住他，一旁的三火比她更快，古晋仙君的衣袍连半点儿灰尘都没沾到，身体就被眼疾手快的龙君妥妥帖帖地扶住了。阿音心里头着急，但她身娇体弱又刚刚耗完了灵力，动作自然比不过皮糙肉厚的妖龙。

"世侄！"古晋这身份实在不好称呼，三火折中换了叫法。不可一世的龙君扶着古晋的手都是哆嗦的，古晋一口血骇得他小心脏一抖一抖的，心里可劲儿琢磨元启小神君一出炼狱他就用神力仔细检查过，除了仙力耗透外明明没有大伤啊。

三火心底想着，手扶上古晋的灵脉，然后一愣。这时候小神君悄悄用手在他手心里挠了挠，活了几万年的龙君就什么都明白了。

"龙君，阿晋他怎么样了？"古晋被三火遮得严严实实，心急如焚的阿音凑不近，连着声问。

"他耗用仙力过多，又以血祭剑，损了心脉，伤势不轻。"三火声音沉重，在古晋

132

灵脉上探了探，一脸可惜道，"这次受伤怕是要损他十年仙力修为了。小姑娘，过来，帮我扶他去镜湖疗伤。"

镜湖是天启在紫月山居住的地方，要不是伤的是古晋，三火才不敢随便领人去养伤。

阿音不明就里，只一脸紧张地上前，小心翼翼地扶着装晕的青年朝后山镜湖前的竹坊而去，早把刚才的质问忘到了九霄云外。

阿玖化成幼狐模样，抓了抓阿音的裙摆，一步不落地跟在她身后。

龙君望着前面的青年少女，摸了摸胡子，藏起眼底的笑意，感慨了一声。

不愧是白玦真神生、天启真神养大的，这撩妹子的手段，九州八荒里，绝对独一份儿。

待龙君似模似样地给几位小辈疗完伤，已经到了深夜。古晋确实耗损灵力过度，又以血祭剑，渡了三火的神力便陷入了沉睡。阿音吃了碧波藏老底儿的仙丹，恢复了些许精神气守着昏睡的古晋，谁劝都不肯离开竹坊。

三火没办法，只得熨帖地拎着碧波和小狐狸的后颈出去，把这座小院留给了两人。

月落星沉。

古晋从沉睡中醒来已经是几天之后了，床前安静得有些奇怪，他扫了一眼房内，没瞧见那个熟悉的纤弱身影，无奈地揉了揉眉头，瞳中有一瞬的黯然。

阿音瞧着柔弱，却生了一副犟性子，这回怕是真生了气，不肯原谅他了。古晋想着，推开门朝外走，不由得一怔。

红衣少女托着下巴坐在镜湖前的圆石上，正眺望着星空，漫天的萤火虫萦绕在她周围，连同少女一齐勾勒出静谧的画面。

古晋的呼吸有一瞬的停顿，他忽而觉得这一幕像极了上古界中的安谧静好，静坐的少女竟恍惚间让他想起俯瞰世间的母神来。

阿晋赶走心底荒谬的念头，朝湖边走去。

脚踩在青草上的声音传来，阿音还未回头，青色长衫已经披在了她的肩上。

青年的声音低沉："夜深天寒，你伤了灵力，怎么不去休息？"

"你已经昏睡好几天啦，我吃了碧波的仙丹，早就养好了。龙君说他渡了神力给你，让我不要担心。"阿音晃了晃头，笑眯眯的，束起的长发从肩上滑下，俏皮而活泼，顿时打破了刚才的形象。

古晋这才觉得面前的少女是他熟悉的阿音，自在起来，一抬脚也坐在了圆石上。

"想不到妖界里也有这么美的夜空，比咱们仙界的还好看。"阿音抬头感慨，眼中

伍〇 共生死

满是新奇。

古晋在广阔悠远的上古界长大，那里的星空更浩瀚无垠。他循着阿音的目光抬首望去，却觉得阿音说得对。今晚妖界的星空，格外澄澈幽蓝。

"妖界只是个称呼，天地分三界，不过是种族不一样罢了。"古晋在阿音头上拍了拍，悉心教导，"妖族并不都是坏人，仙族也并非都是好人。阿音你记住，一切善恶以人心定论，而不能以生为何族而论。"

阿音出世便是在仙族大泽山，自然以为仙族为正，妖族为恶，但水凝兽一族的良善本性让她在危难之时也未放弃救下幼狐。

阿音郑重点头："自从见过常沁族长和龙君，我便知道妖族不像咱们仙族卷谱中说的那般诡谲恶毒。等我回了大泽山，一定要把在妖界发生的事告诉青衣和师兄弟们，让他们知道妖族也不是那么可怕的。对了，要不是那只小狐狸，咱们俩也不能从炼狱里出来。狐狸群居而生，等它养好了伤，咱们把它送回族群里去吧。"

提及炼狱里的那只妖狐，古晋神色一重，掰过阿音的肩，道："阿音，我知道水凝兽一族救人是天性，但是你下次切记不要再用灵力救人。你和碧波不同，他天生就是神兽，耗损灵力可以再修炼回来，但你的灵力就是你的寿元，再耗用灵力救人，你也活不了多久的。"

水凝兽除了神兽外，一般都只有两三百年寿元，除非有大造化和机遇。仙族寿命悠久，更何况古晋还是神族，他自然不愿阿音只活两三百年便离去，是以一早便想好待天启回妖界后向他询问如何延长阿音寿元的方法。

见古晋神情郑重，阿音连忙解释："常沁族长说过她的王侄是在紫月山周围不见的，我在炼狱看到那只小狐狸，想着如果它是狐族的王侄，咱们救回了它，常沁族长肯定会允诺让你取回凤隐的魂魄。"

"我知道。"古晋叹了口气，"我知道你是为了我才不惜耗损寿元救那只幼狐。但你记住，以后就算是为了我，也不能再耗损灵力了。"

古晋望向天空，那是三界之上上古界的方向。

"阿音，这个世上牺牲自己拯救别人的人太多了，我不希望你是其中一个，你不知道被拯救而留下的人有多自责。"

古晋的神情太寂寥悲伤，完全不像他平时的模样，阿音一怔，还未开口。青年已经仰身躺在了石上，他墨黑的眼里盛满整个夜空，曜石一般澄澈。

"阿音，我帮华姝确实是因为她当年对我有恩，而我又倾慕于她。但这不是我违背师尊把遮天伞借给她的原因。孔雀一族年青一代并无翘楚，如今百鸟岛被鹰族压制，孔雀王年事已高，独木难支，我帮华姝，是看在她一片爱父之心上。"

古晋顿了顿，话语中难掩怅然："我父亲当年和母亲因为误会分离了一段日子，所以我自小便是叔婶养大，等后来父亲和母亲误会解开，父亲却选择了一个人承担家族之祸，母亲闻讯而去时，只能眼睁睁看着父亲陨落在劫难里，化成飞灰。"

阿音怔怔地听着古晋说完，突然明白为何古晋宁愿身处危险亦将遮天伞借给华姝。当年他太弱小，对父母发生的一切无能为力，如今他对华姝感同身受，不过是想尽一份心力，不让华姝再面临他当年的丧父之痛。

"阿晋……"

"没事，都过去这么久了。我答应你，等从归墟山回来，那时候百鸟岛的危险想必已经解除，入鬼界之前我去一趟百鸟岛，拿回师父的遮天伞，不让你再担心。"

归墟山是前天帝暮光曾经的修炼之所，是仙家之地，想必没有太大的危险，阿音想了想便同意了。

遮天伞之事在古晋的解释下总算过去了。阿音想起那只小狐，问："阿晋，你说咱们从炼狱里救回来的小狐狸是不是常沁族长的王侄啊？族长说过她王侄名唤鸿奕，但这只小狐狸却叫阿玖。"

不远处，躲在银月草后晒月亮的小狐狸听到两人提到自己，不由得动了动爪子，小耳朵伸了伸。

"我也不敢断定。我听师父说过，常沁族长的这位王侄生来便带异象，更是罕见的九尾狐。那日炼狱里它化出真身，却并没有九尾。"古晋摇了摇头，朝不远处草丛里望了望，"等明日带着它回狐族，我们便知道它是不是狐族走失的王侄鸿奕了。"

阿音颔首，伸了个懒腰，懒懒靠在古晋肩头，一同望向夜空。

"可惜啦，明天就要走，再也看不见这么漂亮的夜空了。"

"这有什么难，等找回了风隐的魂魄，我带你来紫月山长住，让你好好看个够。"

话还未完，阿音的小呼噜声已经响了起来，古晋无奈地笑笑，看着少女恬静的睡颜，终是忍不住拢住少女的肩头，触了触她柔软的长发。

一景百年，一眼千年。

古晋从来没有想过，紫月山下这样一句承诺，他走过了千百年岁月，也没有实现。

……

古晋醒过来的第二日，两人准备带着小狐回妖狐一族，但一清早紫月山就没了那只小狐的踪迹。紫月山有天启的护山大阵围着，若无碧波和三火打开阵法，连古晋都难以自由进出，这只小狐却在一夜之间消失得无踪无影，让众人惊讶不已。唯有阿音舍不得小狐狸，找了整座山头见遍寻不到它才死心。

时间不等人，古晋还是决定再回狐族一趟，三火将两人送到山门处，却不见碧波的身影。

"看来这只小狐狸不简单啊，居然能在紫月山的结界里来去自如。它是怎么进入九幽炼狱的老龙也是百思不得其解，恐怕只有天启神君回来才能解开疑惑了，也不知道这只狐狸是不是狐族的王侄。"

三火摸了摸下巴，从袖中掏出一封信递给古晋："世侄，你是仙族，狐族看在东华的面上不为难你已经很难得了，我听说他们族内的那棵梧桐树这几千年孕育了不少拥有五尾灵力的幼狐，是狐族的至宝。常沁还好，其他几位狐族长老脾气火暴又霸道，怕是不会轻易让你靠近梧桐树，我一万年前救过狐族的常媚和常火，你带着我的信函去，就说老龙我要讨回当年的救命之恩，让他们行个方便。"

想到那几位狐族长老，古晋也是头大，连忙向三火道谢："还是龙君思虑周到，多谢龙君。至于那只小狐狸的身份，等我和阿音回狐族问过常沁族长，定会知道真相。"

他说着朝山门内的方向望，三火瞧着他的神情，笑道："世侄还是别等了，它念叨了你百来年，这才见了几日就又要别离，肯定正一个人窝在山上伤心呢。天启神君有令，碧波不能出紫月山，世侄放心，我会保护好它，等将来时机到了，再让碧波回你身边。"

古晋叹了口气，颔首："三界纷乱，它留在紫月山也好。龙君，时辰不早了，咱们就此别过，等我们找回凤隐的魂魄，一定再回紫月山叨扰龙君。"

古晋念了个仙诀，牵着阿音踏上仙云。

"龙君，告诉我们家老祖宗，说我会想着它的！"阿音从古晋身后探出头，笑容明媚。

"好嘞小丫头，我会告诉它的！前路漫漫，你们一路保重，老龙我在紫月山等你们回来！"三火长笑一声，打开了结界。

两人朝三火的方向招了招手，驾云出了紫月山远去。

三火转身朝后看："人都走远了，还不出来。"

碧波挥着小翅膀从不远处的一棵树后飞了出来，瘪着嘴委委屈屈的，望着古晋和阿音远走的方向一脸不舍。

三火见不得它这副模样，从怀中掏出梧桐树心，树心泛着淡淡的金光。

碧波一向喜欢金色的东西，立马便巴巴盯着挪不开眼了。

三火叹了口气，分了一半树心朝碧波扔去："拿着，去后山和槐树精玩儿。"他说完便朝山内的大殿走去。

接过树心的碧波一愣，挥着翅膀飞到老火龙身旁，叽叽喳喳叫道："三火，这不是你渡劫的宝贝吗，为啥分我一半啊？这可是阿启好不容易从九幽炼狱里拿回来的，你咋这么不珍惜？"

老火龙哼了一声，见胖球抱着梧桐树心一路跟着碎碎念，猛地停住脚，手朝一旁伸去："啰里吧唆，那你还给我。"

碧波灵活地一躲，一口把树心吞进了肚子里，两只小短手无辜地摊开："没有了，让你把宝贝乱送人，偏不还给你。"它说完抹了抹嘴，朝三火扭了扭浑圆的屁股哼着小调朝山上飞去，哪还有刚才伤春悲秋的模样。

三火挑了挑眉，双手负于身后，望着不远处的水凝兽，向来高傲冷冽的面容上露出了一抹淡淡的笑意。

半日后，古晋和阿音回到了狐族的静幽山。和上次一样，刚飞到山门处，常火长老的身影已隐约可见。

"常火长老，别来无恙？"古晋和阿音从云上飞下，朝常火见礼问好。

"无恙。小友，你们来得正好，族长这两日念叨着你们也该回来了。"常火面容和蔼，和上次的态度没什么两样，"走吧，族长在议事厅等你们。"

古晋和阿音颔首，跟着常火朝议事厅而去。

议事厅内，常沁并五位狐族长老正襟而坐。

见古晋入厅，常媚朝他身旁望了望，见仍只有一个阿音，面上露出失望，忍不住道："古晋，你没有带我们少族长回来？我还以为大泽山东华上神的弟子有多厉害，想不到也一样喜欢自吹自擂。你们连紫月山都进不去吧，难不成是在我妖界逛了一圈风景再回来的？"

几日前古晋欣然接受常沁的要求前往紫月山寻找鸿奕，狐族几位长老还以为东华上神和紫月山有渊源，古晋能顺利带回鸿奕，现在见他空手归来，自是认为被这仙家小子给戏弄了。

伍
〇
共
生
死

见常媚出言无礼，阿音听着就要辩驳，却被古晋拦住。"常媚长老。"古晋抬手见礼，神色仍然温和，"我和阿音在紫月山内救下一只幼狐，不知可是贵族王侄？"

"幼狐？"常媚一愣："我们少族长已经五千岁了，化形也是一只成年九尾狐，怎么会是一只幼狐？"

"九尾狐？"古晋眉头一皱，苦笑道，"看来那不是贵族的少族长了。我们在紫月山救下的狐狸虽然体形可以变大，但却只有一尾。常沁族长，你三年前的感应是否有误，或许紫月山内被困的是那只幼狐，而非你的王侄。"

"胡说，我们族长的感应怎么会错？明明是你这仙族小子入不了紫月山，回来说些荒唐话糊弄我们。"常媚眉一挑，脸上便带了怒意。

"常媚！"常沁的声音在堂内响起，她扫了常媚一眼，面带威严。

常媚神色一顿，脾气火暴的美狐狸抿了抿嘴，哼着别过了头。

"你说是救下？"常沁朝古晋看去，"紫月山是天启神君的修炼地，谁敢放肆？我那王侄若在其中，顶多也只是被困，又怎会身陷险境？"

自然只有天启的东西才能在紫月山放肆，那九幽炼狱本就是天启创造的，连三火也只能看守而已。古晋心底暗暗腹诽，却不能言明缘由。天启远行未归，九幽炼狱里关着上古神界和三界十几万年来犯下大罪的凶兽，若是被有心人利用，打开了炼狱，那三界必将遭受灭顶之灾。

"族长，事关紫月山隐秘，晚辈对三火龙君有承诺，不能将山中诸事言明于外人，还请族长不要怪罪。"

见提及三火，常沁眼一眯："哦？你见到了三火龙君？"

听常沁声音微扬，众长老也是一副不信的表情，古晋自是知道狐族不肯信他。他从袖中掏出书信，朝常火递去。

"常沁族长，这是三火神君让晚辈带给族长的信函。"

常火一听连忙接过，递到常沁手中。

常沁展开信函，看了几眼，朝古晋的方向挑了挑眉："小子，不错啊。龙君居然为了你向我狐族讨要当年的恩情，让我允你入静幽湖。"

"还请族长开方便之门，让我入湖拿回凤隐的魂魄。"古晋朝常沁拱手，诚恳道。

"你要入静幽湖也不是不可以。"常沁负手于身后，声音微扬。

几位长老神色一变，就要开口，常沁抬手止住他们。

"除非你告诉我紫月山里到底发生了什么？要么你拿回凤隐的魂魄，要么你遵守对三火龙君的承诺。年轻人，这个世上要得到东西怎么能不付出代价呢？更何况你要进的还是我狐族的圣地。"

听见常沁让自己二择其一，古晋迎上常沁的眼，见她满眼打量审视，半晌，他突然开口。

"听闻三百年前，尚是清池宫后池神君的上古真神与凤皇一起入妖界三重天游历，曾在玄晶宫前救过族长，敢问族长，不知这段往事可是真的？"

常沁被妖界二皇子森羽困于三重天数百年乃狐族一大禁事，百年间从未有人敢在她面前提及。古晋这话一出，几位长老顿时都变了脸色。

"没错，是事实。怎么？古晋，难道你还能代替凤染来找我还恩？"

"晚辈不敢。晚辈只是想说……"古晋声音一顿，"玄晶宫一战前，凤皇和族长亦无交情，凤皇凭一腔正义为族长仗义执言，后族长和凤皇成莫逆之交，数百年来即便仙妖两族相争，也从未影响过二位的情谊，足见世间之事多平心而论，仗义而行，并非事事皆为交易，需要代价。"

他向前一步，朝常沁低头："晚辈不敢为凤皇讨恩，入妖界只是想弥补当初在梧桐岛犯下的过错，凤隐魂飞魄散皆是我之过，请族长原谅古晋当年年少无知，再给晚辈一次弥补过错的机会。"

青年低头认错，眉宇坦荡而诚恳，和当年尚带青涩稚嫩的纨绔少年已截然不同。

十年囚禁时光，终是让这个大泽山有史以来最神秘叛逆的弟子成长了起来。

常沁暗暗颔首，终于长笑出声："好，不愧是东华的徒弟，有胆色，也有担当。那凤隐娃娃我也期盼了百来年。古晋，今日我就看在你诚心悔过和三火对我族的交情上，让你入我狐族圣地，拿回凤隐的魂魄。"她抬手挥了挥，"常火，带他们去静幽湖。记住，不要叨扰了那位前辈。"

"多谢族长深明大义。"古晋终于舒展眉头，他诧异于常沁的吩咐，但还来不及问就被常火领着朝静幽湖而去。

一路上，阿音忍不住悄悄问道："阿晋，那常沁族长和凤隐非亲非故，你当年对凤隐做的错事，为什么要向狐族的族长认错，难道就因为常沁族长和凤皇交好？"

按理说，即便是长辈，常沁也实在没有身份问责于古晋。

古晋叹了口气，低声回："我听师兄说过，当年梧桐岛凤隐降生的大宴上，常沁族

长曾向凤皇为王侄求娶凤隐为妻，若是当年凤隐顺利降世，恐怕常沁族长已经入梧桐岛下聘了吧。有这份渊源在，她恼怒于我，也是应当。"

阿音听见此言眉头一皱，道："凤隐的婚事，就算是凤皇也做不得主，更何况是狐族的族长。"

她回得如此理所当然又干脆明了，倒让古晋一愣，他摸了摸阿音的头，叹着她小孩心性，没把她的话往心里去。

两人行至静幽湖前，望见远处之景，不由得愣住。

静幽湖藏于狐族后山，湖心内妙生方圆一岛，岛上梧桐树高约数丈，比九幽炼狱里的那棵足足大了一倍，繁盛的枝叶将整个湖心笼罩。梧桐树周围金光闪烁，泛着温润而强大的灵力，此时数百只沉睡的幼狐正悬于梧桐树下，吸收着梧桐树的灵力。

狐族这几千年来诞生的高阶尾狐远胜于昔，原来是靠这棵梧桐树的蕴养。难怪狐族长老们如此忌讳他们入静幽湖取回凤隐的魂魄，他们两人到底是仙族，如若心存恶意趁机毁了梧桐树，怕是狐族要元气大伤了。

不过这棵梧桐树能孕育整个狐族的幼兽，灵力必定不浅，作为神木，他怎么会甘心留在狐族，为妖族供养后代？

古晋心底犯疑，却见常火停在静幽湖三丈开外，远远朝梧桐树的方向行了一礼，便不再近半步。

"仙族？常火，常沁居然会让仙族来静幽湖。仙族的小娃娃，你是来拿回我凤族皇者的魂魄吗？"

苍老的声音在湖心处响起，古晋停下脚步，抬眼朝梧桐树的方向望去。树干处化出一张模糊而巨大的人脸，远远望去慈和而睿智。

竟然能够化形？那岂不是已是半神，古晋感受到梧桐树身上磅礴的神力，心底一惊，听梧桐树之言又一喜，连忙恭谨地回道："晚辈是大泽山古晋，确如前辈所言是为了火凤凰的魂魄而来。"

他说着从腰中解下火凰玉，执于手中："晚辈已寻回火凤的一魂两魄，还请前辈让晚辈入岛拿回魂魄带回凤族。"

"原来是东华的徒弟，不用这么麻烦。"梧桐树的枝干摇了摇，像是摆手一般，"我等你很久了。"它说话的同时，一团红光从树心处升起，那团红光在树上轻轻蹭了蹭，然后飞入了火凰玉中。

红光一闪，又一道火凰印记印刻在火凰玉上。这一魄进入后，火凰玉的灵力至少比往常强了三倍不止。显然这缕魂魄十年来在这棵梧桐树的蕴养下恢复得极好。

"前辈？您和家师相识？"

"不过是陈年的故交了。"梧桐树开口，没有再说下去，显然不愿多提及过去。

"您怎么知道晚辈会来？"古晋心底犯疑，朝梧桐树看去。它拥有半神之力，能够化形，自然也能离开妖界。为何它会留在狐族，不归梧桐岛？

"十年前我族皇者魂魄骤然降临时，她的魂魄里还掺杂着你的一缕仙力，数日前你入静幽山，我观仙力，便知道是你来了。"

"原来如此，多谢前辈这十年对凤隐魂魄的蕴养。"古晋忙向梧桐树道谢，将火凰玉别在腰间收好。

"不用谢我，它是我族皇者，我理应照拂。"

"前辈的神力想必不是在这静幽山里修炼而成的，前辈为何会留在狐族圣地，不回梧桐岛？"

自祖神擎天开天辟地以来，梧桐树都是伴凤凰一族而生。这棵梧桐树几乎和梧桐岛内的梧桐祖树一般大小，应该是六万年前和凤族一起从上古界下界而来。

"当年我因故出走梧桐岛，后遇到一些劫难，危难之时被狐族王者所救。我答应狐王留在静幽山三万年，以灵力蕴养幼狐，报恩于他。"

"原来如此，那三万年之期……"

"快到了……"苍老的声音悠悠响起，它的枝叶晃了晃，"你们走吧。"

"是，前辈。"古晋忽然问，"晚辈得前辈相助，还不知前辈名讳为何？"

"怎么，你想为我去梧桐岛说情？"

古晋颔首，"想来前辈当年出走梧桐岛亦事出有因，晚辈家中和凤皇有些渊源，等晚辈重回梧桐岛，想为前辈在凤皇面前斡旋一二，让您早日回归族内。"

"你见过这一任凤皇？"见古晋提及凤染，古树像是突然有了生气，声音微微起伏。

"是，当年晚辈在梧桐岛上见过凤皇一面。"

"她叫什么名字？"

古晋一愣："什么？"

"我说这一任凤皇，她叫什么名字？"

"以凤为姓，染为名。这一任凤皇历经坎坷，三百年前才涅槃归位。"

"凤染，原来叫凤染……每一任凤皇都是历经劫难，居然已经过去三万年了啊。"树干上模糊的巨脸上看不清表情，只能听见那声音满怀沧桑和追忆，"年轻人，不用替我求情，因果轮回，我和你一样，做了错事就要承担，你们走吧。"

看来这位前辈是和上一任凤皇有故，前尘久远，怕是几万年前的往事了，确实非他能插手。古晋暗暗叹息，朝梧桐树的方向远远颔首行礼，领着阿音往回走。

行了几步，身后梧桐树的声音再度传来。

"年轻人，若你有缘再回梧桐岛，替我告诉凤云，即使重来一次，我梧夕的选择也还是会和六万年前一样。"

"好好珍惜身边的人，要记住，世间万事，皆有缘法，不破不立，死境重生。"

古晋和阿音没有转头，所以他们不知道，说这句话时，梧夕那双历经万年沧桑的眼，望的是他们两个。

"是，前辈。"待梧夕说完，古晋低低回应一声，略一回首，点头，然后带着阿音离去了。

"阿晋。"待出了静幽湖，一直没有出声的阿音抓了抓古晋的袖子，仰头问，"刚刚那位前辈说的话是什么意思啊？"

古晋晃了晃肩，"我也没听懂，大概是梧夕前辈看见我们，想起了往事略有感慨吧。"

"噢。"阿音挠了挠头，"不知道为什么，我总觉得这位前辈挺熟悉的，就好像……"

"就好像什么？"

"没什么，没什么。"阿音不好意思地晃了晃脑袋，朝山外指了指，"时辰不早了，咱们见了常沁族长就出山吧。"

古晋无奈地笑了笑，揉了揉阿音的头，朝议事厅而去。

这棵梧桐树很熟悉，就好像……认识了很久一样。

或许是太荒谬，阿音终究没有把这句话说出来。

所以从始至终，古晋也没有听到。

世间事便是如此，就算重来一次，有些事注定了，就不会改变。

就如六万年前的梧夕凤焰，六万年后的古晋阿音。

两人回了议事厅拜别了常沁和狐族的众位长老。

望着两人远走的背影，常媚忧心道："族长，他们没有带回少族长，但却拿走了凤隐的魂魄，仙妖两族水火不容，若是妖皇知道了这件事，会不会以为咱们狐族勾结仙族？"

虽然森简和常沁交好，但随着狐族的日益壮大，妖虎一族已对狐族忌惮颇深，若是有人成心问罪挑拨，必会破坏两族的关系。

"古晋来狐族的事瞒不过妖皇，不用担心，明日我亲自去三重天一趟，向妖皇解释仙人入我族的缘由。常媚……"

"族长？"

"梧夕前辈对我族的承诺，只剩下一年之期了吧？"

"是。咱们族内的幼狐只能受前辈的灵力再蕴养一年了。"

"再无法诞生新的九尾狐，狐族就要在我这一代走向没落了。"淡淡的叹息声响起。

"族长，少族长他究竟去了哪里，干脆我们五个人再出去好好打探……"

"不用了，他有他的际遇，时候到了，他自然会回来。"

常沁打断常媚的话，望向两人渐渐消失的背影道。

"现在还不是时候，希望他回来的那一日，能够成为真正的王者。"

妖界一重天仙妖结界处，古晋正准备牵着阿音的手带她过界，却没想手一伸扑了个空。

"呀！阿玖，你怎么在这儿？"

阿音惊喜的声音脆生生响起，古晋转头一望，那只在紫月山消失不见的小狐狸蹲在阿音脚下，正仰着头扒拉着她的裙摆。

小狐狸那眼神，水汪汪的，怕是只要是个女君都会受不了。

古晋心里这么想着，收回自己的手，垂眼看着抱起小狐稀罕得不得了的阿音，眼微微眯起。

狐族这种生物最是善媚。

母神和凤染姑姑说的果然是真理。

……

后古界六万多年的岁月里，只有两任天帝。

一位是金龙暮光，上古真神挑选的三界帝君，掌管三界八荒六万余年，威德并重。一位是火凤凤染，上任天帝化身石龙前授位传承，虽命途坎坷，却终得涅槃，成了仙界至尊之主。

凤染先不多说，性格乖张护短，实力强横，涅槃后把仙族收拾得服服帖帖，这些年在梧桐岛闭关，把仙族交给澜沣上君和风火雷电四位老上君一同执掌。澜沣因本就司职

帝王星宿，是以五位上君中以澜沣为尊。

至于当年的天帝一家，二皇子景涧战死，暮光化身石龙后，大皇子景阳戍守罗刹地永不再归，天后受上古真神神罚流落于三界，而唯一的仙族公主景昭也下落不明。

六万年执掌仙族的巨擘之族，一夕之间散落凋零，天帝化身石龙，仙族痛失皇者，算是几万年来仙界最大的一桩憾事。

在去往归墟山的路上，古晋为阿音回忆这段几百年前的往事，阿音听得津津有味，浑然不知身边的青年也是当年悲惨往事中的一员。

古晋心底嗟叹，当年因为天后芜浣的一己之私，害得上古神族死伤无数，上古界尘封，连父神也被逼得以身殉世化解混沌之劫，他本该对芜浣恨之入骨，但几百年后再回想当年，念及芜浣一家的下场，却只觉唏嘘不已。

因果轮回，因起不善，便注定会有恶果，谁都逃不掉。

"没有人知道天后和那位景昭公主去了哪里吗？"阿音盘腿坐在仙云上，抱着小狐狸昂着头问，一脸好奇。

古晋瞥了她怀里的小狐一眼，手负于身后，声音淡淡的："没有人知道，自从上任天帝化身石龙后，天后和景昭就失去了踪迹，再也没有人见过她们。"

"那归墟山如今归谁掌管？"阿音对古晋的目光浑然不觉，捏着小狐狸的后颈一派自在。

"即便暮光已经化身石龙，天帝威严依然不容侵犯，归墟山在一百年前被仙族四位威望最高的老上君联手封印，就算那是一处洞天福地，也没有仙族胆敢擅闯。"

小狐狸舒服地哼了两声。

古晋的目光在小狐身上拂过，想起九幽炼狱里化身丈高的红狐，眼微微眯起。

这狐狸到底是危急关头强行化身，还是本来就已成年？它竟然藏在阿音的乾坤袋里和他们悄悄出了紫月山一路入狐族回仙界，也不知道到底打的什么主意。若不是阿玖在九幽炼狱里冒死救出他和阿音，古晋绝不会将一只来历不明的妖狐带在身边。

"有老上君们的封印在，咱们怎么进归墟山？"阿音托着下巴问。

"师父飞升神界前告诉了我化解归墟山封印的办法。不过里面是什么光景，师父他老人家也不知道。"古晋说着，目光一抬，"阿音，归墟山到了，下去吧。"

巍峨千里的归墟山在云层下若隐若现，相比大泽山的自然随性，更多了一份厚重威严。

两人一狐落在山脚下，山门处浑厚的封印神力扑面而来。阿音一时起意朝里丢了块石头，石头立马被封印反弹回来，在空中打了个旋儿才稳稳地落在地面上。

"咦？这封印倒挺温和的，比当初在谷底困住咱们的可好多了！"阿音小声嘀咕。

古晋挑了挑眉，从怀中掏出一颗灵珠朝封印扔去。灵珠碰到山前封印，封印上划开一道半丈宽的缝隙，鸟语花香山川河流的景色在两人面前呈现。

"这是化界珠，师父的宝物，能破开半神以下的所有封印。"

"那你当初怎么没把禁谷里头师父和凤凰的封印破开，让我被那肉翅膀折腾了好些年。"阿音嘴一撇，嘟囔道。

"都说了半神以下才能解开，化界珠是师父飞升前给我的，我也是头一次用。"古晋在阿音头上摸了摸，他被凤染的封印欺负了十来年，自是明白阿音恨不得完爆那只肉翅膀的心情。

"阿音，让阿玖进乾坤袋。归墟山毕竟是仙族重地，仙妖两族仇怨已久，若是归墟山内尚有仙族前辈居住修炼，怕是会以为我们和妖族勾结，我们本就是有求而来，不必横生枝节。"古晋转头吩咐。

阿玖一听，满脸不情愿，耳朵竖起，瞪眼朝古晋看去。

以它的秉性，如果不是为了从紫月山中神不知鬼不觉地出来，是怎么都不可能藏在乾坤袋那种地方的。

"嗯。"阿音知道轻重，举起小狐狸，"阿玖，咱们是为了凤隐的魂魄而来，有求于人，你可千万别添乱，要不然阿晋就不让我带着你跑啦！"

小狐狸眼珠子转了转，仍是不情愿。

古晋生性随意，不在意仙妖之别。但仙妖血战不过百年，景涧又死于妖族之手，归墟山是前天帝的居所，万一有家眷故人居住于此，免不得会揭人伤疤，徒生悲痛。

他眼带警告地朝阿玖看去，传音入密。

"仙妖嫌隙历来便有，这里是归墟山，妖族出现在这里会给阿音带来麻烦。我不知道你为什么一定要跟着我们，但是如果你想继续跟着我们，就不要任性而为。"

阿玖和古晋对视，拗不过古晋眼底的坚持，它哼了一声，蹿进了阿音腰间的乾坤袋里。

古晋放下心，毫不迟疑地握住阿音的手朝封印内走去。

自从那只小狐狸撒泼耍赖地跟在两人身边，这还是古晋头一次理直气壮又无比舒坦地抓着他的小仙兽的爪子。

共生死

·145

他眉梢扬了扬，心里有些欢喜，傲娇的本性显露无遗。

被抓住手的阿音微微一愣，触到掌心的温热，她嘴角忍不住悄悄一弯，笑得贼像她养着的小狐狸。

归墟山是前天帝暮光的修炼处，他做天帝时积威甚重，除了家人，甚少有人入山，是以无人知晓闻名三界的天帝旧邸竟只是一座孤零零的山脉，里头居然连一座宫殿都没有。

如巨龙般蜿蜒的山脉内，仙气缥缈，未见一人，空旷安宁，恍若隔世之景。

"阿晋，你看！"有如心有感应一般，阿音一眼望向山巅一处，指去，"那里有一棵梧桐树。"

山巅有淡淡的金光闪烁，高大的梧桐树熠熠生辉。

古晋握住阿音的手朝山巅飞去。须臾，两人落在一片花海中。

漫天的金龙花摇曳在山头，花海中安静地立着一间竹坊，竹坊的尽头是古晋和阿音寻找的梧桐树。

不过，那梧桐树前，遥立着一个女子。

白衣素袍，黑发高绾，只见背影，便知不凡。

归墟山果然有主。

两人对视一眼，朝花海尽头走去。

"何方仙族小辈，胆敢入我归墟山？"淡漠的声音突然响起，那女子素手一拂，白色的仙力朝两人迎面而来，虽不伤人，却精纯无比。

这是一个有着上君巅峰实力的女仙君。古晋眉头一皱，望着梧桐树下的女仙，久未言语。

归墟山为前天帝暮光所有，能在他化身石龙后长居此处的女仙君，三界内只有一个。

"前辈，我们是大泽山东华上君的徒弟，因有所求，故拜访归墟山。原以为暮光陛下化身石龙后归墟山无主，这才未经通报闯入，还请前辈见谅。"

见古晋一言不发，阿音心底纳闷，但仍及时替他向询问的女仙君回答。

"东华？难怪可以不费吹灰之力闯入我归墟山的结界，你们是靠化界珠进来的吧。当年父皇和他在青鸾山弈棋三年，输了半子，赌注便是那化界珠。"女仙君的声音在听到东华的名讳后略有起伏，"东华上君座下只有两个徒弟，一为闲善，一为闲竹，这两人当年我都见过。老上君曾言不再收徒，想不到才区区百年，他便又收了两个小徒弟。"

女仙君的话传入两人耳中，古晋面上仍是一派沉静，阿音却忍不住面露惊讶。

父皇？仙族内能这般称呼父亲的只有……她猛地抬头朝不远处的女仙君望去，恰好那女君亦回转身来。

丽颜凤眸，不施粉黛，虽一身素衣，然仍难掩其尊贵端方。

这位百年前的仙族公主景昭，果不负其曾冠绝三界的盛名。

阿音见了面前这位，才终于明白孔雀族的华姝公主为何成年已久，却只在这百来年才声名鹊起。

无他尔，有景昭在，论容貌仙质，她确实只能被压一头。

"大泽山阿音，见过景昭公主。"

到底是传说中的人物，无论当年发生过什么，都是上一辈的事了，早已尘埃落定。景昭如今是归墟山的主人，他们要拿凤隐的魂魄，怕是不能得罪于她。

阿音难得这么识大体，拱手问好，却依然不见身边的古晋有任何动作，她纳闷地朝古晋瞅去，微微怔住。

古晋站得笔直，他静静望着回转身的景昭，墨瞳里一片冷沉，平日温润的眸子里，看不到一丝暖意。

而景昭，她看着不远处的青年，百年未曾动容的眼中，掠过毫不掩饰的讶然。

"大泽山古晋，见过景昭公主。"

归墟山巅的清风吹过又起，金龙花飘落满地。许久，安静的青年终于拱手，朝景昭行半礼。

景昭长他两万余岁，于情于理，是长辈。

当年种种悲剧，错在芜浣，景昭亦不过是承受悲剧的人，下场凄凉。他痛失父神，迁怒于她，何用？

百年之后，已经长大的元启早已不是当年那个因为一时义愤便要逼得景昭低头、无法无天的清池宫小神君了。

"古晋？"景昭念了念名字，目光仍停驻在古晋的那双眼睛上。

太像了，她在苍穹之境陪他百年，这少年仙君的一双眼睛，几乎得尽了他的风采神髓。

"你小小年纪便仙力深厚，东华老上君果然识人有方。我久不出归墟山，想必你在三界内也名声不小吧。"

"公主谬赞，师父说我性情不稳，少年张狂，这百年都让我在大泽山隐居修炼，是

以晚辈甚少出入三界。"

元启幼时和白玦几乎一模一样，他下界入大泽山拜师时天启以神力封印了他的混沌之力，就连模样也给他改了，只是这一双眼的神韵像极了白玦，连神力也改变不了。

"哦？"景昭面有讶异，"老上君倒是过虑了，少年人本就该肆意张狂些，年纪轻轻的一派老沉做什么？你师父近来如何？"

"师父数月前已得大道，飞升上古神界了。"

"想不到才百来年，老上君便成神飞升上古界了。将来见到，怕是要尊称一声上神了吧。"

景昭眼中泛起复杂之意，她并不欲多谈上古神界之事，只淡淡数语带过。顿了顿又自嘲一笑："不过老上君既已成神，超脱三界，怕是和我也无再见之期了，我还在意这些做什么。"

她说着朝古晋看来："刚才你这师妹说你们入归墟山是有所求，归墟山久不涉三界，山内有什么东西是你们想要的？"

腰间的火凰玉隐隐发热，定是感应到了梧桐树心中凤隐散落的魂魄。古晋朝景昭身后的梧桐树看去。

"不知公主可曾听说过数年前凤族小凤君降世之事？"

见古晋提及凤族，景昭面上的神情便淡了几分，想是忆起了当年天后被逐出凤族、景涧战死的往事。

"自然听过，那位凤族的小凤君还未破壳而出，凤皇在梧桐岛大宴的请帖就送满了三界，如今百来年都过了，算算日子，那只小凤凰应该早就出壳了吧。你来我归墟山，和它有什么关系？"

"不瞒公主，古晋少时顽劣，十年前代师尊入梧桐岛贺小凤君破壳之喜，却不慎闯入梧桐古林打碎了小凤君的魂魄，让它从此陷入沉睡，我被凤皇和师尊禁于大泽山十年，数月前得了凤隐魂魄的消息才下山入世。"

"哦？我百年前入归墟山后甚少外出，倒不曾听说过此事。"景昭的目光在古晋面上扫而过，"你倒是有能耐，小小年纪便闯下如此大祸，凤族向来护短，凤染的性子更是泼了天去，你打碎了她徒弟的魂魄，居然只被她禁在大泽山十年？"

景昭眼中露出疑惑，望着古晋那双眼，脸色一正，心底陡然生出个荒谬的念头……凤染如此轻罚，难道这少年仙君是……

148

"当年晚辈铸成大错,凤皇震怒,幸得师尊亲临梧桐岛,承诺以整个大泽山之力寻回凤隐魂魄为晚辈求情,凤皇这才从轻发落。"知道景昭开始怀疑自己的身份,古晋不欲横生枝节,解释道。

听得古晋的解释,景昭心底疑窦渐消:"凤染向来敬重东华,有你师尊为你求情,难怪她会轻罚,你师尊倒是疼你。"

"是,师尊待晚辈一向宽宥。晚辈从封印出来后便一心想寻回凤隐的魂魄,师尊飞升前告诉晚辈凤隐的魂魄藏在散落于三界的梧桐树里,其中归墟山内的这一棵,恰好有小凤君失落的其中一魄。还请公主看在和师尊的旧谊上让我拿回凤隐的魂魄,也好让晚辈对凤族有所交代。"

青年坚毅的眉眼让景昭有些恍神,她朝归墟山内抬眼望去:"当年归墟山繁花似锦,想不到也会有这么寂寥空旷的一天。你们两个就算是百年来我在这儿唯一一见的仙族小辈了。世事既已与我无关,我为难你们又有何意。"她看向古晋,"这棵梧桐树是三万年前我二皇兄景涧降世时母后从凤族移来的,是我皇兄的生辰礼,我允你拿走凤隐的魂魄,但你不能伤了此树的根基和树心,你可能做到?"

景涧当年战死在罗刹地,是整个仙族的英雄。古晋在凤染的耳濡目染下对这位昔日的仙族二皇子格外敬重。听见景昭之言,当即便点头道:"公主放心,我只拿回凤隐的魂魄,绝不伤这棵梧桐树半分。"

"好,你是东华的弟子,品性我自然信得过。"景昭颔首,让到一边,"你们拿回凤隐的魂魄后尽早离去,归墟山百年未有外人出入,我也不便待客。"

见景昭让到一旁,古晋上前两步,取出腰间火凰玉将其送至半空。在火凰玉灵力的牵引下,淡金色的魂魄从梧桐树中缓缓升起,但因魂魄受梧桐树心蕴养已久,这缕魂魄升起时竟将树心一同从梧桐树内带了出来,见此情形景昭眉头一皱。

古晋拂袖,仙力催动着火凰玉朝灵魂而去,凤隐的魂魄与火凰玉相触,发出愉悦的欢鸣,"啾"一下飞入了火凰玉中。但那道仙力没有散去,反而托着树心缓缓飞向了梧桐树。

景昭皱着的眉头松开,看向古晋眼底带着一抹赞许。

古晋收回火凰玉,转身朝景昭拱手:"多谢公主,让晚辈能顺利寻回凤隐其中一魄。"

"东华老上君泽被仙界六万年,当年更是鼎力助我父皇拱卫仙族,你是他的弟子,这小小的请求,不算什么。"景昭挥了挥手,"既已得了凤隐的魂魄,你们便出山吧,

有化界珠在，山门处的封印拦不住你们。"

景昭说完，不再理他们，径直朝花海中的竹坊走去。

"是，晚辈告辞。"

古晋和阿音拱手告退，阿音正好瞥见景昭淡漠的脸上稍纵即逝的寂寥，不由得有些心酸。

历尽繁华的仙族公主，独自在这空荡的归墟山隐居百年，想必是寂寞的吧。

见阿音有些恍神，古晋握住她的手，念着仙诀欲驾云朝山门而去。

恰在此时，一道火红的身影突然从阿音腰间蹿出扑向了梧桐树。

阿音惊呼一声，古晋暗道不好，急忙回转头，看见阿玖一把抓住了梧桐树心。

"阿玖！住手！"古晋沉声喝去，却已来不及，阿玖毫不犹豫地把梧桐树心吞进了口中，它身上的金色灵光大震，火红的皮毛更是耀眼。

树心被吞，一旁的梧桐树失了灵力源泉，以肉眼可见的速度迅速枯萎，不过片息就化成了一棵毫无生机的枯树。

"孽畜！"本已走进竹坊的景昭感觉到妖族的气息，她冲出竹坊，正好看见阿玖吞下梧桐树心的一幕。见梧桐树被毁，她脸色大变，长袖一挥，仙力化成强横的剑气朝阿玖劈去。

景昭百年前就是上君巅峰，一剑劈下来毫不留情，阿玖被追得落荒而逃，狼狈不堪。

"阿晋，怎么办！"不远处的阿音急得团团转，却被剑气逼在数丈之外，无法近身。

古晋神情冷沉，望着被追杀的小狐狸脸上泛着怒意。

又是三剑劈下，一剑快似一剑，密密麻麻的剑影将小狐狸整个笼罩，眼见着就要将阿玖毙于剑中，一道仙力猛地插入，将景昭的剑气拂开，拦在了阿玖面前。

看清拦在小狐狸面前的人，景昭神色更冷："我还没来得及找你算账，你倒是护着这只妖狐。你拿着东华的化界珠，必是他的徒弟不假，但你身为仙族，居然和妖族勾结，你置你山门和师尊于何地！明明是觊觎梧桐树的树心，却口口声声说是为了凤隐的魂魄而来，好一个满嘴谎言的小子，东华上君一世英名，怎么会收了你这种徒弟！"

一旁的阿音听见景昭的怒斥，面色焦急，正要为古晋解释，古晋朝她挥挥手，示意她少安毋躁。

"公主息怒，晚辈的确只是为了凤隐的魂魄而来，并无觊觎梧桐树心之意。"

"哼。"景昭朝他身后的小狐狸指去，"这妖狐已经夺了树心，你还要狡辩？"

古晋回转头，看向阿玖，小狐狸和他四目相对，依然桀骜不驯。

"阿玖，把梧桐树心还给公主。"

小狐狸哼了一声，不为所动。

"你要梧桐树心，我可以为你寻找其他的梧桐树，但这棵不行。"

古晋身后元神剑微动，发出轻弱的鸣叫。他朝阿玖伸手："阿玖，君子立于天地，有所为有所不为。景涧二皇子的生辰树，你不能动。"

小狐狸沉默片刻，仍旧摇头。古晋眉头紧皱，眼中满是失望。

"阿玖！别闹了，快把树心还给公主。"见阿玖冥顽不明，一旁的阿音也忍不住喝出了声。

"不是我不还，只是这梧桐树心已经和我的内丹合二为一。要拿出树心，除非夺了我的内丹。"

清朗的少年声音从红狐口中吐出，红狐周身一阵妖力浮动，小狐渐渐消失，模糊的人影从中化出。一个俊美的少年站在枯萎的梧桐树下。

那少年瞳色血红，一双眼比妖界的弦月还要幽深空明。

他身着妖狐一族最古老的血红战袍，赤脚立在归墟山巅，转身之间，少年之姿，已是折了满山之景。

若说俊美，九州八荒里没有人能比得过上古神界的天启神君，他的容貌古往今来让三界九州女君的腰折了个遍。可这归墟山巅化狐为人的少年，除了略显几分青涩，竟有天启神君七八分颜色。

无怪在这万分危急的关头，阿音竟有一瞬看直了眼。

"哼！孽畜，毁人宝物还在这儿大放厥词，把内丹交出来。"

阿玖朝景昭的方向翻了个白眼，轻佻地打了个响指，一身古袍化成了简单利落的劲装。

"喂，老姑婆，你骂谁孽畜呢，你本体不也就是只凤凰，咱俩都不是人，你骂我，不就等于骂你自己啊！再说了，你们仙界二皇子的生辰树，和我有什么关系，我可是妖狐，你们仙族嘴里十恶不赦的妖族。"

少年美则美矣，只是这张嘴，实在谈不上风雅，透着十足的凌厉劲儿。

"阿玖！"阿音一听这话便知不好，果不其然，连古晋眉头都皱了起来。

"混账东西！无耻小辈！妖狐一族果然牙尖嘴利，阴诡恶毒！当年在罗刹地，我皇兄就是死在那只狐狸之手，今日我饶你不得！"阿玖出言不善，景昭亦勃然大怒，手一挥，仙剑从手中飞出朝阿玖劈来。

吃了梧桐树心化成人形的阿玖妖力大增，他躲过景昭的剑气，一跃而上立在枯萎的梧桐树顶端。

"哼！骂我们妖族阴诡恶毒，你们仙族又能好到哪里去？凤皇当年被你母亲当成妖怪放逐渊岭沼泽，还是咱们妖族的老妖树照顾她长大呢！"

听见景昭提及百年前的那场大战，阿玖的眼神不知怎的突然变得冰冷无比，他慢悠悠开口，指戳景昭的心窝。

"你！妖狐，休得狂妄，今日我必把你留在归墟山！"几百年前天后的事无异于景昭心底永远的痛楚，否则她也不会在归墟山避世百年，见阿玖提及旧事，景昭内心怒意更甚，她长袖一挥，手中仙剑化成万千，凝聚成剑阵。

阿玖不躲不让，他手中红光突现，呈弯月状的赤色妖器被祭出，妖器中强盛的妖力虽不及景昭的剑阵，但已隐隐有了抗衡之势。

阿玖在九幽炼狱里经受大战，入归墟山前妖力极低，否则古晋也不会让他留在阿音身边。就算吃了梧桐树心，也不可能突然将妖力提升到妖君上阶。古晋察觉到不妥，朝阿玖看去，瞧见他祭出妖器的手心隐现血迹，便知他是在强行提升妖力。此法虽能一时抗衡景昭，但强行聚力，极有可能爆体而亡。

"寂灭轮！你果然和妖狐王室有关！"景昭怒喝一声，跃至半空，仙力凝聚到极致，剑阵光芒万丈，朝梧桐树顶的阿玖再次劈去。

轰！轰！轰！

数声巨响，一道人影凌空而起，景昭的剑阵被一柄仙剑生生拦在寂灭轮前。持剑之人被剑阵轰得倒退数步，但仍毫不犹疑地挡在阿玖身前。

鲜血溅落在地的声音在安静的归墟山顶格外清晰，古晋左手掌心现出一道剑痕，显然他以血祭剑动用元神剑的剑灵才堪堪挡住了景昭的剑阵。

"阿晋！"阿音脸色煞白，急得就要飞上半空。

古晋一道仙力拂下将她禁在原地："阿音，留在原地，不要插手。"

阿玖看清为他挡下剑阵的人，桀骜的眼中露出一抹复杂之色，沉默地将寂灭轮中的妖力收回了些许。

"公主，阿玖确实不该冒犯景涧二皇子的生辰树，但现在梧桐树心已经和他的元丹合二为一，生辰树再贵重，总归比不上他一条性命，常沁族长于我有恩，我不能让他死在归墟山。"古晋开口。

被古晋挡住的景昭却没有像刚才一样盛怒，她怔怔看着古晋手中的元神剑，眼中满是震惊。

"你，你是……难怪，难怪东华会破例收你为徒，凤染会轻罚于你，原来如此，原来如此。"她喃喃开口，却没有把那个名字说出来。

不会错的，虽然只有一瞬间的神力波动，但她不会感觉错。

当年苍穹之境那场举世瞩目的婚礼中，那人一剑祭出重伤白玦的神力和刚才这把剑的气息一模一样。

混沌之力，还有……那双几乎和他一模一样的眼睛。

景昭掩在袖中的手缓缓握紧。

百年前的大泽山，她见过这个孩子。

两方之间剑阵的光芒慢慢消散。

"我皇兄战死沙场，如今这棵生辰树对我来说就是我皇兄，他明知此乃亡者寄托，还要抢夺树心，此等妖物，我如何饶他？"景昭缓缓开口，负手于身后，目光沉沉落于古晋身上。

"公主勿急，当年罗刹地一战，二皇子虽战死，但却留了一缕魂魄在凤凰身边。"

景昭猛地抬头，失声道："你说什么？我皇兄尚有魂魄存于世？"

当年景涧战死，天帝和天后赶到罗刹地时已经寻不到景涧的半点魂息，这才将他的尸身带回去安葬。

古晋颔首："虽不知二皇子何时会重生，但他本是凤族，他的魂魄留在梧桐岛和凤凰身边会更好。"

"这恐怕也是皇兄自己所愿吧。"景昭喃喃道。

"既然二皇子迟早有回来的一日，还请公主放过阿玖，原谅他夺树心之错。"

"就算我皇兄有回来的一日又如何，仙妖仇深似海，他入了我归墟山，难道还想走？旁人不知道我的手段，你难道也不知道？"景昭一拂袖摆，冷冷道。

一旁的阿音和阿玖听见景昭的话皆是一愣，景昭归隐归墟山百年，听这口气，怎么像之前认识古晋一般？

"归墟山外的封印是公主重新布下的吧。"古晋没有回答景昭的挑衅，反而突然问了这么一句。

景昭一怔，没有回答。

"天宫的四位老仙君仙力刚硬无比，但我们今日入山，那封印却很是温和，若不是公主在封印外又叠加了一道保护仙咒，断不会如此。百年前的景昭公主是如何行事的，古晋未亲眼所见，故不能评断。可如今的公主，虽居归墟山不问世事，却有一颗仁心，这才是古晋亲眼所见。仙妖争乱不休数万年，死伤无数，亦难断两族孰对孰错，如今两族已和平百年，公主何不放下对妖族的仇怨呢？"

"你是以何种身份要我放过这妖狐？"景昭冷声开口，朝古晋看去，和他四目相对。

古晋明白景昭话中的意思。若他以上古神界小神君的身份说这句话，即便景昭隐于归墟山不理世事，也只能听命行事。

古晋沉默许久，朝景昭拱手，行晚辈礼："大泽山，东华上神之徒，古晋。"

"好，好。"景昭长叹一声，眼底怒意恨意尽皆退去，复又归于安宁。

"我隐居在此，前尘对我已如过眼云烟，百年之后再能这般见你，听见我皇兄有复生的机会，也算是得一个圆满了。罢了，你们走吧。"

她收回仙剑，转身朝竹坊深处走去。

满山的金龙花，将她素白的身影渐渐淹没。

古晋收起元神剑，朝阿玖看去："她既然允你离去，就不会再为难你，我们出山吧。"

阿玖收起寂灭轮，从树上跃下。他跟在古晋身后，神情复杂，明明在看见他吞下那棵梧桐树心时丝毫不假以辞色，为何刚刚又要以命护他？

难道就因为他狐族王侄的身份？

阿玖性情桀骜，纵使心中有疑问，也不会拉下脸面去问古晋。

瞧见阿音亦步亦趋地跟在古晋身边满脸担心，他哼了一声，扬了扬眉，化成小狐跃进阿音怀里，用小爪子蹭了蹭她的脸。

阿音惊呼一声，刚想责备阿玖两句，瞅见他水汪汪圆滚滚的眼睛，终是忍了下来，她在它额上不轻不重地拍了拍，以示惩戒。

但无论阿玖如何卖萌撒娇，一直到出归墟山踏上归程，阿音都没有再理它。

在紫月山时古晋便和阿音约好，待拿回了归墟山内的凤隐魂魄，两人便回大泽山休整些时日，也好把寻找魂魄的进度让两位师兄知晓，以便知会梧桐岛，让凤族放心。

是以从归墟山出来，两人便直奔大泽山而去。

是夜，离大泽山仍有百里之遥，阿音仙力低微，不适宜长时间赶路，古晋决定在普陀山休憩一晚，第二日再出发。

阿玖这只狐狸的性子比谁都高傲，脸皮却也比谁都厚，明明在归墟山化形的时候就已经是个少年，这时候还没羞没臊地变成幼狐死乞白赖躺在阿音怀里不落地。阿音虽不和它说话，却也没舍得把它丢下去。

古晋自小就是被大泽山众人给惯着长大的，若不是这百年在禁谷修了心性，又宠惯了阿音，怕是早就撂挑子不干了。他给阿音和小狐觅了吃食和仙露，安顿好这两只嗷嗷待哺的小兽后才去后山小河处洗澡。

眼见着古晋走远，阿音小心翼翼地把小肚子吃得浑圆打着呼噜的阿玖放在厚厚的枯叶堆上，踮着脚悄悄跟了上去。

普陀山常年大雾，山后的小河雾气弥漫。阿音坐在树上，伸长了脖子也只瞥得河水上露出的那一截如玉的细腰。

啧啧啧，怕是天宫的仙女也没咱家阿晋的皮肤好吧……阿音懒洋洋地想着，一双眼片刻不离古晋，跟黏上了似的。

这种刻在骨子里的不拘小节，还真是承了教养她的人的性子。

古晋从河里泡了半天出来，才穿了个里衣，外襟尚散散披在身上，便瞅见了坐在树枝上眼睛晶晶亮晃荡着腿的阿音。

他一愣，面上仍是一派冷清，只是正系着腰带的修长指尖却僵硬了。

"阿晋，你皮肤真好，比咱们仙族的女君还要嫩呢，是不是青衣悄悄给你留了上等仙露，分点儿给我呗。"阿音摸了摸自己的脸，目光在古晋身上扫着，一脸好奇。

古晋回过神，尴尬地咳嗽了一声："胡闹！你一个小姑娘，哪里学的这些不成体统的做派！怎么能偷看别人洗澡！"他一张冷脸板得紧紧的，只是耳朵烧得通红，颇有些恼羞成怒的意思。

阿音一怔，捂着嘴笑起来："阿晋，你想什么呢，我说的是你的脸，白白嫩嫩的，可比我的水灵。"她从树上跃下，落在古晋面前，一把抓住他的左手朝自己脸上戳，"不信你捏捏看，就是没你的白净软和。"

眼见着就要戳到阿音的脸，古晋犹如触电一般，手猛地收回，倒退两步："胡闹胡闹，你不守着你那只狐狸，跟着我来做什么。"

瞅瞅，这话埋汰的，就很有些少年人的醋意了。可惜阿音是个大大咧咧的性子，只

当古晋觉得阿玖是个累赘又爱惹事遂不喜欢它，完全没想到其他的原因。

阿音上前一步，抓住古晋的左手，古晋又想甩开。

"别动。"阿音低低的声音响起，有些凝重。

温和的灵力涌入掌间，一阵暖流袭来。古晋低头，阿音将他的左手捧在手心，碧绿的灵力源源不断从她手心涌出，为他治疗在归墟山中以血祭剑的伤口。

阿音自从九幽炼狱里出来后，修炼就很是勤奋，不过片息就为古晋治好了伤口。

"还好只是以仙力祭剑，没有伤到元气。"阿音抬头，眼中的聪慧难以掩藏，"你入山瞧见那封印，便猜到是景昭公主布下的吧，你是大泽山的弟子，又是仙族，你出手保护阿玖，她一定会对你手下留情。所以你才只祭出元神剑，并没有拼尽全力对她出手？"

古晋讶异于阿音的通透，颔首："她在归墟山隐居百年，连对无意闯山的陌生人都能持有善心，就算动怒，也不会有杀我之心。"古晋顿了顿，叹道："她终究和百年前不一样了。"

阿音好奇地问道："听那景昭公主的话你们像是旧识，阿晋，你以前见过她吗？"

古晋点头："小时候我随母亲游历三界，曾经和她有过一面之缘。"

"你母亲？"阿音摸了摸下巴，"阿晋，我都听你提过好多次你母亲了，她究竟是什么人？还有，你和凤凰关系很亲近吗？"

"我母亲住在很远的地方，等将来有机会我带你去见她。"古晋答应过天启在有能力解除封印前，不告诉任何人他的身份，只得一句话把阿音敷衍了过去。"你为什么说我和凤凰关系亲近？"

见古晋三两句带过了自己的出身，阿音眼底有些黯然，却没让他瞧出来，只是笑道："我听青衣说过这几百年三界发生的事儿，听说凤凰和那景涧二皇子是一对有情人，景涧二皇子的魂魄尚存一息连景昭公主都不知道，想必是个大秘密，你却知道这件事儿，想必是凤凰告诉你的呗。看来当年你在梧桐岛上没被凤凰一爪子拍死不是咱们师父的功劳，凤凰心里就算可劲儿想拍死你，怕是她自己也舍不得吧！"

"你这鬼灵精，怎么，跟着我来就是想问我和凤凰的关系？"

阿音撇了撇嘴："谁知道你打哪儿来的，又是什么人，将来不要我了怎么办？"

古晋一怔，看出阿音倔强的小脸有一丝忐忑，明白她的顾虑。

阿音天性聪慧，怕是早就瞧出他的神秘。他对自己的来历讳莫如深，始终不肯吐露半句，阿音是怕他有一日会独自离去吧。

"瞎操什么心呢，你是我的仙兽，我去哪儿都会带上你。"

阿音心里听得直乐，一双眼也弯了起来，她哼了个小曲，突然问："对了阿晋，在归墟山里你看见阿玖吃了二皇子生辰树的树心时那么生气，为什么在景昭公主面前护住他后连一句斥责都没有？难道是因为知道了他的身份？"

"你猜出他的身份了？"古晋挑眉。

"他拿着妖狐一族的王器寂灭轮，不是常沁族长的王侄还能是谁？难怪当时常沁族长会让咱们进静幽湖，原来是知道咱们在紫月山救下的就是她的王侄。"

古晋点头："我护他不只是因为常沁族长对我们有恩。"

"那为什么？"

"他是故意的。"

"什么？"阿音神情讶异，"你说他吃下那棵梧桐树心是故意的？"

"对。"古晋叹了口气，回忆起了一段往事。

"常沁本不是狐族的王者，她当年被妖皇之子森羽困于妖界三重天数千年，狐族的王是她王兄鸿轩。鸿轩是九尾妖狐，骁勇善战，妖力高强，带领狐族成了仅次于妖虎的妖界第二大族。可惜……"古晋顿了顿，"可惜，一千年前仙妖一场大战，鸿轩战死，一直跟随他并肩作战的妻子也被仙将诛得魂飞魄散。鸿轩死后，常沁便被族内长老拥护为王。"

"什么？阿晋，你说阿玖的父母是被仙族……"

古晋颔首，声音沉沉："当年掌军攻入妖界的便是天后芜浣。"

阿音突然明白阿玖看向景昭时那彻骨的恨意和冰冷。难怪他会故意说起当年天后做下的错事来激怒景昭，原来是有此等大仇。不过百年前天后已被上古真神放逐三界，受到了神罚。阿玖知道报仇无望，所以才故意毁了那棵梧桐树，想为自己的父母做些事吧。

"阿玖在九幽炼狱里也有机会夺梧桐树心，但他并没有那么做。他在归墟山抢树心并不是想用树心炼化妖力，而是为了毁掉天后亲手为景润二皇子栽下的梧桐树。我早该想到了，鸿轩王和王后育有九个子女，唯一的儿子排行第九。"古晋朝山中阿玖沉睡的方向看去，沉声道，"阿音，他是狐族的王侄，九尾妖狐鸿奕。"

不远处的石头后，小狐狸悄然而立，听着两人的对话，眼底锋芒一闪。

"可他也是阿玖啊！"阿音清脆的声音在安静的河边响起，打断了古晋的顾虑，也打断了小狐狸的沉思。

"就算他是狐族的王侄，他也是那个在九幽炼狱里不顾性命救我们的阿玖。"想起从归墟山出来后一直卖萌撒娇生怕把他丢下的阿玖，阿音对他始终有种同病相怜的感觉，"阿晋，他会跟着我们出妖界，显然是不想回狐族，今日在归墟山毁梧桐树也是事出有因，咱们能不能继续把他带在身边？"

"你想带他回大泽山？"既然已经知晓了鸿奕的身份，古晋原是准备将他送到仙妖结界，让他自行回归狐族。

"不行。"古晋断然拒绝，"鸿奕是妖狐一族的王侄，就算咱们大泽山门风淳朴，也不会允许妖族进入山门。况且若是被仙界其他门派知晓，会给大泽山带来大麻烦。"

"可是阿晋，阿玖在九幽炼狱里不知道遭遇过什么，那日他强行化形救我们，妖丹受损，若不是我每日用灵力为他修复，他的妖丹早就碎了。"

灵力修复？古晋终于明白阿玖为何会日日化成小狐留在阿音身边，水凝兽天生有治愈的奇效，他居然把阿音当成了药盅。

古晋脸色铁青："胡闹，你的灵力才多少，怎么能做到日日给他用灵力养伤。再说他吃了梧桐树心，伤也应该治好了。"

"没有用。"阿音摇头，"我刚刚看过了，梧桐树心虽然能让他体内妖力充沛，但却不能为他的妖丹疗伤，在紫月山时碧波的灵力也只能为他补充妖力，无法修复他的妖丹，只有我的灵力才可以，我也不知道这是为什么。所以他没有回妖狐一族，而是一直跟在我身边。你放心，他的妖丹虽然破损，但我每日只花少的灵力为他修补，并没有伤害我的灵力本源，等他的妖丹被我修复好，我一定让他离开大泽山回狐族。阿晋，最多只有半年，你说好不好？"

阿音神情恳切。碧波说过，若是阿玖的妖丹无法修复，他的寿元最多只有十年。

石头后的小狐狸耳朵动了动，赤红的眼珠转了转，望着阿音眼底淌过一抹温情。

难怪会跟着他独自前来，原还以为阿音是对他的身世好奇，看来是为了给那只狐狸求情来的。

古晋沉默许久，终是无法拒绝阿音的恳求，再者常沁和阿玖也算对他有恩，遂点了点头、"好吧，我可以先带他回大泽山，但一旦他的妖丹恢复，就必须离开。"

"嗯！"阿音眼带惊喜，心底一块大石头终于落下，见一旁的古晋仍然神色郁郁，她突然开口，"对了，刚才你说……"

阿音猛地凑到古晋面前，和他脸对脸，这距离近得差点儿就亲上了："你去哪儿都会带上我，那你娶媳妇儿了呢？也会一直把我带在身边啊？"

阿音说这话的时候，风吹过，恰好把两人的长发缠了缠，可惜没心没肺的两个祖宗都没发现。

古晋被她这么一双圆溜溜的大眼睛盯着，连呼吸都顿了顿，一时竟忘记恼她，只是有些愣神。

"喂，阿晋，我问你呢？"

少女眼底戏谑的意味不言而喻，这次古晋瞧得分明，他叹了声小孩心性，不知怎的竟鬼使神差回了一句："华姝的性子随性大气，定不是那种掐酸吃醋的。你是我养大的，你跟在我身边，她自然不会反对。"

阿音一愣，没想到古晋会这般答复。不过才见过两次，他这是想娶华姝为妻吗？

原本一句调笑古晋的玩笑话，竟让阿音心底生出了密密麻麻的酸涩来。

见阿音没了反应，古晋明明知道自己回得义正词严，却忍不住有些心虚。他拍拍阿音的头，咳嗽了一声："怎么了？都说不会丢下你了，小姑娘一天到晚瞎担心，夜深了回去吧，明天好赶路。"说着他便朝篝火走去。

"谁是小姑娘了，谁瞎想了？"阿音藏起眼底的黯然，撒了两句娇，闷不吭声地跟着回去了。

不远处的山石后，小狐狸抬起爪子摸了摸下巴，若有所思地转了转眼珠子，随后悄无声息地也朝篝火的方向跑去。

这一夜后，两人一狐算是有了默契，谁都没有再提归墟山内发生的事，一路悠闲地踏上了回大泽山的路程。

仙妖结界处，一条石龙延绵千丈，雄伟威严。

石龙龙首朝西，龙尾向东。若仔细看，能瞧得出龙首隐约望着的是归墟山的方向。

石龙周围终年仙雾缭绕，神力浑厚。暮光毕竟做了仙界六万年主宰，积威犹在，他陨落后百年，极少有人会靠近龙身处。

龙首数丈远的地方，一座小茅庐悄然而立。年迈的妇人坐在茅庐前静静地望着龙首的方向。她无悲无喜，从日出到日落，周而复始，年复一年，仿佛化作了石像，但她分明又是活着的。

景昭出现的时候，看到的便是这百年来无甚变化的一幕。

她沉默许久，终是走上前，朝着那背影轻轻开口。

"母后。"

妇人岿然不动。

"我知道您不愿意随我回归墟山，我今日来只是想告诉您，二哥的魂魄还有一息留于凤染身边。虽然不知道会等多久，但是二哥会有回来的一日。"

百年前芜浣被上古神罚后，一直守在这石龙不远处。景昭隔上数年便会来探望，但芜浣却再也没有开口说过话。

妇人低垂的眼微不可见地动了动，掩于袖中的手在轻轻颤抖。

景昭看不见她的表情，但却能看到她颤抖的身体，她藏起眼底的酸涩，行了个礼。

"母后，我回归墟山了，您保重，等二哥有一天回来了，我再带他来见您。"

景昭转身就欲离去，一直垂首的妇人终于有了动静。

"不用了，他要是回来，不必带他来见我了。"那声音低沉喑哑，却是景昭百年未曾听到的声音。

"母后！"景昭猛地转身，有芜浣终于开口的惊喜，也有对这声回应的惊讶。

"我不配做他的母亲，他若是回来了，告诉他……"

芜浣起身，朝着石龙的方向慢慢走去。不过数步，她便被拦在石龙浑厚的仙力前，再也不能靠近一步。

她伸手，龙身就在眼前，却永远无法触摸。

"他重活一世，前尘往事和他再也没有关系了，这一次他为自己活就好。"

芜浣始终没有转身，她朝景昭的方向摆摆手。

"景昭，你走吧，以后不要再来了，我不会再守着他了。"

即使百年后芜浣非神非仙，神力不再，可景昭知道，一旦做了决定，她便不会改变。

"是，景昭拜别母后。"

那望向石龙的身影沧桑又悲凉，景昭跪下重重叩首，噙着眼泪悄然离开。

"暮光，我也……不配做你的妻子。"芜浣终于放下想要触碰龙身的手，嘶哑忏悔的声音颤抖着响起，飘散在风中。

石龙的双眼望向远方，哀沉而宽厚，一如这百年。

芜浣最后望了一眼沉睡的石龙，跟跄着转身朝仙妖结界深处的擎天柱而去。

你甘愿为我忍受千万年化身为石的孤独，我却不能放下尊严，我这一世，何配为你之妻？

她的身影依然佝偻，但却多了一份执着，她渐行渐远，消失在结界深处。

后古历第二百一十三年，上古真神留在三界的问天路终于被人踏足。

那人历经九九雷劫，一身碎骨，半白枯发，跪于天路尽头，敲响了问天鼓。

上古界门重启的那一刻，璀璨的神光照耀世间。

听闻，那日听了消息赶去的诸天仙魔，只听得上古界门里一句淡淡的问话。

"当年神罚已降，你已无可再罚，如今还有何话要说？"

"我错了。"跪于界门前的人气息奄奄，轻弱的忏悔之声响彻云端。

"神君，我做错了。"

九天神雷可炼化万物，她无仙力护身，走完这一程，肉身灵魂都已近消亡。

"芜浣一生大错，罪无可恕，实无颜苟且世间。"她朝着界门的方向重重叩首，身体慢慢变得透明，一点点消散。

"拜谢神君教养之恩，芜浣死不足惜，只愿神君看在当年和他的师徒情谊上救救他，免他受千年万年永生永世的孤独。"

最后一个字飘散在天梯尽头，曾经执掌三界六万年的天后芜浣在这一声里化为虚无，灵魂永灭。

许久，上古界门里传来低低一声轻叹，神光消失，上古界门重新关闭，一切像是从未发生过一般。

此后，亦不知是哪一日，待三界中人发现时，那座在仙妖结界镇守了百年的石龙消失了。三界都在传，天后的悔悟终于打动了上古真神，真神免去了天帝暮光千万年的孤独。

但没有人知道，天帝的灵魂在打破桎梏后去了哪里。

升入神界，抑或堕入轮回？

这都不重要了。无论天后一生做错过多少事，她终归是暮光选择守护的人。守护的人已经消失，那暮光亦没有再存在的必要。

上古界，摘星阁。

炙阳为上古煮了一壶苦茶，递到她手边，瞧见她怅然的神情，笑道："怎么？送走暮光不忍了？"

上古接过茶，抿了一口，摇头道，"这是他自己的选择。"

她和炙阳以真神之力将暮光封印在石龙内的灵魂唤醒，暮光已是上神，虽肉身已散，但仍可在上古界重新修炼化形，但他执意饮孟婆汤重入轮回，上古和炙阳只得随他。

伍〇共生死

重入六道轮回，从此以后，世间再无天帝暮光。

"你当初也算和他有师徒情谊，能想得通就好。"

"世间缘分聚散，执着或放下，都是自己的选择。"上古淡淡道，她望向乾坤台的方向，目光一如过往数年般坚定。

炙阳心底叹了口气，提起了元启："阿启这小子呢？我听灵涓上神说他把凤族那只小凤凰的魂魄打碎，被凤染一巴掌扇回大泽山关禁闭去了。"

上古是知道元启的顽劣和无法无天的，听着摇了摇头："他自小被凤染和天启惯着长大，才会闯出这些祸事来，关一关磨炼心智也好。不过前些时日东华已经飞升，想必他也出了禁谷了。我替那小凤凰算过命途，她和阿启的缘分是命中注定，这些坎坷怕是避不了。""哦？"炙阳起了好奇心，"你算过了？那敢情好，听你这意思，这是儿媳妇都给定下来了？"

上古却没有点头，她沉吟许久才道："凤隐的命格受阿启影响，如今两人命格混为一团，都被混沌之力笼罩，我算不出他们的未来。"

炙阳掩不住惊讶："凤隐的命格居然能被阿启影响？"见上古点头，他起身朝下界的方向望了望，"算了，儿孙自有儿孙福。我们纵使牵挂，他也要自己去经历的，否则将来如何承担神界的重任。"

他回头瞧见上古半屈的腿："你腿上的伤真的不治治？"

上古在乾坤台上一跪数年，却不肯用神力疗伤。

"不用了，若不是腿上的伤提醒我，我都不记得等了他多久了。总要有些念想，才能等下去。"

炙阳想起一事，问："我遣去紫月山的神差复命说天启不在山中，你可知道他去了哪里？"上古摇头："十年前他回过摘星阁，说是要去寻访一位老友，怎么，他还没有回来？""没有，这就奇怪了，什么人的命格居然连他也找不到，竟花了十年都还未寻出，看来今年的琼华宴又只有我一个人主持了。"

炙阳叹了口气，抿了口茶，颇有些怅然："也不知道哪一日，我们四人能一起重临上古殿，把酒言欢。"

上古眼底亦拂过淡淡的怀念，她笑了笑，望向广袤安宁的上古神界，眼底落满沧海桑田，却醇和如昔。

"会有这么一天的，炙阳，你要相信，总有一天他们都会回来的。"

陆·归山

古晋和阿音回山是个大事儿，一众得了消息的大泽山师侄们在山门口翘首以盼了小半日才等着他们的小师叔和小师姑。古晋和阿音才踏上山门的石阶，就被众人簇拥着热热闹闹上了山。

青衣一早蒸了绿豆糕凑在人群里等，硬是没找着亲近两人的机会，只得一路小跑地跟在众人后面。还是阿音鼻子灵，闻着了绿豆糕的香味，寻了个空隙从白胡子师侄们身边溜了出来，偷偷和青衣凑在一块儿吃零嘴。

两人聊着聊着就落在了队伍的老后面，一晃石阶上就只剩下他们两人唠嗑八卦了。

"阿音阿音，闲竹师父说你们去了妖族，你们见着啥妖怪了？是不是跟咱书阁山海异志里说的一样？个头儿都山那么高，眼睛跟铜铃一般大，还丑得跟那母夜叉似的？"

青衣一路给阿音塞着绿豆糕，一边好奇地比画，兴致勃勃地问山外的景况。

他是这百年才进的仙门，百年来仙妖两族兵戈休止，大泽山是仙族巨擘，从无妖族出没，是以他对妖族的了解也只是些纸上谈兵的内容。

阿音心里默默翻了个白眼，阿玖藏在她腰间的乾坤袋里，愤怒地敲了敲袋子以示不满。

妖狐一族以貌美著称，定是听不得这些胡话。

阿音拍了拍乾坤袋，让阿玖安静下来。她在青衣头上敲了敲："还说自己是三界百晓生呢，你那说的是魔兽，不是妖族。我和阿晋去了狐族，狐族的人个个都好看，一点儿不比咱们仙族的女君模样差。"

青衣往自个儿嘴里丢了块糕点，喝了口腰间小壶里别着的醉玉露，摇晃着脑袋满脸不信之色："阿音，你可别骗我，那狐族的人再美，还能比百鸟岛的华姝公主美啊？那可是咱们仙族的第一美人。"

"再说了。"青衣打了个饱嗝儿，提起华姝一副与有荣焉的模样，"前阵子华姝公主代替他父王出战鹰族王者宴丘，大胜而归，咱们仙族各派的掌教都说她年纪轻轻便仙力高深，是咱们仙族年轻一辈的翘楚，对她赞誉有加。这次百鸟岛孔雀王举行寿宴，说要为华姝公主庆功，仙界的好儿郎全都奔了去，就连澜沣上君都会亲自前去祝寿呢。"

十年前天帝凤染在梧桐岛闭关修炼，将天宫交给了澜沣上君和四位老上君掌管。澜沣司耿帝王星宿，早已晋位上君，他宽厚公正，仙力高深，很得仙族各派的拥护。三界都在传天帝凤染生性不羁，怕是无心帝位，天帝只待澜沣上君修炼至半神，便会将天宫帝君之位传于他手。

"你说华姝赢了鹰土宴丘？"阿音听着青衣对华姝的夸赞，皱着眉问。

遮天伞虽是半神器，但其神力却以防御为主。鹰王比华姝年长几万岁，仙力强横，连孔雀王也难争其锋芒，华姝纵有遮天伞，也只能自保，如何能大败鹰王？难道短短时日她得了仙缘，仙力突飞猛进？

"是啊，连孔雀王都败在鹰王手里，这回华姝公主代父出征，一战成名，不止保住了孔雀一族在北海的洞天福地，还逼鹰王立下了十年不开战的承诺，听说那日观战的仙族前辈们对华姝公主的仙力都赞不绝口。这一战啊，华姝公主的名头可是更大咯！阿音，我就不信那狐族的人还能比得过咱们仙族的华姝公主啊！"

阿音听得正出神，一道红影飞过，少年不满的声音已然响起。

"哼，都说大泽山是仙界翘楚，我看是夸大之词。小道士，你自己没见识，可别拉上我狐族作陪，谁要跟你们那个狗屁孔雀公主比，一身鸟毛五彩斑斓的，难看死了。"

阿玖从乾坤袋里飞出来化成人形，双手抱胸睥睨青衣，一脸不满。

他这副少年好皮相，立时便让没咋见过世面的青衣瞧直了眼。

"真，真漂亮！"青衣磕磕绊绊开口，想起刚才阿玖化形的过程，后知后觉感受到了阿玖强横的妖力，回过神一声惊呼跳到阿音身前，虽面色惊惶，但仍张开手护着阿音："狐狸？你是妖族！"他一边喊一边朝阿音摆手，"妖狐，你是怎么进山门的？阿音，你快走！快喊阿晋师叔他们来擒妖！"

阿玖瞥了吓得手忙脚乱直哆嗦的青衣一眼，道："蠢货，本君是男人，你再敢说一句本君漂亮，本君就把你的嘴给撕了。"

"你！"大泽山里的人一贯温和，青衣哪里听过这么蛮横的混账话，顿时圆脸涨得通红，"你这狐狸好不讲理，你不喜欢别人说你漂亮，那我刚才说华姝公主比你们狐族好看，你生气做什么？"

"我！"阿玖冷不丁被青衣堵了一句，还未反击，阿音拨开青衣挡着的身体插到两人中间，"青衣，你别怕，他是阿玖，是我和阿晋带回来的。好了，阿玖，青衣胆子小，你别吓着他。"

青衣一脸囧，瞪大眼看向阿音："阿音，这只狐狸是你们带回山的？"他说着连忙朝四周看，"阿音，他可是妖族，你怎么能把他带回来？要是让两位师父知道了，一定会发火的！"

阿玖瞅着这个小道士蠢则蠢矣，却一心维护阿音，倒觉得他顺眼了许多。

"我和阿晋去九幽炼狱里寻找凤隐的魂魄，是阿玖从妖兽和弑神花口中救了我们，但他伤了妖丹，只有我的水凝兽灵力能替他疗伤，所以我们就带他一起回大泽山了。"

阿音解释完，刚想让阿玖和青衣打招呼，阿玖却瞬间化为幼狐钻进了乾坤袋里。妖兽的气息刚刚隐藏，石阶上便出现了几个小徒弟在朝着两人叫唤。

"青衣师兄！阿音小师姑！古晋师叔都已经到了好一会儿了，掌教师父唤你们去泽佑堂呢！"

两人听得叫唤，才想起刚刚一路吃零嘴聊八卦，浑然忘了掌教还在泽佑堂等着他们，遂相视一眼吐了吐舌头匆匆朝山上跑去。

泽佑堂内，闲善和闲竹正在听古晋禀告一路的凶险。两人进来时，古晋恰好说到归墟山内遇得景昭拿回凤隐的魂魄。

"咱们后山禁谷里有凤隐一魂一魄，九幽炼狱、静幽湖、归墟山内分别寻回一魄，那这火凰玉里已集齐了小凤君的一魂四魄？"

凤隐失散在三界的三魂七魄如今找回了一半，对凤族交代有望，向来古板的闲善也松开了眉头。

"是，师兄。"古晋领首，"凤隐的魂魄已经寻回了一半，有火凰玉的灵力蕴养，可保这一半魂魄安全无虞。"

"闲竹，你差人去梧桐岛一趟，告诉凤云大长老这个消息，也好让凤族的人安心。"

闲善吩咐道。

闲竹颔首，笑着遣了弟子速去梧桐岛报喜讯。

"只是，鬼界的钟灵宫是师尊留下的最后线索，总不至于凤隐还未寻到的两魂三魄都在钟灵宫的那棵梧桐树里吧？"闲善沉吟道。

"师兄担忧的是，钟灵宫内怕是寻不全凤隐的魂魄，三界内应该还有藏着的梧桐树是师尊也不知道的。"

三界浩瀚，纵东华资历老，也不是所有地界儿都曾踏足。但若是连他也不知晓，其他人就更不得而知了。

见古晋有些气馁，闲竹一收骨扇在手上拍了拍，连忙安慰道："好了，小师弟，你也不用太担心，我看那凤族的小凤君是个有福的，你既然寻了她一半魂魄回来，其他的机缘想必迟早会遇到。"

闲善点头，道："明日我便修书去往各山门洞府，看各府典籍藏书内是否有梧桐树的信息，阿晋，寻回小凤君的魂魄非一日之功，你切记不可操之过急，以免乱了心绪，功亏一篑。"

"多谢师兄费心，阿晋明白。"古晋闻言心下一宽，见阿音和青衣入堂，拱手道，"师兄，我和阿音此次下山，还遇到一事……"

古晋语到一半，迟疑未言。闲善观其神色，遣了众人退去，只留下阿音和青衣。

众人散去，古晋将鸿奕之事和盘托出，恳请闲善和闲竹同意鸿奕留在大泽山养伤。

阿音见两人神色迟疑，连忙敲了敲乾坤袋："阿玖，快出来，给两位师兄见礼。"

阿玖从乾坤袋里化形而出，还没等闲善和闲竹反应过来，已一礼长揖到底，乖乖巧巧干干脆脆地行了个晚辈礼："狐族鸿奕，见过两位前辈。"

闲善和闲竹已修炼四万多年，和狐王鸿轩同辈。大泽山在三界内与人为善，德行厚重，数万年来从未卷入仙妖之战，是以鸿奕待大泽山和其他仙界洞府不同。

一旁的阿音和青衣刚见识过他的桀骜蛮横，这一声前辈叫得两人一激灵，活像见了鬼。倒是古晋沉稳得多，他挑了挑眉，心底跟明镜似的。

狐族的小子，果然狡猾谄媚。

果不其然，刚刚还迟疑的闲善闲竹瞧着堂下规规矩矩行礼的少年，神色缓了不少。

闲竹展开骨扇扇了扇，望了鸿奕两眼道："你是鸿轩王的第九子？"

阿玖惊讶地回道："闲竹前辈知道晚辈？"

闲竹眼底颇有几分感慨怅然："五千年前我下山游历，曾在南海和你父亲有过一面之缘，下了几盘棋，也算有些旧谊。我们弈棋之时闲聊数句，鸿轩王言其夫人刚诞下的第九子肖似于他，今日一见果不其然，你很有你父王几分风貌。"

仙妖两族水火不容，当年两人匆匆一面虽惺惺相惜，但却再也未曾一续旧谊，后鸿轩王战死，闲竹还曾嗟叹过一些时日。

见闲竹提及鸿轩王，阿玖眼眶一红，没了刚才的圆滑，只沉默地低着头站着，神情倔强而孤傲。

闲竹瞧得不忍，朝闲善看去，面带恳求之色："师兄，鸿奕虽是妖族，但我瞧得出他秉性尚正，不是奸邪之辈，再者他也是为了救阿晋和阿音才内丹破损，师兄，你看……"

东华的两个徒弟都是纯良之辈，心性宽厚。闲善见闲竹为鸿奕开口求情，便知他生了恻隐之心，他沉吟半晌，道："你于阿晋和阿音有恩，留在大泽山养伤不无不可，只是仙妖两族向来仇怨积深，若是让人发现妖狐族王子藏于我大泽山，定会引来其他仙族不满。若你愿意隐去妖力，我便留你在山内，如何？"

鸿奕若是留在山内，终究是要见人的，隐去妖力也可免去些麻烦。

阿玖见闲善松口，连忙点头："掌教放心，晚辈在贵山养伤期间，绝不随意动用妖力，为贵派引来事端。"

闲善颔首，从袖中拿出一张仙符朝鸿奕飞去："这是隐妖咒，你绑于手间，自可隐去你的妖气，仙兽里亦有灵狐这一支，你平日化作灵狐留在阿音身边，免得让人看出端倪。既是隐藏身份，那你鸿奕之名自然不能再用，我们便和阿音一样，唤你阿玖。"

"是，掌教。"

"不过，有件事我想问一问你，希望你能据实以告。"闲善嘱咐完阿玖，突然神色一正开口。

"掌教所问何事？"见闲善神情严肃，阿玖也端正了神色。

"那九幽炼狱在紫月山里，紫月山有天启神君的护山阵法，连你姑姑都不敢闯山。纵你妖力不低，但远不够上神之力，三年前你是如何进了紫月山？又是如何进入九幽炼狱的？"

闲善要留阿玖在大泽山，自然问出了心底的疑惑。古晋和阿音年纪轻、阅历浅，但闲善听了古晋一路遇到的事，对阿玖如何入九幽炼狱着实好奇。

天启神君游历在外，三首火龙作为守门人，亦从未打开炼狱的封印，不过妖君实力的阿玖是如何进入炼狱的？又是如何在穷凶极恶的炼狱里活下来的？

众人等着阿玖答复，却不想他亦是困惑摇头："掌教，晚辈也不知道。"众人一愣，只听他开口道："三年前晚辈外出游历，误入紫月山，不小心触碰了山外的护山阵法，被护山阵法震晕过去，醒来后就在九幽炼狱里，晚辈也不知道自己是如何进去的。炼狱里的魔兽穷凶极恶，都想吃了我的妖丹壮大自己，若不是那棵梧桐树的庇佑让我得以喘息，我早就死在炼狱里了，根本等不到古晋和阿音入炼狱带我出去。"

众人等了半晌，却不想听到这么个答案，都有些意外，但见阿玖神情诚恳，确实不似说谎。

"师兄，我和阿晋是在九幽炼狱的梧桐树下发现阿玖的，当时他全身是伤，奄奄一息，要不是我们正好出现救了他，他早就被魔兽吃了。"阿音见闲善和闲竹面有疑惑，怕他们不相信阿玖，连忙为他说话。

"是，师兄，阿音说得不错。当时我们被困在弑神花里，也是阿玖化形后及时救了我们。"古晋看向阿玖，"不过我一直很好奇，我们见你时为何你是幼狐的模样？"

"九幽炼狱里每一寸空间都危机四伏，我的妖力在和魔兽的追逐中消耗殆尽，根本不能保持成年妖兽的状态。后来我强行用妖丹化形，才能把你们从弑神花手里救出来。"

古晋颔首，算是解了疑惑。

"也罢，也许是我多虑了。九幽炼狱在紫月山，有三火龙君看管，还有天启神君的护山大阵镇守，应该不会出事。"闲善道，"阿玖，既然只有阿音的灵力能为你的妖丹疗伤，那你便同阿音阿晋一起住在祁月殿内。青衣，阿玖身份特殊，他在大泽山的起居就由你照料了。"

一旁候了半晌的青衣听见闲善的吩咐，瞅了瞅阿玖打了个激灵，蛮不情愿地点点头。

"好了，连日奔波，你们都辛苦了。阿晋阿音，你们回去休养几日，待仙力恢复了，再去鬼界吧。"

闲善摆手让几人回殿休息，不想一旁的闲竹摇了摇扇子朝转身的几人招手："哎，等等，还有事儿没吩咐完呢，师兄。"

"还有何事？"闲善不解。

闲竹杵了杵闲善的腰，声音抬了抬："师兄，前几日百鸟岛送来了请帖，孔雀王大寿，请你入岛参宴，你可别忘记了。"

一旁百无聊赖的古晋听得此言，顿时来了精神，忙向闲竹使了个眼色，闲竹丢给他一个少安毋躁的眼神。

这一幕正好被阿玖瞧见，他看了看突然沉默的阿音，眼中多了一抹兴味。

那晚在紫月山，他躲在石头后听得真切，古晋把东华上神的遮天伞悄悄借给了百鸟岛的华妹护身，想来两人关系匪浅。

"师尊刚刚飞升，山门近来琐事繁多，百鸟岛的寿宴你代我前去即可。"闲善对闲竹道。

"山门中要照料的事这么多，我要在旁帮衬你一二，怎么能现在下山呢。华默是一族之王，让徒弟们去祝寿也不太妥当。正巧阿晋回来了，就让他去百鸟岛走一趟吧。"

闲善一愣："这，阿晋要去鬼界寻小凤君的魂魄，又刚大战归来……"

"哎呀师兄，凤隐的魂魄也不是这一日两日的事儿，阿晋他自小在山门内长大，和仙族各派交往甚少，这次百鸟岛众府聚集，年轻一辈的翘楚皆会前往，是该让他出去见识见识，结交些朋友，日后也好担负起山门的责任。"

闲善听着这话有理，见古晋一脸期待，笑道："也好，阿晋，过几日你便持我的拜帖去百鸟岛。不过我大泽山向来不插手他族争端，孔雀族和鹰族连年大战，你祝寿即可，切记不可卷入两族是非之中。"

"是，师兄。"古晋的声音回得倍儿亮，带着笑意和阿音退出了泽佑堂。

几人退去的脚步声渐远，闲竹收了骨扇，若有所思。

"师兄，你说鸿奕的回答是真是假？"

闲善和闲竹不比这几个小辈，九幽炼狱里关着三界十几万年来最穷凶极恶的魔兽，若是有人能在不解开天启真神封印的情况下随意进出，以同样的方法放出了里面的魔兽，那简直会成为三界的灾难。

闲善从袖中掏出一石："刚才他回答时，我用的是问心咒，若有虚言，问心石定有警示，但问心石毫无变化，鸿奕并没有说谎，他的确不知道自己是如何进入九幽炼狱的。"

"这事儿可大可小，师兄你什么看法？"

闲善摇头："紫月山是天启神君的属地，别说我大泽山，就是妖皇也不敢随意插手。但此事的确太过诡异，鸿奕是狐族除了常沁外仅剩的一只九尾狐，他的安危肯定对狐族至关重要，常沁不会坐视不理。你明日亲自去狐族一趟，把这件事告诉狐王，看她能不能查清个中缘由。"

"是，师兄。"

闲善叹了口气："当年白玦真神殉世才换来了两族百年安宁。希望不要再起争端，生灵涂炭。"

淡淡的感慨在泽佑堂内消散，一缕微不可见的黑烟从堂间绕过，穿过小半个山巅回到了祁月殿内熟睡的阿玖身边，化为他颈间的一轮浅印。

"不愧是大泽山，做事滴水不漏，倒是比我想象的要难缠许多。"

万里之外的九幽炼狱里，岩浆之上的火山巅峰，斜斜靠在王座上的人漫不经心地透过黑烟看见这一幕，诡异的声音在业火中响起。幽暗邪诡的弑神花围在王座之下，簇拥着王座上的人。

"魔君，若是闲竹把消息带到狐族，让常沁知晓此事……"

王座之下，漫山魔兽跪伏，有几人化成人形列在其左右。

"那又如何，她还敢进紫月山不成？"王座上的人一甩袖摆，"就算让她知道九幽炼狱大乱，天启不在，谁能奈我何？"

"魔君。大启真神虽不在紫月山，但上古神界里还有两位真神，若是他们下界……"

提及三位真神的存在，即便是九幽炼狱里这些不可一世的魔头，也都齐齐噤声。

王座上的人微一沉默，立起身，赤脚踩在灼热的岩浆和业火上，她望向炼狱内苍穹的尽头，光幕上沉沉的封印若隐若现，把外面和九幽炼狱隔绝成两个世界。

"你们出不得炼狱，看来只能我亲自去一趟了。弑神，守好炼狱，不可让那头妖龙看出端倪。"

王座下的弑神花根茎摇摆，花蕊轻点，浩浩荡荡朝着炼狱入口而去。

那人隐在弑神花中，悄然消失在结界入口，毫无阻挡地穿过了九幽炼狱的封印。

真神之体外，无人能随意进出九幽炼狱三界尽知。即便是上神，不毁损封印也绝无可能，但这人非上古界真神，竟能在九幽炼狱内来去自如，简直闻所未闻，亦不知是何人物。

紫月山后殿，正在凝神修炼妖力的三火倏然抬首，猛地抱起身旁睡得哈喇子直流的碧波朝正殿而去。

正殿里外悄无声息，三火立在殿檐之上，望着风平浪静的紫月面露疑惑。刚刚他明明感觉到一股诡异的神力波动……

他把碧波小心扛在肩上，拿出紫佩抛向半空，念起符咒解开了九幽炼狱的封印，炼狱大门被打开，弑神花凶猛阴暗的气息扑面而来，他飞到半空望去，除了咆哮的弑神花，炼狱内仍然一片平静，他放下心重新布上了封印。

"三火，怎么啦？"碧波被这动静闹醒，打了个哈欠半睁着眼睛问。

"无事，你继续睡。"三火拍了拍它的背，又在它颈上熟门熟路地揉了揉。水凝兽被揉捏得舒舒服服，哼哼唧唧着换了个姿势抱紧三火，继续流口水去了。

三火复又看了一眼安宁的紫月，皱着的眉头略松，回了后殿修行。

古晋回大泽山的第二日，一清早便起床去后崖修炼，他才走出殿门，便瞧见了摇着骨扇的闲竹。

"师兄。"古晋连忙上前见了个礼，对着笑意盈盈的闲竹道，"昨日多谢师兄了。"

"谢我做什么？"闲竹摇了摇扇子，惊讶的表情十分到位，"小师弟，我做什么了你要谢我？"

古晋摸了摸鼻子，难得有些不好意思。他惦念了华姝十来年，若不是寻找凤隐魂魄的事更为重要，怕是一出禁谷就要去百鸟岛寻这位孔雀公主了。

"哎，少年心性，少年心性啊！"古晋一腔爱意只差写在脸上了，闲竹瞧着他的模样，倒是十分感慨，"想当初我也有年轻的时候啊！"

他说着骨扇一挥，一方墨盒出现在骨扇之上："师弟，拿着。"

"师兄，这是什么？"古晋一愣。

"师尊飞升的时候也给我和大师兄留了宝贝，这是我自己选的，送给你。"

古晋打开墨盒，一顶凤冠静静放在里面。

凤冠艳红似火，六颗晶莹剔透灵力深厚的仙石嵌于其上，仙石之间灵动的流沙若隐若现，宛如繁星点点的夜空。

毫无疑问，这是一件半神器，还是一件极为美丽罕有的半神器。

就连从小在宝贝堆里长大的小神君古晋，初观此凤冠，亦有片刻的失神。

"师兄，你这是？"

"师尊飞升的时候我就想啊你也老大不小了，要是遇到合适的姑娘，我们做师兄的也该给你准备准备了。"闲竹挠了挠头，笑得慈和，"师尊带你回来的时候没说你是人界哪户人家的孩子，我和大师兄想着你父母兄长怕是都不在了，这顶凤冠是我们特意为你备着的，等你遇到了心仪的女子就带着凤冠去提亲，也不跌份儿。师兄看得出来，你挺中意那个百鸟岛的华姝……"

古晋脸一红："师兄……"

"别不好意思，男未婚女未嫁，华姝又是咱们仙界的第一美人，你喜欢她怎么了？师兄支持你。师弟，这次孔雀王明着是给自己过寿诞，有眼睛的人都看得出来，他是想为自个儿的宝贝女儿择婿，听说不少仙门掌教都是带着仙府里压箱底的宝贝去求娶的。咱们大泽山虽然甚少介入三界争斗，但是比起宝贝，咱们可不比他们差。有遮天伞珠玉在前，再加上这顶凤冠，孔雀一族承了咱们大泽山的庇佑之恩，你这回上百鸟岛，老孔雀王定会应下这桩婚事。"

闲竹把墨盒推到古晋面前，笑着道。

古晋一愣："二师兄，你和掌教师兄知道我把遮天伞借给华姝了？"

闲竹哎了一声："小师弟，你心地纯良，当年华姝又在梧桐岛对你有恩。当初孔雀公主为父求上大泽山，我和师兄就猜着你不会拒绝她。数日前华姝和宴丘一战，她大胜而归，以她的年纪，即便天资再高，没有我大泽山的至宝，她也不会赢得这般轻松。再者，那日前去观战的人不少，有见识的自然会认出师尊的遮天伞，鹰王正是以为百鸟岛得了我大泽山的庇佑，才会许下十年不开战的承诺。"

见闲善和闲竹如此通透，古晋心底愧疚，不安道："师兄，大泽山一向不插手其他族内之事，这次是我任性妄为，给山门添麻烦了。"

"算了，咱们大泽山素不惹事，但也不怕事儿，华姝一个小姑娘撑着百鸟岛不容易，她又是你中意的人，咱们能帮也就帮了。再说等你们结了亲，咱们两府就是亲家了，多帮衬点儿没什么。"闲竹从袖中掏出一封书信放在墨盒上，"这是我央了掌教师兄为你写的聘书，你带着聘书和凤冠一起去百鸟岛，早些求见孔雀王，把事儿给定下来，免得让其他仙府的人登了先。我等会儿有要事下山一趟，过几日才回来。"

古晋这才知道闲竹一清早等在殿外，就是为他来送聘书和凤冠，一时眼眶有些红。

他是天启和凤染一手养大的，这两人一为真神一为凤皇，都没有养孩子的经验，人间的这些俗礼和人情冷暖都是入大泽山后闲善和闲竹教他的。

"师兄……"古晋的声音有些哽咽。

闲竹看自己把小师弟感动得一把鼻涕一把泪，哈哈笑着把墨盒和聘书塞到古晋手中，一转身念了个仙诀飞走了，只留下一片潇洒的云彩。

古晋抱着凤冠和聘书转身，一回头正好瞧见阿音抱着双手斜靠在殿门上望着他。

不知怎么的，他抱着凤冠和聘书的手抖了抖。

"哟！"阿音吹了个口哨，"你这是要去百鸟岛求亲了？"

古晋收好凤冠和聘书，低低咳嗽一声，没有否认："小姑娘一个，瞎操这么多心，还不快去修炼灵力。"

看他没有否认，阿音眼眸一暗。见古晋去后山练剑，她跑到他身边，道："我要和你一起去百鸟岛。"

古晋脚步一顿，下意识拒绝："你去做什么？"见阿音就要生气，古晋连忙道："我这次是去百鸟岛祝寿，路上不会有危险，再说阿玖的内丹还需要你的灵力修复，他是妖族，不宜在仙界行走。百鸟岛上灵力高深的仙人众多，若是他不小心露了行迹，怕是会引起事端。"

见古晋提及阿玖，阿音想好的话通通被堵住，只得瞪大眼看着古晋走远。

殿内的桂花树上，阿玖抱着青衣做好的绿豆糕，看着两人置气拌嘴，笑得活像只狐狸。

哦，差点忘了，他就是只狐狸，还是只狡猾的九尾狐。

藏在一旁的青衣见阿玖憋着笑，狐疑道："阿玖，你看阿音那模样都快哭了，你就藏在乾坤袋里陪阿音悄悄出去呗。"

少年喝了口醉玉露，给青衣头上来了一记爆栗，"我傻啊，古晋那个白痴看不清谁是龙吐珠，我可不瞎，我才不会把阿音拱手让出去，最好他瞎一辈子。"

阿玖说着从桂花树上跳下来，端着绿豆糕和醉玉露笑眯眯地讨好阿音去了，留下青衣摸着下巴看着狐狸远去的背影感慨。

"哎，小师叔，我觉着你是抢不赢这只狐狸咯……"

妖界二重天，静幽山。

常沁送走了风尘仆仆而来的闲竹，常媚正在议事堂内等她。九幽炼狱的事事关重大，常沁只让常媚知晓了个中内情。

"族长，少族长如今在大泽山，咱们真的不去接回来？"常媚性急，闲竹在的时候还能按捺，他一走，就急着要去大泽山把鸿奕接回来。

"他跟在古晋和那只水凝兽身边是我允了的。"常沁摇头，"他妖丹受损，只有那只水凝兽的灵力能够为他疗伤。"

常媚一愣："难怪族长您当初会让那两个仙族小辈入静幽湖见梧夕前辈，原来是知道他们在紫月山里救回了少族长。"

常沁颔首："奕儿不想让他们知道自己狐族少族长的身份，我便随他了。但他从未提及这三年在九幽炼狱里发生的事，若不是今日闲竹来告诉我，我都不知道他在九幽炼狱里遭了这么大的罪。再者，就算咱们去接，他也未必愿意回来。"

见常沁神情严肃，常媚心下叹然。

鸿奕少族长和族长始终有个结解不开，要不然三年前又怎么会离开狐族，一走就没了消息。

当年狐族最骁勇善战的猛将便是狐王鸿轩和其妹常沁，常沁天生九尾，其战力犹在鸿轩王之上。她当年一心恋慕妖王二子森羽，森羽失踪后，她不惜为其戍守三重天万年，为妖虎一族尽心竭力。可最后却被归来的森羽强留在三重天数千年，当时鸿轩王曾以整个狐族之力向妖皇施压，来换常沁出三重天重归狐族，但彼时的常沁心气极高，断然拒绝了其兄的帮助，一心要亲自战胜森羽重获自由，就这么耗在了三重天内。也就是那段时日，天后率兵攻入妖界，鸿轩王迎战，却因独木难支和夫人战死在战场上。

消息传来时常沁大恸，但悔之晚矣。双亲战死后，鸿奕始终不能原谅常沁，他始终觉得若是常沁早日回归狐族，自己的父王和母后就不会战死。常沁归族后，鸿奕便极少留在狐族内生活，只在每年鸿轩王的祭祀之日回来，若非三年前鸿奕是在鸿轩王的祭祀前夕突然失踪，常沁也未必会察觉他出了事。

"族长，大泽山始终是仙门……"

"无事。"常沁摆手，"大泽山做派温厚，掌教和闲竹俱是正人君子，他们既然允了奕儿入山养伤，只要奕儿不出山，他们定会护好他。我现在忧心的是九幽炼狱，一日不弄清奕儿是如何进入炼狱的，我就一日不能安心。"

"族长，那咱们该怎么做？"

"这几日是幼狐破壳的日子，我要守在静幽山，等过几日我去紫月山求见三火龙君，看他知不知道个中内情。若是连他也不知道，我便亲自去梧桐岛一趟，凤皇和天启真神关系匪浅，她一定能找出端倪。从今日起，你让族里的人守好山门，严加戒备。"

"是，族长。"

议事堂内归于宁静。此时，窗外一缕黑烟中眸光幽暗森冷，始终萦绕不散。

大泽山上最近有生气了许多，小师叔古晋和小师姑阿音回来了不说，还多了一只傲娇聪慧的白灵狐。那只白灵狐格外好看，才入了山门几日，便和水凝兽成了山门内人人稀罕的宝贝，可惜的是白灵狐不止傲娇，还挑嘴得很，只喜欢百年蕴养的仙果和山脚下的醉玉露。为了讨好亲近它，大泽山里的徒子徒孙们使着劲在后山里寻仙果，只求在祁月殿外得了它的青睐和它玩上一时半刻。

青衣就这么看着那只狡猾的狐狸每日装成一傻白甜把他的师兄弟们逗来逗去，头几日他还想忠勇诚实一把，给自个儿的师兄弟们提个醒，自从那只狐狸化成九尾狐的原形在他窗边晃荡了半夜，他就歇了做英雄的心思，鬼知道在祁月殿里他和这只狐狸经历了些什么。

古晋还是每日去后山练剑，阿音一边守在祁月殿里看着阿玖和青衣逗趣，一边掰着手指头数着百鸟岛的寿宴之日。

她数着数着，数到了远行的闲竹师叔回山，数到了阿玖的妖丹恢复了大半，也数到了古晋出发去百鸟岛见他心心念念的华姝的日子。

很多年后，阿音想，这段带着阿玖青衣守着古晋在祁月殿里闲晒太阳的日子，是她日后千万载的生命里，最求而不得的时光。

神隐 上

柒·悟前缘

　　离百鸟岛寿宴还有五日，古晋挑了个艳阳天下山。闲竹为了给他撑场面，把当年古晋上梧桐岛的坐骑又给牵了出来。亏得如今古小胖心智成熟了不少，谢绝了师兄准备的雪辕仙车，一个人背着凤冠聘书麻溜地上路了。

　　古晋驾上仙云的时候朝送行的人群里望了一眼，他没有瞅见自家小仙兽，莫名其妙地有些失落，他朝人群中的青衣招了招手，青衣走过来。

　　"青衣，你阿音师姑呢？"

　　青衣挠挠头："不知道啊，今儿一清早起床就没看到她，连给她送的绿豆糕她都没吃着。"

　　古晋愣了愣："连绿豆糕都没吃？"阿音可是一等一的吃货，每日守着青衣做的绿豆糕风雨无阻，这是真闹别扭了？想着前几日两人闹了矛盾，他从怀里掏出乾坤壶递到青衣手里，"这是我藏着的醉玉露，她爱喝，悄悄给你师姑送去，别说是我给的。还有，她身边的那只狐狸狡猾得很，你在山门好好看着你小师姑，别让她被阿玖骗了。"

　　青衣瞅着他小师叔，一脸糊涂。师叔你这是要去百鸟岛求亲吧，可一门心思惦念着自家的小仙兽又是咋回事？

　　花心大萝卜？一只脚踏两条船？吃着碗里的，看着锅里的？

　　青衣的目光太诡异，硬生生让古晋不自在起来。他咳嗽了一声，在青衣肩上拍了拍，颠颠儿驾着云去百鸟岛求亲了。

青衣站在原地托着下巴琢磨了一会儿，突然转身朝祁月殿跑去。他这个二愣子师叔怕是自个儿的心意都没闹明白吧！可千万别求错了亲，将来明白心意了后悔！

青衣冲进祁月殿，瞧见阿音正在殿上一角晒太阳，他飞到阿音身旁，深呼吸吐了口气，推了推假寐的小师姑，笑得不怀好意："哟，小师姑，您还有这份闲心啊？"

阿音懒得理他，哼了哼没动。

"都说这次小师叔是上百鸟岛求亲去了，过不了几日就会带个孔雀婶娘回来，等仙族第一美人嫁给了小师叔，咱们大泽山脸上也有光咯！"

"仙力不长进，尽想些旁门左道光耀山门。以貌取人这么低俗的想法是谁教你的？"阿音坐起身，在青衣额上敲了敲。

"以貌取人俗气？小师姑，你还不是因为咱小师叔皮相好，才喜欢他的？"青衣捂着额头呼痛，埋怨道，"阿音师姑，你要是喜欢古晋小师叔就自己去追回来，别把气往我身上撒啊！"

"谁说我喜欢他了？"阿音一个跃身站起来，眼瞪得斗大。

"你不喜欢他？"青衣摇头晃脑反问得理直气壮，"那我这半个月给你送的绿豆糕怎么都到小师叔房里去了？"

"我……"

"你不喜欢他，你这么懒的性子，跟着他风里来雨里去满三界地找小凤君的魂魄做什么？"

"我……"

"你不喜欢他，在九幽炼狱里给他挡啥子弑神花哟？啧啧，连命都不要了！"

"你！"阿音句句话被青衣堵在嗓子眼，她手指在青衣面前，脸涨得通红。

青衣轻飘飘拂开阿音的手指头，一语落地："小师姑，你对小师叔那点儿心思满山门都看出来了，你要是真的不去追，等将来小师叔把孔雀公主给带回来，那可就迟了。喏，这是小师叔刚刚走的时候托我给你的醉玉露，他说你爱喝。"

青衣把醉玉露递到阿音面前，眼中的支持一览无余，阿音一愣，朝古晋踏云而去的方向望了望，一把抓过乾坤壶朝殿内冲去。

"我去收拾行李！"

殿上一角，同样在晒太阳的小狐狸瞪大眼看着青衣，龇牙咧嘴好不恼火。

"别恼我，我们家小师姑的性子你也知道，她要是不想去，我说破天了也没用。"

杂

悟前缘

· 177

青衣脸上笑眯眯的，在小狐狸脖子上揉了揉，"阿玖，你就和我一起在山门内晒太阳吧。来，咱俩商量个事儿，我能不能在你尾巴上拔几根毛做只笔，只要你答应，我把攒着的醉玉露给你分一半好不？那可是咱们大泽山的宝贝，喝了包治百病……"

青衣话还没说完，阿玖已经愤怒地提起爪子在他胳膊上猛挠了几下，"咻"地转身朝殿内跑去了。

不过一刻，阿音背着小包袱从殿内走出，小包袱上还挂着一只沉着脸的小狐狸。一人一狐向青衣告了别，悄悄出了山门追古晋去了。

青衣等到太阳落了才去泽佑堂给两位师父禀告阿音和阿玖下了山，当然也把阿音追去的原因委婉地提了提。闲善和闲竹两位老人家在清心寡欲的大泽山住了这么些年，没承想如今的年轻人在情情爱爱上如此主动，着实愣了好一会儿。

青衣本以为依着两位师父对阿音小师姑的疼宠，一定支持欣慰才是，但看闲善闲竹的脸色，俱是一脸凝重，一时有些摸不着头脑，禀告完一脸纳闷地退出了泽佑堂。

青衣退下后，闲竹收了骨扇，着急道："真是怕什么来什么，我就是担心阿晋和阿音天天在一块儿日久生情，这才急吼吼让你写了聘书催他去百鸟岛求亲，好把和华姝的亲事定下来。阿晋这孩子责任心重，对华姝也有好感，只要亲事定下来，他就不会再动摇了。没想到阿音还是追去了……这一去，也不知道会发生什么事？"

闲善叹了口气："该发生的躲不掉，我们再担心，也阻止不了一定会发生的事。"

"师兄，你打算什么时候告诉阿晋那件事？我怕你再瞒下去，等阿晋将来知道了，会更难受。"

闲善闭上眼，一甩拂尘："师尊飞升的时候有交代，阿晋身份贵重，那件事对阿晋至关重要，时机未到，不能说。"

泽佑堂里归于宁静，只剩下两位长者的叹息声。

古晋这些年仙力突飞猛进，接连几场大战后已是下君巅峰，但他始终没有突破上君的界限。其实他天资绝佳，因此才能在混沌之力被封印后这么快靠着自身修炼达到如今的成就。他一心求娶，千里驾云，不过两日便到了北海百鸟岛。

百鸟岛虽是一派欢腾喜庆，但因刚经历大战，戒备依旧森严。岛上千丈之外便不许仙人踏云而入，孔雀族备了十艘仙船，专门派人在海中竖起孔雀翎旗帜，接引各府来贺的仙人。

古晋一路风尘仆仆，独自背了个行李而来，和其他各派弟子云集、鲜衣怒马的势头完全不可比。接引的孔雀族人以为他是哪府的烧火弟子，没有查看请帖便让他上了船。

这船上老实说还真有不少熟人，当年在梧桐岛被他喝退的菩提山主之子灵风，还有那个和他在流云阁争论不休的惊雷上君之子雷澈俱在船上，两人都是一身仙袍飘飘，身后跟着数个弟子，颇有几分高雅出尘众星拱月的味道。

当初南山的碧云女君在梧桐岛之事后，终于明白所托非人，舍了灵风，早些年嫁给了昆仑洞府的潇溪上君。潇溪上君也在船上，他一身清爽布衣仙袍，目光坚毅沉着，一看便是忠厚良善之人，想来碧云女君也算得了一桩好姻缘。这次潇溪遵父命来百鸟岛贺寿，三人正好上了一艘船，再加上一个古小胖，简直热闹得可以凑一桌麻将。

那两位仙君在船头衣袂飘飘，引得其他船的女君争先相望，古小胖被人挤在船尾眺望百鸟岛的时候，琢磨着还是自家师兄懂套路，要是坐着雪辇仙车而来，众人对他的身份明了，以他和孔雀王相同的辈分，怕是还在千丈之外，华默便要亲自来接了吧。

还是潇溪见他一人形单影只，和他聊了几句。两人兴味相投，倒是一见如故。

船行千丈，不过半刻钟便到了百鸟岛。岛上孔雀族长老华铮引宾客而入，轮到古晋这一船时，本要入岛的灵风正好抬头，望见了身后不远处的潇溪。

潇溪身旁的古晋一身灰不溜秋，戴着竹帽毫不起眼。灵风以为古晋是潇溪带来的好友，夺妻之恨在先，一时便想折辱潇溪，停在了入岛处，刻意一哼道："都说百鸟岛是仙界有名的洞天福地，你们王上更是仙界老资格的上仙，想不到这次贵族王上寿宴，什么不入流的客人都给请来了。"

他的声音不低，正要入岛的仙君们听了都朝这边望来。

华铮见众仙望来，忙道："灵风上君说笑了，这次寿宴请来的宾客皆是王上亲自发帖，来的都是仙界有名望的仙君，绝无闲杂人等入岛惊扰各位的雅兴。"

"华长老，您这话我可不信。那位跟着潇溪上君来的仙君怕是没有请帖吧？这年头，攀龙附凤的人可真不少。"灵风哼了一声，朝潇溪扫了扫，"有些人没本事，就别学着拉帮结派，也不看看自己的身份，什么人都带在身边，昆仑山好歹也是仙界大派，什么时候开始做事如此不入流了？"

听到那个阴阳怪气又有些熟悉的声音，后知后觉的古小胖终于知道自个儿成了别人眼里攀龙附凤的小跟班。他抬首望来，才发现整个入岛处的仙君们都好奇地朝他望来。

他上回被人这么瞩目，还是在梧桐岛里打碎了凤隐的魂魄时。

啧啧，古小胖心底直嘟囔，本想安安静静入个岛求娶个媳妇回山，怎么就这么不容

易呢?

"灵风仙君,大家都是仙族,你怎可口出恶言毁人清誉?我昆仑向来行得直坐得正,如何行事还轮不到你菩提山来指指点点。"濂溪一把挡在古晋前面,挺身而出。

濂溪和灵风素有嫌隙,这样被攻击的事也不是头一次了,但这次把无辜的古晋牵连进来,他很是过意不去。

"行得直坐得正?随意带些不入流的人参加仙族盛会,便是你对百鸟岛的尊敬?"灵风一拂袖摆,眼上挑朝濂溪身后的古晋望去,"我灵风在仙界行走几千年,各派有名有姓的仙君都认识,你身后那个,我可从来没见过。"他说完朝一旁的雷澈扬了扬下巴,"雷澈仙君,不知这人你可见过?"

灵风和雷澈都是为了求娶华姝而来,暗地里针尖对麦芒,但这种出风头损别家的事却是同仇敌忾。

雷澈当即摇了摇头:"灵风仙君,你还别说,这人我真没见过。"

古晋白从禁谷而出后倒也不是没见过仙族中人,东华飞升后各府掌教亲来大泽山祝贺,皆是他以长老身份接待,只不过他见的全是各派掌教长老,此行来的大多是些仙界的年轻仙君,他们确实未曾见过十年后高高瘦瘦、俊俊美美的古晋仙君。

见这两位出身仙族大派的人如此说,众人不免朝濂溪和古晋打量。

华铮见其他仙君心生疑惑,孔雀王寿诞可是大事,他可不想一开始便让众仙心生不满,只得朝濂溪道:"濂溪上君,这位仙君是?"

"两位仙君真是健忘,我和两位虽无深交,倒也曾有过一面之缘。这才匆匆数年,两位怎么就把本君给忘了?"濂溪身后传来一道清朗的声音,虽不大,却让众人听得真切。

一旁围观的女仙君们眼睛一亮,单是这副好嗓子,就让她们对竹帽下的仙君心生好奇。

灵风和雷澈一愣,心里都想着这仙君的声音怎么有些耳熟,可是却实在记不起在哪里见过这人。

古晋从濂溪身后走出,丢给他一个宽慰的眼神,解开了竹帽。他脸上虽有些许灰尘,一双眼却若曜日一般,格外清亮有神。

"当年梧桐岛一别已有十年,两位仙君记不大清了也有可能。"

古晋虽然不是当年那副圆滚滚的模样,但是脸上还是依稀可见少年时的轮廓,两人对十年前梧桐岛上发生的事记忆尤深,一下便想起了这位让他们吃过大苦头的大泽山小仙君来。

"你是？"

"不过前些时日，菩提山主和惊雷上君亲自来我大泽山为家师飞升神界祝贺。灵风仙君刚才言我大泽山不入流又好攀高枝，怕是不太妥当吧？也不知这些话令尊听了，会做何感想？"

古晋话音落定，听出了古晋身份的众人纷纷对望，忍不住惊呼。

东华上神的幼徒古晋，大泽山最年轻的三尊长老之一，算起辈分身份，那可是和孔雀王一个级别的！刚才灵风这些话，可算是把大泽山给得罪光了。

灵风和雷澈脸色大变，心底直发苦，大泽山的这位混世魔王一向少出山门，怎么这两次都让他们给遇上得罪了。

古晋未理会众人的目光，从怀中拿出一份烫金的请帖，递向华铮："大泽山古晋，代掌教师兄特来为贵族王上祝寿，华长老，这是请帖。"

青年长身鹤立，身负古剑，虽满身风尘，却朗如青松，引得一众女君稀罕得紧。

谁都没想到，当年梧桐岛上又胖又嘴毒的纨绔二世祖，十年后会是这般模样。

"原来是大泽山的古晋长老，华铮未瞧出长老的身份，实在不该。王上有交代，若是大泽山贵客到来，必让我亲自引入岛内。古长老，请！"华铮连忙接过古晋手中的请帖，放低了姿态亲自引古晋入岛。

古晋颔首，朝愣住的濂溪看去："濂溪仙君，我们走吧。"

濂溪长笑一声，声音爽朗："倒是我眼拙，没看出贤弟的身份，家父上次从大泽山回来便说过贵派的三长老不是一般人，今日见了果然闻名不如见面。这次来百鸟岛果然不虚此行。"

濂溪一巴掌拍在古晋的肩上，十分欢喜。

古晋亦喜欢濂溪不拘小节的性子，和他笑着说了几句便携着他朝岛内走去，再也未理会一旁脸色发黑的灵风和雷澈。

不远处观望的仙君瞧着这一幕觉得意外，不禁问出了声："百鸟岛也算一岛之尊，怎么对大泽山的这个小长老如此姿态？"

一旁有些年纪的老仙君摸了摸胡子，笑道："前阵子孔雀族和鹰族开战，华姝公主大败鹰王于北海你知道吧？"

"那是自然，这等大事有谁不知。"

"听说当时华姝公主在比拼仙力的关键时刻，祭出了遮天伞，才能一举重创鹰王。"

"遮天伞？那不是东华上神的神器吗？"

"是啊，孔雀族和鹰族相争已久，这次大战才逼得鹰王停战十年。若不是有东华上神的遮天伞，华姝公主怎么能赢得了鹰王？大泽山帮了百鸟岛这么大的忙，百鸟岛自然是要礼遇古晋长老了。"

"原来如此。"明白了缘由的众仙散去，相携入了百鸟岛。

只是有些仙君不免疑惑，大泽山数万年来从不插手仙界中事，这次却拿出遮天伞庇佑孔雀一族，也不知有何内情。难道大泽山的这位古晋长老也瞧上了孔雀族的公主，是来求娶的不成？

这些吃瓜群众熊熊燃烧的八卦之心骤起，却不想都是厉害的，一猜一个准。

华铮见古晋和潋溪交好，便把两人休憩的宅院安排在了隔壁。潋溪和古晋寒暄几句后回了自己的阁院，古晋还未落座，闻讯而来的孔雀王华默便出现了。

华默一身深绿王袍，头带锦冠，面有短须，儒雅而亲和，王者气度一览无余。

"哈哈，听说大泽山的世侄来了！本王有失远迎！"华默走进院子，他身后跟着十来个侍女，皆手持托盘，盘中物以红布遮住。

古晋连忙朝孔雀王见礼："古晋见过王上。"

"不必多礼，不必多礼。"华默在古晋肩上拍了拍，"世侄，东华上神长我一辈，按理说我们本是同辈，但你与我儿交好，我唤你一声世侄可妥当啊？"

"王上说笑了，当初在大泽山上我便和华姝公主同辈相交，您是长辈，这样称呼自然妥当。"

以古小胖天不怕地不怕的性子，若华默不是华姝的父亲，他还真不会如此客气。

"那就好，我就托一次大了。"华默引古晋坐入上首，"本王前些时日让华铮送了请帖去大泽山，闲善掌教说世侄云游在外，本王还以为这次是闲竹长老前来，想不到世侄你亲自来了。来了也好，我也正好借这次机会，亲自给世侄道谢。"

"王上言重了，当年梧桐岛上华姝公主对我有恩，公主孝心拳拳，古晋不忍公主为陛下担忧，自是要相帮一二。"古晋三句话不离华姝，一腔心思只差写到脸上了，华默眼底精光一闪，却未搭话。

古晋刚想问华姝，孔雀王却朝堂内的侍女招了招手，"古晋世侄，你宅心仁厚，在大泽山上将遮天伞借给华姝，让我百鸟岛避过了危机，这等大恩本王铭记于心，这些薄

182

礼是本王的心意，还请世侄收下。"

一众侍女掀开红布，每个托盘上皆是一方透明的碧盒，盒内仙气四溢，装的都是百年难求的仙界灵药。孔雀王倒是大手笔，这些东西加起来的价值不比当初送到大泽山的孔雀王翎差。

古晋朝侍女手中的托盘看了一眼，再回看华默时，神情如常，却未有半点犹疑："王上，我帮公主，本就是朋友之间的道义，王上不必谢我，这些礼物太过贵重，古晋受之有愧，还请王上收回。"

青年眼深如墨，通透而睿智，这番话说出时，带着不容拒绝的意味。华默微微一愣，略尴尬地收回了手："也是，也是，你和华姝是朋友，本王这样做太见外了。"

"王上，我与公主在大泽山上一别已有数月，公主日前和鹰王大战，不知身体可还安好？"古晋终于问出了最关心的事。

"多谢世侄挂念，华姝和宴丘一战损了仙力，这几日正在闭关调养，怕是要等本王寿宴之日才会出关，要不然她定是要亲自陪本王来给世侄道谢的。"

"原来如此。"自入岛后一直未见华姝露面的古晋放下了心底的担心，忙问，"公主的伤可重？"

"没什么大碍，世侄不必担心，多亏了世侄的遮天伞。"华默笑道。

"那就好。"想着自己当初的善举帮了华姝，古晋亦是高兴，但他想起离山前闲善的叮嘱和在紫月山时对阿音的承诺，道："王上，古晋这次前来，除了为王上祝寿，还有两件事想和王上商量。"

"世侄请说。"见古晋神情郑重，华默也端正了脸色。

"第一件和遮天伞有关，王上想必也知道，遮天伞是我师尊飞升前的随身神器，一直拱卫大泽山的安全。师尊惜我仙力浅薄，怕我行走三界难护自己的安危，这才将遮天伞送给我护身。我这次回山，听说鹰王已经向王上许下了十年停战的约定，百鸟岛危机已解。大泽山万年来从不介入仙界争端，这次古晋已是违背师令而行，所以我此次前来，还想取回遮天伞，将其带回大泽山交予掌教师兄继续拱卫山门。"

华默一怔，想不到古晋竟如此直接。但古晋本就对百鸟岛有恩，借遮天伞也确实违背了师命，他开口要拿回，华默只得归还。他掩住眼底的异色，笑道："世侄哪里的话，遮天伞本就是你的神器，如今百鸟岛危机已解，是该归还给世侄了。不过遮天伞在姝儿手中，等她出关了，本王让她亲自为世侄奉上。"

"多谢王上谅解。"见华默没有为难，古晋松了口气，沉吟了一下才道，"晚辈有句话不知当不当讲。"

"世侄但说无妨。"

"王上，妖族恋战，杀戮过多，是以他们渡劫困难重重，不少妖君巅峰皆殒命在九天雷劫之下。我们仙人修行讲究天和，所以晋位之时总是要比妖族容易一些。孔雀族和鹰族交战已有百年，两族死伤众多，无论对哪族来说都有伤天和。这次鹰王既然肯罢手休战，王上何不趁这十年时间和鹰族修好，将两族的嫌隙消弭？"

华默正低头抿茶，听见此话，他手一顿，再抬头时，眼中的不耐已经藏了起来："世侄有所不知，我们和鹰族在北海外岛而居，早几千年皆相安无事，甚至还算交好。但这百年，宴丘的几个儿子渐长，战力彪悍，他们便想分去我孔雀一族一半的洞天福地。我族久不堪受其欺扰，这才奋起而战。"他说着一叹，"只可惜我那几个儿子都是不争气的，我早些年又伤在了宴丘手中，元丹受损，这才累得姝儿代我而战。如今宴丘愿意休战，我百鸟岛自然不会再挑起事端。"

若是如此，孔雀族和鹰族开战倒也情有可原。古晋念及华姝以一介女子之身担负起整个百鸟岛的安危，深想她的不易。

"原来如此，是晚辈多虑了。"古晋颔首。

"不知世侄说的第二件事是……"

"哦！"古晋回过神，想起这次来百鸟岛的目的，扶了扶峨冠，将袖袍理了理，长吐了一口气，立起身走到堂下，朝华默郑重地行了一礼。

华默眼眸一闪，心里明了，却只道："世侄这是……"

"王上，华姝公主聪慧睿智，孝顺善良，我少时在梧桐岛得见公主一面后便倾慕不已。数月前相见后更对公主的孝心感动有加。晚辈这十年来一直倾慕于公主，这次入岛，斗胆向王上求娶华姝公主为妻。"

古晋抬手一挥，满溢神力的仙盒和聘书出现在手上。

"王上，这是掌教师兄亲自为我备下的聘书和聘礼，还请王上将公主嫁于古晋，古晋必定不负公主，护她一生一世。"

仙盒被推开，半神器的神力笼罩在堂内，蓬勃而浩大。

"炫星凤冠！"华默微微动容，这是九州八荒里一件极有名的半神器，传自上古，虽攻击力不强，但佩戴此冠的人却能受上神一击而不死，想不到这等神器竟也藏于大泽山中。

华默心底忍不住惊叹，看古晋的目光亦有不同。有大泽山掌教为其亲自下聘书，连聘礼都是半神器，这个古晋虽然年幼，倒是极受闲善的器重，将来极有可能继承大泽山山门。

大泽山是仙界巨擘，有了大泽山做亲家，孔雀一族在仙族甚至能和梧桐岛比肩。华默心念一转，本被华姝说服的心思又起了变化。

"世侄年少有为，出身名门。愿意求娶本王的女儿，本王自是高兴。"华默起身，亦是一脸满意，见古晋面带喜色，却道，"不过世侄也知道，此次本王大寿，各派年轻子弟入岛大多都是抱着和世侄相同的心思。本王当年对姝儿有诺在先，她未来的夫婿允她自己做主。"

华默接过古晋手中的聘书和仙盒，笑道："世侄的心意我会转告给姝儿，但她最终如何选择，便不是本王能做主的了。"他拍了拍古晋的肩，"世侄可明白？"

见华默收了聘书，古晋忙道："古晋明白，王上放心，公主出关后古晋一定亲自拜见公主，古晋一片诚心，定能打动公主殿下。"

古小胖是含着金汤匀出生的，从小到大就没受过什么挫折，他自是认为区区下三界里，没有人会比两百来岁就即将突破下君巅峰的自己更年轻有为了。更何况，两次和华姝见面，华姝待他与其他人不同，想来华姝应是对她有意才对。

古晋聪明睿智，但也因是凤染和天启一手教养长大，从未真正行走于三界红尘中，人情世故并不通达，是以他并不知道，无论仙、妖、人、鬼哪一界，一个人带来的权势远比一个人的能耐要诱人得多。

"好，好，世侄有此心，难得了，既然世侄心意已定，那一切就等姝儿闭关出来了再做决定。今日天色不早了，世侄一路奔波，想必也乏了，早些休息，本王就先回去了。"

"王上慢走。"古晋把华默送到阁院门口。想着刚才华默没有拒绝自己的求娶，心底不由得有些高兴。

"古晋仙君，瞧你这高兴样，难不成是娶着媳妇儿啦？"一旁庭院里，正在阁楼上赏月的濂溪瞧见古晋的模样，打趣道。

"濂溪仙君说笑了，古晋尚未婚配。"隐在月色下，古晋的脸有些发红。

"看古晋仙君的模样是有喜欢的女君咯，将来有机会可要让我瞅瞅。对了，古晋仙君，你瞧中的是哪家的女君？"濂溪见古晋脸红，朗声笑道。

古晋正好望向空中，碧海之上的星空和紫月山上的格外相似。不知为何，潇溪的问声传来时，古晋脑海中却突然闪过阿音的容貌。他一愣，摇了摇脑袋，神情有些怔然。

"古晋仙君？古晋仙君？"

直到潇溪的唤声再次响起，他才回过神来，他压下心底的荒唐，朝潇溪笑了笑，搪塞了刚才的问话匆匆进了院子。

那是他一手养大的娃娃，他怎可有如此荒唐的想法！真是罪过！

华默从古晋的院子出来，没有回自己的寝殿，绕了一条路去了华姝的静姝阁。

静姝阁内，华姝一身碧绿长裙，坐在窗边品茶。她气色红润，一点儿不像华默说的伤了仙力正在养伤，反而仙力比在大泽山时强了数倍不止。

侍女红雀正在收拾桌上散落的棋子和华姝对面的茶杯。

华默心底敞亮，咳嗽了一声："姝儿。"

华姝见华默进来，起身笑着见礼："见过父王。"

华默连忙扶起她："对父王这么多礼干什么。"他朝空着的茶杯看了一眼，笑道，"澜沣上君刚刚来过了？"

华姝面带红痕，一向清冷的脸上难得有些娇羞，她点了点头，"刚刚和上君对弈了三局，姝儿都赢了两子。"

"哦？"华默面上讶异，"我可听说澜沣上君棋艺过人，今日居然连输你三局？怎么，最近你有闲心钻研棋艺了？"

一旁的红雀笑得清脆："陛下，那是澜沣上君舍不得赢咱们公主，哪是公主棋艺进步了。"

华默一愣，哈哈大笑，看着爱女甚是宽慰。

"父王，你可去见了那大泽山的古晋？"华姝想起嘱咐给华默的事，问道。

华默颔首，略一迟疑，道："姝儿，那古晋确实是为求娶你而来。不过，你真的不将他纳入夫婿人选之中？"

华姝见华默似有偏向古晋的意味，眉头轻皱："父王，您不是早就答应我，我的夫婿让我自己来选吗，我怎么会嫁给一个仙力只是下君的人。"见华默面上为难，华姝声音一抬，"难道您答应古晋的求娶了？"

华默连忙摇头："没有，但我也没有直接拒绝他。"

"为什么，我早就对您说过，我选中的夫婿是澜沣上君。"

华默见华姝似要动怒，道："姝儿，你有所不知，古晋这次前来，是遵大泽山掌教之令拿回遮天伞，可那遮天伞已经被你炼化。为了安抚于他，我只得先收了他的聘书和聘礼。不过你放心，我对他有言在先，你的婚事只有你自己能做主，一切等你闭关出来再说。"

"您说什么？他现在就要拿回遮天伞。"华姝脸色一变，神情顿时凝重起来。

数月前百鸟岛和鹰族大战在即，一心求胜的华姝为了战胜鹰王，亦被遮天伞强大的神力所吸引，生了觊觎之心，在华默的帮助下悄悄将遮天伞炼化，如今遮天伞已经成了她的兵器，和她的仙力本源合二为一，也因为遮天伞的神力进入她体内，她如今已隐隐突破上君巅峰，直逼半神。否则，鹰王宴丘又怎会轻易败在她手里？

她原本是想等一年期满后再想办法应付古晋，不想这才三个月不到，古晋便来百鸟岛要拿回遮天伞，而且还在这个节骨眼上。

"是，姝儿，他若是知道东华的神器被你炼化了，定不会善罢甘休，大泽山实力雄厚，这件事咱们又理亏在前，若是他们向我百鸟岛要个说法，仙界各派定不会站在我们这边。所以父王才接了古晋的请帖，你要是答应了这门亲事，咱们百鸟岛和大泽山成了亲家，以闲善闲竹对古晋的看重，必不会再追究遮天伞被你炼化的事。"

华默见华姝略有迟疑，又道："再说，古晋虽然如今年岁尚轻，但父王刚刚看过了，他仙根纯厚，将来必是可造之才，或许不用千年便能晋位上君。大泽山乃仙界巨擘，和他们结亲，对我百鸟岛百利而无一害。"

虽说澜沣如今代天帝凤染执掌天宫，但华默为了掩住遮天伞被华姝炼化一事，觉得古晋亦是佳婿人选。

华姝摇头，仍是毫不犹豫地拒绝："父王，我和古晋虽只匆匆数面，但他的性子我还是能瞧出一二，他是仙根纯厚不假，但性子过于闲散，并没有急于突破仙阶的心思，况且大泽山素来不介入仙界俗事之中，一直独善其身。我猜就算是我们和大泽山结亲，将来他们也不会帮我们壮大百鸟岛，制衡凤凰一族。"

华姝望着窗外，静姝阁外澜沣的背影消失在小径尽头："但澜沣不一样，他本就掌管帝王星宿，如今凤皇让他代掌天宫，摆明了是想培养他为下一任天帝。等凤皇飞升神界，澜沣继任天帝之位指日可待。那时我便是天后，整个仙界一人之下万人之上，就连梧桐岛也要对我百鸟岛礼遇有加。同样都是仙禽，凭什么我们孔雀一族生来就要尊凤凰为皇，这样的日子我再也不想让我的族人过了。父王，我不会嫁给一个大泽山的长老，我华姝的夫婿一定要是那九重天宫的主人，仙界之帝！"

仙界数万年历史，孔雀一族皆屈居凤族之下，华姝和孔雀王一直想让百鸟岛和梧桐岛并驾齐驱，这次华姝的婚事就是百鸟岛最好的筹码。

华默亦看重澜沣将来入主天宫的实力，犹豫半晌，后道："古晋三天后要拿回遮天伞，到时候你要如何拒绝他？这次寿宴各派掌教云集，若是我们不想个万全之策，恐怕百鸟岛会因为这件事颜面扫地。"

华姝颔首："父王说得是，您放心，我一定在寿宴开始前说服古晋，解决这件事。"她想起刚才和澜沣商量之事，面上带了一抹羞赧，"父王，澜沣上君明日便会正式拜见您，送上聘书。您到时候答应就是，可千万别为难他。"

华默哈哈大笑，连连摆手："放心，放心，父王定不会为难你的心上人。"

静姝阁里笑声渐歇，月色笼罩百鸟岛，古晋却不知道这发生的一切，他在一片宁静中睡去，静待三日后孔雀王的寿宴。

话说阿音，从大泽山追着古晋一路朝北海而去，明明出发只迟了半个时辰，却因为驾云技术实在太差，一路跌跌撞撞晚了半日才抵达北海。

至于那只死乞白赖跟着的贼狐狸，他不使坏捣乱让阿音到不了北海就不错了，怎么可能好心化成人形费力驾云去追赶古晋。

阿音到的时候已经入了夜，迎接仙君的仙船早回了岛上。海上乌黑一片，阿音头一次自个儿出远门方向感奇差无比，憋着一股子劲朝北飞，浑然不知自己离百鸟岛越来越远，小狐狸悠闲地在她怀里打瞌睡，待阿音发现不对时，她已经被困在了一片怪石中。

这一片怪石在北海深处，阿音在里头绕得满头大汗都没个章法。最后小狐狸看不过眼了，终于好心提醒了一句："呆子，这怪石是用九宫八卦的阵法立的，你这么乱走，一百年都出不去。"

阿音一听怒了，捏着阿玖的脖颈举到面前，凤眼瞪起："你这狐狸一肚子坏水，既然知道怎么出去，你还看着我跟无头苍蝇一样瞎晃悠半天！"

阿玖见阿音动了怒，知道她是真急了。顿时耳朵一竖，小爪子抓住阿音的衣袖，道："阿音，这可是天大的冤枉，你可是东华的徒弟，我怎么知道你连九宫八卦这么简单的阵法都不会解。"

阿音老脸一红，咳嗽一声："呃，老上神才当了我师父没几天就飞升了，我最多也就是个挂名弟子，阵法什么的当然来不及学。"她一点儿不害臊，把自个儿驽钝的责任全推到了东华身上。

阿音朝阿玖眨眨眼："快，阿玖，快带我出去，我还得赶到百鸟岛找阿晋呢，要是去迟了他真向华姝提亲了怎么办？"

阿玖满脸不情愿，但到底心软，见阿音着急，爪子不甘不愿地往东南方向指了指："先往那个方向走三百步……"

一听可以出去，阿音揉了揉小狐狸的头，笑眯眯地按照他的指示走去。

"也是奇怪，这北海怪崖怎么会有石阵守着，难道有什么宝贝不成？"

阿玖一边指路一边嘟囔，一人一狐才转了两个弯，便看见前面数丈处仙力涌动、金光乱蹿，一看就是有仙君在打斗。

阿音本不是个婆婆妈妈的性子，又是仙族里仙力最弱的水凝兽，这种麻烦事本不欲凑热闹。可阿玖指的出路偏偏要经过前方，她只得硬着头皮抱着小狐狸凑上前，待走近了她才瞧清那金光并不是仙君间比拼仙力，而是一只金色大鹰欲强行飞上怪石顶峰，却被怪石衍生的阵法一次次拦住。

阵法上生出的灵力一道道劈在金鹰身上，轰鸣声不断。一旁的阿音瞧着这阵势都替那只金鹰肉疼，但那金鹰半点放弃的心思都没有，始终百折不挠地扑向顶峰。

"阿玖，你说那鹰被阵法劈得这么惨，还一心飞上山崖做什么？"

阿玖朝崖顶望了一眼，道："素来天地间有灵物生长的地方，就一定伴有相生之物守护。我瞧那崖顶红光闪耀，仙气浓郁，肯定有灵物长在上面，想必金鹰是想要崖顶的宝贝。"

阿音循着阿玖的目光望去，果然看见崖顶边缘一处红光闪烁。恰在此时，又是一道灵力劈下，金鹰呼痛一声，在半空打了个旋儿，快快地落在两人不远处的一块石头上，它一身灿金的羽毛被劈得七零八落，巴巴地望着崖顶急躁地挥着爪子，实在有些可怜。

阿音眼珠转了转，朝怀里打着哈欠浑不在意的阿玖瞅了瞅。阿玖既然能一眼瞧出阵法，那化解这怪石的攻击应该不是大问题。

算了，大半夜的，遇见了也是缘分，能帮就帮吧。

她拿起块小石头朝金鹰丢去，石头落在金鹰脚下。

那金鹰警觉地回头，瞧见阿音，一愣，轻唳一声，颇为意外："哟，奇了怪了，这年头居然还有水凝兽敢在三界单独行走。"

清脆娇憨的女声从金鹰口中而出："喂，水凝兽，你在这儿做什么？就不怕被海兽吞了补身子啊！"

阿音一愣，着实没想到这只皮糙肉厚、浑不怕死的悍勇金鹰竟然是个大姑娘。

朝金鹰身上黑乎乎的羽毛看了一眼，阿音没忍住感慨，她也忒皮实了些吧。不过，能一眼就看出自己的本体，这金鹰至少也拥有上君的实力。

"我来北海寻人，迷路了才走进这里。"阿音回得坦然，"看你的本体，你是飞鹰一族的吧，我叫阿音，你叫什么名字？"

"宴爽。"金鹰化成人形，一个十七八岁的少女出现在两人面前，她眼眸深邃，瞳孔亦是金色，极具风情，一看就是飒爽利落的性子。

"你说你迷路了？"宴爽狐疑地打量了阿音一眼，"骗谁呢小姑娘，你瞧着挺机灵的，又毫发无伤，哪像迷路了？"

"我又不觊觎人家的宝贝，那阵法自然不会伤我。"阿音被宴爽老气横秋的称呼逗笑，特意刺了刺她。

果不其然，宴爽顿时警惕起来："你果然知道此处有碧血灵芝，你也是为了这宝贝来的？"

阿音朝崖上指了指："崖上那么浓郁的灵力，我长了眼睛，自个儿看得见。"

阿玖默默翻了个白眼，要不是他提醒，她能看到才怪。

"你采碧血灵芝做什么？为了这东西连命都不要了。"

宴爽见阿音不似说谎，况且水凝兽仙力弱、战斗力渣是三界都知道的事，便没有隐瞒，"我父亲前些时日受了重伤，需要碧血灵芝做药引，所以我便来这里找药。没想到这东西居然有阵法保护，我对阵法一窍不通，只能硬闯咯。"

阿音聪慧，一听这话便猜出了宴爽的身份："你是鹰族的公主？鹰王宴丘是你爹？"

宴爽眉头一皱，似是极讨厌这个称呼一般，挥手道："别公主公主的叫，统共就岛上一家子人，几百只鹰，搞这么矫情做什么，也就是那些花孔雀一天到晚喜欢显摆，你叫我宴爽就行了。还有，水凝兽，我父王都几万岁了，你一个娃娃，居然有胆子直呼他的名讳，在咱们鹰族的地盘上，你也忒不怕死了吧！"

"哈哈哈哈哈……"阿音被宴爽一副嫌弃的表情逗得哈哈大笑，胸中积郁一扫而空，一时看宴爽格外顺眼。

这个鹰族的公主，还真是仙界公主中的一股"泥石流"，实在让人没法子不喜欢。

就连一直懒洋洋的阿玖嘴角也扬了扬，看着宴爽带了几分笑意和欣赏。

"好，宴爽，就凭你这句话，你这个朋友我阿音交定了，我帮你拿碧血灵芝。"

宴爽自动过滤了阿音"交朋友"这种不走心的话题，注意力完全落在了那句"帮她取碧血灵芝"上。

她神情一正，哼了哼："水凝兽，你可别说大话，你这点仙力我一巴掌就可以拍碎，你能做什么？走，走，一边儿去，免得等会灵力劈下来误伤了你。"

"你是一路用蛮力闯进来的吧。"阿音朝宴爽手上的鹰爪兵器看了看，眨眨眼，"我可是走进来的。"

宴爽这才想起面前这只水凝兽毫发无伤，顿时眼底有了喜色，狐疑道："难道你懂阵法？"

阿音爽快地摇头："我不懂。"见宴爽眼一瞪，她举起阿玖，笑眯眯道："但是他懂。"

"你说一只低等灵狐懂阵法？"宴爽满脸荒唐，打量了阿玖一眼，"我说水凝兽，这狐狸看着是挺可爱的，但最多也就跟你一样能做个吉祥物，它能帮我采碧血灵芝？你逗我呢？"

如今像宴爽一样心直口快又逗趣的姑娘可真是不多了，虽然阿音不生气，但阿玖可不是个吃素的主儿。

"喂，二货，你说谁可爱？说谁是吉祥物？"桀骜的少年声音从小狐狸口中吐出，阿玖蹿到阿音肩头，狐眼扬起瞪着宴爽。

"咦？居然会说话。"宴爽一愣，随即眯了眯眼，"低等灵狐尚不能化成人形，你明明灵力低微，怎么会说话？"

阿玖身上的妖气被闲善的隐妖咒遮住了，宴爽只能瞧出他身上一丝微弱的灵狐灵力。

"天下之大无奇不有，你不知道的多了去了，灵狐会说话有什么好奇怪的。"阿玖踮起肉爪子在阿音肩上踩了踩，朝宴爽丢了个不屑的眼神。

阿音看了一眼天色，在阿玖尾巴上悄悄捏了捏，让他别再耍弄宴爽，早点帮人解决麻烦了好离开。

阿玖知道她的意思，昂着头朝宴爽抬了抬下巴："二货，你到底要不要采碧血灵芝？"

宴爽到底是鹰王的女儿，她虽然性子爽朗直接，但却不蠢。面前这一兽一狐虽仙力低微，但面对她时毫不胆怯，两人能在这怪石阵中来去自如而不损分毫，想必是有真本事。

她不是扭捏的人，当即便拱手道："当然要采，你们放心，我宴爽向来有恩必报，只要你们能助我采到碧血灵芝，就是我宴爽的朋友，我一定好好报答你们。"

阿音狡黠地转了转眼珠子，鹰族和百鸟岛争斗了多年，宴爽想必对百鸟岛的位置很熟悉，等出了怪石阵，让她化成本体送他们去百鸟岛，她就能马上见到阿晋了。

阿音这么想着，朝阿玖使了个眼色让他快点帮人。阿玖板着狐狸脸，朝宴爽道："这怪石的九宫八卦阵是由天地法则自然演变而成，你只需要按照九宫八卦的卦步绕开阵法的攻击就能飞到崖顶，采回碧血灵芝。"阿玖说着挥舞爪子让宴爽记熟了飞向崖顶的卦步。

"就这么简单？"宴爽在这阵法上吃了不少苦头，见阿玖这么简单地教完，狐疑地眨了眨眼。

"有智慧的人做事……"阿玖在脑袋上点了点，"向来靠脑子。你以为都和你一样用蛮力吗？"

阿玖性子乖戾，心里记着刚才宴爽挪揄他是吉祥物的话，一有机会便要找回场子。

"你！"依着宴爽的脾气，平日有人敢对她说这话，她不一鹰爪捏碎对方才怪。现在有求于人，不免气短，她只能哼了哼，扭过头变成了飞摩。

漂亮又威武的金鹰长啸一声，飞到两人头顶，清脆的声音蹦出来："臭狐狸，最好你的办法管用，你要是敢消遣我，害我拿不回灵芝，看我不打得你满地找牙。"

宴爽说完，挥着一对灿金的翅膀朝空中而去。她按照阿玖的吩咐在怪石中穿行，果然没有再触动阵法。

阿音揉了揉阿玖的额毛："阿玖，这个鹰族公主看起来是个脾气火暴的，你的方法管用不？"

"那当然。"阿玖伸出爪子在阿音手上拍了拍，"这么简单的九宫八卦阵法，两百岁的时候我姑就教过我了，你看这只蠢鹰不是飞得挺好的……"

轰轰轰！！！

阿玖话音还未落定，怪石上空异变陡生，崖顶碧血灵芝旁突然冒出一只数丈长的巨蛇，它口中吐出真火，将宴爽牢牢围住。

岩石在巨蛇的扭动下纷纷被扫落，砸在金鹰身上，金鹰被困于真火之中，不断挥舞翅膀，忍不住发出痛苦的哀鸣。

"遭了，阿玖，那碧血灵芝还有凶兽守护……"阿音话还没完，感觉怀中一空，小白狐已经利落地跃向了空中。

"站在那里不要动！"阿玖叮嘱的声音传来，一道轻飘飘的灵符落在了阿音手上，正是闲善用来藏住阿玖妖气的隐妖咒。

半空中，宴爽被困在真火中动弹不得，连鹰族的求救信号也发不出去。飞禽本就怕火，更何况这巨蛇的妖力比她强了一倍不止。宴爽将体内的仙力凝聚在内丹处，勉强将真火抵御在体外，否则真火侵身，她就只能被烧成灰渣子了。

难怪父王不让她靠近这片海域，深海广袤，越是有宝物的地方越是凶险。她这副样子丢脸死了，下面那两只水凝兽和狐狸怕是吓傻了吧……

宴爽这姑娘也是个心大的，都到了生死攸关的时候，还只惦记着自个儿丢没丢脸。

见真火无法焚烧金鹰，因着天生宿敌的缘故，看守灵芝的巨蛇暴躁地扭了扭蛇身，咆哮一声，张开血盆大口直接朝宴爽吞去！

头顶被一片阴影笼罩，金鹰抬头，见巨蛇直直向自己而来，那蛇芯子上滴着的唾液腥臭无比，宴爽被恶心得不行，它长鸣一声，里子终于战胜了面子，吓得忍不住大喊："妈呀，谁来救救我，有没有人啊！我要被这个怪物吃掉啦！！！"

蛇的唾液已经滴到了脸上，宴爽整个身体因为心理上的极端厌恶开始发抖，巨蛇的咆哮声冲进了耳膜，她收拢翅膀护在头上，放弃抵抗，闭上了眼。

嗷嗷嗷！

想象中腥臭的唾液没有笼罩自己，这声音琢磨着也不像是自己的惨叫啊？宴爽听见一迭声惨痛的咆哮，悄悄挪开捂着眼睛的翅膀，朝空中望去。

唯这一眼，她便目瞪口呆了。

一身火红战袍的少年手持寂灭轮威武地挡在她身前，巨轮凶猛又霸道地砸在巨蛇头上，可谓轮轮见肉，招招崩血。

宴爽为什么惊讶，除开这少年天姿国色她叹为观止外，便是因为这少年身上无比纯正的妖力了。

妖君！还是个妖力浑厚的漂亮妖君！宴爽吞了吞口水，朝四周看了看，生怕这时候冒出个仙人瞧见这美救英雄的场景。

仙妖可是死仇啊，让别人瞧见了，给鹰族戴个勾结妖族的罪名，整个鹰族都得玩完！

刚刚还不可一世的凶蛇在少年澎湃而浩大的妖力下被砸得嗷嗷直叫，且战且退，寻了个空隙蜷缩着血肉模糊的脑袋落荒而逃了。

阿玖收起寂灭轮，一个跃身飞到崖顶，采回了碧血灵芝。

他飞到呆愣的金鹰面前，一脸嫌弃，但还是叹了口气，一把抱着她朝地上飞去。

直到被阿玖抱住了才回过神的宴爽脸一下子烧得通红，奋不顾身开始扑腾："放开我，你这个妖族！放开我！"

"二货，别吵！再吵就把你丢到巨蛇肚子里去！"

咦？怎么听着这么熟悉？少年不耐烦的声音响起，宴爽一愣，惊讶地张大嘴："你是那只臭狐狸！"

阿玖落在地上，把宴爽朝一旁丢去，碧血灵芝也一并扔了出来，双手抱胸懒得理她。阿音拍着胸脯正紧张地等着两个活宝。

宴爽化成人形跟跄跄站在石上，接过阿玖扔出来的碧血灵芝，眼底拂过意外，她狐疑地朝阿音望去："你究竟是什么人，你一只仙兽，怎么会和妖狐为伴？"

"他叫阿玖，确实是妖族，但他是我的朋友，本性善良，不会伤害你的。"阿音道，"至于我，我是大泽山的弟子，掌教闲善仙君是我师兄。"

听见大泽山三个字，宴爽顿时脸色一变，眼底露出毫不掩饰的敌意："你是大泽山的人？"她顿了顿，怒道，"难怪你会出现在北海，你们是百鸟岛的帮手，特意来探我鹰族虚实的吧，亏我还当你们是朋友。"

"哼。"一声赤裸裸的嘲讽声从一旁传来，阿玖像看白痴一样看着宴爽，"二货，见过傻的，没见过你这么傻的。我们若是百鸟岛的帮手，刚才就看着你被巨蛇吞了，还救你干什么。"

"你！"宴爽被堵得说不出话来，"那你们也不是什么好人。我父王受伤就是因为你们大泽山把遮天伞借给了华姝，要不然我父王也不会败在华姝手里。你们大泽山满口仁义道德，自诩从不介入仙族各派的争斗，结果呢，还不是帮了百鸟岛。"

这话虽难听，倒是不假，孔雀一族和鹰族交战多年，这次华姝重创鹰王宴丘，的确是靠着大泽山的半神器遮天伞。

阿音最是护短，尽管她也讨厌华姝，但她不能看着古晋和山门被宴爽中伤，便端正了神色道："宴爽，我知道鹰王受伤你不好受，但若不是你们鹰族太过贪婪，想分去孔雀一族在北海一半的洞天福地，我师兄也不会生出恻隐之心，把遮天伞借给华姝，助百鸟岛渡过危机。"

听见此言，宴爽一愣，随即大怒："你胡说什么，什么分去孔雀族一半的洞天福地？我们鹰族从未染指过百鸟岛任何属地，这种流言你从哪里听来的？"

宴爽愤怒的声音在怪石阵中回响，哪知阿音的神情比她更惊讶。

"当初华姝上大泽山求遮天伞相助，我亲自听她说是你们鹰族为了抢夺北海洞天福地，两族才会一直争斗不休。"

"胡说八道。"宴爽面容冷峻，"我父王不过是让他们打开无极洞的屏障让我族进去查探一番，他们一直都不同意，居然还说我鹰族觊觎她百鸟岛的属地，真是笑话。"

"无极洞？"阿音皱眉，"那是什么地方？为何你们要入无极洞？孔雀王又为何不允？"

"无极洞在北海东北，是一处天地间自然形成的仙洞。本来也只是北海千万洞天福地中的一处罢了。只是从百年前开始，我族便出现了一些离奇之事。"

"哦？什么事？"阿音好奇。

"每隔上几年，我族总会有灵力深厚的族人失踪，我族全力寻找皆一无所获。后来族内的二长老也不见了，父王大发雷霆，亲自率领族人在北海寻找，才在无极洞附近查到了一丝属于二长老的灵力波动。可是无极洞是孔雀族的属地，父王未免伤了两族和气，亲自前往百鸟岛向孔雀王说明此事，想入无极洞查个究竟。但华默连我父王见都未见便将他轰出岛，我父王气愤不过，便送上战帖，这一战就战了这么多年。"

宴爽难掩气愤："当初我父王便将入无极洞的原因告诉过华默，哪知他竟然颠倒黑白，说我鹰族觊觎百鸟岛的属地，真是荒唐。"

"华默也算是一族之主，你们比邻而居，鹰王亲自上百鸟岛恳求，照理说他不应该为难拒绝才是。"

宴爽哼了哼："这个原因我倒是知道，他孔雀族在北海称王称霸惯了。一百多年前仙界的论仙之战，我父王和孔雀王交手，给了那孔雀王一点儿颜色，伤了他，自此我鹰族便与百鸟岛交恶，再也未曾往来过。"

阿音听到这里，才算理顺了整件事的来龙去脉。

孔雀一族和鹰族于北海比邻而居，同为飞禽一族，本就算不上交好，在孔雀族早几百年势大的时候，想必做过不少颐指气使的事。百多年前一场王者之战，华默伤于宴丘之手，自此内丹受损，仙力修炼上再难有寸进。在宴丘想入无极洞查明族人失踪的恳求被拒绝后，两族矛盾达到顶峰，这才生出了日后百年的事端。而华默并未向人言明鹰族开战的真正理由，反而在外人的猜测下将鹰族抢夺属地的罪名坐实。鹰族自古偏居北海一隅，族人皆性情孤傲，极少与外界往来，才让谣言流传至今。

两族争端，孰是孰非难以断清。但孔雀一族隐藏鹰族开战的真正理由，对鹰族的欲加之罪，实在令人不齿。

想到去百鸟岛提亲的阿晋，阿音神情微肃。若真如宴爽所言，当日华姝在大泽山说的全是谎言，此女心术不正，阿晋断不能娶。

"宴爽，你说的可是实话？"阿音眉宇一正，问。

"自然是实话。当初我父王送到百鸟岛的战帖上早已写明，我鹰族若胜，只需入无极洞一探究竟即可，从未提出要分走他孔雀族的洞天福地。"

宴爽言语铮铮，神情坦然，不似说谎。

阿音信她说的是实话，郑重道："宴爽，当初我师兄以为是你们鹰族挑衅欺辱在先，才会将遮天伞借给华姝，并无偏帮百鸟岛对付鹰族之意，还请你谅解。"

宴爽亦知本族人生性孤傲，很少和各派仙府往来，才造成了今日的误会。大泽山不是成心相帮百鸟岛，对鹰族百利无一害，刚才阿玖又帮她拿到了碧血灵芝，她心中感激，自是愿意将此事放下，遂道："本就和你们无关，你们帮我采回碧血灵芝，借遮天伞给华姝的事就算了。"

她将碧血灵芝收好："我们也算有缘分了，你们帮了我，就是我的朋友。阿音，你不是说入北海是为了寻人？你到底要找谁？"

阿音叹了口气："我师兄古晋。"

"大泽山三尊之一？东华上神的三弟子？"宴爽惊讶道："他来北海做什么？"

见宴爽对阿晋的身份脱口而出，阿音后知后觉地才知道古晋如今也算是个名人了。她道："我师兄代掌教师兄来百鸟岛祝寿。"又顿了顿，没好气道："顺便求娶孔雀族的公主华姝。"

顺便？顺便？顺便？

一旁的阿玖和宴爽被阿音这话弄得哭笑不得。宴爽瞅了瞅阿音的脸色，故意道："我看你师兄求亲是真，拜寿是假吧，这明摆着是醉翁之意不在酒啊，难怪他舍得把遮天伞借给华姝。"她边说边摇头，"居然求娶华姝，你师兄的眼光还真是地道。"

阿音被宴爽几句话堵得不行，却反驳不得。古晋把华姝十年前在梧桐岛上对他的恩惠记了十来年，这次心心念念入岛求娶，岂是这么容易就打消念头的。

"不过，你师兄古晋要娶华姝，你跟着来北海做什么？"宴爽挑了挑眉问。

"当然是阻止他提亲。"阿音回得忒爽快，"我师兄心思单纯，为人良善，华姝那样的性子怎会是他的良配？"

听见"心思单纯、为人良善"这几个字，阿玖哼了一声，简直嗤之以鼻。古晋明明一肚子坏水又心思深沉，哪里单纯？哪里良善了？

"哟，你倒是直接，我喜欢。"宴爽猛地靠近阿音的脸，眨了眨眼，"阿音，我陪你去百鸟岛，把你师兄抢回来吧。"

鹰族公主笑得爽朗又狡黠，阿音眯了眯眼，在她额头上轻轻一弹："若是我师兄弃了和百鸟岛的婚事，定是要带着遮天伞回山。百鸟岛失了大泽山的庇佑，又没了神器。待十年休战期一过，势必难以抗衡鹰族……"阿音学着宴爽的样子，也眨了眨眼，"是吧，宴爽公主。"

宴爽微微一怔，随即大笑，这一笑，终于有了几分惺惺相惜的意味。

"不愧是东华老上神的弟子，还真是半点心思都瞒不过你。"宴爽点头，"我们鹰族和孔雀一族相争已久，积怨已深，轻易不可消弭。况且我族也不可能放弃入无极洞寻找失踪的族人，我们向来不会求于他府做什么主持公道的和稀泥事，待十年期满我父王仙力恢复，定是要再入百鸟岛一战。帮你抢回你师兄就是在帮我们自己，这笔买卖做得不亏。"

不愧是搏击长空的善战一族，这种行事手段也算是仙族里的异类了。但阿音却格外喜欢宴爽快意恩仇的性子，笑道："好，别说，我如今还真就缺你这个助力了。"

她看了一眼天色，道："那我们现在出发吧，别误了时辰。"

宴爽摇头："现在不行，我要回鹰族一趟把碧血灵芝给父王服下。反正孔雀王的寿宴还有三日，你们先跟我回鹰族玩上一两日也不迟。"

说完，不待阿音反应，她化成金鹰猛地驮起了她，待转了两圈才想起落下了阿玖。她嘎嘎大笑两声，把化成小狐的阿玖叼在嘴里朝空中飞去。

与此同时，常沁从妖界二重天的静幽山悄然而出，一路朝三重天的紫月山而去。

也不知道是什么缘分，静幽山至紫月山的路程，正好经过罗刹地。

一百多年前仙妖兵戈虽止，但两界依旧水火不容。森鸿接任妖皇之位长居重紫殿，二皇子森羽便戍守于仙妖边境的罗刹地，一直和景阳两军对垒，百年未曾离开。

常沁一路星夜兼程，但却在罗刹地的上空停了下来。

她有心回避，这两百多年来，除了先皇战亡时祭堂的一面，她和森羽竟再未见过。

常沁朝罗刹地下方妖兵阵营中的帅营望了一眼，掩住眼中的孤寂，朝三重天而去。

罗刹地帅营外，森羽负手而立，常沁飞走的那一瞬他似有所感，倏然回首，眼中却只有一片孤寞的夜空。

森羽轻轻叹了口气，摩挲着身旁的日月戟。

这把兵器是当年和常沁并肩而战时她所赠，万年之后，他一人独行，长戟犹在，伊人却早已离散。

不知有生之年，常沁能否原谅他，愿意与他一见？

常沁停留的地方在她离去后突然出现了一阵黑雾。黑雾缭绕，雾中的人影瞧不真切，只定定望了帅营下的森羽片刻便倏然消失了。

往事袭上心头，难免动摇心性。常沁离开罗刹地往北而行，一路都有些恍神，途径三重天结界处的幽冥山时她停住了脚步。

"是谁？给本王滚出来！"常沁冷喝一声。

一道阴森幽冷的声音响起，带着漫不经心的笑意："居然能发现本尊，不愧是妖界让人闻风丧胆的战神，威名赫赫的狐王常沁啊。"

一道黑烟出现在常沁前方不远处，黑烟中的人背对而立，只看得到她曼妙妖娆的身姿和满身上下阴森诡谲的魔气。

"魔物？"常沁眼中现出惊讶，掌心妖力悄悄凝聚。以她的妖力和见识，已经许久没有生出此等忌惮之心了。古来魔物能化形成人的，皆已突破妖君巅峰拥有半神之力。

她神情肃穆，三界中何时出了一个能化形成人的魔物？这魔物又为何要拦住她？

"常沁妖君好眼力。"黑烟中的人笑道："怎么？你怕魔？想不到不可一世的狐王也会有怕的时候。"

"废话少说，你到底是什么东西，为何拦住本王？"常沁沉思，心底答案若隐若现。这魔物来得突然，但分明是为了阻止她去紫月山。

"狐王不是自诩聪明绝世吗？妖界中人谁不对狐王的睿智赞不绝口，怎么，猜不出本尊的来历吗？"

"你认得本王？"自这魔物出现，每句皆是嘲讽不屑之意，听来分明是有旧怨才是。但常沁实在不记得她何时和此等魔物结过冤仇。

"狐王贵人多忘事，不记得本尊也是正常。但本尊这一百多年可是日日夜夜记挂着狐王的恩情，片刻也不敢忘。"怨毒的声音在黑雾中响起，那雾气渐渐散去，露出一张熟悉而妖娆的脸，只是那张脸上布满了弑神花纹，阴森而邪魅，让人望而生怖。

"是你！"常沁眼中现出震惊之色，脱口而出，"你怎么会出来？"

常沁话音未落，黑雾中的人影猛地朝她攻来。她手中聚集已久的妖力凝聚成珠，奋力一挡，却依然无法阻止半神巅峰的全力一击。

轰轰轰！

恐怖的魔力在幽冥山爆开，连山脉都被生生震碎了半边。

千丈之外的罗刹地亦感应到了这场争斗。

魔气？还有那股熟悉的妖力……森羽神情一肃，脸色大变，手持日月戟朝幽冥山的方向飞去。

幽冥山下，常沁半跪于地，凝聚妖力的臂膀被魔力震碎了经脉，无力地悬着。鲜血从她嘴中涌出，她的喉咙被一双纤细的手死死捏住。

"本尊怎么就不能出来了？"那幽冷的声音复又响起，带着毫不掩饰的恶意和冰冷，"本尊不仅要出来，我还要毁了你们冠冕堂皇的三界法则。你，就是第一个！"

"是你……"常沁的声音支离破碎，"是你把鸿奕带进了九幽炼狱！你对他做了什么？"

"你那个宝贝侄儿对我有大用，我可舍不得伤了他。"黑影收紧捏着常沁喉咙的手，"至于你……"

恰在此时，一股熟悉而强大的妖力波动从西北方而来，那正是罗刹地的方向。

黑影神情一变，脸上露出一抹扭曲的愤恨："过了这么多年，他还是一样最紧张你！"

就在黑影心神晃动的一瞬，本已奄奄一息的常沁猛地将黑影抱住，浑厚的妖力从残破的掌中而出，狠狠击在了黑影身上！

这几乎是她用尽全力的一击，纯正而焰红的妖力将黑影拢住，巨大的九尾妖狐印记照亮天际。

赶来的森羽望着不远处空中的九尾妖狐印记，神情大变，全力御戟而来。

被常沁击中的黑影闷声一哼，嘴角溢出鲜血。她眼底现出一抹残忍而阴狠的笑意，一掌击在了常沁的额上。

两行血泪从常沁眼中流出，不知为何，她这时，竟转头望了一眼天空的尽头。

千百年岁月惊鸿而过，这一眼极是温柔，如当年妖界初遇，一见倾心，万年相随。

可惜了，我们相识万载，缘聚缘散，这最后一面，终是再难相见。

无尽的叹息在幽暗的夜空响起，那双带着遗憾的眼缓缓闭上，再也没有睁开。

半刻钟后，森羽停在了沉寂而狼狈的幽冥山下。

山体破碎，焰火横生，大战后的痕迹犹在，整座山脉却悄无声息。

森羽沉默地看着战斗过的地上遗留的大片血迹，嘴唇抿得死紧。

不可能的，以常沁的妖力，妖界根本没有人能这么容易就战胜她，她不会出事的。但常沁连妖狐一族的九妖秘法和九尾印记都被逼地用了出来……

森羽脚步一愣，目光落在不远处一颗不起眼的石头旁。那里，一抹微弱的妖光时隐时现。他疾步上前，待看清地上发出妖力的圆石时心中涌出不可置信的悲痛。

那不是一块石头，而是一枚染着血迹的妖丹。

万年相伴，他自然知道，这是常沁的妖丹。

仙妖神魔，内丹便是生命之源，失了妖丹，只有一个可能——常沁已亡。

森羽半跪于地，手在妖丹上轻轻抚过，他垂眼，藏起了眼底泛着的血泪。

半晌，幽冥山山巅因一道磅礴的妖力挥戟而断，悲痛的咆哮在山下响起，久久未散，其悲凉悔恨，即便飞禽走兽，亦莫不动容。

仙妖神魔，都道岁月长久，可他们不知道，即便岁月长久，也有缘尽缘散的一天。

这一日来临前，不如同行，不如珍惜，不如相爱，不如……道别。

又是两日，夜，明日便是孔雀王的寿宴，百鸟岛的宾客尽皆入岛。

古晋在临照院内等了两日，每每遣人问华姝是否出关，都只得了句"公主凤体微恙，正在闭关养伤"。他只得耐心等着，毕竟是上门求婴别人家的女儿，得礼貌客气才是。

孔雀王的招待倒极是熨帖，每日亲自问候也就罢了，还总要陪着古晋弈上几局棋，品上半会儿酒了才离去。

古晋瞧着孔雀王的做派，心底犯疑，却始终未言半句。

他是求婴之人，即便大泽山有借遮天伞之恩，可孔雀王的态度也过于奇怪和讨好了，倒像是做了什么亏心事怕被责难似的。

第二日便是孔雀王寿宴，古晋没什么朋友，濂溪唤了他一起饮酒赏月散步，再回临照院时，已至深夜。

临到休憩时古晋发现腰上的火凰玉不见了踪影，想来是刚才散步时落在了院子里，转身匆匆去寻，好在火凰玉平时如蒙尘了一般没有灵力波动，才没让人拾了去。古晋寻回火凰玉，回院时见几个侍女举着灯笼提着点心朝静姝阁而去，不免心生好奇。

华姝正在闭关养伤，静姝阁无主，此时怎会有侍女进出？

难道华姝出关了？古晋心底一喜，想着明日孔雀王大寿自己正式求亲前要和华姝见上一面才好，他足下生风，朝静姝阁而去。

古晋一路畅通无阻，径直入了静姝阁。阁内假山流水，一亭立于院内，他正要让侍女通报，哪知亭内不高不低的声音传来。

"姝儿，明日是你父亲寿宴，又是我们定亲的大喜日子，你的神情怎么如此伤愁？"

一声叹息响起，百转千回，甚是伤感："澜沣，明日我不能和你定亲了。"

声音一男一女，男声温润，古晋从未听过，但只听称呼也知那是九重天宫上代掌仙界的澜沣上君，天帝凤染内定的接班人。女声娇柔，很是熟悉，却不是他曾听过的清冷孤傲。

古晋神情惊讶，缓缓顿住了脚步。

"怎么回事，姝儿？一年前我去南海灭九头凶兽前便向你允诺，待你父亲三万岁寿辰，必上百鸟岛求亲。昨日我向华世叔递上聘书之时，世叔也并未反对？到底出了何事？"

石亭内，澜沣神情急切，温润如玉的脸上满是诧异。

"是我不好，所有的错都在我。"华姝垂首，眸中雾气隐隐而现。

"姝儿。"华姝的性子向来倔强高傲，澜沣和她相识十数年，曾朝夕相处，自是了解。此时见她眼底隐有泪意，忙宽慰道："你别急，到底发生了什么事？你先告诉我。"

华姝摇摇头，转身行到石亭边，叹了口气："你入南海灭凶兽一直未归，半年前鹰族来势汹汹，又递战帖，几位兄长接连战败，父王有伤在身，我不能眼睁睁看着父王带着伤病和宴丘交战，于是我便上大泽山借遮天伞御敌。大泽山古晋仙君见我一人担起护岛之责，怜我一片孝心，便将遮天伞借予我。"

"这我知道，若不是被南海的九头蛇兽群拖住，我一定早早赶回百鸟岛，消弭两族之战，断不会看着你被鹰族欺压至此。古晋仙君此次施以援手，即便你不说，我也准备在明日定亲后向他道谢。可是大泽山借给你遮天伞和我们的亲事有什么关系？"澜沣不解，茶色的眼眸中现出困惑。

"鹰王宴丘仙力高深，术法精湛，那日交战命悬一线，我慌乱之中不慎将遮天伞炼化，这才战胜了鹰王，立下十年不得再战之约。"华姝神色自责，沉声回道。

"你炼化了遮天伞？"澜沣眉峰皱起，原以为华姝仙力大进是和宴丘一战中有所悟，哪知竟是因为炼化了遮天伞。遮天伞是大泽山的护山之宝，被华姝炼化，大泽山岂会轻易罢休？

"两日前，古晋仙君入岛祝寿。"华姝向澜沣看去，"并带来了闲善上君亲自写下

的聘书。父王知道遮天伞被我炼化，不便向古晋上君言明，只得接下了古晋仙君的聘书。"

澜沣神色一变："古晋上君也是为了求娶你而来？"

"是。"华姝面容肃然，"澜沣，古晋仙君救了百鸟岛，对我有恩。可我将遮天伞炼化，这无异于以怨报德，我大错铸成，悔愧难安，我不能让父王和百鸟岛跟着我一起蒙羞。如今我唯有嫁给古晋仙君才能弥补我犯下的过错，明日寿宴上我会宣告仙界，嫁给古晋上君。"

"不行！姝儿，你说的什么糊涂话。"澜沣向来冷清的性子亦生了怒意，"你炼化遮天伞确实有错，但亦是无心之举，遮天伞再贵重，也不能用婚事来抵，你为了报恩和赎罪嫁给古晋上君，不只对你我不公，对他也不公平。"

古晋只听得石亭内长长一声叹息，华姝温柔隐忍的声音重又响起。

"我意已决，澜沣，你不要再说了。我们今生无缘，来世若是还能相遇，华姝必嫁你为妻。"

不知为何，这句话传入耳中时，古晋却突然想起那年梧桐凤岛上藏在假山后傲然斥责灵风为他解围的少女。

虽未见人，但那言语几乎可以让他在心中勾画她傲立三界的卓然风华。

自此一夜相逢，他铭记于心。

古晋从来不知，他以为的缘分，原来只是他一个人的执念，十来载的荒唐。

墨色的身影满心欢喜地来，满身落寞地走，没有惊动任何人，就这样消失在了月色里。

石亭内，被澜沣抱住的华姝悄悄垂眼，望着阁外默然退出的身影，微微勾起了唇角。

华默寿宴这一天，百鸟岛内锣鼓喧天，喜气洋洋。

这日恰是个好天气，雨后初晴，七色彩虹悬于天际，五彩孔雀鸣于雀岛，风光无限。

古晋静坐窗前一夜，月落到日升，茶饮尽，目已沉。

很多事情，都要在真正拨云见日的沉思之后，才能看得清藏于其中的真相。

宾客三两过院前往前殿宴席的嬉闹声远远传来，但在经过临照院时却会安静下来。守在门外的侍女不知是有意还是无意，一直静候门外，未曾催促古晋换衣入席。

吱呀声响，门被推开。百无聊赖守在门口的侍女们抬头看见里面走出的人，皆是一怔。

青年仙君一身玄白仙袍，云纹腰带系于身，灵龙黑靴踩于地。

他一头黑发高束，目光清澈，眸若朗星，堪堪一望，清贵而出尘。

这哪里是前几日风尘仆仆一副慵懒的古晋仙君，这副模样倒真是半点不堕大泽山三尊之一的响亮名头。

连这几日日日照料古晋的侍女都看直了眼。古晋目不斜视，径直朝前院而去。

侍女们见他走了才回过神，念及门口等着的人，顿时连连唤他："古晋仙君，您且等等，澜沣上君正在院外……"

古晋步履飞快，衣袂纷飞，侍女的声音刚传入耳，他已经停下了脚步。

临照院门口，一身浅蓝仙袍的澜沣正立在门外，朝他望来。

难怪宾客们前往前殿参宴路过临照院时总会收了声音，原来是代掌天宫的澜沣正等在此处。

"澜沣上君。"按辈分，古晋长澜沣一辈，但论仙阶仙品，古晋却差澜沣很远。古晋拱手，算是同辈之间的见礼，道，"既然来了临照院，何不入内？"

"主人未请，怎可贸然而进？"澜沣上前一步，声音温润。他代掌天宫，身份不一般，自是无须对古晋回礼。

"十年前和仙君在梧桐古林里曾有一面之缘，当时事急从权，场面混乱，古晋仙君怕是未曾留意到本君。"

十年前梧桐岛凤隐的降世宴会，澜沣作为凤染属意的接班人，自是在场。

"当年古晋年少，做了些荒唐事，不提也罢。"古晋笑着揭过。

"见着仙君今日和当年已大为不同，想必成长了不少。"

澜沣代掌天宫这些年，身上的威仪与日俱增，却不知为何在这时的古晋面前竟有些施展不开。

咚咚咚！

不远处前殿里寿宴即将开始的钟声传来，澜沣叹了口气，下定决心，朝古晋开口："其实今日澜沣在此等候，除了想对古晋仙君当面拜谢外，还有一个不情之请。"

"拜谢？"古晋眉头挑了挑。

"前些时日，孔雀一族被鹰族欺辱，幸得古晋仙君将遮天伞借予华姝，才免了百鸟岛的祸事……"

"上君是在以天宫执掌者的身份谢我吗？"古晋声音微抬，似是好奇，又似有深意。

澜沣话语一滞，颇带几分赧然，但终是看向古晋坦然道："不管是天宫的执掌者，还是以我和华姝这些年的旧谊，仙君消弭了两族战乱，我都该来感谢仙君。"

"大泽山虽不涉仙界派争，但这次也算阻了两族争斗，我本做错，但也算无心插柳，澜沣上君不必谢我。至于上君的不情之请……"古晋负手于身后，沉声道，"上君放心，你担心的事不会发生。"

澜沣一愣："古晋上君，你……"他顿了顿，"知道本君今日为何而来？"

古晋眼神微动，复又恢复平静。他道："古晋曾听闻澜沣上君数千年前仙力就已臻上君巅峰。"他微一沉默，看向澜沣，缓缓开口："以古晋堪堪下君巅峰的修为，昨日怕是一入静姝阁，上君便已知晓了吧。"

澜沣沉默，心底难掩诧异。

当年梧桐岛上一面，古晋尚是少年心思，顽劣不堪，他本以为古晋知道华姝和自己的情谊后会按捺不住，未免古晋今日意气用事，搅乱宴席，让华姝和孔雀王丢脸，他才会提早等在临照院外，本想晓之以理动之以情劝古晋几句，却不想他竟如此锋锐聪明，不仅一句话点名了他的来意，更似早已经做好了决定。

"古晋虽不若上君位尊仙界，但也不是强取豪夺之辈。华姝公主既然从未心仪于我，我自是不会强娶公主为妻。"古晋言语铮铮，朝澜沣颔首，"就算上君今日不来，大泽山的聘书也已无任何意义。"

他轻轻看了澜沣一眼，这一眼，竟带了些许威仪清冷。

澜沣被这目光一扫，神情一愣，想说的话便再也说不出口。

古晋越过澜沣朝前殿方向而去，行了几步复又顿住。

"上君放心，当初遮天伞是古晋心甘情愿借出，华姝公主不慎炼化亦是无心之失，大泽山上下不会因为此事责难公主。"

古晋说完，径直朝前殿而去。

他身后，澜沣定定望着远去的仙君，掩下了心底刚刚被那一眼所威慑的难堪。

自天帝闭关海外，他位尊仙界十年来，还是第一次生出这种感觉。

东华上神的幼徒古晋，这个被禁十年、名声狼狈的仙君，居然让他生出了真正的探寻之心。

鸾雀殿上，岛上前来祝贺的仙君们早已落座，华默携华姝入殿的时候，引起了好一阵轰动。

华姝本就是仙界第一美人，如今战胜了老一辈的鹰王宴丘，更是名声斐然。她一身浅金雀袍，头戴翎冠端坐在孔雀王下首，比那初阳都明艳夺目。

华默坐定，悄然在女儿耳边道了句，"今日一早古晋遣人送信，言聘书中所请已经作废。”

华姝听完，笑意更浓，眼底俱是理应如此的笑意。

殿上一大半仙界好儿郎因着华姝的一笑眼睛都给看直了，余下一众跟随父兄前来祝寿的女仙君们心里头泛酸，却毫无办法。

论美貌，华姝艳冠仙界；论地位，她是一族公主；论仙力，如今华姝上君巅峰，足以和实力强横的掌教平分秋色。说句实话，她们还真不知道比什么好。

倒是那日在岛口见着了古晋的几位女君忍不住在殿上寻找古晋的身影。那日匆匆一瞥，灰衣仙君风尘遮面，实未把模样瞧得清楚明白，老实说她们对这位曾惹出泼天大祸被禁锢十年，却又成为大泽山三尊之一的传奇仙君，颇有几分好奇。

这时众人倒也发现此时殿上只余两个空位——孔雀王身旁平齐之位，以及左首案首之位。

那左首案首，应是给这次对百鸟岛有大恩的大泽山古晋仙君而留，至于孔雀王身旁之位必是给从南海斩杀凶兽归来的澜沣上君而留。

澜沣上君身份尊贵，又至今未娶，女君们殷殷期盼着他进殿，听见殿外的脚步声响，都忍不住扶正了头上的琉璃步摇，盛着灿烂而矜持的笑意含羞带怯地朝殿门处看。

这一看，殿内的女君们便愣住了。

曜曜其日，灼灼其华。

唯此八字，方能形容入殿之人带来的惊艳绝伦。

遑说这些本就爱好皮相的女仙君，就连抬首望来的华默和华姝，在古晋入殿的那一瞬亦微微恍了恍神。

明明是同样一张脸，怎么今日出现的古晋竟和之前如此不同？

“大泽山古晋，受掌教师兄之令特来向王上祝寿。”古晋微微拱手，卓然立于殿上，仙族巨擘三尊之一的气度一览无余。

殿上之人回过神，一时鸦雀无声，倒真有些为古晋出人意表的气度所惊叹。这殿上当年在梧桐岛和古晋打过照面的仙君们其实不少，但没有一人能把现在的古晋和当年那个矮胖的纨绔仙君联系在一起。

时光真是一把修容刀啊，一众仙君心底默然叹息，满是艳羡。

因着古晋的出场实在太过出人意表，随他进殿的澜沣反而被分薄了注意力和惊叹，仙族历史上，这样的场面还是头一遭。

还是孔雀王沉得住气,他最早回过神,连连请了古晋入座,又亲自下位将代掌天宫的澜沣引入身边之位。

宾客齐聚,华默一挥手,丝竹管弦,百鸟群舞,一时殿上觥筹交错,好不热闹。

唯有华姝,悄悄留意着古晋,却见古晋自入殿开始,一次都未将目光放于自己身上,不由得诧异纳闷,另带了几分自己都未察觉的复杂失落。

酒宴半酣,华默抬手,舞乐皆停。

他起身一举酒杯,朗声而笑:"今日本王大寿,当举三杯痛饮,这第一杯,谢诸位仙友不辞万里为本王祝寿,还请诸位仙友尽欢。"

一众仙君连忙起身,饮尽杯中佳酿。

一旁的侍女为华默满上酒,果不其然,他朝古晋望来,神情诚恳,举杯而道:"这第二杯当谢古晋仙君当日相借遮天伞之义,救我百鸟岛于水火之中。"

坐于左首的古晋却沉默下来。许久,众仙才看见他缓缓起身,朝华默遥遥一敬,饮尽杯中酒,道了一句:"王上不必客气,今日王上大寿,古晋造次了,想拿回向公主殿下允诺相借一年的半神器。"

古晋这话一出,殿上为之一静。

相借一年的半神器?难道是遮天伞?不是说大泽山和百鸟岛交好,这才打破数万年不介入仙界争端的规矩,借出东华上神的半神器庇佑孔雀一族吗?听古晋仙君这话里的意思,难道传言有误?

各派仙君面面相觑,互相交换了一个眼色。

孔雀王亦是一愣,华姝神情一变当即便要起身,却被华默和澜沣同时施暗力压住了肩膀,澜沣朝她摇了摇头。

华默向华姝使了个少安毋躁的眼神,仍是一派威严慈和,看向古晋,声音微扬:"古晋仙君是说……"

古晋既然遣人来说不会再取遮天伞,那他究竟想干什么?

"陛下。"古晋缓缓开口,"古晋少时顽劣,当年曾在梧桐岛上受过公主庇护之恩,一直铭记于心,是以古晋擅自将遮天伞和炫星凤冠借予公主抵御鹰族挑衅,现百鸟岛危机已除,大泽山有大泽山的规矩,从不介入各派之争,古晋虽知不妥,但想提前拿回炫星凤冠,还请陛下体谅。"

他微一停顿,突然朝华姝看去,目光澄明:"至于遮天伞,听闻公主在和宴丘王一战中伤了仙力，此伞古晋便赠予公主，以报公主当年在梧桐岛上对古晋的相护之恩。"

不说遮天伞被华姝炼化，以自己相赠藏住了神器不能归还的真正原因，这是古晋对华姝恩情的最后报答。

古晋话音落定，殿内喧哗四起，一众年轻仙君面上的表情那叫一个精彩纷呈，心里头直念叨着大泽山果然是仙界巨擘，居然拿半神器来报恩，这也太大手笔了些吧！

唯有资格顶老位分又够的老上君和各派掌教们听出了古晋话里真正的意思，在古晋和华姝间扫视的目光不由得带了一抹深意。

百鸟岛虽然在仙界历史悠久，但因凤凰一族势大，其实是二流仙门的地位，尤其是华默当年和宴丘一战受伤后极少能动用仙力，这几千年孔雀一族二代里又没有一个儿子能堪大用。若不是出了个美貌和实力并存的华姝公主，百鸟岛早就悄无声息地没落了。

这次孔雀王大寿延请整个仙族，仙界各派掌教、天宫上君齐前来，除了华姝仙力大增战胜宴丘外，还有一个更重要的原因，那便是大泽山的态度。

大泽山六万多年不介入仙族争端，亦无子弟入天宫奉职，但各派心里头都门儿清，东华上神作为仙族最古老的仙君，他的两个徒弟皆是上君巅峰，大泽山的底蕴只有天宫和海外梧桐岛能够媲美。作为仙族巨擘，它打破六万年的立山规矩，借出镇山神器偏帮孔雀一族，自是让所有人以为百鸟岛和大泽山交好，也正是这个原因才让百鸟岛在短短数月内于仙界威望陡升，华默和华姝更是一时风头无两。

可刚刚古晋一席话，却让这些仙族老油条们听得明明白白。

大泽山从无偏帮任何一族之意，遮天伞会出现在华姝手里全是因为古晋要报华姝之恩，如今古晋提前拿回炫星凤冠，将遮天伞赠予华姝，更是摆明了此事一过大泽山便不想再和百鸟岛有任何牵扯。

虽然众仙不知道怎么会突然冒出一个炫星凤冠，但显然比起古晋刚才话里的深意，这并不重要。

殿上的老仙君和掌教们听懂了，自然华默、华姝和澜沣也听懂了。

华姝眉头一皱，便带了一抹恼羞成怒和毫不掩饰的诧异。无论是古晋当年在梧桐岛上对她的殷切还是十年后大泽山上对她的予取予求，这个少年仙君在华姝眼里就是个有点小聪明的二愣子纨绔，只不过运道好被东华上神收为弟子，这才年纪轻轻便位分贵重。她心里想着即便是他知道自己炼化遮天伞，要嫁给澜沣，也只会在知道这一切后接受事实，怀抱着对她的暗恋和求而不得黯然离开，怎么都没想到古晋会在寿宴上说出这么一席话来。

虽然替她遮掩了炼化遮天伞的事，却把大泽山和百鸟岛的关系毫不留情地斩断，句句铿锵有力，原则分明，哪里是她心里以为的那个憨厚傻愣的草包。

华默倒是比华姝心思更深沉些，他短暂的尴尬后面上挂了一抹不轻不重的笑意，点头道："古晋仙君说的哪里的话，遮天伞和炫星凤冠本就是你于我岛危难之际赠予姝儿，如今愿意将遮天伞留在她身边护身，足见仙君高义，本王作为姝儿的父亲，感激不尽。"他说着摆了摆手，"来人，将炫星凤冠为仙君取来。"

华姝炼化了遮天伞，又不欲嫁给古晋，炫星凤冠虽让人眼馋，百鸟岛却不敢再吞下。华默本欲在宴席散后送还古晋，却不想他竟在殿上亲口索要。他知道古晋是借拿回炫星凤冠之名，特意将大泽山和百鸟岛划清界限，以免大泽山再卷入百鸟岛和鹰族的纷争。

只这么短短数句，华默便对古晋心生警惕。如此年少的仙君，处事这般成熟老练，半点不比他两位师兄差。

见华姝面带恼怒，古晋波澜不惊，澜沣暗暗叹了口气，姝儿这桩事做得过于下乘，此事过后，大泽山和百鸟岛仅存的一点恩义怕也耗得没有了。

侍女将装着炫星凤冠的仙盒取来，华默交到古晋手中，正欲再说两句客气话，一旁不知哪家洞府的女君突然喊道："古晋仙君，都说三界最罕有的仙侣神器便是这顶炫星凤冠，你就打开让咱们看看呗，瞧瞧到底是什么模样，被传得这么玄乎稀罕？"

炫星凤冠来自上古，传凡佩戴之人皆能得世间圆满姻缘，乃神界已经陨落的月弥上神所有，她陨落后炫星凤冠不知所终，这还是六万年来头一次现于三界之中。

这女君娇声问起，殿上众人纷纷朝古晋望来，都想瞧瞧宝贝。即便是推了婚事的华姝，听见这话都生了好奇，不由自主地朝仙盒望来。

古晋从华默手中接过仙盒，朝一众眼巴巴望着的女君看去，笑了笑，道："家师曾有言，此冠乃古晋娶妻聘礼，能见炫星凤冠之人，必是古晋之妻。古晋不便启盒，还请诸位见谅。"

他说着长袖一挥，炫星凤冠随仙盒没入乾坤袋。古晋朝众人颔首，翩翩坐下，不再言语。

白衣仙君贵而出尘，言之凿凿，直让殿内一众女君稀罕得不得了，只恨不得自己立马变成那个有资格瞅炫星凤冠的人，个个含羞带怯地望着古晋眼都不愿意挪。

各派长者见古晋持身自正，亦摸着胡须纷纷点头，眼底全是欣赏。

好好的一场孔雀王寿宴，差点就变成了大泽山小长老古晋仙君的相亲宴。

好在华默见气氛不对，适时地咳嗽了一声。

"古晋仙君高义，本王感激不尽，不过这第三杯酒本王要敬另外一人。"孔雀王举起酒杯，一句话便适时地勾起了众人的好奇。

华默手中的酒杯在众目睽睽之下朝一旁的澜沣移去，笑声朗朗："小女华姝和澜沣上君情投意合，不日百鸟岛和天宫将举行大婚。"他一杯举到澜沣面前，面目慈和，"澜沣上君，本王便将姝儿交付给你，以后你可要好好待她。"

殿上陡然一静，又哄然响起不绝的议论声，各派掌教神情惊讶，尤其是天宫的风火雷电四大司职上君，显然之前并不知道澜沣和华姝订婚之事。

毕竟澜沣代凤染掌管天宫，他的婚事说来应先经天宫议定，不该如此草率便定下，但华姝身为孔雀族公主，美貌与仙力并重，享誉仙界已久，婚配澜沣也不无不可。

再说，这男婚女嫁，实则是两家之事，旁人也干涉不得。

高殿上的澜沣听见孔雀王的嘱托，神色庄重，他一手执杯，一手牵起华姝起身，以杯低碰，一饮而尽，而后向孔雀王行晚辈之礼，沉声应道："王上放心，澜沣定善待公主，不负王上所托。"

手心的力量灼热而温暖，华姝微微一怔，低头看着被澜沣牢牢握紧的手，眼眶突然有些莫名湿润。

她从一开始选中澜沣便是因为他是天帝候选人，故才有意接近，步步筹谋，但这些年过去，两人相识相持，她待他，到底不是没有一丝真心。

会爱上他吧，只要他成为天帝，成为仙界主宰，她在他身边，总有一天会爱上他。华姝这样想，被澜沣握住的手悄悄一动，反手将他握住。

澜沣神情一动，眼底拂过未被察觉的惊喜，他眉梢扬起笑意，再满上一杯朝殿上众君敬去。

"九月重阳，澜沣将在天宫和公主大婚，届时必宴请诸位，相迎各位仙友！"

澜沣上君一向清冷稳重，如此显而外露的情绪还从未有过，看来是真的对孔雀族公主情深义重。殿上众仙见两人郎才女貌，璧人相携，倒是感慨，纷纷举杯相贺，诚心祝愿，一时殿上热闹非凡，都道孔雀王好眼光，万里挑一，选了个最有前途的好女婿。

唯有古晋坐在左首，慢慢品着百鸟岛上好的佳酿，他的目光在澜沣和华姝身上拂过，竟是从未有过的平静。

恰在此时，一道长长的鹰啸在百鸟岛上空响起，这声音之恢宏锐利竟生生盖过了岛上众雀的吟唱之音。

华默和华姝神情一变，还未有所反应，"轰"的一声巨响，百鸟岛上空的结界被撞得狠狠一震，伴着这一撞，鬼哭狼嚎又忒不持重的声音在殿外撒着欢儿响起来。

"哎哟，师兄我来陪你祝寿啦，快把你护着岛的宝贝遮天伞收起来，撞疼小师妹我啦啦啦！"

# 捌·诉衷情

仙族素来持重老成，这般十足活泼的叫喊实可谓难得。众仙来不及好奇鹰族为何会出现，就先被这声叫喊勾起了好奇心。到底是哪家仙府的小女君，来百鸟岛为孔雀王祝寿，竟是伴着冤家鹰族前来，这也太不长心眼了吧。

在华默宣布澜沣和华姝的婚事时都未兴起一点波澜的古晋，在这惊天一撞并那卖力的吆喝声响起时，神色一动，眼底露出一抹无可奈何和那么一点儿自个儿都未察觉的惊喜。

"师兄师兄！快撤结界，让我进来啦！"百鸟岛上空，清脆的女声还在不断响起，听着娇憨。

"这到底是哪家的女君？"

"是啊，谁家的呀？"

殿上众仙议论纷纷，互相问着，都想出去瞧瞧热闹，只是碍于孔雀王面色冷沉，皆不好骤然离席。

古晋咳嗽一声，朝议论的众仙和孔雀王拱手，颇为认命道："王上，听这声音，大概是我那小师妹来了，小师妹年幼，性子顽劣，惊扰到诸位仙友了。"

古晋的师妹？东华上神何时又收了个弟子？还是个女娃娃？这倒是新鲜了！

可大泽山的女君，怎么会和鹰族搅和到一块儿去？

古晋说完，不管众人满腹疑惑，已经率先起身离席，朝殿外而去。

他这一起，华默便不好再端坐殿上，只得领着众仙一齐跟了出去。

殿外，一只金色大鹰展翅而翱，它背上盘腿坐着一个十五六岁的小姑娘，那姑娘长发垂肩，眉目清纯，弯着一双乌黑的大眼，笑意盈盈，十分的机灵俏皮。

众人头一次见阿音不觉有异，倒是古晋被她这十足纯良的模样一震，紧接着后脊微微一凉，瞧这娃娃笑里藏刀杀意绵绵的模样，总觉得有人要遭殃。

华姝刚和澜沣定亲，本在殿上接受群仙祝贺，众星拱月的滋味尚未尝足，便闹了这么一出，她立在孔雀王身后，望见在大泽山上差点坏她好事的阿音，更添了几分不耐。

华默对鹰族一向不喜，刚准备询问这大泽山的女君怎会和鹰族一同前来，阿音轻快的声音已经适时响起。

"师兄！这北海大着呢，我寻不着路，差点被水怪吞了，多亏遇到宴爽，救了我！你快打开遮天伞让我进来！"

小女君一身碧绿仙袍，抱着金鹰的脖子朝下喊道。

遮天伞护在百鸟岛上空，被撞后正散着神光，将这一人一鹰结实地拦在了结界外。

阿音那点子皮毛仙术古晋是知道的，生怕她一路闯来吃了亏，于是连忙朝华默看去，道："王上，我师妹素来胆子小，又是小孩脾性，她初次独自下山，这一路想必受了惊吓，还请王上打开百鸟岛结界，让她入岛。"

古晋知道孔雀一族和鹰族有嫌隙，但那只金鹰一路护送阿音前来，他总不能恩将仇报将金鹰驱离，再者今日仙界各派齐聚百鸟岛，鹰族若真有开战之心，也不会挑在这种场合。

华默自是明白这个道理，他虽神色不悦，但仍朝华姝摆了摆手，吩咐道："姝儿，打开结界，让她们入岛。"

华姝皱了皱眉，念出仙诀，手一挥，一道仙力拂向结界，遮天伞的神光隐住，百鸟岛上空破开一道缝隙。

但华姝这么一番动作，几位老仙君便瞧出了端倪，轻咦了一声，面上露出疑惑。

半神器内蕴有半灵，单凭华姝几句仙诀便能驱动，显然遮天伞和华姝羁绊颇深。但在今日宴席之前，这遮天伞尚是古晋的神器，只是百鸟岛借用而已，应该不至于发生那样下作的事吧……

阿音眯着眼勾了勾嘴角，看着华姝在众目睽睽之下打开了结界才拍了拍金鹰的头，低声道："宴爽，我们下去。"

金鹰在空中漂亮地回旋了一圈，振开双翅朝岛内俯冲而下，长啸一声化成少女落在众仙面前。

少女一身盔甲，姿容瑰丽，极具异域风情的脸庞配上兵戈之器，格外飒爽，和平日里瞧多了的女君们很是不一样。

不愧是以善战闻名三界的鹰族，不少仙君瞅着宴爽暗暗颔首，颇为欣赏。

"师兄！"阿音在地上蹦跶了两圈，抖了抖发麻的腿，朝古晋跑来，拉着他的袖子埋怨道："怎么回事啊？你的遮天伞不是认识我吗？怎么还会攻击我？刚才它差点就把我和宴爽震飞了？"

阿音瞅着古晋问得无意又可怜巴巴的，众仙心底一动，总算明白刚才那股子奇怪劲是怎么回事了。

遮天伞是东华上神赠予爱徒护身的半神器，想必古晋受神器之初便已滴血认主，按理说刚才即便华姝不出手，古晋也能收回遮天伞让他师妹入岛，可他却向孔雀王请求让华姝出手才收了结界，除非……

神器滴血认主后，自己不能再用只有一个可能——这把神器已经被人用内丹炼化，成了别人血脉相连的护身武器。

殿外的仙君想明白了这个道理，顿时看向孔雀王一家的表情都微妙了起来。

搞半天不是人家大泽山非得大气地把半神器送了报恩，敢情是遮天伞早就被炼化，根本拿不回来了，这，这，这也太缺德了吧！

别人在危难之际念着情分将守山宝物外借，你却不声不响就给吞下了肚，众仙朝华姝看了一眼，心里默默念了句还真是人不可貌相、海水不可斗量。

一众老仙君当即便收了脸色，平日里对华姝满心倾慕的仙君们也格外不是滋味。

众人的目光如芒如刺，华姝享受惯了爱戴尊荣，哪里受过这种气，若不是澜沣一直握着她的手安抚于她，她早已按捺不住将阿音和宴爽轰出百鸟岛了。

"阿音。"华姝面上的羞怒古晋看在眼里，总得顾及百鸟岛的颜面，他在拉着自己袖袍的手上拍了拍，道，"公主殿下数年前对我有恩，我已将遮天伞送给了华姝公主，权当报答公主当年的相护之恩，遮天伞已经是公主的护身神器了。"

阿音眼睛眯了眯，没有出声，看向古晋满是怒意。

她和宴爽千里奔来，入岛之际被神力结界攻击时她便察觉遮天伞已被华姝炼化。古晋在紫月山时曾答应自己将遮天伞拿回，想都不用想肯定是孔雀公主见宝起意把神器给

捌〇诉衷情

私自炼化了。拿着炫星凤冠来求亲不算,连师父留下的护身神器也被昧下了,阿音一时气急,这才让宴爽在岛外闹出大动静,引得众仙而出,想要讨个公道。

如今古胖子当着众仙的面将遮天伞赠予华姝,分明是为了保全她的颜面。这简直是为了新媳妇连师门都不要了?真是个见色忘义的混球!

阿音没赶上前半场宴席,自是不知道古晋的炫星凤冠已经好好地收在了乾坤袋,也不知华姝和澜沣定了亲。她怒从心起,背对着众人瞪着古晋的眼里能冒出火来。

见阿音越发生气,古晋明白她是想岔了,他一把抓住就要出声的阿音,声音一抬,便带了一抹笑意:"你来得正好,澜沣上君和华姝公主刚刚定下亲事,重阳之日两位将在天宫举行大婚,看来除了给华王上祝寿,你还得给两位敬上一杯。"

古晋只这么低笑一句,阿音火烧火燎赶来的焦急和满腔怒火被浇得半点不剩。她愣了愣,眼底猛地发出一抹亮光,磕磕巴巴地问道:"师兄,你说,说啥?华姝公主定亲了?和澜沣上君?"

这剧情反转得……阿音觉着自己洪荒之力还没使出来,就已经朝着另外一条支线欢快地奔去了。

见古晋颔首,阿音华丽地转身朝澜沣和华姝望去,这一瞅就瞧见了两人紧握的手。阿音眼一弯,顿时扬起大大的笑容,连连点头:"师兄你说得是,是得好好祝贺祝贺。"

她三步并作两步凑到澜沣面前,难以掩饰面上的高兴,抓住澜沣上君的另一只手,用力摇了两下:"澜沣上君,恭喜恭喜,祝两位百年好合,早生贵子。"她絮絮叨叨地念了几句,实在忍不住,又笑眯眯道:"上君,您真是好眼光!"

澜沣陡然被阿音这么一闹,迎上少女俏皮的眼神,虽然知道她话里有话,但终归对着这么个小女娃娃摆不出脸色来,只得默默抽回手。

"澜沣多谢小女君吉言,待重阳之日我和华姝大婚,你和古晋仙君可要来喝一杯喜酒。"

澜沣笑容温和,眼神清澈,阿音为他话里的释怀和坦然一怔,忽而觉得有些不好意思,脸上一红,垂下了眼。

这澜沣上君倒是个好人,我这么埋汰挖苦他倒是不怎么地道。只是他瞧上了那个肚里一团黑的华姝,着实可惜了!

古晋瞧着华姝表情不对,立马把嘚瑟得找不着北的小师妹一把拉回来藏在了身后,打起了圆场:"师妹莽撞,澜沣上君勿怪勿怪。"

仙界众人听惯了文绉绉的贺词，还来不及品味大泽山小女君这有些奇怪的话，一旁爽朗的笑声已经响了起来。

这话里的违心之意真不是一点半点。一旁的宴爽使劲憋了半晌，还是没忍住，一个不慎笑出了声。

她这一笑，祸水东引，被扰了宴席又憋屈了半晌华姝冷哼一声，向前一步，望向宴爽冷冷道："宴爽，你好大的胆子，居然还敢来我百鸟岛！"

被呵斥的鹰族公主慢悠悠抬了抬眼皮，笑得忒实诚。

"好歹也是华默王上寿诞，邻里邻居的，我父王让我来向王上贺寿，赶巧碰上公主定亲，这杯酒就更是要喝了。"

原来是宴丘王的闺女，鹰族的公主，这份狂傲倒是深得其父真传。鹰族和仙界交集不深，又好独来独往，离群索居，除了鹰王和几位长老，年轻一辈的身份名讳便只有常年与其作对的孔雀一族知晓了。

"鹰王的恭贺，本王受不起！"华默冷哼一声，拂袖道，"看在你今日护送大泽山女君前来的分儿上，本王不为难你，还不速速离岛。"

孔雀王对鹰族公主不假辞色众仙倒是不意外，一百多年前两族一场大战，孔雀王败于鹰王之手，自此内丹耗损，仙基大毁，到如今孔雀王都还未恢复，难以动用仙力，想来两族仇怨颇深。

"王上，来者都是客，孔雀族向来仁义，岂有驱客的道理？我千里而来，您就算不给杯酒水喝，我父王的寿礼，您还是要看一看吧。"宴爽丝毫不为孔雀王的态度所恼，仍旧笑眯眯道。

"哼，本王无福消受。"华默挥手，"送客。"

一旁的孔雀族侍卫执戟上前，就要将宴爽驱离，众仙不便开口，恰在此时，一道清脆的声音响起。

"王上！"被古晋藏在身后的阿音探出身子，走到宴爽面前将她护住，笑道："鹰王既然遣了宴爽来送寿礼，想必是有两族修好之意，百鸟岛和鹰族纷争多年，两族俱是伤亡惨重，这次既然停战，陛下何不纳了鹰王的善意，重修两族之好，让咱们仙界更安宁平顺。"

阿音眉眼弯弯，瞧上去是个小丫头，说出的话却格外站得住脚。偏偏她还是东华上神的幼徒，说起来和孔雀王一个辈分，又还轻视不得。

不少老仙君摸着胡须点头，连澜沨神情中亦是赞同。

古晋眉一挑，很是意外。这丫头向来懒得很，这种仙族和睦的事平日里听都懒得听，这次怎么管到头上来了。

"王上，鹰王愿意和解，于我仙界乃一桩喜事，今日您大寿，不如趁着好日子收了鹰王的寿礼，平息两族争端，您看如何？"

澜沨不比其他仙君，他是天宫的代掌者，他的意思便是整个天宫的意思，更何况他马上会成为自己的乘龙快婿，澜沨的面子无论如何孔雀王也不能驳。

只见华默神色缓了缓，沉声道："宴爽，既然澜沨上君和阿音女君说情，本王便收了你的贺礼，只要你鹰族不再横生事端，我们两族比邻而居，日后自然会相安无事。"

见华默神情倨傲，华妹一脸不屑。宴爽掩在袖中的手紧了紧，她嘴角仍带着笑意，从袖中拿出一方墨盒，道："华默王上，这是我鹰族在北海秘境寻得的碧血灵芝，治疗内丹毁损最是有效，父王特意让我送来，除了为王上祝寿，也是父王为了当年之事聊表歉意。"

碧血灵芝？此物生于北海深处，乃治疗内伤的奇药，只是传说有阵法和怪兽守护，极难寻得，有了碧血灵芝，说不定孔雀王的顽疾真能治好。鹰王以此宝相送，果然有真心修好之意。

众人朝孔雀王望去，只见华默面上瞧不出喜怒，他朝宴爽摆了摆手："鹰王有心了，来人，收下贺礼。公主既然代父前来，那便进殿喝一杯寿酒吧。"

见孔雀王收了寿礼，殿外的仙君们皆舒了口气，想着两族争斗了这么些年，有这么和解的一日倒真是不容易。众人正准备随华默再次进殿入席，哪知宴爽的声音不慌不忙地再次响起。

"王上，今日宴爽前来，除了贺寿，还有一件事想代父王向王上和澜沨上君商议。"

已经转身入殿的华默听见此言，转过头，眉一皱，道："你还有何事？你我两族已约定休战十年，你父重伤在我儿之手，你回去告诉宴丘，我百鸟岛绝非乘人之危之辈，这十年不会兴兵而犯，让他只管放心，此事何须惊扰澜沨上君？"

任谁都听得懂孔雀王这一句中的踌躇满志和对鹰族的不屑，宴爽眼一睐，将碧血灵芝交给一旁的孔雀族侍卫，上前一步微微欠身，望向华默沉声开口："王上误会了，我父王亲口定下的十年之约，我族亦不会打破，宴爽想和王上还有澜沨上君商议的是另外一件事。"

"宴爽公主，鹰王有何事需要与我商议？"澜沣好奇地问道。

华默心里一跳，鹰族向来独来独往，从不理会天宫仲裁，这次应该不会提起那件事吧？华默瞧见宴爽嘴角微微勾起，心底不安，正欲开口截住宴爽的话，却还是迟了一步。

"无极洞。"宴爽嘴里清晰地吐出三个字，朝澜沣拱手道，"澜沣上君，宴爽此次前来百鸟岛，除了向华默王上拜寿外，还有一件事想请您、各派掌教和华默王上为我鹰族行个方便。"

澜沣见宴爽神情郑重，道："宴爽公主，你说的是何事？还请言明。"

宴爽颔首，端正了神色道："澜沣上君，各位掌教，我鹰族久居北海深处，和天宫及各派均甚少往来，所以诸位大概不知我族从百年前起便一直有灵力高深的族人失踪。父王曾率领族人四处寻找，但一直没有线索，直到数年前二长老失踪，父王才在无极洞外寻到了一点二长老曾经留下的灵力波动，只是无极洞是孔雀族的属地，父王为表尊重，曾亲入百鸟岛向华默请求入洞探查。只是……"宴爽面上现出一抹恰到好处的尴尬，像是遮掩一般含糊其词道，"我父王性子刚烈惯了，不太会说话，当年怕是冲撞了华默王上，王上不允许鹰族入洞查探，只愿意和父王定下战约，言我族要是能胜百鸟岛，才能入洞探查，这一战就战了百来年。"

宴爽挠了挠头，向华默和众君投了个腼腆和无奈的笑容："我父王这两年越发担心族人，二长老又生不见人死不见尸的，父王也是急了，这才倾全族之力想赢下战约，哪知运道实在差，父王潜心修炼了百来年，却还是输在了华姝公主的遮天伞手上，这也算是命了，看来我鹰族始终无法赢得百年前和华默王上立下的战约。"

宴爽顿了顿，沉沉叹了口气，向华默又拱了拱手，道："王上，我父王如今重伤在床，感念往昔，亦觉得当年为了一时意气和王上立下战约实在不智，这才遣我前来向王上奉上寿礼。两族相争实在有伤天和，还请王上看在两族情谊和仙界和平的分儿上，放下当初的怨愤，允我率领族人入无极洞彻查二长老失踪一事。"

宴爽声音落定，殿内外一片安静。

众人在微微弯腰行礼的鹰族公主身上看了半晌，才算反应过来她刚才说的话，立时各派仙君面面相觑，纷纷议论起来。

这鹰族公主是什么意思？不是说鹰族挑衅孔雀族百年，连连开战，是为了抢夺孔雀族在北海的洞天福地吗？鹰族族人失踪是怎么回事？无极洞是怎么回事？两族战约又是怎么回事？

捌〇诉衷情

殿外仙君的目光在脸色青红交错的孔雀王和华姝身上转了数圈，总算品出了点儿味道来。

鹰族和仙界各族交往甚少，又离群索居，那些为了抢夺地盘年年开战的流言是怎么传出来的，用脚指头都想得出来。

这孔雀一族做事未免阴狠了些，明明是光明正大立下的战约，竟变成了一族相欺的传言。

殿外脸色不好看的，除了孔雀王父女，便是澜沣和古晋了。一个代掌天宫，却在未明两族事端的情形下偏帮了孔雀一族，让鹰族沦至众仙嫌弃的境况；一个识人不清，把师父传下来的宝贝借出去给人当枪使，让鹰族百年的努力功亏一篑。

华姝在宴爽开口时便知道不好，如今见一众仙君诧异的目光落在自己身上，顿时火起，她向来看重百鸟岛的名声，当即踏出一步朗声道："宴爽，当年你父王入岛时口口声声说你族人失踪在无极洞，我们怎么知道所谓的族人失踪不是你们凭空捏造的借口？鹰族和孔雀一族向来有嫌隙，我父王当然不会随意让你们入洞查探。你们输了战约，按照约定本就不能入洞，如今竟搬出天宫和各派掌教来，到底是何居心？"

"姝儿！"澜沣声音一沉，握住华姝的手，朝她摇摇头，眼底带了一抹失望。

华姝骤然一惊，脸色微白。她在澜沣身边一直以温柔示人，刚刚怒急之下说出的话，会定让他厌烦。

澜沣的目光在殿外众君的面上扫过，见他们多是对百鸟岛不屑，暗暗叹了口气。

他向前一步，看向宴爽，正色道："宴爽公主，事涉族人性命，澜沣相信宴丘鹰王绝不会信口开河。"澜沣转头朝华默看去，"王上，鹰族亦是仙门一派，族人失踪事关重大，凡有线索都不能错过，请打开无极洞，明日本君会和鹰族一齐入洞查探，王上可以放心，有本君在，洞内绝不会横生事端。"

澜沣声音沉沉，带着不容置喙的决断。他身后，天宫四大司职者静立，一齐望向孔雀王，仿若无声的警告。

天宫的威严和御令，终究不是区区一族之王能够违背的。

宴爽眼底现出一抹意外，对澜沣倒有些真心钦佩。作为百鸟岛的未来女婿，他这个天宫执掌者在知道事情真相后并未偏帮孔雀一族，反而公正严明，足见此人秉性良善、大公无私。

华默神情微冷，负在身后的手微微握紧，现出一抹不正常的青紫之气。但他沉默许久，终是转头朝宴爽看去，道："我族和鹰族向来积怨颇深，不愿让鹰族入我岛属地查探乃人之常情，故本王才定下百年战约。但既然鹰王后悔，愿意将战约废除，澜沣上君又为你们说情，本王便破例允许你们入无极洞查探。不过仅此一次，此次过后，你鹰族依旧不能踏足我孔雀一族在北海上的任何属地。"

"多谢王上深明大义！"宴爽弯了弯眼，不理会华默，反而一派轻松。她今日所为本就是为了将鹰族开战百年的原因大白于天下，现在目的已经达到，又在澜沣的帮助下能入无极洞查探，完成了鹰族百年来的夙愿，又岂会在意华默父女色厉内荏的几句话？

"寿礼已送，宴爽公主要入无极洞的目的也已经达到，本王的寿宴便不留你了。"华默冷冷扫了宴爽一眼，袖摆一挥便朝殿内走去。

"华默王上。"

华默抬脚踏进殿门的一瞬，一道清冷的声音突然响起，一直冷眼旁观整件事的古晋从众仙之中走出，行到殿外正中，唤住了孔雀王。

直到古晋从人群中走出唤住孔雀王，众仙这才想起了一件挺重要的事儿。

数月前孔雀族和鹰族两族相争，孔雀一族完全处于劣势，华姝入大泽山借来遮天伞，这才大败鹰王，有了今日这场既祝寿又庆功的寿宴。但当初华姝借遮天伞的理由，想来应该是鹰族抢掠洞天福地之类的了，如若不然，身为大泽山三尊之一，古晋就算要报恩，也不会轻易将神器外借来打压另外一族。

青年长身玉立，眉眼凛然。孔雀王转过身，瞧见的便是这样的古晋。大泽山是仙界巨擘，不比鹰族单居海外，他有心将此事揭过，这才急忙将宴爽驱离出岛，却不想古晋还是开了口。

"古晋仙君？"华默朝古晋望去，并不十分担心。遮天伞是古晋自愿借出，也是他心甘情愿送给姝儿报恩，到如今他总不至于当着仙界众君再要回遮天伞，落个无信背义的名声。

"王上。"古晋抬首，眼底一派沉稳，"数月前两族一战后，王上可是和鹰王定下了十年休战之期？"

听见古晋的话，众人不免一愣，本来以为古晋仙君年轻气盛，或许会因为气愤拿回遮天伞，怎么倒问起两族休战的事情来了？

一旁的宴爽亦是一怔，有些不解，朝阿音瞅去。

阿音正望着古晋若有所思，以她师兄的性格，不会再拿回遮天伞，他是想……自己做的错事，怎么着也要自己弥补回来吧。

"不错，宴丘大败，和我族定下十年休战，十年内我两族互不侵犯，亦不开战。"华默颔首。

古晋微微点头，云淡风轻地开口："王上，仙族失和有伤天伦，古晋认为，十年休战之期不如改为百年。百年之内，两族暂休……"他微微停顿，在众仙诧异的目光中看向澜沣，"澜沣上君以为这个提议如何？"

众人这才明白古晋刚才所问之话的用意。华姝已经炼化了遮天伞，突破上君巅峰指日可待，甚至还有可能踏入半神，如今鹰王重伤，就算休养十年也未必会恢复巅峰状态，两族毕竟仇怨颇深，若是十年后百鸟岛有心挑起战乱，到时鹰族并无一人是华姝的对手，恐有灭族之危。

这是两族宿怨，北海之上除了孔雀族和鹰族，就只有一府不问世事的北海龙王，其他仙派不便介入两族争斗中，真出了事，也不好出手相帮。

百年休养，以鹰王的本事，只要潜心修炼，还是能和华姝一争长短的。古晋仙君这是在逼孔雀王立下百年和平之约，为鹰族休养生息争得足够宽裕的时间。

不愧是东华上神的徒弟、大泽山三尊之一，即便是做错了事，单这份扭转乾坤的胆魄和胸襟便是常人难及。

听古晋问及的澜沣一怔，着实有些为难。他刚才已经强令孔雀王打开无极洞让宴爽进去查探，若再让华默立下百年之约，那百鸟岛的颜面何在？他刚刚和华默定下婚约，于情于理，都不好再开口。可他偏偏是天宫代执者，为了两族安宁，古晋的提议并无不妥……

罢了，天帝将仙界交给他，他总不能辜负天帝的信任。

澜沣正欲开口，一旁的华默不待他回答，已望向古晋神色不悦。

"古晋仙君，两族休战开战，是我孔雀族和鹰族的事，大泽山纵威望再高，也不该管到我北海之上来吧？"

古晋不为所动，只微微挑眉，露出一抹恰到好处的诧异："王上，当初华姝公主入大泽山借遮天伞时，倒是未曾说这是两族相斗的私事……"

古晋是上古的儿子，又是天启和凤染那两个老妖怪一手养大，心智怎么可能简单。在宴爽说出两族交战的真正原因时他便知道自己被人利用了。

他因错信人被利用也就罢了，但现在因为他的愚蠢，鹰族失去了堂堂正正赢下战约

220 ·

的机会，师尊留下的护山神器亦被华姝炼化，就连从不卷入仙界争斗的山门也差点因为他坏了数万年的山规。他若到此时还因为一点私人恩义而一言不发，他如何对得起师尊和师兄这百年的栽培，大泽山的威信和颜面又何在？

若不是时机不对，孔雀王父女的脸色又太差，殿外的仙君们简直要为古晋仙君这句话拍手叫绝了！

是啊，当初你百鸟岛被鹰族追着打，上大泽山借神器时怎么不说这是两族的私事，如今炼化了神器赢了鹰王便嚷嚷着这是自家的事了，做人不能这么不地道啊！

见众仙神情不对，华姝脸色微白，羞愤交加又无可辩驳。

华默见爱女受了委屈，怒意更甚，他负手于身后，将想开口息事宁人的澜沣一把拦住，沉眼朝古晋望去："古晋仙君，若是本王不答应呢？"

古晋没有出声，许久，他向华默的方向行了一步，若是仔细看，他站的地方正好将宴爽和阿音牢牢护在身后。

古晋手微抬，指尖拈出一个简单的剑诀，元神剑应声出鞘，在他身后划出绚烂的剑光，然后稳稳停在孔雀王和古晋之间，浑厚的仙力从剑身上涌出。

"如果王上不愿立下百年之约，那十年之后，凡百鸟岛和鹰族有所纷争，我大泽山都会为鹰族拔剑而战。"

古晋仙袍飘飞，目光坚毅，他的声音在鸦雀无声的大殿内外分外铿锵有力，震得一众仙君简直回不过神来。

古晋身后的宴爽目光闪动，眼底涌出一抹温意。阿音说得对，她这师兄是个好人，孔雀族的那个华姝，是真的配不上。

至于阿音，瞧着自家师兄的背影，差点哈喇子都流下来了。

哇，阿晋实在太帅了！阿音摸了摸下巴，眼底的笑意藏都藏不住，心底直腹诽：阿晋和百鸟岛的关系处成这样，他应该不会再想着念着华姝了吧。

乾坤袋里的阿玖也时刻听着殿外的动静，似乎是感觉到了阿音心底的愉悦，他不满地哼了哼，却被阿音警告地敲了敲袋子。

"你！"孔雀王脸色更加难看，但古晋的话却让他怒意微敛，暴怒的神志也稍稍恢复。

他没有想到古晋会为了鹰族做到这个地步，但古晋代表的是大泽山，若他坚持不肯立下百年之约，那就等于亲手把大泽山这个庞大的助力推到了鹰族的战壕里，从此北海之上便再也不是孔雀一族说了算。罢了，忍一时之气算得了什么，他这么多年都忍过来了，将来的日子长着呢。

华默狠吸一口气，终于缓和了脸色，他看向古晋身前的元神剑，硬是挤出了一丝微笑来："贤侄这是做什么，本王刚才急怒攻心，不过说几句玩笑话罢了。百鸟岛本就无意开战，十年也好，百年也罢，对本王又有什么区别？本王不过是尚不习惯旁人来做我百鸟岛的主。也好，仙界安宁高于一切，本王答应你，百年之内，北海之上绝不会有任何纷争。澜沣上君和众位仙友在此，都可以为本王做个见证，本王一诺千金，绝不反悔！"

见孔雀王松了口，古晋手一挥，收回元神剑，朝华默微微拱手，一派翩翩公子的好模样，他轻轻一笑，道："王上莫怪，古晋年少，难免心急，刚刚僭越了。"

瞧见刚才一幕，华姝突然想起十年前梧桐岛上三言两语便将雷澈骇得退避三舍的那个少年仙君来。

当年的古晋和十年后青年仙君的身影缓缓重合，她心底骤然泛出点点不安，头一次生出了一个荒谬的念头来。

为了澜沣放弃古晋，究竟值不值得？这个大泽山里从不出世的长老到底还有多少面孔是她所不知道的。

"无妨无妨，说开了便好。"澜沣从一旁走出，一团和气地缓和气氛，"既然所有事都解决了，寿宴未完，大家先进殿入席吧。宴爽公主，你明日还要入无极洞，今日便在岛上休憩吧。"

华默顺着澜沣递来的台阶而下，亦颔首道："贤侄，阿音女君风尘仆仆而来，还是入殿就席吧。"

哪知古小胖明里守礼又得体，实际上是个眼里揉不得半点沙子的，他朝孔雀王微微欠身："王上，家师刚刚飞升，山门内俗事繁多，我两位师兄年纪大了，有些顾不过来。闲竹师兄在我下山之时便嘱咐我送完了寿礼早日回山，古晋先行告辞，就不叨扰了。"

见古晋要走，众仙也不意外，毕竟刚刚两方才剑拔弩张，怕是孔雀王也未必想和古晋仙君再饮几杯寿酒。

华默眼底飞快划过一抹不喜之色，面上却仍旧和善，他摆了摆手，道："既是如此，本王就不留贤侄了。"

古晋也不多话，提溜着一旁阿音的领子就往外走，半步都未迟疑，更是从始至终，没有再望向华姝一眼。阿音得了满意的结果，正高兴着，哪里管他师兄带走她的方式够不够体面。

宴爽这时飞快地朝孔雀王拱了拱手，接了一句："华姝王上，我们邻里邻居的反正也不远，明日我再来岛上和澜沨上君汇合便可，宴爽先告辞了。"

她说着跟着古晋和阿音朝外岛而去，鹰族公主一身战袍，不知怎的，逆光之下，竟隐隐有些守护的意味。

很多年后，仙界的老仙君们想起这一日时，都会忍不住感慨。

那些纠缠千年的渊源和守护，恩义和执着，或许，便是从这一日开始的吧。

古晋和阿音被百鸟岛的侍卫默默领着朝岛外走，身后还吊着一个鹰族公主。

阿音见古晋很是沉默，想着他一心为了求娶华姝而来，如今华姝要嫁给澜沨，想必心里不是滋味。阿音几次想插科打诨逗个乐子都说不出口，只得闭紧嘴小心翼翼跟在他身后。

出了百鸟岛，古晋三人刚腾云入空，阿音腰上系着的乾坤袋便动了动。

古晋似有所觉，随手在乾坤袋上弹了弹，警告道："来祝寿的都是仙族前辈，仙力高深，我们还没出北海，别胡乱妄为添麻烦。"

看来古晋倒是清楚，以阿音的仙力和本事，还没办法独自穿越北海抵达百鸟岛，那只倒霉狐狸铁定跟着她跑出来了。

阿晋宁愿拂了孔雀王的脸面，也要匆匆告辞离开百鸟岛，难道是因为猜出阿玖跟着他一起下了山，怕阿玖会给她惹出麻烦来？

阿音一路藏着心思乱猜，悄悄瞅了古晋的脸色无数次，终于在即将跨出北海海域时开了口。

"阿晋，你……"

阿音刚开了个头，天空尽头五彩霞光下一女君亭亭而立，正望向他们。阿音自觉地收了声，眼微微眯起，眼底燃起一抹火焰。

"哟，古晋仙君，有人在等着你呢，你还不快过去。"两人身后的宴爽瞧见那女君，咧嘴一笑，朝阿音努了努嘴，幸灾乐祸。

不远处，华姝一身素裙，不施粉黛，竟有些洗尽铅华的出尘感。她看向古晋，踏云而来。

真别说，这样的孔雀公主着实漂亮，阿音顿感危机，急忙转头朝古晋看。她可是记得当初大泽山上古晋对华姝的稀罕，要是这憨货再心软……

亲没求成，又和孔雀王交了恶，还有什么好叙旧的，直接走不就是了。阿音一边心里默念着"千万别过去，千万别过去"，一边眼睁睁看着古晋走向了华姝。

她嘴一扁，撒气似的盘腿坐在云上，懒得管那个二愣子了。

古晋虽然走向了华姝，但阿音的小动作被他瞧得一清二楚，他嘴角勾了勾，眼底带了一抹藏着的愉悦。

就这么一瞬间，华姝已经近到眼前。

"公主。"古晋朝华姝微微抬手，客气而疏离。

华姝眼神一黯："看来你不愿见我，你于我有恩，我总该来送送。"她顿了顿，解释道，"阿晋，当初在大泽山，我并非有意欺骗。我父王当年伤在鹰王之手，自此便不能再用仙力，两位哥哥资质愚钝，我确实无力再支撑百鸟岛，才会向你……"

"殿下。"古晋打断华姝的话，轻轻叹了口气，"我虽曾恋慕殿下，但并不愚蠢。有些话说一遍可以，再说便是过了。"

不远处的阿音听见这一句，耳朵连忙竖起来，不由自主朝古晋和华姝的方向挪了挪。

华姝脸色一变："阿晋！"

古晋望向她，堂堂正正："鹰族只是为了进入无极洞调查族人失踪之谜，本就不是为了抢夺百鸟岛的洞天福地，即便是你当初输于鹰王之手，又如何？于你百鸟岛本就没有半分损伤。"

"我若输了，仙界各门都会以为我百鸟岛软弱可欺，将来那岂不是谁都能踩上几脚！"华姝声音微抬，眼底带了一抹倨傲。

"所以，为了赢，为了百鸟岛能傲视北海，为了有足够的身份和名声堂堂正正地嫁给天宫代执者，你便将我的相助之心踩在脚底，故意炼化了遮天伞吗？"

华姝眼底露出一抹惊慌和羞愤："我没有故意炼化，若不是和鹰王交战危在旦夕，我如何会炼化你的遮天伞！"

古晋闭眼，再睁开时目中已无半点温情："遮天伞是我师尊的半神器，我当初已和遮天伞滴血认主，即便是半神要炼化它，也非半月之功不可。华姝，在和鹰王交战的那一息半刻里，你根本不可能炼化遮天伞。我入岛三日，你有无数机会来见我，那时只要你开口，看在当年梧桐岛上你对我的恩情上，遮天伞我一定会给你。但你却派人故意将我引入静姝阁……"他看向华姝，目光清明而睿智，"火凰玉从不离我身侧，那日在花园中曾有个侍女不小心撞了我，应是那时她故意拿走火凰玉，然后丢在去静姝阁的必经之路上。而你在静姝阁里对澜沣上君说的那些话本就是说与我听的，不是吗？"

华姝哑口无言，她本以为古晋是因为她当初在大泽山的欺骗才愤而离开，本想着送古晋一趟，说些软话来挽回百鸟岛和大泽山的情谊，却不想古晋竟早已看破了她的所有安排。

华姝一时羞怒交加："既然你全部都知道，那为何还愿意在众仙面前将遮天伞赠予我，为何不拆穿我的谎言？"

"因为纵然你说的所有话都是谎言，但有一句是真的。"古晋缓缓开口，"孔雀王仙力毁损，你两位兄长资质愚钝，你一介女君，支撑偌大个百鸟岛，确实不易。"

他缓缓道来，不过一句平实的话，却让华姝愣住了。华姝嘴唇动了动，竟有些颤抖。

"我没有再强行取回遮天伞，并不是因为你当初在梧桐岛上对我的恩义，而是因为这句话你并没有骗我。殿下，相识一场，你当初的相助维护，古晋始终铭感五内，但殿下的路，古晋只能帮到这里了。"

他朝华姝微微欠身，格外坦然："古晋祝殿下和澜沣上君琴瑟和鸣。日后仙路悠长，三界广袤，古晋只愿和殿下再无交集，殿下保重。"

古晋说完，飞回阿音和宴爽的云朵上，在阿音头上摸了摸，仙袍飘飘，驾云而去。

华姝立在原地，神情复杂，许久，她叹息一声，独自一人回了百鸟岛。

北海之外，云端之上。

阿音盘腿望着古晋的背影，显然还未从他刚才那番格外到位又漂亮的话里回过神来。

衣袂飘飘的仙君转过身弯腰，和尚在发愣的女娃娃齐高。

"满意了？"

阿音连连点头，笑得眼睛成了一条缝。

"一个人跑这么远，怕不怕？"

"不怕不怕，也不看我是谁教出来，本事大着呢。"

"哦？"古晋挑了挑眉，"以后还乱不乱跑？"

"不跑不跑，以后只跟着师兄，再也不乱跑啦！"

阿音拉了拉古晋的袖摆，用了十分的力气卖萌装可怜。

古晋瞧她这副又高兴又心虚的模样，终于破功笑了起来，在她头上拍了拍，"好了，起来吧，难得出来一趟，我带你去个地方。"

一旁站着的宴爽目瞪口呆地看着这俩秀恩爱的师兄妹，默默翻了个白眼，终于忍不住"切"了一声。

难得的，乾坤袋里的那位和她站在了同一战线，传来了异口同声的不屑声。

百鸟岛上宴席早散，各派仙人已离去。

华默正在书房里等着华姝，见她黯然回来，挑眉问："那古晋难道不肯息事宁人？仍是执意和我百鸟岛交恶？"

华姝摇头："父王，古晋虽执拗，但还不至于为了一时意气便让大泽山与我们为敌。"她想起白衣仙君离去时的坦然和平静，"遮天伞之事他也不会再追究了。"

"那便好，看来他还是顾念着对你的情分。"孔雀王缓和了神情，叮嘱道，"姝儿，大泽山实力雄厚，我们不能得罪，将来若有机会你还是和古晋走动走动，至少不能让大泽山站在鹰族那一边去。"

想到自己马上要嫁为人妻，华姝眉头一皱，但见孔雀王神情担忧，只得点点头，道："女儿知道了。父王，你早些休息，明日澜沣和宴爽入无极洞，我领他们去便是。"

"不用了。"孔雀王眸色一沉，摆摆手，"宴丘说他们的二长老在无极洞附近失踪，一直是他们的一面之词，鹰族一定要入无极洞查探，也不知存了什么心思，明日我陪他们进洞。"

见孔雀王神情郑重，华姝微微一愣。

瞧见华姝的神色，华默笑道："三个月后就是你大婚之期，你好好准备，做个万事不管的新嫁娘，其他事都有父王在。"他在华姝手上拍了拍，颇为感慨，"父王没用，这些年难为你了。"

华姝心底涌出一股暖流，点了点头，乖巧地退了出去。

听见回廊外华姝远走的脚步声，孔雀王眼底投下一片阴影。

与此同时，森羽带着常沁的妖丹回了妖狐一族。

哪知妖狐族内亦是同样的兵荒马乱，狐族大长老常媚两日前在族内失踪，生不见人，死不见尸，她房内只留下一道浓郁的黑气，并没有任何打斗的痕迹，而森羽的到来更是让狐族染上了浓浓的阴影。

妖丹离体，哪怕是修炼成神的妖族，都不可能再活下去。

作为狐族的族长，九尾妖狐常沁的死比狐族大长老的失踪要严重得多，而向来狡猾聪明的狐族更是从这两件事里闻到了一丝阴谋的气息，连带着对带回常沁妖丹的森羽都十分警惕。

还是狐族二长老常韵排除众议，让森羽带着常沁的内丹去了静幽湖，常沁虽死，但是她的内丹有梧夕护着，总不至于消亡。若森羽是害死常沁的人，早就炼化常沁的内丹了，又何必千里迢迢回到狐族承受众人的猜疑。

待安顿好了狐族的事，常韵送森羽到山门。

"常沁离开静幽山时，没有告诉你她要去哪里吗？"森羽声音沉沉。

常韵摇头："族长那几日都忙于族内幼狐出壳之事，只和常媚说过几次话，我猜常媚就是因为知道族长的去向，才会和族长一样遭遇不测。殿下，现在我族人心惶惶，我会和其他几位长老肃清族内，然后启动静幽山外的护山阵法封山，直到寻找到我族少主为止，我族不会将族长已亡的消息外传。请殿下将我族实情向森鸿陛下禀明，狐族在新王继位之前不便再为我王效力。"

狐族这百年来已经一跃成为妖界第一大族，定树敌颇多。虽然失去了族长常沁，但实力犹存。正因为如此，在继承人鸿奕回来之前，狐族才要保存实力，以便新王继位后，狐族仍然能屹立在妖界族群的顶端。

这就是九尾妖狐一族古来的生存之道，能屈能伸，智慧之极。

森羽理解，点了点头："鸿奕的去向你们都不知道吗？"

常韵摇头，颇为伤感："当年老族长和夫人战亡后，少族长一直不肯原谅族长，这些年无论族长怎么努力，他都没和族长说过一句话。除了每年老族长的祭祀，他们姑侄连面都见不上。三年前少族长失踪，便再也没有回来过了。"

森羽脸色一白，唇抿成一条线："是我的错。"

当年若不是他执意将常沁留在第三重天，或许老狐王有常沁相助，便不会惨烈地战死沙场，鸿奕也不会怨愤常沁至今。

两姑侄直至生死相隔，心结都没有解开。

"不过……"常韵突然想起一事，却有些踟蹰。

"常韵，你是不是想起了什么事？"

常韵微微迟疑，仍开口道："殿下，有一件事确实有些蹊跷，族长离开的三日之前，曾有仙人秘密拜访过静幽山。"

"仙人？"森羽一惊，想起常沁出事的地方残留的魔气，随即皱眉，"可曾瞧出是仙界的谁？"

常韵摇头："那人隐身遮面而来，直接被族长请进了内殿。那日也是常媚在旁服侍，其他人都不知道那仙人的来历和模样。"

见森羽眉头皱得更紧，常韵又道："不过我看得出来，那人的实力至少是上君巅峰，仙力恐怕只比族长略低一线。"

仙人虽多，但上君巅峰的仙君却不多。森羽总算得了一丝线索，但又觉得更加扑朔迷离。

仙族、魔族、妖族……到底是什么阴谋，可以把三族皆卷入其中。

"你放心，我一定会找到杀死常沁的凶手，把鸿奕和常媚带回狐族。"森羽望向静幽湖的方向，一字一句开口，"所有她没有做完的事，我都会为她做到。"

他的手在身旁的日月戟上轻轻拂过，淬炼成无声的承诺，然后转身御空而去，留下一道萧索但坚定的身影。

九天阊阖开宫殿，万国衣冠拜冕旒，是谓长安。

云下之城繁华热闹，阿音从未到过人间，伸长了脖子朝下看，一脸向往。

"阿晋，这是哪儿这是哪儿？好热闹啊！"

"长安。"古晋回她，见阿音满脸惊喜，眼底涌出笑意，"听一些仙友说，他们路过长安时城内正是灯会，带你来看看。"

阿音一听眼睛直放光："我能去人间玩？"

阿音自出世就是在大泽山禁谷，跟着古晋跑遍了仙妖两界，还只在青衣嘴里听过人间的戏本。

对她这个年纪的姑娘来说，仙界枯燥无味，哪比得上人间多姿多彩。饶是活了几千岁的宴爽，都忍不住朝云海下的长安城张望。

"当然可以，仙界虽有御令不得干扰人间，咱们悄悄去悄悄回就是。"古晋向阿音和宴爽叮嘱，"等会入了城，你们别随便把仙法使出来……"

他话音未落，乾坤袋一阵晃动，阿玖从里头钻出来立在云上朝下瞅："还真是挺热闹的。"他说着舔了舔唇，露出殷红的舌头，"凡间小娃娃的血也不知道好不好喝。"

古晋一阵头疼，警告道："阿玖，长安城有帝君星守护，不要妄为。"

"你是大泽山的长老，这谱儿还摆到我面前来了，我可是妖族，凭什么听你的。"阿玖哼了一声，抱手立在一旁，明显不买古晋的账。

见两人剑拔弩张，一言不合就要大打出手的模样，阿音连忙插到两人中间，笑眯眯道："阿晋，你别听阿玖胡说，大师兄养在后山的那一窝兔子他都舍不得吃，还天天去厨房给它们偷偷带胡萝卜呢！他才不会吃人间的小娃娃。"

狐狸不吃兔子？简直古今奇谈！

古晋眼底的诧异掩都掩不住。

阿玖大话被戳穿，恼羞成怒，本就俊俏的少年脸庞染了红色，格外勾人。宴爽在盛产五大三粗之人的鹰族里待惯了，乍一瞧见这等绝色，硬是没忍住瞅了好几眼。

"好了，总之等会进城了大家小心谨慎，别乱用灵力，吓到了凡人。"古晋咳嗽一声，算是变相给那只狐狸解了围，他念了个仙诀，变成了人间翩翩浊世公子的模样。

阿音想了想青衣给她看过的人间戏本，解了头上的小髻，将仙裙化去，变了一套正红的广袖流裙出来。

黑发如瀑，散在红裙上，衬得少女肌肤如雪，气质如兰。

古晋甫一抬首，便是一愣，好半晌都没回过神。

正对着阿音的阿玖直接看直了眼，一旁的宴爽左瞧瞧右瞅瞅，一巴掌拍在阿玖肩头，笑眯眯道："狐狸，快收起你的口水，再磨蹭下去，灯会都完了，还看个屁。"

宴爽这一拍用了十成的力气，阿玖直接被她拍得一趔趄，他正要暴走，一旁的古晋已经开口。

"人多口杂，以免被凡人察觉身份，我们还是分散得好。宴爽，你和阿玖去西城逛，我带阿音去东城，亥时在城门口汇合。"

说完，不待两人反应，他直接牵过阿音的手朝城下飞去，没了踪影。

人多口杂？察觉身份？您找借口能走心点儿不？宴爽一脸无语，见身旁的狐狸一副气炸的模样，撩拨道："别看了，人家一心喜欢的是正气浩然的师兄，又不是你这只妖里妖气的狐狸。"

鸿奕猛地回头，怒道："蠢雕，你胡说什么！"

"哟，这人啊就不爱听实话。"宴爽耸了耸肩，"吓跑了我，谁陪你逛长安城。"

"谁要和你一起逛，老子要血洗长安，喝完城内娃娃的血……"他还没咆哮完，宴爽已经一个近身凑到他面前来，两人隔了不过一个拇指的距离，狐狸像真火淬炼过般的琉璃眼落在金色的眸中，竟分外好看。

阿玖长这么大，还从未被人这么赤裸裸地瞅过，一下便愣住了。望着他的金色的眼眨了眨，飞快流淌过一抹类似温情的情绪。

"狐狸，没人告诉过你吗？"

“告诉过我什么？”狐狸磕磕巴巴回道。

“你说谎话的时候，耳朵老是会竖起来。”宴爽说完，在白衣少年的耳朵上弹了弹，朗声大笑，拉着今天不知道恼羞成怒了多少次的狐狸朝长安城下飞去。

“走咯走咯，再耽搁下去，灯会真的就要完了。我多年不入人间，您老就当是行行好，陪陪我呗！”

“哼！”

云端里传来少年一声倨傲的哼声，但到底没再推开爽朗的鹰族公主。

长安城内，灯火鼎盛，行人如织。

古晋和阿音毫不显眼地落在城里，阿音被繁华的人间京城所吸引，在人群中蹦蹦跳跳，根本停不下来。

古晋跟在她身后，有些反常的沉默。他望着不远处的阿音，面上一派淡然，心底却如一团糟的乱麻。

古晋低头，看了一眼自己的手。刚才惊鸿一回首间他毫不犹疑拉着阿音就走，触手的温热犹在指尖流连。平日里做惯了的动作却不知怎的今日格外让人心虚。

他是不想让阿玖再对着那般模样的阿音看下去，才拉着她飞走的吧……

古晋猛地把手背在身后，仿佛自己再多想一点儿都不该。

荒唐，荒唐，自己一手带大的娃娃，他在想什么？

“阿晋，阿晋，糖葫芦，糖葫芦！”阿音娇憨又欢快的声音从前面传来。

古晋一抬头，望见阿音正朝着他挥手。

“这边，这边！”

阿音面前站着个老实的少年人，他举着一捆鲜红的糖葫芦，少年人一脸尴尬，阿音却嚷得欢快。

他摒除心底的杂念和荒唐的想法，连忙上前。

“怎么了？”

阿音小声道：“阿晋，我没带银子。”她摊开手中的瓶瓶罐罐，很是委屈，“我刚用仙露和仙丸和他换，可他不让。”

卖糖葫芦的憨厚少年恐怕从没见过这么娇憨可爱的小姑娘，若不是实在要靠这点买卖奉养老父老母，他早就把糖葫芦送给这姑娘了，这时正尴尬地搓着手，一脸无措。

古晋一愣，这才想起两人临时起意入长安，一点金子银子都没带。见阿音一脸期盼，

230  ·

古晋从怀里掏出一块玉佩递给少年，笑道："小哥，我和师妹出来得匆忙，忘了带银子，用这块玉佩换你一根糖葫芦，如何？"

他这些年生辰，大泽山两位师兄送的玉佩不知凡几，他便养成随手踹几块在怀里的好习惯。

憨厚的少年连连摆手："公子，不用不用，一根糖葫芦值不了这么多钱。"

两人一身锦衣玉袍，又模样上佳，一看就是大户人家里养出来的。那玉晶莹剔透，瞧着就成色好。

"无妨。"古晋说着把玉佩往少年手中一丢，抽走一根糖葫芦递到眼巴巴的阿音手里，转身而去。

待少年手忙脚乱接过玉佩抬首，那俊美出尘的师兄妹早已不见。他愣了半晌，揉了揉眼睛，若不是手中的玉佩，还以为刚才这一幕是一场梦。

"这么好吃？"阿音呷巴着嘴咬糖葫芦的声音实在太响，古晋忍不住问。

阿音连连点头，小心翼翼在糖葫芦上舔了一口："好吃好吃，比咱大泽山的醉玉露都甜，难怪青衣一天到晚念叨，等明儿回山了我可要好好跟他显摆显摆。"阿音蹦蹦跳跳地笑得睁不开眼，夸张地朝古晋挥着糖葫芦。

古晋好笑地看着她耍宝，心底竟是格外安宁和温馨。

恰在此时，几个半大的孩子举着木质的小弓箭跑过，推搡之间一个小少年手中的木剑脱手而出，正好砸在了旁边牵引着马车的马身上。

马受了惊吓，长嘶一声，躁动着朝阿音的方向抬起了脚，仿佛下一瞬就要踩在少女的身上。阿音背对着马车，根本没瞧见这一幕。

古晋心底狠狠一沉，生出无措的慌乱，他猛地朝阿音跑去，同时拂出一道仙力，狠狠击在暴走的烈马身上。

阿音举着糖葫芦，只听得身后惊弓长嘶，还没回过神，就被古晋紧紧地拢在了怀里。

一旁的烈马受了仙力一击，倒在地上口吐白沫直喘粗气。一旁的百姓们受了惊吓，纷纷散开。

青年的胸膛温热而宽厚，心跳声比受到了惊吓的自己还要快上数倍。阿音被拢在这股温暖里，舍不得动，直到举着糖葫芦的手都酸了，才觉察到一点儿不对劲。

她用空着的那只手拍了拍古晋的肩，小声喊了喊："阿晋。"见青年没动，连忙又加了一句，"我没事儿。"

古晋像是被这句话解除了魔咒一般回过了神，他怔怔地放开阿音。

阿音连忙挥着胳膊在地上跳了跳："真的，我一点儿事都没有。"

"阿音……"许久，古晋略微嘶哑的声音毫无预兆地响起。

"嗯？"阿音一愣，微微抬眼，便撞进了古晋那双墨瞳里。

"不准再受伤了，不管是什么时候，为了谁，都不要再受伤了。"

更永远，不要在我面前受伤。

为什么他会在知道华姝欺骗他的真相后除了愤怒没有半点悲伤，为什么求亲不成他反而松了一口气，为什么阿音千里迢迢而来他会满心欢喜？

古晋的声音很沉，却有更多的话没有说出口。但是他知道有些他从未察觉的异样的东西已经破茧而出。

他无法阻止，更不知道何时萌芽。但他不蠢，他知道是怎么回事。

他定定地凝视着面前完好无损的少女，大红的曲裾在她身上摇曳，正绽放出虽青涩但无与伦比的美好出尘。

还好，古晋心里叹息一声，还好是自己捡到了她，没有错过她成长的任何岁月。

阿音，你这一生，我都会好好保护你。

我明白得晚，但好在，没有太迟。

"不准再受伤了，不管是什么时候，为了谁，都不要再受伤了。"

喧闹繁华人来人往的长安街头，阿音只听得到这句话。

青年的身影映在阿音墨黑的瞳中，她脸上扬起明媚的笑容，阿音重重点头："嗯！我一定不受伤，好好照顾自己。"

恰在此时，古老的钟声在城楼顶端敲响，五彩烟花在空中绽放，绚烂而夺目。

阿音瞧得稀罕，朝烟花绽放的地方指了指，道："哇，阿晋，真好看，这就是人间的烟火啊！"

看着阿音的笑容，古晋猛地抓起少女的手，头微低："走，我带你去看。"

阿音一怔，还未回过神，已经被古晋牵着朝人潮涌动的河边而去。

一入长安就一头扎进东城的阿玖寻了小半个时辰都没有找到阿音和古晋的身影。

吊在他身后的宴爽眉飞色舞地笑道："喂，蠢狐狸，古晋仙君可比你聪明多了，他说会来东城明显是诳你的，你还巴巴着来寻阿音。"

阿玖横了宴爽一眼，道："老子愿意，关你什么事。"

"句句粗鄙，臭狐狸，你爹娘就是这么教你说话的啊！"

阿玖脚步猛地一顿，眼底染了一抹血丝，看向宴爽目光冰冷。

宴爽自觉说错了话，但又狂放肆意惯了，拉不下面子来道歉，待再抬头，阿玖已经独自沿着街道走远了。

她心底一急，正想跟着上前，却被街边的一物勾住了目光。

阿玖毕竟是狐族少主，总不会真和个女君置气，他心里头明白宴爽是个心直口快的性子。走了一会儿没听见宴爽聒噪的声音，不由得有些担心，折了回来，远远地看见宴爽立在卖糕点的小摊前一动不动。

真是没见过世面的山里鹰，一点儿糕点就馋得走不动路了。

阿玖不甘不愿走回来，戳了戳宴爽的肩膀："想吃？"

宴爽难得没有和他抬杠，老实地点头。

阿玖嘲讽她："哟，你们仙族的公主什么好东西没吃过，连人间的桂花糕都稀罕？"

宴爽朝小摊上香气扑鼻的桂花糕看了一眼，情绪有些低落："我小时候我娘经常给我做，我已经很多年没吃过了。"

阿玖疑惑："怎么？你长大了你娘就不给你做了？吃不着就吃不着呗，怎么跟个奶娃娃一样。"

宴爽摇头，声音有些低："我几百岁的时候，我娘在北海上为了保护族人，和海怪搏斗受了重伤，我爹没救下她，没多久我娘就过世了。"

阿玖一愣，舔了舔嘴唇，有些无措。

唉，不回来多管闲事就好了，说错话了，这可怎么整？

火狐狸闷声后悔，却一点不迟疑地解下手上的一串念珠朝小摊上丢去："店家，换你一盒桂花糕。"

宴爽满脸惊讶地望向阿玖，阿玖哼了一声，一脸骄傲道："不用谢我，没什么可惜的，这玩意儿是我出生的时候我姑送的，带着也是个累赘。"

小摊主早就瞧见了这两个模样俊俏的小后生，正欲拿起念珠瞧，却被宴爽抢先一步拿走了。

宴爽拿着念珠嗅了嗅，啧啧两声："真是个败家子，可以啊狐狸，这念珠是万年檀木所化，戴在身上可挡仙界上君一击，你们家姑姑挺疼你的啊！"

阿玖不为所动，仍是板着个脸："拿回来做什么，本君好不容易发个慈悲做回善事，

既然给你买了，你就拿着。"

宴爽像看白痴一样看了一眼充大爷的阿玖："我什么时候说我买不了了。"她从袖里掏出一片金叶子扔到摊主怀里，"店家，不用找了！"

摊主忙不迭地接过，放在牙里咬了咬，一见是真的，笑得牙都找不见了："哎，哎，好，谢谢小姐！"

宴爽扔完金叶子，提起一盒桂花糕，把念珠放在目瞪口呆的阿玖手里，神情难得有些郑重："长者赐，不可辞。好好收着吧狐狸，别跟我一样，小时候嫌弃我娘的桂花糕做得不够甜，等我想吃了，却没人给我做了。"

阿玖一怔，收了脸上不屑的神色，看着手上的念珠没有出声。

恰在此时，五彩烟火在长安城上空绚烂燃起，她望了一眼焰火升腾的方向，道："走吧，他们一定是去河边看焰火了，咱们也去，一起吃桂花糕。"

宴爽说完，抱着桂花糕朝人群中走去。

阿玖看着鹰族公主的背影，突然想，原来仙族也不尽是讨人厌的混蛋。难怪无论他多讨厌，那个人也愿意和天帝做那么多年的朋友。

等内丹养好了，回去看看她吧，几百年没说过话了，这次父王祭祀，一起喝杯酒好了，毕竟，他的亲人只剩下她一个了。

阿玖这么想着，嘴角带了一抹释然的笑意，他跟上了宴爽的步子，一齐朝焰火燃起的方向而去。

那一夜，那四个平日里聒聒噪噪的朋友一起看焰火，一起吃桂花糕，一起品酒。

长安城的夜景在这两对年轻人身后绽放，定格成永恒而弥足珍贵的回忆。

晨曦微露之时，宴爽拜别他们朝百鸟岛而去，入无极洞和澜沣一起探查族人失踪的真相，而古晋在回大泽山之前，终于决定去自己所知的凤隐魂魄藏着的最后一个地方——鬼界君主敖歌的钟灵宫。

阿玖的妖力恢复得差不多了，他不愿回大泽山休养，古晋只好带着这个甩不掉的拖油瓶。

鬼界存于人界之下的无极地底，不受仙妖所辖。凡入鬼界者，成为一缕魂魄，便只有鬼王敖歌能做其主。敖歌是上古真神亲自所选，仙妖两族帝君都曾想结交好于敖歌，奈何他神秘至极，从不卷入两族争斗，也不偏帮任何一界，和两界帝君都没有什么交情。

但总有例外，东华飞升前给古晋留了一封引函，想必那位比三界资格都老的东华上神是识得鬼王的。

长安城外不远处的龙脉之下，碧玺上君于镇魂塔处所镇的地宫，就是鬼界的入口。

巍峨的地宫隐藏在龙脉深处，丈高的碧绿之塔屹立于地宫中央，上古的梵文镌刻其上，庄严而雄伟，淡绿色的光晕照耀着整座地宫，将地底咆哮的鬼魅压制其中。而镇魂塔尽头的石门后，就是鬼界大门。

三人走进，阿玖和阿音正欲绕镇魂塔而过，却被古晋拉住。

"等一等。"古晋朝着镇魂塔的虚空拱手，朗声道，"大泽山东华上神之徒古晋，拜见碧玺上君。"

古晋话音落定，镇魂塔中浮现一坐垫，一身白袍的古稀老者盘腿坐于其上。他望向塔底的三人，目光悠长而宁和。

这位老者就是鬼界镇魂塔的守护者，虽只有上君之名。但却拥有上神实力的碧玺神君。

"东华的徒弟？你来地宫有何事？"碧玺抬了抬眼，神情缓和。

"上君，古晋要入鬼界求见鬼王，还请上君行个方便。"

"鬼王曾有令，鬼界重地仙妖两族不得擅入，你师父没有告诉过你吗？"

"古晋这次前来，正是遵师命而为。"见碧玺不为所动，古晋摸了摸鼻子，只好抬出了那只无法无天的活宝，"碧玺上君，碧波托我给您问声好。"

碧玺上君一愣，这才正眼朝古晋看去："你认识碧波？"

三百多年前碧波听他的话跟随上古真神而去，认尚未出壳的小神君为主，便再也没有回来过，托了那位小神君的福，他才得了三百年安稳舒坦的小日子，否则一把胡子早被那个捣蛋鬼拔光了。难道……这个古晋是？不对啊，这仙君一身仙气，可那传说中的小神君明明拥有的是混沌之力。

未等碧玺猜测，古晋的声音已经响起："母亲怕我小时候没有玩伴，便带了碧波回来陪我玩耍，说起来还要多谢当年上君慷慨之义，否则碧波也不能陪在我身边。"

这话忒明显了，碧玺老上君白胡子一抖，终于知道面前这白衣仙君的身份了，他正要开口答应，古晋的声音又响了起来。

"老上君，我前些日子见碧波，它还说有些时日没回来了，甚是想念您，待过些日子它就回地宫，服侍您左右。"

老上君的白胡子抖得更厉害了，几乎是古晋话音刚落，镇魂塔身后的石门便打开了。

"不用了，你告诉它，我身子骨挺好的，吃啥啥香，让它爱在紫月山待多久就待多久，陪着那只妖龙飞升都行，回来陪我这个老头子守鬼有什么好的！"碧玺上君连珠炮弹般说完，连忙朝身后挥了挥，"你们去吧，鬼界就在这扇石门后，去吧去吧！"

虽然嘴里说着不喜碧波回地宫，但却把它的近况了解得清清楚楚，这碧玺上君显然也是个刀子嘴豆腐心的主儿。

古晋敛了嘴角的笑意，朝碧玺行了个礼，领着阿音和阿玖朝石门而去。

他身后，阿音和阿玖却同时露出若有所思又疑惑的神情。

大泽山都传古晋是东华上神从人间带回的，阿音便一直以为阿晋的父母亲族都是凡人，但他母亲既然和碧玺上君有交情，显然不是一般的仙族。既然是仙族，那为何大泽山上下没有人知道他的来历，他又为何从未提起过自己的亲人？

阿音心底划过一抹不安，却将这股不安藏在心底，没有让人察觉。

一旁的阿玖想得更多，他是狐族继承人，自是早就听说过鬼界这位镇守镇魂塔的无冕上神碧玺。一个能从碧玺手中带走水凝神兽给自己儿子做宠物的人，究竟会是什么身份？

容不得阿音和阿玖多想，石门已经近在眼前。三人互望了一眼，踏进了三界中最神秘莫测的鬼界。

玖·双生

地宫石门之后，青石铺地，直通黄泉，忘川之上，是奈何桥。

奈何桥后的虚境里，就是真正的往生之地，鬼界。

三人一路畅通无阻，奈何桥上安安静静，显然今日没啥投胎的仙妖神魔人。

连那个守着奈何桥的孟婆都没瞧见个影子，三人满含期待而来，这一路冷清，倒有些意兴阑珊。只是路过奈何桥时，心里各有小九九的三个人不约而同地停在了那块传说中象征着缘定三生的石头面前。

"阿晋，快看，这是三生石。"阿音朝奈何桥旮旯里那块不起眼的石头指了指，努力让自己看上去更自然一点，有些心虚地开口，"我听说对着这块石头许愿，就可以缘定三生。"

"哦？这块石头真的灵验？"古晋刚明白自己的心意，听阿音这么一说，顿时有些心动。

"我们来许愿吧，说不定马上就能遇到缘定三生的人啦！"阿音笑眯眯的，朝阿晋招了招手。

阿音这建议正合他意，古晋正要上前，一旁不和谐的声音响了起来。

"哼，人间戏本子骗小孩的鬼话你们也信？"阿玖抱着胸在一旁嗤之以鼻，"这都是给那些殉情的鬼做样子的，没看见上面一层灰吗？再说了，你们仙人谁没个几万年，一世都活不完，还定什么三生？日日对吵两看相厌？矫不矫情？饭吃多了力气没地方使

吗？"

说句实诚话，阿玖的毒舌功力就算不是前无古人，也绝对是后无来者。被他这么两句风凉话一说，刚刚还满心绮思的两人默默后退了两步，被埋汰得实在不好再厚着脸皮去看地上那块三生石。

阿晋咳嗽了一声，尴尬地朝桥后的虚境走去："走吧走吧，想来这石头也是那些志怪里用来诓骗凡人的，对咱们仙人来说没什么用。去钟灵宫拜见鬼王才是正经事。"

阿玖见两人不许愿了，心里也就舒坦了，难得应了古晋一声，背着手哼着小曲儿一晃一晃地跟着朝虚境里走。

唯有阿音踌躇半晌，不甘不愿地吊在两人后面，一步三挪，扁着嘴一脸不快活。眼见着两人一脚踏进了虚境，阿音眼睛一转，一咬牙折了回来飞快地朝那块灰头土脸的三生石拜了拜，甚是虔诚地咕哝了一句跑了。

三人消失在虚境处，空无一人的奈何桥上突然一阵灵力波动，一个身着碧绿锦袍的鬼君出现在桥上。这鬼君模样俊美，头戴锦冠，袖藏金线，腰挂暖玉，嘴角挂着一抹玩世不恭的笑容，着实又俏又贵。只是他的脸色格外苍白，毫无生气，就算是只鬼，看上去也像是个病痨。

他悬坐在桥头，腿微微晃着，朝慌里慌张消失在虚境处的小姑娘看了一眼，啧啧称奇。

"这年头，居然还有仙人相信这块破石头，真是蠢萌蠢萌的啊！"那鬼君摸着下巴若有所思，眼眯了眯，"居然还是只罕见的水凝兽。"

他说着朝那块饱经沧桑又满是灰尘的三生石看去："便宜你了，一年到头不知道得了多少女鬼的香火，如今连仙人的供奉也尝到了，快点儿积攒灵力啊，等你长好了，乖乖儿给本鬼君做点心哟，也不枉费本君当初在人间把你捡回来。"

桥上旮旯里的三生石抖了抖，默默朝着鬼君相反的方向挪了挪。

这鬼君长相斯文的，说话更是慢条斯理，一副远远看上去格外有教养的模样，却没想到是个十成十黑心的。

"哈哈，咳咳，咳咳……"俏鬼君见三生石一副怕怕地要逃走的样子，笑出了声，才笑道一半，又咳嗽得弓下了身，一副痛苦不堪的模样。

"哎，这身子骨，也太不中用了。"

他叹了口气，又是一阵灵力波动，消失在奈何桥头，像从来没有出现过一般。

如传闻一般，地府不见日光。但若不是刚去过长安，阿音还真不知道鬼界王城竟然全然是按照长安城建造的。虚境里头的鬼王城和长安一样热闹繁华，唯一的区别是鬼会幻化，人人都披着好看的皮相活着。

街上热闹喧哗，成百上千的大灯笼飘在地府上空，街上鬼来鬼往，喜气洋洋。临道上摆满了叫卖花灯的小摊，连桂花糕和糖葫芦都应景地随处可见，阿音不由得吞了口唾沫。

"奇怪，鬼界怎么是这个样子？我还以为阴森森惨兮兮，长舌鬼无头鬼到处都是呢……"阿音忍不住嘀咕。

"鬼王甚是神秘，他禁止其他各族进入鬼界，界外有碧玺上君和镇魂塔守着，数万年来极少有外人踏足，自然传闻就不实了。"古晋朝远处望去，"看王城的建造和长安城一样，那钟灵宫自然也就和皇城的位置相同，沿着这条街道走到底应该就是了，咱们走吧。"

古晋领着两人朝街尾走去，大概古晋身上的仙气和阿玖身上的妖气太明显，阿音又是一副香甜可口好食用的呆萌状，三人攒足了鬼王城里或明或暗满是垂涎的目光。

要知道鬼界比妖界还要弱肉强食，仙妖神魔里大凶大恶之徒死了都会来鬼界，若是不想往生，便能一直以鬼魂的形态存在，最直接的方式就是直接吞噬其他魂灵，以提升自己的功力。再说大家伙死都死了，被吞了也只是再死一次罢了，没什么打紧的。但人不同，凡人死后必须在奈何桥喝孟婆汤投胎，以保证人间秩序井然。

若不是古晋和阿玖看上去就挺能打，几人早被暗处觊觎的凶魂给吞了。

三人一路畅通无阻，唯有经过街中时，瞧见一处酒楼格外热闹，挤满了鬼，甚至有不少灵力深厚的鬼君，来往之客络绎不绝。这处太扎眼，不免让路过的三人多看了几眼。但正事要紧，三人一路前行，穿过人流来到了钟灵宫。

"来者何人？"守殿的鬼将有点眼色，瞧出几人来历不凡，一脸和气地问。

古晋向鬼将递上拜帖："大泽山古晋特来拜见鬼王陛下，烦请通传。"

鬼将一听古晋来自大泽山，当即神情变得温和了，但他仍是把拜帖往古晋的方向推去："古晋仙君，真不赶巧儿，今日陛下不见客。"

古晋不疑有他，以为鬼王今日有庶务要处理，便道："那好，我们明日再来。"

"仙君，明儿陛下也不见客。"鬼将忙道。

这么一听，倒像是托词了，一介鬼差，如何能提前知道鬼王不愿见客。古晋眼一眯，便带了一抹怒意出来。

鬼将见古晋三人脸色不好，连忙道："仙君赎罪，不是小人不愿通传，只是钟灵宫有钟灵宫的规矩，陛下只在每个月初一接见客人，小人不敢坏了陛下的规矩啊。"

每月初一？今日好巧不巧正好初二，难道要在鬼界耗上一个月？

一旁听着的阿音见古晋和阿玖一副就要苦等的模样，无语地拨开两人凑上前，从怀里掏出一片金叶子递到守殿的鬼将手里，笑眯眯道："小将军，你看咱们远道而来，在鬼界也没个什么亲戚收留，您有什么办法，给指点指点呗，让咱们早些见到鬼王陛下。"

被拨开的两人见阿音一副偷偷摸摸塞金子的小痞子模样，很是瞧不惯，刚想拉回这丢人的小东西，哪知那鬼将从善如流地收下金叶子，甚是和气道："几位大人，虽然陛下只在初一见客，但也不是没有办法。咱们长安街上有一家修言楼，那里有一种令牌，你们只要拿着令牌递入钟灵宫，陛下就会见你们了。"

"可是要花银子去买？"阿音搓了搓手指头。

鬼差点头，赞道："女君当真聪明，不过这令牌也有些讲究，花的价钱越高，买到的令牌就越靠前，您也知道，咱们陛下日理万机，想求见陛下的鬼君比比皆是，总不能谁来拜见都见吧，当然得分着日子分着时辰来，您说是不是？"

一旁的古晋和阿玖可谓是目瞪口呆，他们一个是含着龙吐珠出身的神界小神君，一个是养尊处优的狐族少主，从来就没学过求人两个字怎么写，自是不知道见个鬼王还有这么多弯弯绕绕。

更何况这种拿着入宫令牌公开贩卖、赚取暴利的行径，这些鬼君活得比人更实在啊！

阿玖向阿音竖了竖大拇指，一副赞许有加的表情。

鬼将笑着说完，也不管众人的表情，贴心地朝不远处繁华的街道一指："喏，修言楼就在那，您快些去，要是价钱出得合适，说不定这两天就能见到陛下呢。"

三人顺着鬼将的目光看去，刚才路过的那家酒楼赫然在目。难怪那处人声鼎沸，原来见鬼王必要买令牌，要不然就只能等着初一那五个觐见名额了。

阿音打听出了消息，朝鬼将道了谢，拉着两人就朝修言楼跑去。

路上，古晋实在忍不住，问道："这些你都是跟谁学来的？"按理说阿音跟着他在禁谷里长大，后来出入的又都是些仙妖神魔的地方，这么贴地气的活法究竟是哪里学的？

"青衣给我的人间戏本里有写啊。"阿音得意地晃了晃脑袋，"有道是阎王好见，小鬼难缠，我觉着人间的戏本写得挺好的，教我做人啊教我长大。赶明儿回山门了让青衣再去人间搜罗几本回来，我分给你们几本瞅瞅，好好学学做人的道理。"

古晋满脸无语，决定回到山门了就把青衣关到禁谷去砍柴，好的不教，尽给阿音灌输些歪理，怎么做师伯的！

他突然想起一事，又问："对了，你不是昨晚还没钱买糖葫芦吗？怎么今天有金叶子贿赂鬼将了？"

阿音脚步一顿："宴爽给我的啊。"她说着从怀里掏出一把金叶子，朝古晋和阿玖甚是理所当然地说道，"宴爽说，出门连点金子都不带的人，还想娶媳妇？"

她露出一抹狡黠的笑容，学着宴爽夸张的表情："门儿都没有！"

她身后，满脸呆滞的古晋和阿玖看着意气风发的阿音，默默决定以后万水千山的，也要绕着那只蠢鹰走。

修言楼立在鬼王城长安街正中，八角状，每个角上顶着一颗斗大的夜明珠，楼外金粉铺陈，琉璃为瓦。说实话，这修言楼瞧上去比钟灵宫更华贵奢靡些。

三人如此扎眼，一走进修言楼，当即便有楼内小侍走出迎接。

"哟，三位贵客，请进请进，看三位风尘仆仆的模样，想必是初来鬼界吧。"

有碧玺上君守在界外，这几千年出入鬼界的仙妖屈指可数，三人一进修言楼，楼内候着买令牌的鬼君们便齐齐朝他们望来。

古晋素来在外人面前不喜多言，这种热闹场合自然是阿玖出马，他朝小侍打了个响指，一副土地主模样："小鬼君，你们修言楼的令牌是如何卖的？说个价钱，我要最快见到鬼王的那种。"

阿玖这话一出，本来只对他们抱有好奇之意的鬼君们顿时一脸看笑话的不屑。

那小侍亦是一愣，随即笑道："几位头一次入鬼界，怕是不知道咱们修言楼的规矩吧。小人先给几位上君们说道说道。咱们楼里觐见鬼王的令牌分三等，三等令牌八日后可得鬼王召见，二等令牌五日，一等令牌需等上三日。至于价位嘛……"小侍抬手比画了一个三字，又朝门口墙面上指去，"这儿都有明码标价，您只管出价，然后取走令牌交到钟灵宫，等着鬼王传令召见便是。"

三人朝身后的墙面看去，墙上龙飞凤舞写着几行大字。

一等令牌，一千金或千年灵物。

二等令牌，五百金或五百年灵物。

三等令牌，三百金或三百年灵物。

白墙黑字，清清楚楚明明白白，只差再写上"货真价实，童叟无欺"八个大字了。

玖〇双生

·241

三人满脸黑线，总算明白修言楼的奢华是怎么来的了，就算是大泽山这等底蕴深厚的修仙门派，整个山门能凑够五万金就不错了。山门里千年的灵物虽不少见，但也不是随便拿出来交换的大白菜，但在这修言楼里，不过一个提前见鬼王的机会，便随便可值一样千年灵物，简直是磨刀霍霍待宰羊。

正巧儿，他们仨现在觉着自己就是那被宰的羊。

他们身上就宴爽送的一把金叶子，连一百金都不值，更别说千金了。

显然是看古晋三人的脸色不太好，小侍循循劝诱又加了一句："几位上君，您要是没带金子没关系，有灵物也行啊，咱们楼主啊，更喜欢灵物呢。"

千年的灵物，三人对看一眼，还真有，阿玖这只九尾狐和水凝兽阿音货真价实，实打实的灵物，比啥都稀罕。

阿玖朝古晋瞪了一眼，警告他别打自己的主意。倒是阿音眼滴溜儿一转，朝那小侍凑去，佯装生气道："哎，小鬼君，你可别骗咱们，你们楼里就只这三个等级的令牌可以买？我刚才听那钟灵宫的鬼将说，要是咱们出得起价，这两日就可以见到鬼王呢。"

小侍一愣，颇有些迟疑道："小女君，您说得没错，咱们楼里还有一种特等令牌，只要拿了那令牌，即刻便可入钟灵宫觐见鬼王，可是……"

"可是什么？"阿音一听有戏，眼睛一亮。

"这特等令牌在咱们楼主手里，至于价码嘛，历来也只有楼主亲自开价，小人可不敢随意做主。"

"楼主？你们楼主是谁？"阿音一怔，张口便问。

小侍笑道："小女君，咱们这是修言楼，自然楼主便是修言鬼君了。你可千万别乱开口，三千年了咱们修言楼还只拿出过两块特等令牌，一块是用十颗万年九头蛇的内丹而换，一块是用一株万年梧桐树而换。这可都是千年难求的好东西。"

万年梧桐树所换？古晋和阿音一愣，想起东华飞升前的嘱咐，越发肯定钟灵宫内藏有梧桐树。

"不过是提前几日见鬼王一面，需要用这么稀罕的东西来换？"阿音纳闷，"那我还不如等上十天半个月的，啥都不用花，这多划算？"

小侍笑得意味深长，对着三人亦格外有耐心："三位远道而来见鬼王陛下，是有所求吧。既然三位有所求，那其他去见陛下的人当然也是如此。咱们修言楼的令牌并不是贵在那几日时间上，而是，您花了合理的价钱，那您觐见鬼王陛下的愿望就有实现的可能。"小侍朝若有所思的三人看了看，"所以咱们修言楼里还有个规矩，凡是觐见陛下后所求未能如愿，卖出的令牌修言楼会原封不动地收回，决不让客人白跑这一遭。"

倒也还是盗亦有道，难怪修言楼的生意能屹立于鬼界。

"好一个修言楼主。"自进楼后一直未开口的古晋突然朝二楼悬空处望去，"小鬼君，若照你这般说法，你们楼主担得上是鬼界的无冕之王了。"

古晋的话掷地有声，喧闹的修言楼里突然安静下来。

一直笑眯眯又和气有加的小侍面容僵硬，正要开口，一声轻笑突然在二楼临窗处响起。

"不愧是东华的徒弟，这话儿说得就是硬气。你到底是来求人的，还是来砸场子的？这里可不是你们仙界，而是鬼界，鬼界有鬼界的规矩。连你师父当年想见鬼王也送了我一株梧桐树，更何况是你？"

二楼凤来阁临窗，一白衣鬼君侧身而坐，他转过头，眉目如画，锦衣玉冠，虽是只鬼，却比九天之上的仙君更加贵气。

原以为修言楼主是个市侩张狂的商人，哪知竟如此清贵无双，只是那面色惨白得惊心。

修言身上那种成熟的俊美不是青葱水嫩的阿玖能比的，阿音一下被窗边的病美人勾住了眼，踮起脚尖朝凤来阁的方向凑着看。

古晋眉头一皱，越上一步，正好挡住阿音的目光，朝白衣鬼君拱手见礼："古晋见过修言楼主。"

既然和他师尊有交情，那这修言楼主显然不简单。他能公开贩卖钟灵宫的令牌，恐怕和鬼王敖歌有着千丝万缕的关系。

"我和你师尊有交情，这一礼倒也受得起。"这句话第一个字响起时修言鬼君还在二楼，待最后一个字落定时，却已经近到眼前。

他直接越过古晋，突然出现在阿音面前，和她的距离不过半尺来宽，笑眯眯道："小姑娘，你老是瞧我做什么？"

修言甫一动时古晋便已察觉，但任凭他用仙力相抗，修言仍是毫无阻碍地穿过了他的灵力。古晋心底一惊，这修言楼主到底是什么来历，怕是他的鬼力已经超越半神，此等人物，为何从未在三界中扬名？

阿音看着突然凑到面前的俊俏鬼君，半点儿被抓包的羞涩都没有，笑呵呵道："因为你好看啊！我长这么大，还没看过比你更好看的人。"

修言被阿音呆萌的神情逗得直乐，哈哈大笑："小姑娘，我可不是人，是只鬼哟。"

"那也是最好看的鬼。"阿音摆摆手，一副不为所动的模样。

一旁的阿玖抿了抿唇，哼了哼，很是不满的样子。古晋明显比他沉得住气，只是那眼也微微垂了下来。

修言像是没看到一旁冷得打霜的两人，又凑近阿音几分，眨了眨眼，颇有深意道："小姑娘，你对我胃口，我挺喜欢你的，不如你留在鬼界吧，我担保你可以活上千岁万岁，享一辈子福。"

古晋听见这话，也懒得再管这修言鬼君到底是何方神圣，就要上前拉回自家的蠢兽，却不想阿音突然拉住了修言的手。

修言鬼君活了数万年，还从未被人如此直接地调戏过，一时愣住，竟忘记了挣脱。

阿音这一动，整个修言楼都陷入了诡异的静默。一旁看热闹的鬼君们目瞪口呆，想着如今仙界的女君们竟如此大胆，这才说上几句话，连手都牵上了。

阿玖眼一瞪毛一竖就要上前，却被古晋拉住。他朝阿音和修言的方向看去，虽满脸不快，但到底按捺住了怒意。

"不要乱来，看清楚。"

阿玖循着古晋的目光看去，阿音的手落在修言的手腕上，一缕微弱但纯净的绿色灵力从她指尖而出，缓慢地进入了修言手中。

阿音在为修言输送灵力？阿玖在九幽炼狱里就是这样被阿音救活的，对这一幕自然不陌生。但修言既然能不费吹灰之力越过古晋的仙障，他鬼力如此高深，难道还需要一只低等水凝兽的灵力？

古晋和阿玖心底存着同样的疑惑。

"好了，小姑娘。"修言的声音突然响起，他将阿音的手从自己腕间拿开，看着阿音略显苍白的脸，神情正经了几分，"够了。"

阿音点点头，见修言脸上有了红润之色，眼底带了明晃晃的欣慰和喜悦。

修言心底微微一动，避开了阿音纯真的目光。

古晋沉着脸走上前，在阿音额间探了探，见她只是灵力消耗有所疲乏，才松了口气。

修言懒得对上古晋犹若黑锅一般的脸，打了个哈欠，转身朝楼上走去。一块令牌从他手中抛来，径直落到阿音手里。

阿音低头一看，金色的令牌上龙飞凤舞的"特"字和墙上的笔墨如出一辙，想必这就是修言楼里被视为珍宝的特等令牌了。

"小姑娘，你的礼物本君很喜欢。"懒洋洋的声音从楼梯上传来，"拿着这块令牌去钟灵宫，你们自然就能见到鬼王了。我们……有缘再见吧。"

最后一句话格外轻，亦格外意味深长，除了阿音和古晋，竟没有旁人听见。

待众人再一抬头，神出鬼没的修言楼主已经不见踪迹了。

阿音拿着金色令牌翻来覆去看了好几遍，乐呵呵地递给古晋："阿晋，这修言鬼君真是个好人，我不过看他脸色不好，给他输了点灵力，他就把这么贵重的令牌送给咱们了。走，去钟灵宫见鬼王陛下。"

她说着拉着古晋和阿玖急匆匆朝楼外走。

阿玖虽然头脑简单，这回倒是摸得清重点，悄悄拉了阿音到一旁，一门心思教她何为"男女七岁不同席"、何为"男女授受不亲"等，可谓操碎了心，十足忧心忡忡的奶妈模样。

古晋负手行在两人身后，手中的令牌沉甸甸的。阿玖和阿音说笑的声音在巍峨的钟灵宫下飘远，不知为何他心底突然涌出一抹毫无由来的不安。

鬼王敖歌的钟灵宫里到底有什么在等着他们?

三人重回钟灵宫，特等令牌的出现让守宫鬼将诚惶诚恐地将古晋三人请入了宫内。

虽鬼王城是比照长安所建，但钟灵宫却小巧精致。整座宫殿为通灵宝玉所铸，宫体碧绿，寒气逼人。

鬼将将三人带至无双殿内，小心地奉上茶。殿上王座空无一人，古晋抬眼表示疑惑。

鬼将忙道："古晋仙君，小将已遣人去禀告陛下，还请稍等片刻。"

"有劳了，陛下日理万机，再等一会儿也无妨。"古晋颔首。

鬼将得了一声谢，颇有些受宠若惊，扯了个笑容退下去了。

"阿晋，你说钟灵宫里的梧桐树，会不会就是师父他老人家当年送来换特等令牌的那棵?"阿音想起一事，若有所思地问。

古晋挑了挑眉："极有可能。"

"以师父的本事，还有什么事要求鬼王陛下?"

"鬼王陛下掌管生死，师父法力虽高，但恐怕有些事也力不能及。"

"师父送给修言鬼君的梧桐树，怎么会在钟灵宫内? 难道是修言鬼君得了梧桐树，想讨好鬼王陛下，所以送来的？”

修言楼能公开贩卖入宫的令牌，显然和钟灵宫关系匪浅，但个中干系到底有多深便不是他们能猜得到了。

“东华用那棵梧桐树，换了他宝贝徒弟一条命。”

古晋尚未回答阿音，一个冰冷威严的声音突然在无双殿内响起。

这声音出现得毫无预兆，三人诧异地抬首，这才看到王座上突然出现了一道雾影，那雾影由暗到明，缓缓凝聚成人形。

那人一双深红瞳孔幽深冷冽，头戴王冠，身着帝袍，帝王之气显露无遗，正是鬼王敖歌。

三人被那双红瞳所慑，微微一怔避过鬼王的面容，连忙起身。

“见过陛下。”三人见礼。

“不必拘礼，坐。”敖歌淡淡抬手，疏离而冷漠，他朝古晋看去，“你就是东华的徒弟？”

“是。”古晋点头，“陛下，不知当年师父入鬼界，是为了救我哪位师兄？”

古晋确实好奇，东华一生无欲无求，淡泊名利，唯独对三个入室弟子很是疼爱，当年也不知哪位师兄出了事？竟劳得师尊亲入鬼界救人。

敖歌也不隐瞒：“你二师兄闲竹两万年前两魂七魄入了我鬼界往生，若不是东华拿梧桐树来求我，我将他的魂魄在六道里寻回，他早就形神俱灭，仙基不留了。”

古晋一怔，他入大泽山百年，从未听说过闲竹师兄年轻时遭过此等大祸。

见古晋几人神情疑惑，鬼王嘴角微扬，不知怎么倒有些正襟危坐的取笑感觉。

“说起来，这还是当年的一桩大事，你二师兄入凡间历练，爱上了人间女子，他违反仙规将那女子带入仙界，还妄图将自己的一半仙力渡给她，好让她直接成仙得享永生，两人长相厮守。此事被执掌仙规的天宫四上君发现，直达天听。天帝暮光震怒，在诛仙台对两人降下四十九道雷劫。雷劫降下后，那凡女当场魂飞魄散，化为飞灰。东华舍了六万年的脸面入天宫向暮光求情，抬了闲竹的尸身回山，这才发现闲竹虽然一身仙力散得干净，两魂七魄已入鬼界往生，但身体内还存有一魂。后东华带着闲竹没死透的尸身来我鬼界，以梧桐古树换回了闲竹迷失在六道轮回里的魂魄，才强行救回他一条命。”

敖歌顿了顿，唇角微扬：“你那师兄修仙修道几万年，倒也是个痴情的主。他不信那凡女已经魂飞魄散，活过来后的一千年里，闯我鬼界不下百次，在黄泉路上守了一千

246·

年才死心。"

古晋三人目瞪口呆，完全没想到平日谈笑风生总是拿着一把骨扇游戏世间的闲竹居然还有这样一桩往事。

诛仙台九天雷劫，一千年黄泉等待，即便是两万年后的旁人听来亦心有戚戚，当年的闲竹又是经历何等悲痛才走到今日？

古晋突然想起那日闲竹将炫星凤冠珍而重之交到他手里时的神情，那鼓励的眼底藏着影影绰绰的沉痛和遗憾。他当时未曾察觉，如今想来，只觉唏嘘心酸。

"说吧，当年东华为了救你师兄才入鬼界求本王，你来钟灵宫所求为何？"敖歌显然没时间陪他们伤春悲秋，直接开口问。

古晋被他一提醒才想起正事，连忙将东华的信函呈上，心底却不怎么担心。

入六道寻回散落在轮回里的破碎魂魄难比登天，当年为了梧桐古树敖歌肯出手，这表明鬼王无比看重那棵梧桐树，但他只是为了梧桐树里凤隐的魂魄而来，又不是要将梧桐树带走，想必鬼王看在大泽山和梧桐岛的分儿上不会为难，毕竟凤隐是凤凰一族未来的皇。

敖歌接过信展开扫了几眼，神情一丝不显："你想带走本王宫后梧桐树里那只小凤凰的魂魄？"

听敖歌此言，钟灵宫的梧桐树里确实有凤隐的魂魄。古晋心底一喜，忙道："是，陛下，古晋确实是为了凤隐的魂魄而来。还请陛下通融，让我取走魂魄，好早日让凤隐苏醒。"

敖歌眯了眯眼："十年前，那只小凤凰的魂魄突然飞入我宫内的梧桐树里，本王花了十年时间蕴养它，这心思灵力可都费了不少。"

古晋一怔，鬼王这话是想让他们拿东西来换了，遂道："多谢陛下这些年的照拂，不知陛下可有所愿？陛下但说无妨，就算古晋穷尽己力，也会为陛下办到。"

敖歌朝三人望了一眼，目光落在阿音身上，露出一抹意味深长的笑容："本王想要的倒也不难，简单得很……"

古晋顺着敖歌的目光，心底的不安还未压住，鬼王的声音已然响起。

"只要你愿意拿这只水凝兽一半的灵力来换，本王就把凤隐的魂魄交给你们。"

无双殿内陡然一静，众人的目光落在阿音身上。

阿音指了指自己，一脸震惊："我？一半灵力？"

玖〇双生

见敖歌点头，她立马起身道："好啊好啊，陛下，我愿意用我一半灵力来换凤隐的魂魄。"

敖歌见她如此爽快地答应，忍不住一愣。

这只小兽是真傻还是不在意，难道她不知道她的一半灵力相当于……

"不行！"一旁的古晋突然站起，拉开阿音，朝敖歌沉声道，"陛下，我们不能答应。"

"阿晋！"阿音连忙拉了拉古晋的袖子，"没事啦，只要用我一半的灵力就可以……"

"闭嘴！"古晋生硬地打断阿音，他一脸冷沉，格外严肃。阿音被训斥得一怔，委屈地别过眼。

一旁的阿玖朝她摇摇头，显然也不赞成。虽然他不知道为何古晋的反应如此剧烈，但古晋向来看重阿音，既然他拒绝，那肯定有拒绝的理由。

"古晋，你不愿意？刚才你不是还说会为了本王穷尽己力，怎么现在本王只是想要这只水凝兽的一半灵力，你就不愿意了？"

古晋转头看向敖歌："陛下，不管您想要什么，我都会竭尽全力为您做到。"他抿了抿唇，郑重道，"就算您想让我用所有仙力来换，我也绝无二话。"

阿音一听这话，顿时急了，就要开口阻止他，古晋却更用力地握了握她的手，仍坚定地看向敖歌。

"但阿音的灵力不行，她的灵力一分都不能损。"

阿音一愣，怔怔地望着古晋，眼眶莫名红了一圈。

"你的仙力？"敖歌饶有兴致地在古晋和阿音相握的手上看了看，眼角泛着冰冷的光，"你的仙力本王不需要，本王只要这只水凝兽一半的灵力，若你做得到，凤隐的魂魄你便可以拿走……"

见古晋就要拒绝，敖歌笑了笑，慢条斯理地开口："你先别急着拒绝，本王刚刚忘了告诉你，凤隐当年飞落在我钟灵宫的魂魄，可不是一魄，而是三魄。一只水凝兽区区半数的灵力，换凤凰一族未来皇者的三魄，这桩买卖，你们赚了才是。"

三魄？钟灵宫里居然有凤隐三魄？他们已经找回了凤隐的一魂四魄，再加上这三魄，凤隐便有一魂七魄，只剩下最后两魂归位，凤隐便能苏醒了。

见古晋沉默，敖歌眼底露出一抹嘲讽，他转了转指上的扳指："听说那小凤凰的涅槃是你十年前亲手毁掉的，救人一命胜造七级浮屠，只要你愿意拿这小姑娘一半的灵力来换，凤隐的苏醒指日可待。如何？"

古晋许久没有开口，一旁的阿玖有些着急，忍不住道："喂，呆子，你可别被他忽悠了，拿阿音的灵力来换那个什么鬼凤凰……"

"陛下。"古晋朝敖歌看去，"我不能答应。"

"哦？当真？"敖歌眼底的傲慢和嘲讽敛住。

"是。"古晋的神情毫不动摇。

"只是用她的一半灵力来换凤隐一条命，你也不愿意？"

"当年的错是我铸成，和阿音无关，她不需要为我的错误来承担代价。陛下，今日多有叨扰，古晋告退。"

古晋说完，拉着阿音转身就走。

"怎么？那只小凤凰的魂魄你不要了？"

敖歌的声音从身后的王座上传来。

"当然要。"古晋声音铿锵，他回首望向敖歌，"但既然陛下除了阿音的灵力什么都不要，那古晋也没有再留下说情的必要。合适的时候，我会再回来。"

敖歌来了兴致，眼眸起，朝王座上靠去，慢条斯理道："哦？什么时候合适？"

"陛下的钟灵宫，古晋现在闯不了，等能闯的时候，我一定再来叨扰陛下，亲手取回凤隐的魂魄。在此之前，还请陛下代我大泽山和梧桐岛，照拂好未来的凤皇。"

古晋目光坚毅，迎上敖歌的目光，丝毫不落下风，他声音落定，牵着阿音的手出了无双殿。一直到走出钟灵宫，他的手，都没有松开。

无双殿内，一道无奈的声音突然响起，清澈温和。

"那只水凝兽的灵力就是她的寿命，你要拿的是她一半的命，东华的徒弟对这小姑娘稀罕得紧，自然是不肯换了。"

"他又想救回凤隐，又想保住那只水凝兽，哪有这么好的事？人生在世，本来就是要有所选择的。"

无双殿王座前，一道水雾缓缓浮现。敖歌朝水雾中虚幻的人影如是道。

水雾中的人眉宇淡雅，清冷出尘，正是修言，他叹了一声。

"既是如此，你早些选择让我消失不就是了，何必费如此多的心神？"

"你有活下去的办法，我为什么要选择让你去死？"敖歌不悦，"那只水凝兽奉上一半灵力，也不过是半条命而已。当年碧波若不是天生神兽，内丹和灵力无法和你相融，我早就把它抓来给你当药鼎了，又岂会放任它在那只妖龙那里过养老的舒坦日子。"

"敖歌！"修言眉头皱起，很是无奈，"这几万年你已经做得够多了，我早就该消失了。若不是为了我，你怎么会失去神籍，又怎么会永远留在这个永无白昼的鬼界……"

"没有什么够不够。除非我死，除非鬼界在我手中终结。"敖歌起身，不再看水雾中的那张脸，"否则，我活着，就一定会让你活着。"

鬼王走进地宫深处，随着他的离去，水雾中的人影缓缓消散，留下一殿月辉和叹息。

钟灵宫外。

阿音拉住一路沉默向前的古晋："阿晋。"她顿了顿才开口："用我一半的灵力去换凤隐的三魄吧。"

古晋眉头皱紧，怒道："胡闹，我早就对你说过，你不是碧波，你的灵力就是你的寿元，一半灵力就是你半条命，你懂不懂？"

一旁的阿玖听到这话瞬间炸毛："什么？阿音你的灵力就是你的寿元，怎么能用你的寿元换那只凤凰的魂魄呢？走走走，咱们快些走。"

他嚷嚷着就要抓着阿音离开鬼界，却被阿音的目光制止。

"我知道。"阿音看向古晋，认真道，"我知道灵力就是我的寿元。可是鬼王除了我的灵力，根本不需要其他东西，我们总不能真等到你修炼到半神再回钟灵宫，如果你成神还需要成千上万年，那凤隐怎么办？"

沉睡在梧桐岛的凤隐是古晋心底永远的愧疚，否则他也不会数次出生入死寻找她散落在三界的灵魂。

古晋唇角抿成一线，他抬手把阿音颈间散落的黑发别到耳后。

"我愧对凤隐，但是阿音，你对我更重要，我不能让你为我失去寿元，别说一半，一天都不行。"

阿音想说的话一下子被哽在喉咙里。

古晋重新握住阿音的手，目光坚定如初："走吧，我们回山。"

阿音被古晋牵着朝鬼界虚境走去，她怔怔望着身前高大的身影，神情柔和，眼底浮过暖意。

阿玖瞧着他们你侬我侬，颓丧地低着头在两人身后踢着石子，浑然一副百无聊赖的模样。

走过长安街，马上就到虚境入口处了。阿音突然停下脚步，拉了拉古晋的手。

古晋疑想："怎么了？"他眉头一皱，"别想了，我不会让你用命去换凤隐的。"

阿音笑起来："我没那么笨，两位师兄德高望重，或许他们有别的办法呢。"她从怀里掏出一片金叶子，朝长安街上瞅了瞅，拉着他的袖子摇了摇，眼睛眨来眨去，"阿晋，我还想吃糖葫芦。"

古晋哭笑不得，却面带狐疑。

阿音连忙道："阿玖还在这儿呢，我哪儿都不会去啦。"

古晋朝一旁垂头丧气的狐狸看了一眼，心想这狐狸虽然碍眼，但关键时候还算顶用。

"你真的哪里都不会去？"

阿音小鸡啄米一样点头，笑得没心没肺："真的啦，我傻啊，反正小凤凰也昏迷这么些年了，我急在一时也没用啊。"

古晋点头："那你等着，我马上回来。"他把阿音手里的金叶子一推，意有所指道，"没有金叶子，也能买糖葫芦。宴爽惯会说些胡话，你别听她的。"

还未等阿音反应过来，古晋从怀里又掏出一块玉佩，朝长安街走去了。

待古晋走远，两人坐在路边石头上歇了片刻。

阿玖一直在一旁逗着趣儿，和阿音有一搭没一搭地聊着天。突然阿音眼睛转了转，推了推一旁的阿玖："阿玖，阿晋怕是还要有一会儿才会回来，咱们去虚境外的黄泉路看看那块三生石呗，我刚忘记许愿啦。"

一听阿音想去看三生石，古晋那个讨人嫌的又没在，阿玖顿时眼睛放光，立马起身："行，那呆子也不知道什么时候才回来，咱们先去玩玩。"

阿音笑眯眯地点头，起身和阿玖朝虚境的方向走，哪知刚行几步，一股仙力波动在两人四周散开，犹如一道实幕将两人困在原地。

阿玖一愣，用妖力一挥，仙幕岿然不动，依然挡在两人面前，不用猜就知道这仙幕是谁布下的。阿玖脸色难看，哼道："多此一举，我守在这儿，还会让你走丢不成，他分明就是看不起我。"

阿音显然对仙幕的出现早有预料，她眼眯了眯，露出一抹了然和狡黠。

阿晋果然不放心她，怕她会独自回钟灵宫，就算阿玖守在这，他也悄悄布下了仙幕。见古晋防备得滴水不漏，阿音真不知该高兴还是该苦笑。

阿玖觉着自己被蔑视了，怒着就要使出寂灭轮斩碎仙幕，阿音连忙阻止。这时两人身后传来一阵惊呼，两人转头去看，当即愣住。

长安街头，只见一位白衣仙君满脸冷沉御剑而来，强大的仙力让街头攒动的鬼君们避之不及，若不是那白衣仙君手上还拿着五六串糖葫芦，瞧他那表情，还以为要对敌沙场了。

这一幕实在很有喜感，阿玖和阿音面面相觑，忍笑忍得很痛苦。

远远看见阿音还在仙幕内，御剑赶回的古晋明显松了口气，他落在两人面前，全然不顾自己的狼狈，收起仙幕，声音微沉："不是答应我哪儿都不去吗？走出仙幕做什么？"

"古晋，都说了我守在阿音身边不会出事，咱们打算去三生石那儿看看，你管得着吗？"唯恐天下不乱的阿玖在一旁咋咋呼呼，"还用仙幕把我们关在里面，我和阿音又不是犯人，你们仙人就是这副谁都不信的德行！"

古晋眉头皱了皱，见阿音也抿唇不语，明显对自己把她锁在仙幕不大高兴。古晋知道自个儿的小兽素来性子高傲，一时有些无措，把糖葫芦递到阿音面前，磕磕巴巴道："刚买的，喏，给你。"

阿音神色微缓，接过糖葫芦，咬了一口，甩头朝虚境外走去。

"走吧，走吧，一天到晚瞎担心。"

古晋自知理亏，只得听着阿音的埋怨和阿玖喋喋不休的嘲讽，沉默地跟在两人身后出了鬼界。

鬼界入口，地宫之外。三人刚一重见天日，便瞧见宴爽蹲在地宫外啃仙果。

见三人出来，宴爽咧嘴一笑，随手抛给阿音一颗。阿音手忙脚乱地接住，礼尚往来地还了一串糖葫芦。

"哟，看来鬼界伙食不错啊，还有糖葫芦可以吃。"宴爽咬了一颗山楂下肚，一脸酸爽。

"宴爽，你怎么回来了？无极洞里怎么样？找到你们失踪族人的线索了吗？"

宴爽摇摇头，无奈道："我爹带着伤亲自来了，和澜沣上君、孔雀王一起进的无极洞。洞里虽大，却是个冰窟，别说线索了，半点活物的气息都没有。"

想来也是，鹰族二长老还是百年前在无极洞外留下的气息，如今再去查，肯定早没了线索。鹰族也不过是守着这点执念，希望能有所发现罢了。

"不过澜沣上君已经御令各府协助我父王查找族人的下落，还遣了三支天兵在北海海域上巡卫。以后应该不会再发生族人失踪的事了。"宴爽又吞了一颗糖葫芦，朝阿音眨眨眼，"我爹说这次多亏了大泽山两位仙君仗义执言，才让咱们和百鸟岛争执的原因大白于天下，他知道你们在寻找小凤君的魂魄，这一路上肯定危险不断，让我过来帮你们。"

一旁的阿玖不满意地哼了哼："就只有大泽山的仙君仗义执言，为你说公道话啰？"

宴爽嘴角一勾，带了一抹痞气朝阿玖瞅去："你不是最讨厌仙族？还需要咱们仙族的感谢？"

"你！"论"嘴炮"之战斗力，阿玖永远在宴爽面前技低一等，遂一拂袖摆，"本君才不稀罕。"

宴爽见火候够了，便没再撩拨他，问向古晋："古晋仙君，你们这趟去鬼界如何？可拿回了小凤君的魂魄？"

这一问，古晋和阿音都沉默下来。

阿玖怕阿音想着拿灵力去换凤隐，连忙朝宴爽打了个眼色："那鬼王吝啬得紧，不肯交出凤隐的魂魄，我们打算以后再去。走吧，咱们先回大泽山。"

他拉着宴爽到一旁悄悄说了鬼王的要求。宴爽神情一变，明显亦不赞同。

四人一路朝大泽山而去，是夜，见阿音神情困倦，想着她一路奔波尚未休憩，古晋决定在昆仑山下的小镇里稍做休整再回山。

为了庆祝宴爽和他们同行，阿音为大家整了一桌子饭菜，虽口味不咋样，好歹吃个稀罕，配上大泽山的醉玉露，也算圆满。

半夜，一扇窗被推开，化成兽形的阿音悄悄飞了出来，跌跌撞撞地撞在窗沿上，发出轻微的响动。它一双大眼睛眨了眨，一脸紧张，见隔壁几间房都没动静，暗想碧波老祖宗给的护身蒙汗药果然厉害，混在醉玉露里简直奇效，可惜了就这么一点儿，怕阿晋不醉，全倒在他的杯子里了。

它扑腾着翅膀落在古晋的窗边，推开窗户小心翼翼飞进去，牵走了古晋腰间挂着的令牌。她瞧了一眼里面沉睡的仙君，像是下定了决心，义无反顾地扭着胖胖的小身子飞出窗外朝长安的方向而去。

一夜天明，鸡鸣初醒。从醉玉露的酒劲里清醒过来的宴爽和阿玖久不见古晋和阿音出房间，察觉到不对。

"这两人该不会昨天喝多了……"宴爽眨了眨眼，抛了个暧昧的小眼神。

阿玖顿时脸色一变，推了推宴爽，粗声粗气地道："你去阿音房里瞅瞅。"然后冲

玖○双生

·253

向了古晋的房间。

宴爽没好气地翻了个白眼，她不过开个玩笑，大泽山那种正统山门里教出来的徒弟，守礼实在可是仙界出了名的。

阿玖撞开古晋的房门，见他一个人安睡在房内，松了口气，伸出个脑袋朝宴爽得意地挑眉："我就知道你又诓我，这呆子一个人睡得好着呢。"

倒是宴爽从阿音房里冲出来，一脸凝重："阿玖，快叫醒古晋，阿音不见了！"

与此同时，飞了半夜的阿音拿着令牌一路进地宫过黄泉，重新站在了钟灵宫前。

守殿的鬼将瞧见她立马迎了上来，她还未递上令牌求见，鬼将已经笑道："阿音小女君，陛下吩咐了，若您再来，不必通传，直接进宫便是。"

阿音一愣："鬼王陛下知道我会来？"

鬼将点头，道："是，陛下说，您之所愿换他所愿。您请进，陛下正在殿内等着您呢。"

无双殿内，鬼王高居王座，一双红瞳幽暗深邃，睥睨阿音。

"你甘愿用你一半灵力来换凤隐的三魄？"

"是。"

"你可知道，你的灵力就是寿元？"

"知道。"

见阿音回答得坦然，鬼王饶有兴致地挑了挑眉，冰冷的眉峰稍化："你们大泽山，倒都是些情种。"

"陛下，不知您要用我一半灵力去救谁？"

以鬼王的地位和鬼力，连入六道轮回拉回散魂都能做到，需要她的灵力，自然是有想救的人，而且那人必定尚未入轮回。

见鬼王不语，阿音突然福至心灵，脱口而出："陛下您想救的可是修言鬼君？"

鬼王微怔，敛住眉间异色，目光微冷，"你为何知道本王想救的人是他？"

阿音挠了挠头，道："猜的。这是鬼界，若是没有陛下的允许，修言楼怎么能公开贩卖入钟灵宫的令牌？当初我师尊送给修言鬼君的梧桐树如今也长在了陛下的宫里，我猜想修言楼主和陛下您一定关系匪浅。"她看向鬼王，"昨日我在修言楼里见过修言鬼君，他灵魂之力极弱，水凝兽的灵力天生能蕴养和修补灵魂，陛下只要我的灵力，想必是为了修言鬼君。"

"好一个聪明的小姑娘。你在修言楼里帮了他，若不是你是世间唯一一只水凝兽，本王定不会要你拿半数寿元来换。"鬼王眼中的冷厉散去，手随意地在指上的玉扳指上拂过，"本王等一只水凝兽已经等了七万年了。七万年前上古界一场神魔混战，水凝兽一族除了碧波全部死于战乱。倒也是冥冥中注定，七万年后，三界居然还会诞生一只水凝幼兽。"

七万年前？上古界六万年前历经混沌之劫，那时分明还没有鬼界，这鬼王到底是什么来头，难道是来自上古神界不成？

阿音越发疑惑鬼王的来历，奈何实在年代久远，她这么个才醒来几年的幼兽实在有心无力。不过这还是她头一次听说水凝兽一族的往事，原来她的族类已经绝迹七万年了，难怪碧波瞅见她跟瞅见个宝一样。

鬼王略有感慨："你猜得不错，修言的灵魂衰竭，随时都会灰飞烟灭，本王要你的灵力确实是为了救他。"

鬼王无意识地摩挲指间的扳指，阿音的目光却微微一凝，她皱了皱眉，心中泛起疑惑。

"走吧，他就在钟灵宫内，等你用灵力为他修补灵魂后，本王便把凤隐的三魄交给你带走。"

鬼王起身朝殿后而去，阿音连忙收起心思，跟上了前。

一条碧石路直通钟灵宫后殿，鬼王远远望了殿后丈高的梧桐树一眼。

"他就在殿后，你去吧。"

鬼王说完，兀自离去。阿音望着他的背影若有所思，朝梧桐树的方向走去。

殿墙外露出梧桐树茂盛的枝叶，泛着金色的灵力。阿音慢慢走近，只觉那星星点点的金光像是冰冷幽暗的鬼界里唯一的温暖，就如树下正立着的青年。

修言一身蓝色儒服，听见身后的脚步声，他回转头，叹了口气。

"小姑娘，你终究还是来了。"

他像是对一切都有所意料，却又像对一切都无可奈何。

阿音点头，走近他。见修言神色不悦，阿音笑了笑，朝她眨眨眼："修言鬼君，我来付那块特等令牌真正的价钱。"

修言一愣，被她大大咧咧的笑容感染，没好气道："拿你一半的命给我就这么高兴？小姑娘，你是真的没心没肺，还是蠢？"

"都不是哦。"阿音摇头，"我可是很宝贝自己的性命的。"

修言摇了摇头："你那师兄连你一天的命都舍不得，你一个人却悄悄回来拿半条命换那只小凤凰的魂魄，你就不怕他知道了会受不了？"

阿音神情一顿，想起古晋醒来后的震怒，不由得小心脏抖了几抖。她吸了口气，学着修言叹道："我有什么办法，你们家鬼王只肯要我的灵力来换，我打又打不过他，除了乖乖来换，还能怎么办？"

见修言听了这话本就苍白的脸色愈加没有颜色，明显有了迟疑之色。阿音连连摆手，凑近他道："我开玩笑的，你别当真，可千万别不愿意和我换了。"她声音低了低，又道："鬼君，我没把命当儿戏，也不是闹着玩儿。我们家阿晋欠了那小凤君一条活生生的命，他愧疚了十年，我不想他以后的日子都背负着对凤隐的愧疚过下去。"

鬼王的实力深不可测，没有千年万年的修炼，阿晋想打败他根本就是天方夜谭，她如何忍心眼睁睁看着古晋受成千上万年的自责。

"我的命本来就是阿晋给的，没有他就没有今天的我。我心甘情愿用我一半寿元换凤隐三魄。"阿音神情诚恳，目光坚定，朝修言重重一礼，"还请鬼君成全阿音。"

修言望着她眼中的坚持，许久，终于道："既然如此，我便允你。"

他说完，盘腿坐在梧桐树下，向阿音伸出了手。

阿音脸上露出笑容，她点头，盘腿坐在修言对面。阿音长吐一口气，道："鬼君，您闭眼就好，其他的交给我。"

修言额首，闭上眼。月光透过梧桐树叶落在他脸上，映出他深邃的轮廓。

当修言闭上眼，黑眸被掩住时，一切真相似乎都已经明朗。

阿音低头朝他手上看去，目光微凝。她复又抬首，像是什么都没瞧见一般将手放至额间静心聚拢灵力。

半刻后，她的手从额间离开，一缕淡绿色的灵力如有灵性般随着她的指尖流动进入了修言额间。精纯的灵力源源不断进入修言体内，悄无声息地为他修复灵魂，直到他鬼丹深处那抹破碎的灵魂印记一点点聚拢成形，逐渐强大而稳固。与此相对的，是阿音越来越惨白的脸色。

与此同时，古晋正急速御剑飞往长安，他神情冰冷，眼底一片沉郁。

阿玖毕竟是走兽，飞行速度没有宴爽快，这回事急从权，他顾不得其他，正满脸担忧地坐在金鹰身上，亦同样沉默。

钟灵宫后殿。

一个时辰后，阿音终于为修言补好了体内的灵魂。她收回手，看见修言脸色红润，欣慰地松了口气。

修言睁开眼，见阿音脸色惨白，眉一皱，不由分说地握住她的手腕。强大的鬼力涌入阿音体内，直接替她重铸仙基，浑厚的力量在阿音体内积聚，她体内绿豆大小的内丹以肉眼可见的速度不断凝聚，直到那内丹化成核桃般大小的深绿色。然后只听得"咔嚓"一声，她仙基小成，竟就这样干脆直接地晋了下君。

古晋在大泽山禁地苦修百年才修炼至下君巅峰，她这么半刻时间，便拥有了下君的仙力。阿音当惯了娇弱的小花朵，陡然摇身一变成为实力派，一下没回过神。

须臾，修言收回手，站起身，问："现在感觉如何？"

强大的仙力在体内涌动，这种感觉实在太舒畅了，阿音眯了眯眼，跟着站起来，她随意将手朝墙上挥去，仙力化成闪电砸在砖上。轰然巨响，墙面竟然破碎开来。

这还是那个手不能提、肩不能挑、风吹就散的自己吗？阿音张大嘴，眼瞪得浑圆，自己耗了一半寿元，刚才还虚弱得快挂掉了一样，他一出手，自个儿简直就像吃了大力丸啊！

也算是因祸得福了，阿音回过头看向修言，感谢得忒实诚："我觉着挺好的，真的。"她握着修言的手用力地摇，只差感激涕零了，"修言鬼君，太谢谢你了，以后遇见妖怪我终于不用喊救命了。"

修言被阿音逗笑，受了她一半寿元的愧疚终究消弭了些许。他在阿音头上拍了拍，"小姑娘油嘴滑舌的！仙力修炼毕竟要顺应天命，我只能帮你晋位成下君。若再继续凝聚你的内丹，对你未必是好事。"

阿音知道三界法则不可逆，修言出手帮她已经是破格了。再者她对力量没有那么强烈的渴求，遂不在意地摆摆手："没事儿没事儿，成为下君我就已经很满意了，我可没有拳打三界脚踢八荒的宏大愿望。"

修言看阿音笑得欢快，心底叹了口气。

他拿了阿音一半寿元，却也只能还她一些仙力来傍身，没办法为她做更多。

修言抬手，梧桐树里飘出三缕金色的魂魄。他随手一挥，三缕魂魄便被他团成一团落在他手里。

阿音心一跳，凤隐的魂魄历来只有阿晋用火凰玉才能从梧桐树中引出，修言竟然直接用鬼力就能引出来，他的实力恐怕犹在半神的三火妖龙之上。

但为何乾坤柱上没有修言鬼君之名？

修言将凤隐的魂魄递到阿音面前："这是那只小凤凰的魂魄，你拿走吧。"

见阿音接过，他又道："小姑娘，今日你愿意用半数寿元救我，让我免受灰飞烟灭之苦，对我是大恩。将来若你有需要我的一日，我一定为你竭尽全力，还报于你今日的善意和恩情。"

修言说完，转身欲走，身后阿音的声音响起。

"陛下的话，阿音记住了，此去一别，前途未知。阿音倒是希望往后这几百上千年里，没有叨扰陛下的那一日。"

梧桐树下少女清脆的声音传来，话音未落，修言已然驻足。

鬼界最强大的鬼君回过头，看着身后聪慧的少女。

"小丫头，你叫我什么？"

阿音摸了摸鼻子，又唤了一声："陛下，鬼王陛下。"

修言有些意外又有些无奈，却没有否认："你是怎么看出来的？"

"陛下大概不知道，水凝兽的灵力因为罕有，若为人疗伤，则气息三日之内不会消散。那日我在修言楼为您注入了灵力，按理说那气息只会在您身上才对。可刚才我在鬼王陛下的血红扳指上也感觉到了我的灵力气息，而您手上恰好带着和鬼王陛下一模一样的扳指。"阿音的目光落在修言指间的扳指上，"您或许拥有和鬼王陛下同样的血玉扳指，但染上我灵力的扳指，绝不会有两枚。"

修言挑了挑眉，对阿音的猜测不置可否。

其实若仔细看，除了穿着、眸色和性情，修言确实和敖歌有八分相似。只是敖歌帝王之尊，他眸色湛红诡异，往往摄人心魂，鬼界之人大多敬畏于他，从不敢直视，且两者性情又大相径庭，是以无人发现鬼王和修言的微妙之处，也从未有人发觉这两人其实从未同时现于人前。

修言摩挲了一下指间的扳指，笑道："原来是因为这东西。小姑娘，你倒是机灵，我和他在鬼界这么些年，还从未有人发现我们就是一人。"

"那您到底是……修言鬼君？还是敖歌陛下？"阿音问。

"我当然是修言。"修言挑了挑眉，一脸理所当然。

"那敖歌陛下呢？"阿音好奇道，"难道敖歌陛下是您装出来的？您是怎么做到眼睛颜色变化的？还有您的鬼力和性格，明明就完全不一样啊？"

"因为我们本来就是两个人。"

阿音刚想凑近修言追问，冰冷深沉的声音却从他口中而出。他墨黑的瞳色化为血红，温煦的面容陡然变得淡漠，拒人于千里之外。除了未着帝袍，现在阿音面前的修言和无双殿里的鬼王敖歌几乎一模一样。

"鬼王陛下！"阿音被敖歌冰冷的血眸吓得倒退一步，差点撞上了身后的梧桐树。她和修言能插科打诨，但全然不敢在一界之主的敖歌面前造次。她吞了吞口水，尴尬地扯了扯嘴角："原来您真的会大变活人啊。"

阿音瞅了瞅鬼王，小心翼翼地问："修言鬼君呢？"

"他的灵魂之力一直比本王弱，只要本王想出来，随时可以。"敖歌瞥了阿音一眼，"灵力也换了，凤隐的魂魄也拿了。鬼界不是久留之地，你走吧。"

鬼王说完转身就走，毫不拖泥带水，完全无视了阿音一颗熊熊燃烧的八卦之心。

阿音撇了撇嘴，很是遗憾，耷拉着脑袋跟在鬼王身后。突然身前的人一停，阿音避之不及，"咚"的一声撞在了鬼王身上。她骇得一跳，顾不得额头硬邦邦疼，一蹦三尺高退后，捂着小心脏惴惴不安。

一呼一吸间，阿音见鬼王没半点动静，正准备问问咋回事。那身影兀地转回身，又恢复了黑眸笑颜，他朝阿音眨了眨眼："嘿，小丫头，我又变回来了！"

阿音看着面前笑眯眯的修言，眉角抽了抽，终是按捺住了暴揍他一顿的冲动。不看僧面看佛面，看在鬼王的面子上，她也一定要忍住。

"变回来了就好。"阿音上下打量修言，"修言鬼君，您和敖歌陛下到底是怎么回事？你们两个人的灵魂怎么会在一个身体里？"

修言就是看出了阿音的疑惑，才阻止敖歌离开重新变回来。鬼界孤独，长夜漫漫，难得有这么个小丫头能说上话，也算是不容易了。

"我给你说个故事吧。"修言走到梧桐树下，望向枝丫顶端，声音悠长，"这个故事要从很多年前说起。"

"我和敖歌十一万年前诞生于上古神界，是一对双生兄弟。他司生，我司死，他生来就是人界守护者，而我则是黄泉往生者。所以炙阳真神和白玦真神在我们成年之日择定我为鬼界之王，他为天宫之主。"

敖歌是天宫之主？那他为什么会成为鬼王？修言这个原本的鬼王又为什么只剩下一缕魂魄？阿音没有打断，静静听下去。

玖 ○ 双生

"我们自出生起就在一起修炼，本来成年之后就该分道扬镳，我去鬼界，他执掌天宫。但七万年前上古神界的魔兽下界作乱，涂炭生灵，三界之内无人可挡。那段时日上古、白玦、天启三位真神恰好入世历劫，都不在上古神界。炎阳真神要支撑神界的运转，不能轻易离界，于是我和敖歌、月弥率数万神将下界平乱。那一战山河尽崩，血流成河，神兽和魔兽半数都遭受了灭族之灾，我也战死在那一场战乱里。"

七万年前的修罗战场在修言的回忆中缓缓浮现，只是听着，血液都似要沸腾。既然修言的灵魂还在，那说明有人救了他。

"鬼君……"阿音唤了一声，连忙改口，"哦，不对，修言陛下，后来是谁救了您？"

如今知道修言才是神界真神择定的鬼界之王，她实在不好厚着脸皮和人家套近乎。

"你还是叫我修言鬼君吧。反正我连一天王都没做过就死了。"修言耸耸肩，一副无所谓的样子，"是敖歌在战场上救下了我最后一缕残魂。上古神界的神都知道，只要还存有一魂，上古真神的混沌之力就能助其重生，但当时上古真神尚未历劫归来。敖歌为了我闯进生死殿，偷走生死簿，找到了在人间历劫轮回的上古真神，强行把上古神君唤醒。"

阿音倒吸一口凉气，强行唤醒正在历劫的上古真神？怎么个强行带回法？难道是抹了上古神君的脖子？让她神魂归位？

阿音人间戏本看多了，思维比较发散。修言瞧她那模样就知道她想岔了，笑道："你想什么呢，神族能被神力唤醒，只不过消耗神力多一些罢了。敖歌刚唤醒上古真神来追捕他的神将便到了。他自知犯下重罪，带着我的残魂长跪上古殿外，求上古真神救我一命。"

"然后呢？上古真神救了你吗？"阿音连忙问。

"没有。"修言摇头，"神君她拒绝了。"

阿音满脸诧异："为什么？"

"因为我是掌管往生的司职者，如果她以混沌之力助我重生，那我在蕴养神力重新复活的这数万年里，天地间将不会诞生新的黄泉引路者，鬼界将会大乱。"

这个阿音倒是听过，神界有一些神君诞生于乾坤台，其司职乃天降而成。一旦受命于天的神祇死亡，乾坤台里就会诞生新的神祇来延续他的职责，但是前一任没有死亡，新的神祇将不会诞生。

一百年前白玦真神陨落后，三界便一直在传新的真神会在上古神界乾坤台诞生，但如今也没听到个什么动静。

这是天地法则，谁都不能违背。

"那后来呢？"

"为了救我，敖歌甘愿放弃神籍和天帝之位，代替我守在鬼界，成了新的鬼界之王。所以上古神君答应他为我凝聚魂魄，助我苏醒重生。"

"虽然敖歌陛下拥有强大的神力，但他并不是司职往生的神祇，如何引领黄泉之路？"阿音喃喃道，突然明白过来，望向修言，"你们是双生兄弟，神力本源几乎一模一样，如果以他的身体作为器皿，你可以马上苏醒重生，鬼界就不会因为失去引路者而大乱。这才是上古真神答应你们的原因。"

在敖歌的身体里复活修言，就不必经过漫长的灵魂复苏和蕴养的过程，鬼界也不会失去帝君。但同样的，拥有修言魂魄的敖歌就必须留在鬼界，永远不能离开。

以永生永世的自由换回修言的灵魂，谁都不知道那个在三界传说中森冷可怖的鬼王敖歌在七万多年前曾经做下过这样的选择。而他原本应该位极天宫，俯瞰三界。

"是，为了让我活过来，他从此失去了天界帝君之位，陪我留在鬼界，成了鬼界之王。"

修言长叹一声，忆起了当年的往事，神情难辨。

"既然上古神君帮您凝聚魂魄重生，那为什么您的魂魄还如此衰败破碎？若不是我用灵力替您蕴养，你的魂力撑不了多久了。"阿音不解。

"小丫头，残魂凝聚并不是一件简单的事，我本来就是神，需要成千上万年不断以混沌之力蕴养才行。当年上古神君每隔千年便会来鬼界一次为我聚魂，可惜世事无常，六万多年前混沌之劫降临，上古神君殉世，便无人能再以混沌之力为我聚魂。于是敖歌为我修建了修言楼，以入宫令牌来换三界中灵力深厚的奇珍，以此来蕴养我的魂魄。"修言朝梧桐树望去，"但这些灵物只能治标不能治本，我的灵魂之力还是一日日衰竭。一百年前上古真神回归，敖歌回神界请上古真神为我聚魂。可惜上古神君历劫归来，她的神力只够开启神界，唤醒沉睡的炎阳真神，不能再为我蕴养魂魄。这些年，便是这株梧桐树在为我续命。你要是没有出现，可能我撑不了几年就会魂飞魄散了。"

他叹了口气："其实魂飞魄散了也好，要是我死了。新的黄泉引路者就会在乾坤台重新诞生，他也不用再守在鬼界，留在这里了。"

淡淡的叹息声响起，阿音刚想安慰陷在回忆里的鬼君几句，哪知修言突然搓了搓手，

玖
〇
双
生

朝着虚空中一副讨好的模样："哎呀哎呀，我不过感慨几句，又不是真的想死，你急什么？咱们鬼界热闹华丽，每日张灯结彩、锣鼓喧天的，我哪舍得往生。前些日子我还写了几首小曲儿，赶明儿让乐姬唱给你听。"

想必是敖歌陛下听到修言鬼君的感慨，心里头不快活了。他们共用一个身体，自然随时能感知对方的情绪。

想着和长安城一样繁华热闹的鬼王城，阿音忽而明白了鬼王的心意。修言鬼君爱热闹，鬼王把鬼界打造得如同凡间，是怕他孤单寂寞吧。他们两个，一个治理城池，一个引领魂魄往生，其实都是鬼界之王。

神族寿命亘古悠长，敖歌和修言能以这样的方式互相陪伴，或许对他们而言，也是一桩幸事。

"小姑娘，故事听完了，你可以走了。"修言笑道。

阿音点点头，朝修言行礼告辞。她走了两步，突然转过身问："修言鬼君，我还想问一句。"

修言眉宇微抬："你还有什么想知道的？"

"您刚才不是说你们是双生兄弟吗？"阿音略带好奇，"那你们两个究竟谁是兄长啊？"

修言一愣，想是这些年从来没考虑过这个问题，仔细回忆了片刻意，眼睛一亮喜滋滋拍了拍自己道："我早他半炷香出乾坤台，我是兄长。"

"原来敖歌陛下是弟弟。他挺懂事的，没让您操啥心，就是面瘫了些，您以后还可以调教调教。"阿音点点头，不怕死地来了一句，大概是想起了敖歌的性子，怕修言突然又变回来，朝修言打了个招呼抱着凤隐的魂魄飞快地朝殿外跑远了。

阿音身后，立着的身影眸色渐红，缓缓恢复成了冷漠的模样。

敖歌望着蹦蹦跳跳跑远的少女，眼底竟罕见地拂过一抹暖意和微不可见的感激。

这个故事里，修言始终有一桩事忘了提。

当年一战，九幽炼狱里的一部分魔兽冲破禁忌，屠戮生灵。修言以兵解之法散魂消魄，为他铸起了结界，以血肉之躯挡在了他面前。

最后，他活。他的兄长，在他面前，护他而死。

七万年了，他从不后悔当年的选择，纵放弃君临三界又如何？

对我而言，你所在之地，便是这广袤天地，无边世间。

262

钟灵宫外，刚跨出一只脚的阿音看着御剑而来似要卷起鬼界腥风血雨的一人两兽，默默地收回了脚。

哎呀妈呀，修言鬼君救命啊，大妹子我活不过今晚了！

阿音抱着凤隐的魂魄局促地站在钟灵宫前，眼睁睁看着那三人飞近，半步都不敢挪。

古晋早就看见了钟灵宫前的那个身影，他几乎是从元神剑上一跃而下落在了阿音面前。古晋的目光落在阿音手里抱着的那团魂魄上，薄唇抿成锋利的弧度。

腰上的火凰玉发出轻弱又欢快的鸣叫，毫无疑问，那是火凰玉在迎接凤隐的魂魄归来。

阿玖和宴爽紧随其后落在殿前。看着阿音手中的魂魄，阿玖刚想问阿音是不是真的舍了一半寿元，瞥见古晋危险的目光，难得没有咋咋呼呼。他眉头皱紧，俨然一副担心的不行的模样。

"你……"古晋动了动嘴唇。

"阿晋，这是小凤君的魂魄。"不待古晋开口，阿音小心翼翼地举着那团红色的魂魄递到古晋面前，又忐忑又无措，明明救回凤隐的是她，舍了半条命的也是她，她却反而像做了错事一般低着头不敢看人。

为什么要舍了一半寿元？为什么不管不顾地跑回来？为什么这么蠢！古晋憋了一路的质问和怒火，却在看到这样在他面前举着凤隐魂魄的阿音时，一句都问不出口。

她是为了他，他比谁都明白，正因为明白，才会比要了他的寿元更难受和后悔。

见古晋不出声，阿音的头埋得更低了，她小声道："其实我没什么事，修言鬼君用灵力给我凝聚内丹，我现在已经有下君的仙力了。以后再去找凤隐的魂魄，我也能帮你，不会再给你添麻烦……"

"阿音。"古晋突然开口，唤了她一声。

阿音愣愣抬头，古晋正隐忍地望着她。

"不要再提凤隐了。"古晋接过凤隐的魂魄放进火凰玉里，他的声音干涩而喑哑，"走吧，我们回家。"

说完这句，古晋一句都没有再多言，牵着阿音的手朝虚境而去。

阿玖始终放心不过，想问问阿音的身体，却被宴爽一把拉住。

宴爽朝前面手牵着手的两人投了一个眼神，然后朝阿玖摇摇头。

阿玖抿紧嘴，眼底满是失落，终究没有再开口。

钟灵宫内，敖歌从水镜看着他们走出鬼界，有些意外。

"我还以为东华的徒弟会拆了我的钟灵宫，想不到他这么安静就走了。"

"他一门心思在那小丫头身上，哪还顾得上你。"水雾中，修言的灵魂之力浮现，摸了摸下巴有些意味深长，"不过，我总觉得这小子身上有一股我很熟悉的气息。"

"你熟悉的气息？"敖歌挑了挑眉，"你自下神界后便只待在鬼界，难道他是神界中人不成？"

修言曾受上古数千年混沌之力蕴养，自然对混沌之力格外熟悉。水雾中的青年仰了仰头，靠在浮镜中打了个哈欠，"不知道，就算知道也要假装不知道。万一我没猜错，咱们说不准还得向他见礼呢，以咱俩的辈分和年纪，也太失颜面了些。"

敖歌除了修言，素不关心其他事，见他不说便不再问，只是对阿音倒有些上心。

"那小丫头心肠不错，水凝兽的寿命大多不长，怕是百来年后她便要来咱们鬼界落户了，她总算帮了我们，你替她寻个好人家，保她轮回之路顺遂吧。"

啧啧，这不是挺有人情味的嘛，怎么对着人家小姑娘时就鼻子不是鼻子，眼不是眼的。

修言心里直腹诽，听了敖歌的话却叹了口气，望向宫外的方向。

"兄弟呀，这丫头和咱们的缘分，怕是等不到百年了。"

水雾中的声音模模糊糊传来，待敖歌仔细去听，修言的灵魂却散落在镜中，不肯再言了。

# 拾·天不老

　　四人一路出鬼界朝大泽山而去，本来宴爽和阿玖还担心阿音耗了一半灵力在路上奔波会劳累，想提议在昆仑山休憩休憩，但想起阿音在那儿给他们下药的事，实在没敢当着古晋再提一遍。

　　四人一鼓作气回到大泽山，青衣一个人守在山门无聊了半个月，甫一见众人回来，高兴得上蹦下跳，才小半日就和宴爽打成了一片。

　　澜沣和华姝的婚事三界早已传遍，闲善和闲竹怕古晋年纪轻面子薄，没敢问他，见古晋回来后格外沉默，又长居藏书阁，越发担心小师弟受了情伤。两老琢磨着向阿玖和阿音问问这趟远行的细节，偏生平日里逗趣儿打闹的两活宝回山后宁愿待在祁月殿里发霉，也不靠近泽佑堂半步。

　　两个守着山门的老人家闹不清小年轻们起起伏伏的情绪，又不好专门把人喊来问求亲不成的落魄细节，担忧得白头发都多了几根。

　　又是半月过去，起先阿玖和宴爽日日守在阿音身旁，生怕她失了寿元一个不慎就倒下了，后来见她皮实得紧，每日和青衣一块儿上蹦下跳毫不停歇，活力更甚从前，才慢慢敛了担忧。

　　仙人仙兽寿命悠长，上万岁都还算年纪轻的，纵失了一半寿元，这成百上千年内总不会出事儿。

　　唯有古晋，自回山后长居藏书阁，连一面都没露。阿玖抓住机会上眼药，有事儿没事儿就爱在阿音面前念叨几句白眼狼啥的。就连宴爽都觉着阿音为古晋舍了半条性命换回凤隐的魂魄，连一句好话都没得到，还成天里提心吊胆跟做了多大错事一样，实在太憋屈了些。

要不是古晋当年闯下祸，害凤隐魂飞魄散，哪里有如今这么多事儿？

唯有阿音，她一声不吭默默在藏书阁外守了半个月，始终没见古晋出来，终于按捺不住，提着青衣做好的绿豆糕，趁着月色厚着脸皮闯进了大泽山最索然无味却历史最久的藏书阁内。

藏书阁高两层，八方塔模样，外围青石，内铸玄木，每层规整地收着三界六万多年的藏本古籍，是青衣平日最爱来的地方。

此时，温暖的烛光映在脚下。藏书阁一楼的地上铺满了古籍藏书，若是仔细看，全是讲述上古之时仙妖神兽的孤本。

阿音提着小竹篮进了藏书阁，没在一楼瞅见人，凑着灯火蹑手蹑脚爬上了第二层。

古晋一身玄色常服，正垂首翻着古书。他眉头微皱，眼下有浅黑的印记，透着一抹疲倦。

不知为何，自从这次出行百鸟岛、闯鬼王殿后，阿音总觉得古晋沉默内敛了许多，当初后山禁谷里笑得憨然直率的少年好像离她越发远了。

她的目光半点不收敛，带着毫不掩饰的稀罕。古晋一抬头，就撞见了这样一双坦率的眸子。他微微敛了心底的欢喜，又垂下头翻看古书，但终是不忍她神情太过失望，总算开了口。

"来都来了，还杵在那里干什么？"

这一句不怎么温柔，甚至带了些许冷意。阿音却如蒙大赦，一咕噜爬上木阶，三步并作两步走到了桌前。

"阿晋，我来看你啦。"她一边讨好地笑一边从小竹篮里拿出绿豆糕给古晋摆好，"这是青衣刚做好的，一出锅我就给你送来啦，还热乎着呢。你都十多天没出过藏书阁了，就算神仙不用吃东西，可也得过日子啊。天凉，我把醉玉露温好了，你尝尝。"

古晋看着瞬间摆满了小几的吃食，瞥了几眼差点被阿音扫下桌的古书，颇有些无可奈何。

"嗯，放下吧。天晚了，你先回祁月殿休息。"

他随口应了一声，又拿过古书开始看。

阿音瞧着他眉宇间的疲惫，眉一挑，终于不再装小媳妇儿，一把夺过古晋手里的书，把醉玉露推到他面前，粗声粗气地命令道："把醉玉露喝了，补点儿灵力，好好回去休息，别再看了。"

古晋看了看眼中冒着火的阿音，揉了揉眉角："别闹了，把书还给我。"

阿音把书拍在桌子上："别看了，你就算翻遍三界所有古籍，也找不到给水凝兽补回寿元的方法。"

古晋神情一变，伸出的手僵在半空。

"碧波老祖宗在紫月山的时候告诉过我，我们普通水凝兽用灵力救人，救人一次寿元就少一次，这是天地法则，谁也改变不了。阿晋，你不要再花力气了。"

藏书阁里陡然沉默下来，这种沉默让人窒息，就像暴风雨前的宁静。

"他是个神兽都知道惜命，一天到晚怕死怕得不得了，藏在紫月山里出不敢出来。你既然什么都知道，为什么不肯好好珍惜性命！"

忍了半个月的怒火终于不再按捺，古晋猛地起身，一巴掌拍在桌子上，眼眶通红："你不是碧波，你没办法像他一样活千年万年，你懂不懂失去一半寿元意味着什么？那意味着你或许连百岁都活不过了，你知道吗？"

大多仙兽都有个几千上万年寿命，临到头了无法化形为人或是仙力更进一步，自然就寿终正寝投胎去了。但水凝兽这个物种比较特别，它因天生拥有治愈之力，寿命向来很短，普通水凝兽一般只有几百来岁。因水凝兽罕有，这六万年除了碧波从来没出过一只，是以如今大多数仙人并不知晓水凝兽是如此短寿的族类。

可古晋在上古神界长大，他从小被天启教养，耳濡目染，对仙妖魔兽的隐秘知之甚深，这也是为什么他把阿音自小养在身边，几乎百依百顺，看得比眼珠子还重的原因。

他一直知道她活不了太久，可却怎么都不能接受她连一百岁都活不过的事实。

古晋的声音在抖，握着桌子的手甚至暴出青筋来。他的混沌之力没有解开，天启也不在紫月山，他无法回上古神界寻求母神帮助。可阿音却已经只剩下百年或者更短的时间了。

如果他没有在这之前找到为阿音续命的方法，那他就只能看着阿音历经死亡和轮回。阿音不是神，不能带着灵魂之力轮回，一旦她饮下孟婆汤，走过黄泉路住生，这世上就再也没有他的水凝兽阿音了。

连日来的自责愧疚让古晋除了待在藏书阁疯狂寻找为阿音续命的方法外，什么都顾不上。可偏偏这个失去了一半寿元的家伙却一脸无所谓地出现在他面前，比谁都没心没肺。

"我知道。阿晋，我不是不惜命。"

见古晋终于把火发出来，阿音松了口气，她真怕古晋再憋下去会憋坏自己。

阿音抚上古晋的手，像是要把他的怒火和担忧抚平。

"每个人都有自己想做和必须要做的事，我的命是你给的，你欠凤隐的就是我欠凤隐的，没有带回她，我一辈子都不会心安。"

若无古晋，她如今都只是大泽山禁谷里一只沉睡的水凝兽，没有生命，没有朋友，没有师父，没有师兄弟，也没有家人，她如今所有的一切都是古晋给的。只要是为了古晋和大泽山，别说是一半寿元，就算让她拿命去换，她也甘愿。

"我还能活一百年，可是凤隐连这个世界一眼都没看过就陨落了。她比我更可怜，凤凰和凤族的长老们还在等着她苏醒。"阿音抬头朝古晋看去，"我的性命长着呢，我们还有时间，阿晋，咱们慢慢想办法，你不要再为我担心了。"

古晋看着阿音眼中的坚持，终是长叹了一口气。

"喏，你尝尝绿豆糕，青衣专门为你做的。"阿音又把绿豆糕推到古晋面前，活跃气氛。

古晋拿这大大咧咧的姑娘实在没办法，他也知道自己如今的担心吓到了阿音，不欲再给她更重的负担。

他拿起桌上的绿豆糕吃了一口，随即眉一皱。

阿音连忙道："怎么了？不好吃吗？是不是冷了？"

古晋摇了摇头，十分矜持地开口："糖放少了。"

阿音一愣，扑哧一声笑出来："好好好，明儿让青衣多放点糖，就说他师叔爱吃。"

阿音脸上的笑容释然而轻快，终于不再小心翼翼，古晋看着她脸上的笑容，接过她递来的醉玉露，只觉半月来的不安也因阿音的笑容缓缓消弭。

藏书阁二楼外，一缕不正常的黑气化成模糊的人形掩在月色中窥探，它恶意地看着烛火下的这一幕若有所思，不知在算计着什么。

殿内的古晋似有所感，猛地朝窗外望来。

"留在殿内不要出来！"

古晋向阿音叮嘱一声，元神剑出现，朝空中的黑气利落地斩去。

那团黑气显然未料到古晋会发现它，轻咦一声转身就走，却被古晋手持元神剑逼近，拦在了殿外。

"你是何人？居然敢擅闯大泽山？"古晋看着空中的那团魔气，眉头皱紧。

山下有护山阵法，半神之下无人能闯。但现在阵法未被触发，这团魔气是如何进来的？更何况它看上去十分阴森诡异。

阿音自殿内探出个脑袋，担忧地看向空中。

"阿晋，小心！"

古晋听见阿音的声音，握剑的手一紧。

"嘎嘎……小娃娃，你已经找到凤隐的一魂七魄了？"魔气中传来一声冷笑，辨不清男女。它显然对古晋的实力瞧不上，被拦住了也不惊慌，竟然还有闲心问起凤隐的事来。

"你到底是谁？为什么会知道凤隐的事？"古晋感到意外。他们在钟灵宫又寻回凤隐三魄的事连两位掌教师兄和凤族长老都还没告诉，这个魔族是从何处知晓的？

"我是谁不重要，凤族的那只小凤凰既然死都死了，还寻她的魂魄做什么？用你小师妹的命去换一个毫无干系的凤隐，你就不心疼吗？哈哈哈！"见古晋不答，魔气挑衅地发出狰狞的笑声。

它看向阿音的方向，似是露出一抹恶意，猛地朝窗边而去。

"你要救活凤隐，本尊就取了你师妹的命！"

"妄想！"

古晋握剑迎上，剑阵仙力散开，牢牢守在了藏书阁二楼的窗前。

但那黑气的魔力远在古晋仙力之上，它化成人形，变幻出一道黑鞭，魔气四散。古晋与之在空中力敌，眼底的慎重渐渐增加。

"阿音，快走！去泽佑堂！"

掌教师兄和闲竹师兄都在泽佑堂，古晋担心阿音出事，连忙让她离开。

那魔气显然不愿让古晋拖到闲善和闲竹前来，突然化出三道魔影，长鞭挥舞，瞬间将古晋的剑阵绞碎，把他困在凌厉的魔气中。

如果放任古晋继续收集那小凤凰的魂魄，凤隐迟早有重生的一日。恐怕凤染求之不得！那魔气好似对凤族怀着莫名的恨意，它看了古晋腰上的火凤玉一眼，心念一转，竟将魔力使出十成，妄想把古晋连同火凤玉一起吞噬。

看见这一幕，立在窗前的阿音大惊，她毫不犹豫地飞到空中举剑朝那魔气的后背攻去。水凝兽素来在三界就是个吉祥物，那魔气显然未将阿音放在眼中，只随手一鞭，继续用魔气吞噬古晋。哪知阿音在钟灵宫里被修言用仙力重铸仙基，功力已不可同日而语，用尽全力一剑刺出，竟将三道幻影中的一道魔气直接轰成了碎片。

魔气陡然遭此一击，剩下两道黑影发出阵阵凶鸣和怒吼，放弃吞噬古晋，重新合为一体回身挥舞黑鞭朝阿音攻去。

阿音刚才那一剑毫无章法，不过是托了敌人大意的功劳，仙剑迎上黑鞭，瞬间被绞成粉末。黑影冷哼一声，毫不手软，一鞭子结结实实抽在了阿音身上。

阿音背上受了一鞭，闷哼一声，口吐鲜血，半跪在云端，却不退半分。

"哼，区区一只水凝兽也敢伤本尊，本尊让你魂飞魄散，永不超生！"诡异的声音自黑影中传出，又是一鞭重重挥下。

从魔气中冲出的古晋正好看见这一幕，他神情大变，猛地划开掌心，鲜血涌入元神剑内，银色的神力自元神剑中破印而出，劈在了挥舞黑鞭的魔气之上。

元神剑袭向黑影的同时，古晋一跃飞到受了一鞭的阿音面前，将她拢在怀里，握住她的手。见阿音脸色惨白，他神色一急，连忙唤她。

"阿音！你怎么样？"

见古晋从魔气中完好无损地出来，阿音虚弱地笑了笑："阿晋，我又没做到答应你的事儿，说好了不在你面前受伤的，这回怕是连一百年都没了。"她说着又是一口鲜血吐出，素白的衣袍染得血红一片。

"阿音，你别说话！"古晋脸色大变，源源不断地把仙力注入阿音体内。

素来神挡杀神，魔挡杀魔的黑影被元神剑毁了大半魔力，它狼狈地躲开元神剑的攻击，惊骇地望着发出银色神力的剑和持剑的人。

不可能？这剑中怎么会有那种力量？古晋又怎么会拥有这种神力？！

黑影眼中满是怨毒，百年前被混沌之力毁掉纯妖之身的恐惧烙进了它的灵魂，让它忍不住颤抖。

这时，数道人影出现在泽佑堂上空，浑厚的仙力朝藏书阁涌来。

"古晋！今日之恨，本尊他日定双倍奉还！"黑影见状不妙，冷哼一声，朝山脚的方向而去。

"别想走！元神剑，留下它！"

古晋见那魔气要逃，眼眶赤红，一手为阿音注入仙力，一手继续破开掌心将鲜血祭入元神剑中助它破印。

鲜血多涌出一分，古晋的脸色就苍白一分，但他全然不顾，一心只想留下这来路不明的魔族。

轰鸣声响，元神剑神力大震，浩瀚的银光将那魔气笼罩，形势逆转，眼见着就要将它碾碎。那魔气露出一抹惊恐，手中长鞭挥舞，抵挡着元神剑的神威。

即便古晋源源不断为阿音注入仙力，阿音体内的魂力依然越来越弱，身体也逐渐冰凉，只听得阿音一声闷哼，又吐出一口鲜血，握着古晋的手无力落下，竟缓缓闭上了眼。

古晋大骇，一个恍神，魔气抓准机会避开元神剑的神力，不顾一切地朝山底逃去。

恰在此时，闲善、闲竹和宴爽赶到。看见阿音昏迷不醒，都大惊失色。

"阿晋，怎么回事？"

闲善往阿音额间探去，神色猛地一动，露出一抹惊诧。

古晋的心神全在昏迷的阿音身上，没顾上闲善的异样。只朝着山下的方向指去，"掌教师兄，有魔族闯山，它朝山门的方向逃去了。"

"阿晋，你带阿音回祁月殿疗伤。"

闲善和闲竹一听大泽山有魔族出现，顿时脸色一变，嘱咐古晋一声后朝山脚的方向追去。

看着阿音惨白的脸色，触着她冰凉的手。古晋眉头紧皱，愈加不安，和宴爽带着阿音朝祁月殿而去。

说来也巧，今儿晚膳后青衣和阿玖下棋斗酒，两人饮了不少醉玉露，山门里闹出这么大动静，两人醉倒在祁月殿里，横竖没醒过来。古晋和宴爽心系阿音，没顾得上唤醒两人。

祁月殿内，阿音躺在床上，素白的床单上染了大片的血迹，触目惊心。

碧波悄悄留的保命还神丹被古晋统统塞进阿音口中，终于阻住了她不断吐血，脸上恢复了些许红润。

见古晋还要把还神丹塞进阿音口中，宴爽一把拦住了他："好了，阿晋，阿音仙基薄弱，不能再吃还神丹了，否则她会爆体而亡的！"

古晋猛地一顿，这才发现阿音已经停止了吐血，他把一直发抖的手收回，恢复了些许心神，点了点头。

宴爽像是没瞧见这一幕，在阿音额上探了探："阿音的仙力恢复得差不多了，还神

丹疗伤有奇效，再休养几天就好了，不用太担心。"她朝一动不动守着阿音的古晋看了一眼，"你留在这好好照顾阿音，我去帮两位前辈，有什么事明天再说。"

宴爽出了祁月殿朝山脚飞去。她刚一出殿，一抹微弱的黑气悄无声息地潜进殿内，寻到了醉得不省人事的阿玖，钻进了他的体内。

千里之外的九幽炼狱中，通过水镜看着这一切的魔尊在元神剑祭出神光的那一瞬，猛地从王座上站起，脸上露出了同样恐惧和憎恨的神情。

"怎么可能？东华的徒弟怎么会拥有混沌之力？"

虽然鸿奕身上的魔气不过是她十分之一的魔力，但在上君巅峰中已无人可敌，可古晋的元神剑不仅能伤她，还差一点毁掉了藏在鸿奕身上的分身。

平时那魔气为防被仙族发现，一直沉睡在鸿奕体内，即便古晋曾在九幽炼狱和归墟山使出过混沌之力，她也未曾发现。若不是这次这缕魔气想杀死阿音，也不会逼得古晋在魔气面前使出混沌之力，让魔尊发现古晋身上神力的异常。

"魔尊，您说那是混沌之力？上古真神的混沌之力？"跪倒在地的魔兽们同样看见了这一幕，眼底露出恐惧。

"怕什么！"恢复了镇定的魔尊赤脚踩在狱火之上，冰冷地呵斥。许是动了怒意，她咳嗽一声，布满弑神花纹的脸苍白而鬼魅。

常沁临死一击终是损了她的魔力，至少百年时间，她都难以恢复到巅峰实力。

"混沌之力！"魔尊吐出这四个字，嘴角勾起危险的弧度。

百年前那人俯瞰世间降下神罚的一幕浮现在眼前，犹如昨日之景。

她因为那个天地间最尊贵的存在，在这九幽炼狱里生不如死地活了百年。

魔尊猛地抬头，望向苍穹之上。那里是三界顶端，尘封的上古神界。

"混沌之力竟然出现在三界。好，好，这是你给本尊的机会！我奈何不了你，就让你儿子来承受本尊所有的仇怨！上古，你疼若珍宝的儿子，你和白珙救下的三界，本尊会一个一个全部毁掉。终有一日，你的上古神界，也将是我的天下！"

大泽山一夜无眠，灯火通明。直到第二日清晨，寻遍了山门里外方圆十里的闲善和闲竹，也没有发现那道魔气的半点踪迹。

两人甫一回山，就慎重地把古晋唤到了泽佑堂。

直到此时，沉睡了一夜的阿音都没有醒来。

泽佑堂内，闲善和闲竹神情凝重，古晋一走进，他们便朝他望来。

"阿晋，你可瞧见了昨夜和你交手的魔族是什么样子？"

见闲善和闲竹的模样，显然一无所获，古晋皱眉："昨日在藏书阁外和我交手的那人并不是魔物的真身，只是一团魔气。"

"一团魔气？"闲竹大惊，"只是一团魔气便能把你和阿音伤成这样？"

天地分仙妖人三界，鬼界居其下，可唯独没有魔界。古往今来魔族都是由仙妖人堕落或魔兽所化，一旦入魔，便是三界中最可怖的存在，但也永远失去了飞升神界的机会。三界自形成以来，除了七万多年前那场魔兽之乱和混沌之劫，大多数劫难都是魔族现世造成的，是以仙妖两界对魔族如临大敌，一旦魔族现世，三界皆群起而攻之。

近两万年来从未有魔族在三界出现的消息，大泽山突然出现魔族，自是让两个当年和魔族交过手的老人家慎重无比。

"两位师兄没有在山脚追到那魔气吗？"

闲善和闲竹摇头，闲竹道："我和师兄找遍了山门，甚至追到山下十里之外，仍然没有发现那魔物的踪迹。"

若不是藏书阁外有古晋和魔气交手的痕迹，阿音也重伤昏迷，两人根本寻不到山门里外那魔物的半点气息，这实在诡异。

闲竹神情一重，沉声道："所以我和师兄猜测，那魔物极有可能还藏在咱们山门之内。"

古晋神色一变，连他都要解开元神剑的封印才能拦住那魔气，若是低等弟子遇上，将毫无招架之力。

"但有一点实在奇怪，那魔物究竟是如何入山的？我今早和掌教师兄检查过护山大阵，阵法并无半点损害。也就是说那魔物入山时护山阵法没有发现它，可这阵法是师尊留下的，魔物如果强行闯山，一定会触碰阵法，不可能这么悄无声息地潜进来。"

见闲善和闲竹担忧，古晋神情懊恼，在殿内踱来踱去："这都怪我，如果当初不是我擅自把遮天伞借给华姝，有遮天伞在，任何魔物都无法侵入山门。"

"不怪你，魔族已经几万年没现世了，谁知道会突然出现在咱们大泽山，不过它既然出现了，就一定有所图，我们必须及早应对。一早我就让弟子去天宫告知澜沣上君和四大司职上君大泽山出现魔族的事。"闲善开口道，"为保山门平安，我决定点燃长生殿里的九星灯，也是给仙族各派提个醒，让他们提防魔族的出现。"

"九星灯？"古晋一怔，暗想掌教师兄对魔族竟如此担忧，看来魔族在三界确实声

名狼藉。

大泽山有三大护山法宝，一为护山大阵，二为遮天伞，最后一样便是九星灯。

九星灯是一件上古神器，传说九星灯九星尽燃时爆发的神力可以诛杀一位上神，神力犹在遮天伞之上。六万多年来此宝曾无数次在危难之时庇佑大泽山，是大泽山的象征，为历代掌教所执。但此物是神器，无法被仙人炼化，就连开启也要历经九九八十一日，源源不断地用仙力供养才能让九星尽燃在大泽山上空，一旦九星点燃，则此灯百年不灭，足保山门百年平安。

古晋亦赞同闲善的做法："师兄说得是，魔族来得蹊跷，点燃九星灯也好，至少可以保护门内仙力低微的弟子，一旦九星灯点燃，山门内潜藏的魔物都会被焚烧干净，那魔气昨晚伤在我元神剑上，百日之内绝无再作恶的可能。只要我们能在这八十一日内加倍小心，等九星灯点燃，山门便没有危险了。"

闲善和闲竹便是这样打算的，闲竹用骨扇磨了磨下巴，愁道："不过我和师兄的仙力比起师父差了一大截，当年他一人便能点燃九星灯，这次怕是要我们两个人轮流来才行。"

"两位师兄放心，九星灯点燃之前，我哪儿也不去，一定守好山门，保护好门内弟子。"

听见此言，一直神情尚算宁和的闲善却皱了皱眉，他朝古晋望去，突然问："阿晋，阿音昨晚受魔气侵袭，现在怎么样了？"

"师兄放心，我给她用了还神丹，仙力恢复得很快，再休养两日应该就没事了。只是……"他顿了顿才道，"她身上的鞭伤是魔气所伤，我用仙力无法化去，恐怕会留下伤痕。"

这话一出，古晋的两位师兄皆是一愣。闲竹立马放下魔族的事儿，眼睛一瞪："这是什么话，阿晋，阿音的伤是你亲自治的？"

当时两人留下宴爽，便是看出阿音身上有伤。阿音虽然是古晋一手养大，但如今终究是个长大了的女娃娃，古晋自是不便为她疗伤。怎么听小师弟这意思，阿音身上的伤居然是他亲手治的？

这个，这个，男女授受不亲，小师弟这也太不避讳了！

古晋倒比谁都坦荡，他点点头，分外自然道："阿音伤在后背，不便让旁人来看，自然是我亲自来更妥当些。"

这话一出，闲竹就有些摸不准古晋话里的意思了，他顿了顿，分外委婉地开口："小师弟啊，阿音如今都是个大姑娘了，就算她是你养大的，你把她当半个闺女，也要避讳一些，以后她身上的伤就让宴爽去照料……"

"师兄。"古晋打断闲竹的话，一脸严肃，"我何时告诉你们我把阿音当闺女养了？"

瞧古晋这表情，闲竹心底"咯噔"一声，朝自个儿师兄望了一眼，见闲善一脸肃然，巴巴转过头，"阿晋，你不是把她当闺女养，那是当什么养？"见古晋不出声，闲竹顿时急了，"你给二师兄说句话啊，半个月前我还央了掌教师兄给你写聘书求娶那孔雀族公主呢！这才几天时间，阿晋，你别不是被华姝伤了心，拿你师妹来疗伤吧？"

闲竹越说越觉得有可能，正准备长篇大论来给自家师弟说道说道。

哪知古晋坦坦荡荡望来，直接开口："师兄，是我弄错了。"

闲竹眨巴眨巴眼，只觉活了几万年，被小师弟的这点儿情情爱爱闹得紧张得不得了，生怕古晋说出啥子一锤定音的话来。

"弄错啥了？"闲竹听到了自己舌头快打结的声音。

"华姝当年在梧桐岛上帮过我，我一直以为我喜欢她，但我其实是念着她的恩情，去百鸟岛提亲是我做错了。师兄，我这次出去，才瞧清楚自己真正喜欢的人是阿音。"古晋声音停了停，这样直接的表白到底让他有些腼腆，他笑了笑，眼底带着少年人的欢喜。

"我怕她对我向华姝提亲的事儿心有芥蒂，不敢跟她说，打算过些日子再跟她说明心意。"

闲竹的声音干涩，犹不死心地挣扎了一句："那小师妹呢？你说喜欢就喜欢，她喜欢你吗？"

古晋一愣，脱口而道："她自降生就在我身边长大，除了我也不认识其他人，断没有喜欢上其他人的道理。"

听听，这话说得，还有没有王法了？谁养着长大就要喜欢谁，那他两万年前直接嫁给掌教师兄不就得了！还历经那些曲折痛楚的事作甚？

还有那只狐狸不是人吗？是个人都能瞧出来狐族少族长稀罕阿音稀罕成什么模样了，只有你一个睁眼瞎。

闲竹望着一根筋的小师弟，对这事儿的态度比刚才魔族出现时着急多了。

"胡闹，这是什么理由！终身大事何等重要，岂容你日日儿戏，换媳妇儿比换仙器还快！"

闲竹怒道，古晋却朝他望来，眼中因坚定和认真能放出光来："师兄，这次我是真弄明白了，我喜欢的是阿音，我想和她在一起。师父不在，阿音又无亲无故，两位师兄就是我和阿音的长辈，等找全了凤隐的魂魄，还要劳烦师兄再为我提一次亲。"

连提亲这话都出来了，闲竹终于不再磨蹭，脱口而出："不行，我不同意，阿晋，你不能和阿音在一块儿！"

古晋神情一怔。两位师兄自小疼他，对阿音也是宠爱有加，怎么会是这么个态度？

难道他们是觉得阿音无亲无故，又只是只水凝兽，配不上大泽山三尊之一？不可能啊，两位师兄向来仁厚，绝不是看重家世门第的人。

见闲善也神情凝重，并没有阻拦二师兄的话，古晋心底生出浓浓的疑惑。

"师兄，为什么？阿音虽然只是一只仙兽，但她也是师父正经承认的弟子，是我养大的师妹，她嫁给我为妻，不会辱没咱们大泽山的名声。"

以古晋真正的出身，除了他母神，他择谁为妻，三界九州无人能置喙，只是他在大泽山长大，把闲善和闲竹当亲人看待，才会在意他们的感受。但即便是闲善和闲竹，也不能改变他的意愿。

"阿晋！"闲竹眼一瞪，"我和掌教师兄岂是这种看重家世的人。你和阿音不能在一起不是因为她出生低微，而是……"闲竹顿了又顿，终是道，"阿音她是一只水凝兽，水凝兽的寿命并不长久。"

闲竹的话戳中了古晋的心事，他唇角抿紧，面容一僵。

闲竹说这话时，不知想到了什么，向来玩世不恭的眼底藏着些许悲凉："你想过没有，你寿命长久，她却只有很短的时光。她死之后入黄泉轮回往生，喝了孟婆汤忘记一切再世为人，你呢？你怎么办？你将来千万年的岁月，就在她死了之后守着一座孤坟过日子吗？"

闲竹声音哽咽，握着骨扇的手藏在身后，早已微微颤抖。

他曾经经历过这一切，才比谁都不想古晋再走一遍他的老路。

千万年岁月，永失所爱，踽踽独行，实在太难了。

"那师兄，你后悔过吗？"泽佑堂里，古晋低沉的声音突然响起，他看向闲竹，轻声问："如果再给你一次选择的机会，你还会选择爱上那个凡间女子，把她带回仙界吗？"

闲竹兀然一愣，神情复杂，许久后叹了一声："你去过钟灵宫了？"

凤隐三魄在钟灵宫，古晋既然知道了这桩往事，想必是去鬼界见过敖歌了。

古晋没有否认。他抬首看向闲竹："我和师兄当年的选择一样，哪怕阿音只有百年寿元，我也想和她在一起。更何况我还有一百年时间，我一定会找到方法延续她的寿元。"

听见"百年"这两个字的闲竹眼中拂过一抹不忍，嘴唇动了动，却不忍心再开口。

一旁的闲善听古晋去过鬼界，如老僧入定的面容突然动了动，开口："阿晋，你在钟灵宫内可拿回了凤隐的魂魄？"

古晋颔首："钟灵宫的梧桐树里有凤隐的三魄，敖歌陛下已经把她的魂魄还给了我。"

"你是用什么换的？"闲善单刀直入，声音一重，"凡是去过鬼界的人都知道鬼王的规矩，当年你师兄的命是师父在梧桐岛求了一棵万年梧桐树换来的。凤隐的三魄如此重要，以鬼王的做派，不可能轻易交还给你，你拿什么换回了凤隐的三魄？"

闲竹不明白刚刚还在说古晋和阿音的事儿，掌教师兄怎么就突然关心上了凤隐的魂魄，正准备拉回正题再劝古晋两句，却听到了古晋的回答。

"阿音拿她一半的寿元换回了凤隐的三魄。"古晋眼微垂，极艰难地说出了答案。

"一半寿元！你说阿音拿她一半寿元来换凤隐的魂魄？"闲竹猛地起身，终于明白了闲善问这句话的深意，他急急转头朝闲善望去，却见闲善朝他摇了摇头。

"阿晋。"闲善的声音响起，叹了口气。这叹息太沉重，连垂着眼的古晋都察觉到了一丝不安。

听见闲善唤他，古晋抬首，见闲善眉宇肃重，古著心底莫名一颤。

"师兄？"

"阿晋，我和你二师兄阻你和阿音的婚事，不是因为阿音出生低微，也不是因为她是一只水凝兽。而是因为……"闲善顿了顿，才缓缓道，"她的寿元自出生那日起，就只有十年。"

这一句犹如平地惊雷，把古晋轰得血色顿失。他愣愣地望着闲善，像是没听清一般："掌教师兄，您说什么？阿音，阿音的寿元只有多少？"

闲善似是不忍，但仍重重落下两个字："十年。"

古晋身形一颤，脸上更白："师兄，您是不是弄错了，就算阿音不是水凝神兽，只是一只普通的水凝兽，她也该有几百年寿元，怎么会只有十年？我昨日才翻了孤本古籍，那上面全都写着……"

"阿晋！"闲善打断他，沉声道，"师尊飞升前曾有言，阿音这一生，活不过十年。"

"为什么！"古晋眼底满是荒唐和不敢置信，"师尊为何会这么说，她的身体比谁

都好，怎么可能活不过十年？！"

"阿晋，你难道就不好奇吗？三界中除了当年那元启小神君身边的碧波外，水凝兽已经绝迹了六万多年了，阿音为什么会出生在咱们大泽山的后山禁谷？你就从来没有想过她的来历吗？"

古晋声音一滞，他自出世起碧波便陪在他身边，对他而言水凝兽并不是一种已经绝迹和灭族了的仙兽，是他从未想过阿音的来历和渊源。

他隐忍地问道："师兄，阿音她到底从何而来？"

只见闲善叹息一声："这要从很多年前说起了，那时候还没有咱们大泽山，师尊也只是仙界的一个小仙。七万多年前三界爆发了一场灾难，魔兽自神界而下肆虐三界，许多上神下界与魔兽交战，那场战乱旷日持久，死伤惨重，许多神兽族类在这场大战中灭族，水凝兽一族亦是其中之一。师尊当时虽只是一介散仙，但不忍魔兽屠戮生灵，便加入了神族的屠魔之战，战乱里师尊和水凝兽一族一直并肩战斗，交情渐笃。可水凝兽是神兽中战力最弱的种族，战乱还没有结束，水凝兽已然到了灭族的边缘。一次交战后师尊伤于一只黑龙之手，再无一战之力，是水凝兽一族最后仅剩的一对夫妻救了他，那对夫妻把师尊送往大泽山后山禁谷养伤，并把还未破壳的孩子托付给了师尊。师尊在禁谷里养伤数年，再出禁谷时，魔兽大败，三界战乱已止，但那对水凝兽夫妻，却再也没有回来。"

"这么说是阿音的父母把她托付给师尊的？难怪阿音从禁谷一出来，师尊便收她为挂名弟子。"古晋头一次听说这些数万年的往事，忍不住惊讶，"既然是恩人所托，那为何师尊会把阿音独自留于后山禁谷？又为什么一直让她沉睡，没有唤醒她？"

他当初在后山发现阿音时，阿音已破壳而出，虽有生命体征，却一直沉睡。若不是他日日用仙力蕴养，她凭自己之力很难苏醒过来。

"让阿音沉睡是阿音父母的意愿，师尊只是体恤她父母一片爱子之心，不忍唤醒阿音罢了。所以师尊才把她安置在后山禁谷的山洞，因那山洞原本就是那对水凝兽夫妻所居，是她的家。"

"为何？战乱总有消弭的一日，阿音的父母怎么会愿意她一直沉睡？"就算当年魔兽为祸导致三界涂炭，但已经过去这么多年了，阿音的父母为何宁愿阿音一直沉睡，也不愿让她醒来？

闲善摇了摇头，亦是一脸惋惜："说来也是一桩憾事。当年阿音的母亲怀着她时被魔兽所伤，虽勉强生下了她，但却发现这孩子的灵魂之力受到魔气侵袭，很难破壳而出活下来，即便侥幸能破壳而出得见天日，也最多只有十年寿元。那对夫妻心疼孩子，将阿音托付给师尊时，只留下了一句话。"

"什么话？"古晋听得喉咙隐隐发紧。

"他们央求师尊把她置于后山禁谷，永远尘封，若她命中注定能破壳而出，那便是这孩子该当有此短暂的一生。她若能活下来，一生际遇，皆听天命。"

一生际遇，皆听天命。

这八个字，当真是又心酸又无奈。

一个注定只能活十年的生命，是该让她降生看过这世间后死去，还是该让她永远沉睡囫囵着留一条命，作为父母，根本无法做出抉择。

所以他们把那孩子的命留给了上天。如果她注定有破壳而出的一日，哪怕只有十年，也希望她能无憾而精彩地活下去。

许久，泽佑堂里响起古晋痛苦沉哑的声音。

"师尊他，一直都知道？"

闲善点了点头："那时你刚从禁谷受完刑罚出来，尚还是少年心性。师尊怕你接受不了，飞升之时嘱托我在合适的时候再告诉你。可我昨晚发现……"

古晋想起昨夜慌乱之时闲善曾碰了一下阿音的额头，突然抬首，眼中满是慌乱，"师兄！阿音她……"

他的声音又急又快："你刚刚说她只有十年寿元？"

闲善没有再言，只是遗憾地点了点头。

十年寿元，阿音在大泽山禁谷陪着古晋度过了四年时间，这半年陪着古晋奔波于三界，又在钟灵宫耗了五年寿元换回凤隐的三魄。如今算来，她剩下的时间，竟已不到一年。

难怪闲善对阿音的寿元一直守口如瓶，如今大泽山危难之际如此需要他时却告诉了他阿音的境况，因为阿音已经没有时间了。

一年，他以为还有百年时间，阿音竟连一年都没有了！

"掌教师兄。"

古晋突然跪在闲善面前，骇了他两位师兄一大跳。

他们素来知道，古晋入门一百多年，除了正式拜师那一次，连对东华都极少跪拜。东华更曾有令，古晋在山门内可免一切俗礼，即便将来下一任掌教即位，古晋亦可不参

不拜。

说实话，古晋在大泽山这百多年的修仙生涯，过得比当初天宫的皇子公主们都金贵。

但他们一路看着长大的小师弟，这时候眼眶赤红、手足无措地跪在了他们面前。

"掌教师兄，二师兄，你们既然早就知道阿音的寿元只有十年，是不是有救她的方法？"

闲善和闲竹沉默不语。

闲竹一把把古晋托起来："阿晋，我和师兄一直怕告诉你，就是因为我们不知道该怎么救阿音。寿元天定，仙兽若想冲破寿元的桎梏，只有自己突破极限，化仙为神，这你是知道的。"

即便是仙妖，也是有寿命极限的，左右不过道行高深，活得便长久些罢了。仙兽妖兽亦是如此，三界六万年来由兽化神的，不过清池宫的古君上神和前妖皇森简两人。就连渊岭沼泽的三首火龙，修炼了六万年也只是半神境界。

阿音她只是一只普通的水凝兽，到如今也不过是下君的仙力，怎么可能在一年之内化为神兽呢？

阿音的死，是一个从降世开始就注定的劫难，只是知情的人不忍心戳穿，才会瞒了如此之久。

闲善和闲竹一力促成古晋去百鸟岛求亲，便是瞧出他对阿音太过看重，想着他有了喜欢的人，那终有一天阿音离去时他也不至于太悲伤。

哪知兜兜转转，他们使了这么大的力，甚至不惜睁只眼闭只眼让华妹拿走遮天伞以促成两人，到头来阿晋还是喜欢上了这只他一手养大的水凝兽。

有些事，真是命中注定，没有人能够改变。

"阿晋，九星灯由我和你二师兄来点燃，这些日子你就留在山内，好好陪陪阿音吧。"

闲善叹了口气，在古晋肩上重重拍了拍，上万岁的老神仙眼底有着对生死的了悟和超脱。

"生死有命，一切都是注定，你要看开些。"

古晋在他的目光下张了张嘴，却一个字都说不出来。

闲善不忍看他，朝泽佑堂外走去，行了几步，又突然停住，他回过头望向古晋。

这个可以说是他一手养大的小师弟正垂着眼，满是苍凉。消瘦又孤寂的身影和两万年前的那个身影缓缓重合起来。

他微微抬眼，看到了古晋身旁站着的闲竹。他也正望向古晋，对古晋满心愧疚深有同感，却毫无办法。

难道所有的宿命和结局仍是和两万年前一样吗？

这一幕被殿外的初阳拉得格外狭长而沉久，久到闲善这样修了四万年的老神仙都不能忍受。

他突然就开了口。

"阿晋，师尊飞升前还有一句话让我告诉你。"

这句话像是打破了殿内令人窒息的魔咒。

古晋突然抬头，望向闲善，眼底带着微弱的希冀。

"师尊说，水凝兽已经灭族，阿音已经无亲无故，三界之内唯一和她有些血缘牵绊的恐怕就是当年元启小神君身边的那只水凝神兽碧波，如果你能找到他，或许阿音还有一线生机。"

闲善话音未落，古晋眼底泛起如获重生的惊喜。他匆匆朝闲善行了一礼就飞出了泽佑堂，连一瞬的犹疑都没有。

看着他飞向后山祁月殿，闲竹走上前，问："掌教师兄，上回听阿晋提过，他们在紫月山曾遇见过元启神君的神兽碧波，那阿音是不是还有一线希望？"

"或许吧，师尊只留下了这句话，能不能救阿音，还是要看天意。"

看着闲善的神情，闲竹心底泛起一抹不安和疑惑，他迟疑道："师兄，你之前为何没有告诉我师尊还留了这句话？要是早知道，我们早就该让阿晋去紫月山寻那碧波了。"

闲善未答，他望着古晋消失在半空的身影，缓缓叹息了一声。

初阳洒满大泽山的每一个角落，照耀着这个已经存在了六万多年的仙门。

东华是三界最古老的仙君，他仙法高深，仁德厚重，但却极少有人知晓，他同样精通命盘之理。

有些劫难，他算得出，可纵算得出，却也不知该不该挡。

一山之危换一人之命。

六万年前的重恩和六万年后的山门，孰轻孰重？

那个活得比三界更古老的神君在飞升之际，把决定权交到了最信赖的弟子手中。

"闲竹。"闲善望向眼前的座座青山，潺潺流水，唤了闲竹一声。

"师兄？"

"点燃九星灯，师尊不在，大泽山就靠我们守护了。"

"是，掌教师兄。"

闲竹随着他的目光望向初阳晕染下的大泽山，嘴角终于露出了一抹释然的笑意。

"希望阿音的那只小祖宗会有办法救她。"

但愿两万年前的遗憾别在阿晋和阿音身上重演，但愿他们能有机会，好好相伴着走下去。

两个活了几万年的老神仙立在泽佑堂下，望着那个远去的身影，如是想。

很多年后，古晋并不知道，他的两位师兄，曾经在那一日望着他的背影为他和阿音送上过如此真挚而淳朴的祈祷和祝福。

只可惜，千年一瞬，这一幕被淹没在三界滚滚向前的时光洪流中，从来不曾被人知晓。

祁月殿。

酒劲醒过来的阿玖和青衣蹲在昏睡的阿音床前一脸自责。

"怎么还不醒？"阿玖一边转悠一边嘟囔，"怎么还不醒？"他时不时在阿音额上探一探，眉头皱得比小老头还深，"是不是那呆子给阿音吃的还神丹有问题？"

宴爽在一旁鼓着劲翻白眼，直想把这只聒噪的狐狸扔出去。她还没来得及付诸行动，一转头瞧见了门边立着的人。

古晋不知何时入的房，他立在门边，沉沉望着床上昏睡的人，眼底压抑的情绪竟比昨日阿音重伤吐血时更冷沉几分。

宴爽觉得不安，刚想问。古晋已经径直走上前坐到了阿音床边。

暴躁的火狐狸一瞧见情敌出现，还这么一副主人的模样，顿时就怒了，一巴掌就要劈了古晋："你还好意思来，你和阿音一块儿遇见的那魔物，阿音伤成这样子了，你倒是活蹦乱跳的，她刚为你舍了半条命，你就是这么保护她的？啊？还东华的徒弟？还大泽山三尊之一？"

宴爽没能拉住他，阿玖冲到古晋面前，揪起了他的前襟："古晋，我要带阿音回狐族，她在你身边，早晚得被你害死！"

阿玖这几句气急的话，对刚刚得知了真相的古晋无异于诛心之言。

他第一次没有反驳火狐狸的怒火，仙力一扫把阿玖从他身上震开，冷声道："她是我大泽山的人，是我师妹，大泽山和我自会护她，她哪儿也不会去。"

阿玖瞧古晋哪儿都不顺眼，冷哼一声，出了祁月殿。

宴爽知道阿玖是因为觉得自己昨夜喝酒误事，没保护好阿音而自责，叹了口气出去劝慰，顺道十分贴心地带走了一旁懵懵懂懂的青衣。

殿里安静下来，只剩下昏睡的阿音和床边沉默的古晋。

他望着阿音苍白的面容，握住了她的手，那双手冰冷而瘦弱。

鸿奕说得没有错，若不是为了他，阿音不会变成这样。

哪怕是破壳而出懵懵懂懂地在大泽山度日，她也该有十年时光。而不是像现在这般满是伤痕地躺在床上，连一年的时间都不剩。

九幽炼狱里颤颤抖抖拦在弑神花前、钟灵宫里坦然无畏舍了半条性命和昨夜用命拦住魔气救下他的阿音在眼中交错浮现，最后成了长安夜空里那一幕盛然而灿烂的笑颜。

古晋俯下身，嘴唇在阿音额上触了触，滚烫而热烈。

"你一定会没事的，我一定让你长长久久平平安安地活下去。"

殿门被推开，宴爽正守在殿外，瞧见古晋这么快就出来，愣了愣。

"宴爽，我要下山一趟，短则数日，多则半月，你替我好好照顾她。若是阿音醒了，说我有事下山便可。"

大泽山刚遭受魔族入侵，正是风声鹤唳之时，阿音又重伤未醒，古晋怎么会在这个节骨眼上离开大泽山？

宴爽心中不安，忙问："阿晋，是不是出了什么事？"

古晋神情一顿，稍稍沉默，摇头："没事，掌教师兄有事交给我办，需要我亲自下山走一趟。山中有魔族出现，近来可能不大太平，我不在的时候，有劳公主替我多看顾山门了。"

宴爽见古晋一副平和的神色，担忧稍敛，笑道："你和我客气什么，我和那只狐狸会帮助掌教守好山门的。"她顿了顿，替阿玖解释了一句，"那狐狸看着凶神恶煞的，其实我看得出来，他挺喜欢你们大泽山的，对青衣和后山那窝兔子比对我都好，他刚才那是太担心阿音了才会口无遮拦说出那些话，你别把他的气话放在心上。"

古晋颔首："我知道，你放心，他的话我不会放在心上。"

他说完，又对宴爽嘱咐了几句，朝殿内看了一眼，而后御剑朝山下而去。

古晋下山去往紫月山的同时，长生殿内的九星灯被闲善和闲竹正式点燃。

三日后，妖界紫月山结界外，古晋懒得费口舌再喊，一剑劈在天启留下的结界上，惊动了正在后山晒太阳养膘的碧波。

碧波扛着天启为他量身打造的护山小令旗牛气地冲出来，一见是他的小神君回来了，笑得牙口都找不着就朝古晋身上冲。

"阿启阿启，你回来啦！"碧波在古晋身上使着劲蹭，只差在他身上涂满口水了。

这时候，身后一道不轻不重地咳嗽声响起，一只不合时宜的手伸过来，径直把碧波从古晋身上扒拉下来。

"碧波，不要胡闹。"傲娇的三首火龙提着碧波的领子朝古晋行半礼，"三火见过元启小神君。"

这回元启身边没有旁人，他知道元启的身份，自然礼不可座。

碧波陡地被人提起，两只小短腿在空中扑腾了半晌找不着落处，转过头恶狠狠道："臭妖龙，快放我下来！我要去阿启那儿！"

三火眼微眯，笑得有些痞，眼底似有一道光闪过："别胡闹，小神君身份尊贵，你这行为放在上古神界那是亵渎神体，要砍头的。"

这妖龙简直胡搅蛮缠，碧波大眼一瞪就要反驳，却忽然瞥见了三火眼底那一抹危险的光，竟一下有些气短认怂了，嘴张了张硬是没吐出半个字来。

古晋朝三火道："龙君无须多礼。"他朝碧波看去，眼底有着急切，"我这次是专程回来找碧波的。"

这话一出，碧波和三火都有些意外，两人心里想的倒是罕见的一致。

他这么一除了好吃懒做、晒太阳外啥都不会的废物，找他干啥？

我这么一除了圆润可爱、讨喜爱睡觉外啥都不感兴趣的吉祥物，找我干啥？

不过碧波心里还是向着旧主的，见古晋神色凝重，想着以阿启的性子，这回怕是出了大事，仙诀一念化成了个俊俏少年落在了地上。

一旁的三火瞧着面前新鲜出炉的人形碧波，眼瞪了瞪，竟有些惊喜。这只水凝神兽在紫月山待了一百多年，懒得从来没有化过形，想不到今日还能看一回稀罕。三火瞅了瞅，啧啧了两声。

不愧是上古时就传下来的神兽，这模样，虽说还没长开，放在下三界里，也算是万里挑一了。

"阿启，咱们进山了说，你来找我啥事？"碧波乐呵呵把古晋带进了紫月殿，一路上还神丹、大力丹之类的保命丹药不要钱似的往他怀里塞，看得身后吊着的三火满心不是滋味。

平日里找这小崽子求一粒丹药都得磨上小半个月，还得好吃好喝地跟伺候小祖宗一样。看看，人家元启小神君来了就是不一样，这小崽子伺候别人跟伺候祖宗一样。

前面的两人各有心事，哪顾得上身后冒了半坛子醋的三首火龙。

紫月殿内，古晋正襟危坐，对碧波开门见山。

"碧波，前两日掌教师兄告诉我，阿音的寿元只有十年。"

古晋这话一出，三首火龙轻咦一声神情惊讶，碧波却只稍稍皱了皱眉，没有太多意外。

古晋瞧见他的表情，神色一沉："你早就知道了？"

碧波连忙摇摇头，兽形时温暾的表情这时候却格外灵活："没有没有。"他瞅了瞅古晋的脸色，"那时我瞧着阿音只觉得她的灵魂之力天生薄弱，怕是没有一般的水凝兽长命，倒是没想到她只有十年寿元。"

古晋目光黯然，没在一直陪着他长大的碧波面前隐藏情绪："师兄说她在母亲肚子里时受了魔气侵袭，损了寿元，就算能破壳而出，也只能活十年。"

碧波顿时惊讶："受了魔气侵袭？三界这都多少年没出现过魔族了！"

古晋把阿音的身世来历说了一番，碧波这才知道阿音竟是七万多年前留下来的族人，一时颇为感慨。

"我就说当年那场战乱水凝兽都灭族了，阿音一个人是哪儿冒出来的，原来是这样。"

"碧波，你是水凝神兽，说到底和阿音同出一族，你知不知道延续阿音寿元的方法？"

一旁的三首火龙挑了挑眉，延续寿元？这可是逆天而行的事，太难了，元启小神君倒是真看重那只水凝兽。

碧波一听这话，搓着手盯着地上，不看古晋。

他这表情一出古晋便知道他有办法，眼底顿时露出一抹惊喜，走到碧波面前："碧波，你是不是有办法？快告诉我。"

"这个，这个……"碧波吞吞吐吐，眼神躲闪。

古晋急了，一把把他的头抬起来："你到底有什么办法？别吞吞吐吐的，人命关天！"

见古晋是真的急了，碧波嘴一扁，小声开口："我知道一个方法，但是不知道行不行。"

"什么方法？"

"咱们水凝兽一族除了罕有的神兽，一般的族人寿命都不长久，能活个千年就不错了。我听族里的长老说过，当年有个前辈不信天命，一生钻研延续水凝兽一族寿元的化神丹……"

"他可炼化出了化神丹？"古晋忙问。

碧波老实地摇了摇头："没有。"

若是炼制出了，水凝兽一族也就不会如此短命了。

"那这算什么方法？"古晋忍不住失望道。

"那个前辈在丹药上其实倒真是天纵英才，他没有炼制成功是因为太短命了，他只有几百岁寿命，根本等不及最后一味药的出现，所以化神丹没有炼成便遗憾地去世了。"

"既然这个化神丹如此神奇，能让仙兽直接入神，那为什么你们族人之后没有找齐最后一味药，让水凝兽一族自此摆脱短命的宿命？"一旁的三火忍不住问道，他修炼了六万年都还只是半神，一听有这种逆天的东西，眼睛只差放绿光了。

"原因有二，一是这化神丹只适合水凝兽一族，对其他族类根本无用，水凝兽族群寻不到其他仙兽的帮助，而化神丹所用的各味药又太难求得，所以根本无法大规模炼化；二是这最后一味药，我族长老觉得太伤天和就放弃了……"

"炼制化神丹需要什么？这最后一味药又是什么？"古晋沉声问。

碧波微微迟疑，到底还是开了口："化神丹需要炼化之人以百年灵力为代价，祭起丹火，还需要三味药引，一为昆仑山巅的万年雪莲，二为天宫瑶池的神露，三为……"他叹了叹，"阿启，咱们水凝兽说到底是飞兽一族，要化神需要的最后一味药是一颗修炼万年以上的飞兽内丹。"

内丹？无论仙妖飞兽，内丹即为性命，除非能等到哪个飞兽族类中万年岁数以上的长老自然而亡，否则要取这最后一味药，无异于要伤一条性命。

"一命换一命，要化神成功就必须拿另一个人的命来换，这太伤天和了。咱们水凝兽古来便以救死扶伤为己任，大多是性子敦厚之辈，不愿意伤人性命，所以最后举族同意放弃了炼制化神丹，让这个秘密随着族人的陨落埋藏在了三界里。"

碧波看着古晋，似是不忍，声音重重落下："阿晋，你要救阿音，就要拿一条性命来换。你做得到吗？"

与此同时，百鸟岛，静姝阁。

拾壹 ○ 情难绝

·287

华姝刚看完天宫送来的聘礼，万年灵宝装了数十个沉木箱盒，十分的有诚意。

她脸上带着准新娘的娇羞和欢喜，红雀在一旁凑着趣儿，阁内倒也喜气洋洋。

突然，华姝脸色一变，她朝红雀摆了摆手。

"你下去吧，我小憩一会儿。若是父王召见，便说我在练功。"

红雀虽然纳闷，但应声退了下去。

外面的脚步声渐远，静姝阁内安静得落针可闻，华姝突然开口。

"她都走远了，为何还不现身？"

一道幽冷的笑声响起，一团黑雾出现在房内，化成一个模糊的人影坐在主位上。她看向华姝，露出一抹笑容，赫然便是九幽炼狱里的魔尊分身。

"恭喜公主殿下，得偿所愿，即将嫁给澜沣上君，待他继天帝位，殿下便是名正言顺的天后了。"

随着那黑雾出现，华姝眼底拂过一抹微不可见的惊惧和厌恶，但这情绪一闪而逝。她仍是一副淡漠的面容，道："这一切都有赖于魔尊相助，若不是魔尊的建议，我也不会想到去大泽山借来遮天伞炼化。魔尊放心，我答应过等我当上天后后，会和天帝一起说服妖皇为魔族留一块栖息之地，我说到做到，绝不会食言。"

华姝是近百年来仙族实力最强横的仙君，年纪轻轻已经超越一众前辈，炼化遮天伞后更是达至上君巅峰，但没有人知道，这百年她的仙力一日千里全是因为这个来历成迷的魔尊为她提供了许多罕有的三界灵宝，她强行吞食炼化后才有如今的仙力，而非自己修炼所得。

"公主殿下的话，本尊自然是相信的。本尊所做的一切，不过是为了让我魔族有一处能安然存活的地方。"魔尊笑得坦然，话锋一转，"不过我今日前来，不是为了提醒公主殿下和本尊的约定的。"

"哦？那你是为了什么？"

魔尊笑道："不知公主可曾听说了大泽山的那位古晋仙君一直在三界内寻找梧桐岛小凤君的魂魄？"

大泽山和梧桐岛在三界寻找凤隐的魂魄并不是秘密，各仙族大派几乎人人皆知。

华姝神情一顿："听说了，那又如何？"

"本尊听说那小凤君的魂魄散在了三界的梧桐树中。"魔尊声音一顿。

"魔尊，你到底想说什么？"

魔尊看了一眼华姝不自然的表情才勾了勾嘴角，道："本尊还听说，北海之中就藏有一棵万年梧桐树，公主，不知道这消息是真是假？"

华姝神情一变，半晌，声音冷沉道："魔尊倒是消息灵通，不错，我族极北之处的一座海外孤岛上，确实有一棵梧桐树。"

华姝心底暗暗惊讶，梧桐树全身是宝，三界各派人人想得。北海孤岛上的这棵一直是孔雀一族的秘密，只有她和父王两人知道，这诡异的魔尊是从哪里得知的？

"魔尊为何问起此事？难道魔尊也关心凤隐的生死？"

华姝自知道凤隐的魂魄散落在三界的梧桐树中起，便猜到北海孤岛上的梧桐树内极有可能藏有凤隐的魂魄，但她并不打算告诉任何人。

既然凤隐当年陨落在古晋之手，那她不能降世就是天意。

"以前不在意，现在本尊确实挺在意的，谁叫大泽山的古晋仙君在意着那只小凤凰的生死呢。"

古晋？他有什么重要的？华姝听不懂魔尊话里的深意。

"公主，本尊希望你能把北海孤岛藏有梧桐树的消息告诉古晋。"魔尊突然开口道。

华姝一愣，脱口而出："为何？"她脸上露出一抹不情愿，"凤隐的生死和魔尊无关吧？凤皇迟早有飞升的一日，将来的天宫是我夫君澜沣所掌，魔尊又何必多管闲事？"

魔尊眼底露出一抹意味不明的情绪："你夫君所掌吗？"她笑了笑，"将来的日子长着呢，谁能说得准将来会发生什么事儿呢，公主殿下又在怕什么呢？据我所知，三界中藏着的最后一棵梧桐树便是北海内的这一棵，凤隐到如今也不过才聚齐了一魂七魄，即便加上这一魂，只要她最后一魂不知所终，无法归位，她就永远不能苏醒涅槃，对公主也不会造成任何威胁。"

见华姝有所松动，魔尊继续道："本尊这么说可全是为了公主，公主这次炼化遮天伞和大泽山生了嫌隙。凤隐的魂魄是大泽山最需要的，只要公主把这个消息送过去，那之前的嫌隙必会一笔勾销，连带着梧桐岛都会对公主感激有加，一举两得之事，公主何乐而不为？"

华姝已经被魔尊说动，但她仍心怀疑惑，狐疑道："魔尊千里迢迢来百鸟岛，就是为了促成这件事帮我？"

"帮公主便是帮本尊自己，有了大泽山和梧桐岛的认可，公主登上天后之位才会一路顺遂。"

魔尊笑了笑，打消了华姝最后一丝顾虑。

紫月殿内，碧波望着一言不发的古晋，忐忑不安地又问了一句。

"阿晋，一命换一命，为了救阿音，你真的想好了？"

"她本来可以活十年。在鬼界为了替我拿回凤隐的魂魄，她甘愿舍了一半寿元。碧波，阿音只有一年不到的时间了。"古晋抬首，"是不是只要集齐昆仑雪莲、瑶池神露、飞兽内丹，祭出我百年仙力，就可以炼成化神丹？"

古晋眼底的光芒让碧波无法直视，他比谁都知道古晋的性子，当年凤染和天启不愿他担上混沌主神生而便有的责任，便把他养成了无欲无求的模样，可如今他竟对一只水凝兽如此执着，甚至不惜为她毁了百年修为。

唉，真不愧是白玦神君的儿子，对心上人的这股子执念半点不输他父神。

"对，只要集齐这三样，就可以炼出化神丹，让阿音化为水凝神兽。"碧波道。

"好，我知道了。"

古晋得了碧波的肯定，半刻都不耽误，飞出紫月山朝昆仑山而去。

紫月殿内，碧波望着飞走的古晋，明显有些恍神。

"你把炼化化神丹的方法告诉他，就不怕他真的去杀了一只飞兽来救阿音？你可别忘了他是拥有混沌之力的神君，若是妄造杀孽，日后晋升时的雷劫降下来，怕是会要了他的命。"

"不会的。"碧波沉声道，"阿启绝不会用一条无辜的性命去换阿音的命，他根本下不了手，一定会放弃炼化化神丹的。"

三火摸了摸下巴，看碧波一副心不在焉的样子，突然开口道："你想什么呢？该不会是还有什么事儿没告诉你那小神君吧？"

碧波顿时一激灵，眼神躲闪："没有，我全都告诉他了。"

三火陪了碧波一百年，碧波尾巴一翘他就知道这小崽子有问题，一下飞上前，直视着少年的眼睛："真的没什么事？碧波，你可别忽悠元启，我看他对那只水凝兽用心甚深，就算你们情分深厚，你要真在这事上瞒了他，误了那水凝兽的性命，我怕他不会原谅你。"

"都说了没有，臭妖龙你管这么多闲事做什么。"碧波粗声粗气道，头也不回地冲出了紫月殿。

三火若有所思地望着他的背影，忍不住露出一抹担忧之色。

这小崽子倔强得很，阿音是他唯一血脉相连的族人，他不可能不顾及阿音的性命，但……恐怕再顾及，阿音也不及元启在他心中的分量重吧。

半日后，古晋抵达了昆仑山，好在百鸟岛之时他和濂溪相交莫逆，见他着急着用昆仑雪莲救人，濂溪二话没说就拿出了镇山的三朵万年雪莲相赠。

古晋匆匆拜别濂溪，去了天宫。

说来也怪，古晋身为上古和白玦之子，当年在清池宫长大，后在大泽山承师，这两百多年时间，他仙妖鬼界各处都去过，却唯独没有踏足过天宫。

南天门外，守门仙将远远瞧见一仙君御剑而来，拦住了古晋。

"来者何人？"

"大泽山古晋，有要事求见澜沨上君。"一块大泽山令牌从古晋手中飞出，落在了仙将手中。

守门仙将虽未见过古晋，但大泽山三尊之一的大名倒是听过，见来人仙姿卓然，一脸肃冷，连忙接了令牌去禀告了。

不过半刻，守门仙将便匆匆而来。

"仙君请随我来，上君正在凌宇殿等您。"

凌宇殿并不是天宫主殿，足见澜沨并不以天宫代掌者的身份接见古晋，而是以朋友之礼相待。

凌宇殿内，见古晋走进，澜沨亲自迎来。

"百鸟岛一别不过数日，我还想着要等重阳大婚才能再见仙君了，古晋仙君来天宫可是为了魔族出现一事？难道大泽山又有魔族现世了？"

大泽山出现魔族点燃九星灯之事已经传遍三界，仙妖两族各派皆严阵以待，纷纷启动护山阵法，召回弟子守山。

古晋一愣，摇头："那日魔族消失后便没有出现了，现在山门有两位师兄守护，应是无事。古晋今日前来，是有另外一件事想拜托上君。"

"哦？何事？"大泽山如此紧要关头，古晋竟为了其他事在外奔走，澜沨大感奇怪。

"上君，我需要瑶池神露炼丹，但瑶池神木万年才开一次花，还有百年才到花期，不知上君这儿可有藏品，可否赠我一瓶来炼丹救人？"

瑶池神露是天宫至宝，只要还有一口气在，饮了此露都能转死为生，当年暮光在位时为芜浣和几个子女每人准备了一瓶，几万年过去，传到凤染手中就只剩下一瓶。澜沨

代她掌天宫时，她把那瓶神露一并赠予了他，所以澜沣手上正有一瓶。

但这保命的神露，他亦只有这唯一的一瓶，要等瑶池神木开花，至少也是百年之后了。

见澜沣神色微疑，古晋忙道："澜沣上君，我师妹是水凝兽，寿元极短，怕是熬不过今年……"

"仙君是为了阿音女君？"澜沣一愣，问。

古晋颔首，眼底的焦急和担忧一览无遗。

澜沣不再犹疑，从袖中掏出一绿色小瓶，道："当年东华上神对我有点拨之恩，本君一直铭记在心，既是他的弟子有难，这瓶神露仙君就拿去吧，但愿能救阿音女君的性命。"

古晋接过瑶池神露，心中感激，朝澜沣一揖到底："上君大恩，古晋铭记于心，日后……"

澜沣摆了摆手，笑道："古晋仙君不必如此，人命关天，这瓶神露是天帝所留，我不过略尽薄力。仙君还是快些回山炼制丹药吧，等阿音女君的病情好了，可不要错过本君三月后的重阳大婚。"

被澜沣宽慰了几句，古晋一路沉重的心情亦放松了些许。他朝澜沣又是一礼拜谢，才出了天宫。

天宫外，手持昆仑雪莲和瑶池神露的古晋沉默许久，才朝北海御剑而去。

一日后，古晋立于北海百鸟岛外，求见华姝。

静姝阁里正欲遣人去大泽山送梧桐树消息的华姝听闻古晋来访，一愣。

当日北海之上古晋的话言犹在耳，他明明不欲再与孔雀一族有任何瓜葛，如今梧桐树的消息还没送出，他怎么会来百鸟岛？不过古晋到底身份不一般，华姝本就想和大泽山缓和关系，吩咐红雀不必为难，引他入岛。

静姝阁小楼，华姝温的茶刚刚冒出热气，古晋已经出现在了楼处。

"仙途悠长，三界广袤，仙君只愿与我再无交集，言犹在耳，难道是华姝当日听错了吗？"华姝端起桌上的茶抿了一口，没有看楼处的古晋，冷声道。

古晋面上拂过一抹尴尬，说过那般话后短短半月又上门求人，确实是太丢人了些。他平时决计不会让自己受半点委屈，可现在为了阿音的性命，别说是求华姝，便是让他做更难堪的事，也不会有半点犹疑。

"公主。"

292

古晋出声，上前一步，正欲开口，华姝已经朝他望来："好了，如今你也知道埋汰别人的话有多伤人了吧，俗话说得好，万事留一线，日后好相见，这都是些传了几千年的老话了，偏你是一点儿也不会。当初炼化遮天伞的事错在我，你说出那般话我也不怪你。既然来了，便坐吧。"

华姝朝他抬了抬下巴，倒是出人意料的宽宥。

当初北海一别时，古晋虽言不愿与她有任何交集，但另一句话同样入了华姝的心。

孔雀王仙力毁损，你两位兄长资质愚钝，你一介女君，支撑偌大个百鸟岛，确实不易。

世人只知她骄傲好强，地位尊贵，却从来无人怜她区区一介女君独自一人担起百鸟岛的心酸和无助。这些年来，也唯有一个古晋对她说过那番话。

见古晋坐下，华姝替他倒了一杯茶，道："我正要让红雀去大泽山找你，你来了也好，正好替我省了一趟事儿。"

"公主找我何事？"

华姝佯装生气："怎么？无事我便不能找你？"

古晋有求于她，只得道："不是，公主误会了，我……"

"我不过打趣你两句，你慌什么。"华姝摆摆手道，"听说你这些日子一直在散于三界的梧桐树里寻找凤隐的魂魄？"

古晋一愣，当年他闯梧桐古林无意毁了凤隐涅槃的事到底缘何而起只有两人知道。这些年华姝一直对凤隐避而不谈，便是不愿让世人知道她曾经牵扯其中，今日怎会主动提及凤隐？

"不错，师尊飞升前告诉我凤隐的魂魄散于三界的梧桐树中，出禁谷后我一直在收集她的魂魄。如今已经寻回了一魂七魄，尚差最后两魂她便能苏醒了。"古晋点头道，面带惊喜，"难道公主遣人去大泽山寻我，是有了梧桐树的消息？"

若是如此，那这一趟他来百鸟岛倒真是格外值得。

华姝颔首，露出一抹瞧上去格外真心实意的笑容："前些时日听说你在梧桐树内寻找凤隐魂魄的消息后，我便遣族人在三界内寻找梧桐树。无极北海是我族属地。几日前他们来报，在海上极北之处发现了一棵独自生长的万年梧桐树，树中仙力浓郁。"华姝顿了顿又道，"不过尚不知里头有没有凤隐的魂魄，我知道大泽山近来有魔族入侵，你护山责任重大，便准备只将消息告知你，哪知你竟然自己来了。倒也好，此去极北海岛也不过半日时间，你正好和我走一趟，若是凤隐的魂魄真的在里面……"

华姝脸上露出一抹怅然："也算是我对凤隐的弥补。我当年太胡闹任性了些，否则这些年也不会连累你被天帝和东华上神惩罚，更为了复活她在三界奔波。"

一来一回也只是一日，迟一日回山对炼丹也没太大影响。古晋迟疑了一下，点头应下："好，那就劳烦公主陪我去北海极岛一趟了，希望凤隐的魂魄会在那里。"

"你和我说话不用这么客气。"华姝叹了叹，"我虽然是孔雀族公主，平日里看着人人仰慕称颂，但实际上没什么真正的朋友。"

在经历了如此多的事后，古晋并不想再和华姝有什么牵连，但华姝主动寻找凤隐的魂魄，这次他来又求于她，他也不能把关系处得太僵。

见古晋没说话，华姝也知道当日嫌隙不是一日便能化解，便问道："前两日才听说大泽山有魔族入侵，两位世伯点燃了九星灯。这种紧要关头，你怎么会出山来百鸟岛？"

古晋微一沉默，起身朝华姝拱了拱手，终于说出了来意："殿下，古晋来百鸟岛，其实是有一事相求。"

见他如此郑重，华姝一愣："到底出了什么事？你但说无妨。"

古晋把阿音寿元受损的情况简单地说了说，道："公主，我师妹损了寿元，要炼丹救治，尚还差一枚飞兽的万年内丹。我这次来，是想向公主借贵族的翎羽雀冠。"

当初华姝入大泽山借遮天伞，便欲将翎羽雀冠相换。这件法宝虽只是一件上品仙器，平时入不得古晋的眼，但它是孔雀一族曾经最强的一代王死前以心血内丹化成，正是古晋现在最需要的。

翎羽雀冠是百鸟岛的镇岛之宝，更是历代孔雀王的王冠，对孔雀一族的象征意义极大，当初华姝愿意用它来换遮天伞是因为百鸟岛情况危急，但如今……

果不其然，听古晋说完来意，华姝眉头皱起，没有说话。虽只见了两次，但她对东华那名最小的女弟子记忆尤深。那日在孔雀王寿宴上，若不是阿音将宴爽带来，孔雀族和鹰族相争的缘由也不会为人所知。说实话，她对阿音十分不喜，让她用孔雀族的至宝为阿音延续寿元，她一百个不乐意。

但古晋已经开了口，华姝迟疑道："古晋仙君，你也知道，翎羽雀冠不只是百鸟岛的重宝，更是我族历代王的王冠，你想拿去为你师妹炼制丹药，怕是我父王和族人……"

"殿下。"古晋又一拱手，"只要殿下愿意借翎羽雀冠给我救阿音的命，无论什么条件，我都一定会为公主做到。"

华姝虽和古晋相交不多，但几次见面，古晋虽心念及她，但少年得志的骄傲和自矜亦格外明显，见他愿意为那只水凝兽做到这一步，实在让她讶异。

若不是半月前古晋才带着炫星凤冠来百鸟岛提亲，看他这模样，华姝还以为古晋喜欢的是他那小师妹。都说大泽山上下一心，想必他们师兄妹的感情极为要好。

大泽山三尊之一的承诺和百鸟岛传族的王冠，孰轻孰重？

华姝是个聪明人，她稍做思量，向亭外一直候着的红雀吩咐："去把翎羽雀冠拿来。"

"多谢公主深明大义。"想不到如此顺利，古晋大喜，面露感激。

少时，红雀端着翎羽雀冠的锦盒而来，华姝将锦盒推到古晋面前。

古晋看着锦盒，诚心道："无论公主想让古晋做什么，古晋一定义不容辞。"

"真的无论我让你做什么？你都会做？"华姝被古晋这句话勾起了兴致，揶揄道。

古晋点头，一脸的认真。

对他而言，阿音的命比什么都重要。

"你可别应得这么早，要是我让你去做什么违背良心的不义事儿，你也愿意？"华姝的手在锦盒上叩了叩。

古晋却笑了笑，道："公主说笑了，澜沣上君谦厚仁德，他选择的人，定和他一般秉性谦厚。"

这一句话回得漂亮，基本表达了"我虽然答应为你做事，但不谦厚不仁德的事儿我是肯定不会做的"的思想。

华姝自然听出了他话里的意思，想着这古晋虽一身傲骨，但也是个贼聪明的。她笑道："我自然不会为难你……"

华姝顿了顿，望着古晋，突然开口："不过我现在也没想好要你做什么。这样吧，将来我需要你的时候，你为我做一件事就好。只要做到了，我把翎羽雀冠借给你救你师妹的恩情就一笔勾销，做不到……"

华姝露出一抹意味深长的笑容，把锦盒朝古晋面前一推："要是做不到，那你这个大泽山长老，就永远都欠我华姝一份恩情。"

古晋朝锦盒看了一眼，把翎羽雀冠装进了乾坤袋，诚心诚意道："好，我答应公主，将来只要是公主所愿，古晋一定义不容辞，为你做到。"

取了翎羽雀冠，古晋和华姝走了北海极岛一趟，果然在岛上的梧桐树中寻到了一魂，自此凤隐散于三界的三魂七魄，只剩最后一魂便全部归位。

古晋辞别华姝，匆匆朝大泽山赶去。

百鸟岛内王殿之上，华姝向华默禀告了自己私自将翎羽雀冠借给古晋之事。

"罢了，你炼化了他的遮天伞，这次我们将翎羽雀冠相赠，救他师妹一条命，传出去对我孔雀一族亦是好事。"华默全然没有动怒，反而宽慰了华姝两句便让她退下了。

等华姝离去，独坐王座上的孔雀王沉默许久，突然对着虚空处开口。

"她走了，出来吧。"

诡异的魔气化成人形悄无声息地出现在殿内窗边，正是九幽炼狱里魔尊的化身。

"你们父女俩真是累，她不愿意让你知道她投身魔族来支撑门庭，你不愿意让她知道你一直在利用她的爱父之心。"魔尊笑得鬼魅，"你们仙族啊，就是喜欢这样道貌岸然，其实骨子里，比我们魔族可坏多了。"

华默眼一冷，却按捺住心底的厌恶，像是没听到魔尊的嘲讽一般，温声问："你让姝儿把凤隐的魂魄交给古晋，如今又让我不要斥责她把翎羽雀冠借出去，到底是为什么？"华默挑了挑眉，"那个东华的徒弟有什么特殊？居然让你如此另眼相待？"

她嗅了嗅窗前盛开的牡丹，露出一抹意味深长的笑容："他是什么人，将来你就知道了，我听说他半个月前曾来百鸟岛向华姝提亲？"魔尊声音顿了下，"可是你们拒绝了？"

华默颔首，"虽然他是东华的弟子，但大泽山向来在仙界中独善其身，从不问鼎天宫，澜沣是未来的仙界之主，本王志在三界，自然不会选他。"

"呵呵……"魔尊轻笑两声，也不过多解释，"仙界之主？将来的事谁说得准呢？"

华默皱着眉，望着魔尊目光深沉："你到底有什么事瞒着我？还有，你为何会突然在大泽山现身，如今仙界因你而风声鹤唳，大泽山更祭出了九星灯。你不要任性妄为，毁了我们多年的经营。"

"你怕什么？"魔尊满不在意，"九星灯点燃要八十一日。闲善和闲竹区区上君巅峰，本尊还不放在眼里。"

华默显然不信她："大泽山底蕴深厚，若真的没有依仗，你又怎么会毁了一个分身？"

魔尊神情一凝，想起古晋身上的混沌之力和混沌之剑，眉头微微皱起。

"本尊的事不用你插手，大泽山我自会解决。你只管等着看就好了。"

魔尊冷哼一声，不再多言，消失在王殿中。

这边，古晋星夜兼程赶回大泽山，此时距他离山已经过去了整整十日。

他刚一入山门，就被蹲守在山下的青衣扑了个满怀。

"小师叔，您可回来了！"半大的少年眼下一片灰青，看见古晋满是惊喜。

"怎么了？"见青衣像是守在山下等他的模样，古晋心里泛起了不安。

"小师叔，自从您走后，阿音小师姑就一直昏睡，这么多日子了都没醒过来！"

古晋一听，神色兀然一沉，不再停留，径直朝祁月殿飞去。

青衣跟在他身后碎碎念："宴爽和阿玖喂小师姑吃了您留下的还神丹，掌教师父也为小师姑传了不少仙力进去，可一点儿用都没有，她就是不醒，急死我们了，要不是宴爽公主拦着，阿玖早就把小师姑带回妖界了，我在山门下都守了您三日了！"

身后青衣的声音风一般传来，还没靠近祁月殿，里头仙妖之力相碰的动静便传了出来。

祁月殿外，宴爽守在殿前神色焦急，阿玖正祭出寂灭轮要破殿而入。

瞧见古晋出现在殿外，宴爽松了口气，连忙唤了一声："阿晋，你总算回来了！"她朝古晋走来，"闲竹前辈说你去找救阿音的仙药了，怎么样，找到了吗？"

听见宴爽的话，阿玖神情稍缓，收起寂灭轮，也朝古晋看来。

古晋点了点头，院中的人看他点头都松了口气，青衣拍着胸脯连道还好还好。

古晋挂念着阿音，不欲多说就朝殿内而去，却被阿玖拦住。

"阿音到底是怎么回事？"阿玖沉沉望着古晋，声音嘶哑，想必这几日担忧至极，"她的伤口已经恢复了，失去的仙力也被还神丹补上了，但为什么她的身体还是越来越差，甚至醒不过来。为什么你会独自下山为她寻药？你是不是有事瞒着我们？"

阿玖连声质问，古晋却不愿意多言。

阿音只剩下一年寿元不到的事儿，除了两位师兄，他原本就不欲让任何人知道。如今找到了炼制化神丹的仙材，就更没必要说出来让大家一起担心了。

"阿音仙力微弱，受了魔力身体自然扛不住，我去天宫为她拿了瑶池神露，能帮她驱除体内的魔气。"古晋半真半假地解释了两句，不再理会阿玖，朝殿内而去，他行了两步，看向阿玖淡淡开口，"鸿奕，这里是大泽山，我再说一次，阿音是我的师妹，除了我身边，我不会让她去任何地方。还有，若你再在大泽山祭出寂灭轮，休怪我驱你离山。"

古晋不客气地说完，转身入了祁月殿，留下阿玖在外面吹胡子瞪眼，却不敢打扰他用瑶池神露去救阿音。

宴爽拍了阿玖一声："都说了不用担心，有古晋仙君在，阿音一定不会出事儿。"

阿玖哼了哼，走到一旁的庭栏前半靠着，他望着殿内的方向，一副继续等阿音醒来的模样。

宴爽知他固执，不再多言，默默在一旁陪着他等。

殿内，古晋三步并作两步跨到床前，在看到阿音的瞬间露出了不可置信之色，他半跪在床前，紧紧握住了阿音的手。

难怪青衣急得在山下守着他！

阿音的脸苍白得毫无血色，嘴唇干枯，整个人露出不正常的病态和青灰之色。她一头黑发，短短十天竟已经化为雪白。

这是只有在寿元将尽的仙族身上才能看到的死气。

怎么会这样？明明还有大半年时间，为什么阿音会变成这样？

古晋抱起阿音推开殿门朝泽佑堂冲去，殿外等着的阿玖和宴爽只看到一道虚影，古晋和阿音已经消失在了殿中。

古晋才飞到一半，瞧见九星灯在大泽山燃起，转了个弯飞向了长生殿。

古晋刚一落在长生殿外，闲竹便走了出来。

他脸带倦意，想必这些日子和闲善点燃九星灯耗了不少仙力。

"小师弟，你总算回来了。"闲竹迎上前，看了阿音一眼，神色凝重，"阿音比昨日的气色更差了。"

古晋一脸着急："师兄，阿音怎么会变成这样，不是还有大半年时间吗？"

闲竹叹了口气："掌教师兄说那日阿音受的魔气催动了她从娘胎里带来的魔毒，伤了她的内丹，所以才会出现寿元枯竭之状，我们用仙力疗伤并没有用。"

"魔毒？"古晋神色一重，"是不是只要能化解魔毒，就能缓解她的寿元枯竭？"

闲竹点了点头："但魔气是三界最诡谲的一种灵力，我和师兄试了山门里的所有丹药，对魔气都毫无办法。"

古晋却松了口气："师兄，我能解魔毒，还有，我已经在碧波那儿找到了救阿音的方法。"

闲竹面色一喜："当真？"他长长地舒了口气，"那就好。"

古晋把炼制化神丹的方法细细说了一遍，闲竹听得感慨："想不到水凝兽族竟甘愿放弃成神的捷径。阿晋，如今山门里有魔族出现，九星灯彻底点燃前都不安全，后山禁谷里有师父的禁制，没人能闯进去，你带着阿音去后山炼制化神丹吧。"

古晋却皱起了眉："师兄，九星灯需要你们的仙力，你们不能离开长生殿，若是我也去了后山禁谷，那守护山门的……"

正在此时，跟着赶来的宴爽和阿玖落在殿外，朝两人走来。

闲竹朝这两人看了一眼，宽慰道："不用担心，这几日你在山外，阿玖和宴爽一直帮着弟子戍守山门，山门里倒也安静太平，你安心去后山为阿音炼制丹药就是。"

走到近前的两人正好听见了闲竹这般吩咐古晋。宴爽连忙甩了甩手："阿晋，快去炼快去炼，别误了救阿音的时辰，我和阿玖一定替你看好山门。"她一边说着一边碰了碰阿玖，"阿玖，是不是？"

阿玖朝古晋怀里的阿音看了一眼，点了点头。

古晋虽然喜欢和阿玖抬杠，但两人对于阿音的看重倒是一样的。阿玖虽然是妖族，但一路出生入死，古晋对阿玖的信任亦不比阿音少。他点了点头，朝阿玖和宴爽道："山门就交给你们了。"

说完，他抱着阿音朝后山禁谷飞去。

自从东华飞升，古晋和阿音从禁谷而出已经过去了半年时间。

后山禁谷依旧鸟语花香，溪流潺潺，金黄的梧桐叶铺满大地，竹坊安静地伫立在花丛中，仿佛在无声地等着他们归来。

这里和他们离开时一般无二，可回来的人却不再是当初的心境。

古晋小心翼翼地抱着阿音进了竹坊，把她放在床上，沉睡的阿音毫无生气。

"你一天到晚闹个不停，倒是现在这时候最安静。"古晋垂眼低叹了一声。

"元神！"他轻喝一声，桌上的元神剑应声而起飞至他身边。古晋伸出手，元神剑发出轻微的鸣叫，踟蹰着不肯上前。

"只有你能暂时打开我体内的封印。"古晋转头看向元神剑，"我体内的混沌之力能够消弭阿音的魔毒。"他声音一重，"元神，动手，否则阿音她撑不到化神丹炼成。"

元神剑委屈地动了动，剑芒一展，剑锋在古晋掌心上划出一道剑口，蕴着混沌之力的鲜血自掌心而出，源源不断地进入了阿音口中。

少顷，阿音脸上恢复了些许血色，已变雪白的发尾稍稍恢复了一点乌黑。

混沌之力是上古界和三界的本源之力，能净化所有灵力，魔力自然亦可。

见古晋脸色微白，一旁的元神剑发出着急的鸣叫。古晋收回手，以仙力封住伤口，但元神剑所伤，即便是他也无法瞬间让伤口愈合，淡淡的血腥气仍然飘散在小屋中。

这时，沉睡了十日的阿音缓缓睁开了眼。

"阿晋？"阿音声音嘶哑，望了望周围，见身在后山禁谷的小屋，不由得一愣，"我们怎么会在这里？"

古晋把受伤的手藏在身后，连忙走上前扶她起身："那日你被魔力伤了身子，掌教师兄说山门里不太平，让我带你来后山养伤。"

阿音"哦哦"了两声，恰好低头，看见自己一头青丝化华发，从来无法无天的她竟有些惊慌，她抓住古晋的衣袖，嘴张了张，愣了半晌突然道："阿晋，我是不是快要死了？"

古晋环住她的手一僵，眉皱起："你胡说什么？"

阿音的声音低低的："我听青衣说过，我们神仙要是哪一天头发变白了，就是要死了。"

"胡说八道。谁见过神仙死？这种人间戏本里的荒唐话有什么好信的。"古晋沉声道，"你不过是中了那魔族的魔气，每日服下掌教师兄为你炼制的药调理身体便会好了，胡思乱想些什么！"

阿音被教训得一愣一愣的，却开心地咧了咧嘴，她拍了拍胸脯，一副劫后余生的样子："我就说嘛，咱们水凝兽能活几百岁呢，就算我给了鬼王一百年寿元，也还能活一百年呢！吓死我了，吓死我了。"她一边说着一边在古晋肩上拍了拍，苍白的脸上露出笑容，"还好，还好，我还能再陪我们家阿晋一百年！"

古晋看着阿音纯真又不知事的脸庞，压下了心底的酸涩，轻轻点头。

"那天你有没有受伤？"阿音后知后觉地想起自己昏迷前的事儿，在古晋身上扒拉着东瞅瞅西看看。

"我没事。"古晋神情严肃，拨正了阿音的身子道，"以后再遇到这种事，不要再拦在我身前。"

阿音眼神躲闪，连忙转移话题："知道啦知道啦，那个魔族抓到了吗？"

"那个魔族跑了，不过它伤了元气，短时间内不敢再出来。阿音！"古晋定定地凝视她，声音一沉，"当年我父亲为了我母亲，到死都没有和她再见一面，我连再叫他一声的机会都没有。我不想再眼睁睁看着身边的人在我面前消失，不要再为了保护我在我面前受伤了。"

古晋眼底带着深切的沉痛和一抹不易察觉的恐慌，阿音一怔，突然把古晋抱个满怀。

"我在这儿。"她的声音低低的、软软的，就如那年从壳中而出时毫无防备地蜷缩在古晋怀里一样，"阿晋，我会一直在你身边的。"

怀中的气息柔软而香甜，古晋长长地舒了口气，这么多日来紧绷的弦缓缓松开，在这一瞬化为了无尽的温柔和眷恋。

空气中的血腥气终于引起了阿音的注意，她嗅了嗅，从古晋怀里探出脑袋，奇怪道："怎么屋里有股子血腥味儿？"

古晋急忙念了个仙诀布了个小阵法把掌上的伤口遮住，状似无意道："哦，掌教师兄为你炼制的药是以鹿角仙兽的血为药引，你刚刚才服了药，难免会有血腥味儿。"

"鹿角仙兽？"阿音脸上露出不忍之色，"那岂不是要伤了它们的性命？"

"无事，只是每日取少量血为药引，伤不了它们的性命。"

"那山门里怎么样了？魔族出现可是大事儿，你在这里陪我，谁帮两位师兄守护山门？"阿音虽说仙力只是吉祥物水准，操的心却是掌教级别的。

"放心，两位师兄点燃了九星灯，只要九星灯点燃，什么妖魔鬼怪都进不了山门，咱们大泽山可保百年安稳。山门里有宴爽和阿玖守着，不会出事儿。"

见阿音神色疲倦，古晋安抚道："你就安安稳稳地在后山养伤，等你身体好了，我们再回去。"

阿音强撑着睡意撒娇道："那我要在这里待多久？禁谷里头太无聊了，阿玖和宴爽会来看我吗？青衣会给我送绿豆糕吗？"

古晋被她这副小孩心性逗得心底软软的，他拢住阿音，在她手上拍了拍："会的，会的，明儿个青衣就会给你送绿豆糕来。等宴爽和阿玖有空了，不用你请，赶都赶不走他们……"

古晋的声音温纯而厚实，阿音缓缓地闭上了眼，重新陷入了沉睡中。

阿晋怎么会对我这么好？我该不会是真的要死了吧？

彻底沉睡前，阿音恍恍惚惚地生出了这么个念头。

这一日夜，阿音熟睡之后，古晋悄悄地在当年发现阿音的山洞里祭起药鼎，开始以仙力为阿音炼制化神丹。

果然，第二日一清早，青衣揣着一盒绿豆糕就来报到了，阿音醒来的消息被他小半日便传遍了山门，紧绷了半个月的大泽山上下都松了口气。

又是半个月，宴爽寻了个机会来了趟后山禁谷，她一路飞进谷底，远远瞧见了两人。

梧桐树下，阿音一头白发肩以下已慢慢恢复了乌黑，虽然看上去依旧羸弱，但已不见半月前的死气。她半躺在古晋怀里，懒懒地闭着眼晒太阳，面容安然而恬淡。

难怪阿玖那小子悄悄来了几次都闷不作声地回去了，想来是看见了这两人相处的光景。阿音喜欢古晋是摆在明面上的事儿，但古晋一两个月前还想着娶华妹，如今却明晃晃地埋汰着那只狐狸，又和阿音这么一副相处模样，他又是怎么回事？

宴爽心里转了几个弯儿，明白了一点，但也不敢确定，心底揣测着走上了前。

古晋早就瞧见了宴爽，他在阿音肩上拍了拍，阿音睁眼，见宴爽来了，高兴地跳了起来，却一个踉跄差点摔在地上，还好古晋一把搀住了她。

"毛毛躁躁的，小心着点儿。"古晋把她扶好，见对面的鹰族公主不怀好意地挑眉睐着自己，难得有些窘，"你们先聊，我给你们拿点青衣送来的零嘴。"

古晋说着几乎落荒而逃，阿音虽然没什么力气，还是蹦蹦跳跳朝宴爽扑来，喜气洋洋："阿爽，你终于来看我啦。"她一边嚷着一边朝宴爽身后瞧了瞧，没瞧见那个熟悉的身影，不由得有些失望，"阿玖没和你一块儿来吗？"

阿音迟钝，宴爽可知道那只狐狸的心情，只好替他打了个圆场："他来瞧了你几次，想必你睡着了。"

"噢，这样啊！"阿音倒也心大，一听便也舒坦了，"我就说我在这都快闲得长蘑菇了，他也不来看看我。"

阿音拉着宴爽的手在树下石椅上坐下，朝禁谷里指了指："怎么样，这里是我和阿晋的家，好看吧？"她甚有荣光地一挥手，得意扬扬道："这里可是咱们大泽山最美的地方！"

宴爽听得一愣一愣的："你和阿晋的家？"

不会吧，这才半个月，阿音连伤都没治好呢，难道古晋仙君连名分都已经定下了？

阿音完全没有理解宴爽公主的话，理所当然地点点头："这里是我出生的地方啊，还是阿晋养大我的地方，自然是我们俩的家。"

宴爽这才明白阿音话里的意思，舒了口气，内心默默念着"还好还好，要不然那只狐狸一定会暴走……"嘴里道貌岸然地回着，"那是，你说得对，这不是你俩的家还能是谁的家啊。"

后山禁谷里头一向冷清，虽然有青衣每日送些吃食来，总不比谷外热闹，阿音许久没见宴爽了，屯了一肚子话要说。

"阿爽，那晚我一身是血吓着你了吧，第二日阿晋就把我带到禁谷里头养伤来了，都没来得及好好和你说句话呢。"

第二日？宴爽一怔，脱口而出："什么第二日？你在祁月殿里昏睡了小半个月呢。"

"小半个月？"阿音一愣，"我不是第二天就醒过来了吗？"

宴爽摇了摇头："你中了魔气，一直昏迷不醒，是阿晋去天宫向澜沣上君讨了瑶池神露才唤醒你的。"

宴爽和阿玖一样不知道阿音寿元将尽的事，还以为是古晋从澜沣那借来的瑶池神露才让阿音苏醒过来，全然不知阿音能把魔气驱逐是靠着古晋的血。

"瑶池神露？"阿音问，"那我体内的魔气是靠着瑶池神露和鹿角仙兽的血混合的仙药才驱逐的？"

"鹿角仙兽？"宴爽眼底露出一抹疑惑，正欲问清楚，古晋的声音从身后传来，不轻不重地打断了两人的谈话。

"宴爽，山门里怎么样？这几日可有魔族出现？"

古晋问的可是正事，宴爽不再和阿音说些没营养的寒暄话，忙道："放心，我每日和阿玖巡视山门，没发现魔族，两位前辈在长生殿内闭关点燃九星灯，有青字辈的弟子守着，也安全无虞。"

古晋见两人的注意力被转移，目光一闪，松了口气。以阿音的性子，若是知道每日要靠饮他的血才能清醒，怕是怎么都不肯再喝了。

"好了，看见你醒过来我也就放心了。"宴爽朝阿音笑道，"阿玖一个人守山我不放心，我先回去陪他了，等过几日再来看你。"

阿音不舍地点头，就几步远的地方，硬是拉着宴爽要送她。

两人磨磨蹭蹭走到禁谷入口，阿音扁着嘴悄悄道："阿爽，等过些日子我的病大好了，你带我出去在山门里遛一遛啦，阿晋每天都要闭关练功，我一个人都快无聊死啦。"

宴爽听得奇怪："阿晋每日都要闭关练功？"

阿音点头："是啊，他说有魔族出现，仙界和山门都不太平，所以每天都在山洞里闭关修炼。"

古晋这想法倒也没错，宴爽不疑有他："我也不知道为啥闲善和闲竹前辈会让阿晋带你来后山休养，其实山门里也挺安全的。"她压低声音，仗义地给阿音吃了颗定心丸，

"放心，再过些日子，等你大好了，我带你出去遛弯儿，青衣他们那些小娃娃想你想得厉害呢。"

想起山门近来收的那些圆溜溜肉球球的小弟子，阿音笑眯眯地点头，送走了宴爽。

又是一月，宴爽在山内巡守，突然感觉一股强大的妖力直入山门。她皱眉朝山门处看去。

大泽山护山阵法外，浑厚的声音毫无预料地响起。

"妖界森羽，拜见大泽山掌教！请闲善上君出山一见！"

森羽？妖界二皇子？他不是戍守在罗刹地吗？怎么会在这个时候突然出现在大泽山？

后山禁谷，听见了森羽叩山之声的阿音也是一愣。仙妖两族素来不睦，妖界二皇子怎么会突然拜访大泽山？

她朝不远处的山洞望了一眼，自入禁谷后，阿晋每日都闭关修炼，他闭关之时封闭五识，根本听不到外界的声音。

阿音咬了咬牙，终是担忧占了上风，念了个仙诀颤颤巍巍朝谷外飞去。

山门里，闻声而来的阿玖出现在宴爽身旁，他望着山外那道修长的身影目光沉沉。虽然鸿奕和常沁这几百年没说过话，可他也知道常沁和森羽之间的恩恩怨怨，若不是当年森羽强留常沁在妖界第三重天，他父母也不会战亡。是以他对这个原本会成为他姑丈的妖界二皇子极无好感。

"阿玖，你在大泽山的事不能传出去，两位前辈正是点燃九星灯的关键时候，你去长生殿守着，我去会一会这个妖界二皇子。"

宴爽说着转身欲走，阿玖一把拉住她，眼中隐有担忧。

宴爽一见就乐了，宽慰道："放心，他怎么说都是堂堂妖界二皇子，又这么明目张胆地叩山，肯定不是来挑衅的。我去瞧瞧他到底想做什么。"

阿玖点了点头，目送宴爽朝山门外飞去。

大泽山山门外，森羽只见一道金色流光飞过，一个眉目大气的少女出现在他面前。

他微微眯了眯眼，上下打量。

如此年轻便已晋位上君，这女君倒是不容小觑。

"鹰族宴爽，见过森羽殿下。"宴爽微微拱手，算是见礼。

森羽虽是长辈，又是妖界皇子，但仙妖两族嫌隙多年，自是没有彼此见面问好的必要。

"宴爽？鹰族公主？"森羽微怔，继而露出一抹怒意，"堂堂大泽山便是如此对待来客吗？本王叩山拜见，大泽山竟让你这个外人来迎，闲善、闲竹、古晋呢，大泽山三尊何在？"

"殿下。"宴爽一派从容，不卑不亢，"您想必也听说了，日前山门内有魔族出现，几位尊上为了守护山门正在闭关修炼。如今宴爽代几位尊上戍守山门，不知殿下今日来大泽山，所为何事？"

森羽看了一眼大泽山上空若隐若现的九星灯，眉头一皱。

一个月来他秘密寻访当初入静幽山见常沁的仙人，但一直毫无所获，直到听闻大泽山有魔族出现，他觉得蹊跷才来一探究竟，大泽山护山阵法开启，他悄悄潜进不能，只得正大光明地叩山拜访，哪知大泽山三尊竟一齐闭关，倒真是来得不是时候。

他答应过常韵不让常沁已亡的消息走漏，自然不便将他的来意告知宴爽。

"那三位尊上何时出关？"

"掌教有吩咐，大泽山闭山三个月，如今刚过一月之期，二皇子若不便将来意告知宴爽，不如两个月后再来拜访掌教。"

"好，等九星灯点燃，森羽定再来拜山！"森羽望了大泽山内一眼，转身离去。

大泽山屹立仙族六万年，又有东华留下的护山阵法，已经是三界最安全的地方，他多等两月并无不可，还是先去寻找鸿奕的踪迹好了。

长生殿外，阿玖望着森羽的身影消失在山门外。他颈间一缕极淡的黑气倏尔一现，又不见了踪影。

九幽炼狱的狱火里，看着这一幕的魔尊皱起了眉。

"哼，本尊解决了常沁还不够，你居然还找到大泽山去了。"

狱火中，森冷的声音带着寒意响起。

宴爽见森羽离去，舒了口气正欲返回山门，正巧碰见了急急赶来的阿音。

"你怎么出来了？还不快回去！"瞧见阿音那副弱不禁风的样子，宴爽顿时变了脸色。

"出什么事了？妖界的二皇子怎么会突然来咱们大泽山？"阿音到底关心山门安危，连忙问。

宴爽摇摇头："他是来拜见两位前辈的，见两位前辈在闭关便走了。"

她正欲带阿音回山，这时不远处雀鸣响起，一只红雀和几只孔雀朝山门处直直飞来。

拾壹 情难绝

宴爽眉头皱紧，冷哼了一声。阿音也是一愣，却身子一挪，一副万夫莫开的气势挡在了宴爽面前。

宴爽心底一暖，看得好笑，面色缓了下来。

红雀并那几只孔雀化为人形，见阿音和宴爽恰好在山门前，亦是一怔。

百鸟岛上，红雀是见过宴爽和阿音的，当即也不扭捏，朝两人见礼："红雀见过阿音女君、宴爽公主。"

"你来大泽山何事？"阿音慢悠悠开口。

这是她的地盘，自然是姿态有多高摆多高，恨不得这小丫鬟立刻说完马上走，她可不想阿晋再和百鸟岛扯上一点儿关系。

红雀礼貌一笑，从袖中掏出一张烫金的请帖，颇有些自矜。

"阿音女君，重阳之日是我们公主和澜沣上君的大婚之期，公主说大泽山和古晋仙君对百鸟岛多有照拂，特命红雀亲自来给古晋仙君送喜帖。"

一听是来送喜帖的，阿音心里一松，舒坦了不少，接过请帖道："恭喜恭喜，有劳红雀姑娘了，我师兄正在闭关修炼，不便见客，这请帖我就代他收下了，红雀姑娘，这喜帖我一定转交，你可以放心回去给你家公主复命了。"

阿音这性子，倒也是真的直率，赶人都赶得这么利索。

红雀被阿音毫不客气地拿走了请帖，忍不住恼了恼，她知道自家公主十分不喜大泽山的这位阿音女君，遂眼珠一转笑道："阿音女君是古晋仙君的师妹，交给女君也是一样的。殿下还托我带了两句话问古晋仙君，不过仙君闭关……"

"我师兄的事儿我都知道，华姝殿下有什么话，问我也一样。"阿音摆了摆手，一副严防死守的模样。

"那是。"红雀笑道，"其实也没什么大事，只是公主殿下关心梧桐岛小凤君，想问问古晋仙君可找到了小凤君的最后一魂，若是寻到了，不妨托人给她送个信儿，也好让公主殿下安心。"

凤隐最后一魂？凤隐不是还有两魂没有找到吗？怎么会只剩下最后一魄？

阿音眼中带了疑惑，恰好被红雀看见，她声音微扬，不免露出了一抹得意："阿音女君怕是不知道吧，我家公主一直记挂着小凤君苏醒的事儿，令全族上下在三界内寻找小凤君的魂魄，前几日终于在北海极岛上寻到了一棵万年梧桐树，恰好古晋仙君拜访百鸟岛，公主便陪仙君一起去了北海极岛，寻回了小凤君其中一魂。"

"我师兄去了百鸟岛？"这下不止阿音愣住，连宴爽也怔住了。

阿音昏迷的日子，古晋出山门十日，只说去天宫借瑶池神露，从未提起去过百鸟岛。

想来也是，大泽山距九重天宫最多不过两日时间，即便来回四日也已足够，那余下的几日，古晋去了哪里？

阿音垂着头浑身僵硬，难道她生死不知昏迷之际，古晋竟去百鸟岛见华姝了吗？

宴爽担忧地看着她。

"咦，女君不知道吗？"红雀垂眼，心思转得活络，想起那日在百鸟岛上曾听到古晋言其师妹并不知自己生了重病需灵药相治，他借翎羽雀冠之事请自家殿下保密。

看来，这阿音女君不仅不知道自己命不久矣，连古晋仙君去过百鸟岛都不知道。

"倒也不怪女君，我家殿下和古晋仙君早些年在梧桐岛上便有旧谊，虽说前阵子生了些许嫌隙，但古晋仙君向来待我家殿下亲厚。这次古晋仙君入岛亲自拜访殿下，和殿下品茶论道，相谈甚欢。所以殿下这才命我前来亲自为仙君送上喜帖。"

红雀见因自己的话沉默不语的阿音，一扫刚才的浊气，刚想再补上两句戳心窝子的话，宴爽听得生怒，就要抽鞭子教训教训这孔雀族的侍女，哪知阿音抬手拉住了她。

阿音不怒不恼，一副大泽山当家掌教师妹的模样，朝红雀颔了颔首。

"我师兄是大泽山三尊之一，我这个做师妹的自然不便问他的去向，不知道他去过百鸟岛也不足为奇。华姝殿下和澜沣上君重阳大婚是咱们仙界的大喜事，殿下大婚在即，想必挂心之事众多，我师兄和公主不过少时一点旧谊，实在不足挂齿，这次多得殿下寻回小凤君的一魂，大泽山上下感激不尽。不过……"

阿音朝红雀看去，眉宇一冷，红雀被她的目光扫过，竟生出了一股寒意。

明明只是只仙力低微的仙兽，为何这一眼望来，竟会比自家殿下更威严冰冷。

阿音淡淡扫向红雀："澜沣上君代管天宫，身份尊贵，你家殿下亦是堂堂的孔雀族公主，更即将嫁予澜沣上君为妻，神仙眷侣不外如是。相待亲厚、相谈甚欢这些轻浮之话怎可用在华姝殿下和我师兄身上？你不顾念你家殿下的名声也就罢了，我师兄是大泽山堂堂三尊之一，他的清誉就是我大泽山的清誉。此类言语日后休要再提！否则即便有你家殿下护你，我大泽山也容不得你。"

直到阿音重重落下这最后一句，红雀这才想起阿音虽只是一只水凝兽，但也是东华的弟子，身份远不是她可比，她刚才说的这些话若是真的传了出去，连自家殿下怕是都不会放过她。

红雀后知后觉地害怕起来，她身子抖了抖，连忙避过阿音威严冷锐的目光，伏倒在地："婢子无知，说错了话，还请阿音女君不要和婢子一般见识，饶了婢子这一次。"

"起来吧，你代你家主人前来，这重礼本君可受不得。"阿音一拂袖摆，不受红雀的跪礼，径直转身朝山内飞去，"华姝殿下的喜帖本君自会转交，你回去吧，百年之内，若贵族再有事相议，换人前来，你不必再入我大泽山山门了。"

威严的声音传来，红雀心中满是愤恨，却又一片冰凉，只希望于今日之事不会传到其他仙派耳中，否则就连孔雀一族都容不下她。

山门外，鼓着腮帮子在一旁看了半天热闹的宴爽远远瞅着阿音离去的身影，心底默默地竖起大拇指。

难怪古晋曾说阿音的性子要真使出来了，没人能欺负得了，她原还以为这是只软萌的水凝兽，哪知竟是个比她还嚣张的山大王。

啧啧，宴爽摇头晃脑地感慨着，真不愧是大泽山东华上神的徒弟，这架势，这威风，这话儿，真够劲！

宴爽看了场酣畅淋漓的戏，笑眯眯地追着阿音入了山门。

宴爽一路跟着阿音朝后山而去，远远望见阿音立在禁谷的梧桐树下。刚想上前夸赞她几句，却瞧见了阿音脸上萧索的神情。

想起刚才红雀的话，宴爽心底不安，走上了前。

"阿音！"

"当年她对他不过一句回护的话，他便在这后山禁谷里念念不忘了十年。"

阿音的声音突然响起，宴爽顿住了脚步。

阿音的身形单薄，她安静地望着山洞的方向，目光怆然。

"我在这里……"阿音朝禁谷里看去，"也听他念了她三年。年年月月日日，除了凤隐，他唯一记挂的就是那个在梧桐岛上对他有恩的姑娘。"

"她只是皱了皱眉，他便把师尊留给他的护山神器毫不犹豫地借给了她，宁愿自己在三界的诡谲之地出生入死，朝不保夕。"

"她打了胜仗，护了族人父亲，他比谁都高兴，星夜兼程带着炫星凤冠去求婚，唯恐她被人抢了去。"

阿音的声音顿住，像是停了许久，又像是只停了一呼吸的时间，再响起时，已是说不出的落寞。

"我以为，只要我一直在他身边，为他做事，保护他，陪着他，他就会喜欢上我，哪怕只有一点点也行。"

"是我错了。"

夜色降临，弦月初上，阿音抬头望向空中那弯弦月，露出一抹苦涩的笑容。

他会再去百鸟岛，是知道她要嫁与他人，所以才去见这一面。

他性子疲懒，就连凤隐的事也不至让他如此勤快，可这次回山后他却日日修炼，一刻都不停歇，为了什么，怕是他不愿输给澜沣才会逼自己至此。

"阿爽，我出现得太迟了。从一开始我就输了半步，这辈子，我怕是怎么努力，都比不上她了。"

梧桐月下，阿音的声音淡淡传来，微微苦涩，句句叹息。

不远处的山洞里，古晋正祭起自己的一半本源仙力炼制化神丹。

他望着鼎炉里渐渐成形的丹药，眼底露出欣慰。

深夜，他从山洞而出，平时已经熟睡的阿音却坐在梧桐树下。

石桌上摆着两个酒杯，醉玉露的香味飘来。

阿音体弱，如今连醉玉露都不能多饮，他前两日才交代过。古晋皱眉，走上前，人未至，阿音的声音却已响起。

"阿晋，陪我喝一杯吧。"阿音的声音有些沙哑，古晋到底疼她，想着禁谷里乏味，她那跳脱的性子想必已经憋坏了。

"醉玉露后劲大，最多三杯。"古晋幻化出一件白袭披在阿音肩上，坐在她身旁。

阿音瞧见古晋疲倦的神色，感觉他身上的仙力波动紊乱，心底越发难受，面上却不露分毫："阿晋，山门有两位师兄守着，你不必太忧心，要是仙基不稳，将来渡劫时会有大患。"

她试着提议："我如今除了体弱些，身体已经好得差不多了。咱们回祁月殿吧，你也不必日日闭关修炼。"

古晋摇头，在阿音头上拍了拍："禁谷安静，适合闭关修炼，你的身体痊愈之前，咱们就在这儿吧。"

阿音仙力低微，感应不到他每天炼制化神丹，但祁月殿里有阿玖和宴爽，肯定瞒不过他们。

阿音眼底露出失望，从袖中拿出红雀送来的请帖，看向古晋："今天华姝的侍女送了她和澜沣上君的喜帖来，请你入天宫参加他们的婚礼。"

"红雀来过了？"古晋没察觉有什么不对，接过了喜帖。

"那几日我昏迷的时候，你去百鸟岛了？"阿音突然开口，古晋握着喜帖的手一顿。

"是。"

"是掌教有事吩咐你去百鸟岛和孔雀王商议吗？"阿音犹不死心，忐忑地问。

古晋心想，他不能让阿音知道他去百鸟岛的真正意图。

"一点儿小事去了百鸟岛一趟。"他替阿音紧了紧肩上的白裘，笑道，"你平日里半点心都不操，今日怎么有闲情问这么多了？"

见古晋顾左右而言他，显然不愿意再聊去百鸟岛的事情。阿音破罐子破摔，道："阿晋，山门里不太平，澜沣上君和华姝的婚礼在重阳日，正是师兄他们点燃九星灯的关键时候……"她顿了顿，"要不然让青衣去参加吧。"

阿音眼底带了一抹期待，如果阿晋愿意留在山门，不去参加华姝的婚礼，那是不是意味着他愿意放下了。

古晋却想起天宫之上澜沣毫不犹豫将瑶池神露借出救阿音之事，那日他欣然相邀，自己已经答应。

古晋摇了摇头："我与澜沣上君也算一见如故，再者他将瑶池神露借给你疗伤，要是你身体大好了，我们定是要去天宫一趟的。"

阿音神情越发黯然，以为古晋只是寻个托词，他对华姝念念不忘，又怎么会缺席她的婚礼。

"你愿意去便去吧。"

阿音颇恼，把桌上的醉玉露一饮而尽，白裘落在地上，径直入了屋，不再理会古晋。

可怜古晋虽说比她多活了几百岁，男女之事却并不比阿音懂多少，愣是没闹清阿音这突然的脾气是为了啥。

自这日起，阿音虽说听他的话乖乖留在禁谷养伤，却没了刚开始的精气神儿，她每日懒洋洋地靠在梧桐树下晒太阳，精神愈发疲懒。有时候不小心睡着了，便是几个时辰都不会醒。

古晋知她大限之日即将到来，每日小心翼翼用血续着她的命，一步都不敢离，更是一刻不歇地炼制化神丹。

阿音每日醒来的时间越来越少，每次醒来，迎上的都是古晋又担忧又庆幸的目光。

她自己的身子她自己清楚，阿音悚然发现，自己怕是真的活不长久了。

阿音后知后觉地被这个事实吓着了，白天目光一刻不落地跟着古晋的身影转，晚上怕他发现，整整三宿藏在被子里没敢合眼。

她不敢睡，怕睡了就再也醒不过来了。

阿晋是知道她活不久了，才会带她来禁谷吗？

阿音不敢问，万一阿晋不知道呢？不知道还好些。连她都惧怕自己的死亡，更何况阿晋。

她用一半寿元换回了凤隐的魂魄，若是阿晋知道她就要死了，以他的性子，一定会自责后悔。

两人就这样谁都假装不知道地在禁谷里又待了一个多月，眼见着华姝和澜沣的大婚之期将近，九星灯将被完全点燃，化神丹按照时间也即将出炉。

可惜直至重阳的前两日，化神丹虽有出炉之兆，却一直未现世，古晋离不得大泽山，只得遣了青衣去天宫向澜沣贺喜并致以歉意。

华姝提前两日入天宫，着手准备婚礼。

澜沣代凤染执掌天宫，在仙族一人之下万人之上，他的婚礼，各派山门掌教各族王者齐临，离婚礼尚有一日，宾客便到了大半。

青衣代表大泽山而来，自是受到澜沣的亲自接见，听闻古晋还在闭关，他便知怕是救阿音的丹药尚未出炉，温声安抚了青衣并将大泽山明日参宴的席位照常排在了最前列，给了大泽山足够的尊重。

天宫大婚在即，处理完仙界之事，澜沣才回了景阳殿。

这里是他和华姝大婚后将要居住的寝殿，一年前重新修葺，里面一应布置皆按照华姝的喜好所设。

华姝入殿时便瞧出了澜沣的心思，心里格外熨帖。

澜沣进殿的时候，她正在试明日大婚的嫁衣。

大红的九重雀羽嫁衣，衬得华姝肌肤胜雪，如花王牡丹倾城尊贵。

她眼底露着满足而安然的喜色，就像这场婚礼是她期待了千万年一般。她转过头，一眼撞见澜沣倚在门边，正静静地看着她。

华姝难得露出一抹娇羞，竟有些小儿女的姿态。

澜沣嘴角一勾，走上前拉起她的手，让她坐在了檀镜前。

拾壹 〇 情难绝

· 311

华姝总想说些什么，可真到了要大婚的日子，一时感慨，反而不知道如何开口。

澜沣拿起檀香梳，在她如墨的黑发上拂过。

"我头一次见你的时候，心里想，怎么会有这么傲慢又无理的小姑娘。"

澜沣的声音突然响起，华姝昂着头笑："头一次？是在梧桐岛上吗？那时我可是大姑娘了。"

澜沣成名是这百年的事儿，此前一直居于海外，极少在仙界走动。

澜沣摇头，有些感慨："你怕是不记得了。很久以前芜浣天后在天宫举办琼华宴，我也受邀在席，你随你父王参宴。"澜沣比画了一下，失笑道，"你才这么高，还是个小姑娘，没长开呢。"

华姝一愣，她记得那次，那是她头一次随孔雀王参加天宫盛会，那日的琼华盛宴，所有人的目光和称赞都在天族公主景昭身上，她第一次无比清晰地感受到了权力的绝对威严。

"你那时候就认识我了？"华姝竟有些紧张，丧气道，"那时候我太小了，仙力也不高，没有人在意我。"

"是啊。"澜沣像是想起了什么，笑起来，"明明还是个小丫头，却比谁都要强，天后身边的侍从怠慢了孔雀王，还被你狠狠教训了一顿。"

"你瞧见了？"华姝顿觉丢脸。她年少时鲁莽，在天宫闯祸，惊动了天后，若不是天帝大度，怕是整个孔雀一族都要受天后训诫。

"要不然，你以为天帝会及时赶到？"澜沣扬了扬声音，几千年后总算把自己年少时做过的一桩善事搬上了台面，"我瞧你可怜兮兮，在天后面前都快哭鼻子了，只好悄悄央了天帝来救你。"

他和暮光同属金龙一脉，出身便司职帝王。天帝一直照拂于他，对他格外青睐。

华姝愣愣的，瞧着澜沣脸上促狭而温暖的笑意，一股暖流涌进心底，张了张嘴才发现自己有些哽咽，什么都说不出来。

原来他们的缘分开始得那么早吗？原来他曾经注意到了那个仙力低微的孔雀族公主。

见华姝湿了眼眶，澜沣牵过她的手，平时矜傲的天宫执掌者敛了肃然，全然一副少年姿态，不再隐藏心底的爱意和欢喜。

"那时候我从来没想过有一天你会成为我的妻子，如今想来，那时候就遇见你，再好不过了。"

澜沣静静看着华姝，把她拢在了怀里。华姝眼底泛出温热之意，她回抱住澜沣，低低地回应他。

"是啊，再好不过了。"

月色隐在景阳殿外，藏住了殿内即将大婚的一对新人温馨的细语和笑声。

大泽山后山禁谷。

阿音半躺在床上，喝了古晋为她端来的血药，见古晋如往常一般欲去山洞中修炼，她猛地拉住了他的袖摆。

"阿晋。"她唤了一声，声音虚弱。

古晋连忙转身拢住她："怎么了？是不是身体不舒服？"

阿音摇摇头："不要再在这里陪着我了。"她眼底现出一抹将死之人的无畏，"你去天宫吧。"阿音的声音断断续续，几不可闻，眼睛缓缓合住，"明日是重阳，她就要嫁人了，你去天宫吧。"

古晋没听明白她最后两句话，指尖触到阿音渐缓的脉搏，心底冰凉一片，阿音没有时间了。

古晋把阿音小心翼翼放在床上，朝炼化化神丹的山洞里跟跄地跑去。

山洞内，鼎炉中炙火正盛，火中翎羽雀冠化成的内丹几乎和瑶池神露、昆仑雪莲融成一体，最多还有三日，化神丹必成。

古晋眼底落下重重的阴影，他祭出一半仙力，完成炼制化神丹的最后一步。

晨曦初现，万丈光芒洒落在天宫的每一座殿宇上，最后落成一道七彩霞光，映在大婚的无极殿上。

按照天宫历来大婚的规矩——

一声青龙钟响，宾客入殿。

二声孔雀铃响，华姝驾五彩祥云而至。

三声金龙磬响，澜沣御金龙之身落于无极台上，完成大婚仪式。

澜沣素来勤政，即便今日大婚也不例外，他一早便去凌宇殿处理今日的政事，临去前还遣人来知会了华姝一声，言不会误了时辰。

华姝早知道他的性子，不以为意，只笑着对侍女红雀埋怨了两句。

第一声青龙钟敲响时，天宫参宴的宾客井然朝无极殿飞来，在侍从的指引下落座于殿中。

少许，第二声孔雀铃悠然而启，只见景阳殿上十只五彩孔雀翔于九天。华姝一身大红嫁衣，头戴凤冠，立于彩雀之首，翩然而来。

雀铃声止，她落于无极台上，一抹红妆，艳冠九天。

满座宾客看着这般华贵惊艳的孔雀公主，忍不住露出赞叹之意，实乃一双璧人，天作之合。

金龙磬在众人的称赞中雄然而起，一声一声宫磬响遍整座天宫，传至三界。

华姝望向凌宇殿的方向，嘴角笑意盈盈，眼底的期待和紧张一览无余。

可直到最后一声金龙磬响，凌宇殿上空都没有出现澜沨的身影。

无极殿上的宾客空望了半晌，面面相觑。台上的华姝紧紧望着天宫上空，手不知从何时起攥紧了嫁衣，唇角微微发抖，现出一抹无措和惊恐来。

澜沨怎么会没有出现？他们的大婚何等庄重，澜沨怎么能不出现？

台下的议论声落入华姝耳里，分外刺耳，众人的目光更犹如针刺一般。

她终于按捺不住，朝台边的红雀冷声吩咐："去凌宇殿，唤澜沨上君来……"

她声音未落，天宫西北之上，一声痛苦的龙吟响彻天际，巨大的金龙幻影在天阶尽头翻滚，然后直直朝下落去，整个天宫都为之震动。

金龙之身！那是澜沨！

众人脸色一变。

"御宇殿，那不是暮光陛下的主殿吗？澜沨上君怎么会在那儿？"周围众人的声音不绝于耳，华姝脸上毫无血色，她一把揭下凤冠，朝御宇殿的方向飞去。

不过片息，华姝和满界仙人落于御宇殿前，众人被眼前的一幕惊呆，竟一时忘了上前。

澜沨手持仙剑，一身大红龙袍，半跪在御宇殿前。

他胸前插着一把长戟，鲜血自胸前涌出，染红了半跪的身影。

满目赤红让人分不出那是喜衣的原色还是鲜血的殷红。

他望向无极殿的方向，满是向往和眷恋，但目中却没有了神采。

在华姝一身嫁衣落在御宇殿前时，那半跪的身影好似心愿得偿，再也无法支撑，眼底的微光缓缓熄灭，在所有人面前合上了眼。

（上册完）

**图书在版编目(CIP)数据**

神隐 / 星零著.

—武汉：长江出版社，2019.9

ISBN 978-7-5492-6704-0

Ⅰ.①神… Ⅱ.①星… Ⅲ.①长篇小说－中国－当代 Ⅳ.①I247.5

中国版本图书馆 CIP 数据核字(2019)第 215732 号


神隐 ／ 星零　著

| 出　　版 | 长江出版社 |
| --- | --- |
| | （武汉市解放大道 1863 号 邮政编码：430010 ） |
| 选题策划 | 长江出版社青春动漫编辑室 |
| 市场发行 | 长江出版社发行部 |
| 网　　址 | http://www.cjpress.com.cn |
| 责任编辑 | 陈　辉　江　南 |
| 装帧设计 | 汪　雪　彭　微 |
| 封面绘画 | 鹿　菏 |
| 封面设计 | 青空工作室 |
| 印　　刷 | 中印南方印刷有限公司 |
| 版　　次 | 2019 年 9 月第 1 版 |
| 印　　次 | 2019 年 11 月第 1 次印刷 |
| 开　　本 | 787mm×1092mm　1/16 |
| 印　　张 | 39　8 页彩页 |
| 字　　数 | 80 千字 |
| 书　　号 | ISBN 978-7-5492-6704-0 |
| 定　　价 | 86.00 元(全两册) |

拾贰·惊变

"澜沣！"

一声凄厉的呼喊惊醒了众人，只见华姝手中的凤冠摔落在地，她踉跄地奔到半跪的澜沣身边，扶住了他的身体。

内丹碎裂，血脉逆流，昨夜还温热的身体已经变得冰凉。华姝颤抖着去探澜沣的仙灵，发现他已经神魂俱灭。

华姝满眼满心的不可置信，她双手按在澜沣的胸口，拼命为他注入仙力。但显然已经迟了，如今仙力进入澜沣体内，毫无用处。

跟随而来的孔雀王看得不忍，连忙上前低唤华姝。

"姝儿，姝儿！澜沣上君他……"

"瑶池神露！"华姝突然开口，眼底划过一丝希望，朝澜沣袖中寻去，"他跟我说过，他有天帝送他的瑶池神露，可以聚魂疗伤，一定可以救他！一定可以救他！"

可澜沣的袖中空无一物，那瓶他珍藏了百年的瑶池神露，并不在他袖中。

"瑶池神露呢？"华姝又惊又怒，声音嘶哑，"他身上的瑶池神露呢！"

她一遍遍在澜沣袖中寻找，眼底一片血红，竟似现出癫狂之意。

华姝这般模样，谁都不敢上前拉住她。

当前查出到底是谁杀了澜沣才是要事，一众跟随而来的上君一时不知该如何是好。

孔雀王看出不妥，连忙拉开华姝，以仙力蕴声，重重唤了一声："姝儿！"

华姝被这一声震住,停止了狂乱的举动,她愣愣地望着面前的孔雀王,眼底俱是茫然。

孔雀王沉声道:"姝儿,澜沣上君他已经死了。"

"是谁?"许久,华姝突然开口,眼底泛起冰冷的寒意,"是谁杀了澜沣?"

她像是突然清醒过来一般,猛地起身朝身后的仙君看去,目光落在凌宇殿仙侍总管身上:"为什么上君不在凌宇殿?到底发生了什么事?!"

凌宇殿总管兆丰一脸惨白,见众仙望向他,扑通一声跪下,颤声道:"公主殿下,小人不知,半个时辰前上君突然说要出去一趟,他吩咐我不要声张,说他去去就回,不会误了大婚的时辰,小人不知道上君为何会来御宇殿啊?"

御宇殿是前天帝暮光的修炼之所,他化身石龙后,为显对暮光的敬重,此殿被凤染封闭,严禁众仙踏进此处。唯有澜沣受凤染令执掌天宫,才有踏进此殿的权利和解开封印的办法。

凤染早已晋位上神,她布下的封印,绝不会被人随便破坏。

此殿封印本身就有上神之力,正因为如此,澜沣在御宇殿的封印内和对方缠斗才未被天宫的仙君察觉,直到澜沣用尽最后一口气冲破御宇殿的封印,才惊醒了无极殿内等待大婚的众仙。

但可惜太迟了,他用尽了最后一口气,也只来得及见华姝最后一眼。

听得兆丰之言,众仙陷入了谜团之中。澜沣为何会在大婚之前突然来御宇殿,又是何人敢挑战整个仙族,在天宫内当着所有仙君的面诛杀了天宫代掌者?

众仙念及此,俱是悲愤又震怒。

"公主勿急。"辅佐澜沣掌管天宫的四尊之一惊雷上君沉声开口,"我们一定会找出杀害上君的凶手,那人胆敢挑衅我整个仙族,妄杀澜沣上君,无论是妖是魔,只要寻得那人踪迹,我天宫定要他付出代价,以祭澜沣上君在天之灵!"

惊雷上君行到澜沣面前,一脸肃穆,郑重朝澜沣行下一礼,而后转身朝潋溪望去。

"潋溪上君,本君听闻昆仑老祖有一面观世镜,可以看到过去发生之事,不知是真是假?"

昆仑老祖和东华神君齐名,他醉心修炼,已经四万年未曾出关。他随身的法器也只有四尊这些老资格的上仙知道。

潋溪点头,道:"不错,惊雷上君,老祖是有一面观世镜,可观前因后果。"

"可否请老祖出关,天宫想借贵山观世镜一用。"惊雷恳求道。

"上君不必如此，澜沣上君仁德宽厚，这百年对我昆仑多有照拂，今他遭此劫难，昆仑上下亦悲愤不已，感同身受，查出澜沣上君受害的真相，昆仑责无旁贷。"潇溪一脸沉痛，念起仙诀，一面扇面大小的青铜镜出现在众仙面前，镜面悬浮着朦胧的雾气。

"千年前老祖出关，将此镜交于我保管。"潇溪叹了叹，"想来是上天注定让我今日帮澜沣上君讨一个公道。"

潇溪将此镜抛于半空，抬手于虚空中画出三道咒符，又朝澜沣的方向一指，澜沣额间的一滴鲜血随着他的指引落入镜中。

鲜血融入，镜面上的雾气缓缓消散，现出了半个时辰前御宇殿封印中的惊天一战。

观世镜中，重重封印之下，两道身影在御宇殿中缠斗。一人红袍持剑，神情肃穆，正是澜沣。另一人手持长戟，周身上下被浑厚的灵力笼罩，根本无法看清模样。

众人屏息看去，华姝更是一眨不眨地盯着铜镜，看着里面的红色身影，忍不住颤抖。

澜沣那么鲜活，音容犹在，就好像未曾离去一般。

众仙瞧不真切残杀澜沣之人的相貌，都皱起了眉。未想到来人如此狡猾，竟用灵力和黑雾隐藏了身份，是妖是魔，来历为何，全然无法分辨。

两人殊死而斗，持戟之人鬼魅而阴狠，毫不留情，自镜中可观，即便澜沣用尽全力，仍处于下风。

此人灵力之高，可见一斑。

紧接着，青龙钟、孔雀铃、金龙磬逐一被敲响，大婚的时间眼见着就要过了。

澜沣的神情愈加肃穆，只见澜沣突然望了无极殿的方向一眼，化为金龙本体，祭出仙剑，强烈的仙力涌出，将那黑影逼得一退。澜沣欲借机撕破封印冲出御宇殿。

哪知就在这时，被逼退的黑影身后现出九尾印记，重新将澜沣困住，它掌中突然出现一轮妖器朝金龙本体的胸口砸去，与此同时，黑影手中的长戟在妖轮的掩护下深深插入了金龙的胸口。

澜沣受此一击，怒吼一声，本体在空中咆哮翻滚，用蛮力撕破了封印，终于让这惊天一战现于天宫众人眼前。

只可惜那一轮撞碎了他的仙骨，一戟入胸又粉碎了他的仙丹。澜沣虽冲出了封印，却已耗尽元气，最终亡于御宇殿外。

镜中的黑影收起妖轮，望了一眼无极殿上空飞驰而来的众仙，似是露出了一抹嘲讽的笑意，而后迅速消失在天宫西北方。

拾贰 ○ 惊变

看完观世镜中的这一切，御宇殿外的众仙如亲临其境，无比清晰地感受到了澜沨战死那一刻的悲凉和不甘，皆沉默异常。

华姝瞧见镜中之景，转身回到澜沨身边，翻开他胸前衣襟的一角，果然在澜沨胸前看见了半月状的伤痕。

"寂灭轮！那妖器是狐族至宝寂灭轮！"惊雷冷冷吐出几个字，"九尾妖狐！"他目眦尽裂，"是狐族！狐族胆敢犯我天宫，我仙界绝不姑息！"

众仙群情愤慨，纷纷言是。自一百多年前白玦真神为救三界以身殉世后，仙妖兵戈暂止，这么多年一直相安无事，未曾开战。这九尾妖狐竟擅闯天宫，残杀了天宫代掌者，简直是对整个仙族和天宫的挑衅。

"惊雷！"四尊之一的御风上君走出，沉声道，"白玦真神以身殉世才换了两界安宁，仙妖两族和睦不易，事关重大，我们须请天帝回宫查明真相。真相未定之前，我们不能将这件事迁怒到整个妖族身上。"

风、火、雷、电四尊辅佐澜沨掌管天宫，火、雷、电三尊皆脾气火暴，唯有御风上君理智冷静，平日里是澜沨的左膀右臂。

见殿外的仙君皆认同御风之言，华姝心底不甘，妖狐胆敢杀了澜沨，她现在只想让整个狐族为澜沨陪葬！

"御风上君，是九尾妖狐杀了澜沨！三界尽知妖狐一族只有族长常沁是九尾妖狐，她一直对妖皇忠心耿耿，若不是妖皇有令，她怎么会无缘无故来天宫诛杀澜沨！这根本就是妖族对我仙族的挑衅。"华姝的目光在殿外的仙君身上扫过，悲愤道，"连我仙族代掌者都能在众目睽睽之下被妖族残杀，那从此三界之中，我仙族岂不人人自危，又何来颜面存于三界？日后也必将沦为妖魔一道的笑柄！"

殿外的仙君被华姝染血的目光拂过，纷纷避开，不忍再看。

"华姝殿下。"一直陪景阳戍守罗刹地，这次特地前来参加婚礼的无修上君突然走出，朝华姝道，"这镜中妖狐应不是狐族族长常沁。"

"什么？"众仙朝他看去，面露惊讶。

无修道："三千年前本君和常沁在罗刹地曾有一战，我虽瞧不清刚刚与澜沨上君对战之人的身形，但这人和常沁的灵力攻击之法截然不同，应该不是常沁。"

灵力攻击在每一位仙妖内丹初成之时就已定下，很难改变。无修和常沁交过手，他既然开口，必有九成把握。

"是啊，那妖狐逃走的方向也不是妖界。"这时突然有人想起刚才那黑影自西北方向而去。

"惊雷上君，华姝殿下。"一直没开口的潇溪将观世镜收回掌中，道，"我有办法查清那行凶之人是否是狐族族长常沁。"

见众仙望来，潇溪把观世镜托于掌中："那人和澜沨上君交战，身上必染上了澜沨上君的灵气，观世镜中有澜沨上君的一滴心头血，只要催动观世镜，此镜便能循着那人的踪迹一路追踪。"

他顿了顿，又道："不过这滴心头血只能在镜中留两日；两日之后，心头血消失，观世镜就再也无法寻找那人的踪迹了。"

也就是说，只要那人在两天内不停地逃跑，没有停在一处，两日后观世镜便没有了效用。

"两日够了。"御风道，"那人残杀了澜沨上君，又在众目睽睽下逃脱，定对自己的所作所为毫无惧意，两日内他一定会回到所来之处。"

御风看向灵电和炎火尊上："灵电，你去海外凤岛，将天宫发生的事告诉凤云大长老，请天帝出关回天宫主持大局。天宫骤逢此乱，人心惶惶，炎火，你和四位龙王留守天宫，谨防那妖狐再次来袭。"

灵电和炎火尊上颔首。

御风又朝惊雷上君和众仙看去："观世镜只有两日时间，惊雷，你和众位掌教随我跟着观世镜一齐去擒拿那孽畜。"

惊雷一向唯御风马首是瞻，见他有条不紊地做下安排，点头应下。

御风迟疑了一下，朝华姝看去："殿下，澜沨上君尸骨未寒，天宫一应事宜和上君的祭奠就由您和华默王上……"

虽然澜沨和华姝尚未完礼，但澜沨的祭礼交给他们是最妥当的了。

"御风上君。"华姝缓缓摇头，她走到澜沨身旁，半跪于地，抬手握住了澜沨握着长剑的冰冷的手。

许久，她倏然起身，望向殿前众仙，满身煞气，上君巅峰的仙气溢满周身，身后遮天伞的法器之威逐渐显现。

"我一定要亲手抓住那只妖狐，将他祭于青龙台受诸天雷罚之刑，以告慰澜沨在天之灵！"

随着华姝铿然声响，一语定音，除灵电、炎火和四位龙王留守天宫外。仙族三山六府，尊上御风、惊雷，孔雀一族，再加上昆仑一脉，点兵三万，随着观世镜中模糊的印记直追那妖狐而去。

两日后，观世镜中澜沣的心头血即将消失的最后一刻，御风华姝等人满是意外地停在了一座山门前。

虽然这群人已然倾了整个仙族十之八九的力量，虽然是天宫代掌者被残忍地杀害，虽然观世镜从不会错，但这怀着悲愤和战意追赶了两天两夜的仙族大军还是停住了脚步。

因为这里是大泽山。

三界开天辟地以来便存于世间的历史最悠久的仙门洞府，整个仙族最令人尊崇的地方。

后古界六万多年来，凡提及大泽山，无论仙妖，世人皆谓其为公道、正义之地。

即使是仙妖大战最惨烈血腥之时，亦从无战火降于此山。

不得不说，东华六万年的仁心厚德，铸就了三界中这块与世隔绝的净土。

上一次众仙齐聚大泽山，还是东华成神晋位之时。

大泽山上空巨大的灯影将整个山门护在其中，远远望去，九星已燃其八。

一众上君和上万仙将出现在大泽山上空可谓声势浩大。

守山的宴爽头一个发现了这般景象，恰好几个新入门的小仙童陪在她身旁，小少年们被这一幕惊得目瞪口呆，指着空中黑压压的一片仙云失声道："公主公主，不是说天宫在准备澜沣上君的大婚吗？怎么仙将都跑到咱们大泽山来啦！"

宴爽抬头朝空中看去，虽瞧不真切到底来了多少人，但山门外那恐怖的仙力她还是能感应到的。

长生殿外守殿的青字辈弟子鱼贯而出，围拢在宴爽身边，好奇地望向空中。

宴爽朝众弟子看了一眼，心底奇怪，忍不住问："阿玖呢？"

按理说出了这么大的动静，以阿玖那个唯恐天下不乱的性子，早就奔出来看热闹了。随着九星灯即将点燃，宴爽夙夜不寐地巡视山门，已经有好几日没回过长生殿，自然这几日也没瞧见阿玖。

闲善首徒青云仙君回道："公主，前几日阿玖小君说他感觉自己要晋位了，这几天他一直在殿后小堂里闭关呢。"

阿玖年纪轻轻、妖力高深，其名却一直未出现在擎天柱的妖君之列，宴爽曾经好奇

地问过他，明明只是妖中一介下君，怎么会有如此神秘高深的妖法。不过阿玖向来喜欢和宴爽斗嘴，懒得告诉他自己狐族王子的身份，只嘲笑她孤陋寡闻没见识。是以宴爽一直不知阿玖不仅是狐族继承人，更是一只罕有的九尾妖狐。

没承想阿玖在这时候晋位，宴爽颇有些无语，仙妖晋位会引来雷劫，若阿玖在漫天仙君面前引来妖雷渡劫，大泽山窝藏妖族的污名真是跳进黄河也洗不清了。但她总不能不让阿玖渡劫，好在一般仙妖晋位，都要闭关月余才能引来雷劫，阿玖才闭关了三四日，远不到时候。

为防意外，宴爽仍朝青云道："你遣个小童去殿后瞧瞧，一旦阿玖要渡劫，便去请闲竹尊上出殿护法。等下我便去会会那些仙君，看他们来大泽山究竟为何。"

"是，公主。"青云连忙去了长生殿。

宴爽一脸严肃地望向山外，心底掠过一抹不安。

禁谷内，躺在床上养伤的阿音听见山外战鼓隆隆，好奇地走出竹屋，立刻被漫天黑压压的仙将所惊。她望了一眼古晋正在闭关的山洞，咬了咬唇，终是不放心山门安危，强行汇聚仙力朝谷外飞去。

此时大泽山外，手握观世镜的瀍溪一脸惊讶，他在观世镜中来回看了数次，确实明明白白地看见那妖狐黑影入了大泽山山门。

连他都疑惑道："御风上君？那妖狐怎会入了大泽山？"

大泽山有护山阵法守护，如今九星灯虽未大成，但其神力同样不可小觑。但那妖狐竟毫无阻碍地进了大泽山，只有一个可能。

它知道如何解开大泽山的护山阵法。

跟随而来的众仙想到此处，面面相觑，皆一脸荒唐。

"御风，那妖狐进了大泽山，咱们还不进去捉拿凶手，杵在这儿干什么？"惊雷上君朝大泽山里指去。

青衣亦在众仙之列，他想起了山门内的阿玖，脸色瞬间变得苍白。但转念一想又觉得不可能，阿玖并非九尾妖狐，而且以他的妖力，怎么可能轻易诛杀已是上君巅峰的澜沣上君？

更何况，那家伙嘴硬心软，连山后的兔子都舍不得吃，又怎么会滥杀无辜！

念及此，青衣一咬牙飞离众仙三尺，背对山门，欲以一己之力拦住蠢蠢欲动的上君们。

他一揸到底，半大的少年脸上虽同样震惊，但仙门巨擘弟子的傲骨之风却不减半分。

拾贰 ○ 惊变

· 321

"诸位仙友，我虽不知这妖狐为何能进我大泽山山门，但我大泽山绝无可能窝藏刺杀澜沣上君的妖狐。"

这时，山门内，阿音出了禁谷，出现在宴爽跟前。

宴爽瞧见她的脸色，顿时神情一变，大惊失色："阿音，你这是怎么了？"

一月之前阿音还神采奕奕，如今却脸色苍白，毫无生气，一副风吹就倒的模样。她连忙上前欲扶住阿音，阿音摇摇头，推开了她。

"到底出了何事，怎么来了这么多仙君和仙兵？"

宴爽摇头："我也不知道，他们突然出现在山门外，看这个架势，恐怕是敌非友！"她看了一眼阿音的脸色，急道，"你这身子怎么撑得住，那些仙君一口气怕就能把你给吹跑了。这里交给我，你快回禁谷休息。"

阿音摇头："不行，两位师兄正在点燃九星灯，不便出关。阿晋也正在修行之中，此番众仙齐聚山门，仙界一定是出了大事，而且这事怕是和大泽山有关。你是鹰族的公主，让你代大泽山出面打发他们，并不妥当。"

宴爽也知阿音说得有理，仍担心道："你的身体扛得住？"

"无妨。"她勉强聚了一口仙气，让自己看上去更精神一些，"这里毕竟是大泽山，不管发生了什么事，他们绝不会在这里闹事。"

山门外，青衣朗朗之声铿锵有力，有着对大泽山的绝对自信和认可，他坚定的神情让不少仙君稍稍打消了心底的怀疑。

御风亦有所触动，朝青衣颔首："小君勿急，大泽山仙风纯正，仙界无人不晓，我等绝不会硬闯山门。"

他朝惊雷摆手："惊雷，此处是东华神君的大泽山，不可乱来。"见一旁的华姝神色不悦，又安抚道，"殿下，以我对闲善闲竹两位尊上的了解，他们绝无可能遣妖族入天宫行刺澜沣上君，这其中必有误会，还请公主少安毋躁，待我等查明真相，再入山不迟。"

他话音落定，不待华姝再言，朝九星灯正下方的长生殿朗声开口。

"天宫御风，率众仙求见闲善掌教！请掌教拨冗一见！"

御风的叩山之音伴着浑厚的仙力响彻大泽山上空，传至后山禁谷之底，闭眼潜心炼制化神丹的古晋皱了皱眉，睁开了眼。

伴着御风三声叩请落定，大泽山上空的护山阵法被打开。阿音一身素白仙袍，宴爽

落于她身后半步，两人统御青字辈弟子御剑而来。

众仙远远瞧见一白衣女君立在大泽山众弟子之前，皆是一愣。忽而想起仙界有传东华神君飞升前曾收下一名女徒弟，如今看来，怕就是这弱不禁风的小女君。

见阿音和宴爽出现，青衣长舒了一口气。

阿音率大泽山众弟子落于众仙面前。她的目光在华姝大红的嫁衣上稍做停留，露出一抹惊讶后才朝为首的御风看去。

阿音素手微抬，出声矜持悦耳，极为有礼谦和："东华幼徒阿音，见过御风尊上，不知出了何事，竟让尊上和三山六府的掌教一齐叩我大泽山山门？"

阿音虽年岁小、仙力低，但她是东华的徒弟，和御风一个辈分，真算起来，就连华姝都比她低了一辈儿。

未料到大泽山一山门的老仙君，这回却使个水灵灵的小姑娘领头压阵，一众仙君皆感荒唐，但阿音的身份辈分摆在这儿，也不好说大泽山目中无人。

"阿音女君。"御风按捺住众仙，温声回道，"不知闲善掌教和闲竹尊上可在？"

阿音略有歉意道："尊上也知道我大泽山数月前遭魔族偷袭，两位师兄正在闭关点燃九星灯，不方便出来迎尊上和诸位掌教。"

御风又道："那古晋上君呢？掌教和闲竹尊上开启九星灯尚情有可原，本尊听闻老上君还有一徒古晋，他如今又何在？"

阿音瞧上去太小了，一个女娃娃，带着怒意和战意而来的仙君们如何和她商议如此重要的事，自然是让大泽山出来个能做主的人。

阿音性子倔强，不退半分，肃声道："尊上何意，我身为师尊的弟子，自是能对山门做主，尊上到底是为了何事叩我山门，不妨说出来，阿音定会代替几位师兄举山门之力全力相助，绝不含糊！"

想不到这小女君竟如此倔强硬气，御风眉微皱，正欲开口，一旁华姝的声音冷冷响起。

"你能做主？"

华姝踏出一步，冷冷看向阿音，大红的喜服在风中飞舞，勾勒出一股惊天的恨意。

"水凝兽！若我说你大泽山窝藏了杀死澜沣的妖族，你也能做主？"

"你若真能做主，就给本公主打开你大泽山山门，让诸仙入山，捉拿那只杀死了澜沣的九尾妖狐！"

不远处，御剑而来的古晋正好听见华姝满是悲怆的怒喝，他身形一滞，露出不可置

信的神色。

"澜沣上君遇害了？"阿音一愣，终于瞧见华姝大红喜衣的一角上尚未褪色的几点血迹，失声道。

"华姝！怎么回事？澜沣怎么了？"恰在此时，古晋横空出现，飞剑划过，落在众人面前。

他越过阿音，成保护者的姿态，面向御风、华姝和众仙。

见他这般举动，阿音心底一暖，退后了一步。她没有计较刚才华姝的出言不逊，毕竟澜沣上君被害的消息太过震撼，她还没有懂事到这时候和她在这种小事上纠缠置气。

见古晋出现，华姝眉宇间的冷厉稍缓，她别过头，不愿再回忆澜沣被害的一幕。

御风瞧见华姝眼中的悲戚，叹了口气，道："古晋仙君，既然你出现了，那就让本君来跟你说吧。两日前……"御风的声音响起，两日前天宫发生的一幕被他缓缓道来，一直说到他们循着那刺杀澜沣的妖狐踪迹一路跟到了大泽山。

古晋听得眉头紧皱，阿音和宴爽则一脸惊讶，不敢置信。她们同时想到了山中的阿玖，眼底拂过一抹担忧。两人的表情没有瞒过观察入微的御风，他心底一动，暗想大泽山果然藏着秘密。

"观世镜中所示，那妖狐自入了大泽山后一直没有离开，如今仍在山中。"御风看向古晋，神色凝重而诚恳，"古晋仙君，我等皆知大泽山绝不会藏匿此妖，但那妖狐确实入了贵山之中，先不论它如何知道解开贵山护山阵法的方法，还是先请仙君相助我等擒住此妖，再细细问明不迟。"

在妖狐逃入大泽山的事实面前，御风这话，已经说得极为委婉了。

此等大事关乎大泽山声誉，阿音和宴爽皆沉默地望向古晋，等他定夺。

在漫天仙君仙将的注视下，古晋抬首，沉声道："御风尊上，各位仙君，实不相瞒，大泽山内如今确实有一只九尾妖狐。"

"阿晋！"宴爽失声唤他，掩不住的焦急。

古晋朝宴爽摇了摇头，眼带安抚。阿音宽慰地拍了拍宴爽，小声道："别担心，阿晋既然开口，就一定会护住阿玖。"

这一句让众仙瞠目结舌，华姝神情一变，脸上露出一抹冰冷的怒意。

御风面露诧异，却比其他人沉稳得多，他看向古晋，道："古晋仙君，你大泽山内怎么会有妖狐？那这只妖狐……"

"尊上放心，他绝不是刺杀澜沨上君的那人。"古晋神情冷静，"此狐是妖族王侄，名鸿奕，乃九尾妖狐。半年前我和师妹去妖界寻访小凤君的魂魄，被困紫月山九幽炼狱之中，是鸿奕出手相救，我和师妹才能从弑神花手中逃脱。他被弑神花伤了内丹，我师妹是水凝兽，拥有治愈内丹的灵力，所以我们便将他留在大泽山养伤。他内伤一直未曾痊愈，如何入天宫刺杀澜沨上君？"

"即便如此，那也不能证明他不是刺杀澜沨上君的人。"御风道，"也许他早就已经养好了伤，潜伏在贵山之中。若不是他，那人怎会知道如何开启大泽山的护山阵法，毫无声息地潜进山中？"

"不知尊上可还记得一事？"

"何事？"

"三个月前，大泽山出现了魔族，那魔族同样毫无声息地潜进山中，重伤我师妹，虽然它伤在了我手里，但我们至今没能寻到那魔族的踪迹。事后虽然掌教师兄修复了护山阵法，可仍然没有找到魔物能随意打开护山阵法的原因，所以我两位师兄才会点燃九星灯，以护山门平安。"古晋朝长生殿上空的九星印记看了一眼，"九九之期还剩五日，五日后九星灯点燃，大泽山将再也不会有魔族闯入。"

见涉及魔族，御风神色一正，更沉重了些："仙君的意思是入天宫刺杀澜沨上君的是三个月前出现在大泽山的那个魔族？"

"我没有十足的把握和证据，毕竟当日那魔族和我交手，并没有显现九尾妖狐的印记，但我觉得这是最有可能的事实。"

"胡说！你分明是袒护那只狐狸！我看那妖狐就是那魔物，它欺瞒你们潜伏在大泽山，假意重伤水凝兽后逃跑，又来天宫刺杀澜沨。若不是有观世镜让它无所遁形，它只要藏在大泽山，又有谁会怀疑它？"华姝怒道，她因澜沨的死迁怒于大泽山的狐妖，谁说的话都不愿意听。

古晋理解她此时的心情，又念及澜沨和她皆对阿音有恩，只得暖声道："华姝，我知道澜沨上君出事你心里难受，但鸿奕真的不是刺杀澜沨的那只妖狐。这几日他一直在长生殿守着我两位师兄，有大泽山的弟子为证。"

阿音听他轻言细语安抚华姝，心底一酸，胸口一股冷气袭来，强行聚起的一口真气差点就散了。还好宴爽发现她的异样，连忙扶住她，在她背上渡了一掌仙力。

阿音以眼神安抚宴爽，让她别出声，免得让古晋分心。

·325

"青云。"古晋转身开口，"你来说说这几日鸿奕在何处？"

"御风尊上，华姝殿下。"青云上前，朝两人见礼。

"自九星灯点燃以来，这三个月鸿奕妖君一直在长生殿外守着掌教和闲竹师叔，半步未离。"

"那这几日呢？"御风为人谨慎，不放过任何疑点。

"这几日……"青云一顿，道，"四日前，鸿奕妖君感觉自己即将晋升，便在长生殿后闭关，至今未出。"

从大泽山一来一回，正好四日光景。此言一出，众仙皆感疑点重重。

"他既然闭关，也就是说你们这几日没有人见过他。"华姝质问道，"那你如何为他做证，说他未去过天宫！"

青云被问得一滞，古晋却摆了摆手，让他退下，反而朝御风和华姝看去："尊上、华姝，我大泽山弟子从不妄言。鸿奕晋升，妖力是藏不住的，这几日长生殿外确实有他晋升的迹象，这能证明他不是凶手。"

御风和华姝朝古晋看去，仍面带置疑。

古晋又道："九尾印记是每一只九尾妖狐保命或晋升时才会显现的上古妖兽印记。如果真如你们所说，那只妖狐能在众目睽睽之下斩杀澜沣后轻易离去，那它根本不必祭出九尾印记。可他偏偏祭出了九尾狐独有的印记，那岂不是堂而皇之地告诉所有人它的身份？至于你们所说的寂灭轮……"古晋微一沉吟，"据我所知，只要仙妖之力绝顶，已经晋为半神，便可幻化法器，你们在观世镜中看到的，也许只是它幻化出的法器，并不是真正的寂灭轮。三界中人人皆知狐族族长常沁是九尾妖狐，鸿奕是狐族王侄，他九尾妖狐的身份虽不为人所知，但也不是什么秘密。这九尾印记一出，岂不人人都知是他们谋害了澜沣上君，那他们一开始又何必以黑雾隐身？

"再说以常沁族长的性子，她若要杀澜沣上君，直接扬鞭入天宫更有可能，绝不会做出悄悄潜入刺杀的下作之事。至于鸿奕，那人若真是为了将罪责推到狐族身上，却百密一疏，忘记了一件事。"

"什么事？"御风连忙问。

"鸿奕虽然天赋异禀，出生便是九尾妖狐，又有寂灭轮伴身，但他只有五千岁，刚刚成年，如今仍不过是妖族下君。以他的妖力，如何能在众目睽睽之下潜入天宫，闯入御宇殿封印，甚至将拥有上君巅峰实力的澜沣上君斩杀在戟下？"

"所以我才说，鸿奕本身就是最好的证明，因为他根本杀不了澜沣。"

御风听古晋说完，若有所思，亦觉得在理。他们在观世镜中看到的一切虽是事实，但也有漏洞，为何那妖狐会露出九尾印记？明明一戟便可将澜沣毙命，却祭出了那似寂灭轮的法器？如果真的是有心人在栽赃陷害，那便是要挑起仙妖两族的战争，更将大泽山卷入了其中。若不是古晋熟知鸿奕的本事，能及时看出其中的漏洞和不妥，怕是他们已经强行闯山，和大泽山硬碰硬了。

御风沉稳老练，从古晋的话中听出了深意，不由得一股冷意袭上心头。若真如古晋所说，有人从中作梗，那人实在恶毒阴诡。

但即便如此，鸿奕的嫌疑仍然最大。华姝听完，仍是不信："古晋，照你所言，天宫里刺杀澜沣的另有其人，那人不仅知道鸿奕藏在大泽山，知晓鸿奕的随身法器是寂灭轮，能打开大泽山的护山阵法，甚至还特意将我们引来。"她声音里透着浓浓的置疑，"那你告诉我，如果刺杀澜沣的九尾妖狐不是常沁，也不是鸿奕，那它究竟是谁，三界之中第三只九尾妖狐何在？"

见古晋皱眉不语，华姝上前一步，声音凛冽："说不出了吗？这一切都是你的推测，没有半点真凭实据。我们在观世镜中看到的一切才是事实，杀死澜沣的是一只九尾妖狐，它也的确逃进了大泽山。若鸿奕一开始就是为了利用大泽山，那他假装受伤甚至隐藏实力都有可能。"

华姝不给古晋半句辩解的机会，笃定道："鸿奕就是凶手，所谓的晋位妖君也是他用来混淆视听的谎话，打开你大泽山的护山阵法，我要亲自去长生殿抓住他，向所有人证明他根本不是一介下君，他就是凶手！"

华姝手一挥，遮天伞的神印在她身后显现，上君巅峰的仙力和半神器的威压笼罩在整个大泽山上空。

在华姝眼中此事证据确凿，她根本听不进古晋的劝告，况且古晋拿不出有力的证据。她只想将杀死澜沣的九尾妖狐绑入青龙台，受挫骨扬灰之刑！

不少青字辈弟子抵抗不住这股半神之力，额上冒出冷汗，膝微弯，强挺着不伏倒在地。阿音要不是有宴爽护着，早就不堪重负了。

大泽山众人看向华姝身后的遮天伞神印，眼底燃起怒火，目中尽是对华姝的不屑。他们虽然对澜沣上君的死感到惋惜，但亦无法接受华姝在大泽山祭出遮天伞，这本是大泽山开山之祖东华神君的随身神器！

华姝的遮天伞祭出，御风和惊雷脸色亦是一变，叹了口气。华姝这般举动，怕是寒了大泽山上下的心。

古晋眼底露出冷意和懊恼，上前一步，元神剑划出一道流光，拦在华姝面前。

"华姝，此事疑点重重，鸿奕是无辜的，我可以让你和御风上君搜山寻找那只妖狐的踪迹，但你不能带走鸿奕。"

以华姝和仙族对那只九尾妖狐的痛恨，若真的坐实了阿玖的罪名，他一定会死在青龙台上！

见古晋半步不让，华姝恼怒异常，身后遮天伞的神印愈加厚重，她嚷道："让开！古晋，你真是被那妖狐惑了心智，它今日可以杀澜沨，明日就可以毁了你大泽山！不要忘了你曾经答应过我什么。今日我让你履行对我的承诺，只要你把鸿奕交给我，我们之间的事就一笔勾销！"

"只要你把鸿奕交给我，我们之间的事就一笔勾销！"

华姝的声音响彻大泽山上空，古晋持剑的手一滞，被华姝这句话逼得难以抉择。

三个月前华姝把翎羽雀冠借给他炼制化神丹时，曾经提过一个要求——只要不是违背良心的不义之事，但凡华姝有所愿，他一定要为她做到。

未想短短三个月后，华姝便让他履行当初的承诺，还是当着一界仙君和阿音的面。

见古晋沉默，华姝气势更胜，就要越过古晋朝山中而去，却被回过神的古晋一剑拦住。

她气急怒道："古晋，不要忘了你当初答应过我什么！"

"我是答应过你，只要是你所愿，就一定为你做到。"

不远处的阿音听见这句，猛地抬头朝古晋看去，露出不可置信的神色。

只要是你愿，就一定为你做到。

到底是有多喜欢，才会甘愿立下这种承诺？

阿晋，华姝对你，竟重要到这般地步吗？

古晋的声音沉沉响起："但我也说过，为你做的事绝不能违背良心。"

"他是妖族！你为何宁愿信他，也不愿信我？"华姝眼底染上悲色。古晋以诚待她，她待古晋，同样也有几分真诚。但澜沨惨遭此劫，千年根基毁于一旦，他竟甘愿护着凶手，也不愿意选择相信她。

华姝突然朝他身后的阿音看去："就因为那只狐狸救过你师妹，你便甘愿维护他至此？古晋，你是非不分！"

古晋神色未动："我了解鸿奕，他虽性子狂傲无礼，但绝不会做出害人之事。仙妖虽有族类之分，但从来没有善恶之分。"

古晋这句话重重响起，满天仙君神情讶异，他眉目肃然，掷地有声，虽满天仙族，却没有一个人反驳于他。

"你！"华姝气急，手一挥，遮天伞的神力更甚几分，"若我今日一定要带走他呢？古晋，你要对我动手不成？"

古晋眉头紧皱，华姝虽苦苦相逼，持伞闯山，但他今日无论如何都不能对华姝启剑。

澜沣和华姝救阿音的恩义在前，澜沣惨死在后，他如何能在澜沣尸骨未寒时对华姝动手？

千钧一发之际，一道声音自九星灯下的长生殿传来，淡然而肃穆地落在满天上仙耳中。

"华姝，古晋所言不虚，我大泽山确实可为狐族王侄鸿奕作保，他绝非御宇殿中刺杀澜沣上君之人。"

声未落，人已至，一道流光闪过，玄衣道袍手握拂尘的闲善已经立在了众人身前。

见他出现，除御风、惊雷和各派掌教外，其他上君皆恭敬行礼，往后退了一步，山门外一触即发的紧张气氛因为闲善的一句话缓和下来。

"见过闲善掌教。"御风温声见礼。

闲善朝他还礼，未多言，而后朝华姝看去："华姝，先不论这件事的是非曲直，黑白对错。你在我大泽山祭出遮天伞闯山，是否不妥？"

这话，半点儿不留情。

此言一出，众仙心里一咯噔，便知大泽山这位性子出了名慈和的掌教动了真怒。

想来也是，拿别人家的神器闯别人家的山门，这实在没啥理。

华姝脸色一白，面露难堪。她到底不是那些被岁月浸泡了几万年的"老油条"，被闲善这么直白的一问，拿着遮天伞的手都抖了抖。

还是华默更老沉些，他知道若是连闲善都为鸿奕说话，今日众仙想带走鸿奕几乎是不可能的了。

华默上前一步："姝儿，还不回来，胡闹！你怎么能在大泽山祭出遮天伞？太不懂事了！"他训斥完华姝，又朝闲善深躬一礼，歉意道，"闲善掌教，大婚之日姝儿失了夫婿，悲愤过度，才会冒犯了贵山，还请闲善掌教不要和她这个小辈一般见识。"

拾
贰
○
惊
变

·329·

华姝收了遮天伞，退后一步朝闲善的方向头微垂，藏起泛红的眼角，声音有些哽咽委屈："闲善掌教，晚辈……"

"罢了！"闲善叹了口气，脸色果然和缓了些，"澜沣上君与人为善，宽厚仁义，想不到会遭逢此劫，公主节哀顺变，但也勿上了有心人的当，让仙妖失和，战乱又起。"

"掌教，您的意思是？"御风朝闲善看去，眼底拂过一抹担忧。

闲善颔首："本座也认同阿晋的看法，澜沣上君遇害一事疑点太多，且处处指向大泽山和鸿奕，不免让人心生怀疑。况且鸿奕确实未晋为妖族上君之列，就算他能说谎，擎天柱也不会说谎。"

擎天柱上妖族上君之列，至今未有鸿奕之名，这是铁一般的事实。

御风回过神，赞同闲善之言："掌教说得对，仙妖只要位列上君，就一定会出现在擎天柱上，但鸿奕在擎天柱上并无上君之名，他一介下君，绝不可能轻易杀害澜沣。"

"不过……"御风顿了顿，还是开了口，"我们从观世镜中看到那妖狐确实进了大泽山，掌教，这……"

闲善叹了口气，亦带了一抹沉重："魔族现世，三界已无净土，我大泽山也不能独善其身。老道无能，无法将魔族御于山门之外，若那魔族还在山中，如今也只能靠九星灯的神力逼魔物现身了。"

他手中拂尘一挥，大泽山上空的护山阵法顿时一收。

"御风尊上，仙族痛失澜沣上君，理当同进同退，我大泽山也不例外。除了长生殿正在点燃九星灯的闲竹师弟和侧殿正在晋升的鸿奕妖君，山中已无一名大泽山弟子。你和惊雷尊上还有众位掌教尽可入山去搜寻那只刺杀澜沣上君的九尾妖狐。但凡诸位有所获，我大泽山上下一定倾力相助，绝不姑息此妖。"

闲善说完，退至一旁，他身后的古晋、阿音和大泽山弟子紧随其后，为御风、华姝等人让开了一条道。

御风点头："掌教，事关仙族之危和澜沣上君的死，本君得罪了。"他说完朝华姝看去，"殿下，我与诸位掌教入山查探，殿下留在山外，静待消息便是。"

虽然闲善允许他和众仙入山查探，但御风立足仙界万年，绝非不知好歹的人。大泽山乃仙族巨擘，向来受众仙尊崇，眼下即便有嫌疑，也不是随便一个人就能入山查探的。就算要查，至少也是他们这般贵为一府至尊的人，否则如何给大泽山和闲善一个交代？

御风之意众仙皆明，惊雷和三府六洞的掌教如御风一般齐齐朝闲善见了半礼，道一

声"得罪了"才朝大泽山中飞去。

转眼，十一位上仙飞至大泽山上空，各择一峰落于顶。众人祭出随身法器，以山脉为络，周身仙力运至极致，在大泽山上空化出一张硕大无比的仙网，层层叠叠毫无缝隙地向大泽山笼去。

十一位上仙齐力之下，那仙网蕴含的仙力突破半神之威，直逼半神巅峰，几乎到了上神之境！

如此神威，若是刺杀澜沣的九尾妖狐还在大泽山内，一定无所遁形！

澎湃的仙力将山脉洗涤，山中凡有灵力之物其灵魂印记纷纷映射在仙网之上，包括长生殿中竭力点燃九星灯的闲竹和侧殿里盘坐进入凝神之境等待晋位的鸿奕。

一炷香过后，仙网在大泽山上下来回扫过，没有放过一寸土地，但除了鸿奕，再也没有第二只九尾妖狐的痕迹。直至这十一位上仙再也无法支撑几乎有上神之威的仙网，仙网的神威才在大泽山上空缓缓消失。

仙将和大泽山众人从这磅礴的神力中缓过神时，御风、惊雷和三府六洞的掌教已经飞回了山门前。

御风一马当先，人未至，已朝闲善的方向遥遥拱手："闲善掌教，今日御风多有得罪，还请掌教不要记挂在心。"

闲善拂尘一摆，仍是温和有礼："尊上不必如此，事关重大，老道明白尊上的苦心。"他朝御风和那三府六洞的掌教微微拱手，"老道亦多谢尊上和诸位掌教还大泽山清白。"

闲善之所以让御风等人入山查探，便是要他们亲自证明大泽山并没有窝藏那只来历不明的九尾妖狐。

御风面带惭愧："若非掌教和古晋仙君洞悉那狐妖的阴谋，今日我等怕是要犯下大错了。仙妖虽积怨颇深，但一切是非不能随意下定论，否则百年前的憾事定会重演。"

一百多年前，天后芜浣欲一统三界，御十万天兵闯入妖界，最终十万天兵惨死仙妖结界，二皇子景涧更战死罗刹地，这一战仙妖死伤无数，两界血流成河，是六万年来仙妖之战最惨烈的一次。若非白玦真神以身殉世阻止了混沌之劫，消弭两族争端，三界早就灭亡了。

闲善摇头，亦有自责："魔族出世，古来不祥，那日若是老道能及早发现魔族闯山，擒住那魔族，或许澜沣上君便不会有此劫难。如今真相被埋，一切扑朔迷离，如雾里看花，还需辛苦各位继续在仙界寻找那魔族和九尾妖狐的踪迹，查明一切，还三界一个真

相。"

御风颔首，亦感压力沉重："掌教放心，我已让灵电去海外凤岛请天帝回宫，有天帝在，这一切迟早会真相大白。虽然如今证实了闯宫的九尾妖狐不是常沁和鸿奕，但它一定和狐族有关，我会遣仙使去妖族，让妖皇彻查狐族，给仙界一个交代。"

御风话音未落，突然一道赤红的妖光在大泽山横空出世，那妖光自长生殿中而出，直入九天之上。

伴着妖光出世，层层天雷聚于大泽山上空，将长生殿笼罩其中。

看来鸿奕就要晋升为上君了。御风朝闲善看去，叹道："掌教，鸿奕他毕竟是妖族，您一直将他留在大泽山怕是会引来仙族中人的质疑。这次他渡劫后……"

"多谢尊上提醒。老道知道仙妖有别，若是两族战乱起，老道自会管束门中弟子与妖族划清界限，但是如今两族和平共处，鸿奕又对老道的师弟师妹有恩，他晋升后是走是留，老道随他自己决定。"闲善向御风颔首，声音虽不大，却清晰地落在众仙耳中，回护鸿奕的意味不言而喻。

大泽山处事向来公正宽厚，历任掌教又是出了名的不涉两族争端，闲善以这般态度对待鸿奕，倒未出乎众仙意料。只是不免想大泽山避世已久，门中弟子太过敦厚仁义，若是遇上阴诡邪恶之人，哪里有自保的能力？只望那九星灯能快些点燃，也好护住这宅心仁厚的仙界古门。

御风这般想，觉得不便再多劝，和闲善寒暄了几句领着各府掌教和天将回天宫了。想着澜沣的后事还未办妥，便将华默和华姝一齐领走了。

见众仙离去，闲善望着大泽山上空层层叠叠的天雷，神情凝重起来。

九星灯马上就要点燃了，这个时候鸿奕引来天劫，若是雷劫误击在长生殿上，那他们三个月的努力便会功亏一篑，九星灯不仅无法点燃，更会有烟消云散的可能。

古晋同样看出不妥，道："掌教师兄，阿玖晋位，引来雷劫，必会误伤九星灯，咱们必须帮他挡住雷劫，护住长生殿。"

闲善点头："看来只能这样了。阿玖恰好在长生殿渡劫，如今他已经入定，无人能靠近他周身，否则他会有走火入魔、妖丹碎裂的危险。好在晋为妖族上君只需历经七七四九之数的天雷，有你们两人在，勉强可以替他挡住天雷。"他朝空中望了一眼，见雷云越积越厚，雷电咆哮声愈加紧密，道，"看来这雷劫今日便会降下，我必须回长生殿帮你二师兄继续唤醒九星灯。阿晋，今夜你和宴爽留在长生殿外，帮助阿玖抵抗雷

劫，决不能让天雷误伤主殿，影响我和你师兄点燃九星灯，否则一切都会功亏一篑。"

古晋想起后山禁谷里正在炼制的化神丹，稍稍犹疑了一下，想着待阿玖今夜扛过雷劫，他明日再回禁谷让丹药出炉也不迟，便点了点头："掌教师兄放心，我一定和阿爽守好长生殿。"

古晋虽自小贪玩稚气，但向来知轻重，在大事上从不含糊。闲善对他很是放心，转身欲回去帮闲竹。但他行了两步，不知为何顿了顿，又转回身，他在古晋肩上拍了拍，露出一抹慈和的笑意。

古晋这位大泽山掌教师兄虽然和善，但向来不苟言笑，甚少露出这样的表情，古晋一怔，一时竟愣住了。

"阿晋，刚才你不畏华姝的逼迫，在一众仙人面前护住阿玖，做得很好。"闲善目中满是欣慰，"师尊他老人家飞升前最担心你，总觉得你入门晚，又年少了一些，他教你的时间又太短，但现在他老人家可以放心了。你很好，比师兄想象中成长得更好。"

古晋似是没反应过来，朝他师兄眨巴了两下眼。

"九星灯两日后就会点燃，这两日我和你二师兄会屏却五识，专心蕴养神灯，大泽山就托付给你了。"闲善被他这二愣子小师弟瞅得尴尬，从袖中拿出掌教玉牌递到古晋面前，"拿着吧。"

他说完，不待古晋反应过来，将掌教玉牌朝古晋手中一扔，转身朝长生殿而去。

想必闲善老道儿平日里疏于流露真情，这一回太高兴，这话儿太肉麻硌硬到了自己，一时不习惯，落荒而逃了。

古晋抱着他师兄扔过来的掌教玉牌，弯着眼笑起来，到底带了一分年少人的气息。

古晋重启护山阵法，领着大泽山众人回了长生殿外。

刚落地，他的目光便落在脸色苍白的阿音身上，一个箭步走到她面前。

"你这身子，出禁谷干什么？"古晋朝青衣吩咐，"青衣，送你小师姑回禁谷。"

他在阿音手上握了握，温声道："你回去好好休息，等今夜阿玖晋升了，我就回来。"他突然轻咦一声，神色一变，在阿音手上又触了触，"你的手怎么这么冷？"

阿音慌忙收回手，笑道："我在禁谷待久了，刚在山外吹了风，没事儿没事儿，你好好在这儿守着阿玖和九星灯，不用担心我。"

所有人都不知道，阿音强行聚的一口真气在华姝说出那句话时几乎散了个干净，现在她眼前都是模糊的重影，但大泽山此时危难重重，哪里都需要古晋，她不能再让他分神。

阿音努力辨认面前的古晋，朝他的方向笑了笑："我回去了，等阿玖晋升了，你们要来禁谷看我。"

似是知道自己活不久了，阿音说这句话时，眼底拂过她自己都未察觉的悲伤，古晋一眼瞧见，心底隐隐泛起不安，就要去拉阿音的手，阿音却转身朝青衣走去。

"小师侄，走啦，咱俩回后山啦，记得带上你的绿豆糕。"她嬉嬉笑笑搭在青衣的肩膀上，悄悄稳住了身形。

"好啦，阿音小师姑，我这就送你回后山。"青衣没有察觉出异样，连忙点头，朝古晋和宴爽摆了摆手，拉着阿音朝后山而去。

古晋望着阿音远去的身影，眉皱起，宴爽走过来安抚他："等今晚阿玖扛过雷劫晋升了就好了，你不要太担心。"

古晋点点头，和宴爽朝大泽山上空越来越厚重的雷云看去。

阿音一路几乎靠在青衣的肩膀上，待两人到禁谷时，她面上的疲倦已经掩都掩不住了。

青衣被她的脸色骇得一跳，连忙把她扶到梧桐树下的石桌旁坐下，半跪在地上担忧地问："小师姑，你怎么了？我去叫小师叔回来！"

他刚想走，衣角已经被阿音死死抓住。

"别去，我没事儿，就是太累了。"阿音摇摇头，"你师叔要帮阿玖渡雷劫，还要守着九星灯，别让他分心，我休息会儿就好。"

阿音脸上一点儿血色都没有，她连青衣模糊的人影都快看不到了。

青衣左右为难，握着她小师姑冰冷的手手足无措。

"青衣，回长生殿去，天雷降下非同小可，替我好好守着你小师叔，千万别让他受伤。快回去吧！"阿音循着一点微光，在青衣头上拍了拍，第一次有了做长辈的样子。

青衣瞧她这模样，心底酸涩，点了点头，用力在阿音手上握了握，转身朝禁谷外飞去。

待青衣的身影再也瞧不见，阿音重重咳嗽了一声，再也支撑不住，一口鲜血喷出，染红了一旁的梧桐树。

她无力地倒在地上厚厚的梧桐树叶中，努力望向长生殿的方向，始终不愿意闭上眼。

阿音知道，她的寿元已尽，要是闭上眼，怕就再也睁不开了。

她等不到阿玖晋位，青衣的绿豆糕，宴爽爽朗的笑声，师兄们殷殷的叮嘱了。

还有阿晋……阿音缓缓闭上眼，大泽山的夕阳在她眼中落下最后一抹余晖。

她降生时那个第一次出现在她眼中的少年，她默默爱了很久很久的人。她离开这个世界的时候，唯一的遗憾，是没有陪在他身边。

我很爱你啊，阿晋，你知道吗？

可我就要死了，你不知道，也好。

禁谷外，飞了一半的青衣心底始终觉得不安，他望了长生殿的方向一眼，一咬牙又朝禁谷飞去。

小师叔把阿音小师姑交给他，要是小师姑真出了什么事，他怎么对得起小师叔。

转眼青衣飞至禁谷，他远远瞧见阿音倒在地上，急忙俯冲而下，待看到梧桐树上和阿音衣服上触目惊心的鲜血时，脸色大变。

"小师姑！小师姑！"青衣奔到阿音身旁，扶起她，却见阿音已双眼紧闭，他颤着手在她鼻尖一探，发现尚有微弱的呼吸，狂跳的心稍安。

"小师姑，你撑着，我去找师叔！你一定要撑着！"青衣把阿音扶到梧桐树上靠着，在她耳边狂喊，而后急急朝长生殿而去。

长生殿外，乌云一层重一层，笼罩在大泽山上空，这时惊雷已现，最多还有两个时辰，天雷便会降下。

古晋和宴爽领着一众大泽山弟子严阵以待，恰在这时，一道身影极快地朝殿前而来。来人速度之快，简直不比他们头顶上的雷云慢上几分。古晋看清来人，眉头皱起。

"青衣？"宴爽面露惊讶，"想不到你这师侄平日里懒懒散散的，灵力竟这般好。"

青衣本来就是青字年少一辈里最出众的弟子，否则也没有资格代表大泽山去天宫参加澜沨的婚礼。只是他平日兴趣广泛，又爱和阿玖、阿音玩闹，便让人忽视了他的实力。

"小师叔！"青衣大声道。

古晋还未开口问到底发生了何事，青衣下一句已经响起。

"阿音小师姑不行了！你快回禁谷看看！"

青衣这又急又惶恐的一声喊，让长生殿外的大泽山众人齐皆愣住。

古晋一把抓住青衣的肩膀："你说什么？阿音怎么了？"

"小师姑她昏倒了，都快没气儿了！"青衣眼眶泛红，连声音都在发抖。

古晋瞳色狠狠一变，抓住青衣肩膀的手泛出青筋来，他望了长生殿一眼，实在不知该如何是好。

青衣疼得眉头都皱起来，硬是不敢出声。

拾贰 ○ 惊变

· 335

宴爽把青衣从他小师叔手下捞出来，沉声道："阿晋，这天雷至少还有一个时辰才降下来，我和你一起去禁谷！"

关心则乱，长生殿里的闲善闲竹和后山的阿音都是古晋最重要的人，这时候宴爽比他冷静得多。

古晋朝大泽山上空的雷劫看了一眼，便朝宴爽点点头。

"青云，青衣，你们守好长生殿，我去去就回！"

话音还未落，众人只能远远瞧见古晋一个背影。

青衣眼底泛起担忧，两位师父都闭关了，现在古晋就是大泽山的主心骨，阿音小师姑可千万不能出事。

禁谷里，阿音靠在梧桐树上的身影单薄而虚弱，她双眼紧闭，手无力地垂在地上，仿佛没了声息。

这一幕实在太触目惊心，古晋怔怔地停在一地梧桐叶旁，浑身僵硬，不敢上前。

宴爽奔到阿音身旁，在她鼻尖探了探，朝古晋吼去："阿晋，阿音还活着！"

这声怒吼唤醒了古晋，他冲到阿音身旁，把她紧紧抱在怀里。他抽出元神剑在掌心划开一道口子，鲜血随之从中涌出。

"阿晋，你做什么！"宴爽失声道。

古晋顾不上解释，把手凑到阿音嘴边。但阿音昏迷不醒，太过虚弱，根本喝不进他的血。

古晋眼眸一深，在宴爽瞠目结舌的惊呼中喝了一口血，渡进了阿音口中。

"你你你你你……"宴爽瞪大眼，结巴了。

古晋一口口渡阿音喝下他的血，阿音才恢复了一点儿生气。

"阿晋，到底是怎么回事？你不是从天宫拿回了瑶池神露吗？阿音的身体不是一直在变好吗？为什么会突然变成这样？"宴爽看着阿音的模样，很是不忍，"她这分明就是将死之兆！"

一句"将死之兆"让古晋沉默异常，他把阿音嘴边的血迹擦干，许久才缓缓开口："宴爽，阿音的寿元尽了。"

宴爽一个踉跄，脸上满是不可置信的神色："怎么可能？水凝兽至少能活几百岁，她的寿元怎么会突然尽了？你瞒了我们什么？"

古晋把阿音受魔气后发生的一切全部告诉了宴爽，听得宴爽瞠目结舌。

"原来阿音根本没有喝下瑶池神露，一直是靠你的血活下来的。你去百鸟岛是为了替阿音拿飞禽内丹，你怎么不说实话，阿音还以为……算了，现在不是说这些的时候。"宴爽明白古晋为什么会瞒住这一切，如果阿音知道自己一直是靠古晋的血维持生命，恐怕宁愿死，也不会这样不堪地活着。

　　"阿音心地善良，又性子倔强，别让她知道这一切。"

　　无论是古晋的血，还是华姝的翎羽雀冠，都不是阿音愿意接受的。

　　宴爽点头："你放心，我不会告诉她的。那化神丹现在炼制得怎么样了？"

　　古晋神色一凝："若不是御风和华姝闯山，化神丹最迟今夜就可以出炉。"

　　宴爽松了口气，她催促道："那你快去炼制丹药，我在这儿守着阿音，咱们快些，一定要赶在天雷降下前救回阿音。"

　　古晋颔首，起身朝一旁的山洞而去。

　　山洞内，药鼎中的三件神物正在融合，化神丹已见雏形。古晋已经用了一半仙力，但仍然无法加快化神丹融合的速度，他只有一个时辰。

　　古晋眼底闪过一抹焦急，手一动，元神剑出鞘，在他掌心又划开一道血口，这时才能看到他掌心交错着无数道剑伤，早已血肉模糊。

　　他却像感觉不到疼痛一般，不要命地把血祭进药鼎里。

　　终于，化神丹神力大震，一阵白光直冲天际，这是神丹即将降世的征兆。

　　后古界六万多年来，下三界里炼制出超越三界极限的神丹，这还是头一次。

　　自大泽山中升腾入天的神丹降世祥兆让还未走远的御风、惊雷等众仙惊讶不已，他们看着大泽山上空交错的九星灯幻影、咆哮的九天妖雷，还有那道直入天际的白色神光，瞠目结舌。

　　这座平和了六万多年的仙山，今日是否也太过热闹了些。

　　"御风，东华神君都飞升了，大泽山怎么还能鼓捣出神丹来？"惊雷忍不住惊讶，"要不咱们回去看看吧，神丹降世，这可是万年难得一见的奇景！"

　　御风却不赞同，道："惊雷，神丹降世殊为不易，无论是谁炼制而出都极为艰难，咱们就别凑热闹了。澜沨上君的后事和捉拿九尾妖狐更为重要。走吧，回天宫。"

　　御风领了一群想看热闹的仙君回天宫去了。

　　大泽山后山禁谷里，宴爽看着横空出世的神光，舒了一口气。

　　山洞里，药鼎金光大盛，化神丹飘浮在金光之中，古晋如释重负。

哪知这时，只听一声碎响，化神丹上清晰可见几道裂缝，古晋神情一变，伸手就要去拿化神丹。化神丹却猛地爆发出一道更耀眼的神光，只听一声惊天巨响，药鼎在这道神光中化为粉碎，山洞炸裂开来，古晋被这道神光击中，被狠狠抛出洞外，摔落在宴爽面前。

突逢巨变，宴爽正要问古晋怎么回事，古晋惨白着脸从地上爬起来，跟跄着朝山洞里跑去，她急忙跟上前，却停在了洞口。

山洞中，古晋半跪在地上，看着一地药鼎碎片和四分五裂的化神丹手足无措。

"怎么可能？"他喃喃开口，颤抖着把地上的神丹碎片一片片捡起来拢在手心，"化神丹怎么会碎？"

宴爽瞧得不忍，轻唤了一声："阿晋？"

"不行，我不能放弃，我要试一试！"

古晋眼底一片血色，猛地起身朝山洞外阿音的方向跑去。

宴爽见古晋就要把化神丹的碎片让阿音吃下，连忙阻止他："阿晋！化神丹没有炼成，阿音吃了也没用。这三样东西根本炼不成化神丹，炼制神丹的方法到底是谁教你的？"

古晋眼底恢复了些许清明。

"碧波？"古晋猛地顿住，随即摇头，"是碧波告诉我这三样灵物可以炼制化神丹的。"

宴爽一愣："碧波？你是说百年前清池宫小神君身边的那只水凝神兽？它怎么会在下三界里？你是怎么找到他的？"

"碧波不可能骗我，一定是我炼制的方法出了问题。"

宴爽却不赞同："阿晋，你有没有想过，瑶池神露、昆仑雪莲和万年妖兽内丹虽然难求，但并不罕有，为什么却从来没有人炼成过化神丹？这样能直接化神的逆天之物如果真的能用这三样东西炼成，你觉得六万多年时间，整个三界会没有一个人做到吗？"

古晋拿着化神丹碎片的手缓缓握紧，他想起了紫月大殿里碧波躲闪的眼神和那一抹转瞬即逝的歉疚。

宴爽说得没错，碧波骗了他，瑶池神露、昆仑雪莲和万年妖兽内丹炼制不出化神丹，或者说根本炼制不出真正的化神丹。

他和碧波一起长大，如果不是他太忧心阿音的生死，乱了心神，早在紫月大殿里，

他就该发现碧波的异样了。

"碧波骗了我，一定还差什么才能炼制出真正的化神丹。"古晋喃喃开口。

化神丹既然已经成形，那至少说明碧波说了一半实话，这三样灵物一定是化神丹的炼材之一。但到底缺了什么东西？什么东西会让碧波不惜骗他，也不愿说出实话？

见古晋又难受又自责，宴爽突然开口："阿晋，那水凝神兽可还在下三界中？"

古晋点头："碧波一直在紫月山里。"

"那你带着阿音去紫月山，现在就走。"宴爽半跪在阿音身边，在她额头上探了探道，"或许那个碧波神君还有办法救她。"

此去紫月山最少也要两天，可阿玖的雷劫已经近在眼前，九星灯更是到了最为紧要的关头，古晋这时候是整个大泽山的主心骨，他若是离开了，万一大泽山有个什么事怎么办？但是他不走，就只能看着阿音一天天油尽灯枯，化为飞灰。

"阿玖的雷劫，还有师兄他们……"

"我会带着青云道长他们帮阿玖扛过雷劫，保护九星灯和两位前辈。"宴爽沉声开口，"就算天雷不慎击中长生殿，最坏也只是点不燃九星灯，于两位前辈的安全并无大碍。可是你如果不去紫月山，阿音撑不过三天。相信我，如果两位前辈在这儿，他们也一定会选择救阿音。"

怀里阿音的身体柔弱无息，仿佛下一刻就会油尽灯枯。古晋看了她一眼，终是不能眼睁睁看着她死在自己面前，重重点了点头。

"宴爽，我现在就带阿音去找碧波，阿玖和师兄他们就交给你了。"

"放心，我们等你回来。"

古晋话音落定，抱着阿音朝禁谷外飞去，为了节省时间，他一路未停，穿越雷阵和护山阵法，直朝妖界紫月山而去。

青云等人看着古晋一道幻影消失在天际，正好瞧见宴爽飞回，纷纷上前问到底出了何事。

宴爽把阿音命不久矣的情况告诉众人，青云、青衣这才知晓实情，他们并未责怪古晋去了紫月山，只祈求古晋能找到神药，救回他们那个活泼可爱的小师姑。

这时，轰然声响，一道惊雷闪过，浩瀚的雷劫在大泽山上空聚集完，终于落下了第一道天雷！

就在宴爽带着青云青衣等人助阿玖抵御晋位上君的天劫时，华姝和御风正赶回天宫

处理澜沨的后事，华默半路接了孔雀一族的消息，说是族中有事要处理，匆匆一人离了众仙朝百鸟岛而去。行了半路，见御风等人已走远，折了个身朝大泽山的方向而去。

大泽山外，天雷密布，护山大阵尽数开启，五彩仙光自长生殿外而出，将一道又一道天雷拦在山外。

九星灯在天雷的撞击下摇摇欲坠。

华默一路小心谨慎，悄悄落在山后不起眼的一处。等了片刻，阴风扫动，他倏然转身，魔尊俏生生悬坐在他身后一棵树的枝干上，笑得鬼魅而阴冷。

"我们不是说好了，最近不要见了，你还非跑回来见我做什么？我这次以真身斩杀澜沨，要是被那帮上仙发现，用那仙网来对付我，我应付起来可有些棘手。现在可是最关键的时候，我的魔力半点都耗损不得。"

十一位上仙布下的仙网已是半神巅峰，可听魔尊这话，它并未放在眼里，那它显然已有上神之力，但不知为何，它的名字并未出现在仙妖结界的擎天柱上。

正因如此，它藏在鸿奕体内，才没被仙网发现。

"你不是说一切都安排妥当了？鸿奕会被他们找到，成为杀害澜沨的凶手，但你没告诉过我鸿奕只是区区一介下君，他如何杀得了澜沨？你当仙界中人都是傻子不成？"华默怒意满满，"现在闲善和古晋已经帮他洗清了嫌疑，等天帝回来，以她和常沁的交情，一定会亲自去狐族查明真相，到时候你的身份还能遮掩到几时？"

魔尊丝毫未怒，嘴角微微上挑，漫不经心地拂了拂发丝："那也要她找得到常沁才行。"

华默脸色一变："你是说常沁？"

见魔尊笑而不语，华默心底拂过一抹寒意，对这魔物更生忌惮。

"鸿奕的嫌疑已经洗清了，接下来你打算怎么办？"

"谁说他的嫌疑洗清了，区区一个澜沨算什么？死十个澜沨仙妖两族也不会轻动兵戈。没有鸿奕，我如何不动声色地在大泽山引下妖雷毁掉九星灯？"

"你到底想做什么？"

"怎么？怕了？我还要谢谢你，若不是你引澜沨去御宇殿，我又怎么能在御宇殿的结界里避过御风和惊雷杀死他？不过澜沨对你女儿倒是一片深情，到死都想着回无极殿和她成婚。"魔尊掩嘴轻笑，"啧啧，遇到了你这种老丈人，还真是可怜。"

华默被讥讽得眉头紧皱，若不是这魔物说华姝有更好的姻缘在等着，他又怎么会在

大婚前助它杀死澜沣，自毁一臂。

"都到这个时候了，你还不肯告诉我那个比澜沣更能振兴百鸟岛的人是谁？"

"急什么，你很快就会知道了。"魔尊望向大泽山的方向，眼底晦暗莫名，"你将来的女婿，可是个了不得的人呢，我要给他准备一份永生难忘的大礼。"

华默循着它的目光望去，落在大泽山上空，倏然一惊。这魔物胆大妄为，该不会是想……

"你走吧，待一切尘埃落定，你就等着百鸟岛成为仙界第一门吧！"

魔尊的声音响起，待华默回过头时，它已经消失在树上，化为一道黑烟朝大泽山的方向而去。

古晋抱着阿音一路入了妖界，落在紫月山外。他的元神剑斩在山外天启布下的阵法上，震起惊天怒吼，惊动了紫月大殿里的碧波和三火。

三火打开护山阵法，古晋御剑而入，直朝紫月大殿而来。

碧波感觉到古晋的气息，头一回没撒着欢儿去迎他的小神君，眉角皱成了一个小老头儿，脚底抹油就准备逃。

三火瞧出他的小九九，一把捏住他的衣领提溜起来，和他对视。

"碧波，你家小神君来了，你跑什么？"

碧波使着劲挣扎，脸红成一团："快放我下来，我不能见阿晋！"

三火挑了挑眉："你到底做什么亏心事了？怕成这样？"

"都说了快放我下来！"碧波两只腿悬空，平日里人五人六使唤着妖龙做苦力，这时却怨得不行，心里使劲埋汰这妖龙吃啥长大的，一双手跟铁钳子似的甩都甩不开。

碧波还在这儿鼓着劲跟三火较劲，古晋已经飞进了大殿。三火见讨债的正主来了，施施然把碧波放下站在一旁看热闹。

碧波双脚一落地，转身就瞧见了一脸冷沉的古晋和他背上似没了气息的阿音。他别过眼，不敢看面前的人。

古晋一见他这尿样，便知他定是说了谎话，心底更怒，也不含糊，直接把碎掉的化神丹朝碧波扔去："这就是你说的化神丹？"

碧波手忙脚乱地接住，讷讷着不知道说什么好："阿启，我，我……"

"我是有多信你，才会把阿音的命交到你手上。"古晋冷冷开口，"整整三个月，我每日炼制化神丹，甚至祭了一半仙力，最后一刻才知道你在骗我。"他望向碧波，"碧

波，炼制化神丹到底还差什么，告诉我！"

古晋每说一句，碧波的头就低一分，但他仍旧抱着化神丹的碎片杵在那儿，宁愿承受古晋的怒火，也不肯开口。

古晋瞧他这模样，就要上前强行逼碧波开口。

一旁的三火越过他，朝他摇了摇头，走到碧波面前，强行把碧波的头扳起来。

水凝神兽眼眶通红，嘴唇颤抖着咬得死紧，眼中满是委屈。

三火叹了口气，胡乱在他脸上揉了揉，悄悄把他眼中快溢出来的眼泪擦去，温声道："我知道你不说一定有不说的理由。但这关乎阿音的性命，无论真相是什么，要失去什么，会发生什么，阿启都应该自己做主。碧波，他长大了，可以为自己的人生负责了。"

听见三火的话，古晋朝碧波看去，没了冷色，只有恳求。

"碧波，阿音对我很重要，和父神、母神、紫毛大叔、凤染姑姑、你，一样重要。"他缓缓开口，紧了紧背上已经渐渐冰冷的身体，露出无法掩饰的惶恐和痛苦，"帮我救救她。"

碧波不忍再看，终于开了口："阿启，我以为你寻不到万年妖兽的内丹就会放弃，我没想到你会真的去炼化神丹。我没骗你，我们族里真的有化神丹，从来没有人炼成过是因为没有人能拿到最后一样药引。"

"最后一样药引是什么？"古晋屏了呼吸，问。

到底是什么东西比瑶池神露、昆仑雪莲和万年妖兽内丹更难寻到？

"弑神花种，只有九幽炼狱里的弑神花种才能炼成真正的化神丹。但弑神花能吞噬一切上神以下的生物，就算你是真神之子，你入九幽炼狱取弑神花种，也会死在里面！"

碧波望着古晋，眼眶泛红。阿音是他族中最后一脉，他自然珍视阿音的性命，可对他而言，他自小看着长大的元启更重要。

大殿里落针可闻，知道真相的古晋终于明白了碧波为何说谎。碧波想保护他，所以选择了牺牲阿音。

碧波没有错，错的是他，如果不是他当年在梧桐岛铸下大错，阿音不会因为她损了一半寿元，所有人都不会被逼到今天这一步。

古晋叹了口气，朝三火看去："龙君，不到最后一刻我不会放弃，请你打开九幽炼狱，我要去拿弑神花种。"

三火眉头皱起，碧波更是冲到他面前拉住他："阿启，你别去，来不及了，就算你

现在拿回弑神花种，也不够时间炼成化神丹，更何况以你的仙力，连弑神花的身都近不了，又怎么能杀了弑神花拿回花种？"

"无论有多难，我都要去。"阿晋在碧波头上拍了拍，"阿音是因为我才会变成今天这样的。"

他顿了顿，终是在自小陪着他长大的碧波面前露出了悲恸的神色。

"我现在终于知道为什么当年父神宁愿母神怨他，也不愿意说出真相，因为太难了。"古晋声音哽咽，"眼睁睁看着最爱的人死在自己面前，实在太难了。碧波，如果阿音不在了，我不知道该怎么撑下去。"

碧波愣愣地看着哽咽难言的古晋，终于明白了元启对阿音的感情，一时又后悔又自责，他伸了伸手，不知道该怎么安慰他的小神君。

他们心里明白，古晋根本拿不回弑神花种，就算拿回了弑神花种，也没有时间来重新炼制一颗化神丹。

阿音她，活不过来了，可古晋却甘愿陪着她一起死。

碧波松开握着古晋的手，站到一旁，不再劝他。

古晋把阿音在偏殿安置好，去了后殿小院。那里是九幽炼狱的结界入口，三火打开了九幽炼狱的入口，和碧波在入口处等他。

紫色光柱内魔兽的咆哮声若隐若现，危险而凶恶的气息自入口处逸出，碧波一张脸垮得不行，眼睁睁看着古晋神情坦然地走向了光柱。

古晋踏进光柱的那一瞬，一道浑厚的定身咒毫无预兆地落在他身上，这定身咒乃半神巅峰使出，古晋丝毫没有抵抗之力。

"阿启！"碧波一声惊呼，就看见杵在一旁做了半天石像的三火把古晋从光柱里提溜了出来。

"龙君？"古晋虽然不能动，但能说话。

"小神君，你身上的混沌之力封着，连个上君都打不过，进去拿梧桐树心也就算了，去惹弑神花，怕是连渣子都剩不下，碧波虽然又蠢又多事，倒也没说错。"三火笑了笑，"还是老龙我去吧。"

"三火！"碧波头一次没计较三火埋汰他，脸上露出一抹惊喜，随即又满是担心，嚷嚷着，"可你也只是半神巅峰，一样打不过弑神花！"

三火英俊的脸上露出一抹无奈，瞥了碧波一眼："还不是你惹出来的事，我不去谁

去。”

他从碧波手中顺手拿了那堆化神丹碎片。

碧波不出声了，古晋却不愿三火代替他去犯险。

“龙君……”

“小神君，我意已决。就算打不过弑神花，我还能全身而退，你进去了真要出点什么事儿，老龙我将来怎么跟上古真神和天启真神交代？”三火顿了顿，重又开口，眼底拂过些许缅怀之色，“当年我受了白玦真神大恩，尚未报答，真神就殉世了，此乃我平生之憾。再说，苍穹之境里，老龙我还抱过你呢。”

一百多年前的苍穹之境，尚是孩童的元启曾和三火相处过一些时日，时光流转，想不到百年之后，他们会有这般际遇。

三火说完，转身进了九幽炼狱，紫色的光柱在他身后缓缓关闭。

后知后觉的碧波突然开口：“等一等，三火，你带着我的宝贝去！”

但已经来不及，三火走进九幽炼狱的一瞬，古晋身上的定身咒被解开。

碧波正好扑到三火消失的地方，他举着从乾坤袋里掏出的各种丹药，扁着嘴一脸后悔。

“阿启。”碧波蹲在地上，平日里无比宝贝的丹药滚了一地，他号啕大哭，说不出的后悔和歉疚，“都是我不好，他就要晋升了，我还假装不知道，让他代替你去拿弑神花。呜呜呜呜呜呜……”

古晋一听愣住，眼底露出意外和担忧：“你说什么？龙君就要晋升为神了？”

碧波点头，抹了一把鼻涕：“他已经可以化神了，但要是这次被弑神花所伤，损了神力，怕是又要等个几千年了。”

古晋望向三火消失的方向，重重地叹了口气。

与此同时，大泽山上空，阿玖晋为上君的四十九道天雷，只剩下最后三道。

一众大泽山弟子早已仙力耗尽，盘腿坐在长生殿外恢复仙力，唯有宴爽，始终立在众弟子和长生殿前不退半分。

她早已被逼得幻化出一双流金羽翅，以血肉之躯生生扛着一道道降下的天雷。

谁都不知道，这个一时起意跟着阿音和古晋来大泽山玩耍的鹰族公主，会以性命实践对古晋的承诺。

七七之数，四十九道天雷。

宴爽一千年前就已晋位仙族上君，按理说这四十九道天雷她扛下来并不为难，但阿玖身为上古妖兽，晋位上君引下的雷劫，最后三道道道皆是上君巅峰的力量。

等到第四十七道天雷降下，她一双金翼已经血肉模糊，但纵如此，她仍顽强地张开双翼，半步未退。

长生殿偏殿内，即将晋位上君的阿玖似有所感，猛地睁开眼，他眼中妖力射出，将殿门冲开，这时第四十八道天雷降下，击在宴爽胸口，她一口鲜血吐出，被天雷压得半跪于地。

阿玖神色大变，就要挣脱入定出殿迎劫。

宴爽猛地朝他看来："你的妖身抵挡不住雷劫！别出来！给我待在里面！"

阿玖虽妖力远胜于她，但妖身却是下君内丹，扛不住这最后一道天雷。

阿玖性子桀骜，岂是宴爽能够阻止，当即宁愿以身抗劫，也不愿宴爽一介女流拿命护他。

宴爽发现他的意图，怒吼："混蛋！大泽山上下拿命护了你和九星灯整整两天，你想看着他们的力气白费，就给我出来！"

阿玖不蠢，他早就发现九星灯已经到了最后点燃的时刻，殿外一众大泽山弟子拼尽全力阻止雷劫击毁九星灯。因为他一直留在偏殿，才让天雷的主要力量落在他身上，一

且他走出偏殿，天雷一个不慎击中主殿正中的九星灯，所有人的努力将会功亏一篑。

所谓天劫，便是九天之雷降下袭于身，一旦渡过雷劫，来自天地间的灵力便会积聚于身，淬炼根骨，晋到下一个修炼阶段。

阿玖不再逞强，他眉宇肃然，凝神凝聚体内妖力，妖狐一族的九尾印记在他身后浮现，淡淡的金色妖力厚重而古朴，若仔细看那九尾中还含着一条淡淡的虚尾，只是尚未化成实形，很难被发现。

"咦，真是稀罕，狐族几万年才出的九尾狐里，你竟是最高等的天狐，难怪常沁把你拿眼珠子疼。"

天狐，传说中的狐族至尊，最有可能化为神兽的十尾天狐，一般降生时就已是九尾。

在狐族中，九尾称妖兽，十尾乃上古神兽。

突然，一道幽冷又轻佻的声音毫无预兆地在阿玖耳边响起。他猛地睁开眼，怒喝一声："谁！"

殿内空无一人，殿外宴爽他们仍在等着最后一道天雷降下。

没有人听到他的怒吼，也没人听到那鬼魅的话语。

"小狐狸，你看不见我的。"

"你到底是谁？"

"我是谁？我就是你啊！"

"故弄玄虚，魔物，出来！"

发觉那声音来自自己身体之中，阿玖眸色微变，一道金色妖力自额间朝四肢百骸涌去，金光呼啸而过，一寸寸净化体内，那鬼魅的笑声却丝毫未减。

"别白费力气了，你摆脱不了我的。你忘了吗？你的命是我救的！没有我，你早就死在九幽炼狱里，被魔兽一口吞了！小狐狸，我在你身上费了这么多力气，你报恩的时候到了！"

"胡说八道，你什么时候救过我，我根本就不知道你是谁！"

金光在阿玖体内扫过，却停在他心口半寸之处，那里黑色的魔力将他的内丹笼罩，他的妖力根本无法靠近。那黑色魔力发出狰狞的笑声，猛地朝金色妖力袭去。

"小狐狸，你记性这么差，就让本尊帮帮你好了。"

黑色的魔力呼啸而来，把阿玖的妖力尽数吞没，然后涌过他的身体直奔他的脑海。

阿玖口不能言，全身僵硬，只能眼睁睁看着黑色的魔力一点点吞噬他体内的妖力，

就连他的神志也被一点点吞没侵蚀。

一道妖光闪过，一阵剧痛袭来，身体犹若被撕裂一般，模糊的场景出现在脑海中。

他看见三年前的自己不愿被常沁管教，负气出走，一路行到紫月山，却被一团黑气裹着进入了一个满是岩浆和黑暗暴戾的空间里。那里只有无尽的黑夜、凶猛的魔兽和数不尽的白骨。他日复一日被追杀，遍身是血，直至灵力耗尽，临死之际，那团将他带进炼狱的魔气突然出现，问他愿不愿意活下去。

他要活下去，他还没有向常沁证明自己，他还没有为父亲母亲报仇，他不能死。

他为了活下去，甘愿让魔气入体，终于在世间最恐怖的九幽炼狱里活了下来，从此他不再是被魔兽追杀的弱小狐狸，而是炼狱里的狩猎者，他不断狩猎，不断吞噬魔兽的内丹，越来越强大，直到被整个炼狱的魔兽群起而攻，那一场大战终于以他落败而告终，他妖丹碎裂，重伤逃到九幽炼狱中唯一的净土，那棵梧桐树下，但这次连梧桐树也救不了他，他奄奄一息，被魔气封印了记忆，再一次濒临死亡，直到……那只有着碧绿瞳色温暖又纯善的水凝兽出现。

自此血淋淋的噩梦不再，那之后半年的相随相伴，犹若黄粱一梦，梦醒浮生，原来他早就被魔族所侵蚀，甘愿沦为魔族。

记忆冲破桎梏，所有的一切在脑海中浮现，阿玖终于想起那消失的三年他是如何度过的，也终于明白他为何会引来如此可怕的九天雷劫。为了活下去，他在九幽炼狱里吞噬了无数魔兽的内丹，那些内丹在他体内积聚成可怕的力量，让他的实力早已超越了普通妖君。但他的妖力一直被体内的魔气压制，连他自己也不知晓，只要那魔气不再压制，天雷便会降下。

别人渡劫，是从下君晋位上君，他渡劫，根本不知道晋升后会变成什么模样。

"是你带我入九幽炼狱！是你假意让阿音和阿晋发现我！是你借着我的身体进入大泽山！是你伤了阿音！"阿玖怒吼，眼底恢复了些许清明，竭力抵制着魔气对他身体的掌控。

"不错，小狐狸，你终于记起来了，不过我做的，还不止这些呢！"魔尊带着恶意的笑声在阿玖脑海中响起，"你不是最讨厌你那个姑姑常沁吗？现在好了，我替你杀了她，你是不是该谢谢我啊，小狐狸！"

冰冷的话语犹若毒蛇从心底滑过，阿玖猛地一怔，露出不可置信之色，随即化为山摇地陷的悲恸。魔气趁着阿玖心神大震，猛地朝他脑海中最后一抹金光袭去，彻底吞噬

拾叁 ○ 渡劫

了他的理智。

阿玖如火焰般的琉璃瞳孔完全化为了黑色，冰冷而幽暗。

没有人知道偏殿里发生的一切，被魔气吞噬的阿玖轻而易举挣脱入定，突然出现在大殿外。

"阿玖，快回去！"一直牵挂着阿玖的宴爽见他冲出偏殿，大惊。

一众大泽山弟子神色惊讶，但在雷劫之下早已仙力用尽，无力阻止阿玖。

"阿玖，阿玖，你不能出来！"青衣一直在宴爽身边保护她，尚存一点余力，见阿玖出了偏殿，准备拉他回去。

哪知阿玖一道妖力使出，重重砸在青衣身上。

青衣根本没想到阿玖会对他出手，毫无防备，被击得跌落在地，一口鲜血吐出。

阿玖转过身看了宴爽一眼，那一抹黑暗和漠然让宴爽怔住。她心底生出一股不安，见阿玖祭出寂灭轮，狠狠砸在长生殿的主殿大门上。

"阿玖，不要！"

声音未落，长生殿的主殿大门被砸开，只见里面封闭五识的闲善闲竹正将仙力注入大殿中那盏燃烧的九星灯中。

九星已燃八星，那最后一星露出点点微光，只差一息，就要彻底被点燃。

阿玖眼底一冷，看了空中积聚的雷电一眼，就要朝大殿飞去。

宴爽收起血淋淋的金翼，一甩长鞭就要把阿玖带回，阿玖一轮扔出，同样砸在宴爽身上。

"滚开，挡我者死！"冰冷的声音从阿玖口中吐出，他看了地上不住咳血的宴爽一眼，没有半点感情。

宴爽一怔："你是谁？"她突然开口，"你不是阿玖，你到底是谁？！"

阿玖的脚步一顿，他饶有兴致地看了一眼地上奄奄一息的鹰族公主，露出一抹微妙的笑意，但他什么都没说，倏然转身朝大殿内飞去。

就在他落在九星灯正上方的那一瞬，最后一道天雷以不可阻挡之势降在大泽山上空，它毫无阻碍地穿过大泽山的护山阵法，甚至穿过阿玖的身体，沉沉地击在即将点燃的九星灯和封闭五识的闲善闲竹身上。

这道天雷太过宏伟壮观，蕴含的神力几乎将整个大泽山点亮，不仅压得长生殿外的宴爽和大泽山众人毫无喘息之力，也惊动了天宫里正在为澜沣操办后事的众仙。

御风和惊雷是最先感应到这道天雷的上仙，两人飞出天宫，看向大泽山的方向，满是惊讶。

"御风，这雷劫、雷劫……"惊雷惊讶得说不出话来，"怎么像是成神的征兆？大泽山里又有谁要成神了？"

御风眼神沉沉，突然脸色大变："是那只九尾妖狐！遭了，他不是晋位上君，他是要化神，我们所有人都被他骗了！大泽山有危险！走，点齐仙将，召集众仙，去大泽山！"

仙妖分界的罗刹地妖族营地里，森羽听得下属来报，眉头皱起。

"你说前几日仙族众人在大泽山发现了鸿奕的踪迹？"

"是，殿下。数日前澜沣上君死于天宫，昆仑山的濂溪上君用观世镜查出是一只九尾妖狐杀了他，众仙寻到大泽山，发现了正在晋位上君的鸿奕殿下。"

"九尾妖狐？"森羽神色一变，"荒唐，就算鸿奕也是九尾妖狐，但他不过一介下君，怎么可能杀得了澜沣？"

"大泽山掌教闲善道长也是如此说，他保下了鸿奕殿下，天宫的人无功而返。"

"大泽山的人一向稳重公正，鸿奕在大泽山，看来当初入静幽山见常沁的不是闲善就是闲竹了。"森羽看向大泽山的方向，"九星灯即将点燃，鸿奕也即将渡完劫，是时候再去大泽山一趟了。"

他话音未落，一道恢宏的雷电自天际而落，穿越三界，降在大泽山之巅。

森羽猛地起身，看着那道天雷满是惊讶。

如此威力！怎么可能！那分明是化神的雷劫！

森羽不再犹疑，化为一道闪电，朝大泽山的方向而去。

三界俱惊，可长生殿外却是死一般的安静。

宴爽看着殿内冰冷漠然的阿玖，眼中浮现绝望。

恢宏的雷电之力同时穿透阿玖、九星灯和闲善闲竹，九星灯和闲善闲竹在雷劫下首当其冲，三者的灵力被化神的雷电所吸，尽数注入阿玖体内。

阿玖脸上现出挣扎和痛苦之色，但瞬然被魔气重新吞噬，只剩森冷的面容。

"阿玖！快停下来！"眼见着闲善闲竹的仙力就要被阿玖吞没，宴爽一次次冲进主殿，却被笼罩在殿内的雷电之力推开。

主殿外的宴爽和大泽山弟子只能眼睁睁看着闲善和闲竹在顷刻间一头黑丝化为白发，现出了仙人的濒死之兆。

"掌教！"

"闲竹师叔！"

众弟子悍不畏死地冲向主殿，在雷劫击打下吐血跪地，仍前仆后继。

雷电中封闭五识的闲善闲竹终于被唤醒，两人同时睁开眼，手中捏出仙诀朝阿玖挥去。

阿玖未想到两人能从天雷的束缚中清醒过来，猝不及防地受了一击，浑然一体的雷电之力有了破隙。趁着破隙，闲善飞离天雷的束缚，一手拂尘卷起九星灯，一手将闲竹从天雷中拉了出来。

两人退避中被天雷所逼，退到了主殿内侧。

见闲善闲竹清醒过来，殿门外的弟子们眼底生出一抹希望和惊喜。

闲善和闲竹立住身形，朝阿玖看去。尚未渡完雷劫的阿玖目光冷沉，恍若变了一个人。

瞧见他眼底浓黑的魔气，闲善眉头紧皱，仙力祭入九星灯中，虽九星只燃八星，且被阿玖吸走了不少神力，但好歹也是半神器，在闲善手中点燃后亦能勉强抗住阿玖身上天雷的威势。

只有闲竹看见闲善握着九星灯的那只手微微颤抖，仙力已近枯竭。

"不愧是大泽山的掌教，你这牛鼻子老道儿有些本事，居然可以从我化神的雷劫里挣脱出来。"

"何方魔物！胆敢犯我大泽山？"闲善目沉如水，全然不是平日慈眉善目老好人的模样。

"大泽山又如何，我想杀就杀个干净！"阿玖面带讥讽，魔气鼎盛。

闲善脸色微变，举起九星灯，九星灯爆发出纯正的神力，瞬间将阿玖压制，闲善大喝一声："闲竹，带弟子们走！"

"妄想！"阿玖一声冷喝，身后九尾印记突然出现，将天雷尽数卷入体内，轰然声响，他周身爆发出一道耀眼的红光，直冲天际。

"不好，他快晋神成功了！快走！"闲竹急道，瞬移到殿门前要把受伤的弟子们带出去，哪知阿玖入神的神力太盛，将殿门前所有的弟子牢牢压制在地。

千里之外的擎天柱上，鸿奕之名破开迷雾，直接越过妖族上君，出现在上神之处的妖皇森鸿和天帝凤染之下。

阿玖居森鸿之下，说明他虽则入神，却只是半神。

正好从罗刹地赶来的森羽看到这一幕，眼底露出喜色，加快速度朝大泽山而去。

从天宫而来的御风等人看见神光则忧心忡忡。

长生殿内，晋神成功的阿玖自神光中走出，他一身绛红妖袍，挽袖处幻化出十尾妖狐，额间焰火神印如血，神威天成，比刚才之势更胜数倍。

"我最讨厌你们这些满嘴仁义道德的神仙。"他俯视着地上受伤的大泽山弟子，犹若看着蝼蚁一般，"讨厌的东西，杀干净就是！"

他随手一挥，掌中神力便朝殿门前的大泽山弟子而去。千钧一发之际，闲善手持九星灯拦在众人身前，闲竹立刻上前助他。

两人对视一眼，体内仙力全部注入九星灯中，终于挡住了阿玖的重重一击。

"宴爽，带他们走！"闲竹一声怒吼，惊醒了早已茫然无措的宴爽。

宴爽眼眶泛红，回过神，拉着地上的弟子就往山外飞，青云背上昏迷不醒的青衣，咬咬牙跟着宴爽而去。

飞了不过百丈，只听一声巨响，半空中逃命的大泽山众人心底生出不安，纷纷回过头，一转眼便愣住了。

两道神光骤然相碰，长生殿轰然倒塌，化为碎片，飞尘散去，露出了殿内盘腿而坐的闲善和闲竹。

两人手中的九星灯已经灰飞烟灭，他们头微垂，眼中血泪流下，望向空中众人飞走的方向，已仙力耗尽，气竭而亡。

"掌教！"

"师叔！"

哀恸的悲鸣响彻大泽山。长生殿废墟内，阿玖望了一眼空中飞走的弟子，并未追赶，而是露出一抹残忍的笑意，朝闲善和闲竹的尸身走去。

半空中的青云勃然色变："孽畜尔敢！"

他把青衣交到宴爽手中："宴爽公主，青衣就托付给你了。"

宴爽一愣，见大泽山所有弟子都已调转回去，忙道："青云道长，不可！他是故意引你们回去！"

"公主，大泽山一门，可死，不可辱。那魔物可以杀死我们所有人，但我们不能眼睁睁看着师尊的尸骨被他所辱。"

青云的声音缓缓响起，闲云避世万年的大泽山弟子眼底露出不可撼动的战意。

"青云恳求公主保护好青衣，找到小师叔。我们大泽山一脉，决不能断绝。"浑身血迹的青云等人朝宴爽躬身请求。

"公主，那魔物已经入神，不会放过我们的。师尊以命护我们，我们给小师弟踏出一条血路来。"

"万泽剑阵！"

青云一声怒吼，手中拂尘化为银色仙剑。

他身后，数十名青字辈弟子手中拂尘尽皆化为仙剑，组成剑阵朝已腾空而起的阿玖冲去。

不远处，阿玖勾了勾嘴角，露出轻蔑的眼神："不自量力。"

"公主，走！"

白色剑阵中，众弟子发出震天的怒吼。宴爽把即将夺眶而出的眼泪狠狠拭去，她咬紧牙关，背着昏迷不醒的青衣朝天宫的方向飞去。

整个仙界，只有那十一位上仙幻化的仙阵能够阻止入魔的阿玖。

到了这一步，她怎么都想不明白，好好的阿玖为什么会突然入魔，变得毫无血性，屠戮了整个大泽山。

她飞走之后不过一刻，大泽山上空一道耀眼的白光和妖异的神力相碰，整个山门在这毁天灭地的一击里山摇地动，所有殿宇楼台，这么一瞬之后，十之毁九。

剑阵中的弟子一个接一个朝长生殿的方向落去，直到最后的青云。

半空中，他满身鲜血，手中长剑已断，他用最后的力气望了一眼大泽山。

落地的一瞬，他无奈又遗憾地闭上了眼。

大泽山，毁了啊。

如此六字，镌刻在这场战役里所有死去的大泽山弟子心中。

今日之后，延绵六万多年、矗立在仙界之顶的仙门古派大泽山，只剩下古晋和青衣。

与此同时，紫月殿偏院里。

等着三火从九幽炼狱中出来的古晋心头突然狠狠一恸。他眼底泛出一抹空茫，随即被巨大的悲伤和恐慌所席卷，以至于整个人都难受得半跪在地。

碧波被他骇得一跳，奔过来扶起他："阿晋！你怎么了？"

古晋茫然抬眼，他摇摇头："不知道，碧波，我总觉得好像出事了，但不知道……"

他话音未落，封闭的九幽炼狱中传来一声怒吼。

碧波顿时紧张得跳起来："是三火！他出事了，他出事了！怎么办？怎么办！"

大泽山上空，阿玖遥遥而立，历经两场大战，他不过损了一点神力，破了半块衣袖。

他冷漠地望着山河破碎的大泽山，嘴角突然露出一抹嘲讽的笑意。

"怎么？难受了？"他拂了拂袖摆，似是有些嫌弃被仙剑挑碎的地方，干脆一把撕开，"我倒是忘了，这些人都照顾过你。我刚才应该下手轻些才是，啧啧，都死得太惨了。"

"放心，等本尊用完了你，自然会让你去陪他们。"

魔尊望向宴爽消失的方向，眼底露出一抹深深的恶意。

"御风和森羽都应该来了吧。一个澜沣挑不起仙妖大战，再加上一个大泽山，分量够了吧。本尊筹谋了一百多年，三界大乱的日子，终于来了。"

魔尊的声音消逝在大泽山上空，他嘴角一勾，朝宴爽和青衣消失的方向追去。

这一日的上古神界，却是个艳阳天。

大泽园里，闭目养神的东华手中的念珠突然断裂，掉落一地。

他望着滚落一地的念珠，手微抖，长长地叹了一口气。

六万一劫，大泽山当有此难，谁都无法逆转天命。

恰在此时，一道悠长的钟声突然响起，传遍了整个上古神界。

众神望向钟声响起的源头，皆露出不可置信之色。

一百多年前白玦真神殉世后，这是乾坤台头一次开启，莫不是新的真神要降世了？还是白玦真神归来？

等不及猜测，众神朝乾坤台的方向飞去。

桃渊林里，等了一百多年的上古听见小神来报，打翻了桌上一杯无花酒。

沉寂许久的上古神界，这一日足可称得上十几万年来最兵荒马乱的一日。

除了东华，没有人知道，这一日，有个叫大泽山的地方被毁了。

就算有人知道，又如何呢？

不过是下三界里悠悠众生一介仙门，数十万年沧海桑田万物变幻的一粟罢了。

众生皆有命，神、仙、妖、魔皆如是。

那个叫大泽山的仙门，也不例外。

是命，渡过便是；是劫，化过便是。

空中，一对残缺的金色羽翼划过，宴爽振翅而飞，鲜血从羽翼上洒落，眼中噙满泪水。

宴爽不敢停歇，她背上是大泽山的遗孤，踏着满山鲜血闯出来一条活路，不把人送到天宫，她连死都不敢。

鹰族善飞，她的速度已经是仙中极致，即便是御风在此，也不会比她更快。

但化为半神的阿玖，还是轻而易举地追上了她。

一道神力闪过，落在宴爽身上，她跌落在云端，踉跄中抬头，成神入魔的青年立在她面前，脸上露出冷漠的笑意。

宴爽一把护住身后的青衣，怒视阿玖："你到底是谁？"

阿玖勾了勾嘴角："我就是我，当初还是我在北海把你救下来的。怎么，鹰族的公主这么没记性？"

宴爽露出不可置信的神色，喃喃道："不可能，你不是阿玖，他不会杀了掌教和闲竹前辈！"

"不止，还有青云那些不自量力的小道士。"阿玖望了一眼宴爽身后的青衣，"对了，这儿还剩一个。杀了他，本尊晋神之路才算功德圆满。"

宴爽忍不住胆寒，手握长鞭迎向阿玖，把青衣牢牢护在身后："无论你是谁，今日你要杀他，除非我死。"

"都是仙族，多一个少一个没什么关系，你是鹰族公主，死在这儿倒也正好。"

隐约的仙力波动从远处传来，必是赶来的天宫上仙。魔尊眼一冷，露出一抹阴诡的笑意，来得正好，当着所有人的面杀死鹰族公主和小道士，然后拖着天宫上仙等到森羽的妖界大军驰援，为了保住鸿奕，森羽一定会和御风开战，只要他在混战中让阿玖死于天宫上仙之手……

仙界失了大泽山和澜沣，妖界失了狐族王子，仙妖之战再也无法避免。

魔尊不再拖延，掌中现出寂灭轮，轮上燃起炙火。

"既然你执迷不悟，我就送你们一起上路。"魔尊话音落定，炙火带着神光朝满身鲜血的宴爽和昏迷不醒的青衣而去。

宴爽握紧长鞭，鞭上金色神力涌动，迎上了寂灭轮的攻势。但金鞭筑起的结界寸寸被炙火焚烧，当金色的仙力只剩下最后一息时，宴爽仿佛感受到了寂灭轮毁天灭地的灼热，她展开带血的双翅，将青衣护在自己的翅膀里，绝望地望向狱火中仿若恶魔的青年。

一眼万年，她却突然想起了鬼界中那个笑着给她买桂花糕的少年。

怎么能死在你手里呢，鸿奕？

为什么我宴爽的一生，是终结在你的手里？

若有一日，你清醒过来，还会记得我吗？还是，你从始至终都是一个恶魔，是我们错信于你，才会沦落到今天这个下场。

宴爽的眼泪终于从眼中流下，落在了炙火之上。

明明只是微小的一滴泪，明明只是最绝望最无奈的一眼，被困在魔境深处的阿玖却仿佛感觉到了一般，他愣愣地望向炙火中跪在云端、双翅带血的宴爽，掌中寂灭轮上燃烧的火焰微微一滞，虽然只是无比细微的一瞬，宴爽仍旧感觉到了。

她从绝望里又生出一股希望，用尽全力呼喊："阿玖！"

但那仅仅是一瞬的清醒，魔气再度控制阿玖的身体，寂灭轮上的魔火再度燃烧起来，寂灭轮仍以不可阻挡之势向宴爽而去。

与此同时，九幽炼狱里，三火咆哮着喷出妖火，一口咬断缠斗了两日两夜的其中一株弑神花，拔出了它的种子。他重重落在地上，化成人形，露出了深可见骨的伤口。

不愧是上神之下无敌的弑神花，若不是碧波这些年给他偷偷塞了不少保命神丹，他早就被弑神花吞了。

一直在旁边虎视眈眈的魔兽们见三火受伤，纷纷垂涎三尺，仿佛下一刻就要冲上前撕碎他。三火眼一沉，拿出一方紫色玉玺往空中一抛，紫光将他笼罩，将魔兽们隔绝在外。

这紫色玉玺是天启的神印，也是开启和关闭九幽炼狱的钥匙。它刚一出现，围拢在旁的魔兽们眼底露出满满的惊惧，毫不犹疑地撒腿跑了。

三火用神力在掌中燃起妖火，半神之力纯正无比。他把古晋炼制失败的化神丹碎片和弑神花种子朝掌中的妖火中扔去，祭出一半神力，重新开始炼制化神丹。

以仙力炼制，需三月时间，但他是半神，祭出一半神力炼制，最多三个时辰，化神丹可成。

三火修炼数万年，入神在即，从未想到临到头了，他这个妖王居然会为了一只仙兽甘愿放弃一半神力。

他苦笑一声，想起那只又懒又蠢但比谁都善良，陪了他一百年的水凝神兽，默默闭上了眼。

罢了，当有此劫，随心而为便是。

……

就在三火一口咬断弑神花的一瞬，仙界云端，手握寂灭轮冲向宴爽的魔尊身体猛地

一滞。

弑神花和它心血相连，弑神花种被夺，它的心脉大损，一定是九幽炼狱出事了！

谁能入九幽炼狱，谁能伤弑神花！

魔尊眼中现出一抹剧痛和愤怒，趁着这个契机，阿玖挣脱魔气的束缚，把即将落在宴爽和青衣身上的寂灭轮收回，狠狠挥向了自己。

轰！半神之巅全力一击落在自己身上，阿玖吐出一口鲜血，半跪于地。

"鸿奕！你干什么！"阿玖瞳中黑色和红色不停变换，脸上的表情也在阴冷和愧疚中交替。

"魔物，你害了大泽山，我鸿奕就算死，也不会让你再伤害宴爽和青衣！"

这一切发生在电光石火之间，宴爽愣愣地看着阿玖突然收回寂灭轮砸在自己身上。

"阿爽！快走！带着青衣走！"阿玖红着眼，和魔气争夺身体，一轮又一轮砸向自己，他口中鲜血不断涌出，用尽全力为两人争取时间。

"走啊！"

阿玖一声怒吼，宴爽终于回过神来，她抿紧唇，背起青衣朝天宫的方向而去。

眼见着宴爽越飞越远，阿玖眼中魔气暴涨，魔尊猛地凝聚心神，强行将阿玖的神魂封印在神识深处，他身后九尾印记祭出，上古狐族的秘法终现。入魔的阿玖望向远处的宴爽，强大的神力自九尾印记中而出，朝半空中的宴爽而去。

哪知，这最强的一击却没有攻向宴爽，反而缓缓消散，它不可置信地抬头，发现那张曾经出现在大泽山之巅的仙网铺天盖地而来。而仙界最强的十一位上仙，正立在仙网之巅，仙力融成一体，上神之威骤然降临！

轰！轰！轰！

仙网一寸寸落下，神力正气浩荡，已经被寂灭轮大伤神力的魔尊根本来不及躲避，被神力击打在身，痛苦地半跪于地。

魔尊恼怒异常，若不是九幽炼狱出事，弑神花种被夺，它不会突然伤了心脉，让肉身和神力被阿玖夺回，以至于错失了杀死宴爽的最好时机，如今不仅没有等到森羽的妖族大军，更被天宫上仙困在仙网之中！

苦心筹谋一百年，机关算尽步步为营，却在最后一刻毁于一旦！

不，它不能就这样放弃，只要它还活着，留得青山在，一切就有重新再来的机会！魔尊眼底燃起怨毒和阴狠，它重新祭出九尾印记和寂灭轮冲向了仙网中最薄弱的一角。

到底是半神拼尽全力的一击，在魔尊不要命地冲击下，仙网终于被撕碎一角，魔气从缝隙中趁乱逃出，悄无声息地消失在空中，但仙网内的阿玖却因为骤然失了神魂控制，被御风等上仙死死拦住，在众仙的攻击下遍体鳞伤，毫无知觉地往下坠去。

"锁仙塔！"见阿玖重伤昏迷，御风将天帝暮光留下的锁仙塔祭出，将阿玖收入其中。

他从天宫赶来，半途遇见狐族王子追杀宴爽和青衣，尚不知道大泽山内究竟发生了何事。

御风领着上仙飞到重伤的宴爽和昏迷的青衣身前，刚准备询问大泽山的情况，宴爽已经一口鲜血吐出，无力地倒了下去。

惊雷上前查看，惊呼出声，众仙这才发现宴爽一双金翼早已血肉模糊，她浑身是伤，内丹破碎，仙力已尽枯竭，若不是御风等人及时赶到，她恐怕已经死在九尾狐最后的一击之中。

御风连忙给宴爽和青衣服下仙药，但两人伤势过重，短时间内根本无法清醒过来。

"御风，宴爽公主和青衣小道长的伤势太重，怕是短时间内醒不过来，那大泽山……"

"事急从权，带上他们二人，我们马上去大泽山。"御风神色沉沉，毫不掩饰心底的担忧。

宴爽和青衣被鸿奕千里追杀，那大泽山是不是已经……

不可能，有闲善、闲竹和九星灯在，大泽山岂会轻易遭受不测？

一群上仙浩浩荡荡朝大泽山而去，一个时辰后，众仙立在大泽山山门前，几乎不能相信看到的一切。

大泽山下，仙脉破碎，黑烟缭绕，漫山鲜血累累。

这个仙界曾经最繁盛长久的仙门，一眼望去，已半点生机不存。

长生殿外的青石台上，熟悉的人依旧在那儿，只是如今，所有大泽山弟子都闭上了眼，只剩下冰冷的躯体。

任谁都能感受到他们临死的壮烈和不屈。

活了几万岁的仙界上仙们看着这惨烈到无法言喻的一幕，没人敢上前。

许久，不知谁突然开了口，短短一句，道尽六万年人世沧桑，叹息感慨。

"咱们仙界的大泽山，没了啊。"

这一句惊醒了大泽山外伫立不前的仙界上仙，御风远远望着长生殿，面沉如水，道："先入山，殓了闲善掌教和大泽山仙友的尸骨吧。"

说完他率先朝大泽山而去，然刚走了数步，便被阻在了原地，他轻咦一声，脸上泛起惊讶之色。

跟在他身后的上仙们亦停住，看着面前的情景，露出了同样的神色。

众仙以为大泽山已毁，护山阵法已灭，靠近后才发现一道已近透明的光晕化成仙阵将破碎的护山阵法相连，这阵法毫无攻击性，却浑然一体，灵力深厚。大泽山内的一切虽清晰可见，但众仙却无法跨越这道仙阵，进入大泽山。

"御风，这是怎么回事？"

护山阵法一般和山门掌教及山门灵脉相连，明明大泽山灵脉已毁，掌教已亡，为何护山阵法还会存在？

御风沉默许久，长长地叹了口气："这道仙阵恐怕是大泽山众仙死后的仙灵所化。"

众仙一听，齐皆愕然。

仙灵乃仙人的灵魂，仙人死后照样要入鬼界进六道轮回，下一世托生为何，全凭际遇。但若是仙灵不肯入鬼界投胎，最多三日，便会烟消云散，连入六道轮回的机会都不再有。

未承想大泽山众仙为保山门，竟在死后将仙灵化为护山阵法，放弃了转世投胎再世为人的机会。

"他们应该是不愿那九尾狐再回来涂炭大泽山，所以死后以仙灵重新开启了护山阵法。"

御风看着护山阵法上浑厚的仙力，道："看此阵的仙力，怕是整个大泽山的弟子，没有一个人的灵魂去了鬼界。"

听得此言，一众上仙默然无声。

难怪大泽山屹立仙界六万载，厚德载物名声斐然，光是门中弟子这份对山门的忠诚和情感，便不是任何人都能做得到的。

"御风，那咱们现在怎么办？"惊雷踟蹰道，"大泽山的仙阵咱们进不去，总不能放着闲善掌教他们的尸骨不管吧？"

护山阵法开启，除非懂得入阵之法，否则只能强行冲破，但他们若是强行冲破，便会毁了化为仙阵的仙灵，使其灰飞烟灭。

"仙灵只能维持三日，三日之后，此阵会自行化解。"御风道，"待阵法散去后，我们再入山吧。"

"行，那我们便在山外再等三日。"惊雷点头，"大泽山突逢此难，很多仙友都还不知道闲善和闲竹道长身故，既然还有三日，我便让众将去各处洞府走一趟，让诸位老仙友们来送两位一程吧。"

御风点头，算是同意，接着嘱咐道："将大泽山之难警示各派，让他们严守山门，谨防妖族来袭。现在陛下未归，不能轻举妄动，一切等陛下回宫后再定夺。"

"好，我这就去安排。"惊雷话音未落，一旁的濂溪突然开口，"御风尊上，惊雷尊上，你们看看长生殿外，是不是没有古晋仙君和阿音女君？"

濂溪和古晋交情匪浅，担心了一路，入了大泽山虽悲痛于众弟子的身殒，但一直在寻着古晋的遗体，却始终没有发现。

御风和惊雷听得此言，朝长生殿外望了半晌，确实未发现古晋和阿音的身影，不由得颔首："确实没有古晋仙君。"

濂溪舒了一口气，道："古晋上君身为三尊之一，阿音女君又是东华老神君的弟子，大泽山突逢此难，他们不可能不陪在闲善掌教和闲竹上君身边，会不会他们不在山门，所以躲过了这一劫？"

御风一听有理，立刻吩咐仙将："马上祭起天帝钟，让古晋仙君和阿音女君即刻赶回大泽山。"

天帝钟乃历任天帝所有，它虽不能御敌，但却是召集之令，暮光在位之时曾颁下仙令，凡天帝钟敲响时名字出现其上之人，必赶至钟响之地。

凤染走时将此钟留给了澜沣，如今传到了御风手里。

仙将得令，敲响了天帝钟，同时诏令古晋、阿音速至大泽山。这道仙令自大泽山而起，响彻仙界上空，并以极快的速度朝整个三界传去。

御风见天帝钟已响，松了口气，露出了入山以来唯一一点欣慰的神色："若是古晋上君和阿音女君恰好离山，没有陨落在这场灾难里，倒也是大泽山的一点福气。"

他转过头，瞧见濂溪似比刚才更难过的神色，不由得开口："濂溪上君，你这是？"

濂溪叹了口气，望向仙灵阵法中满目疮痍的大泽山和那一殿的尸骨。

"我只是在想，若是古晋上君尚在，他回大泽山，看到这一幕，又该如何？"

所有人默然无言。

是啊，一山全毁，师门尽殁，待他回来，如何面对这一切？

妖界紫月山。

古晋立在九幽炼狱外，面沉如水。碧波在光柱消失的地方不停地转圈，双手合十念念有词。

"上古真神白玦真神、炙阳真神、天启真神显显灵，显显灵，保佑三火平平安安，我以后再也不欺负他了，藏的神丹给他一半，不，我全都给他，只要他活着回来就行。"

碧波的碎碎念还未结束，突然一道紫色光柱出现在院中，光柱中魔兽的咆哮声若隐若现，碧波就要扑过去，却被光柱中冲出来的人撞倒在地。

紫色光柱在那人冲出的瞬间消失，碧波愣愣地看着面前的人，眨巴着眼忘了说话。

"给你，化神丹，去给那只小水凝兽吃了，还能赶得急救她的命。"软软糯糯的声音干干脆脆响起，一只莲藕般白嫩的手向古晋的方向伸出，精致的小脸上写满了桀骜，反差感十足。

"你你你你你……"碧波伸着手指着怀里五六岁大小的小娃娃，直哆嗦，"三火？"

"龙君，你？"古晋看着三火手中神力浓郁的化神丹满是惊讶，"您炼出了化神丹？"

化成小娃娃的三火点点头，"半神之力炼制，三个时辰就够了。别磨蹭了，快去救人，其他的以后再说。"

"多谢龙君相救，他日如有机会，元启必重谢龙君。"

即使三火身为半神，要如此快的炼制出化神丹，也要耗费极大的神力，否则不会连幻化成成人都做不到。

想起后殿生死不明的阿音，古晋朝三火深深一躬，接过他手中的化神丹，匆匆朝后殿而去。

院里只剩下三火和碧波大眼瞪小眼，半晌，三火咳嗽一声，挣扎着就要站起来，却被少年的碧波轻而易举一把抱了个满怀。

"呜呜呜呜呜，我以为你死了，被弑神花吃了，呜呜呜呜，我以为你出不来了，被我害死了。"

水凝兽号啕大哭，鼻涕眼泪全抹在小娃娃的衣领上。三火露出个嫌弃的眼神，却没推开他，小手笨拙地在他背上拍了拍。

"好了好了，都多少岁了，还跟个娃娃一样喜欢哭。"三火稚嫩的小脸上露出老气横秋的神色。

"你怎么办？"碧波揉着眼睛，哭得心酸又歉疚，"你好不容易修成了半神，现在祭了一半神力，连化形都不行了。"

"能怎么办，重新修炼呗，人没死，总有修炼成神的时候。"三火满不在乎，他还没说完，就看见碧波从怀里掏出满满的神丹递到他面前，连着那颗被碧波使小性子拿走的梧桐树心。

"喏，都给你，以后我的神丹都给你。"碧波小心翼翼地望着三火，一边哽咽一边说。

三火眼底露出笑意，他毫不客气地收了水凝兽递过来的神丹，小手把碧波的脖子拢住，打了个哈欠，露出疲倦的神色："碧波，我好困，让我睡一会儿。"

碧波瞧着他苍白的脸色，连忙抱起他朝后殿而去。

后殿里，阿音脸上毫无血色，古晋将化神丹渡入她体内。半刻钟后，一道神光自她体内冲天而起，她自床上缓缓升起，又缓缓落在地上，齐肩的头发瞬间至腰，一眼睁开，似万千光华拂过。

古晋轻咦一声，有些意外。这颗耗尽三界奇珍、弑神花种和三火一半神力的化神丹，虽然救回了阿音，但没有让她直接化神，她的仙力竟然只停留在上君巅峰。

"阿音？"古晋唤了一声，声音有些颤抖，眼眶微红。

阿音看见古晋，紧紧抱住了他。

"我还活着。"阿音声音哽咽，"我以为我死了。"

大泽山禁谷里那最后一眼，阿音以为她会孤寂地死去，却未想还能再睁开眼看见古晋。

古晋被她抱了个满怀，脸上泛红，刚想宽慰她几句，一道道钟声自紫月山外传来，响彻天际。

伴着钟声响起的还有天召之令，待听到自己和阿音的名字，古晋一愣，和阿音朝殿外走去，正巧碰见了抱着三火回后殿的碧波，他也正好奇地望向山外。

三火揉了揉眼睛，一副被吵醒的不耐烦模样，待他听完钟声和天召，脸色一沉，讶声道："天帝钟，天召令？阿晋，阿音，仙界在召你们回去。"

"是大泽山，天帝钟传来的方向是仙界大泽山。"

古晋听着钟声，想起几个时辰前那阵毫无缘由的心悸，心底一沉："我来的时候正是两位师兄点燃九星灯的关键时候，难道山门出事了？"

有什么事值得天宫上仙在大泽山敲响天帝钟召唤他们回去？

两位师兄呢？大泽山的弟子呢？

古晋心底泛起浓浓不安。阿音亦面露担忧："阿晋，山门肯定出事了，我没事了，

我们马上回去。"

古晋点头，朝三火道："龙君，今日大恩，我和阿音铭记在心。"他说着朝碧波看去，"碧波，龙君神力大损，你照顾好他。"

"放心放心，我肯定照顾好他，咱们就待在紫月山，这里有天启神君布下的大阵和神印，安全得很。"

三火见古晋神色着急，便没有多言，摆摆手，清脆的声音出口："阿晋，你快回去吧，天帝钟响，大泽山怕是出事了。"

古晋点头，不再多言，将元神剑召出，和阿音御剑朝大泽山的方向而去。

紫月殿外，碧波见三火望着古晋消失的方向一副沉默难言的样子，忍不住道："三火，怎么了？"

三火摇了摇头，想起九幽炼狱里那些奇怪的景象，叹了口气。

大泽山怕是出了事，九幽炼狱的事将来有机会再说吧。他如今失了一半神力，只靠天启神君的神印也不知道还能不能镇得住炼狱里的那些魔兽和弑神花。

古晋和阿音出了紫月山，一路朝仙界而去。

路上，古晋脸色冷沉，忧心忡忡。阿音心底着急，但不敢多说，始终握着他的手。

两人一路无言，一直到大泽山附近。

九星灯和天雷都已消失，远远望去，大泽山上空静得异常。

就是这安静，让古晋和阿音心底的不安更加浓厚，两人御剑未停，直到大泽山山头出现在两人眼中。

元神剑仙气一滞，在空中猛地停住。

仙族人喜静，一些老上仙闭关避世，这些年已经极少能瞧见了，上一次这么多上仙齐聚，还是一百多年前凤染即天帝位时。

但古晋没有瞧见这些千年万年难得一见的老上仙们，没有瞧见御风惊雷肃穆的神情，没有瞧见满山仙将沉默悲悯的脸，没有瞧见华默默然无言的深意、华姝似不忍心的动容；甚至当濂溪又惊喜又难受地迎上他们时，古晋都没有注意到。

他只看见六万年青山长存的大泽山山脉破碎。

他只看见满山鲜血，一殿尸骨。

他只看见所有陪伴他长大的人，一夜之间，荡然无存。

他只看得见那还散着仙光的仙灵阵法。

只有他听得到阵法里那些死去的人哽咽到激动的期盼。

他所有的师门，所有的同袍，没有一个人离去。

他们在等他。

等他回大泽山，等着亲手把大泽山交给他，等着他来守护这座山门。

尽管所有人都已经死去。

大泽山外的上仙，没有一个出声，所有人都感受到了古晋和阿音身上那巨大的悲痛。

到最后，还是御风开的口。

"古晋上君，我们在天宫看见大泽山有神光降临，那是晋神的征兆。便猜想闲善掌教和大泽山上下怕是被那九尾妖狐骗了，所以特来大泽山查个究竟，没承想半路遇到晋为半神的鸿奕追杀宴爽公主和青衣道长，我和十位上仙祭起仙网将他收服在锁仙塔里，救了宴爽公主和青衣，但两人伤势过重，至今未醒。我们赶来大泽山……"御风顿了顿，望向仙灵阵法里的惨状，沉沉道，"太迟了，我们来得太迟了，闲善掌教、闲竹尊上，还有大泽山所有人……"他重重叹了口气，"我们都没能救下来。"

他话音落定，古晋身旁的阿音露出不可置信的神色，脱口而出："御风尊上，你说是阿玖毁了山门，杀了师兄和青云他们？"她摇头，"不可能，阿玖不可能这么做。"

"怎么不可能？"一旁的华姝怒道，"整个天宫的上仙都亲眼看见他追杀宴爽和青衣，要不是御风尊上他们来得及时，连宴爽和青衣都死在他手里了。我早就说过那只九尾妖狐有问题，他能晋升为半神，根本不可能只有下君的妖力，明明是他潜入天宫杀了澜沣，然后隐藏实力骗过所有人。是你们不信我，执意保他；才会害得大泽山变成今天这般模样！"

"华姝殿下！"御风看见阿音脸色惨白，沉声一喝，打断了华姝的话。

"当初就连闲善掌教和闲竹尊上也没发现鸿奕隐藏的妖力，阿音女君又怎么能发现？澜沣上君和大泽山的悲剧，谁都不愿意发生。"

华姝冷哼一声，当着众上仙的面，终究不好再将怒火撒在阿音身上。

阿音脸色惨白，她再相信阿玖，也不能否认御风亲眼看到的事实和这一山尸骨。除了晋为半神的鸿奕，谁能屠戮大泽山满门？阿音颤抖着唇，朝古晋看去。

那个身影自入大泽山起，就一直沉默地望着长生殿的方向。

不言不语，没有人能从那双墨黑的眼中瞧出青年的情绪。

"阿晋……"

拾叁 ○ 渡劫

· 363

那背影太悲恸沉默，阿音心底浮过不安，伸出手朝古晋的手拉去。

但，古晋动了。

阿音的手从他指尖划过，只来得及触到他冰冷的指尖和一角衣袖。

她望着空落落的手心，突然生出一种冷到极致的恐慌，就好像有什么东西永远失去了一般。

她看着古晋走向山门，所有人沉默地为他让出了一条路。

古晋一步一步，走过一众上仙，跨过仙灵阵法，立在了大泽山之巅，长生殿上空。

他望向长生殿的方向，目光落在那一殿死去的人身上。

没有人知道古晋要干什么，如此沉默而又不同寻常的举动，不像在沉默地缅怀。但所有人都敏锐地感觉到了一丝不同寻常的气息。

华默望着不远处的古晋，心底猛地一动，忽然想起一件事来。

仙界有闻，大泽山东华神君百年前收了一名入室弟子，无人知其来历，只知老神君格外宠溺，一生所学倾囊而授，甚至飞升之时立下门规，将来大泽山无论掌教为谁，古晋皆能不拜不叩。

所有人皆以为笑谈，如今慢慢品来，别有一番深意。

大泽山最重门规，就算老神君宠溺幼徒，又怎么会立下如此有违常理的规矩？除非……

华默猛地朝古晋看去，心底冒出一个极荒谬的念头。

除非那人的身份从一开始就在大泽山掌教之上，是以无论继位者是谁，今后千年万年，都不能有人越过他。

那他是谁？到底是谁？仙界中有谁的命格能贵在仙界巨擘大泽山掌教之上，更何况百年之前，他不过一介孩童？

恰在此时，古晋指尖一道细小的白色神光出现。那道神光只微乎其微如一点星光，却让阵外的人忍不住生出战栗之感。

那是……那是……仙灵阵法外的上仙们生出荒谬的想法。

古晋身旁的元神剑在他指间那抹白色神光出现的同时发出清澈而欢快的鸣叫，如获新生，它飞到古晋面前，剑身忍不住颤抖。

细微的白色神光从古晋指间、手腕处向上延伸，直至将他整个身体笼罩，紫色的封印在神光中若隐若现。

"神印？那是真神的神印？"

昆仑老祖远远瞧见古晋身上的封印，几万年波澜不惊的老神仙倒吸一口凉气，颤巍巍望着神光中的古晋说不出话来。

一旁听见的仙族神情惊讶，华姝面上的悲伤和怒意被古晋身上的神光驱散了些许。

唯有阿音，她愣愣地看着远处的古晋，一股悲凉涌上心头。

神光之中，青年望着脚下的大泽山主殿，眼神无悲无喜。

元神剑在他耳边鸣叫，仙族的惊叹隐隐传来，他却突然想起一百多年前的那一日。

那一日，是个艳阳天，大泽山还是安宁而祥和的模样。

他拉着天启的衣袍，踮着脚问他。

"紫毛大叔，我体内的混沌之力什么时候才能解开？"

那时候，天启是怎么回答他的呢？

"世上众生皆存于天地，无论神佛仙妖，得到多少，便要还给世间多少。阿启，等你遇到你生命里不可承受之重的时候，混沌之力自然便会归于你身。"

"我只是希望，那一天，会迟一点到来。"

百年之后，古晋突然懂了天启那历遍世事的眼底盛着的沉寂和苍凉。

但他这一世，若是不懂该有多好？

他从未想过，这一世的透彻和清醒，懂得责任和承受竟是用大泽山一山的性命换来。

何其重？何能负？

一声低沉的呐喊，犹若心底的愤怒悲伤绝望被沉沉打碎又涅槃重生，那声低沉而痛苦的呐喊响彻天地。紫色封印骤然碎裂，白色神光冲向天际，甚至越过三界苍穹，直入上古神界。

几乎同时，滚滚天雷突然聚集在大泽山顶端，在紫色封印碎裂的同时朝白光中的古晋而去。

天雷来势之猛，远在几日前鸿奕的之上，甚至在第一道天雷劈下时，就已是上君巅峰之力。

"这是，这是要化神？"仙灵阵法外的上仙们瞠目结舌，望着那蠢蠢欲动的天雷露出不可置信之色。

古晋连上君都不是，一朝晋位，怎么可能直接化神？

"阿晋！"阿音瞧见雷电之力劈向古晋，担心地朝阵法里冲去，却被御风上君拦住。

拾叁 ○ 渡劫

·365

"阿音女君，这是化神晋位的天雷，不要随意闯入，免得误了古晋仙君晋位。"

"化神？"阿音喃喃开口，"阿晋怎么会化神？"

"水凝兽，古晋仙君到底是什么来历？"一旁的华姝沉默许久，终于忍不住问出了口。

"他是大泽山的弟子，是我师兄。"阿音皱着眉道。

"大泽山的弟子？"华姝瞥了她一眼，露出讥讽之意，"如此神力，怎么可能是普通的大泽山弟子，看来我白问了，你也不知道。"

阿音手握紧，唇色泛白，眼底露出一抹沉痛，却半句都未反驳，只和众人一样担忧地望向仙灵阵法中的古晋。

轰！轰！轰！

一道道天雷劈下，神光中的人却毫不退缩，他手握元神剑，一剑迎上雷劫，竟将降下的天雷劈成粉碎。

如此神力，如此迎劫，简直闻所未闻。

一道又一道，整整九九之数。

直到最后一道雷劫降完，那道耀眼而恢宏的神光才从大泽山之巅的那人身上散去。

一把银色而古朴的神剑出现在众人眼中，众仙循着那剑的手往上望去，齐齐噤了声。

清俊的面容隐去了银袍青年年少时的稚嫩，他一双眼沉如繁星，额间水滴神印惊鸿而现。

古晋身上纯正而恢宏的混沌之力将整个大泽山覆盖，神威天成，像极了百年前在擎天柱下的那位真神。

所有人都在猜测，但没有人敢开口。

那个足以贵极上古界的神君，这百年，真的以一个小小的大泽山弟子的身份，存于下三界吗？

一道仙力拂过，一人毫无预兆地出现在众仙面前。他一身玄色仙袍，书生打扮，儒雅而温文。

有些老神仙认出了他的身份，惊呼出声。

果然，书生收起手中的折扇，朝仙灵阵法中的青年微微弯腰，行下一礼。

"清池宫长阙，特来迎神君回宫。"

清池宫长阙，古君上神之徒，自上古真神回归上古神界后，清池宫便交由他掌管，

近百年来，清池宫从未开山，久而久之，便有人忘了此处的存在。

能让长阙亲自来接的神君，算上上古神界在内，也只有一位。

上古和白玦之子，两百年前降而为神的神君元启。

长阙声定，所有人都在等阵法中的青年出声。然而他抬眼，朝仙灵阵法外的御风走来。

他一步一步，神力浩荡而威严，停在了满界上仙面前。

"大泽山，究竟发生了何事？"

青年的声音响起，只一句，冰凉而冷漠。

他三步之远的地方，阿音看着他的目光在自己身上划过，但那一眼而过的瞬间，她仿佛看见自己在古晋眼中，化为尘埃。

……

后古历六万三千六百三十二年，九月十五。

这一日后世回忆起来，发生了许多大事。

伫立仙界之巅六万年之久的大泽山在这一日满门倾颓，真神上古和白玦之子元启也是这一日在大泽山觉醒，晋升为神。

还有一件事，比这两件重要得多，却未昭告三界，三界的仙妖们只从一些不同寻常的迹象里寻找到了一点儿征兆。

元启晋升为神的那一天，仙妖结界的擎天柱和上古界门同时消失，上古神界和下三界的所有联系和通道被彻底封闭，除了那道由天地法则衍生的问天路。

上古有闻，凡真神降世，上古神界皆会闭界千年，以整界之力蕴养真神，千年之后，界门才会重开。

擎天柱和上古界门消失的那一日，下三界的仙妖们便知道，上古神界里真神诞生了。

只是不知道，乾坤台上诞生的那一位，是新的真神，还是归来的白玦真神。

上古神界的事儿下三界一向可望而不可即，猜测议论了几番后便把重心转到了三界中来。

自元启在大泽山晋神已经过去了半月有余，元启入神后，并未随长阙回归清池宫，反而和御风惊雷等上仙去了天宫。

狐族王侄鸿奕屠戮大泽山的罪行罄竹难书，十一位上仙便做主定了鸿奕死罪。因鸿奕已是半神，唯恐狐族再生事端，天宫定下十五日之后在青龙台对他行天雷之刑。

九天玄雷，挫骨扬灰，仙族众人对鸿奕，可谓不留半点情。

算算时日，三日之后，就是天雷之期。

大泽山已亡，古晋入神后留下的混沌之力代替了仙灵阵法将整个大泽山笼罩，无人能再入大泽山。阿音无处可去，便跟着元启一起回了天宫。

鸿奕在锁仙塔，收于御风的风灵宫中。她有太多疑惑，曾入风灵宫请御风让她入锁仙塔见鸿奕一面，但御风面带难色地拒绝了。

鸿奕已是半神，阿音妄入锁仙塔，谁都不知道会发生什么。如今元启身份大明，整个天宫待阿音亦同样尊重有加，并不因大泽山覆灭而怠慢于她。

只是阿音再也没有身在大泽山时的欢快和自在，从回天宫的那一日起，她便再没有见过古晋。

不，如今或许应该唤他，元启。

真神上古和白玦之子，生而为神的神君。阿音从未想过，那个在大泽山照拂她长大的阿晋，会是这样的身份。

仙界最卑微的水凝兽，神界最尊贵的神之子，他们仿佛一日之间成了最云泥有别的存在。

景阳宫门前，阿音驻足良久，见殿里头的灯昼夜长明，忍不住唤住了出殿的仙侍。

"阿晋……"阿音顿了顿，压下心底的酸涩，重新开口，"元启殿下还没休息吗？"

宫内的仙侍见是阿音，客客气气，极是守礼："见过阿音女君。殿下刚用了晚膳，昆仑老祖正巧来访，这时候正在和殿下弈棋。女君可是想见殿下，容我进去通禀……"

"不用了，我只是问问，既然殿下有客，我改日再来。"阿音有些尴尬地立在景阳宫前，朝仙侍摇摇头，失落地走了。

半月前，御风将元启迎回天宫。元启身份特殊，在天宫自拥一殿，虽不处理仙族政事，但凡是数得上号的上仙们，日日皆来拜访，唯恐落了后。

阿音想知道大泽山究竟发生了什么，为什么鸿奕会在入神后屠戮山门。宴爽和青衣未醒，她唯一能求助的，只有元启。

但如今的元启，阿音轻轻叹了口气，她却连见上一面都需要通禀。

可到底是见不到，还是不敢见，连阿音自己都说不清楚。

大泽山那一山的尸骨让她无法面对元启。

她总是会想，如果当初不是她在九幽炼狱里救下阿玖，不是她执意带阿玖回山养伤，不是她在大泽山最危难的时刻重伤昏迷、阿晋为她离山炼制化神丹，是不是所有悲剧，

都不会发生。

两位师兄不会死，大泽山也不会灭亡。

她无法面对大泽山的覆灭，也同样不想去面对成神后的元启。

不面对，是不是她的阿晋，就不会消失？

景阳宫里，昆仑老祖赢了元启半子，又寒暄了半晌，恋恋不舍地告辞了。

待送了昆仑老祖出宫，长阙犹豫了一下，回书房朝元启回禀。

"殿下，刚才阿音女君来过了。"

阿音日日都会来，但景阳宫门庭若市，访客从未停歇。其实以元启的身份，这些上仙们他可以不见，但不知为何，凡有上仙来觐见，他从未推托，就像是刻意在躲避那人一般。

果然，元启握书的手一顿，微微沉默，还是问出了口："她走了？"

长阙点头："阿音女君回了凤栖宫。殿下，阿音女君必是有事，明日一早我就去请阿音女君过来……"

"不用了。"元启摇头，"她应是为了鸿奕而来。"

不知是不是长阙的错觉，当元启口中道出鸿奕两字时，他感觉到一股铁血之意。

无关仇恨，怕是只有对一个人漠视到极致，才会有这种情感。

长阙在清池宫曾照拂元启百年，从未见过当年那个骄纵憨态的小神君眼底有过这种情绪。

大泽山满门，终究对小神君太重要了。

那日大泽山上小神君晋神，以神力封印大泽山，后执意来天宫，怕也是想亲眼看着鸿奕受到雷刑，给大泽山满门一个交代。

长阙叹了口气，想起一事，又道："殿下，这几日上仙们都在传，说擎天柱和上古界门消失，神界怕是有真神降世了。"

元启脸色稍缓，眼底波澜微动，但又极快地抑制住那抹期待和激动，应了声："知道了，千年之后，上古界门重启，自然便会知道乾坤台里归来的是谁。"

长阙面露愕然："殿下，您不回神界？"

虽然上古界门消失，但如今元启已是上神，拥有了撕裂界面回上古神界的能力。他以为元启在天宫亲眼等到鸿奕伏诛后，便会回神界。如今听这意思，难道他还要留在下三界？

元启并未回答，只沉声吩咐："将来的事将来再说，下去吧。"

长阙心底疑惑，却只能应是，退了下去。

书房内，烛影摇曳。长阙的话在他耳边回响，阿音独自离宫的背影几乎每个瞬间都会在他眼底浮现。但大泽山满殿尸骨，总会压住他心底那抹柔软和怀念。

他看着烛光，有些恍神。忽然之间，烛光涌动，一道金光拂过，书房被一道神光笼罩，元启被刺得睁不开眼，再睁眼时，他已经站在了一片树林里。

艳阳天，桃花灼灼，溪水潺潺。

古桃树下那个白色身影熟悉而陌生，无论是幼时的清池宫，还是无忧无虑的大泽山，他足足期待了两百多年。

可他没想过，他面对世间磨难成神的这一日，会是他回来的那一天。

这所有的一切是冥冥中注定吗？

我终于懂了您当初的选择，可这一切，代价太大了，父神。

元启顿感涩然，几度张口，几度停下，望着桃树下的人影没有上前。

许久，一声叹，轻不可闻，却又伴着落花流水静静响起。

那白衣神君转过身，望着不远处眉目相似的青年，眼底拂过歉疚。

他不是当年渊岭沼泽里冷漠的真神，也不是瞭望山里一心期盼元启破壳的青涩上君。现在的他，慈和而睿智，强大而温情。

他走到元启身前，抬手将他肩上的枯叶拂过，欣慰地开口："你长大了。"

两百多年了，白玦作为一个父亲，终于将他曾经最遗憾的情感拾回。

白玦开口的瞬间，元启肩膀微动，他努力抑制着颤抖的身体。

他想去拥抱眼前的人，却在缺失父亲的岁月里没有学会如何去宣泄情感。

一声叹息响起，他还未回过神，已经被拥在宽厚的怀抱里。

"父神。"

微颤的声音响起，足足两百多年，白玦终于等到了这一天。

他眼眶微涩，放开面色泛红、有些窘然的儿子，道："你母亲很担心你。"

元启退后两步，他明白白玦出现的含义，但如今，他有自己必须要做的事。

见元启不语，白玦心里明了："你想好了？不回神界？"

"是，父神。"元启迎上白玦的眼，"我虽然化神，但还有太多事没有完成，我不能回去。"

白玦看着他眼底的坚毅和执着，点头："你长大了，无论你做什么决定，我和你母亲都不会干涉。上古界门已经关闭，我初降神界，神力未成，今后千年，不会再下三界。除非你入神界，否则我们父子，怕是没有再见之期。"

"我知道。"

"将来所有的路，只能靠着你一个人去走，孩子，那很难。"

"我知道。"

"会害怕吗？"

"父神，那六万多年，您怕过吗？"

"没有。"白玦静静望着他，"但很孤单。"

元启看着白玦，嘴角露出入神以来的第一次笑意。

"我也不怕，再孤单也不怕。您连六万年都等过来了，我也一定能做到。"

白玦脸上拂过淡淡的笑意，他在元启肩上拍了拍，神力淡去，人影缓缓消失。

一道金光闪过，元启再睁开眼时，仍是坐在景阳宫的书房里，一切恍若从未发生。

他看着手中那片枯叶，眼底涌过温情。

十三万年的等待和错过，他那一双父母，终于得了圆满。

他起身走向窗边，望向凤栖宫的方向，心底微叹。

他这一生，不知道还能不能有圆满的一日。

凤栖宫里，阿音去看了昏迷的青衣，便如往常一般守在了后殿宴爽的床前。

宴爽伤势极重，后背伤痕入骨，连仙药都无法抹去，只能靠着自身的仙力缓缓疗治。

阿音看着她身上的伤口，自责又难过，但心底始终藏着深深的疑惑。

宴爽身上的这些伤痕招招致命，毫无人性，伤她的真的是阿玖吗？

恰在此时，一阵冷风吹过。窗帘被卷开一道缝隙，阿音服了化神丹，仙力今非昔比，她猛地起身，望向窗户的方向，冷冷喝道："谁在那里？"

窗边，一道妖气化成人形，森羽一身黑袍，隐在灯火下，面容妖魅而俊俏。他目含冷光，带着妖虎一族特有的冷厉。

"你是……妖界二皇子？"

森羽入大泽山拜见闲善闲竹时被宴爽拦下，阿音曾远远见过他一眼。

见森羽颔首，阿音神色警觉，护在宴爽身前："你来天宫做什么？"

阿玖屠戮大泽山，众仙皆猜测是妖族主使，森羽趁夜悄然潜来，阿音自然敌意颇重。

"你不必惊慌，我并无恶意。"森羽瞧出阿音的敌意，沉声道，"我是为鸿奕而来。"

阿玖？阿音不为所动，神情更加冷峻："他屠戮大泽山，仙界已经对他判下九天玄雷之刑，还有什么好说的。"

"你就不好奇吗？鸿奕虽然霸道，但秉性纯善，他身受闲善闲竹相护之恩，怎么会做出屠戮大泽山的事？"

"满界上仙亲眼所见，难道还有假？纵然我不信，又能如何？"

"有时候亲眼所见的，未必是真相。"森羽道，"就算你不相信鸿奕，难道身为大泽山的弟子，你就不想知道大泽山被毁的真相？虽你师兄晋为上神，但三界诡谲之事远非你们所想的那般简单，大泽山的真相寻不出，就算他贵为真神之子，将来也未必会平安无事。"

一听大泽山之事另有隐情，且会牵涉元启，阿音朝森羽看去："阿玖屠戮大泽山有什么隐情？"

见阿音愿意放下成见，听他所述，森羽开口："有件事，除了妖皇和狐族，直到现在都未被外界所知。"他顿了顿，沉沉道，"狐族族长常沁，数月前被人刺杀于妖界幽冥山。"

"怎么会，常沁族长妖力深厚……"

阿音神色愕然，数月前她和元启才在静幽山见过常沁，怎么会这么突然？再者常沁拥有上君巅峰的实力，谁能轻易杀死她？想起惨死的澜沣，阿音眉头一皱，失声道："难道是……"

"不错，是魔族。"森羽神色冰冷，"她在幽冥山遇难，待我赶到时，已经……"森羽没有再说下去，"幽冥山里有魔族的气息，能那么轻易杀了她的也只有三界中最诡谲的魔族。"

"常沁自两百年前离开三重天后，一直留守静幽山，很少离开狐族。她为什么会突然离山，她要去哪儿？还有她为何会被魔族刺杀于幽冥山，所有的一切都是谜团。我到静幽山欲查明真相，发现狐族长老常媚也失踪了，据狐族长老所言，常沁离山之前，曾有仙界上仙入静幽山和她见面密谈。我寻找了数月都未查到入静幽山的上仙究竟是谁，直到鸿奕在大泽山的消息传来，我才猜测那日去见常沁的很有可能是闲善掌教或者闲竹尊上。他们定是从鸿奕身上发现了什么奇怪的事，才会去静幽山见常沁。"

阿音静静听着，眉头越皱越深。

"所以你才会来大泽山拜见我两位师兄？"

"是，我想知道他们究竟和常沁说过什么，又在追查什么，才会让常沁惨死、常媚失踪。只可惜，没等我见到两位上仙，大泽山就出事了。"

"就算你说的这一切属实，那阿玖呢？他屠戮大泽山、追杀宴爽和青衣是不争的事实。"

"屠戮大泽山的并不是他。"森羽缓缓开口。

阿音猛地抬头："你说什么？"

"鸿奕是狐族仅剩的九尾妖狐，常沁不在了，他必须回狐族继承王位。那日知道他晋神，我特意从罗刹地赶来，本来是想告诉他常沁出事，想带他回狐族。哪知迟了一步，我赶到时，他正被压在御风等人的仙网内。我见事态不对，便隐于一旁，众仙和鸿奕大战，被分了心神，没有瞧见鸿奕最后一刻击破仙网时，一团魔气从他体内而出从仙网内逃脱。我直觉事有蹊跷，便一路跟着那魔气，岂料那魔气在鸿奕体内受了仙力重创还能发现我，我和它在仙妖结界交手，还是被它逃脱了。后来我再回仙界，才知道大泽山满门被鸿奕所屠。若我猜得不错，鸿奕定是被魔气控制，他在大泽山做的一切情非得已，非他本心。"

见阿音神情震惊，森羽道："阿音，我知道你和鸿奕交情匪浅，否则当日也不会带他回大泽山，三日后仙族会在青龙台以九天玄雷之刑惩戒于他。他重伤在身，若是再受天雷，必死无疑。狐族仅剩这一脉，还请你看在你们往日的交情上，助我救他。"

"若我没有心怀慈悲，带他回大泽山，所有的一切都不会发生。"阿音长吸一口气，虽神色有所动，却不肯信他，"常沁妖君死于魔族之手你口说无凭，阿玖体内有魔气也是你一面之词，仙妖素有旧怨，我又怎知不是你和魔族勾结，故意残害我仙族？"

"你不信我？"森羽神色微变。

"大泽山惨状在前，我如何信你？若真如你所说，妖皇为何不拿出证据，证明阿玖和狐族是被魔族构陷，你妖族从无戕害仙族之心？"

森羽眉头皱起，他之所以半月后才来天宫，便是赶回妖界将此事告知森鸿，但他拿不出证据，鸿奕屠戮大泽山又是事实，若妖皇出面强令仙族交出鸿奕，怕是仙妖之争即刻便会挑起。

鸿奕被禁在御风的锁仙塔里，妖族无法靠近，他只能来寻求阿音的帮助。

阿音见他神色郁郁，沉声道："你既然能来凤栖宫，为何不去景阳宫将这些事告诉

元启？大泽山之难若真另有隐情，他又怎会坐视不管？"

"这便是今夜我来凤栖宫的原因。"森羽道。

阿音眼底带了一丝不解。

"景阳宫里的那位如今不是古晋，而是元启神君。他的上神之力笼罩景阳宫，我还未靠近，就会被仙族察觉，你觉得，若是现在我贸然出现在天宫，还能有机会救出鸿奕？"

大泽山被毁后，御风等上仙猜测是妖族蓄意而为，风声鹤唳，已在仙妖结界处增派了十万仙将。怕是森羽只要一出现，就会被一众愤怒的上仙杀死。

阿音明白了森羽的来意："你想让我去劝元启？"

"元启神君因为大泽山之难而觉醒，那说明大泽山定对他极为重要，如今他只怕欲除鸿奕而后快。我没有证据，他不会相信我，你是他的师妹，或许只有你的话，他才会听进去。"

见阿音面色迟疑，森羽神情郑重："阿音，魔族现世，三界必有大乱。如今常沁和大泽山都已被其所害，如果我们不能早些找出幕后之人，将来的祸乱一定会更大，即便元启是真神之子，如今上古神界关闭，他也难以独善其身。就算不为鸿奕，为了元启和大泽山冤死的人，你也应该相信我。"

"不只是我两位师兄和大泽山上下，也不只是为了元启。"阿音看向森羽，"常沁妖君对我和阿晋有恩，若真是魔族暗中作乱，害她性命，我和阿晋也不会坐视不管。"

她声音微顿，眼底一片清明："是对是错，真相如何，我会和阿晋一起查明。"

森羽颔首："只要你能说服元启神君暂缓三日后的玄雷之刑，给我时间，我一定有办法查出真相。"

阿音看了一眼天色："明日一早，我就去景阳宫。"

森羽的身影渐渐隐去："我会留在凤栖宫，等你的消息。"

深夜，风灵宫，锁仙塔。

鸿奕被仙网囚在塔中，浑身是伤，仍然昏迷不醒。明明他才是那个屠戮大泽山的人，但他眉间沉郁，像是经历着极大的痛苦。

元启立在仙网前，沉默地看着他，眼底没有一丝情绪。

长阙跟在他身后，担忧地看了一眼元启，没敢出声。

"殿下，您为何会来锁仙塔？"

鸿奕毁了大泽山，按理说元启除了亲眼看着他丧生于玄雷之下外，应该不愿再见他

才对。

"因为有很多事无法解释。"

元启突然开口，长阙更是疑惑："无法解释？什么事？"

"御风和华姝认定鸿奕是在天宫杀死澜沣的那只九尾妖狐，但澜沣遇害时，鸿奕仍在大泽山。"

"御风上君不是猜测鸿奕假借晋位之名，实则悄悄出了大泽山，潜去天宫杀了澜沣上君吗？"

"不会，当初师兄既然会在众仙面前保下鸿奕，那说明师兄很肯定鸿奕那两日定在长生殿内迎劫，并未离山。是有人杀死澜沣，然后潜回大泽山，想将澜沣之死嫁祸给鸿奕，把罪责推到他身上。"

"谁会有这种能耐？"长阙面露惊讶。

"数月之前，大泽山曾有魔族出现，当初我和师兄并不知道那魔物是何来历，也不知道它是如何破开护山阵法，在顷刻间逃之夭夭，不留半点踪迹。"

"殿下如今？"

元启望向仙网阵中昏睡的鸿奕，神色冷沉："那魔物的魔力早已晋为上神，所以我们所有人都没有察觉，它一直藏在鸿奕身体里。"

元启声音落定，手上一道银色神光朝昏睡的鸿奕拂去。

神光下，鸿奕颈间黑色的魔气若隐若现，露出狰狞森寒的气息。

九幽炼狱里，正在狱火中养伤的魔尊猛地睁开眼，露出一抹惊色。

"魔尊，出了何事？"守在狱火旁的魔兽见魔尊神色不对，小心翼翼地问。

"元启发现了我留在鸿奕体内的魔气。"魔尊脸色冷沉。

"那不是您三分之一的魔力吗？"魔兽惊道，"魔尊，您本就被仙网所伤，若是再失了鸿奕体内的魔气，怕是魔力只能勉强维持在半神之上。"

魔尊看向魔兽："怎么，你怕我护不了你们不成？"

"属下不敢！"魔兽打了个寒战，连忙回。

"哼。"

魔尊眉头紧皱，朝弑神花的方向望去。见它望向弑神花，一旁的魔兽默默移开了眼。

"魔尊，您可是要……"

那魔兽才刚出声，魔尊冷冷朝他瞥来，他骇得低下了头，不敢再问。

魔尊从狱火中而起，朝弑神花的方向飞去。

弑神花在九幽炼狱大门之处，盘根错节，密密麻麻，这魔物能吞噬上神以下一切生灵，一般的上神对上成群的弑神花，也是个被活吞的下场。

它是上古神界和三界里最可怕的生物，没有人知道它是从何时开始被囚禁在这九幽炼狱里的。

魔尊停在弑神花前，沉睡的弑神花闻到它的气息，花枝微颤，看上去十分愉悦，巨大的花瓣在它身上流连。魔尊却唇角紧抿，似是十分不耐弑神花的靠近。

盘根错节的弑神花缓缓分开，为魔尊让出了一条道路。弑神花身后，浩瀚的魔气深不见底，让人生出战栗之心。魔尊望向那片魔气，藏起眼底的忌惮，走了进去。

当弑神花海中那深不可测的魔气出现时，不远处的魔兽们臣服在地，眼都不敢抬。

直到魔尊消失在弑神花海深处，他们才抬起头，饶有深意地互望了一眼。

九幽炼狱里关押着上古神界和下三界这几十万年来最穷凶极恶的魔兽，其中许多上古魔兽的实力都在上神之上。七万多年前那场神魔大战，便是九幽炼狱里的魔兽逃出炼狱，在三界惹出的祸事。

它们会臣服于魔尊，并不是因为它是九幽炼狱里魔力最可怕的人，而是因为，它是被弑神花海中的那位选择的人。

否则，凭它刚入九幽炼狱时的道行，百年前就被炼狱里的魔兽撕碎了。

弑神花海深处并不像魔兽们想得那样森冷可怖，这里有一片红色的花海，花海上有一白石椅。

石椅上，半躺着一个人。

他白衣赤足，黑发及腰，容颜并非绝丽，却是很让人舒服的长相。

这样一个看似温和无害的人，魔尊却只敢立在花海之外，在那人睁眼的一瞬，半跪臣服于地。

"见过尊上。"

那人望向魔尊，眼底带着一抹懒意。

"我说过，我没有神位，没有尊号，不用尊称，直呼吾名便是。"

"是，玄一君上。"

魔尊仍是不敢抬眼，低声应是。它不知道玄一是谁，只知道他拥有无穷无尽的魔力，他是这弑神花海的主人，却并不把九幽炼狱里的魔兽放在心上。

每一个被关进九幽炼狱的魔兽都知道弑神花海有主，但没有人知道玄一到底是谁，而魔尊是这七万年来，唯一被玄一选择的人。

"清漓，你来见我，何事？"玄一微微垂眼，看向半跪的女子，懒懒开口。

魔尊这才抬头，赫然便是百年前被上古贬入九幽炼狱的狐族清漓。

她望向玄一，低声回："君上，我本想借鸿奕之手挑起仙妖之战，哪知关键时刻鸿奕恢复意识，害我被仙族上仙所伤，如今我残留在鸿奕体内的魔气也被大泽山的古晋察觉……"

"哦？"玄一万年不变的脸上露出一抹深意，"元启觉醒了。"

若非混沌之力觉醒，又岂能看出藏在鸿奕体内的魔气？

听他此言，清漓心底一惊。她从未告诉过玄一古晋的身份，玄一不出九幽炼狱，竟也能知道古晋是谁。

"是，元启在大泽山觉醒，已晋为上神。"

"你来见我，是怕你留在鸿奕体内的魔气被元启所毁后魔力大损，无法统御外面那些凶兽？"

"是。"清漓低头，"大事未成，我心有不甘。"

玄一眼底未起波澜，只淡淡道："你已经用你的妖灵换了一身魔力，你还能给我什么？"

即便知道眼前之人最是淡漠，清漓仍忍不住心底发寒，她望向玄一："君上被困在这暗无天日的九幽炼狱，难道就不想出去吗？您的魔力震古烁今，只要您愿意出去，别说三界，就是上古神界也……"

她话还未完，玄一已经朝她望来，轻轻一眼，犹如看死人。

"我是走是留，愿去何处，还轮不到你来做主。"

清漓猛地噤声，不敢再言。她垂下头："君上，我一定会让仙妖大乱，让魔族立于三界，请您再帮我最后一次。"

"是吗？让魔族立于三界？"玄一仍是懒洋洋的模样，但他摆摆手，"时候未到，你走吧。"

"君上，如今元启已经恢复了混沌之力，若我不能战胜他，那……"

玄一嘴角勾了勾："世上最无用的就是武力，你既然能够以一己之力让白玦护下的三界乱成这样，再乱几分又有何难？想让我帮你，就让我看看你的本事。"

他闭上眼，不再说话。清漓见他不肯相助，亦不敢露出半点愤恨，悄然起身退出了花海。

直到走出弑神花海，她后背仍是一片冰冷。就算是百年前面对上古之时，她也没有过这般不安。

可这个玄一，清漓每次见他都会有一种感觉——恐惧，无法言喻的恐惧。

玄一和上古、天启不同，那些神虽然漠视下界，但眼底仍有慈悲。

这个人的眼底却永远只有冷然，对他而言，这世上任何生灵和一山一水没有区别，都是死物。

她百年前刚入九幽炼狱，恰巧撞上一群魔兽不小心冲撞了弑神花，也不知为什么，数万年不出花海的玄一竟然在那一日出现了，弑神花外十里之内的魔兽全部死在他手里。

弹指间，所有生灵灰飞烟灭，即使是杀人的时候，他眼底也只有漠然。

清漓不知道他是谁，来自哪里，只知道他在所有魔兽被关进来之前，就在这九幽炼狱里，他是炼狱的王，最强大可怕的魔。

玄一明明有冲破九幽炼狱的实力，但却愿意千年万年地留在这片花海，他眼睁睁看着魔族苟延残喘，被三界所欺，却无动于衷。

她不甘被囚禁在这里，一心复仇，独身闯入弑神花海，剩着最后一口气跪到玄一面前，说出她的仇恨和不甘，以身相祭，甘愿死后灵魂为弑神花所食，才换来了一身上神魔力。

此后百年，她仗着玄一赐予的魔力打败炼狱里的所有魔兽，允诺带领他们闯出囚笼，重新立于三界，这才独霸了九幽炼狱。

这是她第三次见玄一，和过往百年一样，他仍对世间所有的一切漠不关心。

清漓脚步顿住，眉头皱起，想起刚刚玄一的表情。

不对，在听到古晋觉醒的时候，他分明有所动。清漓心底生出疑惑，玄一会在意元启，那他和上古神界的那些真神究竟有什么关系？

上古神界，摘星阁。

正和上古弈棋的炙阳眉间微动，他望向了紫阳山的方向，有些恍神。

自白玦回来后，上古像变了个人，每日又话痨又八卦，她瞅了瞅炙阳望向的方向："怎么了？"

炙阳摇头："无事。"

上古却不是这么好糊弄的，她挑了挑眉："瞧你这副样子，难道是想起了那个人？"

见炙阳不语，上古摸了摸下巴，颇为好奇："听说我小的时候他还抱过我，炙阳，他到底是个怎么样的人……"上古笑眯眯地摇摇头，"不对，他到底是个什么样的真神？"

世人只知上古神界有四位真神与天同寿，除了他们四人，无人知道这世上还有第五位真神。

玄一，二十万年前和炙阳同一日诞生于乾坤台，世上的魔力之祖。

但他虽是真神，却天生一颗石心，对万物生灵毫无慈悲，自他之手诞生的魔物成了上古神界和三界祸乱之源，祖神尚未踏碎虚空而去前，终不能忍受他对万物的漠视，亦不忍心将世上唯一拥有魔力的真神毁灭，便创造了九幽炼狱，将他禁于此处，交由天启看守。

如今算算，他被禁在九幽炼狱里，也有十几万年了。

"他确实抱过你，那时候你才几岁。"炙阳不为所动，即便上古旁敲侧击，也不愿提起玄一之事。

"炙阳，你说他到底在想什么，父神已经化为虚无了，九幽炼狱明明困不住他，为什么他宁愿十几万年一个人孤孤单单留在炼狱里，也不肯再回神界？"

炙阳执棋的手顿住，万年无波的眼底拂过一抹复杂的情绪。

棋子落在白玉棋盘上，发出清脆的声音，但上古始终没有等到炙阳的回答。

与此同时，天宫风灵宫锁仙塔里，长阙看着鸿奕颈间的魔气，惊讶万分。

"殿下，那屠戮大泽山的……"他顿了顿，看了看元启的脸色才道，"究竟是鸿奕，还是他体内的魔气？"

元启声音冷沉："有何区别，无论是他，还是他体内的魔气，大泽山总归是毁在他手里。"

长阙一时语滞，不敢再提大泽山："既然殿下您知道鸿奕当日所为另有内情，为何不等查明真相了再处罚他，反而会答应御风上仙三日后在青龙台以九天玄雷惩处鸿奕？"

元启看向鸿奕颈间的魔气，神色微沉。

"这魔气十分诡异，我封印初解，不过强行将神力提升至上神之位，尚不能把这魔气从鸿奕身上驱除。魔气留在鸿奕身上始终是个祸害，九天玄雷乃天地法则所衍，是魔气最大的克星。"

长阙顿时明了："殿下，您是想用九天玄雷在众目睽睽之下逼出鸿奕体内的魔气，

那便能证明大泽山之难和魔族有关，以此来说服御风上仙他们暂缓杀死鸿奕，去寻找真正的凶手。"

元启点头："在所有谜团解开之前，鸿奕不能死。"

元启和长阙从风灵宫而回时，已是破晓。

两人一路慢行，过往的仙娥们瞧见元启，远远便一副脸红心跳小鹿乱撞的模样，都是伺候惯了上仙的老人了，见了传说中的神君，连眼都挪不开。

元启恍若未见，一路朝景阳宫而去，未近殿门，他已停住了脚步。

长阙瞧见他脸色有异，循着他的目光望去，果不其然，看见了景阳宫前端着一方竹盒的阿音。

听了森羽的话，阿音一晚上没睡，破晓的时候在膳房鼓捣了一个时辰，才按着青衣的把式折腾出了一碟绿豆糕。她被古晋和大泽山上下娇养着长了这些年，从没进过膳房，做出的绿豆糕品相难看不说，还有点儿蒸煳的味道。

如今阿晋已经化神，估摸着是不会稀罕她这点小吃食的，阿音踌躇许久，到底没舍得扔掉，厚着脸皮寻了个竹盒端着绿豆糕去了景阳宫。

景阳宫前的仙侍瞧见她来，瞥了她手里的盒子一眼，笑意可掬，却疏离客气如昨日一般，"阿音女君，可是来见殿下？"

阿音点头，未等她开口，那仙侍已道："殿下和长阙仙君出宫了，还未归来，等殿下回来了，小人一定去凤栖宫告知女君一声。"

阿音未曾想元启竟不在景阳宫，她握了握手中的盒子，失望地点了点头。

"女君这是带给殿下的？那就先放下来吧。"

"不用了。"阿音摇头，那仙侍也不勉强，只笑意盈盈地看着她，不失礼，不讨好，待她犹若天宫的局外人。

阿音心里明白，大泽山已毁，元启化神后仙族中人更当他是清池宫的神君，而不再是大泽山的尊上。如今的大泽山，满打满算也只剩下她和一个昏迷不醒的青衣，与断宗无异。

天宫乃仙界至尊，若不是元启还担着他师兄的名头，这些仙侍怕是连这几分客气都懒得摆出来。

想起大泽山，阿音心底微涩，还未转头离去，便见门口那仙侍望向她身后脸色一变，猛地躬下了身。

"殿下！"

一道白色人影走过来，他淡淡瞥了那仙侍一眼，并未像往常一般应声，那仙侍心底更是忐忑，开始后悔听了鹰族侍女的几句话便对阿音不假辞色来。

人家到底是神君的师妹，瞧神君这脸色，显然犯了神君的忌讳。

阿音明明是来见元启的，可元启出现了，阿音却浑身僵硬，不敢转身。

"进来吧。"

元启未多言，淡淡开口，已经朝景阳宫里走去。

阿音没回过神，目光追着元启淡漠的身影发呆。长阙拍了拍她，朝她眨眨眼："阿音，进来吧。"

或许是陪伴了元启不同时期的人，两个人虽未有过接触，但已成默契。阿音朝他感激地点点头，跟上了元启的脚步。

但她始终落后三步远，再也不是以前拉着元启蹦蹦跳跳在他身边没规没矩的模样了。

元启一路进了书房，阿音亦步亦趋，待反应过来时，她已经在元启面前发了好一会儿呆了。

这时元启正坐在书桌前，手里拿着一本古籍。初阳还未升起，烛光在他英俊的脸上投过一抹暗影。

这一幕像极了当初阿晋在大泽山藏书阁里为她找水凝兽续命古方的那一夜。

阿音喃喃开口，唤了声："阿晋。"

持书的手顿了顿，朝她望来。

一双眼沉如墨渊，仍有暖意，却没了那时的温情。

阿音心底狠狠一抽，不必元启开口，眼底已满是落寞。

元启像是没看到她的神色一般，道："宴爽和青衣怎么样了？"

阿音见他提及两人，才找回了一点自在感："青衣好多了，伤不重，只是一直没醒过来，御风上仙和天宫的医仙都去看过了，找不出他昏睡的原因。"她神色黯了黯，"宴爽伤得太重了，鹰王每日以鹰族秘法为她疗伤，怕是要好些年才能恢复仙力。"

这些其实元启都知道，青衣和宴爽是被魔气所伤，只能慢慢修养。他不过寻些话头，让阿音能放松下来。

阿音是他亲手养大的，她的性子他最明白，大泽山上发生的一切会成为她挥之不去的梦魇，今后无论百年千年，她都会为大泽山被毁而自责内疚，永远无法原谅自己。

元启神色一顿，心底长长地叹了口气，对他而言，又何尝不是？

所以大泽山晋神之后，他和阿音未见一面，明明是唇齿相依仅剩的可相伴的人，这时却都不愿意面对彼此。

"不用急，慢慢调养，仙人岁月长久，仙力总会恢复的。"元启安慰道，瞧见阿音乌黑的眼圈，微不可见地皱了皱眉，"你刚服了化神丹，还未完全和内丹相融，怎么不好好修养？仙界的事你不用管，好好休息就是。"

"我……我给你做了一点儿绿豆糕。"阿音回得磕磕巴巴，带着点儿沮丧，"我没青衣做得好。"

元启的呼吸顿了顿，在阿音期待的目光中淡淡道："无事，殿内有仙厨，他们做得极好。"他朝门外吩咐，"长阙，让人做一桌点心送上来。"

长阙刚应声，房内的阿音脸色就变了。她又急又快地唤了一声："不用了！"

见长阙惊讶地望着她。阿音却朝元启望去："我做的东西一向不好吃，今天只是心血来潮试试手艺，你不愿吃就算了。阿晋……"她终于收了眼底那抹隐隐的小心思和期待，朝元启看去，目光清明，"我来找你，是为了大泽山那日发生的事。"

元启眼底情绪暗涌，不知道是为了阿音眼底的落寞还是因为她口中的话，他没有开口，安静等阿音说下去。

"大泽山那天发生的事恐怕另有隐情，阿玖做下那些错事也许并非本心，他是受了魔气控制。"

阿音一句落定，元启眉头微皱："这些是谁说与你听的？"

元启是阿音唯一可以相信的人，阿音并不瞒他，道："是妖界二皇子森羽，昨夜他来凤栖宫……"

阿音把森羽昨夜说的一切原原本本告诉了元启，一句不落。见元启神色不动，她有些着急："阿晋，如果森羽说的是实话，那三日后对阿玖的雷刑能不能暂缓，我们先找到那个魔族，查明事情真相……"

"你来见我，就是为了鸿奕？"毫无预兆地，元启突然开口。

阿音一愣，竟不知道如何去回。

"一个妖族，没有任何证据，说出这些话，你就深信不疑，相信不是鸿奕所为，甚至为了他能活命来求我？"

阿音脸色苍白，她急急朝元启道："不是，阿晋，我不只是为了阿玖，如果森羽说

的是实话，那师兄他们的死一定有阴谋，这一切若是魔族暗中挑拨，那仙妖两族百年的和睦定会不存……"见元启不为所动，阿音走到桌前，惶急地看着他，"魔族深不可测，又诡谲狠毒，现在上古神界又关闭了，一旦仙妖失和，魔族暴乱，到时候你怎么办？"

如今阿晋已经觉醒，在天帝未归之前，位极上神的他是仙族的主心骨，一旦仙妖开战，他定会亲上战场。如果魔族一心搅乱三界，古晋无异于他们的眼中钉、肉中刺，又怎么会有安宁的一日？

阿音眼底真切的担心似是打动了元启，但那抹柔软消失得极快，他看向阿音："就算森羽说的是实话，就算鸿奕是被魔族所控，那又如何？"

阿音被元启眼底那抹冷漠所伤，惊道："阿晋！若阿玖真是被魔气所控，那你是在乱伤无辜！"

"何为无辜？"元启缓缓起身，望向阿音，"就算是被魔气所控又如何？难道大泽山满门和两位师兄不是被他亲手所害？阿音，对你来说，鸿奕的生死比你的师门还重要吗？"

"阿晋！"阿音愣住，她不敢置信地望着元启，眼底带了血色，哑声道，"你就是这般看我的？"她喃喃重复了一句："在你眼中，我就是这种人？"

元启握住桌沿的手缓缓收紧，但他没有否认，他看着阿音眼底的愤怒一点点化作悲凉，却始终没有开口。

"原来，我在你心底，就是一个置师门和人伦于不顾的人。"阿音声音很低，元启的沉默让她心底冰寒，冷得彻骨。

"对，一切都是我的错，如果不是我当初在九幽炼狱救下阿玖，不是我执意带他回大泽山，所有的一切都不会发生。但我真的不知道会发生这一切，我不知道师兄他们会……"她声音哽咽，难过自责到说不出话来，"你相信我一次，阿玖他不会做出毁了大泽山的事，那天发生的事一定有隐情，我们一起……"

她的话还未完，门外已经响起了仙侍禀告的声音："殿下？"

阿音的声音被打断，元启却朝门外望去。

"何事？"

"华姝殿下来了。"仙侍声音微扬，"正在殿外等您。"

阿音猛地朝元启看去。华姝？阿启对她……

元启没有注意到阿音的目光，他皱了皱眉，虽不欢愉，但也没有不耐，只温声吩咐

道："让她进来。"

"是。"

只元启对华姝这一抹温情，便让阿音觉着和他如隔天堑，她握紧了手，嘴唇紧抿。

仙侍退下，华姝的脚步声便响起，想是华姝刚才便已离书房不远，那房内的争执怕也听到了七八分。那仙侍定是怕元启丢了神君的脸面，这才刻意进殿提醒。

"华姝见过殿下。"

门外，华姝的声音响起，再无以前的冷意，反而带着难以掩饰的亲近。

许是澜沣刚过世，华姝一身素白，袖上一朵黑色小花，以示祭奠，红雀在她身后跟着。

阿音转头看去，华姝面色苍白，身体单薄。

元启瞧见她的脸色，面色微缓："可是澜沣上君的祭奠结束了？"

澜沣的后事是华姝一手操办，元启以天帝之礼为澜沣下葬，她在灵前守了整整十五日，一步未离，待祭奠结束才亲自前来向元启道谢。

澜沣虽代掌天宫百年，但算起尊位，到底不是真正的天帝，这场后事，已是澜沣死后极致的尊荣。

虽人死一切成空，但现在杀死澜沣的凶手被擒，澜沣也已风光下葬，华姝心底的仇恨和怨愤到底平了许多。元启神力觉醒，恢复身份，将来仙族必是他说了算，就算是为了孔雀一族的将来，以华姝的性子，这一趟也是必不可少的。

华姝点头，掩下眉间的伤感："他在天冢里，那里有天河守护，也算得了安宁。"她说着朝元启行了个礼，"多谢殿下仁心，让澜沣能葬在天冢，这样我也能经常去看他。"

"不必谢我，澜沣上君这百年功在仙族，以天帝之礼安葬，本就应该。"

"我听御风尊上说殿下已定了那九尾妖狐三日后的玄雷之刑。"华姝面容一冷，声音一重，"他杀害澜沣，毁了大泽山，又害得闲善闲竹两位尊上身殒，让他在雷劫中灰飞烟灭已经是便宜他了。他罪行深重，就算是毁妖身，碎妖丹，永堕地狱，亦不无不可。"

华姝说这话的时候，虽是对着元启，眼却望向了阿音，显然是说给她听的。

刚才阿音和元启在书房里的争执，显然被她全听了去。

"殿下，枉死之人灵魂未息，仍在仙界上空徘徊。三日后的玄雷之刑，殿下不会暂缓吧？"华姝望向元启，问道。

听华姝此问，阿音朝元启望去。刚才她那般说理请求，以阿晋的性子，就算再气愤于她，也不过说些置气的话，一定会愿意查清大泽山被屠的真相，不枉杀无辜之人，也

给死去的人一个交代。

两双秀目静静望着，元启迎上华姝的眼，颔首："三日后鸿奕当受九天玄雷之刑，到时公主请早临青龙台，一切是非恩怨，那日亦能尘埃落定。"

元启话音落定，阿音手中一直拿着的盒子落地，她怔怔地看着元启，仿佛不敢相信他会这般回答。

一旁的华姝却露出一抹笑意，朝元启颔首："既如此，我便放心了。殿下位极三界，又是咱们仙界如今的主心骨，您的话，华姝信，华姝告退。"

华姝得了元启的承诺，亦不再多留，她朝阿音轻轻看了一眼，眼底露出一抹意味不明的嘲弄，退了出去。

直到华姝走出书房，阿音都没有抬头去看元启，她盯着从盒子里滚落的绿豆糕，眼睛发涩。

原来是真的，她的阿晋，从大泽山那天开始，就没有了。

那个会宠着她、惯着她，听她想法的阿晋，没有了。

所有人都叫他神君，只有她，还以为他是大泽山的古晋。

阿音满是疲惫，她深吸一口气，不再多言，转身就走。

"长阙，送阿音回去。"元启的声音从身后传来，不远不近，不温不冷，"阿音，魔族行事诡谲，鸿奕的事你不要插手，这几日就在凤栖宫休息，其他的我会处理。"

"不用了，天宫有神君神威庇佑，安全得很，不用劳烦长阙上君了。殿下多保重，阿音告退。"

阿音没有回头，言毕，径直出了书房。

见阿音不再唤他古晋，元启伸出的手微微一顿，直到阿音走出书房，他都没有再开口。

脚步声渐远，直至不闻。元启低头，看着滚落在地的绿豆糕，弯下身一个个捡起来，甚是爱惜地放回了盒里。

长阙目送阿音出了景阳宫，回书房时恰好看到了这一幕。

"殿下。"他有些不忍，眼中带着疑惑，"您为什么不把实情告诉阿音？她要是知道了您的打算，也就不会误解您了。"

元启把盒子放在桌上，摇头道："今日之前，我确实准备在鸿奕雷刑之前告诉她，若不是森羽来这一趟，我恐怕会把阿音拖入险境。"

"殿下是说？"

拾叁 ○ 渡劫

·385

"我一直以为魔族出现在大泽山是对仙族有怨，就算鸿奕被魔族附身，也只是魔族挑选的一把利刃，如今看来，并不只如此。两位师兄一定是从鸿奕身上发现了什么，才会去静幽山见常沁族长，但现在凡是察觉到魔族蛛丝马迹的人都死了，不论仙妖。那幕后的魔族为了隐藏行迹，无所不用其极。我们如今并不知道魔族的打算，若是他们知道阿音一力主张寻找魔族的踪迹，我怕……"

"殿下是怕阿音女君和常沁族长一样出事？"

"人力有时尽，魔族隐在暗处，我未必能时时陪在她身边。大泽山毁了，我只有她了，我宁愿她什么都不知道，甚至误会我，也不能再让她有一丝危险。更何况……"

元启声音一顿，把最后一句话隐入心底，没有再说下去。

"等玄雷之刑过后，鸿奕身上的魔气被驱除，你就带着阿音回清池宫。那里有母神设下的护山大阵，谁都闯不进去。"

他望向凤栖宫的方向，点点眷恋，点点深情，最终却化为最无奈的遗憾。

"长阙，走吧。"

长阙神思一定，心情沉痛："殿下，您决定了吗？"

元启未言，他最后看了一眼凤栖宫，化为天际一抹暗光，消失在了天宫里。

凤栖宫，久等阿音的森羽见她回殿，忙从暗处而出，问她元启是何打算。

阿音心灰意冷，朝他摇头："阿晋不相信我，三天后阿玖的雷刑不会推迟。"

森羽眉头紧皱："东华神君的徒弟怎的如此顽固！"

如今元启身份大明，即便是森羽盛怒之下，也不敢道一句"上古和白矜的儿子怎如此愚蠢"！

"阿音，元启不肯信我，只有你能帮我了。"

"你想要我做什么？"

"鸿奕被关在风灵宫的锁仙塔里，你是元启的师妹，御风肯定不会防你，你把鸿奕从锁仙塔内带出来，我在风灵宫外等你们，到时候带你们一起回妖界。"

"不行，我不能这么把阿玖带出来。"阿音摇头拒绝。

到如今一切都是森羽的一面之词，就算她心底相信阿玖不会做出这种伤天害理的事来，可御风等人毕竟亲眼见到他追杀宴爽和青衣，大泽山满门更是尸骨未寒，她身为东华的弟子和元启的师妹，又怎么能在毫无证据的情况下把阿玖从锁仙塔里带出来？

"那你要眼睁睁看着鸿奕被玄雷劈得魂飞魄散？"森羽怒道，"如果鸿奕死了，大

泽山被屠的真相只会永远湮灭。"

他的身影消失在内殿深处，只留下一句沉重的劝告："还有两天，阿音，你自己想清楚。"

殿内，阿音望着沉睡的宴爽，走到她床边，喃喃开口："阿爽，那天到底发生了什么，阿玖他是不是无辜的，师兄他们为什么会死？"她声带哽咽，所有的委屈疲惫自责倾泻而出，"你帮帮我，告诉我真相到底是什么，你帮帮我。"

沉睡的宴爽不知道是不是听到了阿音的恳求，她脸上露出痛苦的神色，指尖微不可见地动了动。

与此同时，天宫一偏殿内，华默向华姝询问了元启对鸿奕的打算，见玄雷之刑不会延迟，心底一松，让华姝退下了。

待华姝走远，他化出一方水镜，清漓冰冷的面容出现在镜中。

"放心吧，元启不会延迟雷刑，鸿奕两日后必死无疑。"

清漓却眉毛一挑，露出几分诧异："你是说元启并未推迟雷刑？怎么可能，他明明发现了我留在鸿奕体内的魔气。"

"他就算是真神之子，也不过是生来神力强于众人罢了，到底还年轻，从未经历过什么劫难，又怎么会有上古界里那些上神的心智和手段。大泽山毁于鸿奕之手乃众目睽睽，他就算发现了鸿奕体内有魔气，也只会觉得是鸿奕自甘堕魔，不会想到其他。"华默眼一眯，"不过，鸿奕体内有你三分之一的魔力，你真的要眼睁睁看着他被九天玄雷所灭？"

清漓眼底一冷："仙族若真杀了鸿奕，狐族定不会善罢甘休，出兵仙界是迟早的事。狐族如今已是妖界第一大族，就算常沁死了，实力仍在，用我这点魔力来换仙妖之争，不无不可，更何况，我有更重要的事去做。"

即便是隔着水镜，华默也能瞧见清漓眼底的冷意和不善："你想做什么？"

"自然是我在大泽山没做完的事，我原本想以鸿奕之死挑起仙妖开战，如今仙界不成，自然只能从妖界下手了。"

她语焉未详，不愿对华默说更多，只冷声吩咐道："你在天宫好好盯着，现在你也知道了元启的身份，让华姝去元启身边，想让孔雀一族在仙界彻底超越梧桐岛，元启是你们唯一的机会。"

清漓露出一抹嘲讽的笑意，森冷的面容渐渐消失在水镜里。

华默抬手轻叩在椅沿上，眼底露出一抹沉思。

两日很快就过去了，天宫之人都知道元启神君神力初成，这两日在景阳宫闭关，没敢打扰他，今日巳时是九尾妖狐在青龙台受刑之期。还未破晓，一众上仙便去了青龙台候着，最高的主位是为元启和四位尊上留着的，除了御风，其他人都到齐了，只等元启来。

辰时过半，元启和长阙便出现了。他一身玄衣，虽已入冬，但仙族一向不畏寒冷，他却罕见地披了一件雪裘，面色有些苍白，只一双眼仍墨如沉渊。

见他至，一溜儿的老神仙们纷纷起身见礼。元启少时跋扈骄纵，在大泽山这些年却沉淀了心性，待老一辈的神仙都格外有礼，倒得了更多称赞艳羡的目光。

待坐于主位，他朝一旁空着的座位望去："御风尊上……"

惊雷忙道："御风和潇溪上君去风灵宫取锁仙塔了，即刻便到。"

元启颔首，望向天宫的方向。

青龙钟敲响，巳时快到了，他有些出神，突然想起了阿音降世的那一天、九幽炼狱里和阿玖相遇的时候，还有和阿音阿玖相伴着闯荡三界的日子。

世人都说，人在一些时候，总会想起这一生最不舍的一瞬。

如今想来，他这一生，可以回忆的，太多了。

拾肆·恨相逢

　　青龙钟声伴着天宫缭绕的云雾隐隐落在凤栖宫里，一声又一声。阿音守在宴爽殿内的窗边，望着青龙台，唇抿成了沉默的弧度。

　　身后一声轻响，她回过头。宴爽正挣扎着抬起头，手扫过在床边的药碗，发出清脆的响声。她眼底猛地现出惊喜，跑到宴爽身边扶住她。

　　"阿爽！你醒了！"

　　宴爽半睁着眼，显然没有完全清醒过来，也不知道是不是天宫的青龙钟唤醒了她，她死死握住阿音的手。

　　"阿音，别让阿玖去青龙台。"宴爽的声音断断续续，焦急而惊惶。

　　"阿爽，你是不是知道什么？大泽山那天到底发生了什么事？"阿音眼底露出急色，连忙问。

　　宴爽的意识却不是很清醒，只是拽着阿音的衣袖，混乱地说着同一句话："阿玖体内有魔气，他是被魔气控制的，不是他，不是他杀了闲善掌教和闲竹道长他们，救救阿玖，阿音，救救他……"

　　可宴爽的身体太虚弱了，这样强撑着醒过来几乎用尽了她所有的力气，她终于支撑不住，倒在了阿音的怀里。

　　"阿爽！阿爽！"

　　殿外青龙钟的声音遥遥传来，快到已时了。

拾肆 ○ 恨相逢

· 389

阿音咬了咬牙，不再迟疑，她放下宴爽，朝风灵宫的方向飞去。

无论那天在大泽山发生过什么，一定不会简单，阿玖不能死，他死了，所有的真相都会被掩埋。

风灵宫内，御风和潇溪取了锁仙塔刚出殿门，便瞧见阿音在殿门口立着。

两人面露惊讶，迎了上去："阿音女君，你怎么会在这儿？"

阿音面色如常，朝两人见了礼才道："御风尊上，我想见一见鸿奕。"

御风面带迟疑，潇溪倒来了一句："阿音女君是想知道那日在大泽山究竟发生过什么？"

阿音颔首："御风尊上，请您行个方便。鸿奕是我带回大泽山的，我想知道那天究竟发生了什么，他又为何一定要置我大泽山于死地。"

御风看了一眼天色，雷刑的时辰倒还宽裕。到底是元启神君的师妹，又是东华神君的弟子，御风不好为难，将锁仙塔抛入半空，打开塔门封印，道："阿音女君，时辰快到了，我最多只能让你和他见上半刻钟，这妖狐还要在青龙台受玄雷之刑。"

阿音颔首："尊上放心，我见过鸿奕就出来。"

阿音在御风和潇溪的注视下，跃向了半空的锁仙塔。

塔中仙力浓郁，对仙人倒是个清修苦练的好去处，奈何仙力天生乃妖力和魔力的克星，鸿奕被关在里面，受仙网束缚，一直重伤昏迷，他身上还留着那日和十一位上仙斗法的累累伤痕。

阿音一进锁仙塔，脸上强装的冷静便不再，她跑到仙网边唤："阿玖！阿玖！"

阿玖似是听到了她的呼唤，眉间痛苦地动了动。

见阿玖不醒，阿音将仙力拂入他眉间，水凝兽的仙力有治愈之力，她服用了化神丹，如今仙力非同往昔。阿玖受了她的仙力，睁开了眼。

见他醒来，阿音露出喜色，向阿玖跑来，却被禁着阿玖的仙网拂开。

仙网的力量打在阿音身上，她脸色一白。

阿玖朝她喊："阿音，小心！"他挣扎着坐起来，才发现自己被禁在仙网中，周围是雾腾腾的仙气。

"这是哪里？"阿玖揉着眉头，一脸痛苦。

"锁仙塔！"阿音揉着手腕，"阿玖，你晋位那天大泽山究竟发生了什么？"

阿玖闻言一愣，在阿音的提醒下混乱的记忆在他脑海中出现，铺天盖地的鲜血涌入

眼底，他茫然地看着阿音，露出痛苦的神色："阿音，掌教、闲竹道长他们……"

阿玖看着自己的手，悲痛悔恨得难以自已："是我，是我害死了他们。"他猛地望向阿音，"宴爽和青衣呢？他们有没有事？我有没有……"

"没有！"阿音截断他的话，终于相信了森羽的话，若是阿玖还有意识，不可能不知道宴爽和青衣已经被天宫上仙所救，"他们被御风上仙救了。阿玖，没时间了，你马上要上青龙台受玄雷之刑，我是来带你出去的，你必须回妖界，仙界已经容不下你了。"她看向仙网，"怎么办才好，以我的仙力，根本无法破开这仙网。"

"阿音，不用了。"阿玖摇头，"就算我是被魔气所控，但掌教和大泽山的弟子终归是死在我手里，玄雷之刑是我该受的。"他看向阿音，眼底带着柔软，"你愿意相信我，愿意救我，这就够了。"

见阿玖眼底毫无生念，阿音气急，怒道："胡说什么！你是被魔族控制，师兄他们根本不是死在你手里，你要是死了，我们大泽山一门惨死的真相永远难见天日，谁帮我们找到凶手？"

她顿了顿，见阿玖不为所动，一副等死的模样，终于忍不住开了口："常沁族长死了！"

一直垂着头的阿玖一顿，他露出不敢置信之色，猛地朝阿音跑来，手拉着仙网被灼烧得鲜血直流也浑不在意："你说什么！我姑姑怎么了？"

"常沁族长死在魔族手里，连尸首都没找到，森羽只带着她的妖丹回了狐族。"常沁是阿玖唯一的亲人，阿音实不忍开口，但如今除了常沁，没有谁能让背负着大泽山满门鲜血的阿玖有斗志活下去。

"常沁族长的仇还等着你去报，大泽山被毁的真相还没有查出来，阿玖，你不能这么不明不白地死在青龙台上。"

阿音抚上他满是鲜血的手："你要活下去，你一定要活下去。"

碧绿的仙力自阿音掌心而出，源源不断地进入阿玖身体里。他身上被仙网所伤的地方以肉眼可见的速度极快复原，本已被压制的半神之力缓缓苏醒。

阿音为了救鸿奕出锁仙塔，还是违背了对古晋的承诺，动用了水凝兽的寿元。

"阿音，快停下！"

阿玖深知水凝兽寿元不长，不肯受她疗伤，阿音却定定看向他："阿玖，魔族隐在暗处，你必须回去，你的族人还在等着你。"

阿玖动作一滞，终是没有推开阿音的手。

锁仙塔外，御风和濂溪久等阿音不出，心底不由得生出不安来。

御风看了一眼天色，青龙钟的声音越来越近："濂溪上君，雷刑的时辰快到了，我进塔去带阿音女君出来，你守好塔外。"

濂溪点头。御风刚准备飞向锁仙塔，一道微弱的妖力从锁仙塔中散开。

"遭了，那妖狐破了仙网！"

御风脸色一变，化出仙剑想封住锁仙塔门，耀眼的红色妖力已然从塔里射出，刺得人睁不开眼。

一道红光闪过，阿玖扶着脸色惨白的阿音已经立在了锁仙塔外，他身上半神之力虽已不受仙网所制，但到底伤势过重，根本没有那日在大泽山的实力，这时候连寂灭轮都召唤不出来。

"阿音女君！"御风面色难看，眼底有掩不住的惊讶和失望，"这狐妖丧尽天良，毁了大泽山满门，又杀了澜沣上君，你身为东华神君的弟子，怎可救他出锁妖塔？"

"御风上仙，阿玖是无辜的，他被魔气所控，才会做出那些事。"

阿音刚想解释，御风却已斥来："胡说！他追杀宴爽和青衣是我亲眼所见，难道这也有假，你是非不分，相帮妖族，简直糊涂！"

他面色一冷，手中仙剑朝阿玖指去："妖孽，你残害仙族，人神共愤，本尊绝不会让你走出天宫。濂溪上君，拦住他。这妖孽妖气冲天，青龙台的元启神君定已经察觉，等神君赶到，便是你的死期！"

"元启？神君？"阿玖眼底现出一抹疑惑，他到底愧疚于大泽山众仙之死，即便厌恶仙族，此时也不愿对御风出手，只冷冷道，"大泽山之事另有隐情，我一定会查出真相给大泽山一个交代。但我不欠你们仙族，滚开，我不想再伤无辜。"

"有本尊在，你休想离开！"御风掌中仙剑仙力大震，朝阿玖而来。

一把长戟横空出世，将御风全力一剑挡开，森羽出现在阿玖身前，和御风缠斗在一起："鸿奕，带阿音走！"

见是森羽，阿玖脸色数变，但也知这不是追究陈年旧怨的时候，他扶着阿音就要离开，却被阿音推开。

"阿音？你……"

"阿玖，我不能走。"阿音摇头，"我是大泽山的弟子，我不能走。"

"不行，你救了我，他们不会放过你的。阿音，和我一起回妖族！我能保护你。"

"有阿晋在，他一定会相信我的，我不会有事。你快走，回妖族，查出真相，找到杀害常沁族长的凶手。"

森羽和御风卷起一道道仙妖之力，一旁的潇溪眉头紧皱，终于不再顾及阿音，朝两人而来。阿音化出仙剑，一把推开阿玖，迎上了潇溪的攻势。

"阿音女君，你不要再执迷不悟了，这妖狐害了大泽山，一直在骗你！你这么做，怎么对得起大泽山上下和元启神君！"

阿音抿紧唇，不再辩解。她生而为水凝兽，极少学过御敌之法，几乎是靠着一股本能在战斗，但潇溪惊疑地发现，阿音这源自天性里的本能，完全不像是一只从未上过战场的水凝兽。

不远处听闻了动静的青龙台众仙浩浩荡荡朝风灵官而来，白色人影立于众仙之首，卷起浩瀚的神力。

森羽暗道一声不好，生生受了御风一剑强行近御风之身将他的仙剑斩断，逼得他后退半丈以避日月戟。他抓住这个空隙，退到阿玖身边，抓起他朝天宫外飞去。

"走！"

"不行，我要带阿音一起走！"阿玖不肯先走，森羽气得拉住他的领子怒吼，"你不走，你姑姑就白死了！"

趁着阿玖恍神的空隙，森羽幻出妖兽虎身，将重伤的阿玖甩到背上，毫不停歇地朝天宫外逃去。

虎背上，阿玖回过头望向天宫。

这时候，和潇溪正在缠斗的阿音回过头，望着远走的阿玖，终于松了口气。

一道剑气拂过，击在阿音身上，她痛呼一声，再也支撑不住，重重摔落在地。

与此同时，青龙台上的众仙终于赶到，一个白色身影落在了伏倒在地的阿音面前。

元启远远瞧见阿音被御风一剑击中，重重落地。他眼底一片凛然，眉宇肃冷得不成样子，就要去扶起阿音。

"怎么回事？"跟着前来的华妹突然迈出一脚问道，恍似无意地拦住了元启。

"神君。"御风朝元启微微拱手，收起仙剑，他朝阿音看了一眼，颇为无奈道，"刚刚阿音女君入锁仙塔，放走了九尾妖狐鸿奕。"

"什么！她放走了鸿奕？"

御风声音一出，众仙群情激愤，看阿音的目光皆匪夷所思。

堂堂东华神君的弟子，元启神君的师妹，怎么会把覆灭自己师门的妖族放走，简直大逆不道！

"我就知道你不安好心！"华姝更是气愤，掌心遮天伞化出，"当初就是你把那妖狐带进的大泽山，说，是不是你早就和妖族勾结，一心害我仙族！"

伏倒在地的阿音一脸苍白，嘴角有血迹，她声音虽虚弱，却坚定无比，摇着头："不是，御风尊上，阿玖他不是屠戮大泽山的真凶，他是被魔族控制了，刚刚宴爽醒来过，她能证明大泽山上发生的一切不是他的本心。"

她看向元启，眼底带着隐隐期盼："阿晋，你相信我，阿玖他一定没有说谎。"

元启没有开口，御风却皱眉问出了声："阿音，你说鸿奕是被魔族附身，宴爽公主能证明？公主她醒了？"

他比其他人更敏锐些，又想起当初闲善也曾说过大泽山被魔族闯入，这才有此一问。

阿音点头："青龙钟敲响时宴爽曾经醒来过……"

一旁的华姝一听阿音口中说出魔族，心底陡然一惊，生出浓浓不安，她直觉不能让阿音再说下去，遮天伞的仙力更盛几分，指向阿音："荒唐，什么叫醒来过！你空口白话，谁能信服？况且哪里来的魔族！分明就是那妖狐做下的祸事。"

眼见着华姝手中的遮天伞就要伤到阿音身上，一旁的上仙们气愤于阿音放走鸿奕，谁都没有阻止，但元启却动了，他手一挥，随手拂开了华姝就要落在阿音身上的仙力。

华姝跟跄两步，正好跌在孔雀王怀里，她脸色青白交错，尴尬而愤怒："元启神君，她勾结妖族，放走鸿奕，你怎么能还护着她！"

元启恍若未闻，他一步步走到阿音面前，解下白裳披在阿音身上，把她抱起来看向众仙。

"她是我大泽山的弟子，无论她犯下什么错，都该由我大泽山来处罚。"元启的目光落在华姝身上，淡淡道，"华姝，你僭越了。"

自大泽山满山被毁、元启觉醒后，仙族心底都觉着元启是真神之子，那必是以清池宫之主的身份立于三界，大泽山只剩一只水凝兽和一个青字辈小道童，实与灭亡无异。今日元启这话，是明明白白告诉整个仙族，只要他还在，大泽山就永远屹立于仙界，绝不会消失。

一众仙族都是活了万年的老妖怪，哪里听不出元启话中的意思。

见元启相护阿音，阿音又牵扯出了魔族之事，害怕清漓的身份暴露会牵连到孔雀族，华默明白阿音的命绝不能再留。

　　他眼一暗，按住华姝，挺身道："元启神君，姝儿并非要对阿音女君出手。鸿奕屠戮仙人是诸位上仙亲眼所见，证据确凿，如今仅凭她几句空口白话，怎可随便说鸿奕无罪？阿音女君说鸿奕是被魔族所控，那魔族究竟是谁？又在哪里？何人曾经见得？就算是有魔族牵涉其中，我们又怎知不是妖族和魔族勾结来祸害我仙界？她放走鸿奕，若是姑息于她，我们如何给死去的澜沣上君、闲善掌教和闲竹道长一个交代？"

　　华默心思深沉，不若华姝一般冲动，寥寥两句，便将天宫上仙的愤慨失望之情全部挑起，拉到了他的战壕里。

　　华默余光在众仙面上扫过，知道火候差不多了，朝元启深深一躬："还请元启神君以我仙界安危为本，秉公而断，以护仙界法典之重。"

　　华默这句一出，除了御风和濂溪，其他上仙不再迟疑，一齐朝元启半礼，齐声而呼："请神君秉公而断，以护仙界法典之重。"

　　但两人的迟疑在众仙的大势下却显得微不足道。

　　仙界德高望重的老神仙几乎尽在此处，他们认定阿音有罪，在没有证据的情况下，就算元启身为上神，也不能强行赦免阿音，更何况他虽身份尊贵，乃真神之子，可他毕竟不是仙界之主。

　　阿音见元启被这些上仙为难，就要从他怀里挣脱下来担起罪名。哪知元启突然按住了阿音挣扎的手，将她紧紧锁在自己怀里。元启望向他面前的上仙，目光沉沉。

　　"她是有罪，但本君说了，她是我大泽山的弟子，除了大泽山，谁都不能处罚她。"元启的目光在华默身上划过，瞳中的冷意让深沉的孔雀王都忍不住心底颤了颤。

　　"如今大泽山以神君为主，神君打算如何处罚阿音女君？"华默已然胆寒，却知这是个千载难逢的机会，他迎着元启的怒意，仍强行要个答案。

　　众仙不知他心底的打算，以为他是气愤于女婿澜沣上君之死，这才执意要个公道。

　　"神君。"惊雷向来和华默交情不错，他看不得老友受委屈，从众仙中走出，他以上君身份，竟俯身半跪于地，声音如雷，"仙族立于三界六万载，向来法规肃明，两位陛下执掌仙界不易，还请神君以大局为重，严惩阿音女君！"

　　他这一跪，无论身份和年纪都不适合，显然是逼着元启做决断了。风灵宫前因为孔雀王的质问和惊雷尊上的这一跪沉默下来。

拾肆 ○ 恨相逢

· 395

众仙望向元启，虽不言，但却在等他做一个交代。

阿音吃力地望向众仙，还未动，一双手覆了下来，落在她的眼上。她陡然失了光明，只能听到靠着的胸前响起的微冷的声音。

"大泽山女君阿音，私放九尾妖狐鸿奕，即日起被禁凤栖宫，半月后剔除仙骨，剥除仙籍，禁足清池宫，不得再入仙妖两界。"

剔除仙骨？剥除仙籍？这惩罚不可谓不重，可又将她禁在清池宫，清池宫是上古神君在下界的殿宇，谁敢闯进？这等于迂回地保了阿音一条命。

风灵宫前，元启的声音沉沉响起，众仙怔住，看了一眼元启冰冷的神色，皆不敢再言。

元启未再多说一句，抱着阿音转身朝凤栖宫而去。

阿音仍在他怀里，眼上的手温热干燥，明明带着暖意，她却如坠冰窟，只觉得浑身冰冷。

风灵宫的事儿早就传到了凤栖宫，宫里的仙侍们不敢靠近回来的两人，远远地行了礼就避开了。

元启一路抱着阿音入了内殿，他把阿音放在床上，就要将神力注入阿音体内替她疗伤。

手中的人微动，避过了他。元启的手一滞。

"你答应过我，不再动用寿元之力为人疗伤。你这性子，怕是我说再多，都没有用。"这声音让人嚼不清话里的深意。

元启说着，手未停，仍扳过阿音的肩将神力注入她体内，阿音脸上恢复了一丝血色。

"你要把我逐出仙界？"阿音望着元启，仍是不敢相信。

见他不回，阿音小声地却又像带了一点期盼地说道："阿晋，宴爽醒来过，她告诉我阿玖是被魔族附身，大泽山上发生的事真的不是阿玖的本心，我不是不顾师兄他们……"

"阿音，去清池宫吧，以后，好好留在那里，不要再入仙妖两界，也不要再介入两族的争端了。"元启却像没听到阿音的解释，突然开口。

阿音愣住，怔怔地望着元启。刚才风灵宫前她以为元启是被众仙所迫，虽然难过，却不似现在。

她看着元启，才知道，他真是这么想的。

那双眼淡淡的，再也没有往日的温情和宠溺。

"你要把我关在清池宫？"阿音缓缓开口，一字一句，"剔我仙骨？剥我仙籍还不够……"她昂着头，望向面前的青年，脸上一丝血色都没有，"你要把我永远禁在清池宫？"

元启不再看她，起身朝殿外走去。

"不是永远，这半月你就在凤栖宫里，剔除仙骨后，你身上不再有水凝兽的治愈之力，只是一只普通的仙兽，你体内的化神丹可保你万年寿命。从此以后鸿奕也好，大泽山也罢，仙妖两族的仇怨都与你无关，你好好留在清池宫，长阙会照顾你。等过个千年，世人都忘了这件事，你再出来吧。"

"为什么？为什么你明知道阿玖是被魔族所控，还要把我剔除仙骨锁在清池宫？"阿音眼底满是悲愤。

她已经告诉元启宴爽醒过，就算其他人不信，他为何也不愿意相信？甚至决绝地对她惩罚至此？

"无论鸿奕是否被魔族所控，大泽山亡于他之手是事实。"

元启的声音沉沉传来，阿音无法辩驳。

"那你呢？你把我禁在清池宫，你呢？"元启即将跨出殿门的一刹那，阿音的声音传来。

不知为何，那一瞬，元启眼底现过一抹沉重的悲怆。可他的声音响起时，却淡得无悲无喜。

"我身负神责，自然要留在天宫，清池宫，我不会再回去了。以后，你……"他脚步顿了顿，"好好保重。"

玄衣神君冷漠的背影在殿外渐行渐远，阿音无力地垂下头，心底一片荒凉。

"殿下……"凤栖宫外，长阙等着元启出来，见他脸色苍白，他默默跟在元启身后，几番隐忍，终于忍不住开了口："殿下，您怎么不把真相告诉阿音女君，要是她知道……"

元启兀地转头朝他看去，眼中神色斩钉截铁："不准让她知道。"

这声又冷又厉，全然不似元启的性子。

"鸿奕回了妖族，但他体内的魔气随时有可能将他控制，他已经晋神，若再被魔族所控，太危险了。明日我就去狐族一趟，把鸿奕带回来。经过此事，魔族已经惊动了，我们只能先发制人，将魔族现世的真相昭告三界。我们暂时还不知道妖界是否和魔族有所牵连，妖皇和森羽都不能信，我能做的只有在姑姑回来之前凝聚仙界的力量。以后的

事……”元启的话意味不明，“只能交给姑姑了。”

“殿下！”长阙却比寻常人更通透，他顾及的不只是仙妖之争，这段时日看两人相处也知道这对师兄妹的情感不寻常，“你如此珍视阿音女君，为何不告诉她？若是女君她也是这样待您，那将来她……”

“所以，她不该知道。”元启打断长阙的话，他回过头，看向凤栖宫的方向。

“让她去清池宫吧，三界纷纷扰扰，从此以后，我也好，鸿奕也好，都和她无关。她本就是一只逆天而生的水凝兽，若不是我在禁谷强行将她蕴养出世，这一切，她都不该面对。如今，我还她一世安宁，也好。”

元启最后望了一眼凤栖宫，转身朝景阳宫而去。

长阙望着元启远去的孤寂背影，不知为何，眼底竟盛满悲悯。

一日后，森羽带着重伤的鸿奕回到了静幽山。他对鸿奕身上狂乱的神力无能为力，狐族只好把鸿奕带到了后山梧夕的面前。

“梧夕前辈。”常韵将昏迷的鸿奕小心放在静幽湖边，面有焦急，“少族长这是怎么了？”

梧桐树中化出一青衣男子，落在了鸿奕面前。

梧夕自数万年前留在狐族静幽湖后，这还是头一次在他们面前化成人形，常韵和几位狐族长老急忙忙退后见礼。森羽好奇地打量着这个原本是凤族仙人的前辈，他曾听常沁提起过，梧夕几万年前便已隐居在静幽山。不知以梧夕的法力，当年到底经历什么事才会离开凤族，隐身在妖界这小小一山中。

梧夕手微抬，一道金色神力落在鸿奕身上，黑色的魔气在他额间一闪而过。

“这是魔气？”常韵神色大变，“少族长体内怎么会有魔气？”

森羽更是讶然，大泽山被灭之日他曾亲眼看见那团魔气窜出鸿奕体内，没想到竟是百足之虫，死而不僵。

“鸿奕被魔族附过身。”森羽解释道，“想不到这魔族如此强悍，被仙网所伤，还能留一丝魔气在鸿奕体内。”

梧夕叹了口气，神情凝重：“他虽然晋位半神，但是魔气入心，如今他用自己的妖丹在抵抗魔气的控制，才会神力混乱，昏迷不醒。”

“前辈可有办法？”常韵急道。

常沁已亡，常媚失踪，如今狐族唯一的希望就是鸿奕。

梧夕沉默半刻才开口："不是没有办法，只不过……"

"只不过什么？"常韵一喜，见梧夕不语，忙道，"前辈只管开口，为了少族长，狐族上下拼尽全力也会做到。"

梧夕却看向一旁的森羽，手一抬，一枚灵气浓郁的血红妖丹出现在他手中。

"鸿奕年岁尚轻，又心负对大泽山的愧疚，心智不坚，才会无力抵抗魔气的侵袭，除非将常沁的内丹渡入他体内，以常沁内丹的真火淬炼他的心智和妖丹，让他自行将魔气炼化。这是唯一能救他的方法，二殿下，你可愿意？"

梧夕此言一出，静幽湖边一阵安静，狐族长老神情讶异悲痛，却未出声。森羽不是狐族，本无开口的权利，但常沁的妖丹是他亲手带回留在静幽山保管的，他和常沁更是纠纠葛葛几万年，狐族众人实在未想到，有一天森羽竟是那个来决定狐族未来的人，也是世事无常，唏嘘不已。

森羽看着梧夕手中的妖丹，沉默不言，他望了一眼地上昏迷不醒的鸿奕。许久才开口："鸿奕小时候，她最疼他，她把鸿奕看得比自己的命还重，她又怎么会不愿意？前辈，你救鸿奕吧。"

常沁的妖丹是常沁留下的唯一念想，否则当初森羽也不会带回狐族，可现在却连她最后留在世上的东西也保不住了。

森羽说完，转身朝静幽湖外走去。

看着森羽的背影，梧夕眼前突然浮现数万年孑然一身、心灰意冷远离凤族的自己，沉寂几万年的眼底拂过一抹波动。

罢了，欠了狐族先辈的恩义，这一次就当是最后还狐族的恩情了。他若不出手相救，九尾狐自此断绝，狐族便真的要没落了。梧夕叹息一声，卷起地上昏迷的鸿奕，消失在梧桐树中。

半个时辰后，重重雷劫倾覆而下，毫不逊于当初大泽山上鸿奕渡劫之威，但来势汹汹的雷劫却被那棵神力浩瀚的梧桐树尽数吸入，直至四十九道雷劫结束。

天雷消失的一瞬，一道赤红的神光伸向天际，硕大无比的十尾天狐虚像出现在静幽山上空，震惊了整个妖界。

与此同时，妖界三重天玄晶宫后殿，一剑入心奄奄一息的森鸿看着远空那抹威严的天狐虚像，对身前持剑的女子露出不屈的战意。

"妖族新的皇者出世了，他比我……比我更加强大。你的野心和毒计绝不会……绝

不会有实现的一日。"

鸿奕成神的那一瞬，他体内的魔气被完全炼化，玄晶宫内持剑的女子脸上露出扭曲和痛苦的神色。

"十尾天狐又如何，我杀得了你，一样杀得了他！"

森鸿眼底的生机缓缓消散，他望着面前模糊的面容，突然伸出手拂去，格外轻柔。

"当年我和他一起遇见的你，若是我早一些表明心迹，或许你就不会被困在第三重天这么多年了。"森鸿的手落在女子脸上，却已无力支撑，他缓缓闭上眼，瞳中最后一抹星光归于黑暗。

"就算我说了，你也不会答应吧，这么多年，你心里终究只有他一个人。阿沁……"

森鸿的手重重落在地上，再也没有声息。

妖界一代皇者，亡。

也不知道，他的遗憾在这一刻有没有得到圆满。

那些来不及说出的话，从来不曾说出的话，被埋葬在过往几万年的岁月中，终成尘埃。

一滴眼泪从脸上划过，落在死去的森鸿手上。

持剑的女子抹去脸上的泪水，露出意味不明的嘲讽和怨毒。

"当年在玄晶宫里我便看出来森鸿钟情于你，想不到他如今还一心向你。我要多谢你，如果不是你，我怎么能杀得了妖皇，还能在天宫里诛杀澜沣，把所有罪名推在你那宝贝侄子身上。"

一口鲜血从女子嘴中吐出，她看向静幽山的方向，眼神冰冷而毫无感情："他竟敢把我的魔气全部吞噬，好戏才刚刚开始呢，我会让他亲手死在你的手上。"

一阵冷风吹过，持剑的女子化成黑色魔气消失无踪。

赶赴静幽山的元启停在仙妖结界处，同样瞧见了那恢宏无比的十尾天狐印记。

他眉头紧皱，目光沉沉："鸿奕晋神了。"

长阙惊讶道："那他体内的魔气？"

元启摇头："被吞噬了。"

长阙急道："那如何是好，鸿奕体内的魔气消失了，就没办法证明他是被魔族所控，那大泽山被灭的真相……"

见元启仍向妖界而去，长阙急忙阻止："殿下，你现在不能去狐族，鸿奕是十尾天狐，他如今的神力今非昔比，他只知道您要在青龙台上对他施九天玄雷之刑，若他记着

这仇怨……"

"大泽山上的一切非他本心，他不会和我动手的。当初他被魔气所制，又昏迷不醒，我无法得知大泽山上的真相，才会用九天玄雷引出他体内的魔气。如今他醒了，自是可以告诉我他体内的魔气究竟是怎么回事，去静幽山。"

元启话音落定，和长阙朝静幽山而去。

静幽湖边，鸿奕一身红袍，神力浩荡。狐族长老跪倒在地，迎接新王。

鸿奕朝梧桐树的方向重重一礼，沉声道："多谢前辈相护之恩。"

梧夕化为人形，落在他面前，面上略有疲惫，神力亦不若刚才那般浑厚。想来帮鸿奕炼丹渡劫，梧夕耗费了大半神力。

"狐族六万多年不曾出过十尾天狐，你的出现也算是天意"。梧夕感慨道，"我留在狐族几万年，今日总算是功德圆满。将来之事，便要靠你自己了。"

"鸿奕，你生性倔强，但切记万事万物自有缘法，勿要执着。"

梧夕的声音渐渐淡去，他的身影和湖中心那株修养万年的梧桐树缓缓化为虚无，朝东方而去。

仙界极东，乃是梧桐岛的方向。

从来处来，往去处去。

梧夕离开凤族数万载，终是仍有心结，或许此去，能解万年前之憾。

狐族被梧夕庇佑了几万年，见他离去，常韵常火等长老唏嘘不已，但好在狐族十尾天狐出世，鸿奕又已晋位上神，狐族在妖族中的地位只会更胜一筹。

"姑姑是在哪儿出的事？森羽是如何发现她的？"

炼化了常沁的妖丹，鸿奕自是知道常沁确实出了事，他唯一的亲人被人害死，他晋神之后自然要先找到害死常沁的人。

"我这就去让二殿下进来。"常韵亦忧心常沁之死，正欲让森羽入湖，一转头却看见森羽满脸凝重地走来。

"鸿奕。"森羽人未至声先至，"我们要去三重天玄晶宫一趟。"

"发生了何事？"见森羽神色凝重，鸿奕不免讶异。

"妖皇出事了。"

森羽掀开衣袖，上面四只相伴而生、威风凛凛的虎印，只剩下一只仍有鲜活之意，其余三只，皆是死印。

森鸿百年前已是上神，谁能在妖界皇宫悄无声息地杀了他？

鸿奕顿感事态诡异，不再迟疑，稍做交代后和森朝羽朝三重天而去。

两人离开后半日，元启和长阙抵达静幽山。

半年前元启仍是古晋时曾拜访过狐族，那时常沁尚未身亡，一众狐族长老也对他礼遇有加，今日他还未靠近，便被严阵以待的狐族长老们拦在了静幽山外。

鸿奕屠戮大泽山，元启欲将其诛杀在青龙台的事早已传遍三界。常韵见元启未隐藏行迹而来，神情凝重。

"常韵长老。"半年光景，再见之时，元启已是真神之子，仙界神君。他并未自傲，但言谈间已见神威。

纵两界如今仇深，常韵亦不敢对元启不敬，仍恭声见礼："见过元启神君。"

"鸿奕何在？让他出来。"

狐族十尾天狐出世三界已知，元启不愿浪费时间，开门见山。

元启出身大泽山，如今明显是仙族一派，常韵自是不会告诉他妖皇出了事，只含糊道："族长不在静幽山。"

元启皱眉，显然不信。常沁已亡，鸿奕刚刚晋位，狐族百废待兴，他这个时候怎么会离开狐族？

"若神君不信，只管入山查看。"常韵自知拦不住元启，退开一步，但眼中却没有半分退让。

"只是当初神君有求于我族时，先族长也曾对神君亲厚有加，如今先族长尸骨未寒，神君若是执意闯我静幽山，我狐族无人可挡，亦无话可说，但族长确实未在族内。"

见常韵常火一副誓死守山的模样，元启仿佛看见了大泽山上那些为了师门一步不退的同门。

他看向常韵，叹了口气，沉声道："常沁族长失踪前曾经见过我闲竹师兄，我两位师兄和常沁族长的死都有蹊跷，常媚长老亦下落不明，如今只有鸿奕知道大泽山上究竟发生了什么，也只有他知道那些隐在暗处的魔族在哪里，我是为了寻找真相而来，并不是为了杀他而来，否则在天宫他早就死了。常韵长老，鸿奕到底去了哪里？"

元启虽已晋神，但却和半年前那个目光澄澈的青年并无二致。

常韵想着如今鸿奕已经晋神，又是十尾天狐，神力未必在元启之下，更何况若是能洗刷鸿奕身上屠戮大泽山的冤屈，狐族是一百个愿意。

她微一犹疑，终于开口："玄晶宫出事了，族长和二殿下去三重天了。神君若是想见族长，去玄晶宫吧。"

玄晶宫出事？元启目光一沉，顿觉不安，和长阙朝三重天而去。

玄晶宫内，森羽半跪于地，扶起倒在血泊中的兄长，亲手抽出森鸿胸前那把仙剑，眼中满是哀恸。

如今妖虎一族，传到他这一代，竟只剩他一人。

仙剑之上，"御风"之名赫然。他双目赤红，悲愤之声响彻玄晶宫。

"仙族欺人太甚！诛杀吾皇之仇，我妖虎一族绝不姑息！"

三重天外的枫林里，赶往玄晶宫的元启骤然顿住身形。他神情凝重，望向枫林深处。浓郁的魔气若隐若现，缓缓朝两人涌来。

"殿下？"长阙神情一变，化出仙剑，护在元启面前。

魔气现身，化成一团黑雾立在两人不远处。

"是你！"元启面容更冷，眼底竟罕见地出现了一抹杀意，"那个闯入藏书阁的魔族。"

数月前这魔族闯入大泽山，重伤阿音，事后却逃得无影无踪。元启如今知道它当时潜进了鸿奕体内，那在大泽山上控制鸿奕屠戮大泽山满门的必是此人。

"是你控制鸿奕，杀了我大泽山满门。"元启冷冷开口，越过长阙，望向那团黑雾。

"殿下！"念及元启如今的身体，长阙眼底拂过一抹担忧，却又怕在这魔族面前露马脚。

"不错，大泽山上下是本尊所杀，元启神君，你寻找鸿奕，不就是为了得到本尊的下落，如今我来了，不是正和你意？"

"藏头露尾，也敢自称为尊。"元启毫不客气地呵斥。

"元启神君身份尊贵，我这个下三界的魔族自是不敢在神君面前称尊。"黑雾中的声音嘲弄十足，拖着长长的不屑之音，"可纵你身为真神之子又如何，你还不是护不住你的师门。小神君，那些老道士小道士临死之时的惨叫，我可是每日回味呢……"

"住口！"元启再也不能忍受黑雾对大泽山逝者的亵渎，掌心化出元神剑，朝黑雾而去。

"殿下！不可！"

长阙在这时瞧出不对劲，意图去拦元启，却失了时机。元启踏入枫林深处，一剑落

在那黑雾之上，黑雾一剑就被元神剑的剑光击得粉碎，显然不是真身。

元启所在之处黑色禁制陡然出现，将元启和意图拉他回去的长阙困在了阵法之中。

"哈哈哈哈，想不到大泽山在神君心中竟然如此重要，小神君，你这重情重义的性子，倒真是和你母亲截然不同！放心，我知道我伤不了你，可困你在这小小天地之间，本尊还是做得到的。"

张狂的笑声在阵法外响起，清漓化出真身，逼出心头血祭在阵法之上。阵法魔气更盛，固若金汤。

鸿奕吞了清漓三分之一的魔力，如今她又用三分之一魔力来困住元启，怕是此时的清漓，维持在半神之力上都勉强。

她冷冷扫了一眼被困住的元启，转身朝天宫而去。

阵法内，元神剑一剑剑击在阵印上，那黑色阵法却岿然不动。

元启身上的神光渐渐变得微弱，元神剑发出急促的鸣叫，围在他身边不肯再动用神力。

"殿下！"长阙扶住元启，"您现在的身体，怎么还能再动神力！"

元启推开他，眉头紧锁："那魔族困我在此，一定有所图，是我大意了。这禁制上有她的心头血护着，长阙，你破开此阵需要多久？"

长阙面色凝重道："这阵法是以上神之力布下，我要破开最少也需要半个月。"

半个月？元启眉头皱紧，太久了，阿音的刑罚尚不足半月，他被困在此处，天宫里的阿音怎么办？

元启透过沉沉魔阵望向仙界天宫的方向，眼底划过担忧。

就在这一日，妖皇森鸿死于仙族之手和狐族族长常沁身亡的消息如惊雷一般传遍三界。

已经晋神成功的狐族新族长鸿奕在森羽的拥护下临危受命，成为新的妖皇。

妖界大军在森鸿身死的三日后集结在仙妖结界处，等待新皇的军令。

仙界天宫，御宇殿。

御风惊雷等四位上仙高坐，三府六洞的老神仙们眉头紧锁，倒是华默父女神态间不似他们这般沉重。

"惊雷尊上，如今妖族盛传森鸿是死在我仙族手中，他们聚集大军在仙妖结界处，战事一触即发，如此重要之时，元启神君去了何处？"

仙妖征战几万年，这些个老神仙早就习惯了。只是开战都讲究个名正言顺，明明是鸿奕屠戮了仙山，罪孽深重，森羽将他救回妖界，仙族没找妖界问罪已是网开一面，这才几日就成了妖皇死在仙族手中，鸿奕不仅成了妖皇，妖族还一副来势汹汹的模样，任谁都接受不了这反转。

"荒唐，天帝未归，妖皇堂堂上神，仙族中人谁能杀他？我看是他们妖族内讧，将罪责推到我仙族身上才是！"惊雷怒道，一副妖族阴诡滋事的模样。

"惊雷上君说得不错。"华默颔首，很是赞同，"那妖狐罪孽深重，很可能是他怕妖皇惩罚于他，晋神成功后杀了森鸿窃取皇位，甚至将罪责推到我们仙族身上，蓄意挑起仙妖之战。若是妖界得胜，我仙族又岂能去惩罚他这个妖界之主？"

华默徐徐分析，倒是有理有据，不少掌教纷纷点头，似是认同了他的说法。

只有御风摇摇头："我看不像，森羽敢来天宫救鸿奕，必是妖皇暗中首肯，他如此庇佑鸿奕，鸿奕怎会杀他？更何况妖皇两兄弟感情深厚，一向互相扶持，若是鸿奕所为，森羽怎么可能拥他为皇？"

御风到底辅佐澜沣掌管天宫多年，又一向理智谨慎，他的话颇有几分重量。

华默眼中暗芒一闪，拂过几分恼怒，面上却不显半分。

"御风尊上说得是，不过妖族向来狡猾，鸿奕害死了帮他救他的大泽山满门，足可见其忘恩负义、心狠手辣。森羽识人不清，甘心为他所驱使也不是不可能。"

华默只说了一种可能，并非断定，倒让御风不好辩驳。比起妖皇真正的死因，殿中仙族们更担心另一桩事儿。鸿奕以十尾天狐晋神，入神之初就远远强于普通上神，他若存心挑起仙妖之争，在上古神界关闭的境况下，仙界确实前途未卜。更何况百年前白玦上神以一己之身挽救三界，好不容易换来三界和平，如今仙妖战乱又起，这些老神仙们总觉得心里不是滋味。

偏偏最关键的时候在仙宫坐镇的元启神君却消失了。景阳宫的仙侍们只知道数日前元启和长阙离宫而去，但没人知道他们到底去了哪里。

"仙妖两族停战百年，即便鸿奕是妖皇，也不敢随意挑起战争，但我们也不可轻慢，惊雷，你和炎火立刻率领五万大军赶赴仙妖结界，严防他们侵扰结界，威胁我仙界安危。"

"是。"四位尊上以御风为尊，惊雷和炎火颔首。

"灵电，你带领三位上君去暗中寻找元启神君，切记不可让妖族知道神君已经不在天宫。"

"是。"

"诸位掌教、老神君，两界情势危及，还请诸位暂时留在天宫，襄助我等稳住大局。"御风起身，朝殿上诸仙拱手请求。

见御风如此诚恳，这些老神君们连忙回礼应好。他们皆是仙族一山之主，覆巢之下安有完卵，自是要共渡难关。

"御风尊上。"御风正欲将众仙散去，华姝却突然起身开口。

"华姝公主，你还有何事？"因澜沣的缘故，天宫中人一向对华姝很是客气。

"尊上，元启神君数日前曾定下大泽山阿音女君剔仙骨剥仙籍之罪，十五日之期将至，阿音女君的刑罚……"华姝眼中露出一抹悲恸和不满，"可是依期执行？"

"这……"御风一愣，他对阿音于心不忍，可鸿奕大罪于仙界，阿音将他放走，确实是仙族的罪人，更何况华姝作为澜沣的未亡人，提出这事儿亦名正言顺。

满殿上仙皆是如此想，都未提出异议。

"既是元启神君亲自定下的刑罚，十五日之期到后，无论元启神君是否回天宫，将阿音女君剔仙骨除仙籍，送去清池宫吧。"御风叹了口气，道。

"是，尊上。"华姝微微一礼，面上愤懑稍稍消减，不再多言。

满殿上仙散去，华姝去了天冢祭拜澜沣，华默刚回到休憩的偏殿，便看见清漓正在书房中等她。

华默脸色大变，低声怒道："你疯了，仙界上仙齐聚天宫，你居然还敢来这里，若是让御风发现魔族出现在我这儿，妖皇和大泽山的事都藏不住！"

清漓满不在乎，挑了挑眉："怎么，那些上仙不肯相信你说的话？"

"其他人都好办，只有那个御风冥顽不灵，不肯相信森鸿死于鸿奕之手又嫁祸仙族。"

"啧啧，不愧是凤染看重的人，果然有些脑子。不过元启被我困住了，他一个人长脑子没用，森鸿和森羽兄弟情深，等他助鸿奕稳定了妖皇之位，势必会发兵仙界，为他兄长报仇。"她笑了笑，"这还得多亏你盗出了御风的仙剑，否则森羽也不会相信森鸿是死于仙族之手。"

华默却不若清漓一般想，他狐疑道："妖界真的会出兵？森羽悲愤于森鸿之死，那鸿奕可是狡猾得很，他才是妖皇，若是他心存怀疑，不愿意……"

"那就逼他出兵。"清漓眸光一冷，"他姑姑死了，如今他心心念念的不过就是那只水凝兽，他要是知道水凝兽活不了了，你说……"她朝华默露出一抹鬼魅的笑容，"他

会不会破了天宫，救回他心爱的人？"

"那只水凝兽放走了鸿奕也只是个剔仙骨、除仙籍的罪，满三界都知道元启想保住他那师妹，鸿奕又怎会不知？"华默对青漓的话并不信。

"王上这就不知道了，鸿奕可是对那只水凝兽情根深种，那水凝兽又是为了他才会被处以剔骨之刑。他如今已经是妖皇，难道还会眼睁睁看着那水凝兽遭这种大罪？再说要是他知道行刑的是华姝公主，就更不会坐视不理了。"青漓看着孔雀王笑得意味深长。

"姝儿？你把姝儿扯进来做什么？她并不知道我们暗中合作，不要让她知道太多。"华默皱眉。

华姝到底年轻，沉不住气，若是孔雀族和魔族合作之事被三界所知，那孔雀一族在仙界将再无立足之地。

见华默的模样，青漓眼中拂过一抹不屑：为了让森羽和鸿奕确信森鸿是死于仙族之手，华默不仅带出了御风的仙剑，更是以仙力偷袭森鸿，在他身上留下了仙气，如今倒是撇得干净。

但她需要华默，只得耐着性子道："在鸿奕心里，要是元启真有本事，就不会把他师妹剔仙骨、除仙籍。况且华姝公主一直以为鸿奕是杀死澜沣的人，阿音放走了她的杀夫仇人，若是她行刑，你觉得鸿奕会怎么想？"

华默沉默，半晌道："你想让我把姝儿行刑的消息传到妖界去？"

青漓赞许地点头："不愧是华默王上，鸿奕只有从仙人口中知道阿音性命不保，才会毫不迟疑地发兵仙界。"见华默面带迟疑，青漓声音低了低，带了一丝蛊惑，"华默王上，仙界不乱，孔雀一族怎么会有出人头地的机会呢？凤族自百年前的战役后不再介入仙妖之战，只要妖界来袭时孔雀一族身先士卒，立下战功，你们自是不必再居于凤族之下。"

"你的魔族大军，究竟什么时候才能破开九幽炼狱，令其重现世间？"华默微微迟疑，问道。

当初他之所以答应和青漓联手，除了青漓的魔功可以助他重塑妖丹外，便是她许诺将九幽炼狱中的魔兽召唤而出，两人共驭三界。七万年前那场魔兽之乱，就连上古界众神都无法轻易平乱，华默真正觊觎的是青漓驾驭九幽炼狱里那些上古魔兽和凶兽的方法。他坚信一定有某种特别的方法她才能统御这些魔物，否则就算以青漓上神巅峰的实力，也绝对无法将整个神界都忌惮的炼狱之物纳入麾下。但如今百年过去，九幽炼狱的魔

拾肆 〇 恨相逢

物还没有现身的迹象，华默终于忍不住，在仙妖之争的关键时候问了出来。

青漓眼眸一眨："王上急什么，九幽炼狱的大门有天启的法印封着，以我现在的力量，还无法破开封印，只要仙妖之战一起，我自有办法。"

华默只是她利用的人，神秘莫测的玄一是青漓最大的依仗，她岂能让华默知道玄一的存在。

见青漓避而不谈，华默目光一暗，但如今显然不是追问的好时机，他忍住心底的不悦，道："你放心，我自有办法让鸿奕知道是姝儿行刑。"

青漓见他答应，面色微缓："我相信王上，不过做戏要做全，以防万一，我得去天冢一趟，只有公主真的允了这事儿，鸿奕才会深信不疑。"

她话音落定，化为一缕黑烟，消失在偏殿里。

天山天冢，华姝立在澜沣墓前，眼底仍有哀恸。

澜沣死前那一眼始终在她心中挥之不去。她抚上澜沣的碑石，声音又冷又恨。

"你放心，那只水凝兽敢放走害死你的妖狐，我一定会让她付出代价，受到惩罚。"

天冢里冷风拂过，似有应答，似是无奈，可惜仇怨入心的华姝，什么都听不见。

天冢外，青漓悄然而立，她看着孤孑一身的华姝，仿佛像是看到了当年被森羽所背弃、被世人唾骂的自己。同样的怨，同样的恨。

因为不甘，她才会利用天启的神力从九幽炼狱中盗出弑神花；因为恨，她才会拼着最后一口气走到玄一面前，为自己求了一身魔力。

当初玄一赐她魔力，也给予了她破开九幽炼狱封印的能力。但这种能力仅限于她，其他魔兽凶兽仍然只能留在暗无天日的九幽炼狱之中。只要她能以一己之力挑起仙妖之战，玄一就会打开九幽炼狱的封印，让魔族重现世间。

她潜心筹划了百年，本来是想利用孔雀王对鹰族的仇恨和对凤族的嫉妒，挑起仙族内斗，然后再利用鸿奕体内的魔气将其控制屠杀仙人以挑起两族战争。哪知元启横空出世，竟闯入炼狱带走了鸿奕，还和澜沣交好。他身份特殊，又是大泽山的弟子，自青漓得知元启身份的那一日起，她就改变了原来的想法。她不仅要让元启受师门尽丧之苦，还要他亲手毁了自己的父亲用性命换来的三界和平。她要让上古看看，所谓的神之子，也不过是个感情用事的懦弱之人，更是让三界大乱的始作俑者。

所有的一切都按照她的计划进行，随着澜沣和妖皇惨死、大泽山灭亡，仙妖两族如今已经势同水火，只要她再推上一把，逼鸿奕出兵仙界，那她当年对玄一的承诺便已完

成。到时候她就可以获得更强大的魔力，带着九幽炼狱里的魔兽重临三界，和上古界的众神分庭抗礼，成为亘古以来最强大的魔，不受神的管束。等到了那一日，她一定会走到森羽面前让他知道他当年弃之不要的，已经成为三界最尊荣的主宰，而他一心深爱和看重的常沁，早已经变成……

青漓思忖之间，华姝已从天冢走出，她看见青漓，神色一变，朝四周望去，见空无一人才松了口气。

为了壮大孔雀一族，她当年受了青漓不少神丹神药，她暗中将仙界之事透露给她，但她并不想让任何人知道她和魔族有牵连。

"魔尊，你怎么会在这儿？"

华姝一靠近青漓便回神了，见华姝一脸凝重，她挑了挑眉："不用担心，以我的魔力，就算是御风也发现不了我。"

这话倒是不假，但华姝道："魔尊还是快些离去，如今元启神君已经化神，他要是回来，必能发现你在这儿。"

青漓闻言笑了起来："怎么，公主是怕元启发现你和魔族有勾结？"她顿了顿，眼底露出一丝深意，"想不到公主如此在意元启的感受。"

见华姝神色一僵，青漓不再多说，道："公主放心，我来天宫是为了公主，等我说完要说的话，马上就走。"

华姝脸上露出一抹狐疑："为了我？"

"听说再过几日，便是元启那师妹的受刑之期？"

华姝脸色一冷："不过是一只卑微的仙兽，得了东华上神的怜惜才能留在大泽山，什么神君的师妹！"

这话中的怨愤和嫉妒一样都不少，青漓自然听得明白："我还听说，元启如今未在天宫内。"

"魔尊到底想说什么？"以华姝的聪明，自然明白青漓话中有话。

"鸿奕杀了公主的夫婿，那水凝兽大逆不道放走了他，放在旁人身上最轻也是轮回之刑，可元启却一力保下了她，想必公主心中亦是不平。"

"元启神君已经化神，他身份尊贵，连天宫四尊也对其敬重有加，他一心护下那水凝兽，纵使我心中不平，又能如何？"华姝愤愤道，显然并不满意只将阿音剔仙骨、除仙籍。

"既是公主心中不忿，何不亲手对那水凝兽用刑？"青漓笑了笑，建议道。见华姝一愣，她压低了声音："元启并不在天宫，剔骨之刑可轻可重，公主本就不谙此道，就算行刑之中出了事，也是那水凝兽自己体弱，受不住罢了，和公主又有什么干系呢？"

华姝神色一变："你是想让我，不行，她毕竟是元启神君看重的人，我要是动了她，将来神君回来……"

"嘘。"青漓伸出手在嘴上触了触，"就是因为她是元启看重的人，她才不能活。"她露出颇有深意的笑容，"难道公主忘了自己当初为什么会挑中澜沣上君？公主可要明白，澜沣上君已经死了，如今天宫里最前途无量的那位可是元启……"

"魔尊，澜沣尸骨未寒，我从未想过……"身后的天冢里还埋着澜沣，华姝纵使再恋权势，也没有想过现在和元启有什么纠葛。

"现在所想可不代表将来，仙人寿命可是千年万年，谁能说得准将来会发生什么呢？"青漓打断华姝的话，"若是公主将来想有凤临天下的一日，元启身边就绝对不能有一个青梅竹马情深义重的小师妹。公主自己定夺吧，本尊就不多言了。"

青漓话音落定，见华姝沉默，知道自己的话被她听了进去，留下一阵鬼魅的笑声化为黑烟消失了，只留下华姝怔怔立在原地。

许久，华姝回头望了天冢一眼，那里澜沣的墓碑冰冷而孤独。

"你已经不在了啊。"她叹息般的声音轻轻响起，"以后，再也没有人愿意护着我了。"

妖族本就以虎族和狐族势大，虽然森鸿骤然而逝，但鸿奕以十尾天狐之身晋神，又有森羽的拥护，不过短短数日，他便坐稳了妖皇之位。

此时鸿奕立于玄晶宫主殿，身着绛紫皇袍，眉目俊美，目光深沉，早已不再是当年和古晋斗嘴耍狠、和阿音玩闹逗乐的模样了。

他望向天宫的方向，神情冷凝。

他不是没有怀疑过森鸿的死，但森鸿身上的伤口里确实有仙气攻击的痕迹，他身上又插着澜沣的仙剑，死于仙族之手毋庸置疑。

森鸿已是上神，要诛杀他，又岂是一个御风能做到？鸿奕和森羽曾见识过仙界那十一位上仙合力祭出的仙网，那仙网的力量并不比上神低，要杀死森鸿并非不可能。

森羽一心认定是仙界上仙合力而为，证据确凿，鸿奕并不能反驳。只是他总觉得有些不对劲，但他受了森羽救命之恩，如今又身为妖皇，若是证据确凿下不能为森鸿讨回

公道，妖族上下势必寒心。

以鸿奕和森羽的性子，学不来仙族隐忍的那一套，在妖界大位定下后，两人便决定出兵天宫，拿住御风，为森鸿讨一个公道。仙妖结界处守有仙族大军，是以两人从一开始便没想过从结界而入，调遣妖兵去交界处只是权宜之计，用来迷惑仙族，反而天阶尽头的罗刹地是仙族守军最薄弱的地方。那里除了一个昔日的仙族大皇子景阳，并没有多少上仙，只要破开罗刹地的封印，便可长驱直入，直捣天宫。

如今妖界大军已经悄悄驻扎在罗刹地靠近妖界十里外的地方，只等他和森羽一到便可进攻。

况且，鸿奕叹了口气，阿音被御风一剑击落在地、口吐鲜血的情景始终在他眼前出现。他并不放心把阿音留在天宫，以前的古晋会拿命去保护阿音，可如今化神的元启……

剔仙骨，除仙籍。元启是有多不相信阿音，才会做出这种惩罚？

当初鸿奕深受魔气入侵之苦，被森羽所制迫不得已才将阿音独自留在仙界，如今他已晋神，又身为妖皇，有了庇佑她的能力，无论怎么样，他一定要攻入仙界，把阿音带回来。

殿外脚步声响起，颇为急促。鸿奕眉头一皱，转过身看见森羽一脸凝重地走进来。

"怎么了？"

"刚才守界侍卫在三重天外抓住了两个仙族。"森羽的父亲和两个兄弟全是死于仙族之手，他如今对仙族只有仇恨。就算是风染出现在他面前，怕也是会立刻拔戟交手。

"仙族？仙界何处洞府中的人？"自森鸿死于仙族之手后，玄晶宫和三重天外戒备森严，想不到竟还有仙族不知死活敢闯进来。

"百鸟岛的。"森羽道，"听侍卫说，是孔雀族的年轻一辈，那两只不知天高地厚的秃鸟说你害死了他们公主的夫婿，来妖界找你决斗。"想必是颇为嫌弃百鸟岛不知死活的做派，森羽提起这两人都是一脸嫌弃。

鸿奕和宴爽交好，自是知道百鸟岛孔雀一族是些什么东西，连听都懒得听，道："不过是些跳梁小丑，关着就是，不必上心……"

森羽摇摇头："我倒不是为了这两只孔雀而来，只是侍卫从那两只秃鸟口中听说，仙界天宫定下了为阿音行刑的人……"他顿了顿，颇为担心的模样，"是华姝。"

窗边，鸿奕猛然转过身，眼中已经蒙上了一层暗色。

未至十五日之期，罗刹地妖界重军集结的消息已然送到天宫，当年罗刹地一战历历

在目，念及戍守罗刹地的景阳，御风等上仙大惊之下统御天宫众仙和五万仙兵匆忙赶赴罗刹地。

整座天宫再无上仙，除了特意留下的华姝。

鸿奕举兵入侵罗刹地的这一日，长阙终于破开清漓的阵法，两人重见天日，未及赶赴玄晶宫，极北之地浓厚的血腥气已染透了半个界面。

长阙倒吸一口凉气："神君，那是……"

"罗刹地。"元启眉宇一凝，吐出三个字，"鸿奕发兵仙界了。"

"他怎么敢？"长阙怒道，"当日他毁大泽山，您饶他一命，如今他竟敢攻入仙界，毁了白玦真神定下的三界法约。"

"到底是妖族，虽是十尾天狐，弑杀之性难改，去罗刹地。"元启眼底一片肃冷，"罗刹地若破，仙界北部再无兵可守，天宫危矣。"

"神君，还有几日就是十五之期了，阿音女君她？"长阙放心不下天宫的阿音，道。

"鸿奕发兵，御风必定已经率领天宫众仙前往罗刹地，顾不上对阿音的刑罚，况且刑罚的时间还没到，我们先去罗刹地阻止鸿奕，然后再回天宫。"

"是。"两人从妖界匆匆朝罗刹地而去。

罗刹地，御风率领天宫众仙和五万大军赶到时，整个罗刹地上空都被浓得散不开的血雾所笼罩，仙兵妖兵尸横遍野，景阳和最后数百仙兵退守在仙界最后一道岌岌可危的结界里苦苦支撑。

见御风等人赶到，重伤的景阳松了口气，只来得及把仙令交到御风手中，便昏迷过去。

御风望着血流成河的罗刹地，悲愤莫名，满是怒火地望向妖军正中的皇者。

"鸿奕，当初闲善掌教一力保你，你以仇报怨，毁了大泽山不说，还敢犯我仙界，做下这等人神共愤之事！"

"哼，冠冕堂皇，休得污蔑我皇！"未及鸿奕开口，森羽看见御风，煞气凛然，"你仙族的命是命，我妖族的命就不是吗？你们仙人敢行刺我皇，我们妖族自是要向你们讨个公道！"

森羽话毕，众妖君群情激愤，妖兵阵中旌旗摇摆，一副不破仙界誓不罢休的模样。

"行刺妖皇？"御风一脸诧异，"胡说八道，我仙族何时行刺了妖皇？"

"还敢抵赖。"森羽抛出一把仙剑，扔到御风面前，"你的佩剑就插在我兄长身上。"他的目光在御风和天宫那十位上仙的身上扫过，"不是你们杀了他，还能是谁？"

御风手一挥，将仙剑卷起，定睛一看，确实是他的佩剑，脸色微变："数日前我的佩剑被人所盗……"

"无须多言！"森羽打断御风的话，"我岂会信你的推脱之词！我兄长既败于你等仙族之手，是他技不如人，今日罗刹地的仙人，我森羽一个也不会放过！"

森羽说完，向鸿奕躬身请命："陛下，请允许我和御风一战，以报杀兄之仇。"

鸿奕的目光落在悲愤的森羽身上，妖异的深瞳中拂过叹然，颔首道："准。"

鸿奕话音刚落，长戟顿出，威势震天，朝御风而去，御风不得不迎上森羽毫不留情的攻击。

两军阵前，两方高手缠斗在一起，一时难分上下。

鸿奕望向罗刹地后天宫的方向，眉宇凛然。

阿音，等我，我一定会把你从天宫平安地带走，以后，我会好好守在你身边，护你一世安宁。

众仙离去的第二日，十五之期未至，凤栖宫的殿门便被推开。

阿音立在院中桃树下，御风留下的剑伤显然还未恢复。她被关在凤栖宫中已有小半月，除了和昏迷的宴爽青衣相守，她并不知道外界发生了何事。算算时间，还未到行刑之期。

阿音回过头，一列仙侍仙兵立在院外，虽仍不敢造次，眼底却没有了恭谨。

"阿音女君，仙尊们决定将你的刑罚之期提前，请去青龙台受罚。"

早来晚来，都有这一日，这些天宫的神仙们竟连两日都等不得？阿音自嘲，并不多言，跟着仙侍朝青龙台而去。只是很奇怪，她如今好歹是天宫的重犯，这一路前去却安静异常，除了各宫殿前守着的三两仙侍，竟连一个上仙都不曾见到，青龙刑台上更是冷冷清清，和当初鸿奕受刑时大不相同。

她还未回过神，远处一阵雀鸣，五彩孔雀踏云而来，华姝和她身后的侍女红雀化为人形，落在青龙台外。

阿音挑了挑眉，目光沉静如水，望向华姝不言。

"你倒是镇定，见我前来，也不慌张。"华姝一拂袖摆，坐于台外高座上，淡淡道。

"何须慌张，这里是天宫，不是你的百鸟岛。纵我有罪，也不是你来问。"

阿音冷淡的目光让华姝胸中腾起一阵怒意，明明只是一只卑贱的水凝兽，为何能无视她至此？

"是吗？"华姝抬头望了天宫最高的殿宇一眼，露出一抹深意，"你又怎么知道将来这里不是我的天宫？"

见华姝踌躇意满，阿音扬了扬嘴角："阿音倒是不知，澜沣上君刚刚过世，公主便有如此大志。"

"你！"听阿音提及澜沣，华姝神色一冷，"巧言令色，元启神君降下神罚，天宫已经定下我为行刑之人，今日便是剥你仙骨、除你仙籍之期！"

"你是行刑之人？"阿音神色冰冷，"谁定下的？"

华姝面容一滞，眼神微闪，一甩袖袍开口道："当然是元启神君。"

"不可能！"阿音脱口而出，眼底是藏不住的诧异。

见阿音一直自持的表情现出破碎之意，华姝心底一阵快意，口无遮拦道："怎么不可能？如今天宫以神君为尊，若没有他的允许，几位尊上又怎会让我来行刑？你虽重罪，但不过是只微不足道的水凝兽，我来行刑便够了。"

华姝说得不假，她到底占着一个元启师妹的名分，若无元启允许，又怎会是华姝来青龙台。如此一想，阿音心灰意冷。

阿音孤孑地立在青龙台上，看向华姝："我的罪，我自会受。这一身仙骨本就是他给的，他既想拿，你动手吧。"

"早知今日，何必当初，你勾结妖族，早就应当想到会有这等仙神共弃的下场！"华姝手一抬，手中幻出天锁，朝阿音而去。

沉沉的天锁将阿音双手缚住，压在她身上，几乎将她压倒。

"跪！"华姝神情一冷，仙力再加，但阿音牢牢立在青龙台上，决然不跪。

"我大泽山门人，跪天跪地跪神，你算什么东西，我凭什么跪你！要这一身仙骨，拿去就是，我才不稀罕！"

"你！"华姝终于被激怒，"死到临头还嘴硬，不要以为你是元启的师妹，我就会手下留情。天雷，出！"

华姝祭出仙力，青龙台上仙侍散去，天雷被华姝引下，落在阿音身上。

天雷入骨，生生进入血脉将仙骨斩断，阿音闷哼一声，脸色煞白，却不跪不动，生生扛住。

"七道天雷可除仙骨，受了你的刑，我就再也不欠仙族。华姝，你有多少本事，尽管使出来。"

华姝眼底冷意拂过，想起清漓在天冢的话，十成仙力祭出，把青龙台上的天雷尽数引下。

六道天雷劈在阿音身上，她背上满是血痕，每一道天雷降下，仙骨碎裂的声音便清晰地传到一旁仙侍的耳中。阿音受着天雷之刑，断骨之痛，身上的仙锁更沉沉压身，虽不跪，却也被天雷击打得伏倒在青龙台上，仿佛没了声息。

看着华姝行刑的仙侍面带不忍，华姝公主引下的天雷远胜寻常之雷，显然带了私愤。虽她重罪，但阿音到底身份特殊，若是她真出了事，将来元启神君回来……

"公主！"第六道天雷一止，一旁的仙侍忍不住道，"阿音女君到底是元启神君的师妹，这天雷是不是……"

仙侍话音未止，华姝的目光冷冷扫来，竟逼得仙侍不敢再言。

华姝漠然地扫过伏倒在地的阿音，突然起身朝青龙台走来，停在了阿音面前。

久久等不到第七道天雷，阿音缓缓抬头，撞上了华姝嘲讽的眼。

她几乎不剩什么力气，目光却依旧锐利："怎么停下了？怕最后一道天雷太重，要了我的命，没办法对元启交代吗？"

华姝嘴角一勾，蹲下身，声音低低的："元启神君？他怕是顾不上你。阿音，你就不好奇为什么整个天宫一个上仙都没有吗？"华姝凑近阿音的脸，终于藏不住眼底怨愤的神色，"你还不知道吧，鸿奕已经是妖皇了。他率领妖兵进攻仙界，如今罗刹地血流成河，生灵涂炭，所有上仙全都去了战场……"

阿音目光一凝，眼底露出不可置信之色。

"你说什么？鸿奕率领妖兵攻打仙界？不可能，他不会这么做！"

华姝犹不解气："为什么不可能，惺惺作态，若不是你放走妖狐，哪来今日的三界大乱。仙妖几百年的制衡被打破，白玦真神牺牲自己换来的三界和平一夜之间毁于一旦，你这只水凝兽祸害苍生，就算我今日将你斩杀于天雷之下，又如何？将来整个仙族也没有人会为你说半句话……"她一字一句充满嘲讽，"就算是你恋慕的元启，也不会。"

华姝说着，手中仙力汇聚，朝青龙台顶聚集的天雷而去："不过区区一只水凝兽，扰得三界不安，落个死在青龙台上的下场，算是便宜你了。"

她话音落定，朝青龙台外退去，第七道天雷在她的引导下，夹着恢宏的闪电重重朝伏倒在地的阿音降下。

轰然声响，预想中仙骨断裂的声音却没有响起。一道耀眼的五彩之光在天雷降下的

一瞬陡然从阿音身上升起，神光浓郁的五彩莲花出现在阿音头顶，挡住了这最后一道天雷。

"这是……"华妹面露惊讶，"东华神君的护身莲，怎么会在你身上！"

东华神君本体为莲，修炼万年得真身，三界无人不知。

东华当日飞升，为三个弟子分别留下了九星灯、炫星凤冠和遮天伞，最后留给幼徒的，却是保命的护身莲。护身莲非上君之力不可开，服下化神丹后，阿音才有用这护身莲的力量，一切像是命中注定。

恰在此时，一道长鞭夹着金色仙力朝青龙台外的华妹劈来，华妹狼狈躲过，定睛朝空中望去，脸色大变。

金鹰呼啸，一身盔甲的宴爽展开羽翼，如战神一般出现在青龙台上空。她虽脸色苍白，眼底却燃烧着熊熊怒火。

"阿音，去罗刹地，阻止鸿奕，别让他铸成大错！"

宴爽一鞭挥过，阻止了想要重新引下天雷的华妹。

"华妹，有我在，你休得胡来！"

"宴爽，多管闲事！这只水凝兽放走妖狐，引起两族大战，你今日帮她，难道也和妖族沆瀣一气？"华妹气急，怒道。

"我宴爽行得正，坐得直，他日自会给天宫众仙一个交代。阿音，走！"

宴爽话音落定，将奄奄一息的阿音扫到五彩真莲的莲叶上，那莲叶极有灵性，裹着阿音冲出青龙台，朝天宫极北的方向而去。

宴爽的长鞭紧紧将华妹缠住，直至半刻钟后才寻了个空隙摆脱华妹朝罗刹地的方向而去。

"公主。"红雀惊呼，"宴爽和那水凝兽逃走了？"

华妹望向五彩莲飞走的方向，神色冷凝："她们去了罗刹地，两族大战，元启神君一定也去了那里。走，红雀，不能让那只水凝兽活着见到元启神君。"

华妹说完，化为孔雀真身，带着红雀朝阿音飞走的方向追去。

罗刹地，森羽和御风皆是两族高手，以命相搏下仙妖之力在罗刹地上空激荡出澎湃的气流，御风到底长森羽万余岁，仙力略胜一筹，险险半招剑伤森羽，此时一道神力横空出世，挡住御风的仙剑，将森羽从激斗中拉回。

鸿奕踏出独角妖马战车，上前一步，望向众仙不怒自威。

"天帝未归，元启未至，你们不是我的对手，看在闲善掌教对本皇的恩情上，本皇无意灭绝仙族，放下仙剑，让本皇去天宫，本皇便饶你们一命。"

"妄想！"御风刚受了鸿奕神力一击，嘴角带血却不怯半分，他持剑上前，将一众仙兵护在身后，"罗刹地是仙族最后的屏障，本尊绝不会让妖族踏过此地染指我仙界，众仙！布阵！"

他话音落定，跟随他前来的十位上仙毫无迟疑地跃至半空，和御风仙力相融，化成仙网，牢牢将鸿奕笼罩其中。

华默隐于十一位上仙身后，他本欲在罗刹地助御风击退妖族，哪知晋神后的十尾天狐竟如此可怕。

森羽皱起了眉，当初鸿奕在仙界就是被这十一位上仙的仙网所伤……

仙网中，鸿奕神情一凝，手中赤红神力凝聚，寂灭轮现于掌中，他长臂一挥，寂灭轮带着浑厚的神力朝御风而去。御风本是仙网中筑基的一角，位置最为重要。

众仙见鸿奕直取仙阵阵眼，大惊之下纷纷纵身挡在寂灭轮前。居首的三仙一马当先，汇剑而挡，奈何鸿奕神威大成，三仙重伤，纵剑断寂灭轮底，也只堪堪将寂灭轮逼得退后半尺。

鸿奕手握寂灭轮，冷哼一声："吾非当日，以为本皇还会被你们所困吗？"

他话语之间，寂灭轮持于身前，朝御风大步而去。

阵中众仙岂能让他如意，仙阵若破，阵外五万仙兵绝非鸿奕对手。除御风稳立中心守住阵眼外，阵中八仙首尾相连，化出一把巨剑，将阵中仙力凝聚至剑端，迎上了鸿奕掌中的寂灭轮。

轰然声响，仙阵中仙神之力碰撞，逼得阵外两军各退数丈，尘埃落定，众人定睛看去，那把巨剑被鸿奕握于掌中，八位上仙纷纷落在御风身旁，口吐鲜血，脸色惨白。

十一位上仙中仙力最薄弱的泉林上仙跪在鸿奕脚下，脖上架着鸿奕手中的仙剑。

鸿奕神情冷凝，望向御风："你们拦不住本皇，打开罗刹地的封印，你跟我们回妖界受审，否则……"他的目光在罗刹地前的五万仙兵身上扫过，"今天这里所有的人，都要为仙族陪葬。"

"鸿奕，你敢！"见鸿奕手中的仙剑在泉林上仙脖上更进一寸，鲜血涌出，御风气急，怒道。

"本皇有何不敢？当年你们入侵我妖族，逼我父母战死之时，也未见得有半分心软。"

鸿奕目如冰泉，冷冷道，"御风，打开封印，否则今日罗刹地前，本皇不留你仙族一条性命！"

"御风尊上，不可！鸿奕！莫欺我仙族无人！"仙剑下被困的泉林上仙猛地大喊，倾身上前，脖颈在仙剑上更入寸许，他不惜长剑入喉，拼了命一掌劈在了鸿奕身上。

一品上仙临死倾力一击到底不可小觑，鸿奕闷哼一声，略退半步，抬手一挥，泉林上仙犹若断线的风筝重重跌落在众仙面前。众仙看去，泉林上仙在鸿奕一掌下气息全无，脖颈处满是鲜血，只是那眼仍睁着，竟是死不瞑目。

"泉林上仙！"见泉林惨死，御风目眦欲裂，猛地跃至半空，化成本体毕方，他的青色羽翼展开，几乎将重伤的上仙们齐齐掩在身后。

毕方神鸟清朗的声音犹带悲愤："鸿奕，你欺人太甚！今日纵使我身死于此，也绝不退半步！"

御风是天宫资格最老的上仙，曾辅佐暮光、凤染和澜沣，可谓德高望重，三朝元老。见他现出本体抵御妖皇，众仙担忧不已。

"就算你死，也拦不住本皇的路。"鸿奕眼中拂过一抹复杂之色，但瞬间被冷硬所取代，他如今已是妖皇，再也不能对仙族心慈手软。

鸿奕掌中的寂灭轮燃起熊熊妖火，浑厚的妖神之力将整个罗刹地笼罩。

毕方鸟长鸣一声，望着地上惨死的泉林上仙，眼里满是悲愤，羽翼上淡淡的火光渐渐浮现。

毕方本是火鸟，但却极少靠自身之力燃起火光，只因他周身之火和凤皇可燃万物的炙火极为相似，威力巨大，却是毕方一族的兵解之法。

见御风羽翼带火，众仙皆是一怔，进而大恸："御风尊上，不可！"

毕方鸟犹若未闻，展开带火的羽翼，奋不顾身地朝鸿奕撞去。鸿奕见御风来势汹汹，掌中的寂灭轮神光大震，迎上毕方鸟悍不畏死的一击！

惊天动地的爆炸声在罗刹地上空响起，鸿奕被上君巅峰的毕方鸟撞得倒退十来步，嘴角竟溢出了一点血迹，他眼底现出熊熊怒火和战意，寂灭轮牢牢将毕方鸟锁在火焰中，神鸟的悲鸣声不绝于耳，很快毕方鸟的青羽便不能阻挡寂灭轮的炙火，伏倒在火中奄奄一息。

众仙不忍再看，就在毕方鸟羽翼上的仙火即将熄灭的一瞬，黑色的古剑自空中劈下，浩瀚的神力生生将寂灭轮震飞，一道身影闪电般出现在炙火中，将奄奄一息的毕方神鸟

抢回了仙兵之列。

那人白衣黑发，手执神剑，傲然立在罗刹地众仙身前，恍若神祇。

众仙接住化为人形的御风上君，定眼朝持剑的背影看去，面容转忧为喜，惊呼："元启神君！"

长阙出现在白衣神君身后，面露担忧。

元启的目光在重伤一地的上仙和御风身上扫过，而后落在泉林上仙那双死不瞑目的眼上，他目光一凝，许久，看向鸿奕，沉沉的声音响在罗刹地上空。

"早知今日，当初我一定不会救你性命，带你回大泽山。"元启目光冰冷，"鸿奕，仙妖和睦乃两族万年得来不易之果，你竟然为了一己喜怒，妄兴兵灾！"

鸿奕眯眼，望向元启半点不为所动："我们妖族素来有恩报恩，有仇报仇，仙族一百年前屠戮我族，如今又刺杀我皇，我为何不能出兵仙界，报我族大仇？更何况阿音为救我性命身陷天宫，被你剔仙骨、除仙籍，今日就算踏平天宫，我也要带她回妖界。"鸿奕神情沉沉，"元启，你只管护你的三界安宁，我只要她一人平安，这天上地下，谁都不能伤她！"

"本王便知那水凝兽和你关系匪浅，当初她口口声声说你屠戮大泽山是为魔所害，本王看是你们早有私情，她不分黑白、不顾师门偏帮于你！简直是我仙族败类！"一直隐于一旁的华默瞧准时机，走出众仙之列呵斥鸿奕，倒让一众上仙深以为然，义愤填膺。

原本众仙以为妖皇出兵仙界是为了替森鸿报仇，哪知他竟是为了大泽山的水凝兽而来，他们原本不信阿音和鸿奕有私情，如今却不得不怀疑，能让妖皇倾一族兵力攻打天宫，不惜挑起两族之乱，阿音和妖皇必是关系匪浅。当初她在天宫锁仙塔放出鸿奕，定不是她所说的鸿奕无辜，而是和鸿奕早有私情，这才帮鸿奕逃出。

如今鸿奕带领妖族大军而来，重伤御风上仙，逼死泉林上仙，众仙气怒难平，不免将所发生的一切归到阿音身上。

听见华默所言，元启眉头微皱，看向众仙："阿音私放鸿奕，我已降下神罚，她将入清池宫，过去种种，都已和她无关，此事诸位不必再言。"

元启虽是对着仙人所言，冷凝的目光和威压却落在华默身上，华默心底一惊，自知惹怒了元启，不再多言。

"既然已是一族之皇，你就不再只是有仇必报的狐族王子。"元启转头看向鸿奕，"森鸿之死必有蹊跷，阿音是我师妹，她的安危也不必你来护。鸿奕，不要挑起两族祸

乱，带着妖兵回三重天，否则我绝不会再姑息你。"

"神君！"鸿奕害死了林泉，一众天宫上仙绝不愿轻易放他回妖界。奈何众仙也知元启身为白玦之子，最为看重三界和平。

"不必我来护？"鸿奕神色更冷，"元启，剔仙骨、除仙籍就是你对她的保护？把行刑之人选为华姝就是你对她的庇佑？"他忍不住冷哼一声，"你的保护和庇佑只会让她死在天宫！"

鸿奕手中的寂灭轮重新燃起炙火，直指元启："从今而后，阿音的命由我来护！"

华姝行刑？元启一愣，脱口而出："什么华姝行刑？"

一旁的上仙们没想到妖皇连华姝对阿音行刑都知晓得清清楚楚，他们最是清楚元启看重这位师妹，生怕他此时因妖皇的话乱了心神，忙不迭捏了把冷汗。

鸿奕认定元启为了仙界弃了阿音，根本不愿和他多言，寂灭轮直接祭出，妖神之力使出了八分。元启手中的元神剑出鞘迎敌，和寂灭轮缠斗在一起。

谁都不知道，寂灭轮是靠着鸿奕的妖神之力大杀四方，而元神剑从始至终都只是凭着剑身的神力在战斗。

两方神器激战正酣之时，一缕黑烟躲过凝神战斗的众人，悄然出现在华默身后。

华默几乎是在黑烟出现的一瞬便绷紧了身躯，他目光沉得厉害，面色却不改分毫。

"元启和鸿奕都在，你怎么会出现在这里？"华默心底的声音咆哮而出，惊骇万分。

"放心，我舍了本体而来，他们两人激战，发现不了我。"阴诡的声音自黑烟中响起，赫然便是清漓的声音。

"你要做什么？"

"他们两人有交情，谁都不会真正置对方于死地，这么下去，仙妖两族可打不起来。"

"你想怎么样？"

"不死一个，两族怎么会不死不休？"鬼魅的笑声响起，"你说，死谁好呢？"黑烟中的目光望向那一白一红两道身影，露出恶毒的寒光："就让元启死在这儿，我倒要看看，自己的儿子死在了妖族手里，上古是不是还那么一副道貌岸然的真神模样！华默王上，借你身体一用，得罪了！"

黑烟话音落定，猛地钻进了华默的身体里，华默脸上露出一抹不愿。但只一瞬间，华默再睁开眼时，眼底已经恢复了平静。

华默这些年虽潜心修复破碎的内丹，实力早已达至上君巅峰，但还是无法抵抗化神

的清漓控制神志。

被控制的华默望向空中尚在战斗的两人，嘴角微勾，袭上了一抹更森冷的寒意。他猛地跃上半空，孔雀鞭挥向寂灭轮后的鸿奕。

"鸿奕，你害死澜沨和泉林，本王今日绝不会让你活着离开罗刹地！否则我仙族颜面何存！血仇何报！"

"哼，区区孔雀王，也敢叫嚣本皇！"

他骤然发难，鸿奕却未放在眼底，并未收回和元神剑斗法的寂灭轮，反而冷哼一声，伸出一掌。

孔雀鞭和鸿奕的掌力在半空相遇，华默明显不敌，被鸿奕一掌挥开，他后退之际，孔雀鞭脱手而出，朝身后扔去，那方向正是元神剑和寂灭轮的斗法之处。

两方法器本就在元启不远处，若是元神剑稍有偏差，寂灭轮免不得要和元启正面对上。奈何两大神器正斗得酣，仙妖两方亦是屏息关注神器战局，根本无暇多顾孔雀王那脱手的孔雀鞭。

眼见着孔雀鞭就要落在元神剑上，华默急速后退，眼底露出一抹难以察觉的得意。只要元神剑被孔雀鞭撞飞，寂灭轮必能伤了元启，到时他再暗中出手，元启定能死在此处！

恰在此时，一朵五彩莲花骤然出现在罗刹地上空，将即将靠近元神剑和寂灭轮的孔雀鞭撞飞。众人还未回过神，五彩莲花中一双素手伸出，那素手中的仙剑裹着莲花的神力一剑斩下，竟将斗法的两方神器生生撞开。

观战的两族上君脸上皆露出不可思议的表情，元神剑和寂灭轮是三界中实力最强横的神器，那莲花中人是谁，竟能有如此仙力！

五彩莲花在这一击后仙力黯淡下来，重重落在地上，莲叶枯萎，露出了里面半跪于地、手持仙剑的阿音。她望向落在地上的孔雀鞭，重重松了口气。

五彩莲花一路带她从天宫赶来，岂料她刚刚赶到，便看到华默的孔雀鞭要撞向两方神器，她来不及细想，凭东华留在莲花中的最后一丝神力将孔雀鞭撞飞，更耗完自身仅剩的一点儿仙力劈开了相斗的元神剑和寂灭轮。

"阿音！"见莲花中是她，元启和鸿奕皆是一惊，元启毫不迟疑地朝地上而去，却被元神剑拦住。

"神君！不可！"元神剑急促地在他身前转了一圈，隐秘地劝诫他。长阙亦出现在

他身边，担忧地朝他摇摇头。

谁都不知道元启的神力出了问题，如今他能力抗鸿奕，全然是因为元神剑在他身边，一旦他离开元神剑十尺，神力受损的秘密便再也瞒不住，妖君进攻罗刹地便再也没了忌惮。

可元神剑为了制衡寂灭轮，又不能离开空中。

鸿奕同样没有半分犹疑，他收回寂灭轮，向地上而去，扶起了半跪的阿音。

"阿音！你怎么样了？"阿音的脸色惨白得不像样，鸿奕只当她是被元神剑和寂灭轮的神力所伤，根本不知道她是受了六道天雷拖着半条命而来。

"阿玖，我没事。"阿音把涌到喉中的血吞了回去，摇摇头，她的目光在孔雀鞭和华默身上扫过，露出一抹疑惑。

华默猜到阿音怕是看出了端倪才撞飞孔雀鞭，他怕元启心生戒备，在所有人回过神前上前一步神色冷沉地喝道："阿音女君，你在天宫放走妖皇也就罢了，如今还逃出天宫战前相救，还真是对妖皇情深义重，如此悖逆师门，枉为仙族！"

众仙本就对阿音和鸿奕的关系心生疑虑，如今阿音出现在罗刹地阻止元启和鸿奕斗法，怎么瞧着都是为了保护妖皇而来，华默这一说后，众仙看阿音的目光更是不善。

"阿晋，不是这样。"阿音看向元启，目光里露出一抹恳切。

"那你为何而来？"见阿音倒在鸿奕怀中，元启目中露出一抹异样，沉声道，"你不好好待在天宫，来罗刹地干什么？"

"天宫中人说阿玖带妖兵攻打仙界，我怕仙界出事，才从天宫赶来……"

"荒谬！若你真关心仙界安危，当初就不会放走妖皇，埋下如此大祸！"华默冷声道，"妖皇为了救你举兵犯境，更害死泉林上仙，阿音女君，今日种种，皆是你当日之祸。"

华默手一挥，指在惨死的林泉和重伤的御风身上，他转身朝元启弯腰执礼，一派沉重："元启神君，我仙界累累人命在此，今日决不可姑息祸首，还请神君手刃妖皇，重惩阿音女君，以正我仙族纲纪，祭我仙人之魂！"

华默话音落定，一众上仙义愤填膺，纷纷点头，大有今日手诛阿音和鸿奕在此的势头。

元启唇角紧抿，目光沉沉，看向一众上仙："本君说过，阿音受过七道九天玄雷，所犯之罪再无须提起，从今而后入清池宫，和三界再无干系。"

"神君！你怎可因一己私情，祖护于她……你这般做，如何让泉林上仙和澜沣上君

瞑目？"华默眼中暗光一闪，不依不饶，他恼怒阿音坏了他的好事，干脆一不做二不休，借着众仙对阿音的怒意削弱元启在仙界的威望。

阿音见华默将祸水引到元启身上，吞下的血差点涌了出来。泉林因鸿奕而死，若元启今日还回护于她，怕是在仙界再无威望。

"狂妄自大。"一旁的鸿奕眉宇冷凝，"本皇的命，也是你们说拿便拿的？今日本皇在此，谁也别想伤阿音一根毫毛。"

鸿奕直指华默，掌中寂灭轮就要祭出，却被阿音拦住。她的目光在泉林上仙的尸首上拂过，露出一抹沉痛，转头朝鸿奕看去。

鸿奕避过阿音的眼："阿音，我……"

"阿玖，回妖界去，当初大泽山上的一切非你所为，我不知那魔族究竟是为了什么搅得三界大乱，但如果你今日真的攻破仙界，一定会如它所愿。我当日救你出锁仙塔，断不是想看着你和阿晋变成今天这般模样。去找出真相，还大泽山一个公道，为自己寻个清白。"

"我若不来，难道要眼睁睁看着你独自在天宫受九天玄雷？"鸿奕摇头，"我没能护住姑姑，我不能连你也护不住。"

阿音摇头："阿玖，因果种种，我做下的，我就要承担。当日救你出天宫，我问心无愧，但却害得林泉上仙今日身殒罗刹地，这是我的罪，我身为大泽山的弟子，就算是死，也不能辱没师门。"

她说着一掌推开鸿奕，鸿奕岂肯，就要将阿音拉回："阿音！"

不待鸿奕上前，阿音猛地回头，肃冷的声音已然响起："陛下，若你还顾念着当初炼狱里的相救之情，便请陛下带领妖军回妖界，永不犯我仙族之地，阿音拜谢陛下！"

鸿奕僵硬地立在原地，在阿音沉痛的目光中再也不敢上前。他知道自己一意孤行带领妖君攻入罗刹地虽说是担忧阿音身受九天玄雷朝不保夕，但如今却逼得她在仙界再无容身之地。如今仙族对阿音的指责和质疑，皆是因他而起。

阿音回头，看向华默，待她开口之时已是仙力入音，她清朗肃冷之声响彻罗刹地上空。

"华默王上，阿音纵有错，但是一己之错；纵有罪，亦会一力承担，我师门屹立仙界六万余载，纵今日大厦将倾，门徒皆殁，但厚德公正之名也将永存，还请王上，休要再辱我大泽山门！否则阿音纵拼一死，也要护我师门浩然正气之音！"

"你！"抬首望来的少女目光如灼日般锐利，华默身体中的清漓亦被这目光扫得一

拾肆

惊，一时之间再难辩驳半句。

一众上仙听得阿音此言，愤懑的面容露出些许后悔，悔不该刚才因一时气愤，附和孔雀王所言。阿音女君说得在理，她纵有错，可大泽山恩泽仙界六万余年，如今虽举山而殇，却也不能被随意小觑和侮辱。

阿音不再理会华默，她一步一步走向元启的方向，立在他数步之远的地方，静静地望向他。

素衣少女的眼澄净如昔，明明是如朝霞般灿烂的年纪，却好似一夕间湮灭了所有光明。

元启猛地发现，少女望向他的那双眼，和很多年前水凝兽破壳而出睁开眼时一般澄澈漂亮。

可里面，却再没有了当初那份独一无二的信赖。

阿音，无论如何，我会护你。

元启心中默念一句，正欲开口，阿音的声音已然响起。

"元启神君，阿音当日助妖皇逃出锁仙塔，造成今日罗刹地之乱，以致害死泉林上仙，阿音有罪，愿一力承担所犯之错。当日神君降下神罚，今日罗刹地之上，请元启神君降下天雷，剔阿音仙骨，除阿音仙籍。"

满界上仙前，阿音朝元启的方向缓缓跪下："自此以后，阿音再非仙族，前尘旧事对对错错，再也不牵连大泽山师门和神君殿下。"

见阿音跪下，元启掩在袖中的手缓缓收紧，嘴抿成沉默的弧线，目光深沉难辨。

他那么娇娇贵贵捧在手心养大的孩子，他心心念念着要照顾一世的人，就这么被满界仙人逼着跪在他面前，像一个罪人一样求他剔她仙骨，除她仙籍。

若是可以，他纵涤荡八荒亦会护下她。她的错，他来受，她的罪，他来担。可如今……他已经护不了她了，除她仙籍，让她从三界纷扰中抽离、留在清池宫里是他唯一还能为她做的事。

不忍和痛楚被深埋在心底，元启抬首，俯视阿音，开口道："你当真要在罗刹地受九天玄雷之刑？"

元启并不知阿音在天宫受过华姝六道天雷，如今凭着东华留下的莲花仙力撞开孔雀鞭，已然只剩最后一口仙气吊着命。在他看来，阿音当初在紫月山服了三火炼制的化神丹后，已跃为上君巅峰，七道玄雷受下，即便剔除仙骨，她也只是损了一半修为而已，

于性命并无大碍。

"是。请神君降下神罚，阿音之错，愿一力承担。"阿音埋首，不再去看元启。

她说完起身，手中仙剑出鞘在半空划下一道仙障，将仙妖两军隔开的意味不言而喻。鸿奕生怕伤了她，连忙喝令妖军退后。

阿音一步步朝仙障走去，转身之时，眼底的悲凉再也藏不住。

她知道她和元启回不到过去了，从她在九幽炼狱救下阿玖的那一刻起，就注定了今日的结局。无论阿玖在大泽山做下的一切是不是本心，终究是她的一念之仁害得大泽山满山皆殁。

大泽山数百条人命，那些活生生的性命和满地的尸骨……她连回想都不敢，她知道元启想保住她一条命，把她留在清池宫永远不受三界纷扰，但他从来没有想过，若她今日之错再害得师门背上骂名，今后百年、千年，她有何颜面再入大泽山，去祭奠她那些死去的同门。

不止他是东华的弟子，她也是啊，那些惨死在大泽山的人，是她的师兄，她的师侄，她的亲人，那是她降世长大的地方。

可她懵懂短暂的一生，她的师门，却成了她最沉重的罪。

我一己之身，若能以一死带走所有罪孽和悲痛，倒也好。

阿晋，那年紫月山，你说有一天会带我去看比紫月更好看的月亮，这个诺言，我怕是不能陪你实现了。

我曾经付出一切想活着陪你，如今才知，人活着，才是最难。

我们回不到过去了，山河不能倒转，日月不能轮回，死去的人再也活不过来。

阿音走进仙障，眼底一切惊涛骇浪全数藏住，再也不留一丝波澜。半空中的仙剑落下，似是有所感，立在她身旁，发出清脆而悲鸣的声音。

她回转身，向元启行下古礼，目中再也没有一丝情绪："大泽山罪仙阿音，请神君降下神罚。"

白色仙障中，素衣女君望向一界仙人，独身而立，明明是戴罪之身，却耀如灼日。

她自请神罚，让刚才还义愤填膺、满口不屑的上仙们齐齐噤了声。

鸿奕刚才在她身旁时察觉到她气息微弱，他面露急色，想阻止阿音受刑，却又碍于刚才阿音的话，不敢再出声阻拦。

半空，元启沉默地望向阿音，始终未言，直到一界上仙被他的沉默压抑得心有惴惴

时，元启才缓缓开口。

"好，今日本君就亲手降下九天玄雷，剔你仙骨，除你仙籍，从此大泽山女君阿音，再不属三界之列，禁于清池宫！九州八荒，大泽重生之日，便是女君阿音踏出清池宫之时。元神剑！"

众仙尚未听明白元启话中的深意，元启手中的元神剑已直奔天际，浩瀚的神力将罗刹地上空笼罩，九天玄雷骤然降临，缠绕在元神剑顶端。

"七道天雷，皆落你身，从今以后，你再无罪！去！"

元启话音落定，元神剑带着七道九天玄雷的力量朝仙障中的阿音而去，恰在此时，一道惊怒之声自远方响起，带着惊骇和悲痛。

"神君！不可！"远处金鹰扇着金色的羽翼如闪电般飞来，却没能快过元神剑之上的玄雷。

宴爽化为人形，眼睁睁看着那道毁天灭地的玄雷劈在了阿音身上，她张了张嘴，巨大的悲恸下怔怔地看向被她惊住的元启，极艰难地缓缓开口："神君，阿音已经受了华姝六道天雷，你这道九天玄雷，要的是她的命啊。"

宴爽声音落定的同时，华姝和红雀终于抵达了罗刹地，她听见了宴爽的话，几乎一瞬间明白发生了什么，她慌乱地朝元启看去，却微微怔住。

那位古往今来九州八荒里最珍贵的神君，这时就像是死了一般，脸上寻不出一丝颜色，他根本没有注意到自己的到来，几乎是恐慌地望向了仙障的方向。

华姝循着元启的目光看去，望见了仙障中立着的阿音。即便是她，也被那一瞬间的惨烈震惊。

仙障中，九天玄雷缓缓消散，那少女仍立在那里。

只是她身上那件素衣，却几乎染成了血红，血一样的红。

大口鲜血从她嘴边涌出，落在那素色衣裙上，溅落成触目惊心的花蕊。

元神剑也被这一幕惊住，它迟疑地靠近阿音的身边，轻轻地呜咽了两声，说不出的愧疚。

阿音似是被元神剑的声音唤回了神魄，她用尽力气，轻轻触了触元神剑的剑身。

"不怪你，是我，是我自己的选择。"

她一说话，嘴中的血涌得更加厉害，元神剑微微颤抖，全然无措。

"阿音！"仙障后的鸿奕怒吼一声，就要冲过来，却被少女几乎没有力气的声音拦

住，"陛下，不要忘了我刚才说的话。"

鸿奕停住身，目中满是悲切。

阿音面前的元神剑猛地回过神，朝元启的方向发出了急促的鸣叫。

元启被元神剑的鸣叫惊醒，毫无血色地朝仙障冲来，却在仙障之外，阿音三步之处，再也难进一寸。

阿音那把支离破碎的仙剑，脆弱又颤抖地立在他面前，拦住了他。

他不敢动，不是越不过这把仙剑，只是他知道，这是阿音的意愿。

"阿音……"他开口唤她，极低极低，生怕惊动了她，惊动面前已经成了血人却依旧站得顶天立地的她。

他看见阿音染血的指尖慢慢变得透明，只这么一瞬，他连恐慌都忘记了。

"别怕，我会，我会……"救你。

元启的最后两个字终是没有说出口，阿音那沉寂的目光向他望来，却又仿佛是透过他，望向更遥远的地方。

只这么一眼，元启便知道，她望的是大泽山的方向。

"不用了。我的罪我受了，神君，大泽山没有了，我也不在了，以后的路，我不能再陪你了。你好好……"

阿音虚弱的声音响起，谁也听不出这短短的一句里含着的深情和遗憾，悲凉和不舍，她藏起了一切情感，只留下了最后两个字随风飘散。

"保重。"

那两个字落下的一瞬。

元启看着他此生最爱的人，在他一尺之距的地方，一寸寸化为飞灰。

缘起缘灭，缘终缘散。

他从来没想到，他穷尽所有来护她，这一世，竟是她走在了他的前面。

百年、千年、万年、万万年，阿音，你不在，这条路我怎么走下去？

神隐
下

拾伍·凤归

上古界的神君们活得太久了，大多性子都被洪荒岁月磨得跟弥勒佛似的，这几百年也就是白玦真神在元神台里复活让上古界热闹了好一阵儿，劲头过去了，大家伙儿就又安安生生过日子去了。

浩劫来临时这群神君一个赛一个顶用，太平岁月里也比下三界的仙妖人鬼会玩儿多了。上古安心留在上古神界等白玦重生的这百年才发现，神界在历经了六万年前那次浩劫重生后简直安宁得不像话儿，当初那些鸡飞狗跳的事儿再也寻不着了。

也许，是那个惯来比谁都跳脱又喜欢惹事的星月女神不在了吧……上古这么想，倒茶的手便轻轻一顿。

白玦坐在上古对面，见她眼神有些追忆，便知她怕是又想到了几万年前的事儿。月弥陨落在下界，天启消失在紫月山，炙阳闭关修炼，神界里能陪着她说话的人，越发少了。

这百年，也不知道她是怎么熬过来的。分明，当年也是张扬桀骜、不可一世又爱热闹的性子。

"过几日，让元启上界来吧。"上古突然开口，端着茶抿了一口，眼底扬起一抹怀念和笑意，"你不知道，他小时候最是闹腾。"

元启刚上界的时候，一个百来岁的奶娃娃，硬生生祸害得整个神界鸡犬不宁，也是本事。那时上古大怒，原是打算暴揍这小子几顿，挂在上古神殿殿前示众，奈何天启心疼他，怕这娃娃被她娘给折腾出心理阴影来，摸了个月黑风高的夜把他带到下界，丢到

大泽山拜师去了。

上古素来赞成放养孩子的教育方式，尤其是混世魔王元启，便睁一只眼闭一只眼囫囵同意了。东华的德行她是知道的，做元启的师父绰绰有余，下界不比神界，封了元启的神力，谁都不知道他的身份，他也能正常长大，若是一直养在神界，这小子怕早就成了古往今来最混的二世祖，就跟她娘十万年前一样。

听见上古提及元启，白玦握杯的手微顿，眉头一皱。

"他去下界有些年了，早些年的时候我还时常在水镜里瞅他，啧啧，你是不知道，他那些大泽山的师兄师侄们，把他给宠成什么模样了。"上古一边说着一边感慨，提起元启时眼角眉梢都是喜悦的，足见对唯一的骨血是疼到了骨子里，"还是炙阳说下界有下界的生活，让我别干涉过多，我又怕把他惯成无法无天的性子，这都好些年没看过水镜了。听说前些日子东华飞升了，没他师父看着他，这浑小子只怕更无法无天了。"

上古说着，就要幻出水镜来瞅瞅自个儿的宝贝儿子，手刚动就被白玦按住了。

她一愣，抬头，望向白玦，有些不解："怎么了？"

"上古。"白玦开了口，却显然有些迟疑。

以白玦的性子，他这么一副沉默慎重的样子，上古满打满算没见过三回。她殉世的时候看到过，当初在苍穹之境她一剑入胸将他永逐下界时看到过，今天这时候，是第三次。

上古心底生出不安，几乎瞬间脸色就郑重了起来。

"出什么事儿……"她的话还没问完，一道恢宏的神力从下界而出，划破苍穹，竟然冲破神界的封印，照亮了整个神界。

混沌之力？！居然是混沌之力？！

上古猛地起身，望着那道白色的神光，还未用神力打探出了何事，那道自下界而来的神光却消失了。

"怎么回事？阿启的混沌之力怎么会突然出现？"上古脸色冷沉，挥袖便要下界，却被白玦拉住了袖摆。

"上古！"

她回转头，脸上有了怒色："到底怎么回事？阿启被天启封印了神力，混沌之力怎么会突然出现，刚刚又……"

"阿启解开了封印，晋神了。"白玦冷静地开口。

"这不可能，他晋神了我怎么会不知道……"上古脱口而出，继而一愣，"是你封

印了下三界的神力波动？"

神界和下三界本就是两个空间，下三界发生的事儿，除非是灭界之危，其他事对真神来说都无足挂齿。是以就算东华和鸿奕相继晋神，对上古来说也不过如蜉蝣小事罢了。

但元启解开封印晋神，会引发混沌之力现世，如此浩瀚的神力波动，不可能瞒得过她，除非……

果然，白玦颔首："是我封印了他的神力波动。"

"为何？"上古皱眉，"他遇到了生死劫难？"

元启的神力是天启以真神之力封印，若非生死劫难，以他两百年的道行，绝对难以解开。

"大泽山陨落了。"白玦叹了口气。

"大泽山乃仙界巨擘，如何会？"上古一愣，随手捏出仙诀一算，难掩惊讶，"大泽山竟真有亡山之祸。"

数百年前两场寿宴仍犹在眼前，想不到福缘深厚的大泽山竟有此一劫，难怪元启能解开封印，他素来重情，想必大泽山亡山对他打击不小。

"元启晋神，为何瞒我？"

仙妖两族十几万年灭亡的门派不知凡几，大泽山对仙界虽重，但也只是神界之下的沧海一粟，就算大泽山灭亡引得元启晋神，白玦也没有理由瞒她。

念及刚刚那一瞬间出现的混沌之力，上古脸色骤变："阿启有劫难？"

她反应过来，不再理会白玦的劝阻，幻出水镜，看向了水镜中混沌之力刚刚出现的地方。

罗刹地之上，银色的混沌神力从半空中半跪的青年身上爆发而出，将整个罗刹地笼罩，无数仙妖在这股疯狂的神力的威压下跌倒在地，面色惨白，口吐鲜血。若不是那突然出现的火凤张开神翅将混沌之力拦在那青年中心百尺之处，怕是整个罗刹地上十来万仙妖，无一能存活。

闭关海外凤岛百年的天帝凤染，终于在仙妖之战即将重启、元启神力爆发的关键时刻，回来了。

"元启！"威严的神音自火凤口中吐出，震醒了几近癫狂的白衣神君。

元启内心空茫，犹自望着仙障深处，手中捏着些许劫灰。那把带血的元神剑怔怔地在他身旁呜咽，说不出的悲寂。

"姑姑。"他看向化成人形威严沉默的凤染，许久，一口鲜血吐出，朝罗刹地下空倒去。

凤染大惊，接住了坠落昏迷的元启，她的神力自元启身上拂过，眼底露出了毫不掩饰的担忧和意外。

元启一身神力，竟然消失了。

古往今来出生便为上神，拥有最尊贵的混沌本源的神君，居然在晋神之后，完全失去了自己的神力。

似乎是感受到了上界那同样不可置信的目光，凤染头一抬，朝上古神界的方向望去。

罗刹地的尸山血海在上古眼中远去，她望着那个在凤染怀里几乎丧失了生机的青年，猛地回头看向白玦，若仔细瞧，便能瞧出她抚在水镜上的手在微微地颤抖。

"你知不知道，你知不知道他是怎么长大的？"上古的嘴唇白得惊人，眼底竟罕见地有了雾气，"你知不知道他是怎么期盼他的父神回来的？你早就知道他有这场劫难，你竟然瞒我，你……"

上古哽咽的声音被淹没在滚烫的怀抱里，白玦轻抚着她的肩头，一遍又一遍，却始终没有开口，直到上古颤抖的身体渐渐平静下来。

"我知道，我都知道。"叹息声响起，白玦望向水镜中罗刹地上空的一幕，"他长大了，这是他的选择。上古，我们只有成全。"

他是真神，也是父亲，当初他下界便是为了劝阻元启，可惜他从那个孩子眼里看见了不逊于他的坚持，到最后也只能尊重他的选择。

"我们已经太难了。"上古轻轻攥紧白玦的挽袖，眼底的雾气渐渐凝聚，落在白玦的肩上，"可他将来比我们更难，白玦，若是等不回来……"

"会过去的，千年万年，一切劫难都会过去的。"白玦的声音缓缓消散在摘星阁。

由始至终，没有人听懂，上古口中那需要等待的，究竟是三界八荒里那逆天而生的唯一一只火凤凰，还是那个命比天尊却坎坷一世的小神君。

喧闹的三界就在这一天突然沉寂了下来，天帝的回归、元启的疯狂、阿音的魂飞魄散让一切落于尘埃之中，被静静地掩埋。

直到五百年后，奈何桥上凄凄惨惨的女鬼阿音一眼望见了地府里那万盏灯辉下的白衣神君。

那时她还不懂，那一眼回望里的孤寂，并不只是那白衣神君的，她眼底，也是一样

拾
伍
〇
凤
归

· 431

的悲凉。

只可惜，除了那个摇晃在奈何桥头俊俏的修言鬼君，谁都没有瞧见。

她在奈何桥上走了一遭又一遭，历世一回又一回，说不清的荒唐人生，道不尽的芙蓉艳色，却始终没想起，她在成为女鬼阿音前，究竟是谁。

一年一年，一世一世，她孤独地轮回，灵魂淬炼得无比强大，嘴巴耍得比修言还油滑，性子磨炼得更甚帝皇鬼魅，却始终忘不了那幽幽水镜里惊鸿一瞥的相遇。

铭心刻骨到撺掇着修言将她所有历世记忆清洗时，仍忍不住问了一问那白衣仙君千百年前惦念的人究竟是谁。

只可惜，她只听到了修言唤她一声"阿音"，怕是舍不得她吧，百世记忆消除，这鬼道里，便再也没有女鬼阿音了。

那个在奈何桥上陪了她千年的俊俏鬼君，会孤独吧，奈何桥的冥水淹没阿音头顶的时候，她这么想。

她没有发现冥水外熊熊燃烧的炙火将整个鬼界染成了白昼，那浩瀚纯正的火凤之力冲破冥河，直奔三界彼端，九州之岸，惊醒了沉睡千年的仙妖两族和失去幼主一千余年的梧桐凤岛。

女鬼阿音不知她百世前是谁，也从来不知百世后她将是谁。

就像她以为那一眼是她千年女鬼岁月里最独一的桃色，却浑然不知那是她百世前的劫难和孽缘。

可那重要吗？凤隐回来了，也许对她而言，水凝兽的一生，女鬼阿音的百世，就都只是千万年生命里的匆匆一瞬呢？

这世上，谁情深，谁负谁，从来便和梧桐凤岛的小凤君沾不上半点干系。

凤隐醒来的日子是个好天气。鬼界炙火冲破天际的第二日，梧桐岛上当年被古晋毁掉的古林一夜复苏。花开满岛，七彩云霞遮蔽了整个北海，从不在白日现身的鲛人族围岛咏唱，凤族自长老之下，百凤遨游，九天齐鸣，此等奇景，一日之间传遍仙妖鬼三界。

三界都道，梧桐凤岛的小凤君随这般奇景归来，也不知是伴着何等邀天之幸的命格。

只是奇怪，千年前天帝为小凤君降世大宴三界，这回小凤君重降世间，梧桐凤岛竟没有半点儿宴客的动静，只传闻那归来的小凤君威仪不凡，仙姿冠绝三界。众仙没等到面见小凤君仙姿的机会，心里头痒痒的却也无可奈何，都想着天帝凤染即将飞升神界，作为下一任凤皇，总有瞧见这梧桐凤岛小凤君的时候。

谁都不知道，鬼界炙火冲破界面的那一日，清池宫普湮上君腰间挂了千年的火凰玉毫无预兆地消失了。

一池静谧的湖水旁，他怔怔地看着空落落的腰间，平静的眼底拂过极淡的寂寞和追忆。

"小凤凰，连你都消失了，我身边真的什么故人都不剩了。也罢，你能回来，我身上的罪孽也能少一分了。"

白衣仙君望向大泽山的方向，嘴角勾出一抹苦涩的笑意。

他的叹息消散在清池宫深处，千年来，无人能听，无人能懂。

相比外界的好奇议论，梧桐岛上倒是热闹得不太明显。原因无他，苏醒的凤隐着实让凤族的一众长老吃惊。原以为等了千年回来的是当年那个活泼机灵任性的小凤君，没承想……

那日走进凤殿的几位长老看着凤座上沉眉敛神、威仪不凡的凤君，满脸诧异惊喜之余，悄悄在心底去掉了那个"小"字，任谁对着已然半神、君威不输凤皇的凤隐时，全然不敢再称呼她一声"小凤君"了。

虽然凤隐重降后脾性不似小时候娇憨逗趣儿，但族里那几位高寿的长老心里头还是高兴得找不着北，不顾凤隐那张少年老成的脸，仍是成天往凤仪宫跑，每次上门儿手里揣着的还都不一样，上至九天琼瑶，下至四海瑰宝，只要是能让凤仪宫里的小祖宗扬扬唇角，长老们就能乐呵上一整日。

凤染处理完仙界政事从天宫回来的时候，瞧见的便是合族上下对她那个小徒弟这般狗腿得不行的模样。

不过，千年岁月便能化成半神，除了生来为神的元启，古往今来，凤隐可算是九州八荒里独一份儿了，也难怪这群长老把她当眼珠子似的喜爱看重。若不是归来的小凤凰着实低调内敛，怕是凤族早已大开宴席宴请三界，让诸天神佛来瞅瞅自家这位惊世骇俗的小凤君了。

别说凤族的长老，就是凤染，初见凤隐的时候，也着实惊讶了一番，倒不是因为她半神的神力，而是她那副阅尽人世的寂寞和深沉难测的性子，即便是她活了上万年，也极少看到那样一双淡漠又孤寂的眼。

她这小徒弟到底经历了什么，千年后，竟成了这么一副性子。凤染心里头犯疑，但凤隐醒来后便在凤仪宫休养，她始终寻不到机会问出口。

三个月后，凤栖殿，听云台。

一方棋盘，一盏普陀茶，一缕幽香。

师徒二人执棋对弈，凤隐落下一子，迎上对面凤染探究的目光，笑道："师君，您这目光让徒弟心里慌，想问什么，您开口便是。"

凤染挑了挑眉："你师君我向来不爱琢磨别人的私事，你想说便说，我可不会逼着你说。"

凤染这性子霸道了万年，又做了这么些年的天帝，岂会被自个儿的徒弟吃住？

凤隐摇了摇头，和凤染相似的凤眸里露出一抹无奈。千年历世，她已非当年在凤染肩上撒娇卖憨的小凤凰，可却也不会在凤染面前露出桀骜的性子。

她知道凤染想知道什么，她沉睡千年，醒来便是半神，性子和千年前截然不同，梧桐岛上下怕是都好奇、担心得紧，但也只有凤染能问出口了。

"当年涅槃被大泽山的……"凤隐的声音微不可见地顿了顿，"古晋仙君所毁，魂魄散于天地，其中一魂入鬼界轮回。说来可能是火凤涅槃的本能使然，这千年轮回里我每一世的记忆都保留完整，千年后最后一世我跳进奈何桥，魂魄回归梧桐岛，便苏醒过来了。"

凤隐朝凤染看去，颇有些无奈："师君，我历数十世，人间百态、世间尊位也都算体验过，如今这副性子虽寡淡了些，倒也少了日后再阅世历练的麻烦。"

凤染虽料到凤隐这千年怕是经历了些不易的事，但却未想到她是这么个活法。她面上虽不显，心底却极为诧异。

神仙下凡渡劫历世不算少见，可即便是神界的那几位真神下凡，也从来没有这么个渡法，这哪里是下凡历劫，分明是开挂了一般淬炼灵魂和心志，也难怪凤隐只短短千年，便成了这副样子。但凤染仍是不解，凡间历世只能淬炼凤隐的灵魂之力，她这一身半神之力究竟从何而来？虽有镇魂塔为她蕴养身躯千年，但一千岁的半神，还是太匪夷所思了些。更何况她化身为神，竟未降下雷劫，简直闻所未闻。

"你少时顽劣，那时我还担心你的性子难以担起凤族，如今……"凤染抿了口茶，感慨道，"我倒是不用担心了。我飞升神界在即，你继任凤皇之位吧。"

凤染说着从怀里掏出个物件儿朝凤隐扔来，凤隐忙不迭接住，那物件儿一碰上凤隐的手，便自个儿顺溜地套在了她的拇指上。

凤隐低头看着指间的凤皇玉戒，饶是历世千年，也一下没回过神："师君，你这……"

"哦，咱们凤族没什么家底，穷得很，一向行事从简，刚才那就是你的继任仪式，从今日起你就是凤皇了。"

继任仪式？扔戒指吗？凤隐琢磨明白凤染的话儿，表情顿时便精彩了。

千年前我降世的时候梧桐岛可是大宴了三界整整三日的，摆的流水席费用够一个仙府十年的开销！凤隐心底翻了一百个白眼，头上却被"尊师重道"几个大字牢牢套着，委委屈屈地应了声"是"。

看她这副少年人的模样，凤染心底乐得不行，面上却半点不显。

凤隐倒是回味过来凤染刚才的话，挑了挑眉："飞升神界？师君，我才刚回来，你就要飞升神界，是不是也太快了些。"

"快什么，要不是你一直沉睡，凤族无皇继承，我早就飞升了，如今也拖不得了。"凤染望向梧桐古林的方向，"景涧快醒了，我要带他的魂魄入神界，让上古用混沌之力为他重塑躯体。"

凤隐一愣，随即大喜，露出涅槃来难得的笑容："师君，我师夫要醒了？"

凤染被她这称呼闹得哭笑不得，却很是受用，颔首道："一千多年了，当年在罗刹地，我以为他的魂魄已永远消失于三界，没想到还能等到他回来的一日……"凤染不知想到了什么，突然声音一顿，叹了口气。

这声叹息实不像凤染向来干脆利落的作风，凤隐笑道："师君，我师夫都要回来了，你还叹什么气？"

凤染感慨道："我只是感慨世事无常，没想到景涧走后百年，罗刹地会再次爆发仙妖大战，元启他更……"

"师君。"毫无预兆地，凤隐突然开口打断了凤染的话，似是浑不在意道，"听说我魂飞魄散后，三界很是发生了一些精彩的事儿，这些天长老们都给我说过，不过都是些千年前的老皇历了，左右与我没什么关系。我倒是好奇，您飞升神界，那天帝之位打算如何？这一任妖皇可是十尾天狐，天帝若是不济，仙族日后万年，怕是讨不到半点好吧。"

凤染耸耸肩："我们凤族本就是上古神兽一族，不归属下三界，只是族人这六万年在凤岛活惯了，我便懒得举族迁徙回神界罢了，当初若不是暮光求到我面前，我断不会接这天帝的位子。如今千年过去，天帝之位也该交还给仙族了。"凤染的目中带着睿智，"我的性子终究不适合做那九天之上的一界之主，当年澜沣倒是个好人选，只可惜世事

拾伍 ○ 凤归

· 435

无常……"凤染摇摇头，"昨日我已将敬天之诏颁向九州八荒，谁能在三个月后打破我在天宫设下的九宫塔，拿到里面的天帝印玺，谁便是下一任天帝。"

九宫塔分九重，每一重都由仙君守塔，每上一重闯塔之人的仙力便在里面削弱一分，直到第九重塔时只剩最后一成。凤染用九宫塔遴选天帝倒也是个法子，但九州八荒里藏着的实力雄厚的老神仙们可不少，有能耐破塔的还很有几人，若是都破了塔，届时如何来定？

凤隐遂道："师君，您用这九宫塔来选天帝会不会太随意了些，若不止一人破塔，那如何是好？"

凤染又落下一子，见棋面形势一片大好，笑道："最后一重塔是我亲自坐镇，放心，暮光把仙界交到我手里，我若飞升，自然不会有负他当年所托。怎么，你觉着你师君如此不靠谱，坐在天帝位子上就只是玩玩儿？"

凤隐摸了摸鼻子，连忙告罪："师君思虑如此周到，是弟子多虑了。不过……"凤隐突然道："以师君的神力，除了清池宫那位小神君，怕是没有人能在失了九重仙力的状况下破开九宫塔，师君心中的天帝人选早有定论吧……"凤隐朝凤染眨了眨眼，"师君，那位小神君可是您亲自养大的，您就不怕仙族中人说您用人唯亲，说那位小神君走裙带关系？"

凤染早已飞升上神，除了拥有混沌之力、已经化神的元启，谁能在削弱九成仙力后再破开九宫塔？虽说师君颁下了敬天之诏邀九州八荒的神仙破塔，可一旦知道最后守塔之人是她，三界岂有不知她属意为谁的道理？

凤染笑了笑，没有否认，但也未赞同，只露出一抹意味深长的笑容。她朝凤隐道："这可未必，他是我养大的，你是我教大的，你若是想做天帝，倒是可以试试和他一争长短。"

凤隐一听连连摆手，一副十分嫌弃的样子："师君，我做一个凤皇就已经够累了，那天帝的位子可别摊给我，天宫那些个老神仙日日念叨着繁文缛节，我最是不耐。"

"你这性子，倒是随我。"凤染摇摇头，道，"也罢，不愿便不愿，你好好守着凤凰窝就是。你已经是凤皇，虽在凡间历世千年，却对各府掌教和天宫上仙全然不识，这次天帝择选众仙齐临天宫，你随我一道入九重天和各府掌教见上一见，也便于日后执掌凤族。"

凤隐点头，应了凤染的要求。她是凤族未来的皇，就算梧桐岛不涉三界之争，可借

大个凤族，总有和三界各族打交道的时候。

"你这次醒来，我倒是有些意外。"凤染看向徒弟。

"哦？师君为何意外？"

"依着你小时候的性子，如此精彩的轮回历世，你早就迫不及待向为师显摆了，说不定还会去鬼界向那鬼王讨个说法。这回我不问你，你竟然提也不提，倒真是长大了。"凤染说得不动声色，突然问道，"凤隐，你那一魂从凤岛消散后直接便入了鬼界轮回？"

凤隐未料到凤染突然有此一问，微微一怔，神色却半点不动："自然是去往鬼界轮回了，纵我是火凤，那一缕魂魄也难以独自存活于三界之中。"

凤染点点头，不再多言，待看棋盘。凤隐一子落下，却是绝处逢生，死生回转，凤染啧啧称叹两声："果然是人间历练久了，这棋艺半点不输为师。无趣无趣，你好好休养吧，三个月后随我去天宫。"

凤染一拂袖摆，将手中棋子扔回白玉棋盒，朝听云台走去，她行了两步，突然停住，回转头望向捏着棋子把玩的小徒弟，忽而唤了她一声："凤隐。"

这一声颇有些玩味，凤隐抬头，恰好撞上了她师君一双睿智又探究的眼。

"我虽年岁大了些，倒不是个不记事的，你自涅槃降世，便从未去过天宫，是怎么知道九天之上的老神仙们日日都念叨着那些个繁文缛节的？"

凤隐把弄着棋子的手一顿，一下没利落地回上，微微顿了顿。

"小时候在凤岛听师君您和长老们说得多了，徒弟自然记得天宫的那些老神仙们有些什么讲究。"

"哦？是吗？"凤染拖长了腔调，"你倒是记性好，千年前凤凰蛋里的事儿都记得清楚。师君年岁大了，不服老不行咯……"

凤染边感慨边下了听云台，留下凤隐独留台上，让人听不真切那声声感慨里的深意。

许久，凤隐手中那粒把玩的棋子落于棋盘，碰出清脆的响声。她敛了眉中那抹淡漠，露出深埋其中的彻骨冰凉。

千年岁月，大梦初醒，在梧桐凤岛重新睁开眼的那一刻，她才明白奈何桥上修言那最后一声"阿音"唤的从来不是她，而是那个一千多年前在罗刹地死去的大泽山女仙。

那个懵懵懂懂、清清白白活过短暂一生，却背着一世骂名和冤屈魂飞魄散、永世不得超生的水凝兽阿音，没有人知道，凤族的皇历经过那段荒唐无知的岁月，可那又如何？

凤隐起身，望向天宫的方向，眉间一派凛冽深沉。

水凝兽阿音是死了，可她凤隐还活着，那些深埋在大泽山深处的真相，她会一个一个寻出来，那些害死她同袍的魔族，她一个也不会放过。

至于那些千年前的痛和恨，爱和怨，和她这个梧桐凤岛的凤皇，又有什么干系呢？

就在天帝凤染颁下敬天之诏的第三日，为帝君之位蠢蠢欲动的仙界各府，收到了天宫送来的请帖。

代掌四海的孔雀族公主华姝广邀各府仙友尊临天宫，参加半月后大泽山普湮上君的一千两百岁寿诞。

千年前罗刹地一战后，天帝回归仙界，但仍长居海外凤岛，因孔雀一族在罗刹地一战中颇有战功，天宫上仙又伤亡惨重，四大仙尊遂奏请天帝准许孔雀王华默协掌四海，华默以仙丹受损需闭关修炼为由推辞君位，但极力举荐其女华姝上位。四尊看在澜沣上君的分儿上默许此举，重新奏请天帝，天帝凤染允，此后千年，华姝长居天宫景阳殿，掌管四海，俨然五尊之列。

"凤皇？你说那凤族的那个小凤君已经继承了皇位？"

景阳殿内，华姝抚弄牡丹的手一顿，平静千年的眼底难得露出了惊讶之色。

自梧桐岛送请帖而归的红雀伏倒在地，向华姝禀告凤隐已即凤皇位之事。

"是，殿下，我拿着您的请帖拜见天帝，但凤族大长老言凤族皇位已由小凤君凤隐继承，从今而后，梧桐凤岛以凤隐陛下为尊。"

天帝凤染日前颁下敬天之诏后便留在了梧桐岛，既是为普湮做寿，自然是要请凤染回宫，捎带着她也想见一见那个一苏醒便闹得三界奇观尽显梧桐岛的小凤君。

千年前的事虽被深埋心底，如今亦已位尊权重，但有些事仍是华姝心底的一根刺，包括那个早已被世人遗忘的凤隐。

"天帝怎会做如此决定？不过一个千岁的小姑娘，便让她继位为一族之皇，就算是天帝飞升在即，此举也太过草率了。"

华姝声中难掩认为凤染此举荒唐之意，甚至还有一抹不易察觉的嫉恨，毕竟她苦心修炼数千年，细细谋划到如今也不过是个孔雀族公主，勉强位列天宫五尊之一罢了，而那个曾经魂飞魄散的凤隐，不过沉睡了千年，醒来便登基为皇，以凤族超然的实力，凤隐的地位几乎与天帝凤染齐平。

"殿下！这里是天宫。"到底是天宫，不比在自家的百鸟岛，四尊对凤染忠心耿耿，红雀听见华姝所言，忍不住小声提醒。

华姝敛了眼底的郁色，行到窗边，望向西方，沉声道："罢了，凤族之事和我又有何干。神君可知道我为他举办了寿宴？"

华姝所望的西方，乃祁连山清池宫所在之处，见她此问，红雀心底更是忐忑："殿下，此去清池宫，奴婢未曾见到神君。"

"你说什么？"华姝眉头一皱，"你持本君的拜帖，难道神君亦不肯见？"

千年前元启隐居清池宫，隐神位与名讳，自号普湮，不问世事，但三界众生皆称其一声神君，以示对他的尊崇。

"殿下息怒，长阙上君说数日前神君出宫游历，未在宫中，故奴婢才未见到神君。"

华姝怒意暂缓，心底却更是惊讶："你说神君出了清池宫？"

自元启归隐后，便极少离开清池宫，除了……

"殿下，神君离宫，可是因为那日子近了？"红雀小心翼翼地问，却不敢看华姝的脸色。

这么些年了，虽自家殿下位居天宫五尊之列，却从未得过清池宫那位神君温和脸色。若不是当年澜沣上君的瑶池神露和殿下的翎羽雀冠曾救过那水凝兽的性命，怕是她这个婢女连清池宫的山门都踏不进。殿下心里通通透透的，可澜沣上君故后她眼中也瞧不上其他仙君，只一心亲近元启神君，奈何当年那场雷刑害得那水凝兽魂飞魄散，殿下这么多年入清池宫，除了远远几句不冷不淡的话，从来连一杯温茶都没讨到过。

"不对，还差上一些时日，神君从不在那几日之外出清池宫，长阙仙君可说过神君去了何处？"

红雀摇头："长阙上君并不知道元启神君的行踪。"她担心道，"殿下，您为神君做寿的帖子已经送到仙界各府了，若是那日神君不出席，那您的脸面……"

华姝眉一肃："无论他去了三界何处，总归寿宴之前是要去鬼界一趟的，到时我自可寻到他。"

见华姝神情冷了下来，红雀不敢多言，称了声"是"退出了景阳殿。

自从那水凝兽阿音在九天玄雷下魂飞魄散后，每年她祭日前后那位神君都会出现在鬼界，三界尽知清池宫的普湮仙君于一事固有执念，千年不曾释怀。

可惜，丧生在九天玄雷下魂飞魄散的仙人，三界六万多年来从未有一人的魂魄被寻回、死生扭转过。

清池宫的元启神君，他心底所求，终是一场执念，一场空。

华姝那张请帖放在凤仪宫已经好几日了，凤云起初送来的时候，还很是想为自家的小陛下唠叨唠叨那位清池宫的普洹仙君是个什么渊源来历，岂料凤隐一句"我知道，就是那个毁了我涅槃的混蛋，听说还是师君亲手调教出来的"便把凤云哽得说不出话来。

老长老苦着脸憋了许久，倒是小心翼翼提了提："陛下，当年的事儿确实是普洹神君的错，但神君的身份摆在那儿，虽说他有错，但到底尚少不更事，这千年他一直在寻找您的魂魄，也算是有心了。当初大泽山的东华神君亦将镇魂塔赠予凤族助您蕴养身躯，若非如此，此次您渡劫归来，怕是难有半神的修为。来日您去天宫赴宴，若是碰上了小神君，可千万别为了当年的事儿和小神君置气，毕竟您日后是要飞升晋神入神界的……"

凤隐本以为千年已过，自个儿一颗玻璃心早就熬成了老瓷石，未想凤云提起东华时，她心底还是忍不住抽了抽，随即连凤云的话都未听完，便神色恹恹地让他退下了。

纵千年过，大泽山满山皆殁的惨况仍旧印在凤隐荒芜的心底最深的地方，一旦触及，便鲜血淋漓。

她在凤仪宫闷了几日，除了整日翻看凤族收藏的古籍，竟半步都懒得迈出，性子比刚醒来时更为沉寂。几位长老见状愁红了眼，埋怨凤云不该让小陛下忍让清池宫里的那位，那可是魂飞魄散的大劫，就算那位身份尊贵，也不该是他们的小陛下来忍气吞声。

凤云受了护犊子的众长老埋怨，想着自家陛下着实受了委屈，确实无须再让着那位神君，两人还是不见得好，便遣人去天宫向华姝婉拒了寿宴邀请一事。他暗想这回凤隐应是心里舒坦了，麻溜地去了凤仪宫准备在凤隐面前再宽慰宽慰几句，哪知却扑了个空。在凤仪宫待得快发霉的凤隐没躺在她那张万年碧石打造的硕大又舒坦的躺椅上晒太阳，早已不知去向。

从奈何桥坠下，惊得三界动荡不宁的那一日，凤隐是在镇魂塔里睁开眼的。

那时，她一双眼里千年轮回的孤独已然远去，唯独留下了罗刹地里那一眼回望魂飞魄散的刹那。

她望着镇魂塔前那一长串儿激动又期盼的花白胡子长老们时，无语地发现那个在奈何桥上陪了她一千年的鬼王，说的是大实话。

她有那么糟心又惨不忍睹的千年历世，真的是得罪了三界中了不得的大人物——神界真神之子元启，下三界里最尊贵的人。

被他一道天雷送得人魂归西，她作为水凝兽阿音的一生，倒也不算太跌份儿，这么一想，凤隐心里头总算是好受了些。

总不至于为了当年那些老掉牙的倒霉事儿一直闹心下去,在凤栖宫里晒了几日太阳,凤隐便释然了许多。凤云说得对,待了了下三界的事,她迟早是要入神界的,到时候抬头不见低头见,说不定还多有倚仗那位真神之子的地方,在下三界寻个机会混个脸熟,日后也能免上许多麻烦。只是,这次所谓的寿宴便罢了,那位百鸟岛的孔雀族公主,她是真的不耐再见上一面。

冒领恩功、善妒性暴也就罢了,当初那六道天雷可实打实的是想要她的命。华姝的宴席,别说六抬大轿,就是三跪九拜叩请她去,她也不愿见那孔雀公主藏在姣好面皮下的那副恶毒心肠。

凤隐心里转得活络,在凤岛上闲逛,不知不觉竟走到了岛后的梧桐古林,她一抬眼便瞧见了面前的梧桐祖树,不由得微微一叹,说起来当年她和元启正儿八经第一次以本体相见,不是十来载后水凝兽睁开眼的那一瞬,而是她从凤凰蛋里破壳而出的那一幕,那时她尚不知日后的岁月纠葛,若是知道,怕是宁愿魂飞魄散,也不愿一缕魂魄入了那水凝兽的身体吧……

"阁下既来,何不现身?"

一道爽朗的声音打断了凤隐的回忆,她抬头望去,她师君一身红袍便服,正懒懒地靠在梧桐祖树的树干上晒太阳。

火凤凰都挺懒的,凤隐心中想。师君这话不像是对自己说的,她琢磨了一下,便隐在祖树后没有现身。

果不其然,凤染前方的梧桐林里缓缓走来一玄衣青年,眉峰淡冽,墨黑的眼瞳一眼望去如尘封万年的醇酒,格外有味道。

凤隐望见那人,微微一怔,心底一叹,想不到她纵使不出凤岛,也能遇见千年前的故人。

当年静幽湖旁那棵蕴养狐族的梧桐古树上,她是见过梧夕的容颜的,那时水凝兽阿音对梧夕莫名的熟悉,原也不是没有道理。

火凤凰梧桐树,本就是天生的宿邻,相赖而生,陪伴而长。

只是梧夕前辈不是长居在狐族静幽湖吗,怎么会回梧桐凤岛?凤隐虽说这些年历的世多,可该有的好奇心半点儿都不少,一抬眼见天塌地陷了也面不改色的师君神色异样,顿时八卦之心火熊熊燃起,连走了两步凑近祖树后边儿听墙脚。

"凤染陛下?"梧夕望着凤染,声音微微起伏,朗朗悦耳,浑不是当初在静幽湖里

那般苍老。

"梧夕前辈。"凤染从树上跃下，落在了梧夕面前，落地的一瞬，她眼底的复杂怅然尽数敛去，四目相对时，已然平静无波。

梧夕的目光在凤染脸上拂过，七万年光景和等待，在凤染这句"前辈"面前都只剩苦涩。

火凤凰生生世世涅槃，传承容貌、记忆和神力，唯独感情，如过往云烟，恍若新生。

凤染拥有凤焰的记忆，可她是凤染，当年的凤焰，早已如每一代凤皇一般消失于天地了。

梧夕等了七万年，终究等回来的不是凤焰。

"都已经过去七万年了，长老们也觉得当年太过决绝了些，逼得前辈离开凤族，飘零至今，如今前事已断，前辈何不回归凤岛？"凤染朝身后的梧桐祖树看了一眼，"梧闻前辈也一直在等您回来。"

梧桐祖树双生，梧闻为兄，梧夕为弟。只不过六万年前三界遭逢混沌之劫，凤族亦未能幸免，梧闻甘愿永化为树，蕴养凤凰一族，自此不再入神。

"他有他的归宿。"梧夕摇头，看向凤染，"而你……"他掩住眼中追忆的神色，笑道："也已经有了你的归宿，我听说凤皇即将晋神入神界，日后怕是再无相见之期，才回凤岛看一看你，也算是了断七万年前的一桩前缘。"

凤染见他眼底亦是释然，松了口气，不免感慨。

当年的梧夕和凤焰在神界也是一双璧人，若非那场神魔之战，凤焰为护梧夕而死，梧夕前辈也不会做下让凤族不可饶恕的错事，自此被逐，流浪于三界。

"今日回岛，除了见一见陛下，梧夕尚有一事告知陛下。"

"哦？何事？"

梧夕突然抬眼，朝祖树后凤隐藏身的方向望来。凤隐骇了一跳，连忙躲了躲。听壁脚这种不体面的事儿要是被活捉了，可实在有损她这个凤皇的脸面。

恰在这时，凤染朝祖树的方向移了两步，正好挡住了梧夕探究的目光："梧夕前辈。"

梧夕收回目光："一千年前，我在狐族静幽湖静养，曾经遇到过几个小友。"

听见梧夕的声音，凤隐耳朵动了动，连忙探出身朝梧夕和凤染望去。哪知梧夕再开口时却一句声音都不再有，分明是不想让外人听到，和凤染交谈时用了传音之术。

片刻之后，凤隐才听到她师君略显惊讶的声音："前辈所言可真？"

梧夕点头，朝凤染额了额首："我前尘已了，后事亦断，今日叨扰凤皇了，就此告辞。"

梧夕转身便走，凤染终是不忍，唤住了他："梧夕前辈！"

梧夕脚步顿住。

"凤族的栖息地就只剩这座凤岛了，您真的不愿意留下来吗？"以梧夕的性子，今日若离去，怕是直到寿终，都不会再回梧桐岛。

"凤焰已魂散九天，我没有再回来的必要了。她不在，梧桐凤岛于我终究只是一场空念，妄念已失，不如离去。"

梧夕未再回头，踏空而去，长袍黑发，一如来时缥缈俊逸。

叹息响起，凤染垂目，为记忆中远逝的上一任凤皇惋惜。

"看完热闹了，还不出来！"

半响，慵懒的呵斥声响起，拦住了看完热闹拍拍屁股准备遁走的小凤皇。

凤隐摸了摸鼻子，从祖树后走出来，对着凤染讨好地笑了笑："师君，您知道我在啊。"

凤染白了她一眼："怎么，如今成半神了，翅膀硬了，就不把帅君放在眼里了？连我的墙脚都敢听？"

"师君说的哪里话，徒弟怎么敢对师君您不敬？"凤隐连忙请罪，"我这不正好逛到这儿，哪里知道正好碰见梧夕前辈回凤岛见您……"

"梧夕前辈？"凤染挑了挑眉，看向凤隐的目光饶有兴致，"你倒是喊得熟络，怎么，你认识他？"

凤隐神情一滞："怎么会，我才刚醒过来，这不是跟着师君您喊嘛。"她干干脆脆地绕过话题，疑惑道，"师君，这梧夕前辈和咱们凤岛有什么渊源？当年到底发生了什么事？长老们又为什么会驱逐梧夕前辈？"

一千年前凤隐在静幽湖畔见到梧夕时便很好奇，如今有机会，自是要问上一问。

凤染见她问起，倒也不瞒她，将凤族这桩隐秘事娓娓道来。

"凤族的梧桐祖树生来便是双生，梧夕前辈便是其中之一。十万年前他修炼成神化为人形，和上一任凤皇凤焰日久生情，结成神侣。七万年前神魔在下界大战，凤凰一族身为上古神兽，身先士卒下界应战。可惜此战中凤焰为救梧夕，元神俱散，只留了一魂一魄回凤族完成涅槃。"凤染声音顿了顿，"你也知道，火凤凰一生会经历三次涅槃，

拾伍 ○ 凤归

·443

一为降世，二为晋神，三为灭亡。第三次涅槃之后，火凤凰便会归于虚无，直到涅槃之处诞生新的火凰蛋，重新降世晋神，成为新的凤皇。每一任凤皇晋神之时都会继承上一任凤皇的记忆和神力，以保凤凰一族能永存三界。梧夕也知道火凤凰的传承之秘，他知道一旦凤焰涅槃归去，将来新的凤皇降生，就算拥有和凤焰相同的记忆和容貌，也不再是他的神侣凤焰。"

凤隐听得入迷，见凤染突然停住声，不免有些意犹未尽，忙道："火凤凰涅槃是凤族的传统，梧夕前辈是不是做了什么？"

凤染点头，叹了口气："是，他阻止了凤焰涅槃，骗过了凤族的一众长老，悄悄带着凤焰即将消散的一魂一魄下界，以自己的神力强行将那一魂一魄锁在了凡人的躯壳里，抹去了凤焰凤皇的记忆，将她藏在人间与他相伴。"

"什么？"凤隐面露惊讶，难怪梧夕身为梧桐祖树，厥功至伟，还会被凤族的长老驱逐。他阻止凤焰涅槃，火凤凰一脉必将断绝，从此凤族再无皇者，那些视凤族传承为命的长老们能答应才怪。

"师君，后来呢？"既然凤染降世，那说明凤焰最终完成了涅槃，只怕个中又历经了一些曲折。

"凤族新皇此后百年都未降世，凤族长老们察觉到不对，终于发现梧夕做下的事，大怒之下开始寻找梧夕和凤焰的那一魂一魄，这一寻便是五百年。梧夕毕竟是梧桐祖树，神力几乎与凤皇比肩，又岂是凤族长老能够应付的，凤族始终无法拿回凤焰的魂魄，两方五百年里历经百场大战，终于惊动了神界的上古真神。上古真神得闻此事下界，唤醒了凤焰的记忆，让她自己选择是以一魂一魄的方式永远留在梧夕身边，还是愿意涅槃就此归于虚无。"

"师君，凤皇她……选择了涅槃，是吗？"

凤染颔首："凤焰终究是凤族之皇，她舍不得梧夕，但更不会舍弃自己对族人的守护。她若不涅槃，新皇就永远无法降世。她最后选择离开人界，回到凤族完成涅槃，最后魂归三界。凤焰涅槃后，梧夕前辈被长老放逐，再也没有回来过。"

"那他今日回来……"

"只是全自己一个念想吧，就算知道重生的不是凤焰，也想来看看那个传承了他挚爱之人记忆的人。"

凤染望向梧夕远去的方向："好在火凤凰传承继任的宿命，自凤焰之后，总算终结

了。"

凤隐一愣："师君，您的意思是以后新的皇者都不必再涅槃重生，继承上一任的记忆和神力？"

"你如今已经是凤皇，难道你继承了我的记忆和神力？"凤染挑了挑眉，"你就没有想过，你是为何逆天而生，打破凤族的宿命吗？"

凤隐摇头。

"也许，是祖神的恩赐吧。"凤染拍拍她的肩，叹了口气，朝凤殿而去。

她传承了凤焰的记忆，所以知道上一任凤皇临死之际面向苍天许下的遗愿。

祖神在上，护佑我火凤一脉代代相传，生生不息，唯愿我族彼死他生之命运自我之后，再也不复。

这是那位七万年前舍弃挚爱的凤皇最后的遗愿，七万年后，凤隐的降世终于打破了火凤一脉的宿命。

望着凤染落寞的背影，凤隐没有再追问下去，那些藏在岁月里的遗憾和故事，就和她千年前的记忆一般，不如远去。

她还没从这段充满惆怅的往事里回过神，"扑通"一声，一团小东西重重落在她脚边，伴着一道冷冷淡淡的哼声。

她低下头，瞧见了一个软软糯糯的小娃娃和一双漆黑如墨的眼。

这眼深邃重逢如海，却格外淡漠冷冽，落在一个七八岁的小娃娃身上，虽好看，但着实太怪异了些。

他看着凤隐，面上平静无波，心底却惊讶无比。

姑姑怎么没有告诉他，当年破壳而出的小凤凰，不过睡了一觉，醒来居然就已是半神。凤隐苏醒的那日，三界内分明没有降下晋神的雷劫，这是为何？

凤隐被这娃娃盯着，竟一时有些心慌愣神，但她好歹轮回千年，定力早非当年，遂稳了稳心神咳嗽一声瞅着小娃娃好奇道："你是哪家的孩子？"

这嚣张利落的声音一出，更是让站着的娃娃心底生出一抹极熟悉的感觉。

凤隐垂着眼看着魂游天外的小娃娃，有几分失笑。

这娃娃虽然瞧上去没什么仙力，但光是身上的一件云锦外袍便需天宫织女花上数百年才能织成，必定不是普通仙家子弟。她师君交游甚广，指不定是哪家仙府的小祖宗跟着长辈入凤岛拜访来了。

她本可一翅膀把这娃娃扇回前岛，但这小娃娃的容貌和那一双眼不知为何竟有些熟悉，格外讨她喜欢。

莫不是千年前以水凝兽的身份行走三界时结交过这孩子的长辈？凤隐心底念头转了转，却实在想不起这份微妙的渊源，眉头不由得皱了皱。

她的这份疑惑亦落在了祖树下白衣小娃娃的眼中，他皱着眉，略带探究地看着凤隐。

"本皇问你呢？小娃娃，你家长辈没告诉过你梧桐凤岛的古林是禁地吗？你怎么一个人跑到这儿来了？"凤隐一边耐着性子问，一边暗地里唾弃自己对皮相好的人格外耐心的臭毛病。

"怎么？不肯说？"见这小娃娃始终只望着自己不开口，凤隐挑了挑眉，"大丈夫行不改名坐不改姓，报个名讳有什么怕的……"

凤隐在人世轮回千年，便是说话也染上了凡间的习性，只是她还来不及说教，小娃娃已经端端正正朝她行了一礼开了口："昆仑山潇溪上君座下十三弟子上白，见过凤皇。"

凤隐稀里糊涂毫不正经地即了帝位，平日里连凤岛一众族人的礼也免了个干净，骤然被这么个小娃娃行了个十足到位的古礼，竟还有些不自在。听他自报家门才想起对这娃娃的熟悉感从何而来。当年她和那昆仑山的潇溪上君，确实是有过几面之缘的。

"原来是潇溪的弟子，你怎么一个人跑到古林里来了，你师父去哪儿了？"凤隐稍稍凑近了上白皱了皱眉道，"小娃娃，你们昆仑藏了一洞府的仙丹神药，随便吃一颗也能修成下君，怎的你仙基会如此差？"

上白身上的仙力微弱得几乎难以感知，昆仑善炼丹药，就算是这孩子根基薄弱，随便喂点仙丹也不可能惨成这般模样。

上白眼底划过一抹异样，垂下头回道："上白自幼仙基薄弱，根骨不佳，蒙师父不弃领入昆仑修行，师父听闻梧桐凤岛的镇魂塔有蕴养仙力的奇效，这才特地带上白来凤岛求天帝赐用镇魂塔。前日师祖有事召唤，师父先行回了昆仑，便留我一人在此蕴养仙骨。上白初入凤岛，不知古林禁忌，误入贵族禁地……"

小娃娃的声音越说越小，头越埋越低，像是惭愧之极。

凤隐一听这话才想起镇魂塔的事儿来。镇魂塔是当年东华为元启赎罪所赠，按理说凤隐醒来便该归还大泽山，可大泽山早已……凤隐把心底那抹酸楚压下，朝垂着头的小娃娃看去。

想不到这孩子看着挺有灵性，却是个天生不适合修仙的，也是可惜了。凤隐当年做

水凝兽时仙力低微，很是受了些白眼，一时对上白感同身受，更怜惜于他了。

"原来如此，不必惊慌。你既是潇溪的弟子，也算是和本皇有些情谊。走吧，镇魂塔不在此处，本皇带你去，既是需要镇魂塔蕴养仙骨，你便在凤岛多待些时间，你好好跟着本皇逛逛，以后别再迷路了。"凤隐说完，一把牵了上白的小手朝林外走去，俨然一副长辈模样。

被拉住手的小娃娃明显一愣，待回过神时，已经被利落的凤皇牵着走了好一阵儿了。他迈着小步子跟在凤隐身后，抬头恰好望见少女袖摆上的火凤。

逆光下，火凤似是迎着夕阳腾飞，荡漾出鲜活的生命力，上白冰封千年的心底泛起一抹暖意。

他向腰间望去，那里，悬了千年的火凰玉早已不在。

他抬头看着少女的背影，眼底微有涩意，却又满是欣慰和感慨。

当年惊鸿一瞥，之后便是千年的沉睡，想不到那在清池宫陪他走过千年孤寂岁月的小凤凰竟是这般性子。

若是阿音知道，怕也是会喜爱她吧……

光是这名字在心底掠过，上白眼中便是藏不住的钝痛，他垂下眼，尚来不及如往常一般感受到那抹深入骨髓的冷意，凤隐恰好低头，温热的手在他指间捏了捏，向他投下一抹笑容。

上白一怔，抿了抿唇，被凤隐捉住的手心暖了暖，他默默跟上凤隐的步子，那僵硬的小身子也悄然柔和了下来。

两人的身影在夕阳下渐渐远去。半空中一阵神力涌动，凤染现出身形，她望着一大一小的背影，摸了摸下巴，意味不明地啧啧了两声。

"臭小子，当年忽悠他娘，如今忽悠本帝的徒弟，天启教的那点本事，他倒是半点没落下。"

她的目光最后定格在凤隐身上，脸上现出意味深长的笑意："徒弟啊徒弟，你究竟有什么事儿瞒着师父我，明明是入凡间轮回历世，又怎么会和昆仑的潇溪扯上关系？"

凤染的声音渐不可闻，只在梧桐祖林里留下淡淡的疑惑和探究。

镇魂塔被凤染交给了凤云保管，凤隐想着上白这娃娃认路能力着实不强，便亲自将他送到了凤云的云竹殿。

在凤仪宫晃荡了一圈儿没寻着凤隐的凤云回殿，正好碰上了牵着小娃娃前来的凤隐。

上白还来不及打眼色，凤云已经远远笑着唤了起来："上白小公子，陛下正找你呢，我还怕你丢在咱们凤岛了，原是凤隐陛下碰上你了。"

凤云这话一出，上白实在忍不住感慨他家姑姑御下有道，从梧桐古林走过来才这么一会儿，怕是凤岛上下都知道清池宫的普湮上君变成了昆仑洞府的上白公子了。

上白客客气气朝凤云行了一礼："上白借用镇魂塔，叨扰大长老了。"

他这一动，凤云表情一僵，身子微微一偏，十分隐晦地避过了这一礼。

夭寿哟，下三界里，哪个敢受元启神君一礼哟！

凤云连忙道："哪里哪里，潇溪上君将小公子托付给凤族……"

"好了好了，哪这么多虚礼。"凤隐在一旁摆摆手，"大长老，上白仙骨弱，我打算多留他一段时间在凤岛蕴养仙基，你年岁大，他每日来叨扰你也不像样，反正我初即帝位，没什么事儿，闲得很，你把镇魂塔送到凤仪宫来，让他每日来我殿里就是。"

凤云一愣，却不敢不从，道："是，陛下。"

凤隐摸了摸上白的脑袋，瞅见这娃娃许是从树上跌下来，锦袍歪了歪，便蹲下身替他理了理，笑道："你今日就在云竹殿养着，明儿到我的凤仪宫来便是。"

凤隐贵为一族之皇，这动作着实有些惊人，尤其是知道上白身份的凤云，他那张满是褶皱的老脸上露出奇异的神色，却又在惊怔的那一瞬极快地低下头，没有让这抹神情被凤皇瞧见。

涅槃苏醒的陛下向来心性淡漠，连继任凤皇心中都未起波澜，想不到对上白公子倒格外上心，若是她知道了这娃娃的真正身份……想起凤隐提起元启时那股避之不及的厌烦和漠视，凤云心底颤了颤，更加不敢露出一点点异色了。

凤隐蹲下身与上白平齐，火凤凰眸中天生一眸火焰异色，格外幽深瑰丽，上白微微一怔，对视的一瞬，不知为何突然觉得这双极漂亮的凤眸里有一种格外熟悉的暖意。

明明凤隐苏醒后他们从未见过，怎么会有这么熟悉的感觉？上白眉头还没皱起，凤隐已经在他额头上弹了弹："又走什么神，本皇回凤仪宫了，明日记得过来。"

她说着在上白肩头拍了拍，提足便走，行了两步突然想起一事，回过头随意问了凤云一句："对了，他住在何处？"

"九华阁。"凤云道。

"又是九华阁？"凤隐微不可闻地呢喃了一句，皱了皱眉。

一千多年前元启以大泽山弟子的身份初入凤岛，住的便是九华阁。

凤隐眼底现出一抹回忆之色来，随之她敛起眉间异色，点了点头，转身走远了。

她眼底那抹猝不及防的追忆和复杂的神色正好落在望着她的上白眼中，他心底几乎立时便泛起疑惑来。

瞧凤隐这神色，明明和曾经在九华阁里住过的人有些渊源，但九华阁是姑姑为他在凤岛备下的寝殿，一千多年的时间里，只有他在凤岛住过。凤隐苏醒后他从未入过凤岛，凤隐苏醒前……

上白的眉头皱得更紧。

一千多年前他入凤岛那一次，凤隐还未涅槃便被他害得魂飞魄散，又怎会和当年的他有渊源？

电光石火般，仿佛福如心至，上白猛地抬头，朝那走远的身影看去。

那背影，和当年隐在月下石后的少女的身影渐渐重叠起来，上白垂在腰间的手缓缓握紧，眼底温热，竟涌出千年后的释然和感慨。

难怪他会觉得凤隐的声音熟悉，就像是听过一般。

他的确是听过的。

千年前的梧桐凤岛，那个张扬霸道为他解围却始终未曾现身的少女，原来竟是凤隐。

凤染当年回梧桐岛即位时便没有入住凤皇殿，如今退位了，仍是在后岛石屋里居住。

当年上古来梧桐岛，便是在这石屋小院里将火凰玉送给了未降世的小火凤，这些年凤染等着景涧重生，一晃也一千多年过去了。

依旧是这地儿，只是在梧桐树下和她对弈的人从上古变成了元启。

元启小时候肖似白玦真神，待年岁渐大，反而模样更似上古了些，只是这些年眉眼间的冷峻，和当年在苍穹之境的白玦一般无二。

看着对面垂眼落子的青年，凤染挑了挑眉："我那徒弟，你见过了？"

"姑姑一番好意，我岂有见不到我那小凤凰之理？"元启好端端待在梧桐祖树里，若不是凤染有意为之，他怎么会以小童的样子正好落在凤隐面前。

"你的小凤凰？"凤染哼了哼。

元启挑了挑眉："姑姑，我可是知道的，火凤凰古来便是我混沌之神一脉的坐骑。"

凤染睐了睐眼："这话只有你母神有胆儿在我面前说，你要坐骑，自己去凤隐面前讨去，别在我这儿落狠话。"

元启被凤染噎得一愣，摸了摸鼻子，失笑道："您的这位高徒，睡了一觉醒来便是

半神，我可不敢让这位凤凰当我的坐骑。"

"睡了一觉？"凤染神色复杂，"倒当真是漫长的一觉，若是我，可不愿这样历世修来半神，我那徒弟当年何等活泼可爱，如今那性子跟老僧入定了一般，不讨喜得紧。"

凤隐的性子不讨喜？想起小凤皇那火焰般的瞳色和含笑的面容，元启以为凤染在说笑话。

他听得凤染话中有话，面露困惑："姑姑，凤隐的半神之位究竟是如何修来的？她既然已入神，为何醒来那日没有降下雷劫？"

若非亲眼所见，元启很难相信天地间竟能有人不历雷劫便能化神。

凤染神色复杂，将凤隐在凡间轮回千年的命途娓娓道来。

元启听得神色诧异，当初是他毁了凤隐涅槃才害得她历世千载，可他听见凤染这话，除了愧疚外，不知为何心底竟有些他也难以说清的钝痛和酸涩。

凤染叹了口气："我们在仙界过了千年，历经喜怒哀乐也就这一世罢了，她在凡间数十世生生死死，死死生生，一朝黄泉轮回，一生过往历历在目，也难怪会成了如今这副性子。"

凤染看了对面眉头微皱的元启一眼，暗叹她千岁时还是个在渊岭沼泽无法无天、怼天怼地的刺头子，哪如这两个小年轻一般少年老成。她那徒弟虽然曾经魂飞魄散历经千世，但如今好歹囫囵着回来了，得了个平安，元启却……

"你如今……"凤染心里顿了顿，到底没把担心的事说出来，只道，"你这几日化作小童模样，倒让我想起你小时候在清池宫的时候来了。"凤染眼底拂过些许怀念，突然道："听说华姝为你举办了寿宴，广邀仙界诸山掌教，前几日帖子都送到我的梧桐岛来了。"

见元启眉头皱起，凤染仿佛不在意道："如今凤隐即了皇位，接帖的人是她，听说她懒得去，转头就把帖子送还给天宫了。"

元启一愣，心底隐隐有些失落，落下一子，道："当年我毁了她涅槃，害得她魂飞魄散历经千年轮回之苦，她不愿见我也是应该，更别谈参加我的寿宴了。"

"所以你在她面前藏起身份，借用昆仑山弟子之名？"凤染眼底露出不赞同之意，"我听凤云说她甚是喜爱你，把镇魂塔都搬到凤仪宫去了，凤隐性子刚烈，若是将来知晓了你的身份，怕是……"

"她不会知道。"元启打断凤染的顾虑，"出了这梧桐凤岛，三界之内再无上白，

清池宫的元启和她也不会再有交集，凤隐能醒来也算了了我一桩心事，姑姑，我孑然一身惯了，以后如此便好。"

半晌，凤染点了点头。

从千年前的那一日起，她便没有再看见元启脸上有过笑容，除了今日在凤隐面前，她原本想让两人多相处相处，多些情谊，可见元启这模样，分明当年的事连半分都没放下。

"华姝为你筹办寿宴，虽说明眼人都瞧得出来是她对你有意，在讨好于你，但却打着天宫众仙敬仰清池宫神君的名义，请你出山震慑妖界，半月后天宫众仙群集，你这不去都不行了……"

"与我何干。"元启漫不经心地抿了口清茶，听见天宫众仙和华姝之名，眼底愈加淡漠。

凤染瞧见元启冰冷的神色，心底叹了口气。当年那只水凝兽虽说是在天雷下魂飞魄散，可若没有天宫众仙放纵华姝先在她身上落下六道天雷，她又何至于惨死在雷劫之下？对元启而言，那水凝兽的死他不仅原谅不了自己，更无法原谅他一力守护的仙族，否则他也不会千年不出清池宫，更在那之后从不踏足天宫一步。若不是他身为神之子与生俱来的使命和责任，以元启和他娘一般护短的脾性，那小孔雀只怕当年就活不成了。

华姝也忒不知好歹了些，旁人避都避不及，她还上赶着凑上来，怕是要吃下大亏才能醒悟。

言谈间，棋局定，元启看了一眼天色，便向凤染告辞，凤染摆手，显然也是觉得以元启如今的这副性子聊天也是累得慌。

哪知元启走了两步，突然停住唤了一声凤染。

"姑姑。"

"何事？"

"当年凤隐尚未涅槃出世时，是不是已经能凭元神化为人形？"

凤染点头："不错，她小时候跳脱张扬，还未涅槃便整日化成人形在岛上捣乱，我和几位长老很是头疼了些日子。你怎么知道这事的？凤云告诉你的？"

凤染没瞧见，背对着她的青年面上浮现复杂神色，许久，只看见元启摇了摇头："不是，只是今日我见凤隐，总觉得她有些熟悉，原来我们当年竟是见过的。"

元启最后一句微不可闻，凤染没听明白，待再要问时，元启已然走远。

月色中，青年的身影落寞寂寥，一如这千年。

凤染无意识地摩挲着手中的白玉棋子，却不知为何想起了千年前罗刹地那一日满身染血的青年悔恨到绝望的眼神。

若是那水凝兽瞧见那一眼，怕是怎么都不会选择死在所爱之人的手里。

活着的人，虽生若死，亦不如死。

她尝过，所以知道。

可已经魂飞魄散的阿音，却永远都不知道，她最爱的人被她亲手送进了地狱深渊，千年万年困在囚牢。

徒弟啊徒弟，你可千万不要像师君想的那般……若是师君猜得准，还真是不知道将来要如何给上古神界里那两位真神一个交代了。

凤染猛地抬眼，眼中一派清明睿智，却带着难言的复杂和感慨。

元启就这样以昆仑弟子上白的身份在梧桐岛住了下来，他以孩童的样子日日在凤仪宫里混着，和凤隐朝夕相处。说实在的，千年后两人的性子都不似当初了。

凤隐当年在大泽山时活泼好动，日日和青衣上天入地地惹祸，就是个小姑娘脾性，历世千年后归来，帝王将相、流寇平民都做过，如今待在凤仪宫里最爱的便是下棋品酒，修养心性了。

而元启除了在镇魂塔中蕴养魂魄，便是被凤隐抓着陪她下棋饮酒。

元启怕被凤隐瞧出端倪，下棋时很是藏拙了一番，但凤隐如今是何等心性，纵使元启再藏，也难免从他的棋中观出其心胸品性的一二来。小小稚子便胸有丘壑，还使着劲地藏，凤隐看在眼底，却不点破，循了她这千年做凡人时的性子。

不过有缘相伴几日而已，既然别人不愿说，她亦无须多事。只是在瞧出了元启颇有保留之时，她好笑之余，对他那份难以言说的亲近到底难免淡了几分。

两人便这样安安静静地在凤仪宫伴了小半月，这段时日虽平淡，却是元启千年来难得能安下心来的时候。他如今知道了当年恋慕的人是凤隐而非华姝，如今弄明白了人，少年时的情感却回不去了。

错过便是错过，他有更挂念的人，虽然那人不在了，他这一生，却也无法再爱上旁人。

虽然他瞧着凤隐那双红瞳时，始终熟悉又温情，却也只当是这千年他日日将火凰玉悬在腰间的陪伴带来的感觉罢了。

小半月后，元启请辞，凤隐有些失落，却未挽留，让元启待了片刻笑着让侍女为他备离别礼，并亲自送元启出岛。

元启念着凤隐一番好意倒未推辞，只是在凤岛门口见着凤族侍卫牵着载满黄金宝箱的十二匹天马时，微微愣了愣神。

"陛下？您这……"

"昆仑是大派，虽说你师父是昆仑老祖的嫡传弟子，但你这仙力怕是受不了宠，难免吃些亏。我虽然年岁轻，辈分地位却摆在这儿，有我这份看重，你往后在昆仑的日子自然会好过些，无须推辞……"凤隐说着，从一旁的侍女手中接过一个不起眼的布包，递到元启面前，笑道，"这是我最喜欢的绿豆糕，我知道你们小娃娃最喜欢吃这些，喏，都是你的，路上吃，若是喜欢，遣个人来凤岛说一声，我便让人做了给你送去。"

凤隐低眼的一瞬，正好和元启的目光碰在一起。

他看着含笑的凤隐，愣在了原地。

"喏，阿晋，都是你的，你不要生气了，带我一起下山好不好？"

他仿佛听见记忆深处那道清脆的声音。

面前的凤凰仿佛和千年前大泽山石梯上轻笑的少女缓缓重合。

"上白？上白？"

见昆仑山的小徒弟愣着出神，凤隐唤了他两声，视线相遇的一瞬，却被他眼底那抹完全不合年纪的追忆和痛楚而惊住。

这娃娃，小小年纪，眼底怎么会有这般悲楚的神色？

回过神的元启敛了眉间异色，一把接过装着绿豆糕的布包，似是解释一般朝凤隐道："我有个小师妹，最爱吃绿豆糕，以前我每次下山，她都会跟着我到山门。我有好些年没见过我那小师妹了，凤凰拿绿豆糕来赠我，让我想起她来……"

凤隐一怔，手微不可见地一顿，向来云淡风轻的脸上拂过一抹说不清的神色，随即在上白额头上弹了弹，笑道："你才几岁，你那小师妹只怕还在跌跌撞撞学走路。快回昆仑吧，免得叫你师父担心。"

做戏要做全套，元启心底想着自己少不得要似模似样地走一趟昆仑了。他接过布包，点点头，转身就要上凤隐为他准备的天马，却听到凤隐唤他的声音。

他转过头，凤隐含笑望着他："我过段时日要闭关修炼，若是你需再用镇魂塔，让你师父遣个弟子来说，我让凤云长老为你送去，不用再特意千里跋涉来凤岛了。孤岛海外凶兽遍布，你年岁小、仙基又弱，在外跑太凶险了些。"

一旁陪着凤隐来送元启的凤云一愣，心底打了个突，狐疑地瞅了凤隐一眼。

陛下这话啥意思？难道是瞧出元启神君的身份了？全岛憋着劲瞒了小半个月，他时时看顾着，没出啥纰漏啊。

元启一怔，凤隐这话妥妥当当的全是一副为他担心着想的模样，但不知为何他听在耳里，却隐隐觉得凤皇这是委婉地让他再也不要踏足凤岛了一般。

但这小半月他和凤隐相处愉快，凤隐性子更是温和，想必是他想错了。元启暗自思忖，点了点头："多谢凤皇体谅，镇魂塔功效神奇，上白以后不需要镇魂塔蕴养仙力了，这半月多谢凤皇照拂，将来有缘，上白再来凤岛拜会凤皇。"

元启抱着布包朝凤隐拱了拱手，转身朝天马而去。

自此一别，凤隐长归凤岛闭关，而他……他们两人怕是无再见之期。这半月隐下身份的缘分，全当圆了千年前缘悭一面的遗憾了。

天马载着昆仑的小仙君一跃而起，随行的护卫和宝箱浩浩荡荡而去。

凤隐立在凤岛之畔，望着消失在天际的那抹白色身影，瞳中透出晦暗莫名的神色。她负在身后袖袍中的手微微颤抖，刚刚触过小仙君额头的地方灼热难当。

凤皇眼垂下，嘴角勾出一抹意味不明的自嘲笑意。

不过是千年前匆匆数年的一场缘分罢了，都走过十几次奈何桥了，还有什么放不下的？

三界六道九州八荒里最尊贵的神君，除非她一辈子隐迹在凤岛，否则迟早有重见之日的。

"陛下？陛下？"

见凤隐久久不语，凤云忍不住唤了唤她。

凤隐回过神，转身欲入凤岛，却见凤染好整以暇地立在她身后，一副若有所思的模样。

"师君，这昆仑的小仙君面子真大，您都出来送一送了？"凤隐边见礼边笑道。

凤染听出凤隐话里有话，挑了挑眉："怎么？瞧出来了？"见凤隐不答，她半点不给徒弟面子，"若不是，偌大的昆仑，难道还护不了他一个弟子渡海来咱们凤岛？"

见凤染挑明，凤隐规规矩矩颔首，道："是，瞧出来了。"

"怎么瞧出来的？"凤染靠在岸边的垂柳上，漫不经心地问。

"他身上那一身云锦仙丝，便是连咱们凤族的宝库里，这几万年也不过攒了裁剪三四件的量罢了。昆仑的小仙君再受宠，也够不上这般金贵。九华阁这一千多年只迎过一位宾客，以姑姑你对那位小神君的爱护，又怎会让别人去住了他的院子？"

见凤染一副你接着说的模样，凤隐倒也未停，"再说了，梧桐祖树是咱们凤族的禁地和至宝，有您和诸位长老在岛上，怎么会允许外人轻易靠近？那小仙君不小心对我行了个礼，咱们大长老的脸都快抖成筛子了，除了清池宫的元启神君，徒弟实在猜不出三界内谁还有这份能耐和脸面。"

凤云听见凤隐的揶揄，一张老脸倒差点没处摆。

"就这样？"见凤隐说得一本正经，凤染朝她走近，端正了神色又问了一遍，"你便是这么猜出他的身份的？"

凤隐垂眼。

当然不只是这样，所有的这些都只是猜测，唯有那包绿豆糕，才叫凤隐确定了元启的身份。

不谙世事的孩童，对着一包普通的绿豆糕，眼底怎会有那般情绪？

就算当年再怨愤她害死了师长和同门，古晋对那只死在他手上的水凝兽阿音，总该是有些触动的吧。

"是，徒弟好歹在凡间历练了千年，要真是和清池宫的小神君相处了半个月还猜不出他的身份，将来怎么做咱们凤族的王啊，师君？"凤隐抬头笑道，朝凤染眨了眨眼。

见凤染皱着眉欲开口，凤隐连忙道："师君您放心，当年他虽然害得我魂飞魄散，倒也不是故意为之，这点儿小误会我早就不放在心上了，再说他是真神之子，又是您一手养大的，算起来是我半个世兄，我一定和他好好相处，师君您只管放心飞升神界，徒弟在下界绝不给您惹祸，争取早日修炼成神，好去神界陪您。"

凤染滚到嗓子眼的话全被凤隐堵了回去，见凤隐一副没心没肺的模样，她亦不再多言，摇了摇头："你这张利嘴……罢了，我说不过你，元启身份特殊，你自己有分寸就好。"

凤染利落地回了后岛，到底没在凤隐面前再多提元启一个字儿。

凤隐心里头想着自家师父是个人精，这一番她试探元启的身份，只怕引起了凤染的怀疑。免得被凤染瞧出端倪，凤隐寻了个借口下界游玩，向凤云交代一声偷偷溜出了梧桐岛。

凤隐在人间走走停停，听风看雨，游荡了数日，走着走着，到了皇城脚下。千年过去，朝代更迭，皇亲贵胄不知换了凡几，唯有皇城下的鬼界，屹立如初。

她在生死门前兜兜转转数遍，终究还是踏进了那条曾经走过千年的黄泉路。

神隐
下

奈何桥下河水依旧，却再也没有那个坐在桥头笑着等她的俊俏鬼君。阿音早就死得干净利落，她如今已经涅槃重生，修言堂堂鬼王分身，哪还会守在这孤零零的奈何桥上。

这世上，没人会记得千年前的那只水凝兽了吧。心底说不上是失落还是松了口气，凤隐眼底空落落的，到底当了无数次鬼，凤隐还有些怀念鬼界。她走过奈何桥，进了鬼城。

敖歌一贯喜欢把鬼界治理得如同凡间一般热闹，这里虽然永远是黑夜，却夜夜张灯结彩，从来不比皇城冷清。自千年前修言的灵魂被修复后，敖歌便不再禁止仙妖两族踏足鬼界，随着仙妖两族积怨愈深，仙族和妖族都欲交好鬼界，鬼王两不得罪，让鬼界成了最中立之地。鬼界热闹，又不比凡间制约诸多，反而吸引得一众仙妖经常入界。如今鬼王城的大街上，随处可见仙气缭绕的仙人和张扬霸道的妖君。

凤隐不过是一个人念念旧，并无入钟灵宫再见修言的打算，她过了奈何桥便隐了一身神力，化了一方素帕遮在脸上，做寻常女仙君的打扮，半点儿没引起人的注意。

即便过了千年，鬼王城的长安街上，最繁华的仍然是灯火鼎盛的修言楼。故地重游，往事难免在目，当年的阿音恐怕再聪明也想不到自己苦苦寻找的凤皇魂魄，就是她自己。

她用尽所有努力，甚至折了半身修为救的，是她自己的命。

因果轮回，命运轮转，大抵便是如此。

修言楼是长安街上最昂贵的茶楼，能走进来的人非富即贵。凤隐虽说一身素净，但入门便丢了跑堂十片金叶子。修言楼的鬼侍们想着这八成是哪个仙山洞府的掌珠，客客气气地把她请上了二楼观景最佳处，奉上了修言楼最出名的桂花酿。

凤隐抿了一口花酒，目光不期然落在墙上那熟悉的换令牌的字上，恍了恍神。

她当年便是在这栋楼里遇见修言，还为他渡仙力续魂魄。

宴爽利落的笑声、阿玖张扬的狐狸眼，还有青年温润的眉眼在脑海中惊鸿而过，在她眼底却缓缓沉成了灰白的颜色。

凤隐又抿了一口桂花酿，明明刚刚还清甜的花酒，这时再入口，却有了十足的苦意。

凤隐在凤岛时怕凤染和长老们看出端倪，前尘往事敛在心底，沉郁久了到底伤身。入了修言楼，千年前的事浮上心头，不免眼底便露了些许情绪，只是她还没正儿八经开始回忆，远处一阵喧闹便打断了她的思绪。她定睛朝窗外楼下看去，这才发现今夜鬼界长安街上女仙君们竟比那女鬼还要多些。若不是她知道这是鬼界，瞅着这满街的女仙君，还以为自己是入了天宫。

修言楼的跑堂素来伶俐，见凤隐张望着窗外，忙不迭地讨好着这个出手阔绰的大金

主，笑道："女君今日来鬼界，也是为了瞧普湮仙君的吧？这个位置是咱们修言楼最好的地儿，女君放心，您坐在这儿，保管您能仔仔细细地瞧见普湮仙君。"

普湮仙君？凤隐愣了愣才想起凤云对她说过，元启千年前隐去了神号和名讳，如今的名字便是普湮。

元启来了鬼界？他来鬼界做什么？凤隐眉头刚皱，小跑堂笑呵呵的声音便传来："哎呀，女君您别说，每年的今日，可都比上元节还热闹呢！别说女仙君，就是妖界的女妖君们，也悄悄来了不少，怕都是冲着那位神君来的！听说那位神君千年前就隐居在清池宫不出世也，不知道为什么，年年的今日，他都会来咱们鬼界，女君您瞧，普湮上君来了。"

凤隐心一抖，目光竟循着身旁那小跑堂的手指着的方向朝窗外望去。

只一眼，她的目光便微微凝住。

长安街角的桃树下，青年一身白衣，远远望去，仍是千年前的模样。

凤隐突然想起，五百年前的奈何桥上，女鬼阿音是见过这样的元启的。只是她当时不知道，在那段惊天动地的三界传说里，那个被清池宫的普湮神君拿着元神剑劈得粉身碎骨、神形俱灭的人，就是她。

手中的桂花酿一杯杯饮下，凤隐望着桃树下的青年，沉浸在往事中，全然忘记了自己酒力极差的事。

爱上妖皇、欺瞒师门、背叛仙族、祸乱三界……水凝兽阿音到死，都背着这些骂名。

桃树下的身影在凤隐眼底和千年前罗刹地上一身肃冷、手持元神剑的元启缓缓重合，她瞳中拂过一抹血红的色泽，猛地起身朝元启定定望去。

元启，就算世人都觉得我是如此，在你眼中，我也是这般不堪吗？

千年之后的我是不是该替千年前那个在罗刹地魂飞魄散的人问你一句？

凤隐身体几乎越出窗口的一瞬，女君们的惊呼声突然在长安街上传来。

一声响亮的长鸣出现，四匹天马驾着天车带着银光越过鬼界界面，直直朝长安街而来。

天马踩着仙云落在街道尽头的桃树下，整个长安街鸦雀无声，俱在猜测哪位仙人如此大胆，竟敢御天车入鬼界。

这般大的阵仗自然也惊醒了微醉的凤隐，她收回身子，亦抬眼朝那华贵十足的天车看去。

拾伍 〇 凤归

这时，一只素手掀开车帘，身着金色衣裙的女仙君走出天车，朝桃树下的青年缓缓而去。

这女君露出容貌的一瞬，街道两旁的女仙君们神情一变，都退后半步小心行下半礼，呼道："见过华姝尊上。"

数十步之外的修言楼上，望着那女仙背影的凤隐微微眯起了眼，她瞧着桃树下的那两人，手中把玩的青瓷酒杯已然化成了粉末。

酒杯化为粉末的一瞬，火凤凰的神力微微逸出，桃树下的青年似有所感，猛地抬头朝修言楼的方向望来。

元启撞上窗边那双格外冷漠清冽的眼，神情一怔，眼底随即露出疑惑。

他在梧桐岛和凤隐朝夕相处小半月，即便凤隐蒙着脸，他也认得出。

但这般冷冽的凤凰，却不是他在凤岛看见的模样。

凤隐不是说闭关修炼吗，她为何会来鬼界？又为何望向他时会是这种目光？

上白认得出凤凰，元启却不该认得出。元启不过轻轻一瞥，便将疑惑藏在心底，收回了眼。

凤隐在元启望来的一瞬并未躲闪，见元启收回目光，她指尖轻撵，青瓷粉末从指尖滑过落在地上。

一旁的小跑堂被凤隐逸出的神力骇得瑟瑟发抖，若不是凤隐将他定住，他早就没出息地跪倒在地了。

"华姝见过殿下。"

不远处，天宫最尊贵的女君低下头，白皙的脖颈露出，声音中的敬仰不加掩饰。

长安街上的女仙女妖女鬼们望着桃树下的两人，心底暗想以元启神君的身份，如今三界中只怕也只有这位位列天宫五尊之一的华姝公主敢上前请安了。

听说元启神君千年前入清池宫避世后从不见外人，只在每年此月此日出清池宫入鬼界。也不知他为何如此，只知他年年守在长安街这一株桃树下，像是在等着什么人出现一般，这千年不曾缺席。

元启垂眼看着面前低头请安的华姝，眼底拂过一抹冷漠。

没有听见元启的应答，华姝心底隐有不安，抬头笑道："前几日我遣红雀入清池宫，没有见到殿下，长阙仙君说殿下您出宫游历去了，所以我特意……"

"你要见我，何事？"清冷的声音响起。

这怕是千年来元启在长安街说的第一句话，他开口的一瞬，满街的目光都被引了过来。

华姝眼中露出一点儿尴尬，她为元启在天宫做寿的事三界尽知，如今总不能在众目睽睽下承认还未得元启的同意吧。

"几位尊上前几日小叙，都道许久未见殿下了，我想着殿下这几日会来此处，便来请殿下去天宫一聚。"华姝轻轻一福，回得滴水不漏。

元启眼底现出一抹玩味："是吗？公主如今掌四海，倒是有心了。"见华姝神色一滞，他又淡漠道，"既然公主今日来了，便给我带几句话给御风尊上他们吧。本君喜静，不爱出清池宫，日后你们每年的请安便免了吧，几位尊上和你掌管仙族政事繁重，这叙旧，亦可免了。"

都道清池宫的元启神君是个冷冰冰又生人勿进的性子，今日这一瞧倒是不假。华姝公主如此个大美人儿，又是天宫五尊之一的身份，竟也只得了这么冷淡疏远的一句。街上瞧热闹的众人望着尴尬的华姝，虽心底暗爽，但皆心有戚戚然。

"殿下！"华姝怔住，过往千年入清池宫请安，她虽也未得元启的热脸，但元启总不至于如此冷淡，竟当着满街人半点儿颜面也不给她。

"你若无事，便退下吧。"元启不再看华姝，转头望向身后的桃树。

这株桃树已有七万载，伴着鬼界而生，是鬼界的往生树，树上万千桃花蕴着在人间转世的亿万生灵的魂魄。当年阿音在罗刹地魂飞魄散后，元启找遍三界也没有发现她一缕残魂，他认定阿音入了轮回往生，便在这桃树下来寻找阿音的魂魄，希望找到阿音在人间的转世。当年他在这桃树下一等数年，一无所获，最后只能失望地离开鬼界。但每年的这一日，他都会来鬼界的往生桃树下，因为今天是阿音的祭日。

凤隐在人间兜兜转转数日却在今日入了鬼界，也是因为如此。

修言楼窗边，那双凤眼望向桃树下的青年时，眼里带着千年不曾化去的冰霜和倦意。

她知道元启为何而来，但千年之后她看着桃树下的两人却只觉得可笑。

当年不曾信她护她，如今她的祭日，他又有什么面目来祭奠？

"殿下！"华姝未想到她一心为见元启而来，元启却如此不近人情，这千年她在天宫备得尊荣，傲气更胜当年，难堪之下便有些口不择言，"我与几位尊上皆感念殿下当初庇佑仙族之恩，殿下何必如此不近人情。华姝位微，请不动殿下也就罢了，难道几位尊上相邀，殿下也置若罔闻吗？"

拾伍 ○ 凤归

·459

华姝话音未落，锐利冰冷的目光已然落在她脸上。元启转过身，冷冷地看着她。

庇佑仙族？庇佑仙族却害死了阿音，华姝竟还敢在他面前提当年之事。

华姝看见元启的脸色，猛地反应过来自己说错了话，顿时脸色一白。千年前仙妖一战，水凝兽惨死罗刹地，虽是元启亲自动的手，但他当时并不知道那水凝兽已经受了她六道天雷，最后一道由元神剑引下的天雷让阿音当场魂飞魄散亡于三界。她是按照元启的神谕降下的那六道天雷，于公于理都无可挑剔，那水凝兽的死虽也有她的原因，但元启却半点指责都不能落在她身上。

华姝心里明白元启对澜沣的死心有歉疚，又因为自己当年在梧桐岛上对他有恩，他就算怒气再大，也不会真正对她如何，所以这么多年来就算知道元启对水凝兽的死有心结，她仍旧肆无忌惮地出入清池宫，便是想让仙族中人觉得她在元启面前独得一份厚待，让她在天宫的地位更加稳固。

一旁众人看好戏的目光犹若针扎在身，华姝咬了咬唇，在元启动怒之前又福了福，声音委屈而软绵："殿下，华姝请殿下入天宫，除了为殿下祝寿，亦是因为澜沣生诞亦是这几日，我为澜沣在瑶池举行了法会，若不是借殿下寿辰的光，怕是请不动昆仑、菩提、南海三位尊上同时为澜沣诵经，还请殿下原谅华姝自做主张。"

果不其然，华姝感觉到元启身上的冷意淡了几分，她心底舒了口气，知道今天这关算是过了。当年若不是澜沣将瑶池神露借给元启为那水凝兽炼制化神丹，澜沣又怎么会回天乏术？

华姝当年一心置阿音于死地，除了嫉妒她独得元启青睐外，更是因为她从澜沣身边神侍的口中得知了瑶池神是被拿去救了阿音的命。

只是华姝胸中那口气还没舒完，本在桃树下的元启却向她走来，他步履之间一阵神力涌动，银色的神力化成透明的薄雾笼在桃树下，将两人和长安街完全隔绝开来。

华姝一愣，元启的脚步停在她两步之远的地方，然后微微倾下身来，看热闹的女鬼女仙们倒吸了一口凉气，眼睁睁看着他们天上地下独一份儿的神君对那孔雀公主耳语了起来。

众人听不清两人在说些什么，只是白衣神君低头的瞬间，额边一缕碎发落在孔雀公主的耳边，远远望去，真真一对璧人。

修言楼窗边神色漠然的凤隐眯了眯眼，眼底露出意味不明的情绪。

华姝还来不及脸红，元启的声音却响起："华姝公主，本君记得一千多年前在梧桐

岛的流云阁上曾经问过你一句话。"

华姝神色微惑，抬头朝元启看去。

"怎么？不记得了？"元启眼底一派深沉，"那本君提醒你。那日我问你，前夜里的梧桐林里可是你对本君出手相助？你是怎么回答本君的？你说举手之劳，让本君无须挂怀，是吗？"

听见元启的话华姝神色一僵，心底涌出不安。元启神君怎么会突然提起这桩往事？难道他知道了自己当初说谎？不可能的，这一千多年那个在古林里帮元启的女子从未出现过，元启不可能知道她在骗他。

"记得，那是华姝和神君相识伊始的缘分，华姝自然记得。"

"好一个相识伊始的缘分，那本君问你，那日夜里，本君穿得衣袍是什么颜色？"

华姝面容数变，当年那晚她远远坐在假山小亭上，也只是不耐烦地看了几眼热闹，元启隐在假山之中，她影影绰绰瞧见个身形就不错了，哪里还能看得清他穿的什么颜色的衣袍。

"我，我……这件事都过去这么多年了，当时天色昏暗……"

"那日是十五，满月照大地，何来天色昏暗？你是不记得了，还是那个出手帮本君的少女根本就不是你？"元启看着尴尬的华姝，不留半点情面戳破了她的托词。

华姝猛地抬头，眼底满是惊慌："殿下，我……"

华姝的反应说明了一切，他在梧桐岛的猜测果然没有错，当年在凤岛帮他解围、让他心心念念了数年的人是凤隐，从来就不是华姝。

"若非本君这次在凤岛见到凤隐，发现她才是救本君的人，我竟不知千年前就已被你蒙骗。"

元启之所以以神力幻出薄雾将两人的对话藏住，便是因为顾及凤隐在此，他和凤隐的缘分当年就已错过，如今更不愿让她知道自己便是上白。

元启立起身看向华姝："当年你满口谎言，让本君以为梧桐林里对本君出手相救的人是你。本君自觉欠了你的恩情，不顾师兄和阿音的阻拦将师君赠予我护身的遮天伞借给你，你更挟着对本君的这点恩情，胆大妄为将遮天伞炼化成了你的法器。"元启的声音越来越冷，"当年若是有遮天伞护山，或许能庇佑大泽山一二，也不至于让我山门……"

元启的声音戛然而止，他眼底的愤怒、自责如惊涛骇浪般席卷又被自己生生压住。两人的神情和对话掩在薄雾般的神力中，长安街上看热闹的人伸着脖子朝里望，却都看

不出内中乾坤。

见元启盛怒，华姝内心惊惶，却也知道决不能让其他人瞧出元启的态度，连忙低头，一脸苦涩和悲意："殿下，当年华姝一心想解百鸟岛的危情，才会欺骗殿下，后来一念之差炼化遮天伞来保护父王和百鸟岛，都是华姝错了。还请殿下看在当年我借出百鸟岛的圣物翎羽雀冠和澜沣的瑶池神露的分儿上……"

"若非如此。"元启的声音冷冷响起，"就凭你当初加诸她身上的那六道天雷，你以为本君会让你活下来？"

华姝被元启眼中的杀意所惊，骇得倒退一步。过往千年，她只瞧见了元启的冷漠和不耐，却不知道元启对她竟早有杀意。

"你如今还能好好活着，便是本君对澜沣的交代。"元启墨黑的瞳中不带半分怜悯，"若是你不思悔改，再做错事，本君绝不会再顾及澜沣的情分，你好自为之。"

话音落定，围在两人身边的薄雾渐渐散去，元启亦消失在原地。

元启离去，桃树下只剩下华姝一人。她低垂着眼，没人能看见她面上的惶恐。她知道元启对那只水凝兽的死耿耿于怀，但他心里对澜沣有愧，到底对她留了一丝情面。只要还有这一丝情面在，她就不会放弃元启。元启是真神之子，更是这下三界最尊贵的神君，只有留在他身边，将来自己才能有君临三界的一日。

这点屈辱惶恐，不算什么。华姝抿紧嘴唇，再抬首时，脸上的苍白惊慌尽数敛去，已然恢复了常态。

长安街上看热闹的众人没瞧出个中乾坤，只想着到底是九天上的孔雀公主，还能在元启神君面前有这份薄面。

华姝一挥袖，朝不远处候着的红雀走去。地上的五彩孔雀见她走来，鸣叫一声，乖顺地伏倒在她脚边。

华姝正欲踏上雀背，脚步一顿，朝修言阁的方向看去。

修言阁临窗边，一双漆黑的眸子正望向她，那双眼只淡淡望着，便有着难以忽视的威严凛冽。

三界内何时出了这么个人物？

华姝心底猛地一颤，眉头微皱，还未来得及多看两眼，窗边蒙着面纱的女子却转过了身。

"殿下。"红雀久在华姝身边伺候，发觉了她的异常，忐忑地唤了一声。

华妹看了她一眼，不欲多言，踏上孔雀，手一抬，一道浑厚的仙力拂向鬼界顶空的界幕，像来时一般撕裂了鬼界界面。

五彩孔雀长鸣一声，托着华妹和红雀朝鬼界上空被华妹撕裂的那道缝隙飞去。

长安街上的仙妖鬼女君们望着五彩孔雀远去的身影，不免有些艳羡。

突然，一道巨大的撞击声响起。众人抬头看去，只见那载着华妹主仆欲冲破鬼界界面的五彩孔雀撞在了一道黑色的薄雾上，五彩孔雀发出痛苦的鸣叫，哀号着朝地上落来。

雀背上的华妹根本无暇顾及脚下的孔雀和仆人，黑雾上的鬼力十之八九都落在了她身上，她祭出遮天伞，勉强抗住黑雾的神力，狼狈又踉跄地落在了刚刚那棵桃树旁。五彩孔雀口中吐出鲜血，伏倒在地哀鸣，红雀跪倒在华妹脚边，更是被吓得胆寒。

"殿下，殿下，那是什么……"

那黑雾将华妹主仆拦住后，逸出一丝鬼力融入了鬼界界面之中，将华妹刚刚用仙力撕破的缝隙完好地修补。

修言阁窗边本欲离去的凤隐瞧见了这一幕，若有所思地挑了挑眉。

巨变陡生，众人看着这一幕，心底暗暗讶异，到底是谁拦住了那嚣张的孔雀公主？

半空中的黑雾缓缓化成人形，红衣金冠，一双火眸分外冷冽威严，正是鬼界之主敖歌。

"陛下！"长安街上的鬼君们瞧出黑雾化成的人影，连忙跪下行礼。一旁的仙君妖君们见鬼王出现，恭谨地执手行半礼。

华妹压住尚在颤抖的双臂，收起遮天伞，惊恐地望向半空中的敖歌，不甘不愿地行下半礼："华妹见过敖歌陛下。"

"哦？华妹公主竟也是知道本皇尚在的。"敖歌声音微扬，睥睨的目光里带着毫不掩饰的怒意和冰冷。

"陛下何出此言？"华妹被敖歌这一眼望得胆寒，心有怯意，"华妹向来敬重陛下……"

"哼！巧舌如簧，你撕裂我鬼界界面，纵禽入鬼界如若无人之境……"敖歌冷哼一声，目光在地上哀鸣的五彩孔雀和华妹身上扫过，"就连暮光和凤染都不敢如此羞辱本皇，华妹公主，你真是好胆量。"

鬼界一贯神秘，位于三界之底，过去六万年极少与仙妖两族打交道。千年前鬼王打开碧玺神君看守的鬼界大门后，两族才得以入鬼界见识一番，像这样撕裂鬼界界面而入的，华妹的确是六万年来的头一个。

华姝一心为见元启而来，又自恃身份不凡，撕裂界面而入亦是招摇炫耀的心思，她哪里会想到鬼王全然不顾天宫颜面，竟在众目睽睽之下将她击伤，截在鬼界里。

"陛下。"华姝恼羞成怒，却在刚刚一击里看出鬼王实力深不可测，恐怕早已在上神之上，面上只得请罪，"华姝有急事面见元启神君，才会心急之下撕裂鬼界界面，还请陛下不要和华姝一般见识，华姝改日一定亲入钟灵宫向陛下请罪！"

"请罪便免了。"冷哼声从半空传来，"今日本皇便看在凤染和天宫的分儿上对你网开一面，今后百年，你孔雀一族，不得再踏入我鬼界半步！"

鬼王一挥袖摆，强大的神力落在华姝身上，硬生生逼得她倒退两步半跪在地。而后鬼王声止，黑雾消失，长安街上又恢复了宁静。

华姝终是没扛住这一道掌风，一直忍在喉中的鲜血吐了出来。

"殿下！"一旁的红雀急忙跑过来扶起她。

华姝见街上鬼君妖君们面露讥笑，女仙君们眼神躲闪，她神情难堪，将受伤的五彩孔雀收入了乾坤袋中，携着红雀匆匆朝鬼界界门而去，再也不像来时一般嚣张。

凤隐在修言阁窗边看完了这场好戏，抿了口茶，掏出一把金叶子扔在桌上就走。

"女君！"被凤隐的神力骇破了胆的小跑堂倒是个实诚的，捧着满手的金叶子弱弱地唤住了她，"咱……咱楼里的茶不值这么多金叶子，您……您给多了！"

这女仙君瞧着可不是个好惹的，他可不敢胡乱收下这么一堆金叶子。

"值，这场好戏，值了！"凤隐慵懒地摆摆手，眉宇间透出一股子惬意，"本君足有千年没这么舒心过了，你们楼主这情，本君承了！"

凤隐大笑出声，朝楼梯处走去，待那小跑堂再睁开眼时，已然不见了她的身影。

钟灵宫内，凤隐亮了身份拜见鬼王。

宫卫恭恭敬敬把她请进了殿，却为难地回道鬼王未在钟灵宫内，请她在宫内稍等片刻，等鬼王归来。

凤隐挑了挑眉，心底一动，出了钟灵宫直朝奈何桥而去。

敖歌不在，她去找修言便是。

奈何桥上，一身碧绿长袍的鬼君跷着二郎腿坐在桥头，他身旁立着个一脸冷沉的白衣仙君。

忘川的水镜里浮过华姝主仆消失在长安街尽头的一幕。修言一挥手，水镜消失，他挑了挑眉，看向一旁的青年："怎么，元启神君想为你那孔雀公主讨个公道？"

元启神情未有丝毫波动："她撕裂界面擅闯鬼界，陛下此举，已是手下留情。"

当年元启和阿音一同入鬼界寻梧桐树，自是知道修言和敖歌共用一身，刚才长安街上的鬼王虚像，便是修言所化。

"那你一副凶神恶煞的样子杵在我这儿做什么？这里是奈何桥，死了的人才来此处，神君不该来这儿。"

"修言陛下。"元启沉声道，"我师妹阿音当年在罗刹地消失，希望陛下能告诉我她转生到了何处？"

修言挑了挑眉，今日说话特别刻薄："消失？神君说笑了吧，死在元神剑下的，别说一只水凝兽了，就是上神亦会魂飞魄散，哪里还能往生轮回？神君万金之身，还是早日回归神界，别年年来我鬼界寻一只可怜仙兽的散魂了。"

修言说完闭上眼，靠在奈何桥头一副神情恹恹、完全不想搭理元启的模样。

"五百年前，我在鬼界……"元启的声音响起，修言眼睛动了动，睁开了眼。"曾经感觉到阿音的灵魂之力。"元启声音笃定，"虽然只是一瞬间，但我不会弄错，阿音一定在鬼界出现过。"

五百年前凤隐轮回转世，在忘川的水镜里见过长安街上的元启。怕就是那次凤隐露了形迹，让元启觉察出来，否则他也不会千年来都不肯放弃，年年都来鬼界苦等。

修言心底叹了口气，面上仍不为所动："元启神君，世间缘分有聚有散，阿音千年前就已经殒身在你元神剑引下的九天玄雷之下了，你又何必执着？"见元启神色不为所动，修言继续道，"况且就算你那师妹的灵魂还在……"

修言的声音顿了顿，元启猛地抬首，眼中迸出一抹希冀的光来。

"又如何？"修言开口，残忍而无情，"千年已过，她转世不知凡几，难道你要站到她面前对她说：'我是你千年前的师兄'……"

元启张了张口："不是，我只是想……"

"还是你要告诉她，你是曾经杀死过她、让她魂飞魄散的人？"

修言眼底满是冷意："元启神君，她要是千年前就死的一点儿灰末都不剩了，那就是说你们的缘分千年前就断了；她要是还囫囵活在这三界任何一处，也该有自己的人生和际遇。你要知道，无论她现在是不是还活着，当年的阿音都已经死了。"

我只是想知道，她是不是还活着，只要还活着，就算已经不记得我，不记得大泽山，不记得我们之间所有的一切了，都没关系，只要还活着，还存在于这世间就好了。

元启的嘴张了张，在修言冷冽的目光里终是没能把这句话说出口。

"况且，我是真不知道你那师妹阿音在哪儿。就算我拥有神力和轮回之力，也无法在混沌主神面前隐藏往生的灵魂。这一点，您不是知道吗？"

元启眼底升腾的希冀被修言的话一点点碾碎。

"元启神君，鬼界暗浊，不是神君该来的地方，您请回吧。"修言言毕，不再看元启，开始赶人。

"无论如何，我都不会放弃找她。陛下，明年我再来。"

元启说完，不再多言，像过往百次千次一样，转身离开了奈何桥，那背影落寞如昔。

修言望着他远去的身影，叹了口气，目光落回到粼粼波光上，一时无言。

不是他心如铁，只是他曾眼睁睁看着那璀璨的灵魂魂飞魄散，看着她孑然一身在鬼界的最底层挣扎，看着她忘却所有一世世历经人世的劫难。若她愿意再相见，元启又怎么会不知那梧桐凤岛上的凤凰就是他千年前的小师妹阿音。

"唉！"千年过往浮现眼前，纵是修言历万载世情，仍旧忍不住为这段孽缘叹了口气。

"你这日子过得逍遥自在、没灾没病的，叹什么气啊！"清丽的女声响起，利落又飒爽。

修言猛地睁开眼，瞧见桥头一身白衣的凤隐，嘴角扬了扬，从桥上跃下，没有出声。

他在奈何桥头陪伴千年，女鬼阿音终是成了九天之上的一代凤凰凤隐。他眼底欣慰有之，感慨有之，最终化成了一句。

"你回来了。"

他千年来守在奈何桥头对着每一次轮回的女鬼阿音，都会说这句话。

……

元启一路落寞地朝鬼界界门飞去，界门近在咫尺，他身形却猛地一顿。

"死在元神剑下的，别说一只水凝兽了，就是上神亦会魂飞魄散，哪里还能往生轮回？"

"元启神君，世间缘分有聚有散，阿音千年前就已经殒身在你元神剑引下的九天玄雷之下了，你又何必执着？"

修言刚才说的话突然在元启脑海里响起。

当年罗刹地一场大战，仙妖死伤无数，在场的仙君妖君因为他的缘故从未对外提及阿音是如何死的，是以千年来三界关于阿音的死只有传说，但修言却能说出阿音是死在

元神剑引下的九天玄雷之下……

当年修言不在罗刹地，他能知道那日发生的事只有一个可能。

元启回转身，望向奈何桥的方向，嘴唇微微颤抖。

每个灵魂入鬼界轮回，身为鬼王的修言都能看到走过奈何桥的灵魂活着时历经的一切。

他知道阿音是如何死的，他见过她。

元启眼底燃起怒火，全身上下都因为这个猜想而战栗起来。元神剑出现在他身旁，不安而担忧地鸣叫着。

他握紧元神剑，毫不迟疑地朝奈何桥而去。

奈何桥头，忘川之上。

凤隐看着数步开外的修言，眼眶微红，她收了懒散的神情，走到修言面前，郑重弯腰行下古礼。

"梧桐凤岛凤隐，多谢陛下当年相救之恩。"她一揖到底，"还有这奈何桥上千年陪伴之义。"

带着厚厚岁月沉淀的这句谢言清楚地响在忘川之上的那一瞬，落在桥头石碑后的元启顿住了脚步，不可置信地朝奈何桥上看去。

"别怕，我会，我会……"救你。

"不用了。我的罪我受了，神君，大泽山没有了，我也不在了，以后的路，我不能再陪你了。你好好……保重。"

罗刹地的尸山血海，阿音立在漫天玄雷里满身是血，那是她对他说的最后一句话。

千年来，这一幕始终萦绕在元启脑海里，从来没有一刻散去。

他等了一千年，寻了一千年，却未想过，她那个懵懵懂懂的小师妹阿音就是凤隐。

"我有个小师妹，最爱吃绿豆糕，以前我每次下山，她都会跟着我送到山门。我有好些年没见过我那小师妹了，凤皇拿绿豆糕来赠我，让我想起了她……"

他居然，对着凤隐说过这句话。

如果凤隐知道那个昆仑山的小童子上白就是清池宫的元启，她还会送他绿豆糕，恋恋不舍地把她送出梧桐岛吗？

世间哪有什么巧合，千回百转冥冥中都是那一人罢了。

元启几近贪婪地望着奈何桥上的凤隐，却突然发现，他连一步都迈不出去。

他说什么呢?

说我知道错了,我不该对你降下雷罚,那一剑我从未想过伤你性命。

说我等了你一千年,找了一千年,只想再见你一面。

说我后悔了,只要你能活着,我什么都可以不要。

可是,有用吗?

我夺你命,毁你魂,害你轮回千年受尽尘世苦,这么轻飘飘的一句话,有用吗?

一千年后,元启终于等到了阿音,可他突然发现,对着已经是凤凰的凤隐,他连一句话都说不出。

元神剑突然出现在元启身旁,发出微弱的颤动,它激动难耐地就要冲向凤隐,却被元启一把抓住剑身。

元启的脸色惨白得不成样子,墨黑的眼定定望着奈何桥上的凤凰。

"凤凰当年对本君有恩,庇佑凤凰轮回,是本君该做的。"修言怅然道,"一眨眼这么多年过去,你这小丫头都成凤凰了。丫头,还记得当年我说的话吧?"

凤隐眼底亦露出几分追忆:"陛下是说当年您的那句戏言?"

修言眨了眨眼:"那可不是戏言。你做鬼的时候每次走奈何桥都要问我为啥你不仅比别人做人难,做鬼更难。我说了吧,你是个大人物,自然是要比别人艰难些,要不然,你这一身半神神力怎么能来?"

凤隐扬了扬眉:"陛下说得都对,我不只自个儿是个人物,也的确是得罪了大人物才有当初那般下场。"

修言一愣,若有所思地朝桥头石碑后看了看:"丫头,磨了这么多年心性,你们凤凰的桀骜脾性还真是半点儿不改啊。"他顿了顿,"你历劫归来,就不去叙叙旧吗?"

石碑后,元启猛地抬头,他一眨不眨地看着凤隐的侧影,几乎要把她看出个窟窿来。

"叙旧?"凤凰漫不经心的笑声响起,带着说不出的风流,"陛下,这您可难为我了,我轮回的次数两只手都数不过来,这满天下都是我的故人,您让我去和谁叙旧啊?您说说,我这每世都有几个得意称心的人,寻了谁回来都不妥当,都寻回来那也不妥当啊。"

饶是修言的心性,都被凤隐这几句话噎得说不出话来,他几乎可以想象石碑后白衣青年的脸色。

不愧是火凤凰一脉的,这天上地上论噎死人的本事儿,她师君称第一,她绝对是第二。

"再说了,都是些陈芝麻烂谷子的事和人了,我做我的凤皇逍遥自乐,还去寻那个

晦气见些故人做什么呢？"

凤皇这句淡得不能再淡的话落定时，石碑后清池宫神君的神力波动终于消失了。

"啧啧，你还真是凡间的王侯做多了，居然连他也敢这么得罪。小凤凰，元启要是真较起真来，他的身份连你师君也只能退避三舍。你这胆子啊，还真是要把天给戳破了去。"修言啧啧道，"你明知道他回了奈何桥，还明了身份，我以为你要瞒他一辈子呢。"

凤隐神色间半点波动都没有，她挑了挑眉："我们火凤凰虽说活不过玄武，可撑个十几万年没什么问题，这下三界也就罢了，日后升入神界我曾经的身份肯定瞒不过那几位真神，迟早露馅，有什么好瞒的，还不如现在明明白白地告诉他，早些了断，早些清净。"

凤隐声音一顿，想起长安街上桃树下华姝和元启相处的一幕，眯了眯眼："我素来最讨厌那些场面功夫，不过是个曾经伴了他几年的水凝兽罢了，有什么好找的，我一句断清，也省得他年年此日来鬼界烦你。"

凤隐神态洒脱，完全一副对元启避之不及的模样。修言心底叹了口气，却也知道这不是他能插手的事儿，只叹了口气道："你如今已经是凤皇了，自己的事自己做主吧，只是……"他顿了顿，"当年仙妖大乱已经过去千年，你重新归来，当年的事可还要寻个究竟？"

凤隐神色一凝，神态顿时凛冽起来："我那两位师兄和一门同袍，怎么能白白丧命？当年谁害了大泽山，我一定会查个水落石出。"

修言颔首："虽然鬼界从不介入三界之争，但你若有需要，只管遣人来鬼界说一声，本君必会帮你。"

凤隐神色一缓，望向修言颇有感激："陛下，这千年您已经帮了我很多了，若不是你用神力一直为我淬炼魂魄，我又怎么会只花了千年时间就能晋为半神？你的大恩，凤隐铭记于心。"

"好了好了，我也只是举手之劳，紧念着做什么？"修言又恢复了一贯吊儿郎当的模样，摆摆手打了个哈欠，"你要报恩，以后多来鬼界陪我唠嗑就成了，我不在钟灵宫太久了，该回去了，你走吧走吧。"

他一边说着一边朝钟灵宫的方向走去，摇摇晃晃地倒真不像个鬼王。

凤隐看着修言远去的背影，突然想，那个陪了阿音千年的俊俏鬼君，以后怕是再也不会来这奈何桥了吧。

她心底忽而有些酸涩怅然，微微一叹，转身出了鬼界。

她并不知道，比她早一步离开奈何桥的元启，才出了鬼界界门就一口鲜血吐了出来，他几乎是半昏迷着被吓得六神无主的元神剑带回了清池宫。

元神剑化成人身了是个十分清秀的少年，有着一双无垢的浅灰色瞳子，他搀扶着元启，急得一回宫就大声呼唤长阙。

"长阙！长阙！殿下出事了！"

长阙见元启好端端离山，一身是血地回来也惊得不浅。

他急忙从银衣少年手中接过昏迷的元启，怒道："元神，是谁伤了殿下？"

"是凤皇！"元神脱口而出，又连连摆手，"也不是凤皇，她没伤咱们殿下，她，她……"

长阙被元神剑说得云里雾里："你到底在说些什么？凤皇怎么了？她对殿下做了什么？"

"她没做什么。"元神有些语无伦次，显然被凤隐的身份也吓得不行，"她，她什么也没做，可她就是阿音！"

大殿里陡然安静下来，长阙不敢置信地又问了一遍："你刚才说什么？"

"我说咱们殿下等了一千年找了一千年的小师妹阿音就是梧桐凤岛的凤皇凤隐！"

少年清脆的声音在大殿里回响，长阙怔神了半晌。

"凤皇居然是阿音。"他望向怀里昏迷的元启，长长地叹了口气，"这三界里还真是只有她才能伤得了殿下。唉，阿音女君居然就是凤皇，真是造化弄人啊！"

元神心智刚成，听不大懂长阙话里的感慨，只关心昏迷的元启："长阙，殿下本来就魂力不稳，又吐了满身的血，怎么办？"

长阙道："殿下怕是一时得了真相，伤了魂脉……"他好奇道，"殿下寻到了阿音女君，怎么没带着她一起回来，反而是这么一副模样被你送回来了？"

元神灰心丧气地把凤隐在奈何桥上说的话一股脑儿全吐了出来，长阙听完，倒真是一句话都说不出了。

他也不知道，到底自己是该为千年前的水凝兽阿音叫屈，还是该为千年后的自家殿下不平。

两日后，元启醒了过来。

他醒来后便一直坐在清池宫那一方水池前，似是望着水中之景，眼底却又是空茫一

片。

他这模样，比过往千年更清冷孤寂。

长阙不忍，终是问出了口。

"殿下，您等了阿音女君一千年，为什么不和她相认呢？您该知道她心底有怨，那些话定不是真心……"

"我倒希望她心底真的有怨。"元启的声音响起，他下意识地去摸腰间的火凰玉，一触成空，才响起凤隐重生的那一日，火凰玉早就离他而去了。

他唇边带了一抹苦涩："长阙，我今日才知道，我或许只是她千载岁月里微不足道的一个过客，和她每世遇见的人没什么区别。我能跟她说什么呢？"

"怎么会没有可说的！"长阙激动道，"您等了一千年……"

"太迟了。"元启打断长阙的话，闭上了眼，长长叹了一声，谁也不知道他这一声叹里，到底含着多少不舍和眷念。

"阿音她，回来得太迟了。"

元启这声叹息响起的时候，凤隐正好驾云来了大泽山。

大泽山外遍布仙障，仍是千年前那一战时的光景。

还未从云上而下，她便瞧见了仙障前立着的青年。

那人一身赤红皇袍，背影桀骜而沉默，也已不是当年的模样。

凤隐的身影刚出现在大泽山上空鸿奕便已察觉，他回转身望着半空中缓缓走来的凤皇眯起了眼。

半神？三界未有雷劫异象，这位新凤皇竟已入神，火凤凰一脉果然不容小觑。

"鸿奕陛下。"凤隐微一颔首，视鸿奕张扬霸道的妖神之力若无物，凌空走到了他面前。

鸿奕做了千年妖皇，自有一派皇者气势，他打量了凤隐一眼，道："早就听说梧桐凤岛迎了新帝，想不到凤隐陛下竟如此年轻。"

当年的小狐狸成了妖皇，还这么一副倚老卖老的模样，凤隐挑了挑眉，回地毫不客气："本皇亦听闻鸿奕陛下六千年前才降世……"她顿了顿，笑道，"按狐族的年岁来看，陛下怕是还未成年吧。"

狐族八千岁成年，鸿奕若非十尾天狐，跨越了狐族的年岁限制晋升为神，单论如今这年纪确实还是只童子狐。

　　凤隐说这话时四平八稳，埋汰起鸿奕来半点儿不含糊。她一千多年前还未降世便魂飞魄散，千年后聚魂重生后便直接承袭了凤族皇位，鸿奕原本以为她是靠着凤族的福荫捡了个皇位，如今看来这只初生的小凤凰比天帝凤染更加张扬霸道。

　　鸿奕试探完，收了小觑之心，沉声道："不知凤皇为何要约本皇来大泽山相见？"

　　半月之前，凤隐遣使至妖界三重天重紫殿，约见他于大泽山。仙妖两族自千年前罗刹地一战后嫌隙重重，他更对仙族厌恶异常，就算梧桐凤岛超然于三界之外，多年前就已不涉足两族争斗，他也不愿意来见天帝的弟子，但偏偏凤隐遣去的使者送去了一封信函，信上只有短短十个字。

　　大泽山之乱，水凝兽阿音。

　　这封信无头无尾，亦无来龙去脉。可偏偏只这十个字，便让鸿奕心甘情愿地来了这大泽山。

　　"我为何约陛下前来，陛下不是知道吗？若是不知道，陛下又如何会来？"凤隐淡淡地回道，"千年来，陛下心里最在意的不就是当年大泽山满门被屠之事吗？"

　　"你是从何处知道阿音的？为什么要用她的名号把本皇引到大泽山来？"鸿奕神色一正，皇者威严立现，他手一挥，寂灭轮带着冲天的神力指向凤隐，化出一片火焰，"你一个凤族之皇，重新挑起千年前两族争斗的秘事，到底是何居心？"

　　大泽山巅的妖皇不怒自威，凤隐眼底却浮过当年那个单纯执拗的少年身影。她的目光变得柔软，突然笑了起来，那笑里没有凤皇的威仪，反而带着狡黠。

　　鸿奕一愣，掌中寂灭轮的火焰微滞，凤隐刚刚那一眼一笑，让他生出了几分熟悉感来，可他和凤隐却分明从未见过。

　　"很多年前，我在九幽炼狱里救过一只小狐狸，不知道……他还记不记得我。"凤隐看着鸿奕，缓缓开口，眼底藏着千年的往事和追忆。

　　寂灭轮的妖火陡然熄灭，鸿奕神色大震："你，你是……"他不敢置信地望着凤隐，"不，这不可能，她早就……"

　　"早就什么？早就被九天玄雷劈得连灰都不剩了吗？"凤隐淡淡接过鸿奕的话，在妖皇惊讶的神情中轻声道，"阿玖，谢谢这一千年你愿意守着当年在罗刹地对我的承诺，平息两族之乱，千年不动兵戈。"

　　凤隐的声音尚未落定，鸿奕已经如一团火般冲了过来，将她抱进了怀里。

　　青年抱着她的手微微颤抖，几度哽咽，终于唤了一声："阿音！"

千年前的一幕幕在眼前浮过，这是凤隐重生后第一次听到有人唤她这个名字，她压下心底的酸涩，拍了拍鸿奕的肩安抚他。

"好了好了，都已经是妖皇陛下了，怎么还是当初做小狐狸时那副模样。"凤隐笑道。

鸿奕脸一红，手忙脚乱地松开她："阿音，你怎么会变成凤皇？"

"我本就是凤隐。当初大泽山的水凝兽阿音只是寄了我其中一道凤魂罢了。"见鸿奕疑惑，凤隐朝大泽山望了一眼，"此事说来话长，山后的山谷未被仙障封住，我们去那儿细说吧。"

当初大泽山陨落，元启成神后以混沌之力封山，唯有山后那个禁谷未被仙障封住。

鸿奕颔首，跟着凤隐一齐朝山后飞去。

大泽山的后山禁谷千年未有人来，凤隐本以为这里早已破落，却未想山谷里依然山绿水清，仙力缭绕。那个小小的竹坊安静地坐落在仙境中，坊前那棵梧桐树仍旧和千年前一样生机勃勃。

凤隐有些怅然，敛去眼底的情绪，一拂袖摆，梧桐树下石桌上灰尘淡去，化出一壶清酒并两个小巧的酒杯。

"坐吧。"她待这里，仍旧如当年一般若自家庭院，鸿奕眼神一黯，点头坐下。

"你应该听说过一千多年前在梧桐凤岛发生的事吧。"

鸿奕点头："听过，当年凤皇继承人涅槃降生，被古晋……"他顿了顿，"元启打断，三魂七魄散落于三界，说起来我当年还一起帮着寻你的魂魄呢。"

"当年我在凤岛降世，元启无意中闯进了梧桐祖树打断了我的涅槃，后来我的魂魄散于三界的梧桐树里，其中一魂落在了这山洞里沉睡的水凝兽身上。"

"那水凝兽？"

"那只水凝兽的魂灵先天不足，虽兽体未亡，魂体却早已不在了。元启用醉玉露替它蕴养魂魄，却无意中唤醒了我的凤魂，可惜那只是我的一魂，我虽然在水凝兽身上苏醒，却不记得自己是凤隐。"

鸿奕恍然大悟："难怪当年我们遍寻三界，始终找不到凤隐最后一魂，原来阿音就是你的最后一魂。"

凤隐感慨道："是啊，我也没想到当年自己历经千辛万苦要唤醒的凤隐，竟然就是我自己，也许冥冥中自有天意吧。"她抿了一口酒，"后来在罗刹地，水凝兽的兽体被九天玄雷毁灭，我的凤魂只剩下一息灵力，飘飘荡荡进了鬼界，我在鬼界聚魂百年，在

拾伍 〇 凤归

·473

修言陛下的帮助下轮回千年，不断锤炼魂魄灵力，直到最后一世结束，我跳入黄泉在梧桐凤岛醒来。"

当年的生死劫难、千年的曲折经历在凤隐口中几句道完，她脸上的神色淡漠得就像是个局外人。鸿奕看着面前的凤凰，突然明白那个千年前在大泽山和他打打闹闹，会为了一块绿豆糕争论不休的小姑娘，再也回不来了。

她是梧桐凤岛的凤凰凤隐，有着水凝兽阿音的记忆，却永远不再是她。

鸿奕眼底突然有些涩然，他几乎是仓皇地拿起桌上的酒一口饮下，藏起了眼中的失落。

"阿……"鸿奕开口唤她，顿了顿，却不知道如今该唤她什么才好。

"叫我阿隐吧。"凤隐道，"当年的真相查出来前，我不想让人知道水凝兽阿音还活着。"

听见凤隐的话，鸿奕神色一正，想起当年大泽山之乱，鸿奕眼中浮起歉意，"阿隐，当年我……"

"我知道当年你身中魔气，身不由己，如今既然我回来了，就一定会查清一千年前发生的所有事，为大泽山上下讨个公道。"凤隐沉声道，"当年我来不及问你，阿玖，你身上的魔气究竟是什么时候出现的？是在大泽山养伤的时候进入你体内的吗？"

鸿奕神色一顿，他沉默了片刻才在凤隐的目光中涩然开口："不是，在你救我之前，我在九幽炼狱里身上便带上了魔气。当年我父王和母后死在了仙族手里，姑姑回族后我便独自离开了静幽山，却被那魔族带进了九幽炼狱。九幽炼狱里全是嗜杀成性的魔兽，我被魔兽追杀九死一生，为了能活下来，我和那个带着我进九幽炼狱的魔族做了交易，以魔气入体为代价换了一身妖力。"

禁谷里因为鸿奕的话一时安静下来，凤隐神色复杂，她垂下眼，藏起那几乎是钝痛的情绪。

难怪当年鸿奕还未成年一身妖力便已了得。

当年大泽山落个那般下场，原来真的是她的错。

她若不救鸿奕，大泽山又怎会山门覆灭，万年基业毁于一旦。

"我猜得没错，当年那魔族能在大泽山仙阵的防御下来去自如，果然是早就附在了你身上。那在九幽炼狱里我救下你也是那魔族早就安排的陷阱，是吗？"凤隐抬头，看向鸿奕。

"是。你们一踏进九幽炼狱她便从元启的剑招里看出他是大泽山门徒，她封印我的记忆，让我忘记魔气入心之事，指使魔兽袭击我，将我刻意扔在梧桐树下，就是为了让你们救下我将我带在身边。"

即便隔了千年，鸿奕眼底的愤怒依旧难以掩下："若不是我生而为十尾天狐，梧夕前辈又炼化姑姑的妖丹为我晋神，我永远都难逃那魔族的控制。"

"罗刹地一战后，我本欲入九幽炼狱寻那魔族了结，却没想到紫月山竟然在你死在罗刹地的那一天被封印了。"

"你说什么？紫月山被封印了？"凤隐神色讶然，"那三火前辈和碧波呢？"

难怪鸿奕明明知道那魔族来自何处这千年却什么都没有做，原来紫月山竟然被封印了。

紫月山位于妖界深处，鸿奕厌恶仙族至极，这些年他封锁消息，外界竟也不知紫月山早被封印。

"不知道。"鸿奕摇头，"紫月山被一股神力笼罩，没有人能靠近，也没有人能进得去，看来除非天启真神归来，否则永远没有人知道紫月山里到底发生了什么。"

凤隐眼底露出担忧，当年三首火龙为了替她炼化神丹妖力大损，九幽炼狱里又藏着那居心叵测的魔族，也不知他和碧波出了什么事，如今到底安不安全。

元启呢？他身为真神之子，紫月山里有他最亲近的人，难道他也不知道紫月山被封、三火和碧波生死不明吗？看来，她少不得要亲自去清池宫一趟。

凤隐沉下眼，露出一抹沉思。

"阿玖，紫月山的事暂且放下，今日我约你来，是想让你暂且放下对仙族的成见，查明当初森鸿陛下被刺杀的真相。"凤隐开口道。

鸿奕一愣，眼微微眯了眯："陛下的死当年便有定论，是御风下的毒手。"

"阿玖，森鸿陛下的死十分蹊跷，我怀疑他不是死在御风尊上的手上。"

"重紫殿里皆是上仙的剑气，陛下的正胸插着御风的仙剑。"鸿奕神色不悦，"不是他还有谁？难道你有证据证明不是御风？"

鸿奕对仙族成见太深，若今日说这话的不是凤隐，他怕是一句都不愿多听。

"尚无证据，但我相信以御风尊上的品性，他就算要杀森鸿陛下也会正大光明地约战，绝不会潜入重紫殿刺杀。况且他向来看重仙妖两族的和睦，又怎会突然刺杀森鸿陛下，挑起两族之乱？"

"阿隐，知人知面不知心，仙族要真是这般正大光明，当年就不会入侵妖族，害死我父王母后。"鸿奕声音渐冷。

"我虽然没有直接的证据，但是一直心有疑惑。"凤隐知道要让鸿奕相信森鸿之死非御风所为并非易事，但仍耐心解释，"御风尊上虽然仙力深厚，但他只是上君巅峰，并未入神，以他的仙力如何能够独自杀死森鸿陛下？"

鸿奕摇头："阿隐，你不知道，当年我姑姑被魔族杀死，森鸿陛下曾秘密寻过那魔族的踪迹想为姑姑报仇，他曾在紫月山外和那魔族大战一场。可惜他败了，那魔族不仅逃了，还伤了他的妖丹。所以当年我被天宫上仙擒住，他才会拒绝森羽来天宫救我。"

这倒是从未听说过的事，森鸿是妖族之皇，两族向来嫌隙颇深，为了妖族的安全，他肯定不会让仙族知道他受了伤。

"难怪当年你和森羽只凭一把仙剑，便认定是御风尊上杀了森鸿陛下。"凤隐皱眉道，"阿玖，既然当初那魔族能打伤森鸿陛下，他完全有可能重回重紫殿刺杀他。"

"阿隐，你别忘了，重紫殿里留下的除了仙剑，还有仙气，就算魔族能偷来御风的仙剑，它一个魔族，如何能施出仙力来。"

"这便是我今日要见你的原因。"凤隐缓缓开口，见鸿奕神情疑惑，她沉声道，"我怀疑仙族中有人勾结魔族盗走了御风尊上的仙剑，刺杀森鸿陛下，陷害御风尊上，意图挑起两族之乱。"

鸿奕神色一怔，随即神情郑重起来："阿隐，你是说仙族中有人勾结魔族？"

"是。"

"你为何会这么觉得？"鸿奕挑了挑眉，"是天帝的猜测？"

凤隐摇头，目光有些悠远："当初我助森羽在锁仙塔里救走你，伤在了御风尊上手上，元启定下我受九天雷刑。"

鸿奕眼底现出愧疚："阿隐，当年我……"

鸿奕这辈子最后悔的事就是当年把阿音一个人留在天宫受尽冤枉，他本以为元启会护下她，哪知元启对她弃之不顾，更让她受了华姝六道天雷……

"不是你的错。"凤隐垂眼，"当年我在罗刹地来不及对你说，当初御风尊上为了拦下你不慎伤了我，他心有愧疚，见我要受雷刑，怕我熬不过去，亲自入凤栖宫为我疗伤，动用了他的本命仙元。"凤隐看向鸿奕，"如果他早有打算刺杀妖皇，又怎么会在那种关键时候为我疗伤，自损仙力？"

鸿奕愣住，他做了千年妖皇，立时便发现了森鸿被杀的破绽来。

阿音受伤和森鸿被刺仅隔数日，即便森鸿伤在了魔族手上，可御风同样动用了本命仙力，他不可能还有余力去刺杀森鸿。但他的仙剑却出现在重紫殿，森鸿也确实死于仙力之下，那只有一个可能……

"当年重紫殿确实出现了仙族，但不是御风。"鸿奕沉声开口，眼底缓缓升起怒意，"仙族中有人故意嫁祸于他。"

凤隐颔首："当年只有我知道御风尊上伤了仙力，我身负重罪，他为我疗伤一事不能声张，而我尚来不及为他做证，便在罗刹地烟消云散，他刺杀妖皇的嫌疑，一背就是千年。"

当年仙族虽相信御风，但他的仙剑到底出现在了重紫殿，仙族中仍有不少仙门质疑于他，认为是他一人私心挑起了两族之乱，御风尊上无法自证清白，当年罗刹地一战后，他便不再掌管天宫，这才让华妹得以崛起。

"那你心底叮有怀疑之人？"鸿奕一想到当年自己被人利用，便恨不得立时将那仙族寻出来。

"有，但难下定论。"凤隐道，"森鸿陛下当年虽然受了伤，但毕竟已是上神，能杀他的仙族至少是上君巅峰，各派掌教和天宫其余三位尊上皆有这个可能。能做到的人太多，反而不好定论。"

鸿奕皱眉："那岂不是根本毫无头绪？"

凤隐眼底露出一抹睿智："这件事没有头绪，但其他地方总有破绽在。"

鸿奕挑眉。

"森鸿陛下不是第一个死得不明不白的人。"凤隐眼底露出一抹冷意，"澜沣上君才是。"

当年澜沣大婚在即，却在婚礼之日被杀于御宇殿，一切证据指向鸿奕，引得天宫众仙追向大泽山，那时鸿奕在山内应劫，有两位掌教师兄做证，众仙只得作罢。可观世镜内在御宇殿杀死澜沣的的确是一只九尾妖狐，它用的是妖族至宝寂灭轮，观世镜只会诉说事实。那时便有上仙怀疑是狐王常沁杀死澜沣，后妖族二殿下森羽证明在此之前常沁便死于魔族之手，更有其带回的常沁妖丹为证，世人猜想世间尚有第三只九尾妖狐，但狐族言之凿凿并无此族人，至此澜沣的死陷入了死胡同。

今天凤隐要见鸿奕，为的便是观世镜内那只九尾妖狐。

世间或许有第三只九尾妖狐连狐族都不知道，但妖族至宝寂灭轮却不可能流落外人之手。

世人只知道寂灭轮是狐族族长所有，当年众仙在大泽山见鸿奕祭出寂灭轮后只以为杀死澜沣的妖狐幻化了妖器陷害狐族，却从未想过另一种可能。

寂灭轮是双生妖器，这个秘密除了常沁和鸿奕，世间知道的只有狐王挚友天帝凤染。凤隐醒来后，凤染将这个秘密告诉了她。

"鸿奕。"凤隐朝鸿奕看去，"狐族的寂灭轮是双生妖器对不对？"

鸿奕神色一怔，随即微微坐直身子，唇抿了起来，眼底露出一抹讳莫如深的神色。

凤隐唤得不是阿玖，而是妖皇。当年仙妖两族之乱牵涉进来的不仅是澜沣常沁之死，更害得大泽山满门陨落，在寻出当年之事的真相上，凤隐不会容忍任何漏洞存在。

鸿奕叹了口气，点头道："寂灭轮是狐王的护身法器，一直都有两把，归族长和下一代继任人所有，传说当狐族的最强者十尾天狐诞生时，炼化两把寂灭轮，寂灭轮便会成为神器。"

千年前澜沣死的时候，鸿奕尚在大泽山渡劫，另一把寂灭轮，在狐王常沁手里。

"你一直怀疑当年在御宇殿内杀死澜沣上君的九尾妖狐是常沁族长吧？"凤隐突然开口问道。

鸿奕握着酒杯的手微顿，没有出声。

"虽然森羽带回了常沁族长的妖丹，但你却知道寂灭轮不会重新认主，除了常沁族长，谁都用不了，你怀疑当初在御宇殿内杀了澜沣上君的九尾狐是常沁族长，所以才会独自一人去紫月山寻找当初蛊惑你的魔族，你想证实常沁族长的生死，对不对？"凤隐缓缓说完，一眨不眨地看着鸿奕。

所有的动乱都是从澜沣的死开始的，只要找到了常沁，便能知道当年九重天上到底发生了什么事，进而解开所有谜题。

许久，鸿奕颔首，眼底露出一抹坚毅："只有我和姑姑能用寂灭轮，虽然森羽带回了姑姑的妖丹，但是澜沣的死是在他带回妖丹之后，姑姑她也许还活着。"

澜沣死的时候鸿奕在大泽山渡劫，之后便是魔化屠山，后来他被困锁仙塔，直到被森羽救出带回狐族，他才知道常沁和澜沣之死，马上便察觉出不对劲，但他没有告诉任何人。若澜沣真是常沁所杀，仙族必对姑姑除之而后快，他必须先找到姑姑查清真相，可当他从罗刹地赶赴紫月山时，却发现紫月山被封，就连这唯一的线索都断了。

"紫月山被封，那魔族从此失去了踪迹，我和森羽花了千年时间，始终寻不到进入紫月山的办法。"

鸿奕不相信仙族，又不能让人知道常沁有可能还活着，他寻了常沁千年，只有森羽知道。

"你不知道那魔族是谁，但有人知道。"凤隐道。

"谁？"鸿奕挑眉，"你是说那个有可能勾结魔族的仙人？"

"对。"凤隐颔首，"当年澜沣上君在御宇殿被害，但那日是他大婚的日子，他为何会在大婚前突然去御宇殿？御宇殿内有天帝的封印，除了他，没有人可以进去，除非那个人得他信任，是被他带进去的。"

鸿奕陷入沉思："有谁能在澜沣大婚之日将他唤走，还能让他亲自带着进御宇殿？"

"我要去天宫一趟。"凤隐的声音响起。

鸿奕朝她看去。

"只要做了就一定有破绽留下，只要彻查当年在凌宇殿内当值的仙侍，一定会有蛛丝马迹出现。"

鸿奕皱眉："阿隐，如今御风不问世事，天宫由其他三位上仙和华姝掌管，你贸然去天宫查问当年的事，怕是华姝……"

"她如何？"凤隐笑了起来，眼底露出一抹淡淡的霸气，"区区一个掌四海的上仙，还敢为难本皇？"

鸿奕一愣，他忍不住重新朝凤隐看去，这才发现他面前这个始终淡然的女子是梧桐凤岛的凤皇，而不是当年那个需要他保护的小仙兽阿音。

他叹了口气，说不出是怅然还是难过。

他的阿音，终是再也回不来了。

拾伍 ○ 凤归

·479

神隐
下

## 拾陆·千年一瞬

凤皇的御辇入九重天宫的时候，很是震惊了仙人们一番。

七七之数的凤凰神鸟浩浩荡荡自天际而来，从天门至凤栖宫，竟一眼未能望到头。凤皇所乘的独角天马御车驶入天门直入凤栖宫，守天门的仙将们眨巴着眼愣是没敢拦下。

凤皇之尊本就位比天帝，这一任凤皇又是天帝唯一的弟子，那四十九位灵力高深的凤君尚只是凤皇随行的侍者，她这般神架驾临天宫，谁人敢拦？

好在新凤皇算是体恤守天门的仙将，入天门之前，还是让人递上了华姝那封送到梧桐凤岛的请帖。

三日后华姝为清池宫的元启神君做寿是三界尽知的事儿，只是谁都没想到，那位远居梧桐凤岛的新凤皇竟带着千年未曾入世的凤族这般声势浩大地驾临了天宫。

明明是远客，却带着新帝登基的阵势。

景阳殿内，正在闭目养神的华姝听到红雀的禀告，整个人都愣了愣。

不知她是惊讶于凤隐出了梧桐凤岛，还是诧异于凤隐竟会这样霸道地入九重天宫。

无论哪一种，都不是华姝乐于见到的。凤凰乃百鸟之皇，凤隐是皇她是臣，当年又是因她之故才害得凤隐涅槃失败，虽然这件事无人知道，但她心底对凤隐总归是有疙瘩的。

仙族千年来没有生出能盖过华姝风头的女仙君，如今凤皇横空出世，华姝心底便警觉了起来。

"她怎么会来天宫？"华姝神色冷沉。

"守门的仙将说凤皇入天门的时候递了您送到凤岛的请帖，说是来参加元启神君的寿诞的。"

华姝在鬼界受了元启的怒气，知道他不会来天宫，是以她一回天宫便先告知了各仙门掌教元启醉心修炼，并不会来天宫，但言元启位尊，寿诞会照常为元启举办。

华姝毕竟年轻，若无元启出席，她举办的宴席还不足以让各山门的掌教亲自跑这一遭，是以大多数仙门洞府便遣了年轻一辈儿的子弟前来。华姝虽然落了面子，但仍旧竭力办好这场寿宴，数月后就要择定新的天帝，笼络各派年轻子弟对她来说也是桩重要的事儿。

"天帝千年前便御令凤族不得再涉足三界之事，那封请帖我不过做做样子！"华姝深吸一口气，脸带怒色。

凤染三个月后重新择选天帝的谕旨已经颁下。这些年孔雀王将孔雀一族的天灵至宝全给了这个女儿，华姝三百年前灵力就已至上君巅峰，所以她才能名正言顺地掌管四海。她在天宫享惯了权利，又有孔雀岛为后盾，自然想在三个月后争一争天帝之位。但她怎么也没想到，凤隐竟会出了梧桐凤岛。

凤隐既然肯参加这场寿宴，那三个月后的天帝之争呢？难道她也想掺和一脚？

红雀见华姝脸色越来越沉，还是忍不住提了提："殿下，凤皇入了凤栖宫。"

此话一出，华姝的脸色更难看了。一千年前，那只水凝兽阿音便是住的凤栖宫。她亡于罗刹地后，也不知有意无意，竟没有人敢住进那里。

见华姝不语，红雀又道："殿下，我们可要去凤栖宫觐见凤皇……"

红雀声音还未落下，华姝的目光便冷冷扫了过来。她心底一震，连忙跪下请罪："殿下息怒，奴婢……奴婢失言了！"

凤皇乃百鸟之皇，红雀虽是孔雀一族的婢女，但天生对飞禽一族的皇者有着从心底的臣服和敬畏。

"不过是个乳臭未干的小丫头，得了天帝的庇佑和恩宠才能承袭凤皇之位，我身为孔雀一族的公主，掌四海的仙尊，为何要去觐见她？"华姝的声音冷冷响起。

"那殿下……"红雀试探道，"咱们就把凤皇丢在凤栖宫不闻不问？"

"待客而已。"华姝漫不经心地摆摆手，"来天宫参加寿诞的客人那么多，待她如一般的仙客便是。"

"若是其他三位尊上问起来？"

罗刹地一战后，天帝凤染仍长居海外凤岛，御风隐居风灵宫，其他三位上仙毕竟不是女仙，不耐管这些天宫琐事，便将天宫日常之事尽交给了华姝打理。这几日正巧三位上仙一同去了昆仑洞府论道，在寿诞当日才赶得回来。

"三位上仙都去了昆仑，三日后他们回来已是寿宴正日，到时便说本宫要操劳寿宴，无意间怠慢了凤皇。"

红雀面露惊讶，想说什么，但看了看华姝的脸色不敢再言，应了声是退了下去。

凤皇入天宫是件大事儿，偏偏景阳殿里却一点儿动静也没有，仿佛来的不是凤皇，而是个普通的仙客。等着看凤皇风姿的众仙们瞅着华姝的态度心里头悄悄有了谱。华姝到底是孔雀一族的公主，又掌了四海千年，心气儿极高，看这模样怕是不愿屈居于新凤皇之下了。也是，数月后新的天帝便会诞生，如若是华姝得了帝位，那尊位尚比凤皇高半截呢。

天帝未归，御风上仙避居风灵宫，其他三位上仙又去了昆仑论道，入天宫赴宴的仙君们觉着自个儿两方都得罪不起，想去凤栖宫给凤皇请安的仙人们一下便散了大半。

那小凤皇毕竟才刚刚降世，即便为皇，也还是个小姑娘，往后千年万年，仙族若无后起之秀崛起，天宫怕是要以华姝公主为尊了。

凤栖宫里，殿后的桃树艳丽，千年未谢。

凤隐立在树下，有些出神。

九重天宫是仙人最向往的地方，这里极尽荣耀和权势，可她对天宫的印象，却并不怎么好。

作为水凝兽最后活着的那些日子，她是在这座天宫度过的。

冷眼、污蔑、奚落、降罪、囚禁、雷刑，作为阿音那一世她最屈辱的日子，便是活在这凤栖宫的时候。

只是没想到，千年已过，凤栖宫的一切竟还和当年一般无二。

"陛下。"凤欢唤了唤有些出神的凤隐，禀告道，"景阳殿里仍旧没什么动静，倒是来了几位仙君来向陛下请安，都让我给打发走了。"

凤隐这次入天宫带的都是凤族年轻一辈的族人，凤欢刚刚晋为上君，是凤隐身边的侍卫长。他个性坚忍沉默，深得凤隐信任。

"没动静便没动静吧，不必管她。"凤隐摆摆手，"可去风灵宫拜见了御风上仙？"

"去了。"凤欢道，"不过御风上仙已经避居千年，听说连天帝陛下几番请他出山协掌天宫，也被他婉拒了。"

千年前罗刹地一战，御风上仙的好友林泉上君战死，仙族更死伤无数，妖族又一直将刺杀妖皇的罪名落在他身上，御风上仙无法自证清白，心灰意冷，从此避居风灵宫，千年不曾出宫。若不是如此，协掌天宫的大权也不会落在华姝身上。

凤隐点头："知道了，下去吧。去把我交代给你的事查清楚。"

凤欢颔首，应是后退。他行了几步，抬头望着树下的凤皇，总觉得那向来洒脱的身影今日格外寂寥。

一转眼，桃树下已没了凤隐的身影。他一愣，眨了眨眼，望了望空空的院子，安静地退下去了。

凤皇入九重天宫参加元启神君寿诞的消息传到清池宫时，长阙很是愣了一愣，但他未敢隐瞒，急忙禀告了元启。

殿下前几日一身是血回山后一直在后殿清池旁修养，呃，说好听了是修养，其实就是发呆罢了，或许听了这个消息，他心情会好上一些。

"你说，她住进了凤栖宫？"清池边，元启的神情有些恍惚。

"是。"长阙颔首，瞅了瞅元启的神情，"仙人来传，说凤皇身御神鸟，直入了九重天宫。"他顿了顿，又道，"殿下，凤皇住进凤栖宫，怕是尚顾念着当年情谊……"

"当年情谊？"元启凤眼微抬，有些自嘲，"是降她一身罪名还是让她身陷囹圄？"

长阙一顿，不出声了。许久才问了问："殿下，您不去天宫看一看凤隐陛下吗？"

清池边上，长阙一直没能等到元启的回答。

华姝掌天宫的这千年，每过些日子都会请各仙门洞府的女君们聚一聚，这也算是她漫漫仙途中乐此不疲的事了。寿宴前的这一日，她循例在景阳殿花园内小宴女君。

"尊上，您这景阳殿内的牡丹，当真是倾城绝色，别说这天宫了，怕是整个仙界都寻不到如此娇艳富贵的花了。"

当年在梧桐凤岛上的那些女君们已不再是千年前那般稚嫩青涩的年纪了，说起讨好华姝的话来，早已驾轻就熟。

南山洞府家的女君南枫才笑着这么奉承了一句，便有一大片的迎合声响起。倒也有几位性子刚正的女君，譬如龙王家的那几位公主和昆仑洞府潇溪上君的妹子潇月，她们素来和华姝性子不合，但又不能拂了她的面子，只得远远坐着。

拾陆 千年一瞬

· 483

"南枫女君，你这话倒是夸张了吧。"一旁一道略显娇柔的声音响起，"我可听说凤栖宫里的桃花也是天宫一绝呢，我素来便喜爱这些花花草草，不知尊上哪日寻了时间，能带咱们去凤栖宫里瞧瞧那桃花啊？"

说这话的是东海二太子家的女眷木蓉女君，因着当年一些陈年往事，她不喜华姝几乎是公开的秘密，这些年木蓉罕少出席华姝的宴会，这回也不知怎的听说凤皇来了天宫，东海隔得近，她临时拿二太子的请帖上九重天凑热闹，竟还赶上了华姝这场寿宴前的小宴。

只是她这句话一出，花园里便安静了下来。

华姝神色微敛，有些冷意的目光落在了木蓉女君身上。

凤皇为君，雀为臣。华姝不愿称臣的心思都摆在明面儿上了，她又怎会去凤栖宫里觐见凤皇？这话不是摆明了硌硬她嘛。但说这话的偏偏是东海二太子的正妻，木华上君的掌珠。四海龙族向来在仙族中德高望重，根系深厚，就算是华姝，也不能轻易落罪于她。

"二嫂，尊上协掌天宫，事务繁忙，哪有时间和咱们去凤栖宫赏花啊。你要是喜欢桃花，明儿我陪你去凤栖宫觐见凤皇，也能赏赏桃花。"南海三公主缙云早些年嫁入惊雷上君府中，她住在天宫日久，深知华姝性子高傲，一边打着圆场一边急急地拉了拉木蓉女君的袖子。

木蓉女君见夫家表妹脸色犯难，哼了哼到底不作声了。

"缙云说得对，本尊这些日子忙于琐事，要为元启上君的寿宴准备，怕是难得腾出时间来。小陛下年岁尚轻，应是个喜欢热闹的性子，你们若是有空，明儿便去凤栖宫陪小陛下说说话吧。"

上座之上，华姝的笑声传来，轻飘飘接过缙云的话头，她抿了口茶，颇有些长辈和位高者的神态，"听说咱们这位小陛下自打降世了就没出过梧桐凤岛，天宫礼节多，你们也可以给小陛下说道说道，免得天宫的仙侍不小心冲撞了小陛下。"

华姝慢悠悠的一席话说下来，座下的女君们神色微变，却不敢忤逆，正准备应下。

恰在此时，青龙钟被敲响，天宫西北的方向，五爪金龙的虚影在御宇殿上空一闪而过，威严的龙吟伴着钟声响彻天际。

自前天帝暮光陨落后千年不曾开过的天宫正殿御宇殿，竟然在今日被打开了。

御宇殿内有天帝的封印，谁能轻易开启？

景阳殿里的众女君神色讶然，纷纷朝华姝看去。

华姝面上亦是难掩的惊讶，她皱着眉，正欲吩咐人去查探出了何事，院门口红雀正领着一个仙将走了进来。

"殿下，风灵宫的井竹仙将求见。"

自御风避居后，风灵宫的仙将已经许久未在天宫走动过了。华姝神色一正，朝井竹看去。

"井竹见过华姝尊上。"井竹恭谨地行礼。

"井竹上君，我倒有些日子未曾见到你了，可是御风尊上有话让你传给本尊？"

"是，尊上知道凤皇陛下来了天宫，邀尊上入御宇殿一叙，特让井竹来告知一声。"井竹看着一院女君，眉宇不动，沉声回道。

隐居千年的御风上仙出风灵宫了？还打开了御宇殿邀凤皇叙旧？

一院的女君面面相觑，立刻朝华姝看去。果不其然，华姝面上露出了一抹难以琢磨的神色，她声音沉了沉，似是漫不经心地反问了一句："你说御风上君邀了凤皇在御宇殿相叙？"

"不止。"井竹稳稳当当的声音复又响起，"惊雷、灵电、炎火三位上仙，三山六府的各位掌教和昆仑老祖，听闻凤皇御临九重天宫，刚刚都已经亲至九重天，入御宇殿拜见凤皇陛下去了。"

妖界重紫殿，后殿书房里，鸿奕眼底晃过大泽山下凤隐淡漠的眉眼，他握着奏折的手顿住，有些心神不宁。

阿音独自一人去了天宫寻找线索，也不知会不会出事？那勾结魔族的仙人当年既然有本事把整个仙族玩弄于股掌之间而无人察觉，如今他要是对阿音起了疑心，会不会伤害她？

鸿奕正沉思时，一道声音在窗边响起。

"我说陛下，您那上奏的下臣是和您有仇啊？"

鸿奕回过神，发现手中的奏折都被捏得变了形，他放下奏折朝窗边望去。

宴爽横坐在他的窗沿上，嘴里叼着根野草，眉眼弯弯又带着一副爽利的痞气。

瞧见是她，鸿奕紧绷的心神一下便松了下来。

"你怎么来了？"

"怎么？我不能来？"宴爽从窗沿上跳下来，落在鸿奕书案旁挑了挑眉。

"不是。"鸿奕笑道，"只是这半年甚少见你来重紫殿了。"

千年前仙妖在罗刹地大战，最后关头宴爽赶到，虽然她在天帝和众仙面前力证鸿奕在大泽山屠山时被魔族所惑，但那时鸿奕体内魔气尽除，没有仙人肯相信她，更因她为鸿奕做证，鹰族渐被整个仙族疏远。这千年鹰族的处境很是尴尬，好在鹰族一向孤傲，甚少出北海鹰岛，族人尚能留在岛上修炼，不问世事。

当年阿音亡于罗刹地后，鸿奕一直觉得是自己兴兵而起才害得阿音自尽，很是消沉颓废了一些日子，还好宴爽一直留在三重天陪他，一陪就是百年。直到鸿奕重新振作，宴爽才安心回了鹰族。不过每隔数月，她总会来重紫殿和鸿奕饮一场酒，叙一番旧。

这些年鸿奕也习惯了宴爽的存在，他憎恨仙族，却将宴爽视为唯一的挚友。

宴爽听见鸿奕有些想念的口气，心底一暖，却又叹了口气："以后我能来的时间更少了。陛下，怕是没人陪你喝酒了。"

鸿奕皱眉，心底不自觉地有些不快："为何？鹰王不允？"

"我父王向来由着我。"宴爽白了他一眼，"这半年鹰岛失踪的族人越来越多了，我要留在岛上和父王保护族人，短时间内不能来妖界了。"

"怎么回事？"鸿奕难得对妖界之外的事上心，"鹰族不是有许多年没出现过族人失踪的事了？"

"其实这些年一直有族人失踪，只是不像这半年这么频繁。"宴爽眼底的隐忧一闪而过，"我父王一直旧伤未愈，他和几位兄长守着鹰岛太吃力了。"

"我遣一队妖将跟你回鹰岛……"

"算了吧，你要是派一队妖将跟我回仙界，我们鹰族怕是还没查出族人失踪的事儿就要被天宫和仙门各派给灭了。"宴爽打断鸿奕的话，没好气道。

鸿奕如今在妖界积威甚重，连森羽和他说话也是客客气气的，怕是只有宴爽能随随意意这般呵斥他了。

鸿奕也不恼，稍一迟疑道："阿爽，鹰族族人失踪事关重大，其实你可以上禀天宫，让天帝和仙族上仙为鹰族查明真相。"

听见鸿奕这么说，宴爽一怔，不可思议地看了他一眼："你竟也有相信天宫和仙尊的一天？"

见鸿奕就要开口，宴爽摆了摆手，白了他一眼："你以为我没想过？天帝长居凤岛不问世事，御风上仙又千年没出过风灵宫了，其他三位上仙一向不理天宫俗事，难道你让我去求如今那位掌四海的女上仙？"

486

"我听说新凤皇去了天宫……"鸿奕缓缓开口，"你可以去天宫一趟，把鹰族族人失踪的事上禀于她。"

宴爽狐疑地瞅了鸿奕一眼："话是没错。不过你怎么知道那小凤皇会为我鹰族出头，她不过是个小娃娃罢了，还能压得过华姝那只老孔雀？"

"她……"鸿奕的声音顿了顿，欲言又止，最终还是未将凤隐的身份吐露出来，"凤皇是百鸟之皇，你们鹰族有难，她不会置之不理的。"

阿音重生归来，她若愿意，如今的身份应该由她自己在宴爽面前坦诚。

"啧啧，说得这般笃定。凤皇才降世，你对她倒挺上心的啊！怎么？你还真想把她娶回静幽山做妖后啊？"见鸿奕一副言之凿凿的模样，宴爽心底有些不是滋味，开玩笑道。

岂料鸿奕听见这话，神情一顿："什么妖后？谁说我要娶她了？"

"咦，你不知道？听说一千多年前那小凤皇降世之日，常沁族长去梧桐凤岛祝贺，当着整个仙族的面言天帝曾将弟子许配给你做媳妇儿。这件事三界尽知，你该不会不知道吧？"

鸿奕猛地一怔，眼底露出讶然之色："我不知道，姑姑……"他喃喃道，"阿爽，你说话当真？姑姑真的曾向天帝替我求娶凤隐了？"

鸿奕如此激动，宴爽本是一句玩笑，却被他的反应惊住了。

她顿了顿，声音有些干哑，神情复杂，突然开口："阿玖，你是不是已经见过凤皇了？"

鸿奕对仙族的憎恶千年来不曾变过，整个仙族他也只对自己和凤染天帝能假以辞色，为何他会对凤族的小凤皇如此上心？是因为她是天帝的弟子吗？

鸿奕虽不会未经凤隐同意把她的身份告诉宴爽，却不愿在旁的事上欺瞒她。见宴爽面有异色，鸿奕点头道："我确实见过凤皇了。"

宴爽一怔，眼底有些沮丧："她才刚刚降世，你们怎么会见面？"

"机缘巧合，此事说来话长。"鸿奕沉声道，"阿爽，凤皇秉性纯善，你相信我，她绝不会对鹰族族人失踪之事放任不理的，你去天宫一趟吧。"

"秉性纯善？才见过一面你便知她纯善了？"宴爽哼了哼，"也罢，若是有凤皇相帮，我鹰族在仙界也能舒坦一些，我走一趟天宫便是。"她说着便准备起身离开，"我可是特意为了来给你告别，才央了父王给我三日时间，你要赶我去九重天宫见凤皇，至少得几年瞧不见我了。"

鸿奕闻言一怔，就要唤住宴爽，宴爽正好回头，朝他笑了笑，像是开玩笑般眨了眨眼："欸，我说妖皇陛下，我守在鹰岛这几年，你不会巴巴地去娶了那个心地纯善的小凤皇回妖界吧？"

不等鸿奕开口，她从怀中掏出个小布包朝他扔来："喏，拿着，路过长安，顺道给你买的。"

见鸿奕手忙脚乱地接过布包，宴爽一转身化成金鹰之身，朝重紫殿外飞去。

鸿奕见那熟悉的金鹰消失在天际，心底有些失落。他打开布包，神情一怔。

浅蓝的布包里，桂花糕玲珑可爱，尚带着温热。

他记得这个味道，当年长安街上，他本想用姑姑送的念珠为宴爽买下桂花糕，却被宴爽用金叶子换了回来。

这么多年了，当年一起闯荡三界的人死的死、散的散，或许还能记得当年长安街上那一日的，也只剩下他和宴爽了。

阿音，宴爽来见你了，你还记得她吗？

鸿奕朝天空看去，书房里，落下一声叹息。

"不止。"在宴爽展翅飞向天宫的一日后，景阳殿后院里，井竹正弯下腰，恭谨地向华姝说出了这句话，"惊雷、灵电、炎火三位尊上、三山六府的各位掌教和昆仑老祖，听闻凤皇御临九重天宫，刚刚都已经亲至九重天，入御宇殿拜见凤皇陛下去了。

小院里有片刻的安静。

天宫四尊、三山六府掌教、昆仑老祖一并出现，这是多久前才有的事儿了？一个刚刚即位的小凤皇竟有能耐弄出这么大的动静？

这些刚刚还在讨好华姝的女君们面面相觑，有些不知所措。她们大都是各府上君的掌珠，虽对仙族权任大事的触觉比不得自家的长辈，但这时候也后知后觉地回过味来。

华姝能不能做天帝尚是不可知的事儿，但凤隐却已经是实打实的凤皇，即便她年岁小，可她身后的梧桐凤岛却是三界中不可撼动的庞然大物。她们舍了凤栖宫的凤皇不去觐见，却沾沾自得地来了华姝的小宴，显然已经冒犯了凤皇的权威。

单看御宇殿被重启便知新凤皇是个有本事的了，否则天宫四尊、三山六府的掌教和昆仑老祖怎么会恰恰在这个时候来天宫？

想明白了个中乾坤，一众女君你看看我、我看看你，屁股下犹若生了锥刺，一刻都坐不稳了。

华姝哪里瞧不出她们的神态变化，她心底亦是惊怒，却又不能在面上显出半分，只得体地朝井竹上君道："想不到几位上仙和各位掌教都到了，井竹仙君，你去回禀御风上君，说本尊不知诸位掌教到来，有失远迎，等本尊妥善料理了我景阳殿，便去御宇殿里拜见凤凰、诸位掌教和老祖。"

"不用了。"华姝声音刚落，井竹便开了口，他仍是一副温和的样子，却透出几分油盐不进的疏离来，"凤凰说了，诸位女君远道而来，亦是贵客，上仙既然设了宴，留在景阳殿便是，不必急赶着去御宇殿了。反正她要在天宫留些日子，多的是和上仙相叙的机会。"

井竹说完，也不等华姝应答，行了一礼，转身退了出去，留下一院惴惴不安的女君和脸色青白交错的华姝。

"殿，殿下。"红雀悄悄唤了华姝一声。华姝收回目光，里面的冰冷让红雀忍不住瑟瑟一抖。

小院里的女君瞧着华姝神色不对，刚准备起身告辞，华姝的声音便响了起来。

"凤凰果然位尊，不止御风上仙为她出了风灵宫，就连各派掌教和老祖也一并来了，我仙族确实千年不曾出过这等人物了。"华姝望向御宇殿的方向，目光有些悠长，也不知是自嘲还是感慨，她摆摆手朝红雀道，"既然是凤凰陛下的旨意，本尊不遵都不行了，红雀，去取了瑶池的露水过来，重新为诸位女君沏茶，我景阳殿的牡丹如此骄盛，怎能不好好赏赏？"

"是，殿下。"红雀应了一声，去瑶池取露水了。院里的女君们见华姝神色诡谲难辨，一时心里惴惴，不好告辞，只得留了下来曲意逢迎。

御宇殿内，皇座空悬，御风居左，凤隐居右。

亲眼见着了凤隐的诸位掌教和三位上仙压下心底的诧异，心甘情愿地向凤隐见过一礼后才落座在两人下首之位。

难怪御风上仙连夜邀请仙族上君共赴天宫觐见凤凰，原来是梧桐凤岛又出了一位半神！这群白胡子上仙们望着凤隐心底颇不是滋味，都是些活了几万年的老仙了，他们日日在洞府潜心修炼才艰难修炼到上君，可小凤凰满打满算降世才几个月，怎么就不声不响成了半神了？他们可是记得清清楚楚，凤隐降世那一日，别说九天雷劫，连个雷影儿都没响过啊。

难道火凤凰一族天生就这么好命？一群老仙们这么一想，眼泪都要流下来了，很是

羡慕凤隐投胎的运道。

不过当猛不丁撞上凤隐那一双深沉含笑的眼时，一殿的老上君们都忍不住诧异，小凤皇那一身神力来得不明不白也就算了，可那双眼却分明像是历经了百世沧桑的，这就着实有些奇怪了。

凤隐轮回千年，做帝王将相都不知多少次了，自是一眼就瞧出这些老神仙们的疑惑。她不欲多言，却用了点儿心思和一众掌教们寒暄，以她凤皇的身份和半神的神力，有意折节下交，一殿的掌教和上仙很快便对凤隐有了好感。

凤染的性子桀骜不驯，她不做天帝前就对天宫上仙们蹬鼻子上脸的，做了天帝后除非两族交战的生死关头，否则从不长留天宫。仙族有个天帝跟没有似的，其实这千年这些老神仙们很是有些憋屈。突然蹦出来的凤皇待他们态度如此亲切，他们受惯了凤染那狂拽炫霸天的性子，猛地一遇上凤隐，简直热泪盈眶，心里直呼凤族总算出了个知冷知热的凤皇了。

一旁的御风看着众仙的神色，却轻轻叹了口气，他望向一旁的凤隐，眼底露出复杂的神色。

这一殿上君只道凤皇位高权重又性子和善，却没有人知道如今高坐御宇殿的凤皇就是那个千年前被他们逼死在罗刹地的水凝兽阿音。

若有一日真相大白，这些仙族老君们，又该如何自处？

昨日夜，风灵宫后院竹舍。

舍外有微风而过，半神的威压落在竹舍外，正在凝神修炼的御风猛地睁开眼。他眼底露出诧异之色，身形一动出现在竹院里。

一袭白衣的凤隐立在竹林旁，见御风出现，负手于身后淡淡唤道："御风上仙。"

御风一愣，即便他隐居风灵宫，也知道梧桐凤岛的小火凤重新降世继任凤皇的大事儿，但饶是他，瞧见已是半神的凤隐，都有些不敢置信。

"可是梧桐凤岛的凤皇陛下？"御风神情间难掩诧异，见凤隐颔首，不由得感慨了一句，"火凤一脉当真是好天缘。"

连入神雷劫都未降下，这小凤皇竟已成了半神。

御风尚长凤染两万岁，如今还只是上君巅峰，瞧见凤染的弟子都已入神，难免有些意兴阑珊。

"凤皇是来参加元启神君的寿宴的吧。"御风温和地道，"陛下御临天宫，本该我

与其他四尊共迎，但我已避居千年，天宫俗事不再过问，陛下若对天宫有好奇之处，尽管去问惊雷华姝等上仙便是。御风怠慢陛下之处，还请见谅，御风就不多陪陛下了。"

御风说完，就欲回竹舍。当年罗刹地一战后他心灰意冷，千年来就连凤染几次相邀他也不曾出山代掌天宫，更别说凤隐这个小凤皇到访天宫了。

"上仙避居风灵宫，可是因为一千年前妖皇之死、罗刹地之乱？"

凤隐的声音响起，御风脚步一顿，他回过头，向来温和的眼底拂过一抹微怒："陈年旧事，陛下何必提及？"

即便他神力不如凤隐，但到底是天宫首尊，又是凤隐的长辈，见她提起心中隐痛，不免带了怒气。

"自然要提。"凤隐不顾御风眼底的怒意，上前一步，朝御风弯下腰，双手执礼，低声道："当年凤栖宫疗伤之恩，凤隐一直未有机会向尊上道谢，虽然迟了千年，还请尊上受凤隐一礼，以当重谢。"

听见凤隐此话，御风眼底的怒意一敛，神情中现出不可置信之色："你、你是……"

"大泽山阿音，拜谢尊上当年之恩。"凤隐执礼的手未起，道。

她话音还未落，御风已行到她面前，抬起了她的手："你是阿音女君？"

"是。"凤隐含笑起身，眼中落下温暖，"御风尊上，千年不见，近来可好？"

"好，好。"御风几万岁的年纪了，难得激动一次，"你真的是大泽山的阿音女君？你怎么会成了凤皇？"

当年罗刹地之乱阿音惨死在雷劫下，御风一直觉得当年阿音的死多少有天宫众仙相逼之嫌，是以多年来对这个命运多舛的大泽山弟子，心底始终有些愧疚。

"水凝兽阿音是我散落于三界的其中一缕魂魄，我亡于罗刹地后，魂魄入凡世轮回，历练千年才得以苏醒涅槃。"凤隐道，"此事说来话长，夜色正好，尊上可有温茶与我一叙？"

"有，自然是有。"御风不待凤隐说完，便提声唤道，"井竹！"

仙将井竹见御风召唤，连忙走来，待见了凤隐神情间难掩诧异。他职守竹舍，竟没发现有人闯了进来，这立着的女子威仪不凡，一身仙力深不可测，着实难辨来历。

"凤皇到访，你去沏一壶好茶，本尊要与凤皇好好叙叙旧。"

即使老实如井竹心里头也忍不住愣了愣。

原来是凤皇，难怪有如此深厚的仙力。不过听说凤皇降世后还是头一次出梧桐凤岛，

拾陆 千年一瞬

· 491

他们家尊上这是叙的哪门子的旧？

"愣着干什么，还不快去。"

"是。"千年来井竹还是头一次瞧见自家尊上面容上有些喜怒，心里头高兴，也不管自己被呵斥了，高高兴兴跑出去沏茶了。

竹舍里，凤隐和御风对月相谈，茗烟袅袅。

月落乌啼，御风听了凤隐这千年的经历，忍不住长叹道："陛下这命途，还真是颇为曲折。"他看向凤隐，深有所感，忍不住道，"话说回来，若不是陛下命途诡谲，怕也难以以千岁之龄入神，一饮一啄，都是命中注定啊。"

"尊上说得是，我自幼性子跳脱，师君也说了，我若不历这些磨难，怕是难以成器。"凤隐笑道，她谈起这些年经历的事仿若不在己身，这份淡然也让御风诧异。

当初水凝兽几乎被整个仙族冤枉至死，如今她涅槃成凤皇归来，竟戾气全无，也算是仙界大幸了。

"这次陛下到访天宫来见我，可是为了……"

"是。"不待御风说完，凤隐便颔首，"我大泽山一门尽亡于魔族之手，若不为他们讨回公道，凤隐枉为再世之人。"

"魔族？"御风面上现出郑重之色，"看来陛下仍和千年前一样，相信当时的鸿奕是被魔族所控，才会犯下那滔天之罪。"

"不只如此，我还怀疑仙族中有人和魔族勾结。"凤隐点头，"上仙避居风灵宫，不也是因为心有疑虑吗？旁人或许会怀疑尊上是潜入妖界刺杀森鸿陛下的凶手，但我知道当年尊上曾动用本命仙元为我疗伤，以尊上当时的仙力是决计杀不了森鸿陛下的。可重紫殿里却出现了尊上的仙剑和仙族才能使用的仙力，那说明是有仙人偷走尊上的仙剑杀了森鸿陛下。"凤隐神情微凝，"那仙人嫁祸尊上，挑起两族之战，定是有所图，最大的可能便是勾结了当初那个神龙见首不见尾的魔族，想在两族之乱中渔利。"

御风见凤隐娓娓道来，看向她的眼中露出一抹意味深长的赞许来："陛下果真生了一副七窍玲珑心。"他颔首道，"不错，当初罗刹地之乱后，我仔细想来也是如此怀疑，便上禀了天帝陛下和元启神君。只可惜，魔族在那一战后销声匿迹，那仙人再也不露一丝破绽，我们始终未能查出偷仙剑、刺杀妖皇的仙人究竟是谁。后来天帝陛下回了凤岛，元启神君隐居清池宫，我便也避居在我的风灵宫静静等待那仙族再露出马脚。"

"原来师君和元启知道您当年伤了本命真元的事。"凤隐一愣，随即想起她出岛前

凤染曾叮嘱过她御风可信，看来师君是早就知道仙族中有内奸，只是一直未能查出那人是谁。

御风见凤隐直呼元启时并无半点尊称，眨了眨眼有些讶异。

当年阿音死在元神剑下时元启神君悲痛欲绝的模样他是记得的，这千年来听说他每年都会去鬼界寻找阿音的魂魄，想来这些年元启神君并没有忘记他那位师妹。可如今看凤皇提起元启神君时一派云淡风轻的模样，显然是不愿再追忆旧事了。

罢了，元启神君和凤皇的因缘纠葛可不是他能过问的，他还是别自找没趣了。御风低头抿了口茶，浑似没听见凤隐刚刚那声不咋恭敬的称呼，装起糊涂来。

"那这些年尊上可查出了什么？"凤隐问。

御风摇头，颇为失望："当年大战后，天帝曾以神力在天宫诸位上仙和各派掌门身上查探过，没有一人身上有魔气。那人怕也知道我和天帝已经有所怀疑，这些年藏得很深，没露出半点形迹来。"

凤隐皱眉问："所有天宫上仙和掌教都查验过了？"

御风点头："无一疏漏。"

仙人和魔族勾结事关重大，他身为天宫首尊，自是格外重视此事，但当年他和天帝查了许久，却连一点蛛丝马迹都不曾寻得。当初阿音已死，无人能证明他曾伤过本命真元，刺杀妖皇、挑起两族之乱的嫌疑便落在了他头上，他只得退居风灵宫蛰伏。

凤隐早已猜到御风这些年可能没查出什么来，倒也不失望，道："御风尊上，景涧殿下的魂魄就要苏醒了，我师君必须留在凤岛为他淬炼三魂七魄，现在无法回到天宫。今日我来，是想请尊上出风灵宫代替师君重掌天宫。"

御风神色一顿："重掌天宫？陛下是想查什么吗？"

如今天宫庶务都是华姝在掌管，凤隐必然是想做些什么，才会请他出山。

凤隐颔首："一切祸乱都是从澜沣上君的死开始的，他当年和那九尾狐在御宇殿里交战，也许会留下些许蛛丝马迹，我想重启御宇殿，查出澜沣上君被刺的真相。"

御宇殿是澜沣惨死的地方，她若贸然解开封印，必会惊动藏在暗处的人，由御风出面最好不过。

御风微一沉吟，道："如今陛下归来，当年的事也该查清楚了。不过陛下要进御宇殿，我得寻些由头才是。"

凤隐挑了挑眉，御风的声音已然响起。

拾陆

〇

千年一瞬

·493·

"井竹！"

井竹闻声而入，朝两人行礼。

"让仙将去昆仑一趟，把三位上仙请回来，把我的手令送去三山六府给诸位掌教，就说……"御风长笑一声，神情里有着千年未见的肆意洒脱，"凤皇御临天宫，本尊宴邀诸仙，为凤皇陛下接风洗尘！"

一夜而过，风灵宫的仙将拿着御风的手令悄然而去。一日后，天宫三尊、昆仑老祖、三山六府的掌教齐聚天宫御宇殿，唯独少了在景阳殿里小宴一众女君的华姝。

景阳殿后院，一众女君细细品完了华姝用瑶池水煮的花茶，几个机敏的女君就要起身朝华姝告退，哪知话还没出口，华姝一拂袖摆，端正了姿态朝众女君看去。

"不知我景阳殿的花茶可还合众位姐妹的意？"华姝含笑道。

一众女君哪有说不满意的理，皆笑意盈盈地拜谢华姝的招待。

华姝看了一眼天色，突然道："我瞧着天色尚好，前几日听仙娥说御宇殿外留仙池的荷花开了，那荷花也是咱们天宫的别致一景，诸位妹妹来天宫得少，正好可以陪本尊去瞧瞧。"

一众女君听了华姝的话面面相觑，这时候跟着华姝去留仙池赏花，若是被凤皇瞧见，可就热闹了。小凤皇初出凤岛，想来是个高傲的性子，若是看着她们有时间跟着华姝赏花而不去凤栖宫觐见她，心里头岂能不记恨她们？

惊雷上君府上的缙云三公主是个明白人，不肯做华姝借力打力的工具，就要起身告辞，却被她堂嫂拉了拉。

木蓉女君朝她眨了眨眼。就这么一耽误，华姝已然拍板做了决定，起身领着一众女君浩浩荡荡朝景阳殿外走去了。

缙云公主哪里不知道自家嫂子是想瞧好戏，没好气地瞪了她一眼。木蓉狡黠地眨了眨眼，拉着缙云麻溜地跟在了众女君身后。

御宇殿里，珍酒仙琼饮尽，一番寒暄下来，一众上仙待姿态威仪、神力不凡的凤隐更是敬服。凤皇虽说年轻，可论见识、威仪仙界没几个人能比得上。天帝当真好命，有这么个出息的弟子，即使日后天帝飞升神界，凤族亦可再保数万年繁盛荣华。

杯酒倾，话叙尽。御风尊上为凤皇准备的接风宴顺顺当当到了尾声。御风有意让仙侍们领着掌教们和惊雷等人先行离去，然后和凤隐在御宇殿内细查一番。

御宇殿在澜沨和那只来历不明的九尾狐一战后便被重新封印，一千年前大战后的仙

力气息仍在。

凤隐用神力探查了一番，皱了皱眉。她随手一挥，御宇殿后院一株树下的尘土被破，腾空出现一圈念珠。

念珠随着神力而动，落在凤隐手里。

御风望着她手里的念珠，神情严肃："这串念珠上有狐族的妖力。"

当年澜沣死于九尾妖狐之手，看来这念珠便是那九尾狐在打斗中遗落的。他们当年急急追着那九尾狐的踪迹去了大泽山，未在御宇殿中细查，反而错失了这个重要的证据。

凤隐端详着手中的檀木念珠，眼沉了沉。她当年在阿玖手上也看见过同样的念珠，阿玖说过是他姑姑常沁所赠。

一千年前在御宇殿杀死澜沣上君的九尾妖狐，真的是传说中已经离世的狐族族长常沁？但她明明妖丹已碎，为何还会活着？不仅活着，还能杀死天宫第一高手澜沣？

御风见凤隐神情凝重，问："陛下可是有了线索？"

凤隐点点头，把自己和鸿奕相见所谈之事缓缓道来，半点未瞒御风。

她千年前被逼死的最大罪过便是勾结妖族戕害仙人，只有证明了鸿奕不是勾结魔族的人，一切才能大白于天下。

御风听完亦是惊讶："陛下是说常沁族长还活着？"

常沁出事后，虽然没人见过她的尸体，但她的妖丹被森羽带回了狐族。妖族没了妖丹是决计活不下来的，所以澜沣被刺后，没有人怀疑过常沁。

见凤隐点头，御风凝色道："太奇怪了，常沁族长没了妖丹，如何能活下来，又如何能杀死澜沣尊上？当初在观世镜里我曾见过那只和澜沣上君交战的九尾狐，她的法力高深莫测，只怕已到了神位，更离奇的是她虽然手持寂灭轮，但招式却和常沁的不尽相同。"御风看了看凤隐手中的念珠，"但若不是常沁，御宇殿里又怎么会有她随身携带的狐族念珠，除了她和鸿奕，又有谁能用已经认主的寂灭轮？"

凤隐摇头："此事疑点重重，也是我一直未想明白的。"她抬头望了御宇殿一眼，突然道，"但有一事我想请教尊上。"

"何事？"

"御宇殿里的封印，当年可是只有澜沣尊上能解开？"

"是，当年澜沣尊上代掌天宫，天帝陛下只将御宇殿封印开启的方法教给了他一人。"

"既然如此，那九尾狐又是如何进来的？"凤隐挑眉道。

拾陆

千年一瞬

· 495

御风一愣，露出一抹沉思。

"还有，那日是澜沣尊上成亲之日，这么重大的日子他为何会独自去御宇殿，打开这里的封印？"

"陛下的意思是？"

"观世镜中只能看到澜沣尊上和九尾狐相斗，无法得知澜沣尊上是如何去的御宇殿，又是否是独自一人，是吗？"

御风点头，神色一凝，听出凤隐话里藏着的意思来。

"陛下是说有人封印了澜沣尊上的记忆？"

凤隐颔首："我怀疑有人约了澜沣尊上在御宇殿相见，那人在澜沣上君打开封印之时，悄悄将九尾狐放了进去。九尾狐在杀了澜沣尊上后，刻意封印了他其他的记忆，只留下和九尾狐相斗的记忆，并将天宫众仙引向了大泽山里的阿玖。"

"可我们当时赶到时，御宇殿里除了澜沣尊上，并没有其他人。"

"那人很可能趁他们打斗时悄悄回了无极殿，混入了宾客之中。"

御风皱眉道："无论那个人是谁，他必定是澜沣尊上十分信任的人，而且那人极有可能便是勾结魔族的人。"

否则澜沣又怎么会在大婚之日，在那人邀约之下独自去了御宇殿？他置澜沣于死地，显然和刺杀妖皇的手法如出一辙。

到底是谁能让澜沣独自离开，毫无防备地解开御宇殿的封印？

两个人陷入了沉思，许久，凤隐道："尊上，我想请尊上秘密彻查澜沣尊上大婚之日在凌宇殿和景阳殿当值的仙侍，或许能有蛛丝马迹。"

御风颔首："就是陛下不说，我也要再仔细查探一番，当初事出突然，又遭逢大泽山之难，很多细节都忽视了。"

"有劳尊上了。"凤隐和御风商量妥当，朝御宇殿外走去。

刚走到殿门口，候在外面的凤欢和井竹一同迎了上来。

"陛下。"凤欢唤了凤隐一声，面上有些为难。两人正感疑惑，井竹的声音响起。

"凤皇陛下，尊上，可要从侧门而出？"

"为何？"御风面带疑惑。

"华姝尊上正领着一众女君在殿外的留仙池赏花。"井竹回道："华姝尊上还来殿门前问过陛下和尊上了，我见陛下和尊上有事相商，便让仙侍禀了华姝尊上，说宴席早

就散了，您和尊上也已经回宫了。"

御风一听这话，登时便傻眼了。华姝即便是天宫五尊之一，但毕竟比不过凤皇位重。况且当年凤皇尚是阿音时还受了她六道天雷之刑，怕是心底对华姝多少有些硌硬。自家这木鱼疙瘩脑袋一样的仙将这番说辞，定是犯了凤皇的忌讳。

"怎么？"果不其然，凤隐挑了挑眉，气极反笑，"你这是要本皇躲着华姝？本皇倒是不知，你天宫的尊上位重至此，出行竟还要本皇退避三舍。"

井竹抬头，看向凤隐，眨眼巴巴地道："陛下，那些女君们叽叽喳喳跟几百只鸭子一样，我和凤欢都被闹得不行，我是怕她们吵到您，才让您走侧门的。"

也不知为何，原本跟着华姝前来赏花的女君们像小媳妇似的大气都不敢喘，一听凤皇陛下早已离了御宇殿，个个容光焕发就开始赏花了，顿时御宇殿外笑声不断，着实不太清静。

一旁的凤欢跟小鸡啄米似的连连点头，瞥了一眼殿外，一副苦瓜脸。

"哈哈哈哈！"凤隐一愣，随即大笑，她朝御风摆了摆手，"尊上，你这小仙将有些意思，尊上真是会调教人。"

她一边说着一边拂袖于身后朝御宇殿外走去："无事，几百只鸭子就几百只鸭子，本皇乃百禽之皇，难道还会怕几只鸭子不成？再说，老朋友既然想觑见本皇，本皇也该给她一个机会才是。"

御风瞧着足下生风的凤皇直犯难。华姝掌管天宫上千年，自是生出了傲气，不肯臣服于凤皇，今日还不知会生出什么事端来。

御宇殿外，留仙池旁。

一众女君围着池边赏荷花，神情轻松，只有一个木蓉女君眼底略有遗憾。

华姝听说凤隐和御风已经离宫，正百无聊赖地看着池水，眼底有些莫测。

原本她还打算在众人面前和那小凤皇先见上一面，她执掌天宫多年，自是要在一开始便摆明不为属臣的态度，那小凤凰初出茅庐，众目睽睽之下顾及凤岛和天宫的交情，自是不好再视她为飞禽之臣。

哪承想她一番算计却扑了个空，还要陪这些女君们在此赏花做样子，难免有些郁闷。

"尊上，留仙池的荷花真是好看，不愧是天宫一绝。尊上可能赏我几枝，让我带回山门养着，也沾沾天宫的……"

见华姝兴致缺缺，离山上君家的小女儿笑呵呵地讨好她，她站在留仙池最边上，一

抬头正好瞧见从御宇殿走出来的人，嘴边的话还没说完便停住了。

凤隐今日着了一身正红古衣，袖摆上凤凰于飞，任是谁都瞧得出她的身份。

旁人一下便留意到了离山女君的异样，循着她的目光看去，齐齐愣住了。

凤隐一双眸子漆黑如墨，威仪深沉，不只如此，她的容貌承袭了凤族的传统，说一句极出挑都是委屈了她。

她就那么懒懒散散地负手立在御宇殿的阶梯上，曜日落下点点光晕在她身后，一眼望去，红衣黑发，宛若真神。

一众女君看直了眼，直到木蓉女君轻呼一声，跪倒在地。

"南海木蓉，拜见凤皇陛下！"

她行礼时自然拉上了自家已经看呆了的妹妹缙云。

两人一下便惊醒了旁人，一众女君们慌忙跪下。

"拜见凤皇陛下！"

御宇殿前，隔着跪倒在地的女君们，两道同样清冷又高傲的目光在半空相遇，只是凤隐那双眼更深沉凛冽一些。

华姝望着石阶上的凤隐，心底的震撼难以自抑。以她的修为自然看得出凤隐已经入神。

那个一千年前因她陨落的凤隐居然生得这般样子！她才刚刚降世，得了凤皇之位也就罢了，怎么会生而为神！

华姝做了千般算计，也决计想不到那个初降人间的雏凤竟已如此绝世。她缓缓起身，袖袍中的手死死握紧，眼底变幻莫测，朝凤隐走去。

她嘴张了张，还未开口，凤隐的声音便响起。

"诸位女君起来吧，本皇一向随意，日后见了本皇，不必重礼，随礼便是。"

凤隐虽面容威仪不凡，声音却着实温和，她淡淡两句，让一众气都不敢喘的女君们提到嗓子眼的心落了下来，安安心心地叩谢后起了身。

一众女君们起身对望了一眼，皆从对方眼中瞧出了对凤隐的好感。想不到凤皇帝王之尊，竟能如此平易近人。

"凤皇陛下。"华姝的声音在众人身后传来。

凤隐的目光越过留仙池旁的一众女君，遥遥朝她们身后望去。

华姝朝凤隐的方向走来，女君们连忙错开身，为她让出了一条路。

她停在御宇殿外石阶下三步远的地方，盈盈一拜。"百鸟岛华姝见过陛下。"

华姝这一礼，让一旁的女君们惊得不浅。华姝执掌天宫这些年来威严甚重，即便是天宫其他四尊她也是平礼相待，想不到今日竟会对凤皇行礼。

御风立在凤隐身后，见华姝歇了脾性没有冒犯凤隐，悄悄松了口气。到底曾是澜沣的未婚妻，他对华姝始终有一丝对故人的照拂之心。

凤隐眼底拂过讶异，正欲抬手让华姝起身，却见她已然抬头，又退后了两步，和凤隐拉开了微妙的距离。凤隐挑了挑眉，看向华姝。

"陛下即位，华姝本应代父王亲上梧桐凤岛祝贺，但华姝掌着天宫俗事，无暇分身，以致未临梧桐凤岛向陛下觐见，还请陛下不要怪罪。"华姝微微抬手，又是一礼。

不待凤隐开口，华姝已经抬了头，笑道："华姝尚有一事要禀告凤皇陛下。天帝陛下和元启神君在千年前令我为天宫五尊之一，掌四海之广。是以虽华姝为陛下之臣，但为尊天帝和神君御令之重，日后怕是不能以臣礼相待陛下，还请陛下海涵。"

华姝浅笑晏晏，看向凤隐，矜贵而自傲。

御宇殿外一阵安静，华姝尊上这是要拿天帝和元启神君来压凤皇啊！

但偏偏华姝抬出的这两人，却也是凤皇无法忽视的。

天帝不只是天宫之主，更是凤皇的师君；元启神君乃真神之子，他的御令，莫说仙族，放在三界里也没人敢违逆。

孔雀虽为禽臣，可天宫五尊却不归凤皇所管，讲道理，华姝如今确实有见凤皇而不拜的身份。

只是任谁也没想到这么一件可以糊弄过去的事儿，华姝竟当着满天宫的女君和御风尊上的面儿说了出来，这分明是要逼得凤皇在众人面前亲口承认华姝不再为禽臣，永不再受凤皇的统御。

上古界十几万年历史，三界九州六万多年岁月，凤凰一族在百禽中的皇族地位一直稳如泰山，从未受到禽族挑衅，华姝今日这一举尚是天下混沌开辟来的头一遭。

众人的目光朝石阶上的凤隐看去。她初即皇位，也不知能不能在这般情况下保住凤族的皇威。

"华姝公主。"石阶上，凤隐终于开了口，她微微垂眼，威严难测，"见凤皇而不拜，是你之意，还是孔雀王之意？"

"是华姝之意。"华姝微微皱眉，道，"凤皇此话何为？我父王和百鸟岛从无对梧

桐凤岛不敬之心。"

凤隐朝她望去："孔雀王的忠心本皇从不怀疑，只是若本皇记得不错，明晚的寿宴孔雀王也会参加吧？"

凤隐这句话一出，众人瞬间便明白她话里的深意来，不由得感慨凤皇的聪明。华姝尊上如今虽贵为五尊之一，可孔雀王却没有天宫封位。明晚寿宴之上孔雀王是定要叩拜凤皇的，华姝身为华默之女，陪同孔雀王出席，届时焉有父拜子不拜的道理？

华姝脸上露出一抹怒意，她一时倒忘了明日的寿宴孔雀王也要参加。父王没有天宫封位，势必要向凤皇见臣礼。父亲行礼，她作壁上观，到时候仙界的老神仙们少不得要给她扣一个不孝的帽子。"再者。"不待华姝回答，凤隐的声音又响起，"刚刚公主言在千年前曾受封天宫五尊之位，不过……"凤隐声音微扬，"本皇在凤岛孤陋寡闻，倒是没听说过这事儿，不知天帝的御令诏书可在？"

华姝和御风一听凤隐这话便愣住了，当年天帝本欲册封孔雀王为五尊之一，孔雀王因重伤推辞不受，便让华姝入天宫接了尊位，天帝虽允了此事，可也不知是忘了还是懒，未给华姝颁下继位五尊的诏书，而孔雀王因推辞了尊位，是以天宫也收回了那道颁给孔雀王的册封诏书。往实诚了说，华姝虽然坐了一千年的天宫尊位，可却从未受过天帝诏令，只是以前没有人提过此事，时间一久众人便也忽略了。

直到凤皇堂堂正正问出了这句话，众仙才想起来华姝尊上确实从未受过天帝诏封。众仙面面相觑，朝华姝看去。"陛下这些年仙游四方，长居海外凤岛，虽未颁下诏书，当年的御令也是有迹可循。凤皇陛下，你难道是在质疑天帝陛下的御令吗？"华姝岂能让凤隐质疑她的五尊之位，头一昂便怒道。

"是。"凤隐倒是不见怒气，她负手于身后，目光在一众仙人面上拂过，最后落在华姝身上，威严深沉，"凤族的皇是我，不是我师君，今日你不拜的是我，亦不是我师君。我凤族皇威承于上古，数十万年无人敢犯，既然你不愿再敬我为皇，那必要给我凤岛一个交代。""要么你拿出天帝诏令，那本皇无话可说，否则从今日起你孔雀一族便因你之故永不得再为百鸟之臣。"

凤隐话音落定，留仙池旁的仙人们都倒吸一口凉气。华姝今日若不服软，牵连的可是整个孔雀一族。梧桐凤岛是仙妖鬼三界都不敢招惹的上古神族，若百鸟岛被凤族所弃的消息传出去，孔雀一族在仙族的地位立时便会岌岌可危。

华姝尊上本是想冒险在凤皇面前争得一席之位，哪知这小凤皇虽看着可亲，威严却

不比天帝陛下弱上半分，完全是你犯我一尺我回你一丈的性子。

"你！"华姝被凤隐这话逼急，竟一时连尊称都忘了，她长袖一挥，怒道，"即便本尊没有天帝诏书又如何？当年元启神君一同允了我五尊之位，凤皇陛下若有疑虑，只管去清池宫向元启神君问个明白便是！"

华姝这话一出，御风心底一咯噔，立时便朝凤隐看去，果不其然，刚刚还只是稍显威严的凤隐，眼神已经完全沉了下来。

"哦？元启神君允你的五尊之位？"

凤隐的声音淡淡响起，竟没有一点儿情绪。她的目光落在华姝身上，眼前突然浮过千年前青龙台上那令她伤痕累累的六道天雷和渊岭沼泽上灰飞烟灭的一瞬。

她冤屈我，羞辱我，将一身罪责泼于我身，害我不能容于三界。

我死后，你竟让她成为这天下至尊。

元启，我为水凝兽时一生性命喜怒皆付你身，原以为，就算你从未以我待你之心来待我，可总归是有几分真心在的。

如今看来，权当笑话一场。

凤隐心底难掩悲凉，她看向华姝，缓缓朝石阶下走去。

御风瞧见她神色不对，生怕凤皇想起千年前的隐痛犯起脾气来一掌把华姝给劈了，就要上前拦下凤隐替华姝说几句好话。

恰在这时，一阵神力浮动，一个白衣身影毫无预兆地出现在御宇殿外的石阶上，拦住了凤隐的脚步。

凤隐迈向华姝的脚步一顿，停在了石阶上。

"元启神君！"

瞧见来人，御风最先回过神，他几步踏下石阶，朝凤隐身边的白衣神君躬身见礼。

御风这么一呼一拜，留仙池旁一阵惊呼，女君们连元启的面容都不敢看，慌慌忙忙拜倒在地，恭声高呼："拜见元启神君！"

天哪，已经一千年没入天宫的元启神君怎么突然出现了？华姝尊上不是说元启神君推了天宫寿宴不来了吗？女君们各有猜测，心底却忍不住暗喜。毕竟这三界内最令女君们向往的人，便是清池宫里的元启神君了。

若能得他高看一眼，别说是这下三界，就算是在上古神界里，那也能一步登天。

先不论女君们心里如何揣测暗喜，一时间御宇殿外尚还直直立着的，只剩一个华姝

和石阶上的元启、凤隐。

按理，以元启的身份，除了天帝、妖皇和鬼王，三界之内仙妖神鬼见了他皆要行礼，华姝亦不例外，可偏偏元启站在了凤隐身旁，而凤隐却没有一点要拜的意思。

只是凤皇一脸安之若素，连个正脸都没给元启神君。元启神君是天帝自小养大的，凤隐是天帝的弟子，这两人撇开身份不谈，渊源深厚，凤皇不拜，自然有不拜的底气。

可华姝却没有，可她这一礼见下，拜的不只是元启，更有凤隐。

她能看明白的景况，其他人心中自然也敞亮着。众人不免狐疑，都道元启神君待华姝尊上青睐有加，怎么这出现的时机却像是更偏袒凤皇一些？

一众仙人叩拜了许久，石阶上的元启却一点儿动静都没有，既不受礼，也不言语。

御风抬头悄悄望了望，见元启虽神色淡漠，望着凤隐的眼底却藏着脉脉温情。这般场景只有他能明白个中乾坤了，元启神君这个时候出现，怕是在为他的小师妹阿音女君出一口气吧。

御风悄然叹了口气，低低朝华姝唤了一声："华姝尊上，神君在上，不可无礼。"

华姝抬眼朝石阶上的白衣神君望去，却见元启的目光只独独落在凤隐身上。她嘴唇紧抿，眼底拂过一抹羞愤，却也知今日大势已去，再难和凤隐争个高低。

"见过元启神君。"华姝终于朝元启的方向拜了下来，这一拜，自然也是拜了凤隐。

"都起来吧。"元启的声音淡淡响起，如传说中一般淡漠疏冷。

众仙起身，不少女君悄悄望了石阶上的元启一眼，在瞧见那模样后面上都拂过一抹飞霞，即便是胆子大些的木蓉女君，也不由得暗暗咂舌。千年前她在梧桐凤岛上见过尚未成神的元启，没承想古晋不仅身份换了，这一身气势更是脱胎换骨，完全不似当年。

元启的出现打破了刚刚剑拔弩张的气氛，众仙刚刚松了口气，却见凤皇已转身朝元启看去。

她看向元启，一双琉璃般的黑瞳格外深沉，话说出口时，却又带着凉凉的笑意和痞气："哟，真巧啊殿下，咱们正说着您呢，您就来了。您都千年没来过天宫了，今儿怕不是正巧路过吧？怎么，您莫不是怕本皇性子霸道，欺辱了公主，特意来给她主持公道？"

凤隐回过身一眼望来的这一瞬，仿若一千年弹指而过。

只有元启知道，那些踽踽独行的黑暗日子，他等了多久。

"你即位得匆忙，我来不及上凤岛给你祝贺，姑姑说你来了天宫，我便来瞧瞧你。"

元启这千年是出了名的淡漠冷清，这般平易近人的话语和熟稔的语气，别说留仙池

旁的仙人们惊得不浅，饶是凤隐，也为他的回答一愣，不由得脱口而出："你来瞧我做什么？"

元启问得熟稔，凤隐无意识间回得更随意，话一出口她便后悔了。

元启却因她的应答眼底拂过一丝不甚明显的笑意："好歹也是我害得你沉睡了一千年，你涅槃回来，我自然是要来向你请罪。"

听见元启这话，众仙才想起当年正是古晋神君顽劣，才在梧桐凤岛不小心毁了小凤君涅槃。

不提这事儿还好，一提这事凤隐更是瞧元启哪哪都不顺眼，连华姝都懒得再计较了，云袖一拂便转身朝凤栖宫走："本皇刚刚才和众位上仙宴完，累得紧。不过是件陈年小事罢了，神君瞧也瞧见了，本皇如今身体康泰，没什么好劳神君惦念的，神君好生和华姝公主叙叙旧，本皇便不叨扰了。"

凤隐这话回得又轻又快，没等众仙回过神她拔腿就走，却还是被拉住了。

一只修长的手握住了她的手腕，一阵吸气声在留仙池旁此起彼伏地响起。

凤隐脚步猛地一顿，白衣神君的手带着温热的触感，她微微眯眼，略带深沉地朝元启看去。

这一眼，很是有些睥睨不耐。

元启却像是没看见一般，道："我这两日腾云赶路来瞧你，也是乏了。景阳宫我有千年没住了，里面想来没人侍奉，正好去你的凤栖宫歇歇脚。"

元启这话一出，一众女君们的脸都黑了。

啧啧，瞧瞧这都说的什么？堂堂神君一步万里，腾云驾雾也会乏？满天宫的仙侍都恨不得到你跟前去服侍，景阳宫还会缺人？

神君殿下，您就算是想进凤皇陛下的凤栖宫，这话也说得忒不要脸了吧！传言元启神君清冷孤傲，乃三界最难接近的人，她们这是见到了一个假的神君吗？

饶是凤隐投了十几世的胎，也没见过比元启更不要脸的人，一时竟忘了去挣脱他。

就是这么一怔神，凤隐已经被元启牵着朝凤栖宫的方向行了几步。

她还没想好怎么在众目睽睽下甩掉这九天十地里最尊贵的神君的手，元启的脚步一顿，突然朝留仙池旁望了过去。

他看向那一众神情热切的女君，目光悠长而淡漠。

"暮光帝君曾有御令，凤凰一族上承上古，凤帝位比帝君，仙族见而不叩拜者，唯

仙尊而已。自三界而生，天宫而立，受天帝御令而奉尊位者，而今仅余四位。"

　　元启的声音沉沉传来，待听明白了他话中之意时，所有人都忍不住朝华姝看去。只见她神情惊愕，眼底露出荒唐而羞愤的神色来。

　　"神……"华姝张了张口，却瞧见了元启那双没有丝毫暖意的眼。鬼界灵树下元启冰冷的杀意陡然袭上心头，她颤抖着后退一步，被身旁的人扶住才稳住身形。

　　他是故意的！因为那个早已死去的阿音，元启在故意折辱她！华姝虽然骄狂，却并不蠢，她有和凤隐一争的勇气，却不敢违逆元启。

　　华姝的唇角几乎咬出了血来，却只能看着元启牵着凤隐转身走向了凤栖宫。

　　五千多年了，那一年她在芜浣天宫的宴席上那种屈辱孤独的感觉，又一次笼罩了她。

　　留仙池旁陷入了漫长的尴尬和静默。

　　"华姝尊上。"一道温和的声音响起，"明日天宫还有宴席需尊上打理，尊上早些回景阳殿休息吧。"

　　华姝回过神，迎上御风叹息的神情。她眼底露出一抹自嘲，嘴角微有苦涩："尊上，我这尊位从今而后不过是三界里的一场笑话罢了。"

　　她说完，转身朝景阳殿走去，那身影虽萧索，却仍旧不肯颓下半分。

　　御风看着华姝走远，暗暗叹了口气。

　　当年因，今日果，世上一饮一啄皆有因果，不过是时候未到罢了。

　　天宫里不是什么守得住秘密的地方，更何况是元启亲临天宫这种大事，元启和凤隐尚未走到凤栖宫，留仙池旁发生的一切便在天宫里传遍了。

　　众仙嚼着这八卦之余，也不由得揣摩着清池宫的小神君到底是个什么心思。传他对百鸟岛的华姝公主青睐有加了一千年，怎么凤凰一出世，立马风头便不对了？

　　眼瞅着元启神君对凤皇回护得毫不含糊的模样，清池宫和梧桐凤岛这是喜事将近啊！

　　天宫里的掌教尊上们心里头盘算得不亦乐乎，凤栖宫里的两人却全然不是外头猜测的那样其乐融融。

　　凤隐任由元启在天宫仙侍们一路瞠目结舌的神情里牵到了凤栖宫，却在踏进宫门的一瞬停住了脚步。

　　元启回转身，果然看到了一双淡漠至极的眸子。

　　他握着凤隐的手一顿，终是缓缓放开了她。

"退下。"凤隐朝跟着的凤欢摆摆手。

凤欢闻意，领着凤栖宫前的仙侍和凤族侍者退了个干净。

"多年不见，神君喜爱玩闹的性子，倒是不减半分。"悠然地，凤隐看向元启，就这么开了口。

元启神情一变，望着凤隐几乎脱口而出："阿……"

"只是神君怕是不知道……"凤隐毫不迟疑地打断了他，将他那声"阿音"截断在口中，目光深沉而疏离，"我如今的性子，是不大喜欢这些玩笑话的。"

"凤隐。"元启唤出这声时，声音中满是难掩的干涩暗哑，"我……"

"我知道。"凤隐弯了弯眼，"神君是个念旧的人，听说我死后，神君年年都去鬼界寻我的魂魄。"

元启眼底现出一抹恸色，可凤隐说这话时，眼底却一丝波动都没有："师君曾说过凤隐逆天而生，命中注定多劫，当初梧桐凤岛的魂散和水凝兽的那几年想来也是命中之事。真说起来，凤隐还要多谢神君，若是没有这些劫难，凤隐如何能在凡间锤炼魂魄，初降世便涅槃为神。况且当年旧事，过了这么些年我大多已忘怀了。"

"都已忘怀？"元启忽而被凤隐眼底的冷漠刺痛，心底怒意陡生，一把握住她的手腕，"若是你都忘记了，还来这天宫做什么，在你的梧桐凤岛做你的凤皇便是！"

"有些事无甚乐趣，忘了便也忘了，但两位师兄的照拂、大泽山的恩义、同门的生死之仇，凤隐没有忘。"凤隐眼眸深沉，她一点点挣开元启的手，坚忍而果敢，"凤隐回来，自然是为了一千年前大泽山的真相。"

"你出凤岛，只是为了大泽山的真相？"元启的声音沉沉响起。

凤隐突然叹了口气。她退后一步，踏进凤栖宫的宫门，面向元启突然执礼微躬。

元启一怔，刚刚一殿仙君前，凤隐尚不肯向他行礼。

"元启神君，当年凤隐年少轻狂，闯下大祸，连累山门，至今念来仍甚悔之。今日凤隐归来只为大泽山同门被屠的真相，待此事了后凤隐定回归凤岛再不问三界之事。至于其他旧事，凤隐已然忘怀，当年种种譬如云烟。"她抬眼，看向元启，万般情绪化为沉寂，只浅浅道，"世间早无阿音，神君亦不必再惦念。"

凤栖宫前一阵静默，一道宫门，隔着千年前的元启和千年后的凤隐。

望着凤隐那双淡漠的眼，元启忽然明白，纵他等了千年，可如今回来的，早已不是那个陪他一起长大的阿音。

"当年我入天宫，住的便是这凤栖宫，神君当年没有来过这里吧？"

她看了一眼凤栖宫的宫门，不无嗟叹："既然当年没有踏足，如今神君也没有再入这里的必要了。"

凤隐说完，转身朝宫内而去，始终未再回首。

满殿桃树下，她的身影渐不可寻。

许久之后，一道叹息响起。

"阿音，当年这里，我来过。"

元启这一句，终究迟了千年，这世上等着听这句话的那个人，一千年前就已经灰飞烟灭了。

景阳殿里的仙侍们早已听说了御宇殿前发生的事儿，谁都不敢触华姝的霉头。待她一脸阴沉地入了主殿，都战战兢兢地退了下去。

红雀本欲劝上几句，还未开口便被她摆手打发了。

空寂冰冷的景阳殿里，瞬间只剩下华姝孤凛的身影。

她朝殿后内房走去，房门被推开，她抬眼望向里面，停住了脚步。

内房正中，两套正红的喜服端端正正地挂在衣架上，喜服上满是陈年的血迹，纵使隔了千年，依旧触目惊心。

华姝缓缓走到喜服旁，伸手拂过那染满血的地方，满眼酸涩。

"澜沣，要是你还在……"

门外，急促的脚步声响起，红雀忐忑不安的声音传来。

"殿下。"

"何事？"华姝挺直了身，面容又恢复了肃冷。

"王上来了，正在前殿等着您呢。"

景阳殿正殿主座上，孔雀王正闭目养神。

脚步声从后殿传来，他睁开眼，淡淡的黑色魔力在他眼中一闪而过。

而整座天宫，包括元启和凤隐在内，却对这股魔气没有半点察觉。

"姝儿。"华姝甫一踏进后殿，孔雀王抬眼，便看到了一脸愤怒的华姝。

"父王！"纵华姝做了天宫千年尊上，对孔雀王仍是言听计从，此时见了父亲，一腔委屈愤怒全欲倾倒出来，"今日凤隐那小儿……"

"姝儿！"华默神色一沉，呵斥了一声，他眼睛微眯，"她如今是凤皇。"

华姝话语一滞，猛地一甩袖，露出一抹不甘："父王，就因为我孔雀一族千古为臣，我们就要永远受凤族压辱？那凤隐出生不过千年，苏醒不过几日，就因生而为火凤，便能轻易地做了凤皇，那我这数千年的努力算什么！父王您执掌百鸟岛万年，难道也要在她面前屈膝讨好？"

华姝说的正是孔雀王华默万年来心底最不甘之事。他眼底露出一抹沉郁，缓缓道："不甘又如何？凤凰一族为上古神兽，生来灵力便高于所有仙禽族。"他见华姝又要再言，摆了摆手，"我一入天宫便听说了今日在留仙池发生的事。"

华默的目光沉沉落在华姝身上："你太任性了，一时长短有何可争？我们孔雀一族要的是千千万万年的荣耀！"

华姝一愣，"父王，您的意思是？"

"天帝已经颁下诏令，三个月后便是立新帝之期。只要你能在九宫塔里赢了其他人，你便是下一任天帝，我孔雀一族自然不会再屈于任何仙门之下，包括梧桐凤岛。"

华姝眼底露出一抹尴尬，低声道："父王，我如今只是上君巅峰，那凤隐已是半神，她要是参加九宫塔之争，我赢不了她。况且仙门里的那些掌教和天宫四大上仙的仙力都不在我之下，我……"

元启身为真神之子，清池宫的主人，依常理是不会入九宫塔争夺天帝之位的，华默父女两人便未将元启算入其中。

华姝尚未说完，华默突然朝前一指，殿前一盆兰花飞落在两人身前。他掌心化出一丝灵力落在兰花上，刚刚还仙气满溢的兰花瞬间便枯萎死去。那灵力迸发的瞬间，华姝便感觉到一股阴冷的威压迎面而来。华姝见这情形，大喜："父王，您入神了？！"

以她上君巅峰的实力，唯有入神者才会对她造成如此可怖的威压。

她喜完又是一愣，"父王，您的灵力是怎么恢复的？怎么入神了没有一点儿动静。还有，您的灵力……"华姝惊喜过后冷静下来，眼底露出一抹迟疑。

"不是仙力？"华默挑了挑眉，桀骜的眼中露出一抹冷沉，"那你说父王用的灵力是什么？"

华默刚刚所用的灵力华姝从未见过，她心底有些不安，陡然想起千年前那个出现在她身边的魔族来。

千年前孔雀岛式微，华默仙丹碎裂灵力大损，她势单力薄，只能一直依靠那魔族提供的丹药来拼命提升仙力，她平时也会用一些仙族情报来回馈那魔族，当初水凝兽阿音

说鸿奕是被魔族所控才犯下大泽山的灭山之罪时她很是惊惶了一段时日，也正是因为这样她才容不得阿音活下来。如今父王一身灵力诡谲难辨，难道他早就知道那魔族的存在，修炼的是魔力不成？

"父王，难道您刚刚用的是魔力？"华姝干涩地开口，神情复杂。

她当年虽依仗那魔族，但只是服了提升灵力的宝药，从未修炼过魔气。在华姝心底，她一直以自己仙人的身份为傲，鄙夷妖族和魔族。

"是，也不是。"孔雀王摆摆手，"我并非普通的修炼魔力，而是直接将魔气炼化在体内。不用想了，就是当年那个在你身边为你提供宝药提升仙力的魔族。"

"父王，那魔族是您安排到我身边的？"华姝瞠目结舌，"您……您炼化了它？"

那魔族果然是父王安排在她身边的，但那魔族有多能耐华姝是知道的，父王怎么能炼化得了它？

见华姝神情惊讶，华默道："你那几个哥哥愚钝不堪，若不是和魔族合作，让你在最短时间内修炼成上君巅峰，我们百鸟岛怎么去和鹰族争？"

"可和魔族合作是一回事，您修炼了魔力又是另一回事。"华姝担忧道，"您明日要见元启神君和凤隐，虽然您已经入神，但他们若是发现了您体内的魔气，合天宫上仙之力，必能拦下您！到时候我们百鸟岛就会成为仙界的众矢之的……"

"我体内的并非是纯粹的魔力。"华默掌心幻出一道灵力，那灵力非白非黑，而是混沌的灰色，确实不是魔力。

"若我用的是魔力，刚刚就已经被那二人察觉了。"华默面上隐有傲意，露出一抹对元启和凤隐的不屑来。他望着手心的那团灵力，眼底有着痴迷，"从来没有仙人修过魔道，我是这天下间的第一人。想不到仙魔之力融合竟能化出新的神力来，这神力强大无比，不过区区千年，我不仅修复了内丹，更毫不费力地晋升为神。假以时日，别说是这下三界，就算是上古界，也未必不能以我华默为尊。就算他们发现了我体内的神力又如何？他们谁能证明我修炼的是魔力？"

华默一挥手，将掌心的灵力推到华姝面前："姝儿，只要你吸收了父王体内的神力，将这神力和你体内的仙力融合，有父王助你潜心修炼，你必能在三个月后的九宫塔里打败凤隐和其他仙人，夺下天帝之位。"

那灰色神力神秘而幽暗，华姝忍不住伸手朝那量触去，却在摸到那冰冷灵力的一瞬收回了手。

她脸上的神情复杂，退后了两步，挣扎道："父王，不行，就算这灵力已经被您炼化，但到底来源于魔族。我是仙人，不能修炼魔力。"

　　她说完低下眼，不敢去看孔雀王的脸色。

　　华默眼底的阴鸷和懊恼一闪而过，仍一脸温和，看不出半点戾色。

　　"也罢，你不愿意，父王也不逼你。这些年若不是有你，百鸟岛也不会有如今的声望和地位。"华默叹了口气，摆摆手，"你还要准备明日的晚宴，早些下去休息吧。"

　　华姝颔首，转身欲退，孔雀王的声音在她背后沉沉响起。

　　"姝儿，这是我们孔雀一族改变命运的最好机会，还有三个月时间，若是你改变主意了，来见父王。"

　　华姝背影一僵，她匆忙点点头，走了出去。

　　她面不改色地走出大殿，没有引起殿外侍者的怀疑，直到走进了殿后那一方小阁，行到房里那染血的喜袍旁，她才整个人像失去了力气一般瘫倒下来。

　　华姝轻轻抚摸着陈旧的喜袍，眼底露出惊惶和害怕，却又想起留仙池旁元启和凤隐对自己的欺辱，她喃喃道："澜沨，你告诉我，我到底该怎么办？"

　　景阳殿大殿内，孔雀王垂着眼看着掌心的神力，神情悠远。

　　千年前的罗刹地，魔尊分了一半的魂力入他体内，企图控制他在混战中杀死元启，可没想到魔尊却阴差阳错伤在水凝兽阿音的神器五彩莲花上。后天帝突至，魔尊怕被察觉，封闭神识藏于他体内。他利用这个千载难逢的时机将魔尊的一半神识强行炼化，将仙力和魔力融合，化成了一种截然不同的灵力。这灵力强大无比，他为了修炼这奇异的灵力，推辞了天宫尊位，藏在百鸟岛修炼，终于在五百年前晋升成了三界里的第四位上神。

　　更奇妙的是，这种灵力不仅强大，连渡劫都无声无息，根本没有被凤染和元启察觉。唯一有些美中不足的便是他体内的神力太霸道了，要不断以新的灵力供养，才能维持神力的快速修炼。

　　千年前华默在魔尊的帮助下，便以吞噬鹰族族人的灵力来修复内丹；千年后他晋升为神，依然能掳掠鹰族族人来供养他体内的神力。

　　鹰族和孔雀同为仙禽，灵力本源极为相近，两族又素来有仇，华默自然将鹰族视为献祭体内神力的首选。

　　华默炼化了清漓的神识，也就知道了她的身份和九幽炼狱里的一切。清漓虽是妖族，但她在九幽炼狱里就已经剔除妖骨，化成纯粹的魔族而后修习魔力，但他不一样，他仙

骨仍在，仙魔两力在他体内融合，才化成了如今这崭新的神力。

想到自己在清漓神识里见到的那个拥有着恐怖魔力的神秘魔君，华默舔了舔嘴唇，眼底露出了毫不掩饰的觊觎之意。

如果他能把九幽炼狱里的那个魔君也吞噬掉，就算是上古神界，也没有人能战胜他！

孔雀王眼底已经不剩一丝情感和神志，只剩下被力量所驱使的野心和阴冷。

九幽炼狱的弑神花深处，似是察觉到这一抹遥远的恶意，白发神君勾起嘴角，露出了一抹嘲弄的笑意。

"小白发儿，你又在想什么害人的招呢，笑得那么猥琐？"

安静的花海里，一道突兀的声音突然响起。千年前尚只有弑神花海的冰冷王座四周早已被一溜儿的果树围满，果树下芳草萋萋、溪水潺潺，方圆数里生机盎然得不得了，只给那墨黑冰冷的王座留了那么一丁点儿地。

这时，一只通体碧绿的水凝兽正跷着小粗腿坐在蟠桃树上，抱着比它个儿还大的蟠桃啃得汁水四溢，它瞅着白衣魔君的脸，冷不丁来了这么一句。

王座上冰冷的魔君被那一声"小白发儿"硌硬得抽了抽嘴角，好半晌才压住体内汹涌的魔力，冷冷吐出几个字："本尊名讳玄一。"

"我知道我知道，哎呀你瞧咱们做邻居都这么多年了，叫名字多不亲热，你叫我胖球呗。"水凝兽笑呵呵道，啃蟠桃啃得劲了还打了个饱嗝儿。

它许是吃好了，慢腾腾扇着小翅膀朝王座上的玄一身上挪去："小白发儿，你笑得那么得意，是不是瞧见什么了，告诉我呗，这炼狱里老无聊了！"

水凝兽抱着淌着汁的蟠桃核就这么一路四溅着飞来，眼见着连兽带核就要落在玄一的身上，这时一道神力从玄一指尖毫不留情地涌出朝水凝兽而去。

"哎哟！"水凝兽惊呼一声，整个儿被玄一的神力包成了一个团儿。

玄一弹了弹手，那团裹着水凝兽和桃核的神力咻一下飞到蟠桃树上倒挂着了。

水凝兽在透明的神力团里四脚朝天，抱着它的桃核眼泪汪汪，嘴一扁朝树下正闭目养神盘着的小妖龙看去。

"呜呜呜呜呜，三火，这小白毛儿又欺负我！"

蟠桃树下的小妖龙听着水凝兽的哀号，恨不得把自己蜷成一根隐形的线儿，眼一闭装死啥都没听见。

"闭嘴，再哭本尊就把你的蟠桃树全劈了当柴火。"这一句比什么都灵，水凝兽当

即抱紧了胸前的桃核，嘴巴闭得紧紧的，瞪着大眼不说话了。

好半晌，见玄一神色缓和了，它才软软糯糯地开口："白发魔尊，你是不是瞧见啥了，外面到底发生什么了，你跟我说一说，我保证再也不把桃核藏在你的王座下了。"

到底是跟过两任混沌之主的，倒是真不怕死。

玄一瞅着那只使着劲扑腾、浑不怕死的水凝兽，万年不惊的眼底拂过淡淡的波澜。

"不过是几个跳梁小丑。"他开口道，见水凝兽瞪大眼望着他，才施恩般地又说了一句，"放心，你那小主人还活蹦乱跳的，没死。"

见水凝兽长长舒了口气，他恶意地勾了勾嘴角，冷冷道："以后就说不准了。"

水凝兽松了一半的气儿一下没顺过来，差点被玄一这句话给憋死。像是受了大委屈，水凝兽哼了哼，趴在神力圈儿里躺下来，不肯动弹了。

树下的小妖龙眼微微睁开了一条缝儿，见这两个活宝都不吭气儿了，才又缓缓闭上了眼。

这九幽炼狱里的水凝兽和小妖龙，正是千年前替天启戍守静幽山的三火和碧波。

一千年前，三火在九幽炼狱里以一身神力为代价为阿音炼化成神丹，也是在那时，他在炼狱里发现了蠢蠢欲动的魔族。不过当时他身上有天启的神印，尚能将魔族压制在炼狱。那时正遇大泽山危机，他来不及将九幽炼狱的情况说出元启已被天宫的诏令寻回。罗刹地一战，仙妖两族死伤惨重，怨气积聚在三界之中，九幽炼狱的封印在那日突然松动，眼见着炼狱封印即将被破，上古魔兽就要冲出禁制屠戮三界，三火情急之下欲以本命龙魂作为封印重封炼狱，却被碧波拦下。

那只藏在下三界里保命的水凝神兽，在三火燃尽龙魂的最后一刻，把自己的兽魂和三火的龙魂相连，合两人数万年的神力一起重新封印了九幽炼狱，魔兽的魔力和两人的神力相撞，在静幽山卷起滔天动荡，待一切回归平静后，静幽山整座山体已经被完全封印。

三火和碧波本以为他们会成为封印上一抹供世人瞻仰的残魂，却没想到醒时两人不仅囫囵保全了性命，还身处九幽炼狱深处，遇到了神秘莫测的玄一。

他本以为玄一就是那个一直想冲破九幽炼狱涂炭生灵的魔族首领，却在瞧出他身上魔力的一瞬改变了想法。

玄一身上的浩瀚魔力他只在白玦真神和上古真神身上见到过，如此可怖的实力，九幽炼狱根本关不住他。

彼时他和碧波一身神力散了个干净，只能勉强维持兽态，连化形成人都已不能，性

命生死全系于那魔君股掌之间。

"既然你们有本事坏了清漓的筹谋，压制住封印，那本君便再给这三界一千年时间。"

由始至终，那魔君只道了这么一句。在那之后，他和碧波陷入沉睡，五百年后他醒来时，碧波已经和那个神秘的魔君做了几十年邻居。九幽炼狱冰冷阴森的弑神花海深处，已经被那只天不怕地不怕的胖鸟活生生整了个鸟语花香的后花园，只有王座上冰冷的魔君依旧是千年前的模样。他和碧波走不出这里，那神秘魔君也从未开口放他们离去，两人在这弑神花海里一困就是千年。他们唯一知道的，便是两人千年前在炼狱外布下的封印没有被关在这里的魔兽撕开，三界尚还安宁。但这安宁还能维持多久呢？他能感觉到封印的力量岌岌可危，那个弑神花海外一直想撕裂封印的魔族首领和上古魔兽们从来没有放弃。

还有罗刹地之战后仙妖两族到底落了个什么结果？元启、阿音和那只小狐狸如今又是何模样？

三火睁开眼，藏不住眼底的担忧。他悄然抬眼望向树上被倒挂的碧波，胖嘟嘟的水凝兽正托着下巴若有所思地望着王座上的魔君，眼底露出一抹狡黠。

或许那魔君和千年前比还是不一样了吧，三火眼底的担忧稍稍散了些许。他肯告诉碧波元启现在的安危，也许有一日会放他们离开弑神花海。

三火闭上眼，开始日复一日、年复一年的修补体内的神力和魂力。无论如何，还是先恢复神力为上。

王座上，淡漠的魔君漫不经心地望了这两兽一眼，万年无波的眼底竟浮过微微笑意。

与此同时，弑神花海外。清漓望着幽深而神秘的花海，眼底亦是沉郁一片。

她一身魔气更甚当年，脸上几乎被弑神花所覆盖。几个化成人形的上古魔兽立在她身后，当年对清漓的面服心不服已经被微微惧怕所代替。

这些上古魔兽俱是穷凶极恶之辈，但也没见过比清漓更能折腾自己的。千年前她在仙妖大战之日引两族交战的怨气入静幽山，率领魔族企图打破封印，却败在守护封印的两兽手上。清漓元气大伤，这千年靠吞噬弑神花来修复魔力，如今她仍每天都吞噬大量的弑神花来增强魔力。弑神花本就是世间最邪恶的物种，吞噬它时全身骨头犹如被岩浆浇灌一般痛不欲生，连这些在炼狱里活了上万年的魔兽都不敢轻易招惹弑神花，更别说吞噬它了。

自千年前冲破封印失败的那日起，花海深处的那位魔君便将自己所在之处完全用魔

力笼罩，再也不过问花海外的事，这些上古魔兽一心想冲破炼狱禁制重现人间，被玄一所弃，又见识了清漓的手段，自然以清漓为首。

他们努力了千年，眼见着炼狱的封印再次松动，最多不过三个月，封印就会被全部破开，届时便是他们重临世间之日。

"魔尊，还有三个月，封印就会被我们所破。"一魔兽上前，朝清漓躬身道，"多亏了魔尊这千年不断以弑神花攻击封印，才有我们重见天日之日。魔尊放心，一旦我们离开炼狱，也一定以您为尊，在三界完成您的大业！"

唯有曾经被玄一选中、献祭弑神花的清漓才能指挥得了弑神花，没有她，天启布下的九幽炼狱的封印就永远不可能被撼动。

清漓身后的魔兽连声称是，皆伏地臣服。

清漓冷冷地看着身后的魔兽，心底的不屑一闪而过。

这些上古魔兽个个桀骜，如今被关在此处才会臣服于她，一旦出了炼狱，就很难再为她所控。

可那又有什么重要，只要她能把这些魔兽带出炼狱，三界必定生灵涂炭，只要能毁了白玦和上古拿命换来的三界，她做什么都甘愿。

体内弑神花炙热的魔力不断噬咬着心脉，清漓眼底一片幽暗，待她出了九幽炼狱，第一个要杀的就是孔雀族那个背信弃义的老匹夫华默。若不是当年华默趁机吞噬了她一半神识，让她神脉大损，她又怎么会在破解封印的关键时刻被三火妖龙和那只水凝神兽击败，让魔族重临三界的大业毁于一旦。这一千年若不是她离不开九幽炼狱里的弑神花，她早就去百鸟岛宰了那华默了。好在三火和碧波虽然重新布下了封印，却也死在了她手里，她足足准备了千年，如今封印被破在即，千年前的一幕即将重演。

如今她唯一不安的便是这弑神花海后的玄一。玄一究竟为何会将弑神花海隔离，再也不让她入内，里面究竟发生了什么？

清漓眼底拂过一抹沉思，深深望了弑神花海一眼，转身朝炼狱的岩浆深处走去。

无论玄一为何封住了花海，也无法改变她即将打破炼狱封印，率领魔族大军重临三界的事实。

华默和清漓的熊熊野心被藏在夜色下无人可知，天宫里仍是一片祥和热闹。凤隐头天把元启阻在凤栖宫外，舒舒坦坦睡了一觉，神清气爽地从床上爬起来，一推开门笑容便凝在了脸上。

凤欢正战战兢兢地立在凤隐的殿门前，手伸到一半，见凤隐推开门，一张脸苦哈哈的。

凤隐越过凤欢那张苦瓜脸，瞧见了正安安稳稳坐在院里桃花树下摆弄着身前石桌上的小壶的元启。

他身后，规规矩矩立着十二位有品阶的仙侍，这是天帝出巡才有的架势。元启这般驾临凤栖宫，可算是摆谱至极，她还没蠢到当着天宫仙侍的面把元启给轰出去。

"陛下，神君一清早路过凤栖宫，见咱们宫里的桃花开得艳，便进来赏花了。您睡得熟，属下来不及禀告。"

哪里是来不及禀告，分明是元启端着神君的架子直接入了凤栖宫，强行占了她的院子。昨天她说得还不够明白吗？他做他的清池宫神君，她做她的凤皇，互相能有多远躲多远，免得看了心里头硌硬。

凤隐眯着眼，还未开口赶人，元启已抬眼朝她望来。

"姑姑早些年在清池宫的时候甚是喜爱桃花酒，还曾教我酿过，我好些年没瞧见开得这么好的桃花了，取了一些来煮酒，陛下可不要怪罪。"

他温温和和地开口请罪，又占了神君和她师君的名头。凤隐瞅了瞅那十二个木墩子一样的天宫仙侍，溜到嘴边的嘲讽瞬间便成了笑意。

"神君说的什么话，我宫里的花花草草能让神君看上，是它们几世修来的福气，神君只管用便是。"

"那就好，时辰还早，晚宴还要些时候才开始，陛下既起了，不如尝尝我煮的桃花酒，看比着姑姑煮的如何？"元启朝凤隐招了招手，唇角笑意柔和。

凤隐微微一怔，元启抬首望来招手的样子像极了当年大泽山里两人在禁谷里相处的时候。待她回过神来时，已经坐到了元启对面。

"我不善饮酒，最多浅酌两杯陪陪神君。"凤隐掩了眼底的异色，笑道。

"想不到都这么多年了，你的酒量也没怎么见长。"元启感慨道，无视凤隐瞬间变冷的目光，递了一杯酒到她面前，"我煮的酒没有姑姑的烈，你多喝几杯也无妨。"

"不了，我一向不爱饮酒。神君有在我宫里煮酒的工夫，还不如留在自个儿宫里赏景慢酌。"

凤隐接过琉璃杯饮下，毫不客气地道。她不是不爱饮酒，那些年在人世的时候她兴之所至也不免酩酊大醉，但她就是不爱这般心平气和地和元启坐着喝酒。

喝酒是件快活的事儿，喝的人不对，多喝一杯都是折磨，多看一眼都是不耐。

但桃花酒入口，凤隐微微一愣。元启煮的桃花酒清冽绵长，醇中带甜，半点不烈，着实合她的口味。

但这酒再好喝，她也实在不愿和他饮上三杯。凤隐把空了的琉璃杯推回元启面前，扬了扬下巴，叩了叩桌面儿："神君，凤隐陪你再饮一杯，饮下这杯，酒也喝了，花也赏了，人也看了。今晚是神君的寿宴，等着提前觐见神君的女仙君们这会儿怕是都要踏破景阳宫的门槛了，凤隐就不留神君了。"

瞧她这副恨不得立马将他扫地出门的模样，元启眼底有些黯。他看了看手中的酒壶，忽而道："这些年我虽避居清池宫，倒也听过世人关于我的传言。"

"哦？神君都听到了什么？"凤隐挑眉。

"世人都说清池宫的元启神君生得好，模样放在三界里都是拔尖的。"元启说着把琉璃杯推到凤隐面前，迎上她微怔的眼，笑道，"想必我这样的容貌，景阳宫的门槛被踏破，也是应该的。"

元启话音落下，凤隐心中满是藏都藏不住的荒唐。这话世人说得确实不假，元启承袭上古真神和白玦真神的好底子，容颜、气质、身份都没得挑，可这话谁说都行，偏生从他嘴里说出来，也太不要脸了些。

凤隐撇了撇唇角，懒得搭理元启，端起琉璃杯一口饮下，岂料酒还未入喉，元启的声音复又响起。

"就是不知道本君这样的容貌，可还能入凤皇陛下的眼？"

"咳咳咳咳咳！"这话落在凤隐耳里，她一个没稳住，一口酒全呛进了喉里。

院里本来还低眉顺眼的仙侍们听见元启神君这般出格的话，个个儿神色古怪。凤欢张大嘴望了望元启，又看了看自家凤皇，乖觉地闭上嘴垂下眼，眼观鼻鼻观心，浑似个泥塑的菩萨。

满院里还能说得出话的，就只有凤隐了。她脸色泛红，倒不是听了这话害羞，完全是被这口桃花酒给呛的。

她在人间看遍桃色，一着不慎，倒差点儿被个清心寡欲了上千年的少年郎给撩拨了。

凤隐眯了眯眼，把玩着手里的琉璃杯，看了元启身后那神情古怪的十二仙侍一眼，怕是她还没走出凤栖宫的殿门，元启神君心仪凤皇的传言就要传遍天宫了。

元启究竟要干什么？

凤隐心底泛起疑惑，但她浑不是个喜欢猜测的性子。

她眉眼微挑，忽然起身走到元启面前，俯下了身。微风拂过，凤隐身上醉人的桃花酒香落到元启鼻尖，他神情不变，眼眸却深了下来。

院里一阵倒吸气的声音响起。直到凤隐的嘴唇即将触上元启的耳朵，她才停下来。

桃树下，花叶翻飞，酒香四溢，一双璧人长发交缠，格外魅惑诱人。

"元启，昨日我想说的话已经说完了，以后也没什么想和你说的。我不是当年那个懵懂无知的水凝兽，没时间陪你在这儿风花雪月。你若想解乏逗乐，出了这凤栖宫，多得是人愿意陪你。"凤隐这一声极低，除了元启没有人听得见。她一句道完，起身便朝内殿而去，半句不欲再和他多说。

她回身的一瞬，却被元启握住了手腕。这双手骨节分明，白皙修长，触手温热，凤隐的唇角在众人看不见的地方，抿成了沉默的弧度。

"是本君说错了话，冒犯凤皇了。"元启温和的声音响起，他起身放开凤隐的手腕，拿起琉璃杯再一次满上递到凤隐面前。

"这一杯酒算是本君向凤皇赔罪，还请凤皇看在往日的情分上，不要计较本君刚才说的话。"见凤隐望着琉璃杯皱眉不语，元启垂眼，"凤皇若能饮下本君这杯赔罪的酒，本君答应凤皇，若无凤皇允许，本君再也不踏进凤栖宫一步。"

元启话音未落，凤隐一把接过琉璃杯饮下，指尖一甩将杯子扔在石桌上，头也不回地朝内殿走去。

"凤欢，替本皇送元启神君回景阳宫。"凤皇一句落定，衣袂翻飞，转眼之间已不见了身影。在一旁当了半天泥菩萨的凤欢磨磨蹭蹭走上前，朝神色不悦的元启张了张口："殿下，我家陛下让我，让我……"

"她不是交代了你要做的事吗？不用把时间耗在本君身上，去吧。"

元启说完，意味深长地看了一眼桌上空落落的琉璃酒杯。三杯桃花酿被凤隐饮下，不多不少，正好半壶。

他随手一挥，桌上的酒盅和琉璃杯化为虚无，徒留酒香。元启转身离去，留下一脸蒙的凤欢。

凤栖宫里，凤隐听了凤欢来禀元启留下的话，皱眉道："御风果然把本皇要查澜沣的死这件事告诉他了。""陛下，那我……""不用管他，你只管去查，尽早将当年澜沣上君去御宇殿前发生的事查清楚。""是，陛下。"凤欢领命，悄然退下。

恰在此时，青龙钟被敲响，天宫为元启举行的千岁寿宴，终于要开始了。

## 拾柒 · 当年事

御宇殿中，元启高坐上首，五位天宫上仙居其下，各仙府掌教依次入席。众仙皆临，唯有元启右手处为凤隐备下的王座尚还空着。

眼见着寿宴吉时将至，御风看了一眼天色，朝元启看去。

"殿下，凤皇陛下初来天宫，怕是对天宫殿宇不熟，要不我遣个仙侍去催催……"

御风是知道凤隐身份的，他还真怕小凤皇记恨着千年前的事儿，对元启一腔怒气，连寿宴都懒得来。

"无妨，她向来喜欢迷路，左右不过一场宴席，等她便是。"元启摆手，满不在乎道。

元启这话一出，御风心底就敞亮了，看来元启神君确实对凤皇的情分一如往昔。

殿里其他仙尊掌教们哑巴着嘴，回味着天宫里刚刚传来的小道消息，难掩兴奋之意。听说一大清早元启神君便去了凤栖宫赏景，看来清池宫和梧桐凤岛的好事将近了。

自千年前罗刹地一战后，元启疏远仙族，再未和天宫有来往，他若能和天帝的弟子凤隐成婚，必能压制妖族的猖獗，对仙族实有大利。

华姝倒是一反常态，她一向喜欢主导这种场面，今日的寿宴也是她一力促成，此时她却一言不发地坐在尊位上，似是有些心不在焉。众仙想着留仙池旁发生的事，还以为她失了颜面很是尴尬，便没把她的失态放在心里。

凤隐姗姗来迟，确实如元启所想，在天宫里迷了路。

凤栖宫里侍候的全是她凤岛的侍从，凤欢被她使唤出去做事儿了，她便随便带了凤

羽出来。凤羽是大长老的女儿，自小迷糊又爱热闹，这回千求百求地跟了凤隐来天宫。她虽然性子单纯，灵力却是年轻一辈里的翘楚，三百年前就修炼到了上君巅峰，寻常仙人根本近不得她的身。凤羽带着她家凤皇在天宫的亭台楼阁里转了半晌，好不容易找着路，却在华清池的石桥旁和匆匆跑来的一个仙人撞了个满怀。

"哎哟！"凤羽从未出过凤岛，见什么都新奇，甫一见了撞她的仙人俊俏又温煦，忙不迭地叫唤起来。

来人连忙扶住她，关切道："小仙莽撞，仙子可好？"

"不好不好，我这腰都给你撞折啦！"凤羽趁机拉上这仙人的衣袖，苦着半张脸揩油。

哪知这仙人失笑的声音已然响起："小仙纵是长居深山，也瞧得出仙子一身仙力深厚，怕是小仙这区区一撞，还撞不折仙子的腰。"

凤隐本来心底想着事儿，没在意这小插曲，待听了这仙人的声音，顿觉得有些耳熟，抬眼一瞧，失声道："青衣！"

被凤羽拉着衣袖的青年亦是一愣，他抬头看向拉着他的小仙子身后的人，脸上露出疑惑的神色来："您是……"凤羽见自家陛下认识这仙人，不敢再逗乐卖傻，忙不迭退到一旁。

青衣瞧见凤隐一身装束和身上隐隐的神力，想到近日的传闻，连忙躬身行礼："大泽山青衣，见过凤皇陛下。"他抬起头，"陛下识得小仙？"

凤隐掩下面上的失态，恢复了常色，颔首道："凤岛里藏着仙家各派典籍，你身上的灵力乃大泽山功法所化，本皇故才识得一二。"

研习过大泽山的功法也就罢了，还能将他的名字脱口而出，这凤皇未免对大泽山太过上心了。青衣压下心底的疑惑，拱手道："原来如此。"

"本皇听闻……"凤隐顿了顿，才问道，"当年大泽山之乱后贵山山门已被元启神君的神力所封，不知仙君这一千年在何处修行？"

青衣神情一顿，疑惑地看了凤隐一眼，仍规规矩矩道："自山门被封后，青衣想多历练历练，便没有留在元启师叔的清池宫，一直云游于三界。"

凤隐是凤染的弟子，和他师叔元启也算是世交，青衣对这个从未谋面的凤皇很是有些好感。

凤隐眼底一黯，当年的大泽山何等昌盛，如今唯一的弟子却连修行的山门都没有了。

"凤岛灵脉天成，很适合修行，将来青衣仙君若是有空，可随时来我梧桐凤岛。"

见青衣神情惊讶，凤隐道，"仙君不必多虑。东华上神曾赠镇魂塔为本皇淬炼魂魄，此恩本皇一直记在心里，今日和仙君相遇，也是缘分。"

见凤隐提及此事，青衣恍然大悟，千年前他入大泽山时虽是童子，却也听过这桩旧事，遂向凤隐一揖："多谢凤皇好意，他日有机会，青衣定去凤岛拜见陛下。"他说着朝凤羽的方向看了看，"陛下，刚才青衣急着去御宇殿参加元启师叔的寿宴，不小心冲撞了凤岛的仙子，还请陛下见谅。"

"无妨，我们也是前去参宴，你少来天宫，怕是不识得路，凤羽，上前带路。"凤隐朝凤羽摆了摆手。

凤羽一听这俊俏仙君要和她们同行，笑弯了眼，也不避讳，连忙蹿到青衣身旁朝着东面一处宫殿指去："陛下，御宇殿在那儿呢，我领着您和青衣仙君去。"

她说着拉了青衣的袖袍就走，凤隐跟在两人身后，望着青衣清瘦孤孑的背影眼底拂过淡淡伤感。

当年那个拉着她的袖子、喊她师姑、带着她漫山遍野窜的青衣，也成了如今这般老沉内敛的模样了。

除了她和元启，偌大的大泽山，只剩下他了。

凤隐行了两步，突然朝身后的华清池上空望去，眸色微动，而后转身朝御宇殿的方向而去。

待三人的身影消失在石桥尽头，华清池半空中一阵仙力涌动，宴爽拨开仙雾，落在了桥上。

以凤隐的神力，八成已经发现她了吧？

为什么这个刚刚降世的凤皇会对大泽山如此了解？鸿奕又为什么让她来天宫向凤隐求救？

她摩挲着腰间的金鞭，心底泛起和青衣同样的疑惑。

御宇殿里，一众仙君们等了足足半炷香的时间才瞧见凤皇进了大殿。待看到她身后跟着的青衣时，不少老仙君们脸上露出诧异之色。

千年前青衣被天宫上仙救起留在天宫休养，殿上的仙尊和掌教自然识得他。作为大泽山仅剩的弟子，这些年他几乎消息全无，想不到今日竟会出现在天宫。

青衣向一众上仙行礼，御风亲自为他增设了席位。

待凤隐和青衣坐定，青龙钟再响，寿宴终于开始。

华姝在钟声中回过神来，强撑起精神主持寿宴。

御宇殿里宾客尽欢，仙姬乐舞，唯有高座上的两人一直神情淡淡。

南海老龙王是个人精，瞧着元启神色淡淡，突然举杯向元启敬酒："神君，今日是您千岁寿诞，老龙王我有话想说，却不知当不当说？"

"哦？何事？"元启饮下龙王敬的酒，笑道。

"咱们南海表亲里尚有几位公主未曾婚配，神君至今未娶，正当盛年，不知神君可愿意纳几房妻妾入清池宫服侍神君？"

龙王一族是出了名的喜爱广纳姬妾，这话虽不雅，却也是老龙王一贯的脾性，只是以元启的身份，区区南海的表亲公主又怎么配得上？况且如今谁人不知元启神君怕是心属凤皇？

凤隐听见龙王的话，神色未变，只挑了挑眉。

元启亦未料到老龙王突然有此一问，他愣了愣，婉拒道："龙王盛情，元启心领了，只是元启并没有娶妻的心思，还请龙王勿怪。"他说着向老龙王回敬了一杯以示歉意。

老龙王喝下酒，也不气恼，只笑眯眯地感慨道："神君这是不愿意娶妻呢？还是有了意中人，不愿随意再结下亲事？"

这话一出，元启下意识地朝一旁望去，恰好撞上了凤隐的眼。两人都有些尴尬，倏然移开了眼，各自端起酒杯喝了起来。

这一幕落在众仙眼底，殿上的人哪有瞧不明白的？

"哈哈哈哈，看来神君心里头已有所好，是老龙我多事了哟！"老龙王摸着胡子哈哈大笑。

见南海龙王笑得仿佛挖着了一座金山，一众仙尊们心里头忍不住暗暗唾弃这老龙，不愧是活了几万年的老怪物，论心思活络还真是无人可及。他这等于帮元启神君捅破了半层窗户纸，他日清池宫和梧桐凤岛若能结成亲家，元启神君倒是欠了南海一个大人情。

殿上的仙君们各带笑意，心里几乎就要为这两家的婚事下定论了，御宇殿外突然一阵妖力涌动，殿内众仙神色大变，尚未起身，殿外半空一道娇媚的女声传来。

"狐族常韵，奉妖皇陛下御令，特来为元启神君贺千岁之寿！"

妖风散去，狐族长老常韵一身火红长袍，领着十二个妖族高手立在御宇殿外的石阶上，向元启的方向微微颔首。

御宇殿内一片安静，除了元启、凤隐和青衣，几乎所有人望向常韵的眼中都燃着怒火。

当年妖族挑起罗刹地一战，杀死了多少仙族，血债累累。如今才过千年，妖皇竟敢遣人直入九重天宫，是欺仙族无人不成！

就连向来稳重的御风上仙，亦想起了泉林上仙之死，眼底泛起怒意。华姝自澜沣死后，对鸿奕恨之入骨，这时见常韵这个狐族出现，长袖一挥怒而起身："区区妖族竟敢擅闯九重天宫，仙将何在，还不把这狐族给本尊拿下！"

华姝到底在天宫掌权甚久，她一声令下，御宇殿外的仙将长戟顿出，指向了常韵等人。

常韵丝毫不为所动，她望向上座的元启，拱手道。

"我倒是没想到，有元启神君在座，区区天宫五尊也能越过神君，向我等下诛杀之令。"

她看向元启，不卑不亢："常韵想问一句，元启殿下究竟是天宫的神君，还是清池宫的主人？"

元启淡淡投下一眼："本君是天宫的神君如何，是清池宫的主人又如何？"

常韵看了一眼殿外长戟林立的天将，正色道："若您是这天宫的神君，想必华姝上仙还无权越过殿下向常韵发难。若您是清池宫的主人……"

她的目光回落到元启身上，笑了起来，轻轻一礼："清池宫超脱三界之外，殿下的神光照拂的可就不只是仙族了，咱们妖族自然也在殿下照拂之列。殿下生辰，妖族遣使来贺，端是三界佳话，殿下以为如何？"

这话常韵问得讲究，若元启真的应承他只是清池宫的主人，而非九重天宫的神君，仙妖两族相争时元启自是不能再偏帮仙族，可如今妖族有个十尾天狐入神的妖皇，且半点飞升神界的意思都没有，等凤染飞升神界后，仙界岂不是剩下个任人揉捏的前途？

好一个狐族长老常韵，倒是把狐妖惯用的狡黠诡辩发挥得淋漓尽致。殿内坐着的一众老神仙们顿时吹胡子瞪眼，差点不顾身份要将这常韵灭成渣渣。

"我们两族休战已有千年，来者是客，不论是殿下的清池宫，还是这九重天宫，既为贺寿而来，常韵长老上坐便是。"

无声的沉默中，御风朗声开口，挥手让天将退下。

当年阿音被逼死在罗刹地后元启便一步也未曾踏进天宫，如今虽然凤隐回来了，可元启心底怎么想的御风还真没底。况且若当年真有魔族从中挑拨，仙妖一千年前那场交战当真是糊涂又愚蠢，御风一向以仙族和天宫安危为重，这次在一切查明前，断不会再重蹈覆辙。

见御风开口息事宁人，华姝愤愤坐下，眼底的怒意难以消散。

"上坐便不用了。"常韵见御风挡了这一问，不再硬找元启要个说法，她摆摆手，一旁的妖君手持紫盒呈上前。

"神君，这是我们陛下为您备下的生辰贺礼，紫气凝神露。"

常韵话音一落，殿上仙人的脸上皆露出愕然之色。

紫气凝神露？妖皇是被棒槌敲了脑袋吗？还是在元启神君的寿宴上成心捣乱？紫气凝神露乃三界闻名的降火安神的补药，一般都是给垂垂老矣又心火大的老神仙、老妖君进补用的，送给正当盛年的元启神君做什么？

元启眼一眯，望了望那十个妖君手上满满当当的紫气凝神露，眼底露出些许莫测之意来。

自千年前开始，他和那只狐狸就相看两厌，今日整这么一出又是为了什么？

常韵被元启这一眼望得有些惴惴，偏生这次来天宫所有的事儿都是鸿奕提前交代好的，自家陛下积威甚重，他的交代常韵是半点折扣都不敢打。

"来者是客，妖皇的礼，本君收下了。"元启淡淡开口，摆了摆手。

一旁的仙侍上前接过妖君们手上的紫盒后退了下去。

惊雷上君是个脾气暴的，他对妖族半点好感都没有，又无御风的好脾性，板着脸冷冷道："寿也贺了，礼也送了，常韵长老，你既不愿意上坐，便请回吧。我九重天宫便不留你喝这杯寿酒了。"

"惊雷上君急什么，神君的寿礼送完了，可妖皇陛下交代我的事儿还有一桩。"常韵不急不恼，道。

"你还有什么事？"惊雷一脸愕然，随即脸上露出一抹警惕，"鸿奕又想做什么？"

常韵微微一笑，都道天宫的惊雷上君是个实诚人，还真是半点不假。她区区一个狐族长老领着十来个妖君出现在九重天宫，他便这般直白的如临大敌。

惊雷回过神也觉得自己过分谨慎了，这满座的上君天尊，难道她一个人还能翻出浪花来不成，遂愤愤地坐下了，哼声如雷道："妖皇到底还有何事？"

"这第二桩事儿，本来常韵是要亲至梧桐凤岛向天帝禀明的，既然凤皇恰在此，向凤皇说亦是一样。"常韵不再理会惊雷，向一直在高座上看热闹的凤隐看去，行了个礼。

见常韵扯上了凤隐，殿内众仙亦皱起了眉。狐族前族长常沁和天帝是至交好友，可常沁一千年前就死了，难不成如今狐族还想和天帝攀交情不成？

"哦？常韵长老，你有何事，说来听听？"凤隐眼底亦有疑惑，以阿玖的性子，断不会在当年的事查清前暴露她是阿音的秘密，那他大张旗鼓地让常韵来见她做什么？

"凤皇陛下。"常韵轻吸一口气，突然上前一步，"一千多年前，陛下尚未涅槃降世之时，天帝陛下曾在静幽山和我族常沁族长有约，若陛下降世，恰为女君，便和我狐族许万世之约。"常韵顿了顿，抬头看向凤隐，"如今老族长已故，今日常韵来见陛下，便是为狐族履行一千年前的约定，为我皇向凤皇陛下求亲的。"

她说完，掌心幻出一顶火红的王冠，双手奉上："陛下，这是我狐族王冠，狐族愿为聘礼，迎陛下回静幽山。"

常韵一席话铿锵有力，在满殿仙人惊讶的目光中一句不落地说了个痛快。

仙妖相争上千年，凤族却早已跳出两族之争，若是妖皇能把凤皇娶回去，两界的天平顿时便倾斜了大半，说起来常韵是很愿意走这一遭的。

就是……常韵瞅了瞅凤隐和元启，这几日她也听了些传闻，不知道自家陛下挖墙脚的打算能不能成功？

殿外，隐在白玉长廊后的宴爽似是不敢相信自己听到的话，眼中满是惊讶，接着便生出了满腔的愤怒。

鸿奕让她来天宫看一看凤隐是何许人，难道就是让她来亲眼瞧着他求娶凤隐？她在妖界陪他千年，他难道就半点不曾察觉过她的心意？

御宇殿内一阵沉默，待众仙回味过来常韵的话时，一股脑儿地全朝王座上的元启望去，那整齐划一的画面，甚有仪式感。

元启神君，这妖皇都胆大包天地挖墙脚挖到九重天宫来了，您倒是说说话啊！

岂料元启一句话都没说，只在众仙巴巴的凝视中敛了神色，朝一旁王座上的凤隐看去。

他目光深沉，带着几许莫名的意味。

常韵一开口，他便明白鸿奕已经知道凤隐是谁。否则鸿奕怎么会在他寿宴之时当着满界仙人求娶凤皇？鸿奕是什么时候知道的？在他之前，还是在他之后？

一千年前的尸山火海在元启眼底渐渐褪去，只剩下那个宁死也要护在鸿奕面前的孱弱少女。

他的目光带着无声的质问和晦暗不明的情绪。

偏生整座殿上最应该如坐针毡的人，这时候稳稳当当、坦坦然然地坐在王座上，在

一殿瞩目中，望向了常韵。

"妖皇陛下要求娶本皇？"王座上终于有了声音。

"是。陛下，我家殿下诚心求娶……"常韵一听这调调，心底一突，忽觉这梧桐凤岛的凤皇，怕也不是个好相与的，自家陛下贸然来求娶，该不会惹怒她吧？

"别说这些有的没的，诚心不诚心本皇知道。他遵的是我师君和前常沁族长的约定？"凤隐挥了挥手，懒洋洋地打断常韵。

"是。"

"那敢情好，既然是我师君约定的，你让鸿奕去梧桐凤岛求娶我师君便是。"凤隐笑了笑，托着下巴眯了眯眼，俯身望向常韵，"我师君天人之姿，容貌冠绝三界，神力无边，如今这年岁更是韶华芳盛。我师君都未嫁娶，我这个当徒弟的急什么？若论匹配，我师君那般的女君，才能配得上贵族的妖皇陛下。"

凤隐一口气说完，笑眯眯地望向常韵，挑了挑眉："常韵长老，你说是也不是？"

千里之外，海外凤岛石屋里抱着镇魂塔、小心瞅着塔里景涧的魂力越来越盛的凤染突然觉得一阵透心凉。

她隐下心底若有若无的不安，大大地打了个喷嚏，又喜呵呵地抱着自家郎君的小灵魂乐去了。

天宫御宇殿里，凤隐一句落定，大殿里突然响起一阵抑制不住的笑声。不少老仙君们着实想不到小凤皇竟是个这般直率又不在乎世俗目光的。竟一句话把前来求娶的妖皇和许下婚约的天帝陛下都给埋汰进去了。平日里他们定觉得有违礼仪尊法，这时候却都忍俊不禁，一个个心里头忒痛快。

让你妖族惦记凤皇，吃瘪了吧哈哈哈哈哈！

常韵一张脸更是如黑锅一般，连说辞一下都忘记了。她自是想过凤皇若是不愿遵守师命当场拒绝这桩婚事的可能，她也未想过一击即中，毕竟凤族是块瑰宝，凤皇的婚事也不可能如此草率。但妖皇求娶，至少能硌硬硌硬仙族，可没想到凤隐竟是如此泼辣性子，一言不合就把天帝当初的约定全给否了，还这么一副理所当然的模样。

今日之后，当年这场天帝和前族长酒后的戏言，算是真的作不了数了。

"凤皇陛下，天帝陛下和我族常沁族长交好，算起来是我皇的长辈，我皇怎可去向天帝陛下……"

想起凤染那霸道的性子和这几万年的名声，更何况有谁不知天帝和前天宫二皇子的

旧事，她若是真去梧桐岛提亲，怕是被天帝一个神雷劈出来。

常韵心中苦成了黄连，话都说不下去了。

"那便没什么可说的了。"凤隐摆了摆手，仍旧一副和颜悦色的模样，"总归没有徒弟在前头出嫁的道理。不过这到底是我师君和常沁族长的约定……"提起常沁，凤隐神色稍正，道："常韵长老，虽我与妖皇无夫妻缘分，但既是长辈之诺，便折中一下好了。"

折中？殿上众人一愣，怎么个折中法？

"我与妖皇陛下做不成夫妻，做兄弟也算是全了两家长辈的情谊。"王座上凤隐的声音稳稳响起，"常韵族长，你便如此把本皇的话带给妖皇，若他无异议，寻个日子来梧桐岛拜了三山五岳和我师君，和本皇定下这兄弟名分即是。"

大殿里因着凤隐这话静悄悄的，仙人还来不及反对，常韵已经一个箭步向前朝凤隐拱手，喜不自胜："凤皇陛下高义，常韵定将陛下的承诺带给我族陛下。"

常韵本就没指望能把凤隐娶回妖族，但凤隐不受仙族掣肘，愿意和鸿奕结下金兰情谊，已经是天上掉馅饼了。至于凤皇说的是兄弟而非兄妹，这等小节又有什么重要。

"凤皇陛下！"仙人的反应没常韵快，可也不慢，惊雷上君当即便起了身，一脸怒容，"陛下怎可和妖族结拜？"

"哦？为何不可？"

"妖族和我仙族有大仇，陛下你……"

凤隐的目光沉沉落在惊雷身上："惊雷上仙，一千多年前我师君在罗刹地涅槃为皇时，便已昭告三界九州，我梧桐凤岛再不介入两族争端，上仙忘了不成？"

凤隐的目光在殿上众仙面上扫过，最后淡淡道："我师君一辈子没什么故友，当年流落在渊岭沼泽亦是被一老妖树抚养长大，说起来常沁族长是她唯一的朋友。她和常沁族长的约定，我纵是不遵守，亦不会视如无物。"

凤隐这话半点儿无错。当年凤染流落渊岭沼泽，还曾被仙族追杀过。若不是前天帝暮光恳求，又兼景涧死得惨烈，凤染才懒得搭理天宫之事，反倒常沁和凤染交好是三界尽知的事实。

见凤隐提起仙族这不甚磊落的过往，殿上一众仙人尴尬地咳嗽，不作声了，连惊雷上君也懊恼地张了张嘴，在御风的摇头中默默地坐下了。

唯有华姝，她死死地盯着凤隐，眼底的怒火几欲倾泻而出。

澜沣死在九尾妖狐手中，至今嫌疑最大的便是鸿奕，凤隐居然不顾仙妖两族的世仇，要和鸿奕结拜，她还有什么资格坐在这九重天上受仙人的叩拜？

华默坐在华姝身旁，瞥见女儿眼底的悲愤和怒火，一反常态地没有安抚，反而任由华姝的愤怒愈沉愈深。

"好了，此事便如此定下。常韵长老，狐族的王冠和本皇的话，你一并带回第三重天给你们陛下。"

"是，凤皇陛下，常韵告退。"常韵见满殿仙族尊上掌教在凤隐手里吃了个瘪，也不管自个儿刚刚也被凤隐驳了面子，笑着应道，行了礼领着妖君就要退出去。

一众仙君瞅着常韵得意扬扬的模样，差点磨坏了牙口，却偏生半点办法都没有。自家仙人前辈当年作了孽对不住前任凤皇，这小凤皇是个眼里揉不得沙子的，自然不会为难她师君唯一好友的族人。

殿外，宴爽心底的怒火因凤隐的回答散了大半，她透过殿门望了一眼王座上狡黠的凤隐，心底泛起奇怪又熟悉的感觉。

"慢着。"一道清冽的声音自殿上高座传来，常韵顿住脚步，一抬头撞上了元启清冷的目光。

常韵心底一凛，拱手道："不知元启神君还有何吩咐？"

"吩咐没有，你的问题本君尚未回答，本君好歹也是这寿宴的主人，让长老败兴而归，这不是本君的待客之道。"元启嘴角一勾，"长老刚才不是问，本君是这天宫的神君，还是清池宫的主人吗？本君现在回答你……"

他的目光一凝，淡淡的神威落在常韵身上："本君从始至终都是清池宫的主人。但……"他声音一顿，愈加威严，"本君自一千两百年前拜入大泽山山门始，亦是仙族的一员，仙族安危，就是本君的责任。你可明白？"

常韵呼吸一滞，被元启这一声喝问变了脸色，她有些艰难地抬起手，干涩地回道："常韵明白。"

元启话一出口，一直神情淡淡的凤隐也微微凝了神色。她知道元启这话是说给她听的。

他是清池宫的神君元启，可同样也是大泽山的弟子古晋。在大泽山灭亡后，守住仙族的安危就等于守住了大泽山。他在问她，千年之后，她除了是凤皇，是否还当自己是大泽山的弟子阿音？

凤隐低下眉，掩住了眼底的情绪。

"明白就好。"元启像是对凤隐的情绪毫无察觉，看向常韵淡淡开口，"还有……"他声音微顿，比刚才更沉，"仙妖人三界开天辟地不过六万多载，有些老规矩怕是仙妖两族都不甚清楚。今日正好都在，本君便说一说。"

一听这话，殿上众人都愣住了。连常韵也有些不知所谓，莫名地朝元启望去。

"自上古神界而启，真神便拥有在上古神兽族中择选随身神兽的权利。我父择麒麟，炙阳真神择玄武，天启真神择紫龙，而我混沌一脉贴身而伴的神兽……"

元启这话一出凤隐便想起师君曾对她说过的话，眉一皱还来不及阻止，元启已经朝她望来，那双眼清冷如昔。

"向来出自上古神兽凤凰一族火凤一脉。"

元启的话掷地有声，不容置喙，响彻御宇大殿。

殿内一阵安静，随后此起彼伏的呼气之声骤然响起。

老仙君们看着常韵有些发白的面容，个个儿弯着眼望着王座上的元启，那慈爱骄傲的目光，只差上前拍着小神君的膀子夸一声"有种"了！

让你们妖族千山万水的来咱们九重天挖墙脚吧，元启神君简直是太威武霸道了有没有！

元启这话霸气得，连素来沉稳的御风上仙和昆仑老祖，都忍不住微微弯了弯嘴角。

想打凤凰的主意，也要看妖皇有没有这个本事。

"除了你们狐族的王冠，凤凰陛下的结义承诺，本君这几句话，亦劳烦常韵长老一并带回第三重天给贵族的妖皇陛下。"元启淡淡拂了拂手，终于落了声。

殿上常韵一张娇媚的脸上早已赤橙黄绿青蓝紫逐一变了个透，她张了张嘴挣扎了半响，终于干巴巴地回了句："是。"

常韵默默望了一眼王座上的凤隐，见凤皇陛下正瞪着一双凤眼看着元启，当即也不指望了，捧着一颗苦了甜、甜了又苦的心正要率领几个木桩子一样的妖君离开，岂料才走出一步，又生了意外。

"常韵长老，烦请稍等！"

殿内，一道略显青涩的声音响起，虽不高昂，却十分沉稳。

常韵莫名其妙地回过头，随着众人的目光望去，御宇殿左上首处，一位青衣少年立起身，朝她拱了拱手，正是青衣。

见青衣突然起身唤住常韵，殿上仙人心底一紧。忽而想起当年大泽山就是亡在狐王鸿奕、也就是如今的妖皇手里，莫不是这小仙君见了常韵过于悲愤，要向常韵这狐狸寻仇不成？

常韵不认识这少年仙君是谁，可这少年能坐在天宫五尊之下，想必身份不简单。她拱了拱手，面露疑惑道："这位仙君是……"

"在下大泽山弟子青衣，见过常韵长老。"青衣从席位中而出，行到大殿正中，朝常韵微微拱手后，缓缓道。

常韵脸色一变，望着青衣犹显青涩的面孔，脸上的神色比刚才更尴尬，甚至还带了一抹歉疚。

常韵身为狐族长老，自是知道自家陛下当初被大泽山闲善掌教护下，后来却毁了大泽山山门的事儿。元启身份独特，大泽山弟子的身份被淡化，可这少年仙君，却是大泽山山门里唯一还活着的人。哪怕当年陛下所为身不由己，可终究是做了背信弃义、毁人山门的错事儿。常韵怎么也没想到青衣今日竟也会在这御宇殿上，否则她就算躲到天边，也是不愿领着差事走这一遭的。

"青衣仙君，我……"常韵张了张口实在不知该说什么，终是叹了口气，以狐族长老的身份朝青衣躬身行了半礼，道，"不知青衣仙君有何话带给陛下。请仙君放心，无论是什么，常韵一定如实转达。"

"长老误会了。"青衣面上神情不动，上前把常韵扶起，温声道，"青衣今日并非要在这御宇殿上找长老和贵族陛下要一个说法，而是想请长老做个见证，把青衣今日在殿上的话带给陛下。"

青衣说完不待常韵开口，已经转身朝元启和凤隐的方向走去。

他立在御座三步之前，朝两人躬身拜下。

"大泽山弟子青衣，恳请元启神君和凤皇陛下重新调查一千年前我大泽山满门被屠之事，还我大泽山上下一个真相！"

青衣三步之远的地方，元启和凤隐都敛了神色，静静望着他。

若是有人这个时候望向御座，会发现元启和凤隐在望着青衣时，眼眸深处的悲悯和哀恸。

除了御座上的两人，只有御风知道，大泽山六万年恩泽仙基，就只剩下这三人。

殿外，听得青衣所言的宴爽眉头一皱，望向了御座上的元启，轻轻叹了口气。

为什么青衣会提前把这件事说出来，莫非时机已经到了吗？

她闭上眼，千年前的情景犹若昨日。

"为什么你不肯相信阿音，她没有说谎，鸿奕是被魔族所控才会做下那等错事，魔族真的现世了！"

清池宫里，宴爽满眼血泪，怒喝那个始终不言不语坐在王座上的人。

"为什么你不信她，为什么你要剔她仙骨，除她仙籍，亲手把她送到华姝那个蛇蝎女人的手里，古晋，你到底在做什么！"

"好，你什么都不说，我这就去九重天宫敲响青龙钟，那些人害了阿音，冤枉阿音，我偏不让他们在天宫里做舒舒坦坦的神仙，我要让他们愧疚一辈子。"宴爽握着金鞭的手磨出了血来。

"宴爽！"叹息的声音从王座上传来，仿佛泣了血般喑哑。

虚弱的脚步声一步一步响起，最后停在了宴爽身边。

白衣仙君身上犹带着血迹，那血迹斑斑驳驳，好像从罗刹地那日起，便再也没有在他身上褪去过。

他执起宴爽的手落在自己腕间，喑哑的声音仿若来自地狱。

宴爽触到元启手腕的一瞬，猛地睁大眼，眼底浮现出不敢置信之色。

"就是因为魔族已经现世，所以我才什么都不能做。"

"什么都不要说，什么都不要做，保住你的性命。"

"别让阿音……"那声音破碎得已经不忍再听，但仍坚定有力地响起，"白死。"

一千年后，御宇殿上，青衣的声音和当年那道破碎的声音在宴爽耳中重合，她睁开眼，目光坚毅而清澈，重新望向了大殿里。

"重新调查大泽山之事？"御风率先打破了御宇殿上窒息的沉默，略显不忍道，"青衣仙君，你的意思是当年大泽山之乱尚有别的原因？"

青衣颔首。还不待他说话，一旁的华姝已冷冷望向常韵道："青衣仙君，还有什么别的说法？当年可是天宫十一位上仙亲眼看见那妖狐追杀于你，大泽山一门上下更是被他亲手所屠，难道这都是假的不成？"

大泽山一山皆殁的悲烈至今想起仍让人心悸，华姝这般直接粗暴地把当年之事道出，御座上的两人陡然便沉了脸色。

青衣亦是神情一冷，他看向华姝，缓缓道："尊上说的一句不假，确实属实。"

他眉宇冷冽，让华姝心底一紧，怒道："既然属实，那还有什么好查的，我仙族迟早会攻入妖界，为你师门报那血海深仇。"

"既如上仙所言，当年受妖皇追杀的是我，被屠的亦是我的山门，我今日为何不能站在此处一言当年究竟。"

青衣神色微冷，看向华姝似有讥意："大泽山的公道，自有我师叔做主，华姝尊上，我大泽山弟子尚在，不劳尊上费心。"

华姝脸色一怒，见元启微冷的目光望来，到底不敢再得罪青衣，只能长袖一拂入席。

青衣见她不再争论，拱手朝御风等人看去："诸位尊上，华姝尊上刚才所言是诸位尊上千年前亲眼所见，确实不假，但……"他声音一顿，沉痛莫名，"却不是所有事实。"

不是所有事实？还有什么是他们不知道的？

几位天宫上仙心底一凛，陡然想起千年前的几桩往事来。那年大泽山之乱，众仙将妖皇擒入锁仙塔要处以天雷之刑时，大泽山的那个女弟子阿音也曾经有过不一样的说辞。

难道……

惊雷等人顿时变了脸色，他性子急躁，已是按捺不住，朝青衣道："青衣仙君，到底还有什么隐情，你说来便是，众仙皆在，自会还大泽山一个公道。"

"是。"青衣颔首，目光沉沉，"当年妖皇受庇于大泽山，在入神之际屠戮山门……"他长吸一口气，似是忆起当年惨烈，缓缓道："这是事实，但并非是妖皇故意所为，他当时是为魔族所控，才会做下这一切。"

青衣一句落定，御宇殿上落针可闻。

常韵神色一变，缓缓吐出一口气来。这些年连陛下都已经放弃了自证清白，想不到最后竟是大泽山的弟子道出了真相。

众仙不约而同地朝神色冷峻的元启看去，不知怎的有些心虚。当年大泽山那阿音女君的下场可谓惨烈至极，她的名字至今仍是仙界的一个忌讳。

"青衣仙君。"殿上一直未曾出声的昆仑老祖开了口，神色亦郑重非常，"你刚才所言可有证据？"

"有。"青衣道，"小仙便是证据。"

不待众人询问，他继续道："当初鸿奕在大泽山大开杀戒，师父师叔和诸位师兄耗尽灵力将我和宴爽公主送出来，可我们在半途就被鸿奕追上。诸位尊上，以鸿奕当时的神力，杀我和宴爽公主不过吹灰之间，你们难道没想过我二人是如何在他手中活下来等

到诸位前来的吗？"

果然，一众天宫上仙面露疑惑之色，静待青衣说下去。

"鸿奕在追杀我们的途中暂时脱离了那魔族控制，自伤于寂灭轮下，我和宴爽公主才能等到诸位尊上。"

听得青衣之言，众仙眉头皱紧，不敢辨其话中真伪。一旁的华默突然开了口："青衣仙君，这不过是你一面之词，那妖狐若是真的为魔族所控做下错事，当初为何要从天宫逃走，而不是留下自证清白？"

华默开口一针见血，全然不信青衣之言，一众仙君连连点头。

青衣苦笑："当年我和宴爽公主重伤被救，昏睡在天宫，那时鸿奕无人可证清白，森羽怕鸿奕死在天宫雷劫之下，遂才将鸿奕救走。"

"荒谬。"华默哼道，"若他早肯自证其身，我们满天宫的人还会冤枉他不成？"

青衣神情一变，朝华默看去，认真道："华默王上难道忘了一件事？"

"何事？"华默心底一凛。

青衣的目光在满殿尊上和掌教的面上扫过，最后落在孔雀王身上，声音冷沉："我那小师姑曾力证鸿奕受控于魔族之手，苦苦哀求天宫众仙宽限妖皇受刑时间，为我大泽山找出真正的凶手，那时，你们是如何待她的？"

"剔仙骨，除仙籍，七道天雷加身。"青衣长吸一口气，闭上了眼，"没有人相信她，她被困在这九重天宫受尽屈辱，最后背着一身骂名死在了罗刹地，尸骨无存。"

青衣声音哽咽，双手垂在身侧缓缓握紧，望向御座上的两人，一膝跪地："今日，我求的不只是我大泽山满门被屠的真相，更要为我阿音师姑沉冤昭雪，她是我大泽山的弟子，纵死也不会勾结真正屠戮大泽山的凶手，更不会背弃师门！请元启神君、凤皇、诸位尊上查出千年前屠杀我大泽山的真正凶手，还我大泽山一个公道！"

少年仙君半跪于地，双眼血红含泪，声声悲愤，哀恸之言响彻御宇大殿。

御座之上，元启眸色深沉，眼底的情绪晦暗莫名。

凤隐掩在凤袍里的手狠狠握紧，她从未想过，她百世为人，受尽轮回之劫，竟还会有这么悲痛难抑和骄傲之时。

她终究从来不曾忘记过自己是大泽山的弟子，那只水凝兽死后千载的骂名，到如今记得的，仍只有她的袍泽。

"青衣仙君，本王知道大泽山一门死得冤枉，阿音女君也没落个好结局，可魔族现

世兹事体大，除了你，还有谁能证明当初妖皇是被魔族所控？"

孔雀王声音响起，恰在这时，一道清朗的声音在殿门处响起。

"还有我！"火红的身影跨过殿门，走到了青衣身旁。

众人抬眼望去，鹰族公主宴爽腰缠金鞭，仍是千年前那般铁血飒爽的模样。

宴爽朝元启、凤隐和一众仙尊拱手行礼，恰好避过了华默父女。

华默未想到宴爽会突然出现，眼神一暗，掩下眉间怒意。

"元启神君、凤皇陛下，当年我和青衣是唯一从大泽山逃出来的人。妖皇虽杀了大泽山满门，可他当时确实是被魔族所控，幸得最后一刻恢复神志以寂灭轮自伤，我和青衣才能侥幸逃生。"宴爽神色沉稳，看向御风，"御风尊上，当初鸿奕是被您率天宫上仙以仙阵所擒，后又关在您的锁仙塔里，您应该知道，鸿奕身体不只受仙力所伤，更有妖力伤口，可对？"

满殿仙人听见此话，朝御风看去。

御风点头："不错，当年妖皇被擒之时，身体确实不只被仙力所伤，确有妖力攻击后留下的伤口。"

当年鸿奕被禁锁仙塔，御风也曾看见过他身上的伤口，但当时鸿奕、青衣、宴爽皆重伤昏迷，没有人知道大泽山发生了什么，众仙群情激愤，一心处死鸿奕，他便没有深究。

"就算如此……"

华默刚要开口，就被宴爽开口截断，她望向华默："就算如此，华默王上也觉得只是我和青衣片面之词，没有证据是吗？"

华默一噎："你！"

"王上别忘了，当年澜沣上仙惨死，众仙齐聚大泽山时，闲善掌教曾经说过一件事。"

御风等仙尊想起当年之事，顿时神色郑重起来。

"公主是说闲善掌教曾言有魔族出没大泽山之事？"

宴爽颔首："当初阿音就是伤在那魔族手上。大泽山有护山大阵的保护，魔族仍能出入大泽山，足见那魔族魔力之深。若今日我们还不能找出大泽山被屠的真相，谁又能保证我们的山门和族类不会成为第二个大泽山。"

宴爽到底做了上万年鹰族公主，她明白比起大泽山的冤屈，这些仙门掌教和仙尊更在意自己的仙门和天宫的安危，魔族现世的危险，不亚于妖族的入侵。

"元启神君？"见殿上众人陷入僵持之中，御风朝元启看去，如今殿上能对千年前

这桩公案做出决断的，只有元启了。

于公他是清池宫的主人，仙界的神君；于私他是大泽山的弟子，没有人会比他更想查出当年的真相。

元启一直望着殿上半跪的青衣，不论殿中如何争论，他的目光始终没有从他身上移开过，直到御风尊上一声唤，他才缓缓抬起了头。

他望向满殿上仙的目光直让人心底一悸。若说刚才青衣仙君那声声悲言犹若泣血，元启神君这一眼里，竟只剩下铁血。

"大泽山开山立基六万载，我师尊东华泽被三界，我诸位同袍德济苍生，大泽山六万年来从未出过不义不信之辈。如此山门，千年前一朝被屠，到如今连唯一剩下的弟子所言，诸位都不信吗？"

御宇殿上因元启的话兀然沉默下来，一众上仙避过元启冷峻的目光，眼底隐有愧意。

说到底他们虽悲悯大泽山一千年前的劫难，可更在意的是自己山门的名声，若大泽山一千年前真是毁于魔族之手，那他们当年一意孤行处死鸿奕的决定才是真正挑起两族之乱的祸端。谁能担得起这个罪名？

更何况……几位掌教并尊上心下叹息，他们当年一心认为大泽山的阿音女君勾结妖族，逼得元启对她降下神罚，最终那位阿音女君在罗刹地被天雷劈得灰飞烟灭连个渣子都不剩……

众仙心底一凛，更是不安，若那阿音女君真死得冤枉，他们到时如何在元启面前自处？

华默自是瞧见了众仙的神态，心下得意。一千年前的事牵一发而动全身，他当年撺掇着惊雷等上仙处死鸿奕、定罪阿音，为的便是这一日。

一旦当年的事重新论断，那这九重天宫上的所有上仙又有谁能落个好名声？

瞧见满殿上仙迟疑的目光，御风却一直神色清明而睿智，他率先一步走出上席，拱手朝元启道："元启神君，东华老上神泽被三界，大泽山又是我仙门巨擘，天宫理应找出当年大泽山被毁的真相。况且事涉魔族，此事危及三界，更是刻不容缓。还请神君做主，重查千年前大泽山之乱。"

他顿了顿，抬首望向御座之上，目光隐晦地落在凤隐身上，身躯更弯了些许："若千年前真是魔族暗中挑起两族之乱，嫁祸妖皇，那阿音女君当年所负罪名亦是我天宫之错。无论所查真相为何，御风都愿为当年之错一力承担责任。"

御风声音沉沉，一揖到底。

凤隐看着殿上的御风，心中叹息。如今魔族在暗，妖族又虎视眈眈，御风是怕她将当年冤屈记于心间，和妖族联手，对仙族失了庇佑之心。

自澜沣死后，御风一直是天宫上仙之首，他愿支持重查此事，天宫众仙便无一人再反对。

听见御风之言，惊雷等三位上仙当即便坐不住了，连忙起身面带愧疚道："元启神君，我等……"

不待他们开口，元启已经摆了摆手："先查清当年魔族之事，其他事日后再言。"

见元启一句定音，华默亦不敢在此时再提出异议，只得郁郁坐下。

元启看向常韵："常韵长老。"

"神君有何吩咐？"常韵在一旁听了半天，见元启唤她，立马应道。

"时过境迁，当年大泽山之乱已过千年，如今除了宴爽公主和青衣的佐证，便只有妖皇知道大泽山上发生的所有事，请长老将今日天宫所见所听转述于妖皇，就说元启……"元启声音沉沉，"和凤皇在这九重天宫等他亲临，请他将千年前大泽山之事对我二人做个交代。"

常韵一愣，元启神君是说他和凤皇？

还来不及多想，她迎上元启凛冽的目光，重重一躬："是，常韵定将神君的话带给我皇。"

常韵这一句回应，终于为元启这场纷纷扰扰的寿宴拉下了帷幕。没有人想到元启的一场寿宴竟会引出千年前血雨腥风的两族之乱和魔族来。

魔族控制妖皇屠戮大泽山、意图挑起仙妖两族之乱的传言一时传遍三界，引得人人自危。

常韵离开仙界后，御风将宴爽和青衣留在了天宫，等待妖皇的回应。

是夜，凤栖宫大殿。凤欢向凤隐禀告这几日在天宫所查诸事。

"陛下，在澜沣上君大婚之日服侍在凌宇殿的所有仙侍全都已经不在天宫了。"

凤隐皱眉道："他们去了何处？"

"我在天宫吏处查过，这些人在这一千年里或因一些小事被贬下凡，或因劫数入了人间轮回历练。"

"难道天宫这一千年贬谪的只有凌宇殿之人？"

"那倒不是，澜沣上君惨死后凌宇殿便被封了，殿中的仙侍全都去了别的宫殿服侍，这些年他们陆续下凡，如今已经一个都不在天宫里。"

"将他们贬下凡的是何人？"

"华姝上仙。"

凤隐神情讶然，怎么会是华姝？

澜沣在大婚之日从凌宇殿去了御宇殿，一定有原因，最有可能发现异样的便是服侍在凌宇殿内的仙侍。她早已想到那幕后下手之人不会将凌宇殿的仙侍留在天宫，可却未料到动手将这些人贬下凡的会是华姝。

华姝为什么会这么做？难道澜沣的死她也牵涉其中？

"明日你便去鬼界一趟，拿着我的凤令去拜见鬼王，把凌宇殿里下凡历世的仙侍从生死簿里寻出来，提前替他们解开仙印，带回天宫。"

"是，陛下。"

凤隐刚吩咐完，这时一阵碎碎念从前院传来，这声音有些熟悉，正是她今日在御宇殿上听过的。

凤欢眼睛一瞪就要出去赶人，凤隐摆了摆手，走出了大殿。

凤栖宫前院的桃树下，摆着小山一样高的香烛和纸钱，青衣着一身当年在大泽山时的道袍，抱着一个布包蹲在点燃的香烛旁。

他身后立着吞吞吐吐脸红红的凤羽，正攥着袖角羞答答地看着他。

凤皇所住的凤栖宫被人抱着一堆香烛纸钱毫无声息地闯了进来，用脚趾头想也知道是哪个小叛徒做的好事。

凤隐正准备开口，青衣眼一红已经半跪在了那一堆香烛纸钱旁。

"小师姑！"这嘶哑的一声当即唬得凤隐都不敢作声了。

"阿音小师姑，我来看你了。"青衣拾起地上的纸钱扔进香烛里，"你在黄泉路上走慢点儿。"

凤隐脸一黑，她瞅着过了一千年一点儿都没变的青衣哭笑不得。她都死了一千年了，就是爬也把黄泉路爬完了，怎么走慢点儿？

"我给你带了你最喜欢的绿豆糕。"

青衣压根没瞧见凤隐的脸色，兀自沉浸在自己的悲伤里。他一边扔纸钱一边解开怀里的布包，绿豆糕的清香飘荡在小院里，格外诱人。

凤羽忍不住嗅了嗅，望着青衣怀里的绿豆糕很是有些眼馋。可她纵使再不懂事，这时也不敢往青衣怀里伸手，这是给他那已经过世的小师姑准备的，她总不能抢个死了一千年的人的吃食吧。

凤隐看着青衣怀里的绿豆糕，神情有些晦暗莫名。

"小师姑，我有听你的话，这些年我日日都在修炼仙力，一时也没有偷懒。可是我没用，过了一千年还只是个下君，我给咱们大泽山丢人了。你放心，我一直守在咱们山门下，没有魔族敢去打扰师父、师叔和师兄弟们……"青衣絮絮叨叨的，声音隐忍而哀恸，"就是你一个人走得孤零零的，我不知道上哪儿守着你。"

他的声音越来越低，抱着绿豆糕的手有些颤抖："你都走了一千年了，小师姑，你还记不记得我和小师叔，我们，我们都很挂念你……"

安静的夜里，青衣的追忆声让人格外不忍，连素来神经大条的凤羽都红了眼。

脚步声突然在静默的院里响起，一双凤纹白靴停在半跪的青衣面前。两人还来不及反应过来，一双修长的手伸出，一把从青衣怀里的布包里拿起了一块绿豆糕。

凤羽瞪大眼看着凤隐毫不犹疑地把绿豆糕送进嘴里，顿时凤凰毛都竖起来了，尖叫道："陛下！你怎么能，怎么能……这是青衣仙君祭拜她小师姑……"

凤羽的话还没嚷嚷完，凤隐已经咂巴了两下嘴，迎上了青衣惊愕而愤怒的目光。

"不错，手艺越发精进了，我当年就跟师兄说过，你做厨子比当神仙有天分多了，偏他不听，还要继续让你当个不成器的小仙。你要是去凡间走一遭，绝对是个青史留名的大厨子。"

"你，你……"青衣面色大变，猛地蹿起来，指着凤隐声音都哆嗦了，"你……"

凤隐舔了舔嘴唇，伸手在她小师侄的右额上叩了叩："我什么我，怎么，你不是刚刚还鬼哭狼嚎地让我在黄泉路上走慢点吗？我现在走到你面前了，你就认不出我来了？"

当年在大泽山上阿音带着她小师侄偷鸡摸狗干坏事的时候，最喜欢的就是在这小道士额上叩上几下，几声闷响，特别带劲儿。

那时候青衣总会嗷嗷一阵乱叫，脸红脖子粗地和他小师姑较劲儿。这回凤隐的手叩在他头上，他眼一红，就要把面前的凤凰连着一布袋绿豆糕全兜进怀里。

却有人比他动作更快，小院外红衣身影一闪而过，一把推开青衣，把凤隐抱了个满怀。

"混蛋！你这个杀千刀的，回来了也不告诉我们！"宴爽重重在凤隐肩上捶了两下，眼睛气得通红，"要不是青衣跑这儿哭坟，你是不是不打算认我们了？啊，凤凰陛下！"

宴爽最后四个字可算得上咬牙切齿。凤隐和青衣被她豪爽的"哭坟"两个字闹腾得脸一黑，差点接不上话来。

"陛下，您，您……"一旁的凤羽目瞪口呆地望着面前"有缘千里来相会"的三个人，小心翼翼地望了一眼院外，超小声地问："您是青衣他小师姑，一千年前死在罗刹地的那个大泽山弟子吗？"

凤隐见自家天不怕地不怕的小凤凰这副做贼的模样，忍不住翻了个白眼："我在宫外设了仙阵，院里的话传不出去。"

她话还没落音，凤羽就要激动地开口，却被凤隐抬手拦住了："是，我是她，你一边儿去。"

凤羽的八卦小火苗儿还没燃烧就被掐了，噘着嘴委委屈屈走到了凤欢身旁。

"我醒来时间不久，没找着机会去见你和青衣，不是有心瞒着你们。"凤隐看着面前眼眶通红的两人，"我就是瞒着谁，也不会瞒着你们两个。"

见两人心情平复，不待宴爽和青衣开口，凤隐眯了眯眼，目光在地上的香烛纸钱上绕了一圈，最后落在青衣和宴爽身上，挑了挑眉："是谁让你们这样来凤栖宫见我的？"

青衣和宴爽神情一僵，瞅了瞅凤隐有些危险的神情，一个望天一个看地，不肯出声了。

"嗯？"

凤隐哼了一声，眼神一沉。青衣立马就把他小师叔卖了："是小师叔，他说您当年在凤栖宫住过，我来这儿烧纸钱，兴许能把您的魂魄给招回来。"

怕是自己说这话也觉得荒唐，青衣声音越说越低。他如今自然知道，自己是被小师叔给坑了。他不敢来见小师姑，使着他来做这得罪人的事儿。

哎，小师叔看着仙风道骨、高冷出尘，真是一肚子坏水儿。青衣默默在心里念着，眨巴着眼看凤隐，争取坦白从宽。

宴爽尴尬地笑了两声，朝地上的香烛纸钱看了看，也觉得跑到活生生的人面前来哭坟确实太不地道了些，挠了挠头，眼神飘忽："这个……冤有头债有主，你可不能和我们两个啥都不知道的计较……"

宴爽话还未完，凤隐慢悠悠地点了点头："也是，好一个元启神君。"

说罢她一拂袖摆，气势汹汹地朝景阳殿而去了。

青衣到底还是担心他小师叔的，神色一慌就要把凤隐给劝回来，却被宴爽一把拉住了。

"榆木疙瘩。"宴爽在他额上敲了敲，"你没瞧见他们今天在殿上那样子。"

"什么样子？"当年宴爽入大泽山时青衣还只是个小童子，他被宴爽和凤隐敲惯了脑袋也没在意，倒是一旁的凤羽眼一瞪，顿时看宴爽哪哪儿都不顺眼了。

"两个人不咸不淡的，一派道貌岸然的模样看着都累，你小师姑心里头那把火只怕憋了一千年了，让她一顿发出来也好。"宴爽叹了口气，朝青衣眨眨眼，"要不然你小师叔怎么会让你来做这种缺德事儿。"

被宴爽一点拨，青衣恍然大悟，刚想说什么，横空蹿出一道人影活生生插进了他和宴爽中间。

凤羽笑眯眯地瞅着青衣，笑得一片灿烂："青衣小仙君，你是我们陛下的师侄啊，我也是她大侄女儿，咱们辈分一样啊哈哈哈。真是有缘分，来来来，里头坐，给我说说咱们陛下以前的事儿呗。"

她说着也不管宴爽，看了看青衣的额头，扁了扁嘴，拉着青衣的袖子把人诓进了凤栖殿。宴爽瞧着凤羽那一副心疼的模样，反应过来，哭笑不得地摇摇头，离去了。

## 拾捌·梦中身

　　凤隐是个不记路的，却一路走到景阳宫，半步都未错。

　　那年她还是阿音的时候，曾经一个人在这条路上走过数十次，踽踽独行，惊惶无措。哪像现在，她不过刚在仙道上冒了个身影，凑上来行礼问安的仙侍便跟扎了堆儿似的。

　　景阳宫里外守着的仙将瞧见凤皇来了，正要进去禀告，哪知凤皇一脚踏进景阳宫大门，半句废话都没有。

　　仙将拦着的手伸了一半，到底没底气地缩了回来。如今谁不知道元启神君在寿宴上为了凤皇说的那些话，给他们十条命，这时候也不敢拦凤皇的驾。

　　景阳宫里安安静静的，凤隐当年只进过这里一次，还是被长阙领着进来的。那时她抱着一盒绿豆糕战战兢兢地走进这天宫最尊贵的地方，怕被人寻了错处瞧大泽山的笑话，连眼都没敢到处落过。

　　凤隐有些心不在焉，一边朝里走一边揉了揉额角，她今天……回忆千年前的那些旧事，也太多了些。

　　循着仙侍的指引，凤隐走进后院，一踏进去感觉脚底松松软软的，她低头一看，不由得有些诧异，景阳宫后院里竟是草地，待她抬头，顿时一愣。

　　都道天宫凤栖宫桃林景致一绝，她竟不知景阳宫里是这么一派洞天模样。青松围绕在后院四周，院中引了外头的仙泉进来，流水潺潺，一座木桥横架在流水上，百花齐放。院里竟还生着一株小梧桐，几片梧桐叶落在地面上，金黄灿烂。

她一抬眼，就望见了梧桐树下倚着的青年，震撼地一愣。

青年一身白色道袍，黑发用一根简单细木懒懒束着，手里抱着一坛子酒，正睡得憨熟。

那是古晋。自大泽山被毁那一日开始就消失在世间的古晋。

凤隐盛气凌人的神情生生散了大半，连踩在草地上的脚步都轻了下来。

靠在梧桐树下熟睡的人一直没有醒，她一步一步走到梧桐树下蹲下了身。

酒坛里醉玉露的香气四溢，凤隐下意识地去拿青年手中抱着的酒，才刚碰上酒坛，青年便醒了过来。

她撞上了一双深如岳沉如海的眼，七分星辰，三分皓月。

景阳宫小院外，刚刚为凤隐指路的仙侍立在外头，瞧着梧桐树下的两人，眉宇一松，化出了一张熟悉的脸，正是清池宫的长阙。

"你倒是胆子大，就不怕凤凰瞧出来？"长阙盘腿坐在院外的石头上，化出身形来。

长阙想起刚才凤隐那肃冷的眉梢和墨沉的眼，面有惴惴，愁眉苦脸道："难怪你都不敢现身，如今这阿音女君……"他顿了顿，连忙改口，"凤凰陛下着实威严得紧。"说着又一叹，"到底是神君心里的念想，他等了一千年，总要帮他完成才是。"

长阙朝歪着头往院里望的元神看："你守在这儿没问题吧？"

元神连忙点头："放心，我是混沌之力化的，凤凰成神了也发现不了我。"他说着手一挥，淡淡的银色神力悄无声息地在院门上落下一道透明的帷幕。

从外头望，只能瞧见空空的小院，里头的人影已然不见。

景阳宫里安静如昔，就像凤凰从来不曾踏进一般。

阿音长长地睡了一觉，十分沉，一道雀鸣从半空传来，像是陡然在她沉睡的世界落下一道乐声，让她从睡梦中醒来。

她睁开眼，温暖的阳光从竹坊外透进来，窗外溪水涓流的声音落在耳里，清澈又舒缓。阿音有片刻的怔忪，坐在床上有些愣神。

香气从窗外飘进来，阿音摸了摸软瘪瘪的肚子，寻着香味下床走出了竹坊。

竹坊外，梧桐树下的火堆烧得正旺，火堆旁的青年正摇着一条鱼烤着，瞧见阿音出来，道袍青年咧嘴一笑，露出欢愉的神色来："醒了？我从河里抓了几条小鱼上来，你等着，烤好了给你。"

阿音望着梧桐树下的青年的笑脸微微恍神，忽而反应过来。她和阿晋下山去寻那小凤凰的三魂七魄，在鬼界遛了一圈后，只剩那最后一魂没有寻回来。师兄说他们这些日

子在外面吃了不少苦头，在山门里多待些时日再下山。她和阿晋是在后山禁谷里住惯了的，阿玖和宴爽留在了前山的殿宇里，她和阿晋还是歇在了禁谷里。

"喏，好了，过来吃吧。"这么一恍神的时间，鱼被古晋烤得焦焦黄黄，香气扑鼻。阿音摸着肚子笑呵呵地跑来接住，凑在古晋身旁坐下小松鼠一般啃起来。

她一边吃，古晋一边给她倒了醉玉露到葫芦里搁在她手边："慢点儿，多得是，管饱儿。"

阿音连忙"嗯嗯"，嘴里并不停下。她望着青年俊朗的脸，眉眼里都是笑。

哈哈哈哈，百鸟岛那只孔雀退了阿晋的婚事要嫁给澜沣上君了，如今只有她在阿晋身边，师兄的主意真好，这回在禁谷里多住些时日，正好近水楼台先得月，天天这么腻在一块儿，迟早阿晋眼里只有自己。

阿音喜滋滋地想，还是分出了一份儿心神挂念着共患难的小伙伴："阿玖和宴爽呢，今天怎么没来后山玩儿？"

烤鱼的手一顿，声音却没慢下来："鹰王召宴爽回岛，阿玖不放心，陪着她一道去了，得过些时日才回来。"

阿音一愣，有些遗憾每日里偷鸡摸狗的损友走了，一想这会儿就真的只剩下阿晋和自个儿，岂不是机会正好。她一下得意起来，收起自己的小心思，笑眯眯地用手戳了戳古晋的腰，不怀好意地笑起来："哎哟，就宴爽那脾气和仙力，有谁敢惹她？小阿玖这么小半月的时日都舍不得，偏要跟着去，这是喜欢上我们家宴爽公主了吧。"

阿音笑得又贼又调皮，古晋给她接鱼刺的手一顿，眼底顿时生出一些星光来："你是这么想的？"

"当然啊。"阿音把鱼刺吐到阿晋掌心，顺手接过下一条放进嘴里，"这你就不懂了吧，如今这小年轻的感情啊，就是这么稚嫩和青涩，我一眼就瞧出来了。前几日咱们在京城长安街里看焰火，我就瞅着他们两个有鬼，果然不出我所料。"

她啧啧两声，古晋被她话里的老气横秋逗笑，轻轻叹了口气："原来你是这么想的。"

他这一声很淡，几乎听不见。阿音连忙凑近了些："你刚才说啥？"

"没什么。"古晋用指头把快凑到衣襟口的那张小脸推远了些，"趁热吃，吃完了带你下山玩。"

阿音眼一亮："真的？"见古晋点头，她连忙三两口啃干净鱼，咕噜咕噜灌下一葫芦醉玉露，抹着嘴道，"我吃完了，咱们走吧。"

古晋哭笑不得，手一挥将溪边的水引到手边将帕子打湿，拉过阿音替她抹了抹嘴，又给她把刚刚抓鱼的手细细擦了一遍。

十个手指头，连指头尖儿都没错过。软软的小手好几次与青年修长的手相交，甜腻又温暖。阿音脸庞通红，汗毛都竖起来了。

她虽然是古晋一手养大的，可自她化成小姑娘的模样后，可从来没有这样的机会。

青年长长的睫毛、高高的鼻梁几乎落在半寸之处，阿音连呼吸都怕重了，她盯着古晋那轮廓分明的唇角，鬼使神差地一点点凑了过去。

"阿音，阿音！"清朗的声音在耳边响起，阿音猛地回过神，阿晋不知道什么时候擦完了手，正盘腿望着她。

阿音往下凑的动作一顿，随即用诡异的姿势伸了个懒腰从地上一蹦而起："擦，擦，擦完啦，阿晋，咱们下山吧！"

天哪，阿晋的皮相也太好了，她差点就亲上去了！现在感情还不到位，不能乱来，不能乱来，把人吓跑了怎么办？慢慢来，慢慢来，别急别急……阿音在心里头不停默念，把自己心底那点儿念头使劲压下去。

青年看着她通红的脸和手足无措的尴尬，眼底涌过一抹琢磨不透的笑意和狡黠，这才懒洋洋起身道："好，咱们走吧。"

他拾起葫芦别在腰间，抓着阿音的手一跃而起，腾着云朝山门外飞去。

阿音被他猛地抓住，一个没站稳，吓得一个熊抱搂上了古晋的腰。待站稳了，又舍不得放了，哼哼唧唧的一副自己被吓到了的模样，闷不作声地占便宜，就是不松开手。

古晋像是没发现一般，一心一意驾云朝山外飞。

悠悠钟声从山巅的长生殿内传来。

云从山巅飞过，阿音朝下一望，大泽山安宁而惬意，她望着那高高的殿宇和威严的山门，不知怎的，心底突然有一种说不出的悲凉。

她不知这悲凉从何而来，只是突然觉得，她这一生，竟不会有比刚才更难过的时候了。

大泽山立山六万载，仙泽浓厚，连带着山下的小城亦民风淳朴。两人落日时下山，待到山下时，刚近夜幕。

正巧今日小城里有灯会，人头攒动，阿音自降生就在仙山，平日里和古晋去的地方仙妖魔云集，瞧着凡人的时候着实不多。从云上蹦下来的时候她到底收了自己的厚脸皮，把蹭在古晋腰上的手恋恋不舍地收了回来。

两人敛了仙力入城，多亏了京城里那一趟，阿音见了凡间总算不像以前一般一惊一乍，但她眼里落不得吃的，一条街的酒酿丸子、糖葫芦……被她吃了个遍儿。待回过头一眼没瞧见古晋时，顿时便慌了。

　　"阿晋！阿晋！"

　　街道上都是人，她满身的仙术，随便用个定身诀便能找到古晋，可一回眼瞧不见古晋的时候，阿音握着糖葫芦的手都在抖，就像……就像他们分离了很久很久，久到一恍神的时间，她就会失去他。

　　"阿音！"清越的声音突然在身后响起，阿音一激灵，回转头，瞧见古晋举着一包桂花酥在朝她笑，阿音没等古晋回过神，冲上前抱住了他。

　　古晋瞧着怀里的人神色愕然，阿音抬起头，脾气发得理所当然："你去哪儿啦，怎么把我一个人落下了？我以为你不见了！"

　　古晋来不及开口，一旁小摊上摆同心结的老婆婆笑眯眯地朝古晋道："大后生啊，你可得牵好你小媳妇儿哟，她刚才寻不着你，眼泪都急出来啦，街上人多，可别把媳妇儿弄丢啦！"

　　阿音对古晋那股子大庭广众下的依赖和亲密十分纯真，寻常凡人见了，只当是小两口出门瞧花灯的。

　　老婆婆这句话登时让阿音害了羞，她结结巴巴张了张嘴，半天只憋出来一句："我才没有哭呢。"却没否认她是古晋的小媳妇儿。

　　古晋瞧着阿音发红的脸，在她发间拂了拂："阿音，我在，别怕。"

　　"我才不怕，我就是吃少了，饿的，心才慌了。"阿音脱口而出。

　　古晋瞧着她手里举着的糖葫芦挑了挑眉，阿音顿时一窘，还没想好说辞，古晋便拉着她走到了卖同心结的小摊旁。

　　老婆婆编的同心结虽不十分精美，却很是耐看，其中一个正中心编着一只小巧的凰，别具匠心。古晋眼一凝，选了一对出来。

　　"婆婆，我要这两个。"

　　"大后生，一凤一凰才是一对儿，你这两只可都是凰。"老婆婆一眼瞧着古晋像是规矩的读书人，怕他不懂这些风花雪月，连忙道。

　　阿音见古晋要买同心结，登时便要凑近看。

　　"不碍事儿，就这两个。"古晋把银子递给老婆婆，从她手里接过同心结一把塞进

拾捌 ○ 梦中身

袖袍里，没给阿音瞧上。

阿音嘴一扁，眼一眯，猜不透古晋买同心结的用意，顿时便不快活了。

"走吧。"

古晋像是没瞧见一般，领着她就要继续看花灯，待走了两步见身后的小跟屁虫没了精神，他停住了脚步。

阿音没注意一头撞在了古晋背上，这下更是委屈得脸都皱成了一团，还没叫唤，一双手从前面伸了过来。

"拉着，人多，别又走丢了哭鼻子。"

淡淡的声音传来，阿音眼一亮，心里立马敞亮了，小手钻进青年的掌心，眼睛弯成了月亮蹦到青年身旁。

"阿晋，那边的花灯又大又亮，咱们去那边看吧。"阿音剩下的一只手拿着糖葫芦直比画，声音又脆又糯。

"好。"

"等会儿咱们回来的时候再去买几盅酒酿丸子啊，师兄和青衣都喜欢吃呢。"

这一次声音顿了顿，但仍十分温柔地回了一句"好"。

没有人瞧见青年眼底的哀恸和思念，他把掌心柔软的小手缓缓握紧，仿佛这样，那些痛彻心扉的过往和千年的分离才会从心底远去。

两人的身影渐渐消失在人群和花灯中，一直望着他们的老婆婆笑眯眯地收起了小摊上那剩下的一对有凤的同心结。

"算啦，大后生瞧着挺疼小媳妇的，买错了就买错了吧，明年他们兴许还会来呢，把这对凤给他们留着好了。"

热闹的大街上熙熙攘攘，除了卖出一对同心结的老婆婆，没有人记得古晋和阿音曾经出现过。

月上柳梢，古晋背着玩累了的阿音，回到了大泽山禁谷。

梧桐树在夜月的映照下，洒下淡淡的金辉。

古晋把阿音小心地放在梧桐树下的叶子上，刚一抬头，便迎上了一双亮晶晶的眼。

"你那同心结，到底是买给谁的？"吃了一整晚，到底这才是阿音最挂心的事儿。

仿佛猜到了阿音会这么问，古晋挑了挑眉，笑道："我听说凡间有个俗礼。"

"什么俗礼？"

"生辰的时候，会收到生辰礼物。"

见阿音脸上露出疑惑的神情，青年眨了眨眼："今天是我的生辰。"

阿音还来不及惊讶，古晋已经把袖袍里的同心结拿出递到了她面前："阿音，我今年还没收到生辰礼，送给我吧。"

阿音愣愣的，盯着古晋手里的同心结一动不动，半晌，她突然抬头，神色里全是认真："你知道这是什么吗？不不……"她又摇了摇头："我不这么问，阿晋……"阿音顿了顿，声音有些干涩，"你还喜欢华姝吗？"

阿音声音有些低，头也低了下来："你喜欢她很多年了，你一直在等她。我们的情分，总是不如你记挂着她的时间长。"

梧桐树下没有了声音，阿音心里空落落的，一阵沮丧和后悔。

问这么清楚做什么，那华姝都要嫁人了，她刚才怎么不勇猛点儿，一把夺过同心结就给阿晋做生辰礼？啊，后悔死了！

阿音心底忍不住哀号，满心满意的后悔。

算了，不问了，送了同心结就是我的人了。

阿音刚准备抬头，古晋的声音响了起来。

"阿音，我给你说个故事吧。"

古晋屈腿坐在阿音身旁，靠在梧桐树上。他望了大泽山的东面一眼，那是海外凤岛所在的方向。

"我以前跟你说过，我少年时做过一件错事，也喜欢过一个人。"

"我知道。"阿音自降世起便是听着梧桐凤岛的这桩旧事儿长大的，古晋一百多年前的那趟凤岛之行，让他背上了对凤族小凤君的愧疚，也因此遇到华姝，喜欢上了她。

"其实我一直弄错了一件事。"古晋低下眼，看向无精打采的阿音，"阿音，这一百年，我喜欢错了人。"

"啊？"阿音一愣，猛地抬头，神情愣愣的，"喜欢错了人？什么意思？"

"我曾经跟你说过，华姝一百年前在凤岛帮过我，我心生谢意，由谢及爱。"古晋顿了顿，"其实是我弄错了，当年在凤岛上为我解围的是凤隐。"

阿音更疑惑了，眨了眨眼："凤隐？怎么会是凤隐，那时候她不是还没降世吗？"

"她是火凤一脉，一直在上古神玉火凰玉中蕴养魂魄，虽然当时没有涅槃破壳，但却能以魂力化形，当初是她隐在暗处帮了我，我未瞧见她的模样，把华姝认作了她。"

古晋看着有些呆愣的阿音，认认真真地道："阿音，那一百年，我喜欢的人不是华姝，是梧桐凤岛的凤隐。"

古晋这一句说完的时候，阿音心底一颤，她明明该难过的，不管古晋这一百年喜欢的、等的是华姝也好，凤隐也罢，总归不是她。可不知为什么，她心底竟有一丝奇怪的连她自己也说不上来的高兴和叹息。

就好像她等了这一句很多很多年一样。

"那现在呢？"阿音回过神，丢掉心底那奇怪的感觉后突然扬声问，"现在你知道当年帮你的人不是华姝是凤隐，你准备等她了是不是？"

她后知后觉地品出了古晋刚才这话的严重性来，顿时觉得自己实在命苦，好不容易让一心一意嫁澜沣上君的华姝出局，还来不及接盘就蹦出个更难缠的情敌来。

凤隐是谁，她可是梧桐凤岛的继承人，堂堂凤族少君。更别说当年古晋害得她魂飞魄散，更是心心念念愧疚了这么些年。阿音心里头一盘算，顿时觉得她和古晋这几年相伴的情谊怕是在那个小凤君面前被秒得连灰渣子都剩不下，一张小脸瞬间没了神采。

"是。"古晋终于开了口，"我要等她回来。"

见阿音脸色大变，他在她头上拍了拍："想什么呢，当年是我害凤隐魂飞魄散，我自然要把她的三魂七魄找回来，让她涅槃重生。"

见阿音一副惴惴不安的样子，古晋心底莫名的柔软，突然低下头，目光和阿音平齐："阿音，你听好。"

阿音从没听过古晋如此认真的声音，微微一愣，迎上了他的眼。

"我曾经喜欢的人是凤隐，这一百年她一直在我心底，我记挂她，也愧疚于她，她对我很重要。"

梧桐树下因为古晋的话陡然安静下来，阿音眼底的光芒暗了下去，有些倔强又委屈地抿紧了嘴。

"可这些年……"古晋抬手在阿音眉间拂过，"在我身边的人是你，陪着我出生入死的人也是你，阿音，凤隐是曾经对我很重要，可现在……"在阿音越来越惊讶的神情中，古晋终于缓缓开口："对我最重要的人是你，我放在心底的人也是你。"

"你，你，你说什么？"幸福来得太突然，简直犹如天雷劈下一般。阿音心抖得厉害，声音也结结巴巴的，连句话都说不利索了，"阿晋，你，你刚才说什么？"

古晋瞧她这副慌乱的模样，嘴角噙着笑意，突然收回身靠在梧桐树上："没听着就

算了，这种话哪有人说第二遍的。"

青年耳边染上红色，突然就不敢对上阿音的眼了。

"我听见了，我听见了，你说最喜欢我，心里眼里只有我！"阿音激动得没了边，就要去拿古晋手里的同心结，"同心结呢，快给我，快给我，我给你系上！"

阿音忙不迭夺过同心结，急急地拉过古晋的手腕，系的时候，动作却轻柔又小心，她低下头，嘴角眉梢全是笑意。

古晋安静地看着少女殷红的脸，眼底藏下所有温柔和一抹极深的情绪。

这一刻，他等了多少年？

从当年人间皇城的灯会上他明白了自己心意的那个夜晚起，他就一直在等这一天。

他等这一天，足足等了一千年。

在他漫长孤寂的生命里，做得最久的一件事，就是等阿音回来。

只要她能再唤他一声"阿晋"，他余生再无所求。

"阿晋！"少女清脆又喜悦的声音落在耳里，古晋温柔地抬眼。

"生辰快乐！"阿音笑弯了眼，不知从哪掏了醉玉露出来倒了满满一壶递给古晋，"以后你每一个生辰，我都会陪着你一起过。"

古晋兀然一怔，眼底的情绪尽数藏起。他接过阿音递来的醉玉露，一口饮了一半，只温柔地看着她，却没有应答。

阿音沉浸在自己被告白的喜悦里，没发现古晋的异样。她见古晋喝醉玉露喝得畅快，小狐狸一样蹭上了前讨，"给我留点儿，给我留点儿。"

说着蹭过醉玉露倒进嘴里，舒畅地长叹一声，她贼有心眼地倚在了古晋身旁，戳了戳他的腰："今年我是不知道，才给你过得这么寒碜，等明年了我把师兄、青衣他们都喊上，好好给你做个寿。"

她满心憧憬着古晋下一个生辰的光景，眼底的笑意快漾出来。见古晋没回答，她转过头凑到了他脸边，撒着娇拖长了声音："好不好嘛，阿晋？"

古晋一低头，就迎上了一双满是醉意的凤眼。

他以前怎么就没瞧出来呢，阿音这双眼，其实像极了凤染姑姑。

兜兜转转百年千年，从梧桐凤岛她涅槃降世的第一眼，到罗刹地她身死魂灭的最后一眼，他爱的人，一直都是同一个。

时光在大泽山的静默中远去，古晋俯下身，含住了阿音的唇。

拾捌 〇 梦中身

·547

被吻住的阿音睁大眼，还来不及反应，就沉迷在青年炙热的眼和深沉的温柔里。

月光洒满大地，梧桐叶飘落半空，将这一幕永久地镌刻在大泽山中。

一夜好眠，阿音从睡梦中醒来，她躺在竹坊的床上发了好一会儿呆，待昏昏沉沉地想起昨晚醉酒前的一幕时，她猛地捂住嘴，脸烧得通红。

她连忙抬头左看右看，没瞧见古晋才松了口气。阿音眨眨眼，唇角勾起，一副偷了腥的小猫儿样。她又朝窗外瞅了瞅，见没人，飞快地从床上蹦起来朝竹坊外的小溪边跑去。

趁阿晋不在，可要好好梳洗打扮一下，别等他回来瞧见自己这副醉酒懒汉的模样了。

阿音坐在小溪边，回味着昨晚的事。心里嘀咕着这回名分定了吧，是不是该跟师兄们说一说定一定日子啦？

阿音笑弯了眼，低头伸手去捧小溪里的水。

清澈的小溪里映出一张俏红的脸，凤眼上挑，那眼里，除了娇羞，一双墨瞳竟格外深沉。

阿音猛地一愣。

她的眼怎么会是这副样子？那里面有她从未见过的凛冽霸道，熟悉又陌生。

阿音揉了揉额头，宿醉的昏沉感仍有，她皱起眉，看着水中那张明显浮起了疑惑的面孔。

分明有什么地方不对劲。少女的眼微微眯起，盯着自己在水中的面容。

身后脚步声响起，阿音缓缓起身，转身看向从林中走出的青年。

古晋一身布衣，抱着干柴，他见阿音回头，扬着笑问她："怎么就起来了，今日想吃什么，我再给你捉几条鱼上……"古晋的声音一顿，他迎上了一双满是审视和疑惑的眼。

"你是谁？这是哪里？"阿音声音冰冷，看着古晋全无昨日的小儿女姿态，满是戒备。

"阿音。"古晋唤她，眼底情绪难辨。

"别装作我师兄的样子，你不是他。"阿音见古晋唤她，似是想到了昨晚的事，神情更沉，她望了一眼四周，"你到底是谁，竟能知道我大泽山禁谷的样子，幻化了这一切来骗我。"

"你……"

古晋还欲开口解释，阿音已冷冷截断了他的话："不必再说谎话，你虽将山门幻化得一模一样，就连钟声也是按时敲响，但是你不知道山中弟子每两个时辰一次的剑阵修炼，从昨日到今日，剑阵的灵力和弟子演练的声音一次也没出现过。"阿音看了一眼四

548

周，"这里根本不是大泽山！你究竟是谁，我又在哪里？"

古晋瞧着阿音一脸冰霜，叹了口气。他幻化所有，却独独没有将大泽山弟子每日例行的剑阵幻化出来。

所有的同门都是为了守护这座山门而亡，用他们的遗声来骗阿音，太过不敬。

"不愧是凤皇。"古晋低低叹息一声，他放下手里的干柴看向阿音，"你说得没错，这里确实不是大泽山。"

见古晋干脆利落承认，阿音一愣，还来不及质问，古晋已经向她的方向走来。

"可我昨天对你说的一切，全是出自真心。纵使这里一切都是假的，你总该记得我们在山门里和三界相伴的那些日子是真的。"他站在阿音面前缓缓道。

青年的眼格外认真，里头蕴含的深情让人沉溺。阿音想起了昨日的相处和欢喜，心底忍不住一软，但仍退后一步和古晋拉开距离，她蹙起眉喃喃道："你究竟是谁？我师兄不会幻化这一切来骗我的……"

古晋一把抓住阿音的手腕将她拉到自己面前："我确实不再是古晋。"

阿音怔住。他看向阿音的眼："凤隐，我是元启。"

这一声解开了所有幻境。阿音猛地睁大眼，脑中犹若炸裂一般，铺天盖地的记忆朝脑中涌来。

元启把神情混乱的凤隐一把拢进怀里："我还以为，我能多陪你一些时间。阿隐，时辰到了，我们该回去了。"

古晋的手抚在凤隐的发上，在她耳边轻声道："如果有一天你能想起这一切，你一定要记住我曾经在这里对你说过的话。"

低沉的叹息在禁谷里响起，凤隐像是明白了什么，就要挣脱古晋的手问个明白，这时铺天盖地的混沌之力将她笼罩，她抬头的一瞬，瞧见了古晋的那双眼，不舍、眷念、后悔、思念和决绝，她在古晋眼中看到了这千年从来不曾看到的复杂情绪。

她想说些什么，但到底来不及，终沉沉闭上了眼。

雀鸟齐鸣，仙雾漫漫，天宫的钟声敲响七七之数。

凤隐猛地睁开眼，她正立在景阳宫后院门口。

院里，元启一身白色衣袍，腰系锦带，黑发高束，正在石桌前看书。他抬首望来，见是凤隐，神色很是冷淡："不知凤皇这般气势汹汹地来本君的景阳宫，所为何事？"

凤隐有一瞬间的愣神，她回头扫了身后领路的仙侍一眼，想起来元启指使青衣和宴

爽跑到凤栖宫去哭坟，她咽不下这口气来了景阳宫，被宫里的仙侍领着来见元启，也不知怎的，竟在这院前走了神发起呆来。

凤隐冷哼一声，一拂袖摆让仙侍退下，径直走进院中："你能使着他们来凤栖宫诈我，我便不能来景阳宫找你算账？"

小院外，领路的仙侍转身，露出元神有些担忧的脸，他躲在院外的小树后看着院中的元启，一副神情凝重的模样。

凤隐已经入神，桃花酒、鬼闻香和他的混沌之力才勉强布出幻境困住凤皇，可惜最后还是被凤皇发现了。

凤隐在最后一刻清醒过来强行以神力破除幻境，他为了将凤隐的记忆重新封住耗损了太多混沌之力，怕是神君的身体要扛不住了。

怎么办，要是凤皇瞧出端倪就糟了……

院里，元启的脸上有些苍白，他敛了神情，一副淡淡的模样，放下书，看向凤隐一本正经道："我怎知你愿不愿意和他们相认，凤皇陛下威震三界，对妖皇亦是说做兄弟便做兄弟，本君又怎么敢触陛下你的霉头？"

元启少有如此拐着弯儿硌硬人的时候，凤隐哼了哼，坐在元启对面："怎么，不做兄弟，神君是要我和鸿奕做夫妻不成？"

元启眼眸一深，凤隐已挑了挑眉端起桌上的另一杯茶饮下："我在凡间历世十几次，这等姻缘之事早就看开了。如今做回神仙，自有逍遥九天的日子等着我，还被那肤浅的红线束着有什么意思。"

凤隐这话说得忒坦荡，元启知道她语中是真，苦笑一声掩下眼底情绪，终是不语。

凤隐不欲和他多言这些事，扫了一眼桌上的两个茶杯道："连茶都备好了，看来是知道我要来。你激我来景阳宫，是为了青衣在御宇殿上说出的事吧。"

见元启颔首，凤隐把玩着手中的杯盏，表情玩味，眼眸低垂时投下一片暗影："怎么，当年不信我的话，如今，你肯信了？"

青衣在御宇殿里重提大泽山的旧事自然是得了元启的首肯，否则这样一桩将整个天宫上仙打脸的事儿，谁会摊开再提。

"阿隐！"元启脸上愈加现出苍白之色，凤隐以为他是对当年的事有愧，倒没觉察出异样来。

凤隐瞧他这模样不知为何心底有些不忍，摆了摆手："好了，都过了上千年了，当

年的是是非非多说无益，你觉得当年仙族中勾结魔族的人是谁？"

凤隐早将自己的猜测对御风和盘托出，御风唯元启马首是瞻，自是早将仙人勾结魔族的事和元启探讨过了。

"有些端倪，不过还差最后的确认。"元启合上书道，"今日宴爽给我说了一件事，让我猜测得更深。"

"哦？"凤隐挑了挑眉，"什么事？"

"你可还记得当初我们在百鸟岛时宴爽曾说过鹰族的子弟莫名失踪的事吗？"

"记得。鹰族子弟失踪不是我们从百鸟岛参宴回来后便不再发生了？"

"最近数年又重新开始了。"元启神情凝重，"而且失踪的不再是弟子，而是灵力深厚的长老。"

"你的意思是……"

"魔族修炼有一种方法便是吸纳别人的灵力为己用，如果我们的怀疑是对的，那仙人勾结魔族的事恐怕早就开始了。"元启叹了口气，看向凤隐，"凤欢在天宫已有数日，他查到了什么？"

凤欢在天宫暗查有御风暗中相助，自是瞒不过元启。

"他在帮我寻一些人，等这些人找到，当年澜沣上君身死的迷局或许也可以解开了。"

凤隐眼底透出一抹深意，元启伸手去拿桌上的茶杯，刚抬手便猛地一缩，收回了手。凤隐觉察出一丝异样，抬眼朝元启望来。

院外躲着的元神剑瞥见元启藏在桌下的手，脸色一变就要进院里解围。恰在这时，院外脚步声响起，御风被仙侍领着匆匆走来。

元启和凤隐抬首望向院外，凤隐瞧那领路的仙侍，微微一怔。这好像不是刚才领她进来的那个……还来不及细想，御风已经跨进了院子。

"神君，陛下，华姝刚刚离开了天宫。"

华姝离开天宫，还在这个风口浪尖上？凤隐和元启同时皱起了眉，对望一眼。

"她为何离开？"宽大的袖袍将元启的右手遮住，他看向御风问。

"华姝说她要参加三个月后九宫塔的天帝之争，所以回百鸟岛闭关修炼了。"

听见御风的话，凤隐和元启眼底露出一抹诧异。华姝喜权势这是整个天宫都知道的事儿，可要说争天帝之位，她还真的远不够格，别说三府六洞的掌教，就是天宫的其他四位上仙，灵力皆比她高，辈分和功勋更是比她大上一大截。她竟这么直截了当地说要

争夺天帝之位，确实让人意外。

　　"既然是修炼灵力，那便由她去吧。"元启道，"我正好也要回清池宫一趟，三个月后九宫塔中择天帝，我再来天宫。"

　　元启说着便起了身，看向凤隐："凤欢若是查出了什么，你着人来清池宫告诉我一声便是。九宫塔择天帝是件大事，姑姑也会回天宫，今日之后若有事相商，你同御风上仙和姑姑说也是一样。"

　　元启说着就朝殿后走去，他今日格外冷淡。凤隐眯了眯眼，眼底升腾起一抹难以察觉的怒意："神君在清池宫好好休养便是，殿下花了一千年也没查明白当年的事，就算是去清池宫禀了殿下，想必也没什么区别。"

　　元启的身形一顿，但到底没有回头，径直朝景阳宫深处走去。

　　院外的元神剑亦化为一缕青烟，随着元启消失了。

　　凤隐察觉到一丝神力波动，皱眉朝院外看去，却只瞧见空空一片。

　　"陛下，神君他……"御风见元启这般冷淡也是诧异，怕凤隐动怒刚准备说两句转圜的话，还没开口，凤隐已经摆了摆手，肃着眉回她的凤栖宫了。

　　在两人看不到的地方，元启扶着回廊，脸色惨白，他看着自己扶着回廊的几乎透明的右手，嘴角露出一抹苦涩。

　　"殿下！"元神出现在他身旁，跑过来扶住他，他看着元启的手，眼眶一下便红了。

　　"回清池宫，别让阿隐发现了。"元启低声道，在元神担忧的目光里沉沉闭上了眼。

元启在景阳宫的冷淡到底让凤隐有些心绪不宁，她回凤栖宫的时候，一张脸冷如冰霜，让青衣和凤羽都不敢近身。宴爽不知道去了哪儿，走的时候连声招呼都没打。

第二日元启神君回清池宫的消息就被天宫上仙和三山六府的掌教知道了。都以为青衣仙君重提了大泽山的旧案元启神君会留在天宫查明此事，可一想这事儿最大的突破点是妖皇鸿奕，他如今贵为一界之皇，又已入神，凭什么为了仙族山门的旧案来天宫自证己身？这样一想，原本在天宫的掌教们便辞了御风上仙，专心回洞府准备数月后的九宫塔之战了。到底是天帝择选，只要元启神君和凤皇不参加，他们皆有一战之力。

凤隐在天宫又等了三日，凤欢从人间匆匆而回。

"陛下，十三位下凡历世的仙侍已经全部找回了。"

凤欢持了凤隐的令牌入鬼界求助，鬼王特意开了生死门亲自将轮回的仙侍魂魄寻回。扰乱轮回秩序可是一件大事，凤欢全然没想到素来不好打交道的鬼王这般好说话，这可是个十成的大人情。

"去请御风尊上，把他们带到凤栖宫来。"凤隐合上书，淡淡吩咐。

是夜，凤栖宫的灯盏燃了半宿。第二日清晨，凤皇一行离开天宫，回了梧桐凤岛。

凤隐一回凤岛，大长老便来请她，说是凤染在听云台里等她。

凤隐连自个儿的宫殿都没回，忙不迭地去了听云台。青衣在凤栖宫里一闹，连凤羽和凤欢都知道了她的身份，她师君只怕早就在凤岛等着她回来了。

听云台上，凤染一身大红凤袍，懒懒地支着下巴左右手下棋，见凤隐入了台，一反常态地没让她作陪，连点眼风都没给她。

凤隐自知理亏，在一旁又是端茶又是垂肩了半晌，才吞吞吐吐唤了声"师君"。

凤染一个眼刀子甩来，皮笑肉不笑道："师君？我可当不上，全天下都知道我徒弟是大泽山的阿音女君，只有我这个当师君的不知道。怎么，如今出息了，受的委屈和冤枉要自个儿去讨回来，把你师君当个摆设？"

哪里有什么全天下，如今知道她曾经那身份的人两只手都数得过来，偏凤隐在一旁低眉顺眼着，一句讨饶的话都不敢说。她最是知道自己这师君的性子，当年为了一株妖树，只身一人都敢和仙妖两族结下死仇，后来更是把凤族从仙族中剥离出来。凤染的性子比她更护短、霸道，当年她受了这么大的冤枉，涅槃重生后却连身份都没坦白，如今凤染这几句不痛不痒的埋汰，已经算轻了。

"师君，我自己闯的祸，该我自己来承担。"凤隐低声恳切道。

凤染执棋的手一顿，千年前罗刹地的尸山血海她是见过的，可纵使她，当年也全然没想过那个惨死在罗刹地的女仙君还藏着个身份，更没想到那个在元启心中悔了一千年、忆了一千年的人会是她的宝贝徒弟凤隐。

这两个她亲手养大的孩子竟走到了如今这地步，真是一场孽缘。

凤染叹了口气，看向凤隐："你走了一趟天宫和鬼界，想查的都查出来了？"

凤隐愕然抬头："师君，您……早就知道了？"

师君这话……难道是早就知道自己的身份？

"猜到一些。"凤染挑了挑眉，"你可还记得梧夕前辈？"

凤隐颔首。

"他来梧桐凤岛的那日对我说……你的魂魄，他在一千年前的静幽山曾经见过。"

凤隐恍然大悟，难怪那日梧夕对师君说话时传音入密，原来是瞧出了她的身份。也难怪，她作为凤隐的魂魄曾经在梧夕的树魂里蕴养百年，当年又以阿音的身份出现在梧夕面前过，他自然能看得出。

"师君您不回天宫，是想让我亲手去查当年的事？"凤隐的声音有些涩然。

凤染颔首："我自是知道你的性子，自己吃的亏，合该自己讨回来。你在天宫这些日子，可查出什么来了？"

凤隐点头："当年的真相，十之八九都已经查出来了。"

"可找到了证据？"

"有，已经把证据交给御风上仙看管。"

凤染眼底露出赞许之色，却不问凤隐查到了什么，径直道："等天帝择出后，便把当年大泽山的事做个了结。"

凤隐颔首，突然开口："师君，当年大泽山之乱和澜沨上君的死疑点重重，我听御风上仙说过他曾禀告过您其中的疑点，为何您重回天宫后，没有细查这两件事？"

凤染饶有深意地看向凤隐："我还以为你不会问我这个问题了。"不待凤隐开口，她凤眼一瞪，"你想问的是一千年前你死后究竟发生了什么元启会避居清池宫，我也甘愿留在凤岛将天宫大权交给华姝？"

凤隐颔首。自她重生后，便发现了许多不合常理的事，桩桩件件都透着不寻常。一千年前元启因大泽山之故对仙族格外看顾，更不惜以神君的身份在罗刹地和鸿奕交战，他为何会突然避居清池宫，和仙族形同陌路？而她师君，仙族突逢战乱人心不稳，她却留守凤岛，将天宫大权和号令四海的大权交给了华姝，更是让人费解。

既然当年他们便对澜沨的死和大泽山被毁心存怀疑，她花了数月就能查明的事，他们为何过了一千年都毫无动作？听师君刚才的话，她分明对当年的事早就心中有数。

凤隐在天宫就已生疑，回凤岛便是为了向凤染问个究竟。

"你回来后，可曾见我出过手？"凤染开口道。

凤隐摇头，心底兀自有个猜想，还来不及说，凤染掌心幻出一团白色的炙火。这炙火虽纯粹，却黯淡无光，神力微弱。

凤隐神色一变："师君，你的神力……"

"这就是为什么这一千年我留在凤岛的原因。凤隐，一千年前你在罗刹地魂飞魄散后，的确还出过一件大事。"

凤染起身望向妖界的方向，陷入回忆。

"那一日我从海外凤岛赶到罗刹地阻止了仙妖之战。鸿奕领兵回妖界，我本欲回天宫彻查澜沨之死和大泽山之乱，但回宫途中突然感应到紫月山神力紊乱，于是我让御风带着仙族将士回天宫，和元启赶去了紫月山。"

"紫月山里到底发生了什么？为何会被重新封印？碧波和三火前辈去了哪里？"凤隐皱眉道。

"九幽炼狱的封印破了。"

只一句话，凤隐便变了脸色："九幽炼狱的封印破了？这怎么可能，那可是天启神君亲自布下的封印。"

九幽炼狱里关着自上古时代以来穷凶极恶的魔兽，若是九幽炼狱破了，那三界势必生灵涂炭。别说是举仙妖两族之力，怕是神界神君下界，也不能轻易将其弭平。

"天启神君离开紫月山后，把九幽炼狱的印玺交给三火掌管，从此三火就成了紫月山和九幽炼狱的守护者。当年你危在旦夕，元启带你去了紫月山求助，化神丹岂是那么好炼的，三火的神力耗了大半在那丹里。印玺和他神力相连，他的神力被折，封印自然就松动了。炼狱里的魔兽瞧准机会，在仙妖两族大战的那一日欲冲破封印重临三界。我和元启匆匆赶到，紫月山里正是魔力和神力相持之时，我损了大半神力和紫月山里的三火碧波联手，重新将九幽炼狱封印。"

凤染垂下眉，终是没告诉凤隐当年她死后元启一身神力尽散、昏迷数日的事情。

凤隐听凤染娓娓道来，神色复杂，她没想到她死在罗刹地后还出了这么大的事，若不是三火为她炼制化神丹，九幽炼狱的封印也不会松动，师君更不会折了大半神力在紫月山。

"那三火前辈和碧波？"如今凤隐最关心的便是三火和碧波。

凤染声音一顿："紫月山被重新封印后，没有人能进去，我能感应到他们的神魂，却始终无法和他们交流，所以我猜他们是被困在了九幽炼狱里。"

三火和碧波已入神，只要一息尚存，她就能找到他们问明白紫月山里的境况，可这一千年无论凤染如何努力，都无法和三火那微弱的神魂交流，所以她才猜测当年封印之乱时三火和碧波可能被卷入了九幽炼狱中。

"我一半神力为景润蕴养魂魄，一半神力折在了紫月山，只能在凤岛修养。"凤染微叹，"纵使知道仙人中恐有人勾结魔族，也只能将调查搁置下来。因为我回凤岛后，鬼王曾传信一封于我。"

鬼王？只怕有这副热心肠告诉她师君的是修言。凤隐眉心一动。

"鬼王说在轮回中发现了你的魂魄在历世渡劫，千年后我凤岛的小凤君将涅槃重生，让我静待佳音。我神力大损，强行出现在天宫只会让那隐在暗处的仙人瞧出端倪，为护仙界暂时安稳，我便留在了凤岛。"凤染看向她，"为师等了一千年，你果然回来了。只是我没想到你十几世的历世渡劫里，竟有一世是那水凝兽阿音。"

凤隐没想到千年前竟发生了这么多事，听见凤染的叹息，一时也唏嘘不已。

"紫月山的封印一时半会儿还破不了，待择出天帝，将澜沣的死和大泽山之乱查清，我再号召三界，联合妖族将三火和碧波从九幽炼狱中救出来。"凤染沉声道。

凤隐颔首，见凤染一副淡定的样子，松了口气。

九幽炼狱乃世间至恶之处，还好当初师君和三火前辈联手重新稳固了封印，才有了这些年的太平。

"为师为何会留在凤岛，你如今也知道了。"凤染看向凤隐，"至于元启，他为何千年不入天宫，和仙族形同陌路，就算我不说，你也该猜得到。当年你身殒罗刹地……"

"师君。"凤隐截断凤染的话，"从我踏入轮回历世的那一刻起，千年前的大泽山阿音便和我没有关系了。当年种种已经随着我的死全部湮没在罗刹地。我和元启……"

凤隐沉默后长长一叹，脸上露出些许释然："曾有缘分，但到底浅了一些。万事不可强求，如今他做他的清池宫神君，我做我的凤皇，这样也好。"

"凤隐，元启他……"凤染神情复杂，见凤隐神色坚定，她抬首向清池宫的方向看去，眼底露出一抹怅然，"虽然是我和天启教养长大，但是他的性子很像他父神。"

"罢了，你既然已有决断，为师便不再多言。"凤染怅然道。

"回凤仪宫休息吧，九宫塔之争，尚需你出力。"

"是，师君。"凤隐没能瞧出凤染话中的深意，回了凤仪宫休息。

听云台上，凤染看向妖界紫月山的方向，眼中落下浓浓的担忧之色。

半日后，紫月山外。

山外平静无波，封印之内却魔气翻腾。

凤染立在紫月山的结界外，望着山中的魔气神色冷沉。

大长老凤云立在凤染身后，脸上亦是一派担忧之色："陛下，您真的不打算把九幽炼狱封印将破之事告诉小陛下和元启神君？"

凤染摇头："封印已经无法再修补，没必要告诉他们。凤隐历劫归来，是我凤族的希望，无论如何你都不能把紫月山的事告诉她。"

"那您也不能……您等了这么些年，景涧殿下都还没回来呢，您怎么能……"

"没有什么能不能的。"凤染的声音里却有几分轻松，"我既然答应暮光接了这天帝之位，护住仙族和三界本就是我该做的。元启这孩子已经……"凤染声音一顿，没再继续说下去，她从怀中拿出镇魂塔，塔中白光炙热，浑厚又醇和的凤凰之力隐隐浮现，她眉间露出几许安然，将镇魂塔递到凤云手中，"大长老，替我把镇魂塔送到归墟山，

交给景昭。"

"陛下！"凤云神情哀恸，不忍去接，却终究在凤染的目光下将镇魂塔收在了怀中。

镇魂塔里，一只通体雪白的凤凰正闭目沉睡。浑然不知他消失的这一千多年发生了什么。

凤染和凤云从紫月山离开后，半空中一阵神力波动。

元启立在刚刚凤染站着的地方，眉目间落下一片阴影。

元神剑守在他身后，低低叹息了一声。

妖界，重紫殿。

鸿奕接见妖将回后殿的路上，瞧见宴爽抱着个大葫芦在树上晃着腿发呆。葫芦里装的是冷泉的冰酿，前些年宴爽在妖界里长居，两人时常探访妖界秘境，在一处冰谷里寻到了这冰酿，宴爽独好这一口，鸿奕便常为她备着。

鸿奕的脚步声打断了宴爽的出神，她一低头，正好瞧见妖皇冷峻却柔和的眉眼。

鹰族公主眉一扬，哼了哼："哟，陛下回来了。"

鸿奕知道宴爽心里不痛快，道："什么时候来的？"

宴爽却不答他，一双漆黑的眸子盯着鸿奕，突然道："你早就知道凤皇是阿音。"

鸿奕颔首，眼底的情绪微微浮动。宴爽瞧得分明，抱着大葫芦的手紧了紧，喃喃道："果然，所以你才让常韵长老去提亲。"

见鸿奕眉头一皱，宴爽想起凤隐在御宇殿里婉拒鸿奕求婚一事，有些尴尬，一跃从树上跳下来，笑着拍了拍鸿奕的肩膀，"没事儿没事儿，阿音不是说了和你做兄弟嘛，她愿意为你得罪整个仙族，已经很够义气了，也不枉你等她这么多年。"她一边说着一边很是感慨，"她回来就好。"

鸿奕眉间也是一松："是，她回来就好。"

"我这次来，是为了另一件事。"宴爽话锋一转，看向鸿奕，"元启在御宇殿中下诏重查当年大泽山之乱，他让常韵长老带给你的话，你可知道了？"

鸿奕一听见元启的名字神色便沉了下来，不咸不淡地应道："知道如何，不知道又如何？我如今身为妖皇，他仙族旧事，与我何干？"

怕不是因为仙族，而是因为召鸿奕入天宫的人是元启吧。宴爽叹了口气，见鸿奕眉目肃冷，道："阿玖，当年大泽山上发生的事本就不是你一个人的错，你若不入天宫查清旧事，那毁了大泽山的重罪会一直落在你身上，仙妖两族将来更无言和的可能……"

558

不等宴爽说完，鸿奕已经开口："阿爽，当年我在罗刹地斩杀仙君无数，就算我澄清了大泽山上发生的一切也于事无补，仙人不会放过我。我身上既然担了这么多仙人的命，也不怕再多担一个毁了大泽山的名头。"鸿奕看向宴爽，"仙族即将择出新帝，怕是不会太平，鹰族族人失踪的事一日不查明，鹰岛便有危险，这些日子你留在重紫殿，先不要回仙界了。"

鸿奕说着转身朝殿内而去，宴爽却唤住了他。

"若是阿音来请你，你也不入天宫自证清白？"

鸿奕脚步一顿，许久他叹息的声音响起："阿爽，回来的是梧桐凤岛的凤皇，不是阿音。当年我虽是被魔族所控，可终究是我屠了大泽山满门，她又怎会到妖界亲自来请？"

宴爽话语一滞，凤隐那双墨黑低沉的眸子拂过她心底，终究没有继续说下去。

鸿奕的身影循着小径渐不可见，宴爽无意识地敲着怀里的大葫芦，眼底划过微不可见的疑惑。

百鸟岛后岛的溶洞里，华默面无表情地坐在王座上看着角落里痛苦得缩成一团的华姝。

华姝双目赤红，指甲无意识地在地面上划过，鲜血四溢，混乱的魔气在她周身游走，痛苦地呻吟着。不过短短半月，那个在天宫威仪华贵、仙力深厚的孔雀公主已经面目全非。

华姝身前不远处立着五个木架，木架上用魔力束着五个仙力深厚的仙人，正是鹰族消失不见的族人。他们厌恶地看着华默父女，眼底犹有惊恐。

半个月前华姝跟着华默回到孔雀岛，华默将魔力种子种入华姝体内，华姝仙骨未除，仙魔之力在体内混乱一体，痛苦不堪。她根本没想到华默所说的快速修炼魔力是吞噬同为禽族的鹰人，到底内心深处作为仙人的骄傲犹在，这半月就算被魔力苦苦折磨，她亦不肯吞噬仙族。

"姝儿，吸了他们的仙力，你体内的魔力就会大涨，再也不会痛苦。"华默从王座上走下，行到华姝面前诱惑道。

华姝痛苦地摇头："父皇，他们都是仙人，我不能……"

"你不吞了他们，怎么增强魔力？"华默掌心暗黑的魔力若隐若现，"怎么去夺天帝的位子？怎么为澜沣报仇？"

华默在华姝耳边诱惑道："去，吞了他们，成为天帝，整个仙族都会以你为尊，父王也会以你为荣。"

华姝的眼神慢慢变得涣散，华默那句"为澜沣报仇"犹若压死骆驼的最后一根稻草，她猛地从地上立起，晃晃悠悠地朝被捆着的鹰人而去。

见华姝朝他们走来，木架上的鹰人眼底露出一抹惧意，但始终未曾服软。

"孔雀王，你们父女勾结魔族残害仙人，你就不怕被天宫发现吗？！"

"哼，以本王如今的魔力，难道还会惧凤染那区区小儿。"华默冰冷的声音响起，他重新回到王座坐下，如着魔般看着自己掌心的魔力，露出残忍的笑意，"别急，等我孔雀一族做了仙界主宰，自然会送整个鹰族去陪你们。"

随着孔雀王这句话，凄厉的惨叫在溶洞中响起，一阵混乱的魔力晃过，木架上的鹰人身上的仙力源源不断地涌进华姝体内。

一刻钟后，惨叫声渐不可闻，血泪从鹰人的眼眶中流出，一个个仙力全无地死去，只留下空瘪的皮囊。

华姝身上混乱的魔力终于归于平静，她睁开眼看着眼前的一切，尖锐的指甲插入掌心，脸上冷漠得不再有一丝人气。

"父王。"她转过身，冰冷而漠然，"要夺天帝位，这些人还不够。"

"哈哈哈哈哈！"孔雀王看着华姝的模样，快慰地大笑起来，"不愧是本王的女儿，好，父王这就给你多抓一些补品回来，三个月后天宫将无人是我儿的对手。"

孔雀王说着飞出溶洞，朝鹰岛而去。

华姝回转身看着惨死的鹰人，掩去了眼底的痛苦。

这一幕落在九幽炼狱弑神花海后的水镜里，玄一坐在玉石王座上，冷漠地看着溶洞里发生的一切。

不远处，碧波和三火正热火朝天地为了一点灵药互怼。碧波似是察觉了玄一身上冰冷的气息，回过头朝他吼了一嗓子，"喂！小白发儿，你心情不好啊？"

玄一抬头朝碧波看去，圆滚滚的胖兽正朝他挤眉弄眼，他第一次没有纠正碧波的混账称呼，突然开口："碧波，你也觉得，魔族是世间最可怖的东西？"

碧波一愣，不知道玄一为何突然这么问，他举着胖爪摸了摸额头，"不是啊，那也要看什么人用吧，像你，就一点都不恐怖啊。"

碧波笑眯眯地飞到玄一面前，讨好地在他的袖子上蹭了蹭："小白发儿，你是我这辈子遇到的最和蔼可亲又善良的魔族。"

"哦，鬼界九泉下的十万魍魉你知道吗？"玄一面无表情地看着发花痴的碧波，淡

淡开口。

"知道啊，我和碧玺那老儿还镇守过很多年呢。"

"那全是本君杀的。"

玄一冷冷一句话，卖萌撒娇的水凝神兽当即身体僵硬，一点点挪回自己不知死活的爪子，神速飞回了三火庞大的身躯后，再也不肯出来了。

魔神收起戏谑的表情，淡漠地扫了一眼水镜中成魔的华姝，手一挥，水镜散去，炼狱深处重归宁静。

上古神界的乾坤台上，厚重的真神古盘上静静浮现着四大真神的名字，十几万年来不曾变过。炙阳立在古盘前，突然伸手在上面一挥，流光闪过，斑驳黯淡的"玄一"在"炙阳"之下若隐若现。

他望向下界紫月山的方向，轻轻叹了口气。

鹰岛上，华默兴冲冲为华姝去抓祭品，却无功而返。

凤族四位长老化出真身在鹰岛上空四方相护，饶是华默如今的魔力深不可测，也只得悻悻离去。他能打败凤云等人，可一番争斗势必会引起凤染和凤隐的警觉，如今天帝人选未定，绝非他暴露身份的时机。

这一日夜里，孔雀族的长老莫名消失了三人，孔雀后岛的溶洞里，华姝被华默逼着吸光了同族的灵力。

三月时间在仙界弹指即过，天宫的青龙钟在天界敲响传到四海尽头的时候，久居海外凤岛的天帝凤染回到天宫，祭起九宫塔，公布了争夺天帝的人选。

令人意外的是，除了天宫四位上仙外，这一次三府六洞的掌教竟没有一人缺席，连梧桐凤岛的凤皇也跟着凤染来了天宫。唯有清池宫的元启神君，九宫塔之战前夕，仍旧没有出现。

华姝父女和众仙一起入的天宫，觐见完天帝后两人便回了景阳殿，并不显眼。凤染的目光在华姝的背影上扫过，眉头皱了起来。

"师君。"凤隐虽是凤皇，但在凤染身边也只有立着服侍的分儿，她见凤染神情不悦，道："上次我来天宫便发现孔雀王身上的灵力是我未曾见过的，这回华姝也是如此了。"

仙妖魔力两人都不陌生，可华默和华姝身上那股子沉郁神秘的力量，以他们入神的法力，都瞧不出个究竟来。

"明日九宫塔内，便能见真章了。"凤染眼底浮光微动，"我们做了这么多事，以

华默的性子，该是忍不住了。"

凤隐颔首，看向华默父女消失的方向亦目光沉沉。

景阳殿里服侍的仙侍们战战兢兢地从主殿退下，连红雀也没敢在华默父女身边多留。也不知怎的，公主回了一趟百鸟岛，性子竟比以前愈加乖张暴戾了。

"父王，明日便要在九宫塔里择出天帝，有凤隐在，女儿怕是不能十拿九稳。"华姝脸上犹有忧色。

"无妨。"华默声音冷沉，手一动，掌心幻出一幅赤红妖幡，递到华姝面前，"明日你带着它入九宫塔，众仙激斗正酣时，将此幡祭出。"

华姝一愣，神情大变："父王，这是聚妖幡？"

一千年前妖皇惨死在妖界三重天的重紫殿后，妖族至宝聚妖幡也一齐消失不见，怎么会在父王手中？

华姝神情莫名，想起千年前之事，声音干涩："父王，当年入重紫殿杀妖皇的是你？"

到如今这地步，孔雀王也不再隐瞒，大方承认，眼底隐有得色："是，我盗了御风的仙剑，和那魔尊合力将森鸿杀死。"

"父王，聚妖幡里收有不少上古妖兽，若我在九宫塔里将聚妖幡祭出，那天帝和各府掌教……"

"我要的便是如此。"华默冷冷打断华姝的话，嘴角露起笑意，"我已经悄悄将孔雀岛的兵将调至天门外，明日凤染和众仙齐聚九宫塔，妖兽尽出，必定两相争斗，待他们两败俱伤，我们便坐收渔利。"

华姝大震，她未想到父王竟早就筹谋在九宫塔里诛杀天帝和众仙，让孔雀岛在仙族中一家独大。

见华姝迟疑，孔雀王沉声道："姝儿，你真以为仙人染了魔力还能安然无恙地做天帝吗？"

华姝猛地抬头。

"为父这些年宁愿含屈受辱，也从来不曾用过体内魔力，就是怕被他们发现。无论仙妖都不会容忍魔族在世，明日九宫塔之争，你体内的魔力就无法再隐藏，不杀一儆百，震慑仙族，我们父女和孔雀一族，就再也没有活路了。"

孔雀王的声音落在华姝耳里，她颤抖地接过聚妖幡，点了点头。

"父王放心，为了我孔雀族的万年基业，女儿一定不会心慈手软。"

清池宫后池边，元启长身独立。

长阙匆匆走到他身后，行礼低声禀告："神君，天帝和凤皇已经去了天宫。"

元启颔首，唤了一声："元神。"

元神剑从元启袖中而出，化成人形。

"去紫月山。"

"神君。"长阙唤住两人，踟蹰道，"您真的不再去天宫一趟，去见见……"

元启目光扫来，长阙声音一滞，不敢再言。

元启将掩在袖中的手伸出，右手若隐若现，几近透明。

"这副样子，不必了。"

他说完，转身朝妖界飞去，元神剑复又钻入他袖中。长阙低叹一声，跟上了元启。

皓月当空，元启落在紫月山上空，一道挺拔威仪的红色身影正立在结界外。

魔兽的怒吼咆哮入耳，滔天的魔气仿佛要将结界撕裂。那道红色身影祭出寂灭轮，将魔力堪堪锁在紫月山中，让山中境况不为外人所知。

"结界还能撑多久？"元启沉声开口。

"最多两日。"那人转过身看向元启，"魔气太盛，凭我一人和天帝修补的结界已经困不住它们了。我当年进过炼狱，里面的魔兽穷凶极恶，一旦炼狱被打开，三界将重蹈七万年前的魔族之乱。"

"我知道。"元启的目光落在结界边缘喷涌而出的魔气上，神情微凝，"你做好你该做之事，紫月山交给我。"

元启说完，手一挥，元神剑化出剑身，纯粹的混沌之力覆在元启身上。他抬脚朝结界走去，凡混沌之力所到之处，魔气皆偃旗息鼓，缩回了结界中。

元启即将踏过结界的那一瞬，低沉的声音在他身后响起。

"阿晋。"

元启脚步一顿。

"阿音，她还是什么都不知道？"

元启摇头："阿玖，阿音早就不在了，如今回来的是凤隐。"

"当年大泽山上，是我错了。"

一千年后，妖皇对着当年那个在三界生死相托的朋友，终于说出了这句话。

元启回过头，冷冽的眉展开，笑了笑，已不是这千年冰冷漠然的模样。

拾玖 〇 算 前言

·563

"不怪你，大泽山当有此劫，天命如此。"他回眼看向结界深处的炼狱，"如今，我也该完成我的天命了。"

他说完，转身踏进紫月山，再未留下只言片语。

……

晨曦划破天际的时候，青龙钟之上，九宫塔悄无声息地悬在半空。

凤隐立在九宫塔前，一丝心悸突然涌出，她望向北方妖界的方向，眼沉了沉。

今日便是天帝之争，千年前的事也势必会见分晓，如此重要的日子，元启去了哪里，他为何没有出现？

"凤皇陛下。"御风并四位上仙立在她身旁，见她面色沉冷，唤了她一声。

凤隐回过神，压下心底的不安，颔了颔首，朝青龙钟下石阶上的众仙看去。三府六洞的掌教个个儿神色郑重，跃跃欲试。仙界几万年来头一次以灵力定天帝，自是勾起了这些老神仙的兴趣。

孔雀王站在一边的看台上，以他现在人前的灵力，自是不会参选天帝之争。

凤隐的目光绕了一圈，从孔雀王身上划过默默落在华姝身上。

华姝立在五尊最末，神情却不像往常那般孤傲，只低着头，掌心似是抚着什么一般轻皱着眉。

凤隐悄无声息地收回目光，恰在这时，凤染自御宇殿的方向飞来，落在九宫塔之上。

天帝一身火红帝袍，神情肃穆尊贵，负手于身后，帝皇之威显露无遗。

凤隐并众仙连忙行礼，孔雀王隐在众仙之中不过半礼，除了凤染，并未有人瞧见。

"吾即天帝位一千二百余载，飞升神界在即，必尽余力为我仙界择出仁君。"凤染朗声开口，手一挥，九宫塔大门应声而开。

"今九宫塔内，最先抵达塔顶夺下天帝印玺，便是我仙族新帝！众仙，去吧！"

凤染声音落定，凤隐、天宫五尊、三府六洞的上仙齐齐朝她一礼，然后聚起灵力朝九宫塔门飞去。

九宫塔门在众仙的注视下缓缓关闭，立在塔中的凤隐回头一望的瞬间，仿佛瞧见清池宫的长阙朝这里飞来。她还来不及狐疑发生了何事，九宫塔已经被彻底关上。

伴着九宫塔门落下的巨响，仙族第三位天帝择选，正式开始。

九宫塔分九重，每一重都由仙君守塔，每上一重闯塔之人的仙力便在里面削弱一分，直到第九重塔时只剩最后一成。

这最后一重塔，众仙一直猜测守塔之人乃是天帝自己，但不走到最后一重，谁也不知道里面是什么。

入九宫塔的一共十五位上仙，凤隐和众仙一走进塔里便发现十五座小门应声而现，小门被水镜所封，并不能瞧清里面的光景。想必这第一重的考验，便在这十五座小门之后。

凤隐和众仙微微颔首，率先走进了第一座水镜，众仙紧随其后，不过须臾，都已入内，唯有华姝皱眉看向水镜，犹疑片刻才踏入其中。九宫塔虽然厉害，但开始数层的力量也许并不强大，凭她体内的仙力或可遮掩一二。

凤隐甫一踏进水镜，便愣了愣，她脚下是厚厚的绿草，溪水潺潺，鸟语花香，溪边的梧桐树和竹屋静静立着，静谧而安详。这是大泽山后的禁谷，她降世长大的地方。

凤隐眼眶一热，刚想迈步瞧瞧这是不是梦境。她还来不及动，青涩的少年声音在谷上响起。

"小师姑！"少年的声音在谷底回荡，"掌门师伯和师叔们要收新弟子啦，让我寻你去大殿呢！"

凤隐心一动，朝谷顶飞去。青衣立在谷边，瞧她一眨眼就飞到了自个儿身边，嘴巴张得老大，声音都不成调了："小师姑，你的驾云术怎么一下就这么好了，前两个月不是还常摔跟头吗？"

青衣是个少年的模样，既不是千年前的童子，也不是千年后成熟的青年，凤隐定定瞧着他半晌，直到少年浑身的汗毛都竖起来了，她才开口："走吧，去山门大殿。"

说着也不待青衣带路，径直驾云朝前山飞去。

云上，她垂眼望去，大泽山山脉仙气四溢，各座山峰香火鼎盛，大殿的方向更是钟声阵阵，热闹喧嚣得很。

凤隐垂眼，九宫塔是上古神器，或许真的有踏破空间的力量，若是当年大泽山不遭劫难，是不是便是如今这副欣欣向荣的模样。

若是一切都不曾发生，她的师兄师侄们，如今是何种模样了？凤隐几乎是急切地朝大殿飞去，全然不管身后拼命追赶的青衣。

不过片刻，凤隐便落在大殿前，殿外钟声敲响，大泽山拜师的吉时到了，凤隐便是踏着这钟声走进了大殿。

闲善、闲竹、古晋三人高坐殿上，甫一见她，闲善慈慈一笑，朝她招招手，指了指元启身旁的空座。

拾玖 〇 算前言

·565

"阿音，大泽山收徒盛事，百年一次，你可莫要贪玩，给错过了。"闲竹摇着扇子笑道。

凤隐连忙点头，三两步并作一步，几乎是小跑着上了位子。

古晋见她坐下，朝她眨眨眼，也是一派笑意。

凤隐心底一热，掩下情绪坐定，朝殿下望去，见三名少年跪在殿中，正朝着闲善和闲竹叩拜。

"我和师弟本不欲再收徒，本想让子厚三人拜在你们名下，奈何我瞧着你们两个心性未定，未免误了他们的修行，他们还是记在我和师弟名下。再过百年，你们两人便要操持着收徒弟的事儿，为我大泽山传承香火了。"

闲善朝元启和凤隐望来，谆谆告诫道。

古晋和凤隐忙不迭点头，一副莫敢不从的模样。两人都是少年心性，哪里想做正儿八经的长辈，只想着再快活些年。

"阿音，你上前来，为三位弟子授穗。"闲善从袖中拿出三枚碧绿的剑穗朝阿音道。

按照大泽山的规矩，师父为徒儿授剑穗后才算正式拜入门下。承接剑穗，也算是大泽山一种身份的象征了。

凤隐一愣，没有动。

闲善仍笑得慈和："你一向玩闹惯了，合该为门中弟子做出表率，日后当持重些。"

闲竹连连点头，连古晋也拉着她的袖子让她快些去接掌门师兄手中的剑穗。

凤隐朝三人看了一眼，终于起了身，朝闲善的方向走去。

她刚到闲善跟前，闲善便半起身将手中的剑穗朝她递来，凤隐伸手去接。

恰在此时，闲善手中的三枚剑穗化成尖锐冰寒的长剑，朝凤隐刺来。两人距离如此之近，闲善仙力浑厚，凤隐根本避无可避。

可偏偏，在那仙剑刺进凤隐掌心的一瞬，她身前幻出一道坚硬的凤羽神障，将那仙剑震退三丈远，连带着闲善也闷哼一声，退到了座上，但他仍旧笑容和善地望着凤隐。

满殿之人，对刚才之事仿佛毫无所闻，仍旧人声鼎沸，人人面带笑容。

凤隐收起神障，沉着眼看着闲善，眼底威仪渐显。

那闲善眼底的笑意终于敛住，收起手中仙剑，朝凤隐微颔首："不愧是陛下的弟子，小仙得罪了。"

他说着褪去闲善的模样，化作另一仙人的模样，仙风道骨，白胡飘洒："上君青穹，

见过凤皇陛下。"

凤隐在仙界从未听过这仙人的名讳，可见许久之前青穹便已镇守九宫塔中。

"上仙职责所在，本皇何以怪之。"凤隐摇头道，转身便欲出殿，青穹却唤住了她。

"小仙钻营幻境万年，镜中人绝可以假乱真，不知凤皇陛下为何知道这是幻境所化，提前防备？"青穹狐疑道，他笑意盈盈地看向凤隐，"就算知是我化，陛下也该知道拆穿小仙，这幻境就会消失，这是陛下最怀念之处，难道陛下就舍得这里的一切？"

凤隐顿住脚步，回过头，看了一眼殿上众人，目光在闲竹、古晋、青衣等一众弟子身上拂过，最后迎上青穹的眼。

"上仙灵力高深，这幻境确可以假乱真，可做得再真，只是形似人，心却不能幻化。上仙不知，我那闲善师兄虽然古板慈和，却最是守礼，更对大泽山的每一个弟子一视同仁，弟子的剑穗，他一定会亲自授予，绝不会假手于人。"

凤隐垂下眼，不再看眼前的一切，低低一叹："况且，世间大泽山只那一处，它在，便是我的山门；它亡，亦无处再可替代。区区幻境，我沉溺其中，才是对大泽山的不敬。"

说完，凤隐转身而去，再未回头。

青穹在她身后，亦是一声叹息。

另一处幻境中，华姝一身大红雀羽嫁衣立在青龙台上，她脸上的笑容和满足在身边的喜绸变成仙剑刺进掌心的一瞬变成了痛苦。

她身旁，丰神俊朗、身着喜服的澜沨同样化成了青穹的模样，就要收回仙剑，他叹了口气："尊上不能逃出七情六欲之苦，沉溺往事，着实可惜了。"

却不料，青穹收回仙剑的手被一双冰冷的手拉住。

华姝缓缓抬头，满是鲜血的手紧紧将青穹的手腕扣住，眼底满是冷寒："既化作了他，为何不完成这场婚礼，为何！"

华姝一点点将青穹的手向自己拉近，全然不顾掌心的鲜血，扣住青穹的指尖现出些许黑色魔力。

青穹迎上华姝眼底的冰冷，心底一颤，待瞧见她指尖的异样，猛地变了脸色："魔气！你身上居然有魔……"

他话音未落，尚来不及全力后退，华姝一掌拍在他额间，将他的天灵震碎。

顷刻之间，这镜中幻境全化为虚无，华姝冷哼一声，一眼都未落在闭目而亡的青穹身上，转身出了幻境。

华姝是最后一个走出幻境试验的人，她踏出的瞬间，凤隐和另外八位上仙齐齐朝她望来。她扫了一眼，入九宫塔的十五位上仙，已出局五人。

她沉默地立在众仙之后，并不多言。

倒是御风见她全身而退，感慨道："公主也是心志坚定之人，这道幻境着实厉害，连惊雷都未走出来。"

幻境试验，只要试验之人被幻境中人所伤，便会被守关者送出九宫塔。

凤隐瞧了华姝走出的那道幻境之门一眼，颔首道："既然华姝上仙出来了，那便入第二重塔。"

她说着跃身朝第二重塔飞去，众仙不敢怠慢，跟在了她身后。

九宫塔一重幻境里，脸色苍白的青穹拍着胸脯，一脸劫后余生的神色，可他那模样，去了花白胡子和老态龙钟，明明是个俊俏飘逸的青年。

"我去，现在仙族的女人都是疯子啊！新凤皇一副再惹她就劈死老子的模样也就算了，那个孔雀族的疯女人还拍死了老子一个分身，老子安安静静在九宫塔里修炼，招谁惹谁了，亏得老子本事大，要不然守个第一重塔，吓都要吓死几回！"

青穹跳着脚咋咋呼呼，突然身前现出一个火红的身影，一抬头，对上了另一双桀骜威仪的凤目。他一愣，手忙脚乱地跪下行礼："小仙见过陛下！"

那人转过身，身上的帝袍无风自动，懒洋洋道："你刚才说，仙族的女人都是什么？"

青穹哆哆嗦嗦地抬起头，半天蹦不出个屁来，半晌，突然往地上一倒，抽搐着吐出一句话来："陛下，小仙死了。"

"哦？怎么死的？"

"吓死的。"

九宫塔，酒色财气贪嗔痴武，一重又一重的试炼，第一重幻境为嗔，第八重幻境为武，待闯过这八关时，天宫上仙包括凤隐在内，只剩下御风、华姝、昆仑老祖和炎火上仙五人。

九宫塔外天帝并一众仙君静待塔中胜负，无人发现帝位上的帝君只是个花架子的分身。仙君中的孔雀王亦神色木讷，隐在众仙中毫无光彩。

第九重宫塔的大门在凤隐、御风等五人面前大开，待瞧见里面的光景，都不由得一愣。

九宫塔最后一重，竟是天宫御宇殿的模样。帝座上空飘浮着一物，散着莹莹白光，赫然便是天帝印玺。五人同时目光一沉，天帝大刺刺将印玺置于帝座上，不就是让最后

入第九重的上仙以仙力相争，夺帝印者为胜？对比前八重试炼的迂回，这第九重宫塔的胜负之争倒是直白。

五人里唯有凤隐入了半神，若独一挑战，其他四人必败无疑，若群攻而上，又对凤隐不公。

御风朝凤隐看了一眼，而后朝后看去："诸位都是仙家巨擘，无论谁夺得帝印都有资格执掌仙界，但这次帝君之争万不可伤了仙家和气。任何比试运气亦包含其中，我们不如以抽签为序，两两对决，轮空者与另外胜出者中实力强者再一决胜负。"

御风一向是天尊之首，他这话说得公正，亦没有偏帮谁的嫌疑，除了华姝，另外三人皆点头应是。

御风看向华姝："华姝尊上对本尊的这个提议可有疑虑？"

华姝神色冷沉，眉间一缕戾气暗藏，她扫了凤隐一眼，慢腾腾道："御风尊上，凤皇陛下已经入神，灵力本就在我们之上，若是她轮空比试，跟直接得了帝印有什么区别？"

御风神情一正，道："华姝尊上，本尊刚刚说了，运气也是实力的一种，若是凤皇陛下轮空，又最终得了帝印，我等心甘情愿退居次位，奉其为帝。"他的目光沉沉落在华姝身上，"殿下，仙族同气连枝，天帝陛下在入塔前曾再三叮嘱，这场比试只择帝君，绝不可伤了性命，尊上可还记得？"

华姝袖中藏着聚妖幡的手一紧，避过御风灼灼而来的目光，颔首回："尊上放心，天帝陛下的叮嘱，本尊自是记得。"

华姝嘴上虽这么回，心底却暗自沉吟，塔中任何一人的仙力都不可小觑，若是凤隐轮空，即便自己到时祭出聚妖幡，要诛杀其他四人也有些难处。她抬头望了一眼塔外，眼微眯。塔外还有看新帝择选的凤染和一众上仙，父王说九宫塔外交给他处理，也不知布置妥当了没有。

凤隐的目光在华姝面上扫过，像是没发现她异样的神色一般。

她犹疑之时，御风已化出一支签筒抛向半空，空中五支碧绿的翡翠签在筒中旋转。

御风一抬手，五人皆一指指向半空，从签筒中各自卷出一支翡翠签握在了手里。五人同时张开手，昆仑老祖第一位，御风第二位，凤隐和炎火分别抓到第三、四位，华姝竟恰好是最后一位，是被轮空的人。

华姝似也有些意外，眉色瞬间松快不少，她顿觉神色太过外露，立马敛了神情朝四人抬了抬手："既抽签如此，那华姝便在一旁等候。"

御风颔首，温声道："尊上在一旁记得祭出护身障。"他说着看向另外三人，神情郑重，"虽陛下交代不能伤及性命，但今日帝君之争干系我仙族万年基业，还请诸位全力以赴，择出能御领我仙族的帝君，才能不负陛下所托。"

凤隐等人颔首，御风说完和昆仑老祖一同跃向半空，两人化出一片仙障，随后闭目盘腿而坐，瞬时两人身后各自出现一道幻影在仙障中比拼起来。两人都是仙族资格最老的神仙，以元神交战凶险更在肉身之上，这场比试极难见得，观战的人若是细心体会，至少精进百年修为。

九宫塔外的散仙们瞧得津津有味，更是期待凤皇和炎火上仙的交手。不过炎火上仙只是一品上仙，怕是难敌凤皇。果不其然，凤隐虚手一抬化出神障，将炎火上仙卷入其中，不多半句废话，直接比试起来。

凤隐和炎火的交手倒是比御风和昆仑老祖的直接，两人没有化出元神，各自祭出了灵器。炎火的凌云圈上炎火炙炙，霸道无匹。倒是凤皇的灵器众仙还是头一次瞧见，那是一把平平无奇的长剑，通体银白，剑的样子极为普通，只是隐约有些古朴的意味。众仙心底讶异，唯有炎火瞧着那剑一愣，望向凤皇的目光深了深。

炎火走神也不过一瞬，在众仙瞧出端倪前他的凌云圈已经卷着霸道的烈火，迎上了凤皇的长剑。

两人灵器相交的一瞬，凤隐神色微变，猛地瞧向了炎火。她手中攻势未停，像是不经意间随手一挥，两人交手的神障突然变得雾霭蒙蒙，众仙只当两人交手灵力过强，并未察觉出异样。

神障内，凤隐抿唇望着手持凌云圈的炎火，低声怒道："今日仙界择帝，你为何会在这里？"

那凌云圈中隐含的妖神之力，旁人感觉不出，可瞒不过已经入神的凤隐。

鸿奕身为妖皇，怎么会以仙界炎火的身份争夺天帝之位，还入了这九重宫塔里？

化成炎火模样的鸿奕朝凤隐眨眨眼："既是仙界盛事，我自然该来凑凑热闹，况且……"他朝神障外华妹的方向望了一眼，"那些不干不净的罪名落在我身上，我可不愿意一直背着。"

"师君可知道你来了天宫？"凤隐皱眉问。

鸿奕听见凤隐此问，忽而眼底现出些许慈悲和怜悯来，他避过凤隐的眼，道："放心，一切都在天帝的意料之内。本皇在这儿，误不了你仙界的大事，阿隐，放手一战，

让我看看千年后你是不是有了和本皇对垒的资格。"

鸿奕说着长啸一声，手中凌云圈炎火大盛，凤隐亦被鸿奕这句话勾出战意来，银剑上神力大展，和鸿奕的凌云圈缠斗在了一起。

神障外的众仙瞧不清里头的光景，只看见凤隐和炎火相斗的灵力震动犹在御风和昆仑老祖之上，一时惊诧不已，纷纷猜想炎火上仙怕是对天帝之位极为渴望，这才拼了老命和凤皇相争。

两个仙障里的人战得热血沸腾，灵力四溢，塔外观战的仙家们群情激昂，便是在这时，一道隐秘的声音落在了华姝耳边。

"一刻之后他们四人便能决出胜负，在御风和昆仑元神归体之前，震破仙障，伤其仙基。"这赫然便是孔雀王阴沉的声音。

华姝心底微微一颤，她悄无声息地颔首，紧了紧袖中的聚妖幡。

阴沉的声音风过无痕，两个仙障中的人依旧战得精彩，御风不愧是天宫首尊，昆仑老祖的元神脸上已出现了疲态，明显不敌于他。另一边，凤隐的长剑始终和凌云圈相缠，凌云圈上的炎火被剑光逐渐压制，火光淡了下来。众仙瞧得聚精会神，心底想着怕是就这一两息的时间，四人便要决出胜负了。

恰在这时，两道碧绿仙力陡然朝两个仙障内而去，仙力毫无阻挡地进入障内，一道攻向了正在相斗的御风和昆仑老祖的元神，一道落在了凤隐和炎火身上。御风昆仑两人的元神同时一震，在破碎之际被仓皇逼回体内，两人睁开眼，吐出一口鲜血，脸色顿时惨白。元神交战时被人偷袭非同小可，幸亏两人仙力深厚，万年仙基才没毁于一旦。凤隐和炎火亦在交战的紧要关头，虽没御风昆仑伤得重，但也是脸色一变，灵气上的神力都黯淡了不少。

异变陡生，凤隐硬是分出三股神力，将重伤的御风等三人在空中稳稳接住，从空中落下。

这一切不过瞬息之间，塔外众仙回过神，惊呼之下望向使出碧绿仙力的人，眼中皆是不可思议之色。

那人趁着变乱之际，竟一跃立在御座前，离天帝印玺只有一臂之距。

怎么会是华姝公主？她为天宫五尊之一，天帝候选人，怎能在众目睽睽之下以如此下作之法伤仙族同袍，抢夺印玺？就算她得了印玺，如何服众？几乎是同时，众仙以愤怒的目光看向天帝位下的孔雀王，却见孔雀王神色木讷，而王座上的天帝神色亦浑然不

变。

而九宫塔内，华姝目光幽幽，指尖在帝印上拂过，昂然望向了凤隐等四人。

"想不到天宫五尊之末的华姝公主，竟然已经入神。"凤隐锐利的目光落在华姝脸上，沉默许久，终丁开了口。

她这一声，不仅震惊了塔外观战的众仙，连闭目养伤的御风等三人，也惊讶得睁开了眼。

"凤皇神力，不过如此。"华姝扫了一眼凤隐略显苍白的脸，漫不经心地哼了一声，眼底是蕴藏许久的畅快得意。

凤隐将重伤的御风三人掩在身后，沉眼看向华姝："本皇区区神力，确实不及公主。只是恕本皇眼拙，想请教公主，你这一身神力如何得来，你未渡劫，又是如何入的神？"

"未渡劫化神的又何止我一人。"华姝的目光落在凤隐身上，"凤皇可降世为神，难道我便不能？"

"本皇未渡劫？"凤隐眉微挑，迎上华姝挑衅的目光，眼底透出一抹追忆和深意，"你又怎知本皇未曾渡过劫？"

华姝和众仙为凤隐话中的深意一愣，尚未及反应，凤隐已经一步上前朗声道："华姝，先不论你这一身古怪的灵力从何而来，天帝之争你贸然重伤三位仙尊，意欲何为？"她的目光朝九宫塔外望去，在孔雀王的方向顿了顿，复又道，"这是你一人之意，还是整个孔雀族的意思？"

此话一出，众仙面带愤怒朝孔雀王望去，孔雀王仍一副无动于衷的模样。众仙心底异样，便要喝问孔雀王，尚来不及开口，九宫塔里昆仑老祖的声音已然响起。

"华姝上仙。"昆仑老祖抬眼望向御座旁的华姝，声音沉沉，他顿了许久，才问，"上仙这一身灵力可是魔族功法？"

昆仑老祖话音一落，众仙皆惊，华姝兀然色变，怒道："老祖这是何意，难道本尊能入神，便只有修炼魔力这一途不成？"

昆仑老祖见华姝否认，叹了口气："华姝尊上，魔族是消失三界已久，但三万年前我曾于南海斩杀一低等魔族，其所用灵力和你刚刚伤我和御风尊上的同出一源，三界内修仙修妖都需渡劫，唯有魔族不用，你未渡劫而化神，不是修炼魔力，又是什么？"

华姝眸色一沉，未料到昆仑老祖竟和魔族打过交道，她一出手便被瞧了出来。她心知如今既被看破便再无隐瞒的可能，淡淡道："是又如何，不是又如何？"

众仙听得华姝并不否认，皆勃然色变，唯有凤隐和炎火眼底并无波动。

昆仑老祖亦神色沉重，看向华姝："你身为天宫五尊之一，怎可修炼魔族功法？"

"修炼魔族功法又如何？魔族久不现于世，不过区区功法，有何不可修行的。"她的目光落在凤隐身上，"天帝和凤皇勾结妖族，戕害我仙族，我若不修习魔族功法入神，如何敌得过天帝和凤皇，为澜沣上君讨个公道！"

华姝这一声悲愤而凄苦，让众仙震惊，大家对望一眼，着实不明白华姝这一句从何而来。

"华姝，天帝陛下和凤皇一心为我仙族，你岂可中伤两位陛下！"一直盘腿而坐调养内息的御风猛然而起，愤怒地看向华姝，连一声"尊上"也不再唤她。

华姝不为所动，看着御风眼底现出一抹冷意："天帝和凤皇一心为了仙族？真是笑话，这千年她们一个为了复活死了几千年的情人置整个仙界于不顾隐居北海，一个得天之幸降世为神不过短短数月，她们两个为仙族做了什么？我的澜沣代凤染兢兢业业守着天宫千年，那妖狐害死他铁证如山，就因为凤染和常沁交好，她们竟要为妖皇洗脱罪名……"华姝的目光在御风面上扫过，愤而望向九宫塔外的漫天仙人，"我若不成神，谁为他讨回公道！"

数月前元启上神的寿宴上，大泽山的青衣仙君和鹰族宴爽公主力证鸿奕是受魔族所控才犯下大泽山的错事，引得众仙纷纷猜测澜沣上君之死也是暗藏隐情。因着华姝和澜沣的关系，从未有人在她面前道过是非，却不想她仍是听见了这些猜测，此时众仙见华姝如此悲愤，一时都有些惭愧，心里更生出些许动摇来。

华姝尊上如此言之凿凿，难道天帝真的为了和先代狐王的情谊而混淆当年是非，故意为妖皇洗除罪名不成？

凤染生性狂放，向来视仙律如无物，和常沁交好又是众所周知的事儿，澜沣代掌天宫的千年确实深得人心，此时华姝说一句为了澜沣的公道修炼魔力，一时倒真无人忍心责备于她。

凤隐倒未想到会从华姝口中听到这些话，她迎上华姝悲愤的目光，想到那深埋天宫深处的真相，瞳中染上复杂和怜悯之意。

原以为华姝一生汲汲于权力和名声，想不到她待澜沣竟有真心。但不论她所求为何，亦不能将一身污名泼在师君身上。

"华姝，澜沣上君若是仙魂有灵，怕是不愿受你这口口声声为他的公道正义。"凤

隐拦住神色不忿的御风上仙，手微抬神力涌动缓缓向半空飞去，和御座旁的华姝目光齐平。

"你胡说什么？"华姝勃然色变，指向凤隐，"你不过仗着火凤凰的神脉一步登天，这世间任何劫难你都未受，所有功德你都未造，你有什么资格来定澜沣的公道！连凤染都要受天雷之火才能晋位为神，你一步登天，谁知道你的神力从何而来，你指责本尊修炼魔力，说不定你那一身神力来得更龌龊蹊跷！"

"你说本皇任何劫难都未受？"在华姝满是恶意的指责中，凤隐看向她，一双墨黑的凤眸冰冷而深沉，她于虚空中一步一步朝华姝走去，望着她，眼底卷起滔天骇浪。

千年前就是在这青龙台上，她一身是伤跪伏在地，惶然无依地受了华姝道道欲置她死地的六道天雷！

华姝撞上凤隐眼底的杀意，心底一颤兀然一退。

凤皇这双眼、这双眼怎会这般熟悉，竟像极了当年那个低等卑贱的水凝兽……

华姝深埋心底千年的旧事涌了上来，凤隐站在御座数步开外，望着她终于开了口："华姝，不知剔仙骨，除仙籍，七道天雷加身，百世人间轮回，千载冤屈骂名，在你眼里，算不算得上劫难？"

凤隐一双凤瞳静静落在华姝身上，嘴角勾起一抹弧度，深沉而凛冽："说起来，本皇这一身神力，无上神位，还是你亲手所赐。"

凤隐声音清澈，直上九天，众仙尚未听懂凤皇话中深意，华姝已神情大变，猛退一步，避凤隐如洪水猛兽，抬手指向凤隐："你是，你是……不可能，你不可能是她，她只是个卑贱的水凝兽，你怎么可能是她！"

"我怎么不能是她。"凤隐眼底没有一丝波澜，"华姝，六道诛命天雷，不过区区千年，你忘了，本皇可没有忘。你想要澜沣的公道，本皇今日就还你一个澜沣的公道。"

凤皇声音朗朗，落在塔内四人和九宫塔外众仙的耳中，听出端倪的仙君们神色震动，都不敢相信。

凤皇难道，难道竟是当年那亡于罗刹地的大泽山女君不成？澜沣上君的死到底有什么隐情，当年的阿音女君究竟知道什么？

塔外众仙正欲听凤皇再言，恰在这时，数道黑沉的灵力突然聚在半空，霎时间从天而降落在青龙台四周，化成牢笼将台上众仙死死围住。其中一道最浑厚的灵力落在御座上，竟一击就将天帝凤染劈得粉碎。

天帝死了？就这样被这来历不明的灵力给劈死了？！

众仙眼中尽是震惊和荒谬之色，尚来不及惊呼，牢笼上恐怖的灵力吞吐着火舌把众仙朝牢笼中间逼去。

众仙慌乱中欲以仙力破开牢笼，却在触上牢笼的一瞬被那暗沉的黑气所伤，黑气沾染之处仙骨腐化，竟用仙力治疗不得。

"魔气！"当即便有仙人骇然惊呼，眼中现出恐惧来。

三界能吞噬仙力的只有魔气！魔族消失世间已久，九重天宫里怎么会有如此强大的魔族？不仅悄无声息入了天宫·招劈死天帝，还能在顷刻间将所有上仙困在此处！

"若想活命，就老实在里面待着。"冰冷的声音从牢笼上空传来，一团黑气裹着一个人影立在其中，那身形和声音众仙都极为熟悉。

"孔雀王！"有几位天宫上仙定睛一看，待确定了那黑气的身份，怒而喝道，"你居然也修炼了魔力，你身为堂堂仙王，竟堕入魔道，残害天帝诛杀仙袍，你枉为仙族！"

那上仙话音还未落，一道魔力透过牢笼兀然落在他身上，那上仙惨呼一声，立时倒在地，鲜血从口中涌出，仙灵散了个干净！

不过顷刻间，黑雾便笼罩了整个天宫，屹立三界六万载的仙族圣地九重天宫，被笼上了挥散不去的阴影。

那上仙倒地的同时，黑雾猛地跃至九宫塔之上，里头伸出一双染满黑气的巨掌，化出数道若隐若现的魔力落在九宫塔上将塔牢牢封印。

黑雾中走出一道身影，这人一身黑色王袍，正是孔雀王。他睥睨青龙台上被困的众仙，目光在那倒地不起、口吐鲜血的上仙身上扫过，眼中没有一丝温度。

"谁若再出言不逊，冒犯本王，便是此等下场。"

看着阴沉狠毒的孔雀王，众仙眼中皆带愤怒，却没了之前华姝夺帝印时的惊讶和不可置信。

连孔雀王都已入魔，华姝偷袭仙尊抢夺帝印又算得了什么？

"姝儿，还不动手！"

魔气虽将九宫塔暂时封印，但九宫塔乃仙界神器，可阻挡魔力侵蚀，仙族最强大的几个仙尊全在九宫塔里，若他们出塔孔雀王便别想轻松拿下天宫。

塔外发生的一切不过瞬息之间，待孔雀王的冷喝声响起时，一直等待时机的华姝一把夺过天帝印玺，猛地后退数步拉开和凤隐的距离，手一挥将袖中之物祭出。那物甫一

拾玖 ○ 算前言

·575

出世，浑厚的妖气竟将凤隐等人的仙力压得一滞。

御风和凤隐等人瞧出此物的来历，神色一变。炎火眸色顿深，看向华姝的目光更是冰冷："聚妖幡！"

华姝将灵力注入聚妖幡中，瞬间巴掌大的聚妖幡化成十丈大小笼罩在第九重宫塔的上空，凄厉的咆哮声自幡中响起，数十个赤红的妖影自幡中飞出，化成虎狐熊等巨兽落在华姝身前。它们似是闻到了不远处仙族的气息，眼中露出渴望嗜血的凶光。

这些妖族强者十有八九是死在仙族手中，带着对仙族强大的怨恨甘入聚妖幡为妖皇驱使，对仙族的憎恨是融进骨子里的，哪怕不受华姝驱使，也不会放过九宫塔里的仙人。

那些妖影只剩累累白骨，周身上下却被极强的火光和妖力覆盖，皆是妖族凶兽。它们没有记忆，只剩下微薄的意识和对仙族的憎恨，死后被收入聚妖幡中炼化，为聚妖幡所驱使。聚妖幡乃妖族至宝，历来存于妖皇之手，华姝以魔力驱使，即便能打开聚妖幡，也不过是将其中十分之一的凶兽放出罢了。但这些凶兽每一个都有和天宫上仙一战之力，要诛灭御风等人并非难事。

难怪孔雀王父女仅凭两人便敢犯难天宫，原来是有聚妖幡在手！

华姝看向凤隐，眼底露出复杂的神色，"无论你是谁都不重要，千年前我能杀了你，千年后我也能！"她说着长喝一声，"去！"

华姝挥动手中的聚妖幡，漫天的白骨妖兽长啸一声，在塔外众仙的惊呼声中蜂拥朝御风等人扑来。它们口吐火舌，数十张血盆大口张开，喷出的妖力似要遮天蔽日。

凤隐眉头紧皱，沉喝一声："天泽！"

凤隐身旁那把静静矗立的天泽剑在她的召唤下飞到她面前，猛地化成数丈高的巨剑，燃起白色的火焰将咆哮而来的白骨妖兽们拦在御风等人身前。

白焰炙火，世间可燃烧一切的焰火。飞奔而来的妖兽在天泽剑的威势下猛地一滞，染上炙火的白骨瞬间开始燃烧，它们发出愤怒的咆哮，张嘴咬断身上染上炙火的白骨，抬眼望向凤隐的方向，眼中露出森冷的杀意。

这些白骨妖兽们竟然停了脚步，突然齐齐朝为首的白骨冲去，顷刻间数十个巨大的妖兽化成一个数丈高的白骨巨兽，它长啸一声，朝着凤隐的方向冲去。

那白骨巨兽比天泽剑还要高上一倍有余，它嘴中吐出巨大的火舌和天泽剑的剑火相缠，虽然被剑火灼伤的白骨焚烧着，但它没有血肉，竟就这么用巨大的白骨身躯冲过了天泽剑的炙火，数丈高的身躯一脚跨到了凤隐面前。

凤隐猛地跃高，收回天泽剑一剑劈下，却没想到那越过炙火的白骨瞬间又化回那十来个妖兽，咆哮着吐着火舌朝盘腿养伤的御风昆仑而去！

谁说这些死去的白骨妖兽没有意识，他们活着的时候都是统领一方的妖族巨擘，战场上简直狡猾诡谲得不得了！

见那些白骨妖兽冲向御风和昆仑老祖，凤隐终于变了脸色，但她周身被七八个白骨妖兽缠着，分身乏术！

御风和昆仑老祖在打斗时被华姝重伤，一直在调理内息，这些妖兽的妖力本就不在他们之下，但奇怪的是，这些妖兽冲向御风和昆仑，竟从始至终都没有攻击一直站在两人身旁的炎火。

不只是九宫塔外的孔雀王和众仙，连华姝也觉得不对劲。她眉头一皱，还来不及细想，凤隐的天泽剑猛地爆出一阵白光，她一剑将身边的白骨妖兽击退数丈，眼见着御风和昆仑就要被妖兽的妖火所吞噬，凤隐一边朝御风昆仑的方向飞去，一边朝炎火的方向怒吼："鸿奕！"

她一声喝出，众仙还来不及回过神，一道身影从一旁跃来，他手中一道巨轮祭出，冲天的红光将白骨妖兽们张开的血盆大口一轮砸得粉碎，那人身上浩瀚的妖气骇得一众妖兽们猛地后退数步，这间隙凤隐手持天泽剑也落在了御风和昆仑身前。

众仙定睛一看，那一招退散众妖兽手持寂灭轮的，不是妖皇鸿奕还能是谁！

仙界帝君争夺，妖皇怎么会在天宫？众仙瞧得分明，妖皇分明是刚才的炎火上仙所化，妖皇在这儿，那炎火上仙又去了哪儿？瞧凤皇刚才那一声呼喝，分明是知道炎火的真实身份的。众仙虽摸不着头脑，但好在刚刚妖皇救下了昆仑和御风上仙，比起魔族现世，仙人们待妖族显然要和气些。

鸿奕身为十尾天狐，本就是妖族中的至强者，他继承妖皇之位千年，退却的白骨妖兽们闻到了他身上浑厚的皇者之息，瑟瑟地后退数步，互相对望的白骨眼眶里露出了明显的疑惑。

华姝见白骨妖兽们后退，一时羞怒，看向凤隐的眼底带了冷笑："堂堂凤皇勾结妖族入九重天宫，你有什么资格指责我修炼魔族功法！"

她说着摇动聚妖幡，白骨妖兽们低声咆哮踟蹰不前，既不敢忤逆触犯鸿奕，也不敢不为聚妖幡所驱使。

"聚妖幡你是从哪得到的？"鸿奕神色冰冷地看向华姝。

一千年前前任妖皇被刺杀在重紫殿，自此聚妖幡便失了下落，妖界举全族之力寻找千年，却没想到竟在华姝手里。

华姝看向孔雀王的方向。同时被凤皇和妖皇的神息压制，若不是有聚妖幡在手，刚刚入神的她显然无法同时与两人抗衡。

"姝儿，以血相祭，它们自然不敢违逆你。"九宫塔外，看着鸿奕现出真身的孔雀王眯起了眼，朗声吩咐。

华姝神情一滞，以血祭祀，这一战后她只怕神位就保不住了。但有什么关系，只要能杀了鸿奕为澜沣报仇，她什么都愿意！更何况，还有一个阿音转世的凤隐，若是不除这两人，她日后再无宁日。

华姝颔首，掌心一挥就要以灵血祭聚妖幡。鸿奕面色一变，以华姝如今成神的灵血，她以血祭幡至少可召唤百余拥有妖君之力的白骨妖兽，到那时即使他是妖皇，也无法同时将如此庞大的妖兽群镇住。

就在华姝挥掌祭血的一瞬，第九重宫塔的塔顶猛地泛起一道耀眼的白光，一直隔着魔力封印的塔顶化成一把巨伞，两道人影自伞中落下，其中一道红色身影一掌劈开孔雀王布下的黑色封印，另一掌将凤隐御风等人卷起，飞出了九重宫塔的桎梏。

那人将受伤的御风和昆仑放在青龙台的另一侧休养，缓缓飞到孔雀王眼前。她轻轻打了个响指，帝王御座腾空而现，她腿一抬懒洋洋地坐在帝位上，抬眼看向了脸色微变的孔雀王。

她身后立着个一身碧绿道袍的俊俏仙君，一手托着个缩小的九重宫塔，一手举着一把碧绿的伞立在帝座身旁，一副狗腿的模样，赫然正是九重宫塔的守塔者青穹。而那坐在帝位上的红衣女君，正是被孔雀王一掌"劈死"的天帝凤染。

青龙台下被困的众仙见天帝重现，眼底皆现出希望的神色来。太好了，天帝尚在，天宫和仙族还有希望！

"你果然早就入了九宫塔！"孔雀王沉哼一声，卷起黑云飞到青龙台，将青龙台切成两段，把身后黑牢里禁着的上君握在手中和凤染分庭抗礼。他扫向鸿奕和凤隐，"想来妖皇出现在此也是你的手笔。陛下真是好手段，竟用爱徒的性命为饵，若是华姝早早祭出灵血，凤皇焉能从妖兽手中活着出塔？"

孔雀王贯会挑拨是非，一句话便想离心凤染和凤隐两师徒。

"若不如此，如何引得出你？"凤染丝毫未将孔雀王的挑拨放在眼里，她笑了笑，

朝帝位上一仰，"孔雀王才是好筹谋、好心计，一颗祸心藏于我仙族数千年，竟无一人发觉。"凤染的目光在朝华默飞来的华姝身上轻轻扫过，露出一副意味深长的表情，"不过论到牺牲，本帝远不及你。"

凤染目光中的深意让华姝神情一顿，她落在华默身旁，脸上露出些许疑惑。

犬帝这眼中的意味太复杂明显，由不得华姝不多想。

这时，凤隐和鸿奕飞到凤染身旁，凤隐看了一眼华姝，又将目光落在孔雀王身上，静静开口。

"王上突然现身制住众仙，暴露了身上的魔力，这并不是你夺取天宫的最好时机吧。等华姝用聚妖幡将天宫闹个大乱，才是你坐收渔翁之利的最好时候。"凤隐嘴角微微一扬，脸上露出和凤染十分相似的懒洋洋的笑容来。

"那王上是为了什么突然出手……"她的目光突然聚在华默身上，露出冰雪般的冷锐，"是怕本皇千年前的身份大白于天下，还是怕千年前的那桩桩血案被世人所知？"

"是我那师门大泽山的毁灭，抑或是重紫殿森鸿妖皇的被刺杀……"

凤隐的声音微微一顿，目光轻轻落在满身魔气的华姝身上，眼底竟露出些许慈悲："还是九重天宫御宇殿内的澜沣上君之死？"

大泽山满门被屠？妖皇森鸿被刺杀？澜沣上君之死？

这桩桩件件不是千年前就有定论了吗？就算妖皇是被魔族所控做下屠山之事，那和孔雀王又有什么干系？不对，孔雀王华默早已修炼了魔力，难道千年前的事真和孔雀王有关？

青龙台上的仙妖望向凤皇，突然从凤皇口中的那句"师门大泽山"中回过味来。众仙神情一震，难掩眼中惊讶。

当年大泽山中活下来的只有三人，神君元启，末代弟子青衣，还有那个在罗刹地受诸天雷劫而死的女弟子阿音。

虽心有猜测，但听到凤皇亲口承认，众仙依然难以置信。

下三界开天辟地来头一个逆天而生、降世为神的火凤凰，竟然是那个一千年前受尽唾骂、化为飞灰的大泽山女君阿音。

难怪凤皇说她经受过雷劫，当年青龙台上那六道天雷，还有元启神君以神剑劈下的玄雷，就是凤皇晋神的劫难。

难怪凤皇降世后一力主张重查当年大泽山之事，而元启神君更对凤皇回护至深，原

拾玖〇算前言

来凤隐便是当年那阿音女君！

"大泽山……"华姝直直地望向凤隐，目中神情复杂难辨，"凤隐，你果然就是那阿音！"

随后她冷哼一声，丝毫未被刚才凤隐之言动摇："你是阿音又如何？凤隐，当年观世镜中澜沣是死于九尾狐妖之手，伤他的兵刃是狐妖一族的神器寂灭轮。至于大泽山，就算他是被魔族所控，难道鸿奕就不是亲手杀你同门的人！"她说着指向鸿奕，"当年之事是他一手做下，就算我今日已堕魔道，这妖孽的罪责也一样洗不清！你别想混淆视听，将澜沣的死和大泽山的毁灭推到我父王身上来。"

见华姝固执至此，凤隐神情未变。冰冻三尺非一日之寒，若非这些铁证，她和鸿奕千年前又怎会成为被仙族唾弃斩杀之人？

凤隐看向华姝，淡淡道："华姝，观世镜中所现的一切不假，杀澜沣的确是一只九尾妖狐，澜沣也确实是死于寂灭轮之下。但你就从来没有怀疑过一件事吗？"

"什么事？"华姝仍神色冷凝，只当凤隐是在为鸿奕脱罪。

"御宇殿的封印只有澜沣能打开，那九尾妖狐是如何悄无声息地进去的？还有，为何澜沣会在你们大婚之日去一座尘封千年的殿宇？你难道就从来没有怀疑过这个中的蹊跷之处？"

华姝一怔，眼底终于露出了一抹迟疑。这两件事确实一直存于她心中，只是当年澜沣的死太过惨烈，而那观世镜中又现出了真凶的真身，她便将这两处疑虑埋在心底再未想过。

"你究竟要说什么？你知道些什么？"华姝开口，紧紧盯着凤隐，"澜沣他为何要去御宇殿？"

事关澜沣之死，饶是华姝再信任孔雀王，也一定会问这一句。她隐隐觉得凤隐要说的话并非她想知道的，但她不能不问清楚，她一定要知道那改变她一生命运的一日究竟发生了什么。

"华姝，你可还记得，这千年间自你殿中曾下过一道御令，贬谪了天宫中的十三位仙侍下凡历劫。"凤隐没有回答华姝的问题，反而突然问了她这么一句毫不相干的话。

一旁一直毫无表情的孔雀王微微眯了眯眼，阴沉的目光落在凤隐身上，负在身后的手轻轻摩挲，目中闪过一抹杀机，凤皇和天帝果然已经查出来了。

华姝一愣，没瞧出孔雀王的神情变化，脱口而出："你怎么知道？"她皱了皱眉，

"这不过是件无关紧要的小事，和千年前的事有什么干系？"

"自然是有干系。这十三个仙侍居于天宫不同的宫殿，你为何会将他们同时贬下凡间？"

"仙侍犯错，贬谪而已，有什么好深究的？"华姝不耐烦地回道。

"犯了小错？"凤隐声音一顿，"以他们当初在凌宇殿服侍澜沣上君的情分，一点小错，你何至于将他们贬谪下凡受千年轮回之苦？"

华姝神情一愣："凌宇殿？你说那十三人曾经是凌宇殿的仙侍？"

当年仙妖大战后元启避居清池宫，天帝回了凤岛，御风将天宫庶务交由她打理，有一年天宫宴会，红雀来禀有几个仙侍服侍不周冒犯了父王，彼时她刚掌天宫，一句都未多问便把那场宫宴服侍的仙人都贬下了凡，她怎会想到冒犯父王的仙侍竟正好是曾经服侍澜沣的旧侍。

"我并不知道……"华姝皱着眉道。

"你自然是不知道，有人处心积虑又悄无声息地把凌宇殿的仙侍送下凡轮回，当年澜沣上君大婚之日发生的一切就可以永远被埋藏。"凤隐的目光扫向一旁的孔雀王，"华默王上，你说本皇说得对不对？"

听得凤隐之言，华姝神色一变，转头看向身旁的孔雀王。

自凤隐提起千年前旧事起便不再开口的孔雀王睐了睐眼，冷声道："本王不知道凤皇在说些什么。不过凤皇陛下既然是那千年前的大泽山女君阿音，若不想自己以凤皇尊位背着当年的骂名，想将这些罪责扣在本王和姝儿身上，本王也奈何凤皇不得。"

刚刚有所迟疑的华姝听见孔雀王这话，神情一定。

凤隐挑了挑眉："孔雀王，到如今你还巧言令色，颠倒是非。本皇当年在凡间以水凝兽之身历劫，生死有命，怨不得谁。但你为了挑起仙妖之争害死澜沣上君和我大泽山满门，其心可诛。御风上仙！"

凤隐说完朝御风上仙看去，御风点点头，脸色苍白地站起身，抬手化出一座小塔，那是前天帝暮光传给他的锁仙塔。御风掌心微动，十三个模糊的身影自塔中飘出，这十三人并无实体，只是若有若无的虚灵，但确是曾经在凌宇殿服侍澜沣又遭华姝贬谪的那十三位仙侍。

想不到凤隐和御风竟将这十三位在凡历世的仙侍灵体都带回了天宫！

"拜见天帝陛下、凤皇和诸位尊上。"那十三人从塔中飘出，瞧见青龙台外之景，

惊讶之下纷纷向凤染等人见礼。

"尔等凡间历世，无须多礼。"凤染摆了摆手，"凤皇问什么，你们答便是。"

"是，陛下。"十三位仙侍齐齐起身，虽眼底疑惑，仍颔首听命。

"子悠仙君，当年澜沨上君大婚之日，他为何会突然去了御宇殿？"凤隐看向凌宇殿众仙侍中曾为首位的子悠仙君。

子悠自凡间被突然带回天宫时，凤隐已经问过他一次，如今再答，答案仍是一样："回凤皇陛下，澜沨上君大婚那日虽在书房处理公务，但曾有一仙君来访，那仙君径直隐身入了上君的书房，上君待之有礼，在房中相谈，上君屏退左右，并未让人服侍。后来吉时到公主殿下见澜沨上君久久不至，遣人来问，我们这才入书房请上君前往青龙台，但那时书房内已无上君和那仙人交谈之声，我们闯进书房，里面已空无一人，寻找时上君恰在御宇殿上空化龙突破封印……"

子悠顿住声，看了华姝一眼，没再说下去。他这番话和千年前众仙询问之时的回答一般无二。那时众仙也觉得隐身入凌宇殿的仙人有疑，可那仙人径直隐身入了澜沨的书房，凌宇殿的仙侍也被澜沨屏退，连那仙人的声音都未听到，更无从得知那人的身份。澜沨和九尾妖狐相斗的惨景随后在观世镜中重现，大泽山遭逢劫难，众仙一心捉拿九尾妖狐，再未分心力去查那来路不明的仙人。

凤隐也早就知道这答案，却也不急，她又看向其他十二名仙侍，沉声道："你们作为宫内的随侍，就没有一人曾瞧见过那仙人的容貌，听到过他的声音？"

另十二人眉头微皱，面露苦恼。显然这问题当年便有人问过他们，若是知道早就说了。

孔雀王见状神色一松，冷哼一声道："凤皇，你想为自己和妖皇洗去罪责也要寻些有分量的证人，这些低等仙侍……"

孔雀王怒斥之声未完，那十二名仙侍中有一青衣小童突然瞪大了眼，怔怔看向孔雀王，猛地冲出那十三人之列指向了孔雀王："是你，你就是上君大婚之日在书房的那个仙人！我记得你的声音！"

那小童话一出，满场哗然。华姝猛地转头朝孔雀王看去，手中握着的聚妖幡都抖了抖。

"父王……"

"满口胡言。"孔雀王神色一凛，眉目阴沉，"刚才这凌宇殿的子悠明明说澜沨见那仙人时屏退左右，一众仙侍未见其人，未听其声……"他的目光在这小童的青衣仙服上扫了一眼，怒道："你不过一看门的小童，哪里有靠近书房的资格？"

子悠亦朝青衣小童看去，疑惑道："门生，你不是守在殿门外，何时靠近过上君的书房？"

门生被孔雀王阴沉的目光瞪得一抖，灵体骇得飘了一飘。

凤隐的声音在一旁响起："门生，那天你为何没有守在殿前，反而去了澜沣上君的书房？"

门生见天帝和凤皇都在，心定了定，朝华姝看去："不止我，那日听到那仙人声音的，还有一人。"

"还有谁？"华姝凌空朝门生的方向走了几步，眼中现出血丝。

门生朝青龙台上的众仙望去，见人群中没有自己要找的人，不免有些失望，但仍是开了口。

"那日我守在凌宇殿门前，景阳殿的红雀仙子来求见上君，说华姝殿下正在试嫁衣，但殿下有两副耳环是先王后所赠，都十分喜爱，难以取舍，红雀仙子想让咱们上君帮着选一选。我见红雀姐姐十分着急，怕误了上君和公主殿下的吉时，便悄悄带着她从后殿入了书房小院。我们刚靠近书房，便听到那仙人对上君说……"

门生顿了顿，"那人说……"

"暮光陛下曾对我族多有照拂,今日我族盛事,想入旧殿瞻仰陛下旧仪,不知可否？"

众仙听得一愣，御宇殿中留有前天帝暮光的尊像，乃众所周知之事。

"上君欣然应允。正巧听到这两句时我叩门向上君禀告公主殿下之事，怕红雀姐姐被罚，我便未说她和我同行，上君并未开门召见我，只隔着门笑着说……"

门生说着双眼一红，朝华姝看去："无论殿下择哪一副，都是他最美的新娘。"

"上君说完便让我退下了。"门生低声道，"红雀姐姐听了上君的话也不再问，回了景阳殿。后来，后来上君遇害的消息传来，都说上君是被九尾妖狐杀的，我曾悄悄问过红雀姐姐可要将那仙人说的话禀告御风上仙，红雀姐姐说我们只听见那仙人模糊的一两句，做不得证词。她又说观世镜中已经查清了上君是死在九尾妖狐之手，殿下您因为上君之死伤心欲绝，让我再也不要向别人提起那天上君和那仙人说的话，免得您听到了伤心。"

门生低着头，声音更小："门生只是一介守门童子，只曾远远见过孔雀王数面，未听过他的声音，所以从来没想过那日在上君书房中的仙人会是，会是孔雀王。"

他说着猛地抬头朝华姝看去："但我绝对不会记错，那日请上君去御宇殿的仙人就

是孔雀王，殿下你若不信，就问一问红雀仙子，她可以做证！"

门生话音还未落定，华姝已经猛地抬手一挥，她指尖墨黑的魔力撕开一道空间裂缝，将一人从中拉了出来摔在青龙台上。

那人一身浅红宫裙，神情惊恐，还只瞧见漫天仙魔对峙之景就已吓得瑟瑟发抖，正是华姝的贴身侍女红雀。她本被华姝留在族内固守百鸟岛，突然被一道力量拉到天宫青龙台，一抬眼瞧见华姝红得快要滴血的眼，尚不知发生了何事。

"澜沣死的那日，你去了凌宇殿？"

红雀本是惊恐的脸色在华姝问出这一句时霎时变得雪白。

"你在那里，听到了谁的声音？"

华姝伸手，凌空掐住红雀的脖子，将她从青龙台上提至半空，一字一句，冰冷地问。

她眉间不见一丝情感。

整个青龙台上，只剩下令人窒息的沉默和红雀颤抖的哽咽声。

## 贰拾·都辜负

"殿,殿下……"红雀呜咽着唤华姝,眼底又愧又悔。

到底是陪了她几千年的人,华姝抿紧唇,松开手冷冷道:"说!我大婚之日你是不是去了凌宇殿?"

红雀跪在半空,不敢再瞒,一头磕到底:"是,殿下,那日我去了凌宇殿,本是想见一见上君让他为您挑选耳环,后来……"她抬头瑟瑟地朝华默的方向看了一眼,又马上低下头,"后来上君有客,我便又回了景阳殿。"

"那客是谁?"华姝掩在袖中的手缓缓收紧。

红雀低着头浑身发抖,嘴唇动了动,却始终说不出那人的身份来。

这桩事在她心底藏了千年,她以为永远不会有人再提起,没想到到头来还是瞒不住。当年虽只听得一句,但那隐身入澜沣上君书房的人分明是自家王上。那时她疑惑王上为何会在吉时前出现在凌宇殿,还邀澜沣上君前往御宇殿,但还未等她将这桩事告诉公主,澜沣上君就惨死在御宇殿内。

那时满天宫的人都在找那神秘出现在澜沣上君书房里的仙人,她却再也不敢把这件事说出口。澜沣上君的死分明和王上有关,一旦她说出这件事,那百鸟岛定毁于一旦,她的族人无处栖身,而公主……若公主知道澜沣上君的死是王上一手造成,那公主怎么办?

红雀虽无什么智慧和勇气,但她自小在华姝身边长大,对华姝却是有几分愚忠,到

如今仍不愿也不敢把华默就是那神秘仙人的话说出口。但她这副愧疚至极的样子，不必她说众仙便将她没说出口的话猜了出来。

"不错，当年澜沣书房内的人是本王。"华默阴沉的声音陡然响起，他冷冷地望着跪在华姝面前的红雀，"想不到当初书房外除了凌宇殿的仙侍，还有你。"华默的目光在那十三个仙侍身上扫过，目光落在那青衣门生和红雀身上，"早知如此，本王就不该留下你们的性命。"

子悠等人气急，红雀更是瑟瑟发抖。

华姝望向孔雀王，满眼的不敢置信："父王，你为何要引澜沣去御宇殿？！"

"因为只有他可以让澜沣毫无防备又心甘情愿地去御宇殿，御宇殿里有天帝的封印，只有在那里，那魔人才可以在满天宫上仙的眼皮子底下杀死澜沣上君，嫁祸狐妖一族，挑起仙妖两族之乱，让魔族渔翁得利。"一旁的凤隐缓缓开口，看向华默，"孔雀王，你不仅勾结魔族杀死澜沣上君，当年把御风上仙的仙剑偷出天宫潜入妖界第三重天杀死森鸿的人，也是你吧？"

孔雀王眼微眯，凤隐上前一步，挡住他眼底的杀气："当年我助鸿奕逃出天宫时被锁仙塔所伤，御风上仙动用本命仙元为我在凤栖宫疗伤，以他当时的功力根本不是妖皇的对手。更何况在大泽山外为了擒拿鸿奕，天宫上仙皆仙元受损，如今看来，当初隐藏实力、藏在天宫、盗取风灵剑的人必是你无疑。"

孔雀王脸色阴沉地望着凤隐，眼底杀气弥漫。

他原本计划今日突然发难将众仙软禁，凭借华姝手中的聚妖幡把凤隐等人诛杀于九宫塔内，趁着仙族群龙无首威逼天宫众仙，将整个仙族收于手中。没想到妖皇鸿奕竟化作炎火一同入了九宫塔，威慑群妖让华姝一击不中。

孔雀王眯了眯眼，望着凤染，若有所思。

他去过静幽山，为了封印九幽炼狱凤染已经神力尽失，可她居然能将他布于九宫塔外的禁制化去，救出凤隐、御风等人，这到底是怎么回事？

华默扫了青龙台上一众上仙一眼。今日三山六府各派掌教、天宫上仙齐聚，既然无法收服，那就杀了天帝和凤皇，在众仙体内种下魔种，让他们永远无法背叛百鸟岛！瞬息之间孔雀王便做了决定，他眼底露出凶光，终于不再否认千年前的旧事。

"没错，是我把澜沣引去御宇殿，也是我拿走了御风的风灵剑杀死森鸿，挑起仙妖之乱。"

见孔雀王承认当年这些事是他所为，青龙台上众仙的脸上难掩震惊。千年前那桩桩惨案和罗刹地的两族之战死了多少仙族和妖族，竟都是孔雀王一手造成！他做下这一切到底是为了什么？

　　孔雀王说完这句，迎上一旁华姝震惊而不敢置信的目光："姝儿，你不要忘了我们孔雀一族数万年的耻辱。"他一手指向凤染和凤隐，"就因为他们生而为凤，就是这九天之上的百鸟之皇，我们孔雀一族永远只能屈居其下。你为了我们一族的复兴和荣光苦心修炼数千年，忍辱负重走到这一步，难道要为了一个澜沣背叛父王，背弃我们王族吗？"

　　孔雀王目光灼灼盯着华姝，眼底阴沉藏起，只剩一副慈父之颜。可他负于身后之手却悄悄蓄满魔力，余光扫过华姝手中的聚妖幡。

　　若华姝一心只记着澜沣之死，还不如先收拾了她，免成自己大患！

　　华姝眼底复杂的情绪交织，慢慢地那抹悲伤和痛苦被她敛去，她垂下眼，看着自己手间的聚妖幡和掌心满聚的魔力，再抬起时，一贯的冰冷和高傲又回到她脸上。

　　"父王，在女儿心里，父王和我孔雀一族才是最重要的，女儿会永远追随在父王身边，完成我孔雀一族的大业，让百鸟岛成为三界主宰。"

　　华姝开口，朝孔雀王跪去，双手将聚妖幡奉上。

　　一双手稳稳托住了她，孔雀王眼底满是欣慰："好，不愧是我华默的女儿！父王没有看错你！"

　　华默长笑一声，抬手一挥，青龙台上空仙云散去，数万黑甲将士手持长戟将青龙台团团围住。那黑甲将士身上俱是魔气，不见半分仙魂。

　　这数万魔族大军，足可和仙妖两族最精锐的将士媲美！

　　华姝震撼："父王，这是……"

　　"这是父王花千年时间淬炼的魔族大军，全是我百鸟岛最强大的战士！"孔雀王眼中满是骄傲，他看向凤染，眼底露出阴冷的狂妄和得意。

　　"天帝，没想到吧，我孔雀一族还有如此可怕的力量！你的仙族将士呢？你守卫九重天宫的十万仙将呢？"

　　看着青龙台上空那突然出现的数万黑甲魔军，凤染眼底袭上了一抹凝重，扶在王座上的手轻轻叩响，沉眼望着张狂的孔雀王。

　　瞥见凤染的神色，凤隐眉头一皱，心底生出一抹不安。

　　在九宫塔设计擒拿孔雀王和华姝是她和师君、御风早就商定好的计策，但这数万魔

族大军却出乎所有人意料，留守天宫的十万仙将足以与这支魔军抗衡，为何师君神色如此凝重？

"你这一身魔力果然来自九幽炼狱。那藏在九幽炼狱的魔人就是千年前和你勾结、挑起仙妖之乱的人？"许久，凤染终于打破沉默，缓缓开口。

元启终究只有一人之力，若是九幽炼狱被破，三界将会毁于一旦，数日前凤染秘密把天宫十万仙将遣往妖界静幽山，这件事连凤隐和御风都不知道，华默竟能知天宫已无守将，那只有一个可能……

九幽炼狱中的魔人和华默从未断过联系，明明这千年华默没有靠近过静幽山，他到底是如何和炼狱中的魔人达成共识，将计就计布下这一切的？

一千年前凤染在静幽山布下封印，若华默靠近九幽炼狱，早已被她察觉了。

万里之外，九幽炼狱中，清漓望着炼狱大门上即将被魔力撕裂的封印，眼底露出诡异阴冷的笑意。

就算凤染在千年前发现九幽炼狱的魔族勾结了仙人，将炼狱封印又如何？她这千年虽然出不去，可华默当年因为贪图她的魔力将她二分之一的元神吞没，她和华默早已魂魄相连。

她许下仙妖鬼下三界霸主之位，华默自然甘心为她所驱使。

凤染的神力在千年前封印九幽炼狱时就已用尽，她为保三界只能让仙界大军戍守于静幽山，独留天宫众仙在九重天做饵引孔雀王出手，可她想不到这一切早已被自己和华默看破。

清漓勾起唇角，露出踌躇满志的笑容。她身后是满是杀意的魔族凶兽，它们在清漓的带领下不断冲击炼狱尽头那岌岌可危的凤凰封印。

逆天的魔力和那来自洪荒的凶兽的咆哮让静幽山外持戟守卫的十万仙将脸色发白。

传说中的上古洪荒凶兽，每一个都能和神相斗，更遑论他们区区仙将。

但这十万仙将没有一个人退后，只因他们身前，立着一位一身白袍的仙人。

那仙人清俊之身如山岳般坚毅，挡在了即将祸乱三界的九幽炼狱之前。

兀然，他动了，他身边那柄古朴的剑飞入他手中。

"诸天仙将听令！"

白衣仙人清朗之声响彻静幽山。

"在！"

十万仙将齐回，九幽炼狱内，唇角带笑的清漓笑容一顿。

"我若不死，诸将守山，不可妄进一步！"

"我若战死，诸将守炼狱，不可后退一寸！"

静幽山外，有片息的静默，忽而，十万仙将之声响彻山巅。

"是，神君！纵战至最后一将，亦不退半寸！"

领命之声伴着长戟指天的盟誓，十万仙将的血誓把九幽炼狱中那遮天蔽日的魔气都压得一滞。

元启走向九幽炼狱的脚步一顿。

"三界的安宁，就拜托给诸位了。"

这声音落下的同时，元启长跃一步至炼狱大门前，他手中元神剑朝大门而去，竟直入封印之中。

正领着凶兽攻击封印的清漓陡然被一道神光劈下，惊骇之下一掌挥去。

元神剑一击不中，留在清漓三步远的地方，剑身上化出模糊的少年神灵，正是元神。

"你是元启的那把剑？"清漓望着元神剑开口，她勾起嘴角，"怎么，你还不带着你家主人逃命，竟敢入封印挑衅本尊？"

"神君请战，你若够胆，便随我的剑意一起出封印与我家主人一战。"元神冷冷开口。

清漓眼底露出一抹不屑："我为何要与他一战，等本尊的魔族大军撕裂炼狱，就算他是上古之子，本尊也一样杀之！"

"随你。我家主人说……"元神转身，淡淡开口，"当着十万仙将诛杀上古和白玦之子的机会，这是唯一一个。你若想要，便出来应战。"

元神说完转身朝炼狱外飞去，清漓袖中之手猛地握紧，数千年前在罗刹地被上古当着满界仙妖降下神罚关进九幽炼狱的耻辱一瞬间涌上心头，她在元神剑飞出炼狱之门的瞬间接上了他的剑意，跃出了九幽炼狱！

看着元神剑后那一道魔气冲天的青影，元启眉目依旧冷峻。

那青影落在他数步之远的地方，现出了一张英姿勃发又熟悉的脸。

这张脸的主人，一千多年前梧桐凤岛凤隐降世之日，曾经和天帝把酒言欢。

元神剑重回元启之手，他看着那张英气的脸上鬼魅而阴冷的笑意，缓缓开口。

"你果然没有死，一千年前的天宫御宇殿，是你杀了澜沣。"

"不错。"

天宫青龙台上空，孔雀王沉哼一声，许是这千年压抑憋屈得太久，他脸上的得色不再隐藏。

"凤染，你如今才猜到，太迟了！就算你让十万仙将赶到静幽山又如何？九幽炼狱中的魔兽全是穷凶极恶之辈，等炼狱被打开，别说这下三界，就是上古神界也是我们魔族的天下！"孔雀王一手指向凤染和凤隐，狂声笑道，"你以为我和魔尊猜不到你用天帝之位和这一界仙人为饵诱我出手？我不过假意被你所骗，今日本王就将这九重天宫踏平，让凤族之皇永远消失在世间！从此以后我孔雀一族才是仙界的主宰！"

"华默，你大胆！"御风上仙被孔雀王的张狂气得脸色赤红，怒道，"陛下座前，由不得你张狂放肆！"

"本王张狂放肆？"孔雀王冷哼一声，看向凤染露出一抹轻蔑的笑意，"御风，你怕是不知道你的天帝陛下早就神力尽空，只剩下一副空架子了吧！"

孔雀王这话一出，御风昆仑和被困住的上仙们皆是一愣，齐齐朝凤染看去。

"师君！"凤隐转头看向凤染，脸上难掩震惊。师君千年前就已入神，又飞升在即，怎么会神力尽空？到底发生了什么？

"若非如此，她怎会容忍本王蛰伏于仙界千年，又一直寻借口藏在梧桐岛。还不是怕本王发现她没有了神力！"孔雀王看向一直在凤染身边立着的青穹，"若不是这来历不明的绿衣小仙借灵力于她，小凤凰，你的师君如今怕是连个低等散仙都不如。"

"你才是绿衣小仙！"还不等众仙从孔雀王震惊的话中回过神，凤染身旁的青穹一个猛子跳出来，举着九宫塔指着孔雀王咋咋呼呼："绿毛鸟，你给我听着！爷爷我行不改名坐不改姓，赫赫威名九宫青穹！"

九宫青穹？谁？没有人听过这么一号人物啊？仙界六万年浮沉沧桑里，还真没出过九宫青穹这么个名字。

别说青龙台上的一众仙人了，就是被指着骂的孔雀王也被青穹这副理直气壮报名号的模样弄得一愣。大概是众人脸上呆愣的神情太明显，青穹难得老脸一红，就要抱着九宫塔显摆自个儿，凤染的声音已经响起。

"青穹，回来。"

青穹脸一垮，满脸不情愿地退回凤染身边。他这一闹，倒是把刚刚孔雀王张狂的气焰浇了一盆冷水。

凤染欲从王座上起身，凤隐却突然行到王座旁将凤染的手轻轻按住。她落手时毫无

声息，再抬手时，凤染的王座周围已经燃起了一圈白色火焰。

凤皇炙火，可焚烧万物，也可阻挡一切神魔之力。这世间能毫无阻挡地跨越这道火焰的，只有混沌之力。

"凤隐！"凤染神色一变，眉高高扬起，"你干什么！"

"师君，您教了我这么多年，该徒弟我尽尽孝了。"凤隐嘴一弯，眼底落下明朗的笑意。说完她毫不迟疑地抬手将凤染的王座连着她身后的青穹推向了正在调息的御风和昆仑身旁。

"保护好陛下和两位尊上，要是他们伤了分毫，本皇拆了你的塔！"

凤隐那双眼又深又沉，在人间掌江山时的威严和霸道头一次毫无遮掩地现于人前。青穹心一抖，连忙把九宫塔化成的碧绿伞变大了三倍，牢牢将凤染三人护在里面。

天哪，不愧是一个凤凰窝出来的，恐吓仙的路数都一模一样！

"华默。"凤染还未开口，一直立于凤隐身侧的鸿奕突然看向孔雀王，"那在御宇殿杀死澜沣的九尾狐，究竟是谁？"

他掌心化出一串檀木珠，目光灼灼："为何这串檀木珠会在御宇殿？"

孔雀王眼底现出一抹诡异，笑得冰冷："鸿奕，你不是早就知道是谁了吗？三界内除了你这只九尾狐，还有谁能幻化出九尾？这串檀木珠自然也是她的随身之物。"

三界内的九尾狐除了妖皇鸿奕，便只有狐族族长常沁，可常沁不是死在澜沣上君之前吗？难道她没有死？众仙闻言大惊，心底猜想纷纷。

鸿奕听得华默的话，缓缓将掌心的念珠握紧，眼底透出了血红的怒意，他盯着孔雀王一字一句道："夺舍。那魔物竟敢对我姑姑夺舍！"

他话音未完，长啸一声，猛地朝半空跃去。一道耀眼的红光闪过，丈高的火狐立在半空，十条赤红的狐尾在他身后摇曳，厚重的妖神之力遮盖在青龙台之上。

才不过千年，鸿奕化出真身便已有上神中阶之力，果然无愧于十尾天狐的名号！

"华默，你和那九幽炼狱里的魔物，本皇都不会放过！"十尾天狐冷冷地望着孔雀王，吐出人言。

"孔雀王，你要灭我凤族，也要看本皇答应不答应。"见华默沉着眼望着半空中的鸿奕，凤染手一扬，"天泽，起！"

凤隐说完飞向鸿奕，手持天泽剑一个跃身落在鸿奕背上。

"哼，无知小儿，十尾天狐又如何，火凤凰又如何？都比不了我魔族的无上功法！"

孔雀王毫无畏惧地迎上仙妖两界至强者，他长啸一声，掌心化出一道法杖，那法杖泛着黑光，强大的魔力和怨气笼罩在孔雀王身前，法杖现世的一瞬，整个青龙台上空都暗了下来。

众仙从未见过这种法器，定睛一看都倒吸了一口冷气。那法杖杖身上镌刻着无数翅膀，几乎包含除凤凰之外的所有禽族，犹以鹰族和孔雀族为甚。

千年以来鹰族高手消失之谜终于被破解，原来是被孔雀王所杀吸纳仙力炼成了魔器，这法杖是由活生生的仙人之躯炼化而成，难怪怨气如此之重，众仙望着法杖上密密麻麻的孔雀族的羽翼，胆寒不已。连自己的族类都不放过，孔雀王简直丧心病狂。

华姝怔怔地看着孔雀王掌中的法杖，那上面有她百年未曾见过的几个胞兄和自小看着她长大的族中长老，她回望了一眼围着青龙台上空的孔雀族魔兵，低下头看着自己满身的魔气，痛苦地闭上了眼。

凤隐望着那根法杖满目肃然，手中天泽剑指向苍穹。

"戕害同族，六畜不如！"

她话音落定，满脸寒冰。鸿奕抬起巨爪奔向华默，与此同时凤隐的天泽剑卷起漫天神光，和鸿奕的寂灭轮自天而下向孔雀王俯冲而去。

孔雀王冷哼一声，手执法杖迎上，仙妖神器和魔杖在青龙台上空相撞，那魔杖的魔力竟毫不逊色。凤皇和妖皇全力一击，竟也不能打败孔雀王！

"仙妖苦苦修炼万年又有何用？本王不过短短千年，便能凌驾三界之上！哈哈哈哈！"孔雀王发出狂笑，全力催动魔杖反朝凤隐和鸿奕攻去，杖杖带煞，卷起滔天魔气。

在魔杖愈来愈狂的攻击下，天泽剑的剑光越来越淡，寂灭轮始终护在天泽剑之前，扛下了魔杖每一道硬击！

看着寂灭轮上微裂的痕迹，凤隐脸上现出冷意，她目光一凝，从鸿奕身上跃起，化成一道光直向相斗的神魔之器飞去。

"阿隐！"十尾天狐猛地咆哮，却赶不上凤隐如离弦之箭的速度。

"区区仙体，也敢犯本王魔器！"孔雀王毫无惧意。

凤隐跃进光圈中，一把抓住天泽剑，以元神之力催动神剑，天泽剑剑光大涨，将魔杖逼退数步。

"哼，燃烧寿数，堂堂凤皇也不过如此！"孔雀王冷哼，额上却因为凤隐燃烧的元神之力现出疲态。

"华默，你戕害同族，谋害澜沣，刺杀妖皇挑起两族之乱，桩桩件件都是死罪。今日本皇就算拼得元神俱灭，也不会让你和你的魔族大军踏出九重天宫一步！"

"那就要看你有没有这个本事了！"

恰在这时，一道仙力自孔雀王身后的空间而出，火红的长鞭向他背上劈来。

孔雀王仿佛浑然不觉，眼底却闪过一道血腥的暗芒，未执杖的左手化出一团魔力就要朝身后挥去。

一直在旁观视两方相争的华姝却陡然跃起，化出遮天伞将孔雀王背后牢牢护住，一把拦住了那长鞭。

遮天伞本就是半神器，在如今的华姝手中更是将神力发挥至极致，长鞭的主人被遮天伞反噬，一口鲜血吐出，重重落在青龙台上。

"就凭你，也敢偷袭我父王。"华姝冷冷望着青龙台上脸色苍白的宴爽，冷声道。

孔雀王眼底露出一抹讶异，随即大笑："好，不愧是本王的好女儿！"

鸿奕看着燃烧元神的凤隐和满脸鲜血的宴爽，愤怒地长啸一声，赤红的火狐图腾在身后涌现。狐族秘术，亦以燃烧元神为代价，寂灭轮上妖力大盛，和天泽剑把孔雀王逼得连退数步。

"姝儿，过来！祭起聚妖幡，有我父女联手，何愁这三界不握！"

孔雀王的眼底终于露出不耐，他本想一人将鸿奕和凤隐击败震慑群仙，哪知两人都不要命的难缠。

孔雀王大喊一声，终于将一直护于周身的护身魔力打开了一道缝隙，允许华姝来他身侧共同迎战。

华姝颔首，望了宴爽一眼，毫不犹豫地转身朝孔雀王身侧飞去。

这时，激烈抗争的凤隐和鸿奕没有发现，一直立于青龙台上空的孔雀族魔军化成奇异的阵法，朝他们背后而来。

与此同时，千里之外的妖界紫月山封印外，从九幽炼狱中飞出的人望着元启，嘴角勾出一抹弧度，漫不经心地开口。

"澜沣是我杀的，你能将我如何？"那人手心把玩着一根血红的长鞭，阴柔而邪魅的声音响起，那张脸上虽布满弑神花纹，却赫然是一千年前死在妖界无名谷的狐族族长常沁。

"澜沣是我杀的，你能将我如何？"紫月山山顶的九幽炼狱外，那副有着常沁面孔

的人漫不经心又充满恶意地望着元启，眼底眉梢全是快意。

"不如何。"元启淡漠地望着她，丝毫不因她那和常沁一模一样的容貌而动摇，"你祸乱三界，犯下重罪，当诛。"

元启声动间，元神剑神力萦绕，毫不留情地一剑朝清漓挥去。

清漓尚未享受到顶着常沁容貌现世的快感就被元启一剑劈下，她猝不及防地躲开，大怒道："元启小儿！你竟如此不留情面，别忘了我如今可是常沁！"

元启眼一沉："不过一个夺舍的魔物，别污了常沁族长一世清誉。"他挥剑的手不停分毫，"杀了你，才能告慰常沁族长的在天之灵！"

元神剑在元启手中将神力发挥到极致，澎湃的神力涌向清漓，她一掌掌劈开，两人身后的紫月山在神魔之力的撞击下震动不安，山峰四周的十万仙兵却一步未动，紧紧以仙阵将紫月山封住，以拖延魔兽冲破封印的时间。

见元启对自己这张脸毫不手软，失了耐性的清漓眼底阴沉，冷哼一声，猛地跃退一步，十来株弑神花从她指尖钻出，脱离她的身体咆哮着朝仙阵中的仙兵而去。

"元启，你不在乎常沁的命，那本尊就让你眼睁睁看着这些仙兵仙将死在本尊的弑神花下！看你是要保这天下苍生，还是你面前的十万生灵！"

神之下，弑神花可吞噬万物，更别说这些仙兵了。元启终于变了脸色，他不再纠缠于清漓，猛地跃到仙兵阵前，元神剑化为十把剑影和那十株弑神花缠斗在一起。

这些弑神花并不是从炼狱中而出，而是清漓体内炼化的，比之真正的弑神花魔力大减，但元神剑剑体分离神力变弱，也不能将弑神花瞬间击碎。清漓见此情形，眼底露出得意，她飞到弑神花之后，指尖一动就要化出更多的弑神花来："我倒要看看你一个人能救下多少仙兵！"

她话音未落，一道火红的妖力突然从天而降劈在她手上，那妖力浑厚又霸道，将清漓的手腕伤得血肉模糊，尚未成形的弑神花哀号一声缩回了她体内。

清漓倒退一步，狼狈地躲过那霸道凶猛的妖力，猛地抬头朝天望去，眼中满是震惊。

这妖力！来的是他！居然是他！

仙阵上空，将近数百妖君屹立在仙兵身前，那为首的赫然是一身盔甲手持长戟的森羽，他身后是妖界第三重天里实力最顶尖的妖君。

森羽望着常沁那张布满弑神花纹的面容，坚毅的眸中满是冰冷。那数百妖君一现身便向那十株弑神花攻去，有他们相助，那些弑神花惨叫着一株株死在元启剑下，神魂俱灭。

每一株弑神花被灭，清漓脸上的弑神花印便淡一分，她身上那不可一世的魔力亦慢慢弱了下来。

森羽和元启见状，终于明白清漓短短千年为何能将魔力修炼得超越上神。她竟是将弑神花吸入体内，以弑神花的魔性来修炼魔力。一想到常沁体内布满了这些魔物，哪怕常沁已死，森羽亦压不住对清漓的满腔怒火。

清漓见果然是森羽，勃然大怒："森羽，你竟然和仙族合作！你忘了你父亲是谁害死的吗？是仙族，是那些道貌岸然的仙人！你今日帮了他们，将来妖族定会亡于仙族之手！"

"我没有忘。"森羽眼一沉，打断清漓，向前一步紧紧盯着她，"但我今日不杀你，一旦炼狱的魔兽走出这紫月山，第一个被屠戮的就是我妖族！"

紫月山在妖界境内，森羽这话一点不假。元启将最后一株弑神花斩杀，飞到森羽身旁。

清漓用魔力在腕间拂过，血肉模糊的伤口瞬间恢复，她眯眼看向森羽，眼底瞧不出情绪："你要杀我？"

"是。"

清漓的手缓缓在脸上拂过，将红发掀开露出清晰的容颜："你看看我是谁，你当真要杀我？"

弑神花纹淡去后那张脸的轮廓愈加清晰，是森羽记挂了一千年的人。

他握着长戟的手缓缓缩紧，迎上那双眼："常沁妖丹已失，一千年前就已死于你手。清漓，就算你占了她的身躯，你也永远不是她。"

这句话仿佛刺中了清漓内心深处最隐晦的地方，她猛地抬头，眼底冒出血色："你以为她有多好！森羽，那些犯天地之讳、祸乱苍生的事都是我和她一起做下的，我是魔，她也一样是魔！澜沣是她杀的，大泽山是她灭的，就连你的兄长森鸿也是她一剑穿胸而过，你说我有罪，我要被诛，她也一样！"

森羽和元启皆为清漓话中的癫狂一愣，森羽不可置信地抬眼："你是什么意思，你到底……"

"她没有死！"清漓嘴角露出一抹阴诡的笑容，与那张英朗的脸格格不入，她身子朝前微倾，死死望着森羽，"我在夺她妖丹的那一日便舍弃肉身占了她的身体，我的魔力为她重塑了灵丹，森羽，常沁没有死，她的灵魂一日都未散去。"

清漓的声音轻轻一顿："不过她被我困在这副身躯里，与死也没有什么区别。"

　　清漓这话说出的瞬间，她脸上猛地露出一抹不正常的挣扎之色，她眼底的血红魔气兀然消失，阴冷鬼魅之色尽数散去，眼中全是愧疚和痛苦，她张开嘴朝森羽喊去。

　　"森羽，杀了……"这短短的一句尚未说完就戛然而止，阴沉和冰冷又回到常沁脸上。

　　"困了你一千年，你居然还敢和我争夺身体。"

　　清漓一千年前夺了常沁的妖丹就是想让她神魂俱灭，可没想到重伤的常沁却只是陷入了沉睡，待她醒来时发现身体已被清漓所控，这些年常沁一直在尝试夺回身体，但清漓魔力强盛，她从未成功过，只能眼睁睁看着清漓用她的身体做下桩桩恶事。方才弑神花被毁，清漓魔力骤减，常沁才夺回了一瞬的神志。

　　两副面孔交错的常沁和那未完的一声呼喊让森羽和元启同时变了脸色，他们以为常沁一千年前妖丹被夺时就已经死了，就算清漓夺舍也只是占了常沁的身体，却没想到常沁的魂魄在清漓千年魔力的折磨下也没有消散。

　　"阿沁！"一想到常沁还活着，森羽神色激动，就要朝常沁奔去，却被元启一把拉住。

　　元启朝他摇摇头，沉痛道："二殿下，她不只是常沁族长。"

　　森羽激动的神情一愣，怔怔看着不远处眸光妖异的常沁，脚步顿住。

　　"怎么？森羽？你还要杀我吗？"清漓勾起嘴角，似乎很享受森羽挣扎的样子，"如今我就是她，你要杀我，便是杀她！"

　　见森羽紧握着长戟不开口，她望着森羽的眼底露出一抹复杂的温柔，轻声道："森羽，相信我，我不会伤害妖族，等我的魔兽大军冲破炼狱重临三界，等我灭了仙鬼两界，你就是妖族的皇！这三界至尊我与你共享。"她抬起手，朝森羽发出致命的诱惑，"过来，带着你的妖族大军到我这边来，等杀了元启，这三界就是我们的了。"

　　三人身后，九幽炼狱中魔兽的咆哮声愈加清晰，几乎可以听见凤染的封印被一片片撕裂的声音，十万仙兵和妖界众君屏息望着森羽，不知他如何定夺。

　　森羽一言不发，望着常沁的眼深沉如海，终于，他收起长戟抬起脚缓缓朝常沁的方向走去。

　　清漓嘴角勾起一抹得意的笑容，元启神色微变，却没有阻止他。

　　森羽凌空来到清漓身前三步远的地方，清漓神情微动，自她堕魔以来，从未像此时一般快意过，她几乎是迫不及待地朝森羽伸出手，想把他拉到自己的身边来。

　　在她双手触及森羽指尖的那一瞬，森羽陡然抬手，缩小数倍的长戟化成利剑直直朝清漓劈去。

这一劈迅如闪电，几乎是森羽的全力，这霸道的妖力尽数落在清漓身上，她惨叫一声朝下跌去重重落在紫月山巅，这一击山摇地动间碎了半壁山体。

森羽抿紧唇，死死望着那山巅碎石里埋着的身影，握着长戟的手难以自抑地颤抖。

紫月山巅如死一般安静，宛如这一击已让清漓魂飞魄散。只有元启沉着眼望着那处，手中的元神剑不松反紧。

就在所有人都以为这作恶千年的魔头终于殒命的时候，诡异而破碎的笑声从山巅碎石中断断续续传了出来。

"呵呵呵呵呵……"那笑声极尽世间恶意，冰冷而狠毒。

"你看看，这就是你在第三重天等了一万年的人，这就是我们两个心心念念抢了一世的妖族二殿下，他要杀你呢，常沁，你看见了吗？他杀你的时候，一点都没有犹豫呢！"

破碎而鬼魅的大笑中，一道青影从碎石中猛地跃起，汹涌而出的魔力自山巅朝森羽袭去，比刚才和元启交战时强了一倍不止。

元启神情一变，扔出元神剑迎上那魔力，瞬移到森羽身旁，将沉默的森羽护在了身后。

轰然巨响，元启和森羽被这魔力震退数步，两人同时吐出一口鲜血，半跪于地。森羽先前那一招已经用尽了全力，刚才又受清漓一击，已是强弩之末，靠着妖丹的灵气才勉强支撑着不倒。

魔力散去，清漓一身血衣立在半空，弑神花纹重又布满整张脸，那双幽静深寒的眸子死死望着元启身后的森羽，再也不带丝毫情感。

她指尖化出一把魔剑，指向两人："你既无情，我何须念旧，今日本尊就杀光所有仙人和妖族，让这紫月山鸡犬不留！"

清漓话音落定，再无顾及，魔剑挥出，再无保留。

两人身后的妖君们见清漓攻来，飞身上前护住两人。但妖君和魔神之力实在相差太远，魔剑之下妖君们只有引颈受戮的份，不过片息便有十来个妖君惨死。清漓踏着鲜血和妖君的尸骨，眼都不眨地一步步朝他们身后护着的元启和森羽而来。

森羽唇角抿得死紧，看着眼前这一幕眼底变成了血红之色。他望着弑神花下那张爱恋了万年的面容，猛地抬手握住了元启的手腕。

"元启神君，杀了这魔障，还三界一个太平，这是我的夙愿，也是阿沁的夙愿。"

元启猛地抬头，迎上了森羽凛然的眼。

他尚来不及回答，森羽兀然起身，猛地朝妖君上空飞去。他落在妖君们头顶，一道

震天动地的虎啸声响起，这一声虎啸蕴含着强大的妖神之力，震得血腥厮杀的双方都是一退。

清漓怔怔抬头，看着半空中的人影，终于变了脸色。

森羽周身上下燃着熊熊火焰，他身后巨大的猛虎印记在空中浮现。

瞬间提升灵力化神，三界数万年来曾做到过的，只有一人。

偏偏她，曾经亲眼见过。

仙族原二皇子景涧，以兵解之力入神，死守仙界之门，最后身形俱灭化为飞灰！

一股难以言喻的悲凉和痛苦在清漓眼眸深处闪现，那不只是她一个人的情绪，更属于那个被禁锢在这副躯壳内沉睡了千年的灵魂。

"你竟然……"清漓嘴唇微动。

"阿沁。"半空火焰中的身影突然开了口，他静静望着清漓，眼神温柔地唤她，"我知道你在。"

清漓皱起眉头。这身体的情绪头一次她无法完全掌控，体内常沁残破的灵魂竟一点点在慢慢复苏。

"对不起，我什么都不知道，让你一个人过了这么绝望的一千年。"森羽突然朝清漓的方向伸出手。

"你还记得，那一年我率军出征，临走前对你说的话吗？"

清漓兀然愣住，她不知道。

可是常沁知道。

万年前森羽领军出征，那是一场血战，一切生死不知。临走前他对常沁说，若他活着回来，他们便成婚；若他战死沙场，他的灵魂将永不湮灭，永远陪在常沁身边。

为了那一句承诺，常沁在第三重天一等就是一万年。

可结局呢？常沁等了一万年，等来的却是森羽毁弃诺言另娶佳人。从那一日起他们数万年的情意和相伴，成了常沁最痛苦的折磨。

常沁望着火焰中的身影，久久没有开口。

"妖族森羽！"火焰中，那身影望天，一道声音突然响起。

"吾一生大罪，难赦己身，今敬天告地，愿以身除魔，只为一愿。"

他低下头，望向常沁的方向，声音慢慢轻了下来："诸天神佛在上，愿吾神魂不灭，永在所爱之人身边。"

紫月山上空似被这一句所震，而清漓手持魔剑的手，难以察觉地颤抖起来。

"阿沁，醒过来！今日就是我们最后一战！"

兀然声止，在所有人回过神来前，火焰中的森羽长啸一声，手中长戟以难以想象的速度朝清漓的胸口刺去。

虽然被常沁的灵魂所影响，但清漓的魔力依旧不可小觑，她抬眼，手中魔剑迎上森羽的长戟。

轰然一声，魔剑击碎长戟，穿透火焰的保护一剑刺进了森羽的胸口。

紫月山上空一阵惊呼声响起。

怎么可能，森羽明明已经化神！不可能这么简单就死在她剑下！

清漓握着魔剑的手一顿，突然察觉到不对，就要抽剑而出。这时一道身影紧紧从身后抱住了她，这熟悉又陌生的怀抱让清漓冰冷的情绪有一瞬的迟疑，回过神来的她抽出魔剑就要向身后之人刺去，就在这迟疑的一瞬间，一杆长戟穿胸而过，刺穿了她。

这一次，仙妖阵前，除了惊呼，还有不敢置信的吸气声。

清漓举着魔剑的手顿住，不可思议地看着胸前的长戟。

那长戟刺碎了她的灵丹，却是从身后穿胸而过。

居然，居然宁愿杀死三个人，也没有想过一起活下来。

这一瞬，那双火红的眼中，终于拂过了属于清漓的悲凉。

"杀了你自己，杀了常沁，你以为就够了吗？"仿佛来自幽冥地狱的声音在森羽身前响起。

"我不会死的，就算妖丹尽碎，只要我灵魂不灭，我就永远不会死！"清漓艰难地回过头，望着身后紧紧抱着她的森羽，抬手拂过他满是鲜血的脸，"你死了，从此以后，这世间就再也没有人能阻挡我了！"

一道黑气从常沁额间缓缓逸出，她脸上的弑神花纹迅速淡去。

森羽口中鲜血不断，唤了一声："阿沁！拦住她！"

他开口的一瞬，那逸出的黑气陡然被阻断，常沁柔和的面容变得狰狞而暴怒。

"你敢拦我！你竟敢拦我！"

这张脸狰狞和平静相交替，终于在不断变换中被平静占了上风。

满身是血的狐族族长伸手回抱住了身后的人，让长戟插得更深，妖丹更加破碎。森羽突然明白面前的人是谁，猛地一颤后紧紧捂住她的伤口，哽咽得一句话都说不出口。

"阿羽，我记得你当年说的话，以前记得，现在记得，生生世世都会记得。"

两双修长的手紧紧握在一起，常沁的眼缓缓合上，声音越来越淡，她额间的黑气又开始慢慢涌出。

森羽猛地抬头，朝远处喊去："元启神君！"

声止，一道耀眼的白光急速飞来，染满火焰的元神剑直直刺入常沁胸口的妖丹里，白色的火焰把她和森羽点燃，两人的身躯瞬间化成了灰白的火海。

混沌之力是这世间唯一能焚烧灵魂的神力，只有毁了清漓的灵魂，才是真正杀了她。

可杀她一人，便是杀了常沁和森羽。

元神剑缓缓从狐族族长身体里抽出，持剑的白衣神君染满鲜血，闭上了眼。

天地间风云骤停，因这惨烈的一幕安静到极点。

他身后，一地尘埃，那些缠绕万年的恩怨纠葛湮灭成灰。

突然间，一道撕裂声响起，那关着上古魔兽的紫月山结界，终于破开了第一道裂口。

终·神隐

天宫，青龙台上空正是激烈交战之时。

火凤凰和十尾天狐的图腾交相辉映，寂灭轮和天泽剑的神光逼得孔雀王的魔杖黯淡无光。

就在这时，孔雀王撕开身后的魔力屏障，让华姝举着聚妖幡飞了进来。华姝魔力大涨，有她加入，孔雀王瞬时抗住了凤隐和鸿奕的神力。

凤隐和鸿奕身后，数万魔军瞧得这个机会，以魔血相祭化成血阵出现在两人头顶，那血阵如一张大网缓缓向两人收拢。青龙台上被困的众仙顿时脸色大变，纷纷惊呼，奈何两人被华默的魔杖之力所牵制，一时间根本不能再分心对抗头顶的血网。

众仙急得心头上火、眼底冒烟，却偏偏被困得动弹不得。天帝、仙宫四尊、三山六府的掌教全陷于这青龙台上，若今日凤皇和妖皇败了，整个仙族六万年的基业就毁于一旦了！

不远处，伞塔里的青穹瞧见这场面脸色大变，嘴一扁，吓得托着九宫塔的手都情不自禁地抖起来。

"不好了，不好了，凤皇和妖皇扛不住了，咱们仙族要完了，要完了。"

他一边抖着手一边念出口诀，九宫塔后瞬间出现一道青色的旋涡。旋涡后是缥缈的虚空，不知通向何处。

瞧见这青色旋涡，御风上仙和昆仑老祖狐疑地皱了皱眉，望向青穹心底打了个突。

这，这……他们没瞧花眼吧，青穹上君幻出的青色旋涡，怎么好像带了那么一丁点儿妖力？九宫塔可是仙族至宝，青穹是塔灵，怎么会有妖力？

两人对视了一眼急忙看向凤染，却见她神色如常。两人只好压下心底的惊疑。如此关键的时候，多一事不如少一事，妖人也总比魔人来得亲切些。

饶是御风和昆仑脸上的惊讶收拾得及时，也没躲过青穹那双转得灵活的眼。他哼了哼，回得理直气壮。

"看什么看，看什么看，老子本来就是个妖器。六万年前渡劫失败妖力散得精光被暮光给捡了回来。他把老子放在他的乾坤袋里挂着，老子一觉醒来天天瞧见的就是他的大裤兜，差点魂都吓掉了。要不是老子从他身上偷了仙气藏在身上，老子一个妖怪，藏在天宫早就被砍成渣渣了！"

他说的振振有词，一副自个儿一件妖器欺上瞒下六万年活成天宫至宝很是骄傲的模样，噎得天宫两位上仙干瞪眼，一句话都说不出来。

青穹埋汰完前任天帝暮光，一低头对着凤染却一副谨小慎微又讨好的模样："陛下，我只记恨暮光那龙崽子，我可喜欢您呢。您放心，有我在，那只绿毛鸟伤不了您。"

他低下头半跪在凤染身旁，凤染眯眼朝他望来。

"青穹，你做什么？"

"陛下，我开了空间之门送您走，进了时空乱流，除了真神，谁都找不着您。"他说着嫌弃地看了御风和昆仑一眼，"反正也要送您，我大发慈悲，也捎带这两个老头儿一程算了。"

这话顿时让御风眉头一跳，昆仑老祖白胡子白头发叫一声老头也就算了，他鲜衣怒马正青春的神仙好模样，凭什么他也要被叫一声老头！

"你呢？"凤染眉一挑，看向青穹。

"您知道，我向来最怕死。"青穹嘿嘿一笑，迎上凤染的眼，却突然正了神色，"可这次我不能陪您一起走了。"不待凤染开口，他抬手把凤染的御座朝身后的旋涡中推去，缓缓站起身。

"您早就看出我是妖器了吧，可您还是让我在凤岛的神泉里修养了三百年。化形再造之恩，青穹就报这么一次啦。"

青穹深深一鞠，抬手把凤染三人朝旋涡中推去，然后转过身。

"凤隐小陛下是您的徒弟，鸿奕是我族的皇，他们哪一个我都不能不救啊！"

青穹哆哆嗦嗦举着九宫塔朝华默的方向冲去，可望向孔雀王和那魔军的眼底却极快拂过一抹贪婪和志在必得。可他还没冲两步，一声响亮的凤鸣却在身后突然响起，一声连着一声响彻天际。

他飞快地皱了皱眉，转过头，怔住。

他幻化出的旋涡内，数不尽的凤凰自其中飞出，它们五彩宽阔的羽翼遮蔽天日，一个族群庞大的神力生生将魔军势如破竹的威势逼得一滞。

凤族！是凤族来了！

当年凤染颁下御令，凤凰一族再不涉足三界之争，避世隐居，想不到今日竟也来了！

为首三只白凤上立着三个仙风道骨的老者，他们手持神弓，神箭自弓上而出，暴风骤雨般朝孔雀王射去！

神箭夹着庞大的神力将那魔杖生生逼退数丈，白凤上的老者们长啸一声，领着凤凰冲进了魔军诡谲的血阵里。凤族是天生的百鸟之皇，即便孔雀族魔化后实力大涨，凤族亦有一战之力，不过魔军人多，凤族即便个个都是拔尖的战士，也只能与其艰难相抗，陷入胶着。

青穹默默望着这支天降神军，咂了咂嘴，遗憾又小心翼翼地退了回来，可这一退却悄悄离凤染远了几步。

他望向远处厮杀的凤族大军，眯了眯眼，遮住里面的惊诧和警觉。

凤染什么时候在他的命门里布下了梧桐凤岛的传送门？她还知道什么？

他身后，凤染仿佛并未察觉他的异样，只沉着一双眼望着不远处的战局。

战势胶着，哪怕凤族天赋异禀，可比起孔雀王苦心经营数千年的魔军，依旧渐渐陷入颓势。

凤隐紧皱眉头，眼见着年轻的族人一个个丧生在魔军之手，眼都红了。

不能再继续缠斗下去了，就算有杀光魔军的一刻，也势必要以整个凤族为代价！

她眼一凝，猛地一剑挑开了鸿奕的寂灭轮："退开！"

鸿奕猝不及防，被凤隐的神光生生逼退数步化为人形。

"阿隐！你做什么！"

这一进一退间，交手的两方出现了短暂空白，鸿奕还来不及化形驾驭寂灭轮回攻，一声比刚才凤族出现时更响亮十倍的凤鸣出现了。

这声凤鸣更威严，更霸道，更无可匹敌！

化形的火凤凰燃起滔天火浪，把魔杖和华默父女卷在了它炙热的羽翼里！

鸿奕怔怔地望着魔杖前那只化为神体的火凤，满是诧异。

明明只是化形，阿隐的神力怎么像是突然增了数倍不止！

突然他像是明白了什么，脸色大变，化成一道闪电朝凤隐而去。

兵解！她在兵解！

一旦兵解，魂魄必散，纵有邀天的造化……

可三界六万多年，也只出了一个景涧！

万里之外的紫月山巅，对着化为灰烬的常沁和森羽沉默不语的元启心间陡然划过一道钝痛，他猛地回头，望向了天宫的方向，一直波澜不惊的面容终于起了波澜。

阿隐还是出事了！

青龙台上空，鸿奕一手伸出欲拉回凤隐，却被她翅上炙热的火舌推开。

"阿隐！回来！快回来！"

兵解之法衍生的神力太过霸道，他根本阻止不了凤隐。

众仙终于瞧出了凤隐的意图，个个儿急红了眼却毫无办法，眼底一时间只剩下悲凉，难道这般年轻的凤皇就要陨落了吗？

"陛下！"凤族三长老瞧得此景，脸色亦是大变，催动脚下白凤飞速朝凤隐飞来。

远处御座上的凤染瞧见凤隐兵解，千年前罗刹地的那一幕在眼前浮现，她双目渐红，御座上的手缓缓握紧。

一样的三界危难，一样的兵解，景涧，凤隐她……

燃烧着炙火的凤隐面对鸿奕和众仙的阻拦毫不动摇，她缓缓围拢双翅，欲以炙火和本命元神把孔雀王父女连同那根魔杖碾碎。

凤翅中被炙火所焚的孔雀王大怒，他看见手中的魔杖被凤皇的炙火一点点焚化，里面耗费千年炼化的魔魂发出痛苦的哀号，眼底终于有了恐惧。

他昂头望向面前巨大的火凤，怒喝："凤隐！你疯了不成，你若兵解，这三界将再无你的存在，你护下这一界仙人又如何？千万年后，谁还记得一个死去的凤皇！你若罢手，本王愿意在这三界之外，给你梧桐凤岛一个安宁！"

凤隐低下头望向华姝父女，巨大的凤眼坚定如斯，淡漠而威严。

"笑话，华默，我堂堂上古凤族，纵今日一战满族俱毁于此，也绝不会向你魔族屈服。本皇就算今日在天宫魂飞魄散，也不会让一个魔族踏出天门一步！"

"你！"华默怒不可遏，眼见着炎火即将摧毁魔杖，他猛地转头看向身旁一直沉默的华姝，他双目赤红，"姝儿，祭出聚妖幡！"

"父王。"华姝摇头，眼底亦有绝望，"凤隐兵解的神力太强，聚妖幡只是半神器，根本冲不破炎火。"

华默一把抓住华姝的肩膀，眼底现出一抹疯狂："以元神相祭，把天宫所有人收进聚妖幡里，把他们炼化成妖骨，为我们所用！"

华姝猛地后退一步，不可置信地望向孔雀王："父王，那里面有我族的战士……"

"为了我族能一统三界，这点牺牲算什么！"华默望向华姝，死死地抓着她的肩膀，"姝儿，父王栽培你数千年，为了父王，为了我族，献出你的元神，让父王冲破这该死的炎火，等父王成为三界之主，一定会为你重聚魂魄，让你和我执掌三界！"

华姝望向孔雀王的眼，那里面除了疯狂和黑暗，已经什么都不剩了。她看了一眼炎火外和凤族大战的孔雀族将士，那些族人的眼中，除了欲望和魔气，也什么都不剩了。

从什么时候开始，她的父王、她的亲人、她的族人，已经一个都不剩了。

她忽而转过头，看向孔雀王。

"父王，你说得对，孔雀一族的荣耀和未来比什么都重要。为了我们一族，所有牺牲都是值得的。"

华姝眼底顷刻间充满一往无前的勇气，孔雀王一怔，还来不及说什么，华姝已经猛地跃起，踩着即将化成焚化的魔杖，飞到了半空和凤隐平齐。

聚妖幡自她掌中而出，化成半丈大小。她幻出匕首在指尖一挥，源源不断的鲜血朝聚妖幡中而去。鲜血和元神之力注入幡中，聚妖幡猛地泛起妖异的红光，里面妖兽的咆哮声震天动地。

凤隐凤目凝住，华姝已是半神之体，她若以元神相祭，聚妖幡中关押了数万年的妖兽不仅会全部释放出来，就连天宫众仙和凤族也会被吸入幡中炼化！

不能再等了，必须阻止她！凤隐想着，不再迟疑，白色的炎火化成锋利的火箭，就要朝华姝眉心而去。

在这千钧一发的时刻，一道焦急的声音从青龙台下传来。

"阿隐！别伤她！"青龙台上，被华姝所伤的宴爽望向炎火的方向朝凤隐大喊。

凤隐一怔，就这么一分神的时间，聚妖幡已经被全部打开，华姝的元神几乎和聚妖幡化成一体，咆哮的妖兽们浮现，仿佛要撕裂众生。

华姝望向远处魔化的孔雀族战士，再看着凤隐时眼中突然现出请求和恳切之色。

"凤隐，不要兵解，相信我，撤开凤翅！"

熟悉的声音在凤隐脑中响起，除了她，没有人能听见。

这是华姝的声音，里面再也没有了以往的倨傲，只剩恳求。

凤隐目中现过一抹波动，但她仍然没有动。华姝如今和聚妖幡化为一体成了聚妖幡的主人，鸿奕再也不能威慑幡中的妖兽，若是这些妖兽失控，必将为祸苍生。

炙火中的华默瞧得情形不对，朝着华姝的方向大吼："姝儿，放出妖兽，破了凤隐的炙火，快！快！"

华姝仿佛没有听到华默的声音，只望着凤隐。

"凤隐，看在澜沣的分儿上，相信我！"她的声音继续在凤隐脑中响起。

幡口越撕越大，凶兽们咆哮着就要冲出来，见凤隐不动，华姝眼底现出焦急，终于喊出了口："凤隐！"

就在这一瞬，凤隐猛地撤开双翅，炙火被破开，聚妖幡中的妖兽瞧准这个契机，欢快地冲出炙火朝半空中缠斗的凤族和孔雀族而去。

孔雀王大喜，面上露出得意的笑容。

令人意想不到的是，方才在九宫塔里尚没有神志的妖兽们冲进战团，开始撕扯孔雀族魔士，却没有伤及凤族。

孔雀王脸上的笑容一下凝固。

亦是在这一瞬，和聚妖幡几乎化为一体的华姝猛地回头冲向华默，华默被聚妖幡的幡口所吸，不由自主地朝幡口中飞去。

世人皆知，天下生灵只要入了聚妖幡，就会魂魄消散，只剩一副空骨，永远被禁锢在幡中，再无重生之日！

华默脸上现出惊恐和怒意："姝儿，你要干什么！"他大吼一声，聚拢魔力欲挣脱聚妖幡。

突然，一把碧绿的大伞挡在他身前，那伞上满是着盈盈仙气，牢牢地把华默拦在半空。

是遮天伞！当年华默授意华姝从元启手中骗走遮天伞，此时竟成了他的催命符。

就这么一息之间，聚妖幡追上了华默，那幡口猛地一吸，来自洪荒的妖力把华默整个吞进了幡口中。

瞧见这一幕的凤隐终于松了口气，神力耗尽化为人形朝下落去，被赶来的鸿奕稳稳

接住落在了青龙台上。

一旁的宴爽瞧见这一幕，心里头酸涩不已，别开了眼。

"华姝，你这个逆女，你竟敢弑父背族，天地不容，本王咒你生生世世不得好死，和本王一样再无重见天日之日！华姝！华姝！你这个逆女！"

半空中，愤怒的咒骂声从聚妖幡中传来，慢慢地变成了血肉消融的凄惨号叫，到最后，便什么声音都不剩了。

立在聚妖幡外的华姝听着孔雀王的咒骂，闭上眼，脸色苍白，一丝波动都没有。

孔雀王被聚妖幡吞噬的一瞬，青龙台上禁锢众仙的魔网消散无踪，众仙重获自由，望向华姝神情复杂。

想不到最后救了天宫，让凤皇免于兵解的人，竟然会是华姝。

恐怕孔雀王也想不到，他筹谋了几千年的霸业最后会折在亲生女儿手中。

一旁，凤族们瞧见聚妖幡中的妖兽个个妖力凶猛，都默默飞到一旁，把战场让给了这些几千年也难得出来一次的凶兽们。

一时间，除了疯狂撕扯魔军的妖兽，整个青龙台上空都静了下来。

不远处，凤染御座旁立着的青穹看着疯狂吞噬魔军的妖兽们，眼底闪过一道贪婪的红光，他不动声色地朝妖兽和魔军的方向移去，只走了两步，淡淡的声音在他身后响起。

"回来，要不朕就折了你这座塔的命门。"

青穹顿住脚步，他回转头，神情一顿。

凤染的御座正好停在了旋涡正中，她身旁立着不知何时出现的凤族侍卫长凤欢。

凤染的手从御座中伸出，毫无阻碍地越过凤隐布下的炙火，指尖一道神力落在旋涡中，那神力极为微弱，可要毁掉器灵之魂，却也足够。

青穹眉一挑，望向凤染，神情十足的玩味。

他真没想到，仙妖两族都窘迫危难到这个份儿上了，凤染竟然还能算计得了他。

枉费自个儿活了十几万年，号称耍遍神界无敌手，这回倒被个下三界的小凤凰给糊弄得团团转，简直丢人丢大发了。

青穹立在原地，远远望了妖兽和魔军一眼，收回自己贪婪的目光，他耸了耸肩，无所谓地退回到凤染的御座旁。

"好好好，陛下，你说怎样就怎样。"他望着凤染的手，瞧见她漫不经心地收回指尖的神力，勾了勾嘴角。

"你是什么时候知道我这九宫塔的命门所在，还在里面设下了梧桐凤岛的传送门的？"青穹邪肆一笑，眉眼风流，虽满身邪气，却丝毫不惹人厌。

九宫塔最大的秘密不是那九重宫塔，而是能够跨越空间的力量。这是他保命的法宝，连当年上古神界里的死对头都不知道，凤染一个下三界的神仙是怎么知道的？

"哦，你在大宫用这塔溜进银河偷看玄女们洗澡的时候朕瞅见了，朕瞧着这里头安全又隐蔽，就给我凤族留了条后路，没想到会用在今日。"凤染看向乖乖在天宫装了几千年仙族至宝的青穹，眉一扬，也笑了笑。

"妖器？前辈自谦了吧，堂堂上古神界九重妖塔，好战之名可是和当年的星月女神不相上下。朕好歹是一界之主，天宫里藏着个妖神，朕总要心底有个数才成。"

见青穹哼了哼就要开口，凤染抬手在御座上叩了叩："青穹神君，歇了吞噬这些魔族和妖兽的心思吧，你堂堂妖神，何必沦为魔道。"

她凝着目光看向远处："孔雀王的下场，你也看到了。"

"魔族又如何？这些不过是低等的魔族罢了，真正的魔，你从来没瞧见过。"

青穹似是想起了什么，心底打了个冷战，却也听从了凤染的话，不再打天宫这些魔族和妖兽的心思了。

算了,回神界再修炼个几万年养伤也就是了,反正活了十几万年,时间也算不了什么。

凤染和青穹这一进一退的博弈间，天宫上空的魔军已经全被妖兽撕裂吞入，华姝一直望着那些族人死去，她的身体越来越透明，几乎完全融进了聚妖幡中。直到最后一个孔雀族将士消亡，所有妖兽重回聚妖幡内，她仰着头怔怔看着染血的天空，一句话都没有说。

所有人望着这一幕，都没有开口。许久，她突然转过身，朝凤染的方向跪下。

"陛下，臣之一族，有罪。"她一磕到底，语气充满了悲凉。

"臣自知罪孽难恕，臣的魂魄会守在聚妖幡中，永世镇压孔雀王。还请陛下看在澜沣的分儿上，留下我孔雀一族百鸟岛上未被魔族染指的最后一点血脉。"

凤染御座旁的炙火散去，她缓缓飞来，落在跪倒的华姝面前。

"朕答应你，未被魔族染指的孔雀族，朕一个都不会伤害，朕会在百鸟岛外布下结界，三千年内，百鸟岛只有孔雀族才能自由出入。"

"多谢陛下宽宥之恩，华姝代族人拜谢陛下。"华姝声音哽咽，却始终没有抬头。

"你以元神和生生世世的自由换来三界安宁，这是朕该做的。"

华姝颔首，缓缓起身朝聚妖幡中而去，她萧索的身影几乎透明。

飞到幡口时，她突然回眸，望向了青龙台上凤隐的方向。

凤隐迎上她的目光，心中亦是复杂。

一千年前是华姝害得她在罗刹地魂飞魄散，一千年后也是华姝用元神消散、永世禁锢的代价换回了她一条命。

她们之间，千年纠葛，是非对错，到今日也算了结了。

"凤隐，从你降世，我就羡慕你，羡慕你的血脉，你的地位，你的神力，羡慕你的所有。"

华姝望着凤隐。

"可有一件事，我不羡慕你。"

她弯着唇角，似乎是笑了笑，眼底化出一道清俊的身影，那是她的信仰。

"我也有一个为了我能放弃所有，视我如生命的人。"

她望向天宫深处，那是景阳殿的方向。

"可是我错过了他。"

"凤隐，我欠你的，已经还清了，你好自为之。"

华姝转身朝聚妖幡中而去，再也没有回头。

凤隐沉默地望着她，而后发出了一声叹息。

那道透明而孤单的身影消失在聚妖幡中的一瞬，半丈高的妖幡失去了妖力，化为巴掌大小朝青龙台上的鸿奕落来。

鸿奕握住聚妖幡，朝凤染的方向看去。

凤染挥了挥手："罢了，她已经是聚妖幡的幡灵，既然她选择离开仙界，你带走聚妖幡便是。"

鸿奕颔首，聚妖幡是妖族至宝，自然是带回妖界最好。

大战过去，一切仿佛突然安静下来，只有青龙台上的鲜血和毁损的仙门昭示着刚刚天宫里发生了什么。

众仙对望一眼，身心俱疲地叹了口气。他们做了几千上万年的神仙，怕是再也没有一刻像今日一般忐忑绝望过。

这最大的魔头都被消灭了，该不会再有什么幺蛾子了吧？

瞧着众仙心有戚戚然的模样，凤染叹了口气，咳嗽一声正欲说几句场面话安抚安抚，

突然一道白光突破天际，照耀在三界之内。

这白光所带来的神威远在凤皇和妖皇之上。众仙悚然色变，三界之内，谁有这般神力？

凤染和凤隐等人抬头看去，神情一变。

那白光所在之地，是妖界第三重天内紫月山的方向。

而那白色神力，正是混沌之力。

青龙台上凤隐众人和孔雀王大战之时，紫月山上空九幽炼狱外亦是魔气冲天。来自炼狱的魔兽之力不断撕扯着残剩的封印，企图冲破炼狱重临世间。漫天仙将妖兵手持长戟严阵以待，他们看着白衣神君一步步走进了那诡谲的魔气中，直至消失不见。

魔气内，元启御着元神剑直朝九幽炼狱而去，他停在岌岌可危的炼狱之门前，元神剑上的混沌神力散出，九幽炼狱内暴动的魔兽察觉到天地间最霸道纯粹的神力，猛地发出胆怯的哀号，不约而同地朝炼狱内退了数步。

元启脸上凝重的神色一轻，他闭上眼，混沌神力一点点自他周身散出，犹如漫天烟火般坚定地朝炼狱外即将碎裂的封印覆盖而去。

他脸上的血色迅速消失，瞳色变得苍白难辨，持剑的手隐在袖中几近透明。

九幽炼狱外的封印是天启全盛时期所布，当初只破了一道缝隙就耗了凤染半生神力，如今要想将破碎的大阵完全修复、阻止蠢蠢欲动的魔兽破狱而出，以元启堪堪千年的寿命，除非是以混沌本源祭入大阵为代价。

可他是混沌之神，一旦混沌本源消失，便和六万多年前的上古一个结局。

魂飞魄散，神格难存！

就在混沌神力即将覆上炼狱大门修复封印的一瞬，一红一绿两道神力猛地从炼狱内飞出，拦住了元启。

这两道神力熟悉无比，元启难以置信地睁开眼，瞧见了直直朝他飞来的碧波！

水凝神兽以从未有过的速度飞向千年不见的白衣神君，一脚踹飞元启手中的元神剑，惊慌地号叫几乎盖过了炼狱内咆哮的魔兽声。

"不行不行不行！阿启你不能祭出混沌本源！你会死的！"

碧波惊恐地在元启身边打转，一双大眼通红，小翅膀抖得停不下来，生怕再晚一刻，元启就成了炼狱大阵的祭品。

三首火龙化成人形沉默地立在不远处，看见元启眼底现出一抹惊疑，他在元启手间

拂过，神情突然一怔，像是明白了什么，轻轻叹了口气。

被碧波踹飞的元神剑默默飞回元启身边，亦是一动不动。

九幽炼狱的封印外，一时竟只剩下碧波慌乱不歇的身影。

元启望着碧波瑟瑟发抖的小身体，眸中现出一抹温暖，他向碧波伸出了手。碧波眼睛更红，一跃飞进元启怀里，就像清池宫里相依为命的那些年一般。

"阿启……"

碧波还来不及说什么，元启已经在他的小脑袋上摸了摸，望着他："这一千年，你过得好不好？"

碧波望着面前有些陌生的青年，小翅膀在他胸前蹭了蹭，点点头。

他的阿启是个长不大的少年，他没来没见过阿启这个模样。活了几万年的水凝神兽眼眶通红，满是心疼。

"那就好。"元启欣慰地拍拍他的水凝神兽，"碧波，乖，去三火那儿。"

水凝神兽猛地抬头，小爪子紧紧抓住元启的袖袍："不行，我知道你要用混沌本源修复炼狱封印，阿启，你不能……"

"只有我能。"元启一把抬起碧波的小身子，双眼凝视他。

因为混沌之力消失，炼狱内本已退却的魔兽咆哮着重新冲击着封印，一道道缝隙自封印上裂开。

元启望了岌岌可危的封印一眼，看向碧波。

"别说三界，现在紫月山外就有十万仙兵妖将。如果上古魔兽冲出九幽炼狱，他们全都会战死在这儿，现在整个三界只有混沌神力能代替天启封印九幽炼狱。"元启缓缓道，"碧波，封印之外，是十万生灵和整个三界。"

"不行，找不到天启，我们回神界，还有上古真神、炎阳真神，你父神不是活过来了吗？他们都能封印炼狱，我们回去！现在就回去！"碧波化成人形，拉着元启就要往空中飞，却在抓向元启手腕的时候扑了个空。

他低头，看着元启透明的手腕，愣住。

"你怎么了？"碧波慌忙抬头，这才发现不止手腕，元启整个人都变得越来越透明。他伸手去触摸元启，却毫无阻挡地穿过了他的身体。

"元神剑的神力越来越弱，已经没有办法再支撑我的魂体化形了。"

白衣神君低垂着眼，看着自己透明的身体，缓缓开口。

碧波不可置信地望着他。

什么意思？魂体化形，难道他面前的是……

碧波僵在半空的手轻轻抖了起来，他想去触摸元启，却不敢再碰他。

"碧波，元启神君已经不在了。"一旁的三火不忍心再看下去，走过来拉开碧波。

"放开我，什么叫不在了！"水凝神兽一把甩开三火，指向元启，平时清脆爽利的少年一出声就是哑的，"他好端端的在这儿！"

"那只是魂体，不是活生生的他。"三火的手犹如铁钳一般，紧紧抓着碧波的手腕，艰涩开口，"你是水凝神兽，你面前的人是生是死，你比谁都要看得清楚。"

碧波定定地看着面前的魂体，眼眶通红："怎么回事？什么时候、到底什么时候你变成这个样子了！你是混沌之神，谁能伤你，谁能杀你！"

"我没有时间告诉你了。"元启叹息，他看向三火，"带碧波离开。"

三火点头，碧波根本不干，大吼着就要朝元启扑去："你只剩魂体了，怎么去修补封印，跟我回神界，上古真神一定能救你！"

三火紧紧抓住他。

"元神剑的混沌神力太微弱，没有我的魂魄本源，他无法封印九幽炼狱。"

元启顿住脚，没有回头。

元神剑化成剑身，围绕在他手边。

他低头看向一千年来用神力为他化形、如今又陪他赴死的神器，轻轻抬手在剑身上拂过，叹了口气。

"可惜你这六万年的修为了。"

元神剑发出微弱的剑鸣，坚定地回应他。

元启站定在九幽炼狱大门的封印前，元神剑散着银白的神力向他靠拢。他的身体越来越透明，一团炙热的火苗自他透明的掌心生出，即将和元神剑化为一体。

碧波明白那是元启存于世间的最后一抹魂魄，他惊惶地推着三火，就要朝元启的方向冲，却被三火牢牢拦住。水凝神兽的神力劈在三火身上，三火不言不语，生生受着碧波的神力，却始终不肯松开他。

碧波脸上大滴的眼泪夺眶而出，他突然望向炼狱深处。

"求求你，救救他，我知道你能结束这一切，求求你，封印炼狱，救救阿启！别让他灰飞烟灭！求求你！"

他眼中露出最后一丝希冀和祈求。可炼狱深处，除了魔兽的咆哮声，没有任何人回应他。

他只能眼睁睁看着元启的灵魂和元神剑化为一体，看着他强大而浩瀚的混沌神力冲破天际震撼世间，看着他化为星魂散在九幽炼狱的结界上，看着那些即将撕裂封印的魔兽们不甘着却又惧怕地退去，也看着封印前那抹银白的火苗越来越弱。

"你就这么魂飞魄散了，我们怎么办！怎么办！"

碧波几乎是嘶吼着，绝望地朝那抹即将湮灭的火苗大喊。

"我们什么都不知道，我们还什么都不知道！"

"大泽山，碧波，那里有你想知道的一切。"

耀眼的混沌星魂一点点化为虚无，天地间，只剩下这么一句话回响在碧波耳边。

他怔怔地抬手去抓那些散落的星魂，还来不及触碰，它们就已经化成尘埃。

元启已死，星魂再无。

九幽炼狱外，混沌神力照耀大地，魔力散去，浑浊一扫而空。紫月重新高悬在妖界上空，散发着盈盈月光和生机。

守在紫月山外的仙兵妖将们互看一眼，猛地爆发出一阵劫后余生的欢呼。但很快他们便停了下来，所有人静静地看着混沌神力缓缓消失，脸上的兴奋一点点被悲凉和沉默所代替。

封印之内，他们的元启神君，再也没能出来。

元启用魂力化成的混沌神力不仅震撼了妖界，亦撼动了千里之外的天宫青龙台。

混沌神力出现在天宫上空的一瞬，凤隐瞳色一变，她看了陡然大惊的凤染一眼，全然不顾刚刚大战的伤势，天泽剑朝天一劈，用尽所有神力撕开一道空间裂缝，一言不发地消失在青龙台上。一道神力赶上那道空间裂缝陪她一起离开，那是鸿奕。

宴爽看着鸿奕消失的身影，露出一抹落寞的神色。

待众仙回过神来时，凤皇和妖皇已经消失了，他们齐齐朝凤染看去。

凤染凛目看向身旁的青穹："送本帝去妖界紫月山。"

青穹撇了撇嘴角，哼了哼。他可没忘记凤染刚刚才威胁过他，害他失去了一个可以吞噬力量的机会。

"暮光对你有救命之恩，从此以后，天宫和仙族对你的恩情，一笔勾销。"

虽说是为了隐藏身份，但青穹作为妖神，一直留在天宫，亦是因为当年暮光的相救

之恩。

他眉一挑，眼眯了起来，笑成半弯，一挥手化出九宫塔的虚无之门，朝凤染摆摆手。

"走吧，天帝陛下。去瞧瞧咱们神界的小神君殿下。"

肃穆的紫月山上空被一剑劈开，凤凰焰影落在九幽炼狱外时，眼中只剩下即将消散的漫天星魂和半跪在地上低着头一言不发的碧波。

凤隐抿着唇望着渐渐湮灭的星魂，仿佛明白了什么，却又不愿意相信。

怎么可能呢？他是三界最强大的混沌之神，只是重新封印九幽炼狱，怎么会落得……

她始终没有开口，直到空间再一次被劈开，凤染和御风落在她身后时，她才走到碧波面前。

"这里发生了什么？"很久很久，她才沙哑地问出另一句话，"元启呢？"

没有人回答她，碧波没有，三火也没有。

于是凤隐回转头，看向凤染。她的师君看着眼前这一切的眼中没有诧异，只有哀恸。那一抹她一直隐隐察觉着却没有看懂的哀恸。

他们在天宫青龙台以天帝之位引出华默父女，元启率领十万仙兵诛清漓，封印九幽炼狱。

这是九宫塔之战的前一天，凤染对凤隐所说的话。

元启拥有混沌之力，是重新封印九幽炼狱的唯一人选。以他的神力，清漓不是他的对手，重新封印炼狱最多也只会耗损半数神力。

凤隐就这么望着凤染，等她开口。

"如果阿启的神力能封印九幽炼狱，一千年前，就不会是我耗损一身神力强行封印这里了。"

一声叹息响起，凤染终于开了口。

"那封印炼狱的是谁？"凤隐一手指向身后平静的九幽炼狱。

"是元神剑。元神剑是混沌之力所化，它在大泽山下修炼六万年，一千年前元启成神之时，它也晋为神器。"

"元神剑……"凤隐摇头，"不可能，连元神剑都能封印这里，元启为什么不能？"

"如果是元神剑封印的九幽炼狱……"凤隐缓缓握紧袖中的手，"那他去哪儿了？"

"元神剑虽然拥有混沌之力，但以它一己剑身，无法封印这里，还需要混沌之神的本源之魂，他们合二为一，才能真正封印九幽炼狱。"凤染避过凤隐的眼，"阿隐，元

启他，早就不在了。"

凤隐那一双凤瞳顿时染上了血色。她猛地抬头看着空中几乎散尽的星魂，终于明白那是什么。

那是元启的魂魄，已经湮灭的魂魄。

她怔怔望着漫天星魂，眼底一片虚无。

"什么叫早就不在了？"她空茫地转头，看向所有人，"他不是好生生的，一直在吗？"

没有人回答凤隐，直到一个身影走到她面前。

"你是阿音？"少年清澈的声音不再，低沉而嘶哑，"我认得你的灵魂。原来你的真身不是水凝兽，而是火凤凰。"

少年说出这句话时，仿佛有着更深的意味。

"去大泽山吧。"碧波不再看她，转身朝紫月山外的方向走去，"那里埋藏着所有的真相。"

一千年前，大泽山被毁和元启晋神是同一日。

从那天起，大泽山被元启用神力封印，三界中无人敢再踏足此处。

凤隐涅槃后来过这里，那时她还近乡情怯。

这一次她从紫月山撕裂空间落在大泽山山脚时，发现笼罩在大泽山上空千余年的神力已经散去，露出了山门当年的模样。

连天的石阶被岁月洗去棱角，一直安静地躺在这里，她扬头望向山巅血红的眼酸涩不已。

碧波说，大泽山上藏着所有真相，这里藏着什么？

元启，我湮灭轮回的这一千年，到底发生过什么？

凤隐收了神力，抬脚朝大泽山巅走去，一步一步，就像很多年前元启领着她下山历世的那一日般。

独子的身影渐渐消失在众人眼中，凤染抬手，拦住了想跟上去的人。

"阿音，从今日起你便是我大泽山的内门弟子，和阿晋一个辈分。老道不收你为徒，但可担你一个启智之师的名头。"

"阿音，你师兄老实敦厚，这回下山寻找小凤君的魂魄，你可要看顾好他，别让旁人欺辱了他！我和掌教师兄等你们回山。"

"阿音阿音，你们可回来啦！我给你和小师叔攒了一大壶醉玉露！厨房里的绿豆糕刚出锅，我去给你们端！"

石阶一级级在脚下延伸，那些凤隐以为早已忘记的往事，一幕幕在眼中回放。

轮回千年，历世不知凡几，作为水凝兽阿音的那一生，她以为早就埋藏在罗刹地魂飞魄散的那一日。却没想到，兜兜转转千年，这座山上的每一个人、每一个宁静安详的日升月落，她都不曾忘记。

百丈石阶的尽头，立着一个人。

藏青道袍，眉目依旧，那是青衣。

他就像是一直守在这里，等着终有一日必将回来的人。

他朝阿音微微躬身，既是对着当年的大泽山东华师祖座下弟子阿音，也是对着如今的凤皇。

凤隐站在最后一层石阶上，顿住。

凤隐这一生，经历过太多事了，曾经她带着一世又一世的记忆孤独地走在奈何桥头的时候，她以为人世间再也没有什么事、什么人能让她动容。

但她没有想到，还有今日。

破碎的殿宇恢复如昔，断裂的仙脉又生机勃勃，漫山仙兽飞腾欢鸣，和一千年前烟火鼎盛的大泽山一模一样。

可这些都不算什么。

她的目光落在上水殿前那一个个盘腿而坐的人影上时，血红的凤瞳终于恢复了一点儿生气。

闲善、闲竹、青云、青海……所有在一千年前那场大战里死去的大泽山弟子，她的师兄，她的同门，一个不落的都在这里，活生生的在这里。

而所有人前面，是一身白衣、黑发如墨的元启。

他身旁，放着一个小小的竹盒，盒子里是一盘小小的绿豆糕。

他闭着眼，直到凤隐走到他身前，都没有睁开。

凤隐看着那个竹盒，眼底突然卷起汹涌的悲恸和绝望。

她好像明白了什么，却又不敢相信。

这么些年，她只为元启做过一次绿豆糕，那是很久很久以前，久到她作为阿音还活着的时候，在天宫的景阳宫，为了鸿奕去求元启的那一次。

那一天，他也是一身白衣，和现在一模一样。

凤隐缓缓跪在元启身旁，她抬手去握他的手，冰冷彻骨，毫无生机。

整个大泽山山巅，只有她握住的人，没有一丝生机。

就连她魂飞魄散那一日也不曾落下的眼泪，此时毫无预兆地溅落在地，凤隐低着头，握着元启的手颤抖起来。

"他，他……"

她嘶哑着开口，但用尽全身力量，也没办法再说出一个字。

身后的青年仿佛知道凤隐想问什么，缓缓走到她身后，他望着上水殿前的同门，轻轻垂下了眼。

"陛下，我小师叔他……一千年前就死了。"

安静的大泽山山顶，只剩下青衣一个人的声音。

"混沌神力能挽魂往生，当年小师叔用他一身神力，唤醒了在这里死去的仙灵，让师父和师兄他们神魂归位修炼重生，从那一日起，他就已经……"青衣停顿许久，"不在了。"

混沌之力是世间唯一可以让灵魂重聚、死而复生的神力，但要复活整个大泽山的弟子，一点点神力根本做不到。生老病死是三界规则，就算是神，也不可以轻易打破，否则代价必定难以承受。当年元启初登神位，耗尽心血和神力也才勉强让大泽山众仙的魂魄齐聚，重归体内。千年过去，混沌神力一直守在这里等待他们苏醒，直到元启最后一抹魂魄为封印九幽炼狱而散，大泽山被尘封的真相才大白于三界。

"这些年来，小师叔的身体一直是元神剑的神力所化。当年罗刹地一战，他魂魄大损，若不是为了等你回来，小师叔他早就撑不住了。"

这就是一千年前凤染封印九幽炼狱的真正原因。元启耗尽神力救了大泽山众人，神力耗尽生机断绝，唯有一丝真神魂魄存于世间。

凤隐闭上眼。

这些年来，她作为阿音也好，涅槃重生唤醒记忆后也好，有一件事，她从来不曾释怀。

当年在罗刹地她被华默父女重伤，受众仙唾骂指责的时候，唯一在她身边护住她和仙族相抗的，只有鸿奕。

她一直记得那一日，元启独立在众仙之顶，俯瞰她犹若蝼蚁。也是从那一瞬开始，她觉得水凝兽阿音再也没有存于世间的必要了。

终○神隐

·617

师门毁了，同袍死了，连唯一相依为命的人也将她视若尘埃，她活着，究竟是为什么呢？

她在罗刹地引下第七道天雷，自罚己身灰飞烟灭，亲手结束了自己的性命。

她这一生，最大的罪过，就是当年一念之仁，害得大泽山毁于一旦。

可她不知道，在很久很久以前，在比她湮灭成灰更早的时候，元启用他的命换回了大泽山所有人，洗清了她的罪过，还了她清白无垢的一生。

那一道神谕……那一道降在罗刹地的神谕……

"今日本君亲手降下九天玄雷，剔你仙骨，除你仙籍，从此大泽山女君阿音，再不属三界之列，禁于清池宫！九州八荒，大泽山重生之日，便是女君阿音踏出清池宫之时。"

大泽山重生之日，是她重回三界之时。

她曾以为的追命符，原来是元启用性命让她活着的东西。

这些年，你在清池宫，究竟是怎么过来的？

我让你亲眼看着我灰飞烟灭，让你一个人孤独地等待了一千年，让你看着涅槃重生的我冷心冷情……

凤隐眼底一片血红，她抬手抚向元启的脸。

他的眼紧紧闭着，再也不能看她一眼。

"我错了，阿晋，我错了……"

凤隐哽咽着，眼泪大滴大滴地落在元启冰冷的手上。

"我错了，我错了，你回来……"

她的手触到元启眉角的一瞬，就和九幽炼狱外一般，元启的身体在这瞬间化为星魂，一点点消失在凤隐面前。

凤隐怔怔地看着眼前的这一幕，伸手去抓，却什么都留不下。

神力已散，魂魄已亡，元神剑和他一起赴死，下三界里再也没有混沌之力能够留住元启。

那些星魂在大泽山上空久久飘荡，山脚下的众仙看着这一幕，已经从凤染口中知道真相的他们叹了口气，露出沉重的神情。

忽然，一道悲伤的凤鸣在山巅响起，众仙抬眼看去，只见一道火红的凤影直冲云霄，飞向北方，那是祁连山清池神宫的方向。

从那一天起，很久很久一段时间里，三界中再也没有人听到过凤皇的消息。

再后来天帝飞升神界，御命御风上仙继任天帝之位。

忽然有一天，大泽山上沉睡的众仙苏醒，山上的金钟被敲响，可是这一次，这个仙族最大的门派山门紧闭，谢绝了所有仙门的祝贺。

三界重归宁静，仙妖兵戈休止，元启和凤隐的故事就像当年上古和白玦一样，成了三界一段新的传说。

一个没有结局，只剩下遗憾和唏嘘的传说。

紫月山，九幽炼狱深处。

冰冷的王座上，仍然只有玄一。

他就像一个局外人一般，看着三界变迁，众生宿命起伏。

"十九万年了，你还不愿意从炼狱里出去？"

炼狱深处，一道熟悉的声音突然响起。

黑衣红发的神君落在碧波和三火曾经短暂停留的地方，望向王座。

"这是你的神谕？还是混沌之神的神谕？"

许久，王座上的魔神收回俯瞰世间的眼，望向炙阳，露出睥睨众生的面容。

（正文完）

终 ○ 神 隐

# 目录

世上哪有什么巧合，千回百转冥冥中都是那一人罢了。

神憩

下

星零 ／ 著

长江出版社
CHANGJIANG PRESS

神隐　最后的结局

独家
番外

长江出版社
CHANGJIANG PRESS

白炫音风尘仆仆回到皇城，一身戎装还来不及换，便入了琳琅阁。

候了一宿的安宁帝没等到自己骁勇善战的统帅，反而听闻白炫音入了花街柳巷，摔了上书房两盏琉璃灯，大半夜咬牙切齿地下了宵禁令。

大理寺卿从床上爬起来满大街地封秦楼楚馆，待巡到琳琅阁瞧见睡在温柔乡里听琴奏曲的白帅时，可算明白是怎么回事了。他哆哆嗦嗦了半晌，吭哧了一句话出来。

"白帅，圣上正等着您进宫面圣，回禀军情呢。"

"老子挑了北漠三座城，明儿个论功行赏就是，大半夜的，他不睡觉，折腾我做什么？！"白炫音躺在桃儿的腿上，吃着葡萄，一脸痞样。

大理寺卿抖得更厉害了，一旁雅乐声未停，他抬眼瞥了瞥，瞧见弹琴之人，蓦然吞了口口水。敢留白炫音夜半听曲的，整个大靖朝，也就只有这位大靖第一琴师谢子卿了。

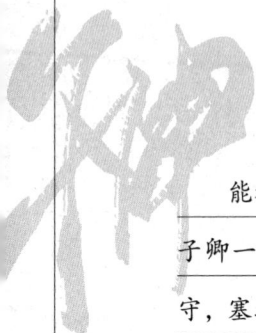

能称得上国之第一琴师，可不仅仅是琴弹得好。谢子卿一身功法已臻化境，当年北漠叛乱，大靖无将可守，塞北三城危在旦夕，谢子卿横空出世，一曲敌三军，生生逼退了北漠数万大军。天子欲对其裂土封侯，他倒好，一身素衣来了帝都，转头却入了琳琅阁。自此琳琅阁名声大噪，天下权贵趋之若鹜，只为听谢子卿一曲，求得几分善缘。谢子卿一年只奏一场，便是在每年正月十五，想不到他大半夜的竟肯为白炫音单独奏琴。

大理寺卿一双绿豆大的眼睛在两人身上转了转，心中猜测千回百转，面上却半点不显。

"回去睡你的大觉，明儿一早本帅自会去宫里问安。"白炫音懒懒一摆手，挥退大理寺卿。

一个是大靖手握兵权的三军统帅，一个是名满天下的宗师大家，大理寺卿默默退出了琳琅阁。

从始至终，谢子卿垂眼弹奏，半分眼神都没落在众人身上，出尘缥缈，仿佛世事与他无关。

琳琅阁外，副将一脸窘态，"大人，咱们就让白帅在这儿歇一宿？"

大理寺眼一瞪，"你敢把她提出来？"

副将头摇得似个拨浪鼓。

大理寺望着灯火璀璨的琳琅阁，眯着眼："这谢子卿胆儿也忒大了，虽说白帅和陛下的婚约早就废了，可他也，也……"

大理寺卿嘟囔了半晌，那"胆儿忒肥了"几个字始终没敢说出来，丧眉耷眼地领着兵将悻悻走远了。


宫里的安宁帝得知白炫音留在了琳琅阁，又摔碎了一套白玉瓷器，却只能红着眼独坐上书房一宿。

他能如何呢？当年为了巩固权位娶了南秦的公主，他亲手下旨废了他和白家的婚约，逼得白炫音十六岁就披甲上阵。一晃十来年，白炫音替他守住北疆门户，成了他的股肱良将，两人之间，只剩君臣之礼可守。

安宁帝深深一叹，年轻的帝王鬓边已有零星几缕白发。

琅琊阁内。

谢子卿一曲弹毕，白炫音长舒一口气，隐在烛火下苍白的脸色才恢复了些许红润。大理寺卿长居于俗事安宁之处，哪闻得到她满身血气，根本不知这个三军统帅边疆归来已是强弩之末。

"谢了。"白炫音朝谢子卿懒懒一笑，挥退侍女，解下戎装，露出满身血迹的里衣。

谢子卿面色未改，只道："你若再入北漠，纵有我年年为你疗伤，这身病躯也撑不了几年了。"

"能撑几年是几年吧。"白炫音毫不在意拿起一壶酒，行到窗边一口饮下，望向宫城的方向，"我总不能看他一个人独自苦撑，有我在，他的帝位才更稳。"

谢子卿一言不发，只望着白炫音，出尘的眼中没有一丝情绪。

白炫音走回床榻，朝谢子卿摆摆手，"来，天还早着呢，咱们下一局，这回我定能赢你！"

谢子卿嘴角一勾，轻嘲："妄想。"

白炫音自当年在军献城被谢子卿救起，就极少见他笑过，一时不由愣了愣，坚硬如铁的心竟也有了一抹涟漪。

　　"怎么？"谢子卿拾棋望来，白炫音心神被唤回，连忙坐回榻上，心里嘟囔一句："祸水。"

　　"谁是祸水？"谢子卿蹙眉看向白炫音，白炫音眼瞪大，脱口而出："我说韩肖是祸水，累得老子当牛做马！"

　　"喔。"谢子卿放下一子，不置可否。

　　白炫音落了几手棋，忽然抬头望向谢子卿，"神仙？"

　　谢子卿手一顿，看向白炫音，眼中是恰到好处的惊讶，"什么？"

　　白炫音摆摆手，干笑一声："没什么没什么。"

　　难道方才我说出了口？不是在心底埋汰想想？

　　白炫音想着大概自己狂奔千里，又一身重伤，或许是自个儿方才记错了，眨眨眼又陷入棋局厮杀中。

　　谢子卿勾勾嘴角，眼底微有笑意。

朝阳初升，破晓的钟声在皇城四野响起。

年轻的世家子弟们在大街上纵马而过的欢笑声若隐若现。

白炫音伸了个懒腰，放下棋子。

"好了，天亮了，我去向韩肖述职了。"

白炫音换了一身朝服，朝谢子卿摆摆手。

骁勇善战的大将军满心满眼只想着快些入宫去见帝王，根本无暇看一眼身后那双眷恋深情的眼。

桌上的古琴微微一晃化为一柄古剑，灵光一闪，古剑化成少年。

少年立在谢子卿身后，面有不忍。

"神君，您这又是何必呢？您做再多，她也不记得您。"

谢子卿立在窗边，望见白炫音一骑绝尘，掩在袖中的手缓缓握紧。

又是数年，大靖边疆告捷，北漠十五座城池尽归大靖所有。

皇城里却并不安宁，安宁帝一生只娶得一后三妃，皆是朝中重臣之女，却只有三位公主。未免大靖后继无人，宗室皇亲在皇帝的子侄中挑花了眼，朝堂纷争不断。

白炫音却在漠北的城池里，退去戎装，一身素裙，不问世事。

伴在她身边的，仍然只有一位琴师谢子卿。

帝北城一处院落中，倚在榻上的女子接过皇城送来的消息，随手扔下，眼中早已没了年少时的情绪起伏。

她面容清瘦，神态安详，唇色浅淡，望着树下坐着的琴师："我今日想听《凤求凰》，子卿，为我弹一曲吧。"

谢子卿仍是一身白衣，他淡淡应了声"好"。

院内琴音缥缈，仿若神音。一曲毕，白炫音缓缓闭上了眼，在她放在椅上的手落下的一瞬，却被另一双手稳稳接住。

白炫音和谢子卿相识一世，这是她第一次碰到谢子卿的手，温暖、有力，莫名的熟悉。

"阿卿。"

　　白炫音微微睁开眼，望着青年几十年不变的容颜，"这么多年，谢谢你了。"

　　"谢谢你当年在军献城救了我，谢谢你完成我这一生的梦想。北虏驱除，大靖十年内不会再起战火了。"

　　白衣琴师一言未发。

　　"下辈子，别找我了。"

　　谢子卿握着白炫音的手倏然一紧。

　　白炫音抬手抚上青年的眉角，悲凉而难过："我不记得你，我努力过了，可我什么都想不起来。"

　　相守一世，白衣琴师必不是为了她白炫音而来，可无论她如何努力，夜夜不寐，她都想不起和谢子卿的任何事。

　　"她已经不在了，我不是她，若有来世，我也不是她，放弃吧。"白炫音缓缓闭上眼。

　　谢子卿抱着她渐冷的身体，浑身颤抖，藏了一世的哀恸再难掩饰。

他还是留不住，五百年前留不住阿音，如今也留不住白炫音。

谢子卿喉中哽咽，伸手探向白炫音额间，抽走了她的记忆。


下一世，少女降世在商贾之家，幼继家业，富甲一方，安详终老。

又一世，少女托生帝皇之家，少年掌权，辅佐幼帝，临朝十五载，以摄政王身份葬于皇陵，一生富贵。

无论哪一世，她身边始终有个温柔而沉默的琴师，他没有听她的话，他守了她一世又一世，可在每一世她死后，他都抽走了属于自己的记忆。

所以女鬼阿音每一世回到奈何桥回忆自己的一生时，从来不知道曾有这么一个人陪伴过自己。

碧波粼粼的忘川前，凤隐望着这一幕幕，眼中早已无泪，修言鬼君仍旧坐在奈何桥头，眼含悲悯。

"我虽是鬼王，却不能改凡人命途，他在你第十世轮回时找到了你，你的命是他扛了鬼界冥雷，以真神之力生生改掉的。"

凤隐掩在袖中的手早已血肉模糊，转身便走。

"凤皇，放弃吧。"修言拦住她，"他是混沌之身，肉身消散，元神已毁，你再执着下去，那他当年做的一切又有什么意义？"

凤隐看向修言，"若是没有意义，那这几万年敖歌耗尽心血护着你的魂魄做什么？"

修言神情一僵，反身坐回桥头，撑着下巴说道："就是你们一个两个的都这么执着，三界才有这么多情深不寿的传说。死就死了呗，谁人不过一抔黄土。你不放弃又能如何，你已经在三界寻了百年，可找到他一丝魂魄？"

"明日师君飞升，神界将开，我办不到，总有人可以救他。"

凤隐消失在奈何桥，留下一句刚硬凛冽的话。

"哎，小凤凰，若是上古真神有办法，何须你这百年蹉跎啊。"修言长叹一声，晃着腿继续在奈何桥头迎来送往。

第二日，神雷涌动，上古界门在梧桐岛上空大开，青铜桥自天阶尽头落在梧桐岛上。

凤染化为火凤直奔九天而去，上古界门关闭的一瞬，一道神光直冲天际，又是一团火焰冲向上古界门，但这团火焰就没这么好运。九天玄雷自神界而出，一道道毫不留情地劈在凤隐身上，漫天红血，灵力激荡，九州震动，三界瞩目。

青铜桥上的凤染神色大变，就要冲出界门，一只手拦住了她。

"就算你这次拦住她，她也不会放弃，下三界中能想的办法她都试过了，神界是她唯一的机会。"

青年温润的声音响起，凤染回转头，眼眶微红。

"我知道。"凤染长长叹息，"不入神界，她不会

最后的结局

11

放弃。"

凤染看向云海下鲜血淋漓的凤隐，"可若她熬不过玄雷，必粉身碎骨，那阿启当年做的一切，又有什么意义？"

"永失所爱，独存于世，又有什么意义呢？"景涧拂过凤染眼角的泪。

"阿染，当年在罗刹地，是我错了。白玦真神，元启，还有我，我们都错了。

"以后我再也不会为你做决定，生同在，死共赴。"景涧眸中温煦如昔，握住凤染的手，看向云海之下，"相信凤隐，她心中有生的信念，那是阿启留给她的。"

界门之下，青铜桥上，玄雷一道道劈下，火凤于九天展翅，硬生生扛着四十九道天雷，一阶阶踏过青铜桥，满身是血站在了神界之门前。

霎时，万道神光自凤隐周身涌现，照耀九州大地。在天帝凤染飞升的这一日，凤凰强行穿越上古界门，成

独家番外

为数十万年来唯一一个不受神召而踏入神界的上神。

凤隐立在青铜桥上，毫不停歇地朝神界正中而去。

打破神界规则，触怒真神岂会没有代价，她能感受到体内的骨血在崩溃，灵魂之力在摧枯拉朽地燃烧。

"凤隐！"凤染阻止不及，只能眼睁睁看着小凤凰破釜沉舟地冲向摘星阁的方向。


摘星阁上，上古沉眸望着石阶下浑身是血跪着的小凤凰，神情难辨。

"你该知道，本尊不愿见你。"上古淡淡开口。

"求神尊救他。"凤染以头磕地，哽咽道，"所有的一切都是凤隐的错。"

上古转身，不再看她。

"凤隐，他是本尊唯一的骨血，本尊若能救，岂会等到今日。"

凤隐眼中的希冀在上古道出这一句时陡然熄灭。这世上无论是谁告诉她元启已灭她都不肯信，可唯有面前之人，说出这句话，掐灭了她最后一丝希望和生机。

凤隐一口心血吐出，怔然而绝望。

"如果您都不能，阿启该怎么办？"撑了一千年的小凤凰号啕大哭，血泪自眼中流出，"神尊，阿启该怎么办？"

上古闭上眼，手中化出一盏碧灯，她将碧灯挥落在凤隐面前，"回去吧，你还没有到入神界之时。"

凤隐颤抖地抚摸碧灯，眼缓缓闭上。

元启，如若你已消散世间，那我活于世，当真是没有意义。

凤隐惨然一笑，幻出火凤本体，它怀中搂着那盏碧绿的灯，化为点点飞灰，消失在摘星阁下。

凤染和景涧赶来，只来得及看见这无比惨烈的一幕。

神界又归宁静，仿佛那只小凤凰从未来过。


暖暖的日头落在竹窗前，雀鸟飞鸣，唤醒了沉睡的人。

凤隐猛地睁开眼，眼前从黑暗至光明，阳光略微刺眼，她眯了眯，看清眼前的一切，神色怔然。

这是哪儿？她不是已经死在摘星阁了吗？

凤隐冲出竹坊，身体猛地一顿。

山谷、梧桐、小溪、百花，这里是她在这世上唯一不敢踏足的地方，大泽山禁谷。


"阿音小师姑！"一道清脆的声音自谷顶而来，一个身影乘云摔落在竹坊前。青衣抱着高高的木桶欢快地朝凤隐奔来，献宝似的将木桶放在凤隐面前的石桌上。

"青衣……"凤隐喃喃唤他。

"我给你和小师叔送醉玉露来啦！"青衣圆圆的小脸上满是谄媚之色，十分老成地邀功，"师祖还没吩咐呢，我就送来了，青衣是不是很乖啊！"

"谁？"凤隐颤着声，"你给谁送醉玉露？"

"你和小师叔啊！"青衣睁大眼回道。

凤隐一低头，看见了醉玉露中倒映的自己。

碧裙小髻，圆润的脸庞，她不是凤隐，她是……她是阿音！

"哟，你今年倒早，说吧，又瞧上我什么宝贝了？"青年调侃的声音在身后响起，仿佛千万年般久远。

凤隐猛地回头，元启一身白衣，靠在梧桐树上，目光慵懒。

元启笑容温暖，目光清澈，只一眼，凤隐就知道他是阿晋，不是元启。

眼泪毫无预兆夺眶而出，溅落在地。

青年神色一顿，快步上前，握住了她的手，"阿音？你怎么了？"

"你去哪儿了？"凤隐捶打着青年，紧紧揪住他的衣襟，语不成句，浑身颤抖，"你到底去哪儿了？"

"我，我去后山给你劈柴火了。"古晋着急地抹掉凤隐脸上的泪，"我……"

"我找了你好久，我找了你好久……"嘶哑的呜咽声在山谷中回响，凤隐什么都听不见，死死抱住古晋，仿佛抓住了整个世界，"我以为你再也不会回来了。"

"我在这儿，我在这儿。"古晋抱住少女，任她哭泣宣泄，只一遍又一遍轻抚着她的青丝，"阿音，我一直在这儿。"

青衣愣愣地望着这一幕，仿佛明白了什么，又仿佛不明白。他悄悄飞走，将这一方天地留给了树下的两个人。

日落月升，直到银辉洒满山谷，凤隐才止住哭泣。她不知道为什么从黑暗中醒来会在大泽山谷底，她也不知道为什么她是阿音，不是凤隐，她什么都不愿意想，只亦步亦趋地跟着古晋，古晋走到哪儿，她就跟到哪儿。

凤隐几乎在古晋出现的一瞬间就成了阿音，当年的阿音。没有凤皇的光芒，敛了一身凛冽神威。无论面前的一切是什么，她不在乎，甘之若饴。

古晋被阿音的黏糊弄得啼笑皆非，但却很是享受小神兽的依赖。他每日醒来，睁开眼便能看到一双水润润的大眼，掌心永远握着一双柔软的小手。

两人就这么在大泽山谷底生活了下来，就像很多年前一样，或许，这就是很多年前。

宴爽和阿玖偶尔会来串个门，斗几句嘴，一住就是十天半个月，赶都赶不走。阿音总是气鼓鼓，觉得这两个聒噪鬼扰了她和古晋的清净，古晋反而像是换了一个人，竹坊里总是备着宴爽最爱的醉玉露和阿玖最喜的仙兔。

春去秋来，寒来暑往。阿音也不记得这是她醒来后第几个年头。忽然有一日，琉璃焰火在大泽山顶峰燃起，山门的热闹透过层层云海，传到了山谷中。

"今天是元宵啊。"古晋靠在梧桐树上，瞥了一眼正在啃鸡腿的阿音，"阿音，想不想下山去玩玩儿？"

阿音嘴里撑得鼓鼓的，眼一弯，"想想想！"她忽然又摇头，"不去了，咱们就在谷里吧。"

阿音连忙挥手，"谷里挺好的，我哪儿都不去。"

独家番外

古君像是没瞧见少女眼眸深处藏着的不安，伸手揉着她柔软的小髻，"我一定会带你回来的。"

"真的？"阿音小声问，像是在确定什么一般，"我们还会回来？"

"当然！"古晋笑笑，凑近阿音脸颊，用鼻子在她脸上蹭了蹭，"阿音长大了，晚上自然不能宿在外面。"

阿音一张脸顿时涨得通红，正想敲打这个登徒子，一鹰一狐飞落在梧桐树下。

"哟，老不正经，堂堂仙门巨擘，净是些心术不正的坏心眼儿！"阿玖鼻子一哼，损人毫不留情。

"人家小两口喜欢，干你什么事？"宴爽拆阿玖的台已经成了习惯，仿佛怼这狐狸已经成了她生活中必不可少的一桩事儿。

"男人婆！谁让你多嘴了！"

"我就说！阿音喜欢，干你什么事儿！"宴爽嗓门如洪钟，整个山谷里都是她响亮的喊声。

阿音闹了个大红脸，拦也不是，不拦也不是。

"我和阿音要去山下过元宵节，你们想来就跟上。"古晋站起身，把阿音拉起来就朝山外飞，"最好不来，碍眼！"

"谁说我不去！我要去，小白脸，你甭想拐阿音走！"阿玖顾不得和宴爽争吵，连忙去追两人。

"自作多情！"宴爽哼了哼，挥舞双翅追上阿玖，在空中绊倒了狐狸两次。

阿玖眼见着古晋和阿音越飞越远，气得直跳脚，宴爽却乐得哈哈大笑。

瞭望山脚，佳节元宵，山城张灯结彩，百姓熙熙攘攘。

城中街道两旁摆满小摊，杂耍不断，欢声笑语，烟火气十足。

古君牵着阿音在城中乱逛，阿音瞅着始终握着她的手，脸上的笑容就没舍得消失过。

古晋忽然停住，阿音一个不察撞上了青年的背，明明一身神骨刀枪不入，阿音却瞬间红了眼眶，眼泪都快流下来了。

“疼”。阿音扁着嘴，眼眶红红的。

古晋连忙替她揉了揉额间，又小心翼翼地吹了吹，“还疼不疼？”

“好一点点了。”阿音满意地哼了哼。

古晋笑起来，在阿音鼻上刮了刮，“小家伙！”

阿音傲娇地别过眼，这才看见古晋停在了一个面具摊前，摊子上仙佛百兽的面具皆有，白胡子老头摊主正笑眯眯地望着两人。

古晋拿起一个狐狸面具戴在脸上，清了清喉咙，“阿音，还不快随本君回狐狸洞！”

阿音扑哧一声笑，“不回，不回，做你的春秋大梦！”

古晋取下面具，笑容满面，“哦？那阿音要去哪儿？”

阿音顺手取下凤凰面具戴在自己脸上，“你猜？”

古晋忍俊不禁，故意板起脸，“凤凰窝吗？”

阿音面具后的笑容僵住，倏然沉默。

古晋猛地凑近小凤凰，嘴角一勾，“哎呀，阿晋的小娘子生气咯！"

阿音猛地摘下凤凰面具，横眉冷对，"哪个是你的小娘子！"

阿音嘟着嘴转身就走，古晋连忙跟上，他偷瞄了一眼阿音的脸色，偷偷摸摸又牵起了她的手，阿音嘴角翘了翘，眼中俱是笑意。

古晋牵着阿音的手行到河边，这里人潮涌动，百姓们正在放河灯。

见阿音一脸好奇，古君拉着她朝人群中挤。

"走，我们也去试试。"

"我们就是神仙，还许什么愿啊？"

古晋在阿音头上敲了敲，"笨蛋，神仙许的愿才最灵验。"

古晋拉着阿音走到桌前。他拿起桌上的笔，看了阿音一眼，然后在纸上端端正正写下几个字：愿得一人心，白首不相离。

阿音神情一愣，又见古晋在这一行字下写上古晋和阿音。月下，阿音看着古晋的侧脸，青年的神色专注而认真，她一时有些失神。

古晋把纸折好，选了一条最漂亮的纸船，插在上面，递到阿音面前。

"我许的愿，一准灵验，月老若不准，我拆了他的姻缘洞。"

"骗人。"阿音的声音忽然有些喑哑，"你又在骗我。"

"不骗你。"古晋执着地握着纸船，"我从来都不会骗你。"

"可你……"明明就骗了我很多次……

你用性命换了大泽山满门，却背负一切让我误会。

你从来没有离开过我，那一千年轮回，你一直在我身边，可你取走了我的记忆。

你说过会永远陪着我，却留我一个人在世间。

阿音不敢接纸船，不敢说话，只愣愣地望着古晋，眼眸深处哀恸难言。

"阿音。"青年的笑容腼腆而羞赧，轻轻问，"嫁给我，好不好？"

眼泪再也忍不住，夺眶而出，阿音点着头，"好。"

古晋粲然一笑，猛地抱起阿音。

"太好咯，阿音答应嫁给我了！"古晋抵着阿音的额头，眼中满是幸福，"你答应了，可不许反悔。"

"不反悔。"阿音轻声道，"阿晋，无论世间变成什么模样，无论你是谁，只要你在，我永远都会在你身边。"

阿音脸上的柔弱不安消失，眼中深情不掩，这一瞬，她是凤隐。

古晋却好像看不见阿音的变化，他牵起阿音的手，小心翼翼地将纸船放入河中。两人看着小船和无数河灯化为莹莹之光漂向远处。

"我也是，只要你在，我就会永远在你身边。"古晋清朗的声音响起。

灯火万千，焰火绽放，他们眼中，只剩彼此。

不远处，阿玖静静望着这一幕，眼眶微红，眸中似有释怀，似有祝福。

宴爽突然碰了碰他的肩膀，"喂，死狐狸，别哭。"

阿玖哼了哼，"男人婆，谁哭了。"

"我这次出门的时候，瞅见我爹酿了几坛好酒藏在鹰岛树下，你要不要和我去偷出来？"

阿玖转身就走。

"喂，你去哪儿？"

"偷酒啊。"狐狸耸了耸肩，"鹰王的好酒，不喝留着过年啊？"

少年眼中光风霁月，笑意盈盈，他瞥了河边一眼，"她得偿所愿，本少爷也得舒心。天下好酒这么多，总不能只守着大泽山那几坛醉玉露过日子吧。"

宴爽咧嘴一笑，追上前在阿玖胸前捶了捶，"通透啊兄弟，想得开就好！"

"男人婆，别在本少爷身上动手动脚的！小心我捏碎你的翅膀！"

"哟，口气不小，敢不敢和本公主大战三百回合！"

"打就打，谁怕谁啊！"

一狐一鹰打打闹闹着走远。

时光流转，黄粱一梦，若如此，也好。


大泽山谷底，梧桐树下，古晋怀里拥着阿音，看漫天星光。

阿音忽然回过神，"咦，阿玖和宴爽呢？走丢了？"

古晋笑笑："放心，丢不了，那两个冤家去鹰王那儿偷酒喝去了。"

阿音长长舒了口气，重新躺在古晋怀中，喃喃道："真好。"

"嗯，是很好。"古晋下巴在阿音发上磨了磨，忽然有些困，眼缓缓闭上。

阿音明明在他怀中，却仿佛看见一般猛地握住古晋的手，"阿晋，别睡。"

身后没有回答，阿音的手微微颤抖，"求求你，别睡。"

眼泪一滴滴落下，阿音不敢回头，喉中连呜咽声都不敢发出。

一双手从身后捂住了她的眼睛。

"阿音。"元启缥缈的声音在身后响起，"不要哭。"

"我会一直在你身边，相信我，我从来没有离开过你。"

身后的温热一点点消失，阿音绝望地闭上眼，陷入黑暗。


凤隐睁开眼，又闭上，又睁开，入目是梧桐岛凤皇殿冷硬的宫殿，怀中是上古给她的那盏碧灯。

黄粱一梦，这里不是大泽山，她不是阿音，也没有古晋。

凤隐死气沉沉，凤眸中没有一丝生机。

她苦涩地牵出一抹自嘲，神总是如此残忍，她活不能，死不能，连沉溺在梦中也不允许。

凤隐起身，抱着碧灯走出宫殿，朝梧桐古林深处而去，她站在梧桐古树下，这里是她和元启一切因缘开始的地方。

"我会一直在你身边，相信我，我从来没有离开过你。"梦中元启的话一遍遍在凤隐耳边回响。

"骗人。"凤隐望着碧灯，声音嘶哑，"我会忘记你。千年万年，我总有一天会忘记你。"

"那是他的记忆，用混沌元神创造的记忆。"一道声音忽然响起，幽冥而淡漠。

凤隐猛地抬头，见一人懒懒靠在梧桐祖树旁，眸中有戏谑之色。

"魔！"凤隐掌心顿时化出神剑，眉眼冷肃。

来人走向凤隐，无视凤隐周身燃起的炙火，轻手一指，凤隐的神剑便裂为碎片，他嘴角一勾，很是有些傲娇地开口，"小凤凰，准确来说，是魔神。"

"初次见面，本尊名唤玄一。"

凤隐惊愕，魔神？玄一？她并不怀疑面前之人说的话。孔雀王和华妹入魔时的魔力，不及此人身上万分之一。

世间怎么会有如此强大的魔物？！

"阁下从何而来，入我梧桐岛，有何目的？"凤隐忍着玄一强大的魔神威压，冷冷开口。

"我啊……"玄一伸了个懒腰，"一个人活久了，出来走走。瞧瞧三界风光，看看山川大河，瞅瞅那些个为了所谓的凡间生灵前仆后继死来死去的糊涂鬼。"

"你！"凤隐心中大怒。

"顺便再救救我那个一面都没瞧上的大侄子元启。"玄一一转头，轻飘飘看向凤隐。

凤隐倏然闭嘴，眼中怒气骤然消失，她瞬间凑到玄一面前，"怎么救，现在就救。"

玄一眨巴眨巴了眼，"你信我？"

最后的结局

凤隐："信。"

玄一匪夷所思望向她，"我可是魔。"

"甭管你是什么，你说能救他，我就信你。"

"你堂堂凤皇，求一个魔，就不怕被三界耻笑，神界追杀？"

"我打不过你，自然也杀不了你，杀你不是我的责任。"

"有趣。"玄一哑然失笑，"真是有趣，难怪炙阳让我出来瞅瞅，如今的小娃娃，真是有趣。"

玄一大笑，转身朝梧桐古林外走去，凤隐大急。

"你说你能救他的！"

"凤隐，你有没有想过，你轮回转世修炼千年，连上古都寻不到你的魂魄，堪不破你的因果，元启是怎么找到你的？他又是如何在元神俱灭后还能创造梦境邀你入梦？"玄一回转头，看向凤隐，"我那个傻侄子，的确从来没有骗过你。"

玄一手一挥，凤隐腰间的火凰玉浮于半空，"千年前，你涅槃之日，三魂七魄散于世间之时，带走了他的一魄。"

凤隐不可置信地望着火凰玉，嘴唇微动。

"从那日起，你的命数就被混沌之力笼罩，再无人能堪破你的因果。凤皇只传一脉是天地定数，而你是异数，所以千年前你涅槃之日就该魂飞魄散，恪守天命之道。

"元启闯进梧桐古林，不是害了你，而是救了你，因为从此以后你的魂魄和混沌之神的魂魄紧紧相连。他不死，你不灭。你若活，他不亡。"

"为什么你要告诉我？"凤隐握住火凰玉，难掩疑惑，"是我和元启毁了魔族重临世间的机会，你既是魔神，这一切应是如你所愿吧！"

"因为我从你们身上看到天命可改。"他望向天际，"很多年前，有个叫擎天的人告诉我，魔就是魔，永远不会被世间万灵承认，魔就是用来磨炼万灵的。"

玄一嘴角扬起笑意，"我曾经认命，但如今我打算试一试。"

"试什么？"

"试一试，看世间有没有一日万灵既生，便是平等。"

玄一一挥手，强大的魔力落在火凰玉上，火凰玉裂开一角，晶莹剔透，玉石中心，一道微弱的灵魂焰火燃起，那是凤隐最熟悉的灵魂之力。

再抬头，玄一的身影已经消失在古林中，一切归于宁静。若不是地上碎掉的神剑和火凰玉中的那一魂，凤隐几乎不敢确认，方才有一个叫玄一的魔神出现过。

掌心的火凰玉炙热无比，凤隐像是虚脱一般跪倒在地。

"混账，你这个混账，我再找不到救活你的方法，我就，我就……"凤隐呜咽难忍，把火凰玉死死捂在胸口。

梧桐树下，青年的魂影缓缓出现，凝视着跪倒在地的凤隐，轻叹一声。

"阿隐，我一直都在，从未离开。"


神界摘星阁上，白玦望着梧桐古林中的这一幕，神情唏嘘。

"那日她闯入神界，你为何不告诉她真相？"

"我为什么要告诉她？"上古挑眉，"那浑小子和你一模一样，说生便生，说死便死，我凭什么要让他如愿？那小凤凰的性子比我还倔，做我的媳妇，我就不能调教调教？"

白玦嘴角一勾，凑到上古身旁。

"你就老实承认，世间只有玄一能救那小子能怎么着了？"

上古哑口无言，悻悻闭上嘴，轻哼一声转过头。

"世间任何力量都是相生相克的，混沌之神只能续生机，元启魂飞魄散，火凰玉中留着的那一魂死得透透的，混沌之力救不了他，唯有魔神之力能让他魂息再生。他不出手，世间便无人能救元启。"

"他若是想不通，永留九幽，我们也毫无办法。"上古眉心一皱，"他重出九幽，却又不带炼狱中一兵一卒，你说他到底想做什么？"

"他救了元启，我们该承他一情。既然他想要万灵平等，我们助他便是。"

"天启可回来了？"上古忽然想起一事问。

白玦咳嗽一声，瞥了瞥上古，"没，怎么？惦念他？"

上古好整以暇颔首，"惦念，往日里只觉得他聒噪，如今日子久了，才知道你是个话多的。"上古伸了个懒腰，靠在榻上，"哎，真是怀念咱们神界第一美人啊。"

上古话还未完，便被白玦牢牢压在榻上，上古倏然收声，脸色通红。

"还不快起来，让人瞧见了像什么样子！"

"不起，有本事，你赢了我，把我打下神界，不然我就在这榻上压一百年。"

"混账！起来！"

上古气急败坏的声音在摘星阁响起，一众神侍远远听见，绕得老远，恨不得百年不靠近这春色满园的地儿。

又是千年，元启冲进梧桐古林，摇醒睡得昏天暗地的凤隐。

"阿隐！阿隐！"

凤隐睡眼蒙眬，迷迷糊糊睁开眼，"又怎么了？祖宗！"

"长卿不见了！"

凤隐一摆手继续睡，"不见了就不见了，不用慌。"

"女儿不见了！"元启嚷得震天响，把凤隐揉成鸡窝头，"咱们女儿不见了！你怎么还能睡得着？！"

凤隐瞬间清醒，眼一眯朝元启剐来，"哟，到底是女儿重要还是媳妇儿重要？"

"女……"元启几乎脱口而出，却生生转了个弯，谄笑道，"自然是媳妇儿重要。"

"这还差不多。"凤隐哼了哼，立起身，"走吧。"

"去哪儿？"

"最近仙门里哪儿有漂亮仙君就去哪儿？你那闺女满三界的男君都快招惹完了，咱们梧桐岛成山的宝贝都快赔空了，你知不知道？这败家混账，也不知随了谁的性子！"

凤隐一路骂骂咧咧，元启一闷神，跟在身后小声嘟囔。

"难道是随了他天启师公？哎，媳妇儿，等等我！"

两人吵吵闹闹的声音在梧桐古林里回响，玄一不知何时立在祖树下，望着远去的二人，眼中含笑。

《番外完》

独家番外

独家番外

独家番外

独家番外

独家番外